福尔摩斯
探案全集

III

〔英〕柯南·道尔／著　　傅　聪／译

九州出版社
JIUZHOUPRESS

目　录

SHERLOCK HOLMES THE COMPLETE NOVELS AND STORIES

回忆录

归来记

回忆录

The Adventures of Sherlock Holmes

一　银色马

一天清早，我和福尔摩斯正在享用早餐。福尔摩斯突然说："华生，我想我可能需要亲自走一趟了。"

"亲自走一次？去哪儿？"

"到达特穆尔的金斯皮兰。"

说实话，我听了并没有感到意外。在这之前，我对福尔摩斯的行为有些不解，眼下英国举国都在谈论着一件古怪离奇的案子，可是福尔摩斯却一直三缄其口。他整日低头冥思，双眉紧蹙，在屋里来来回回地走，烈性烟草一烟斗接一烟斗地装，抽个没完，对我提出的问题和看法，就像没有听到一样。当天送来的各种报纸，他也只是快速浏览一下后便扔到一旁。

尽管福尔摩斯不发表任何看法，但我看得出来，他在仔细考虑着什么，而且我也能猜出他在想什么。当前，摆在人们面前的难题只有一个，那就是韦塞克斯杯锦标赛中的那匹赛马的离奇失踪和驯马师的惨死，而这个难题是需要福尔摩斯的分析推理才能够解决的。所以，他突然宣称他准备动身去调查这起离奇的案子时，我没有感到惊讶，而这也正好是我希望他去做的。

"如果我去的话不会影响到你，我很愿意和你一同去。"

"哦，那真是太好了，你能和我一同去，我非常高兴，而且我想你此行一定会有很大收获的，因为这件案子有一些极为独特的地方。我认为，我们到帕丁顿可以刚好赶上火车，在途中我会把这件案子的情况向你仔细介绍一下。哦，对了，麻烦你别忘了把你那个双筒望远镜带上。"

大约一个小时以后，我们的身影已经出现在驶往埃克塞特的头等车厢里。福尔摩斯用一顶带护耳的旅行帽很好地把自己那张轮廓分明而又显焦急的面孔遮住。此时他快速地浏览在帕丁顿车站买的一大堆当天的报纸。雷丁站已被我们远远抛在了后面。他浏览完最后那张报纸，并把它塞在座位下面，然后拿出香烟让我来抽。

"车速很快，"福尔摩斯望着窗外，又看了看表说道，"现在我们的车速是每小时五十三英里半。"

"我没去数那些四分之一英里的路杆。"我回应道。

"我也没去数那些路杆。可是我知道这条铁路线电线杆的间隔是六十码，所以很容易算出车速。我想你对于约翰·斯特雷克的惨死和银色白额马失踪的事，一定早就听说了吧。"

"不错，电讯和新闻的报道我已经看过了。"

"像这样的案子，侦破的关键在于仔细查明事实细节，而不是费心去寻求新的证据。这件惨案非同一般，严丝合缝，而且与那么多人有切身利害关系，这让人很难一下子揣摩透。断案难点在于，要把那些事实——确凿无疑的事实与那些理论家、记者们的揣测润色之词隔离开来。我们的任务是要通过那些有用的信息，得出准确的结论。我是在星期二的晚上接到马主人罗斯上校和警长格雷戈里两人的电报的。电报中，格雷戈里恳请我与他合作，一起来搞定这件离奇的案子。"

"你是在星期二晚上接到的电报！"我惊呼道，"那为什么昨天没有动身呢？要知道现在已经是星期四早晨了。"

"哦，华生，我承认这可能是我的过错，今后我可能还会犯很多错误，而并不像那些只是借助你的回忆录知道我的人所想象的那样。虽然这件事上我可能犯了过错，但是我要说明的是，我并不相信这匹全英国人差不多都知道的赛马会隐藏得这么久，尤其是在达特穆尔北部这样人口稀少的地方。在昨天，我还希望我能听到这匹鼎鼎大名的赛马已经被找到的消息，而那个拐走赛马的人就是杀害约翰·斯特雷克的凶手。可惜我并没有听到这样让我欣慰的消息。直到今天早上，只有一个名叫菲茨罗伊·辛普森的年轻人被逮捕，除此之外，这件案子没有取得任何实质性的进展。我知道我不应该再拖延下去了，不过，在某种程度上，我觉得昨天的时间也并没有白白浪费。"

"什么意思，你是说你推理出一些东西来了？"

"嗯，可以说我对这件案子的主要事实了解一些了。现在我可以把所了解的情况一一讲给你听。在我看来，弄清一件案子的最好办法，没有比把它的情况对另一个人讲清楚更好的方式了。另外，如果我不告诉你我们现在都掌握哪些情况了，我就很难指望从你那儿得到帮助。"

听了福尔摩斯的话，我向后倚靠在椅背上，并吸了一口雪茄。福尔摩斯身体前倾，用他那瘦长的食指在自己左手掌上比划着，向我解释我们这趟行程的来龙去脉。

"银色白额马是索莫密种，"福尔摩斯说道，"与它声名远播的祖先一样，它有着让人敬佩的赛马纪录。它已经五岁了，在之前的比赛中它总是很争气地为它那幸运的主人，就是罗斯上校赢得头奖。在这次失踪案子发生以前，它是韦塞克斯杯锦标赛的冠军，人们押在它身上的赌注是三比一。它一直为赛马爱好者所青睐，它也非常争气，从未使它的爱好者的愿望落空过。正因为如此，即使是这样悬殊的赔率，也有很多人将巨额赌注押在它身上。同样的原因，设法阻止银色白额马去参加下星期二的比赛，也必然同许多人的切身利益有着密不可分的联系。

"完全可以想象，这件事在金斯皮兰，也就是上校驯马厩所在地也为人们所重视。出于同样的考虑，他们对这匹受人关注的赛马采取了多种防范措施对其加以保护。驯马师约翰·斯特雷克原是罗斯上校的赛马骑师，后来因为身体过于肥胖，才不得已将驯马师的位置让给他人。他在上校家当了五年的骑师，七年的驯马师，对罗斯上校总是显出一副热心肠的忠实仆人的样子。有三个马倌归他使唤。

"上校的马厩不算很大，里面也一共只有四匹马。每天晚上一个小马倌都住在马厩里，草料棚中住着另外两个马倌。这三人的人品都令人放心。约翰·斯特雷克已经结婚，住在离马厩二百码左右的一座小别墅里。他没有子女，有一个女仆照顾他的起居，生活过得还算舒心。那个地方有些荒凉，几座别墅分布在它北边半英里以外的地方。这几座别墅是由塔维斯托克镇的承包商建造的，主要供病人疗养以及其他愿来呼吸达特穆尔清新空气的人居住。塔维斯托克镇坐落在向西二英里以外的地方。穿过荒野，大约二英里的距离，有一个梅普里通马厩，梅普里通马厩属于巴克沃特勋爵，平日由一个名叫赛拉斯·布朗的人负责看管。荒野其他方向则荒凉无比，除了少数吉卜赛人散居、游荡外，见不到任何人烟。在这件离奇的案子发生的星期一晚上，情况就像我刚才描述的那样。

"那天晚上没有什么异常，与平时一样安静，这些马匹经过训练、刷洗，被带进了马厩。九点钟的时候马厩上了锁。两个小马倌来到斯特雷克家，在厨房享受晚餐。叫内德·亨特的小马倌被留下看守。九点的钟声刚敲过几分钟，女仆伊迪丝·巴克斯特就把内德·亨特的晚饭送到马厩来。晚餐是一盘咖喱羊肉，没有饮料，因为马厩里有自来水，另外还有一个原因，就是看马房的人在值班时，不能喝别的饮料。当时天已经黑了下来，送饭经过的那条小路要穿过荒野，所以伊迪丝·巴克斯特带着一盏提灯照亮。

当这个女仆走到距离马厩不到三十码时，突然暗处走出一名陌生男子，陌生男子叫她站住。借助提灯昏黄色的灯光，伊迪丝·巴克斯特看到这个人穿戴得像是个上流社会的人，头戴呢帽，身着灰色花呢衣服，脚穿一双带绑腿的高统靴子，手里面还握着一根沉重的圆头手杖。但是这些都远没有那个人的神态给她留下的印象深刻，那个人脸色苍白异常，神情慌张不安。女仆估计，这个人的年龄可能要超过三十岁。

"'这是哪里？请快点告诉我！'他问道，'如果没有看到你亮着的提灯，我原本准备在荒野里过夜了。'

"'你很快就会来到金斯皮兰马厩了。'诚实的女仆这样说道。

"'啊,这是真的吗?那我真是撞大运了!'他兴奋地高声叫道,'我知道每天晚上有一个小马倌独自一人住在这里。哦,看样子你这是给他送晚饭去吧。我不认为你清高到连买一件新衣服的钱也不屑一赚吧?你肯定不会的。'陌生男子说到这里,从背心口袋里掏出一张叠好的白纸片,'烦请你在今天晚上一定把这东西送达那个马倌手里,这样你就能得到可以买一件最漂亮的衣服的钱。'

"老实的女仆被陌生男子那种认真的样子吓坏了,她赶忙从他身旁溜了过去,快步奔到马厩的窗下。以前,伊迪丝·巴克斯特总是把晚餐从窗口递进去。这时候,窗户是开着的,亨特坐在里面的小桌旁边。伊迪丝·巴克斯特正要开口把刚才发生的事告诉他,这时那个让她惊恐的陌生男子来到了跟前。

"'晚上好,'陌生男子从窗口向里看了看,说道,'有个事与你交涉一下。'女仆发誓说,在陌生男子说话时,她发现他手里有一张露出一角的小纸片。

"'到这儿来,你有什么事?'小马倌问道。

"'这事儿能够让你发一笔小财,'陌生男子说道,'你们有两匹马,一匹是银色白额马,一匹是贝阿德,都将参加韦塞克斯杯锦标赛。给我透露些可靠的消息,当然我会给你好处的。听说在五弗隆距离赛马中,贝阿德超过了银色白额马一百码,真的如此吗?听说你们自己都把赌注押到贝阿德身上,这是真的吗?'

"'啊,没想到你竟是该死的赛马探子!'这个小马倌怒声喊道,'你等着,马上我就让你见识一下,在金斯皮兰我们是怎样招待你们这些该死的家伙的。'说着他跑过去要把猎犬放出来。这个时候女仆赶紧往家里奔去,她一面跑,一面向后望,她看到那名陌生男子还倚在窗边向内探望。不过,大约一分钟后,亨特带着猎犬冲出来时,女仆已看不见那名陌生男子了。虽然亨特带着猎犬绕着马厩转了一圈,但是却还是让陌生男子跑掉了。

"停停,"我打断,"小马倌带着猎犬找人的时候,没有把马厩的门锁上吗?"

"嗯，非常棒！华生，你想得真周到！"福尔摩斯低声说道，"同你一样，我也非常关注这一点，所以昨天特意往达特穆尔发了一封电报查问此事。得到的答案是小马倌在离开马厩前把门锁上了。另外，我还可以告诉你，这扇窗户小得不可能钻进人来。

"在两个小马倌回来以后，亨特便马上叫人去向驯马师报信，把刚才马厩发生的事情报告给了他。听到报告以后，斯特雷克尽管还猜不透这件事意味着什么，却惊慌异常。这件事让他内心有丝丝不安，他为此心神不宁。斯特雷克太太在半夜一点钟醒来时，发现丈夫正在穿衣服，很奇怪地问丈夫去干什么，他回答说因为他十分不放心那几匹马，所以一直无法入睡，他准备去马厩，看看有没有什么异常情况。斯特雷克的妻子听到屋外雨点滴滴答答地打在窗户上，便央求丈夫留在家里，可是斯特雷克全然不顾妻子的请求，披上雨衣冲出了家门。

"斯特雷克太太在早晨七点钟悠悠醒来后，发觉丈夫还没回来，于是急忙穿好衣服，把女仆叫醒，两人一起来到马厩。她们看到的情况是马厩的门大开，亨特身体蜷缩在椅子上，已经完全昏迷，不省人事；而那匹受人关注的银色白额马的厩栏是空着的，到处不见斯特雷克的影子。

"斯特雷克太太和女仆赶快把睡在草料棚里的两个小马倌叫醒。那两个小马倌那天夜里睡得太死，所以晚上什么也没听到。而亨特看样子是被烈性麻醉药粉给麻醉倒了，任凭如何大声叫也醒不过来，只好任他睡在那里等待药性过去。两个小马倌、斯特雷克太太和女仆都跑出去寻找不见踪影的驯马师和赛马。他们本来认为驯马师出于某种原因一大早把马拉出去训练去了，可是这种想法随后被事实戳破了，他们登上马厩附近的小山丘向周围的荒野望过去，视野之中却没有出现驯马师和失踪赛马的影子，直到这个时候，他们终于想到可能有意外发生了。

"不过他们还是有所发现，在距离马厩四分之一英里远的一处金雀花丛中，斯特雷克的大衣露了出来。附近的荒野上有一片碗状的凹陷的洼地，就在这片低洼地，斯特雷克的尸体被发现了。从外观上可以看出来，斯特雷克的头颅遭到不明钝器的猛烈击打，被砸得粉碎。他腿上也受了伤，很明显可以看见一道长长的伤痕，看样子是被一种非常锋利的凶器划破的。

在斯特雷克右手中有一把小刀，血块一直凝到刀把上。可以推想得出，他曾与攻击他的凶手进行了一场生死搏斗，他的左手紧握着一条红黑相间的丝领带，而女仆清楚地记得那个到马厩来的陌生男子头天晚上就戴着这样的领带。

"清醒之后的亨特也确认这条领带属于那天晚上来的那个陌生男子。他同样确信就是那个陌生男子站在窗口的时候，将麻醉药粉放进了咖喱羊肉里，这样就轻易麻醉了自己。在发现斯特雷克尸体的那个山谷谷底的泥地上留有那匹失踪赛马的足迹，说明在搏斗时赛马也在场。可是自那天早晨起就失去了它的任何消息。尽管高额悬赏，达特穆尔所有的吉卜赛人也都在密切关注着这件事情，但是依然没有任何消息。最后还有一点要说明的是，经过化验证明，这个小马倌吃剩下的晚饭里确实含有大量麻醉药粉，可是当天晚上斯特雷克家里的人也吃一样的饭菜，但是他们却没有任何事。

"整件事情大致就是这个样子。我讲述时没有掺杂我的猜测，尽可能不加任何润色修饰。现在我再把警署调查这起案子所采取的措施跟你讲一下。

"警长格雷戈里负责调查这宗案子，他是一个非常能干的警官。如果他能再有一点儿运用想象的天资，他很有可能会在警察这个行当里做出一番成绩。他一到案发地点，很快就将那个嫌疑犯找了出来并把他逮捕起来。找到那个人并不难，因为他就住在我刚才提到的那些小别墅里。他好像叫菲茨罗伊·辛普森，是一个有着很好出身、受过良好教育的人，之前在赛马场上挥霍过大量的钱财，现在是伦敦体育俱乐部里一名马匹预售员。他的赌注记录本上记录着他把总数五千镑的赌注押在银色白额马失败上。

"被捕以后，辛普森主动交代他到达特穆尔是想探听有关金斯皮兰赛马的情况，同时也想把有关第二名的赛马德斯巴勒的消息打探清楚。梅普里通马厩的赛拉斯·布朗负责照管德斯巴勒。对那天晚上的事，辛普森也不否认，不过却辩解道，他并没有恶意，只不过是想得到第一手情报而已。但是当他看过自己遗失的那条领带以后，他立马神情紧张起来，全然不能说明他的领带是怎样落到被害人手中的。他的衣服湿透了，这证明那天晚上他曾冒雨外出过，而他的槟榔木手杖一端镶有铅头，假如用它反复击打一个人，是完全可以将人打死的，也就是说如果驯马师遭到这样重物的袭击完全可以导致其惨死。可是从另一方面看，辛普森身上却没有伤痕，而斯特雷克刀上的血迹说明至少有一个袭击他的凶手身上带有刀伤，矛盾就出在这里，事情就是这样。华生，假如你能给我一些启发，那我将感激不尽。"

跟以前一样，福尔摩斯凭借着他那与众不同的能力将情况讲述得清楚生动，让人听得兴趣盎然。虽然我对大部分情况都已经了解得差不多了，但我还是看不出这些情况有什么重要意义，或想象不出它们之间有什么关系。

"有没有可能在撕扯中，斯特雷克的大脑受了伤，然后自己把自己划伤了呢？"我把心中的疑问提了出来。

"嗯，有这个可能，而且可能性很大，"福尔摩斯说道，"如果真是如此的话，对被告有利的一个主要证据就不存在了。"

"哦，对了，"我说道，"我想知道现在警署的意见是什么。"

"他们的意见极有可能和我们的推论截然相反，"我的朋友又拉回话题说，"我现在得到的消息是，警署认为菲茨罗伊·辛普森在将看守马厩的人麻醉倒以后，用他事先设法配好的钥匙打开马厩大门，然后把银色白额马牵出来。显然，他是准备把马偷走的。由于马缰绳没有了，所以辛普森摘下他的领带拴在马的脖子上把马牵走了，而门就让它那么敞着。他将马牵到荒野上，没想到碰到了驯马师，也有可能是被驯马师从后面追上了，一场争斗不可避免地展开了。尽管斯特雷克有那把小刀自卫，但却没有伤害到辛普森一丝一毫，他用他那沉重的手杖把驯马师头颅打碎。随后，这个凶狠的盗马贼把马藏在隐蔽的地方。还有一种可能，那就是在两个人搏斗时，那匹马自己挣脱逃走，现在正在荒野中游荡着。这就是警察们对这件案子的看法。虽然说这种说法并非无懈可击，但是其他说法更是说不通的。不管怎样，只要我到达现场，我相信我会有办法把一切搞清楚。在这以前，我不知道我们如何能从目前情况取得进展的办法。"

傍晚时分，我们来到了小镇塔维斯托克。塔维斯托克镇就像盾牌上的浮雕一样，坐落在达特穆尔辽阔原野的中心。两位绅士已经在车站上等候我们了，一位身材魁梧、相貌堂堂，留着浓密的头发和胡须，宛如雄狮，一双淡蓝色的眸子中闪烁着智慧的光芒。另一位身材矮小，但看上去机敏伶俐、干净利落，身穿礼服大衣，脚上穿着一双有绑腿的高统靴子，络腮胡须修得很是整齐，戴着一只单片眼镜。这个身材矮小的人是著名的体育爱好者罗斯上校。而那个身材魁梧的人则是警长格雷戈里，他在英国侦探界早已赫赫有名了。

"见到您，真是由衷地高兴，福尔摩斯先生，"上校说道，"警长已尽他所能尽的一切力量为我们探查，而我更是倾尽全力设法为可怜的斯特雷克报仇，同时找回我的赛马。"

"有没有新的发现？"福尔摩斯问道。

"真是不好意思，我们的进展有限，"警长说道，"外面有一辆敞篷马车，我想你一定准备在天黑以前去案发现场看看，如果真是如此的话，我们可以在路上沟通一下。"

一分钟以后，我们就在舒适的四轮马车里坐好了。车子吱吱嘎嘎地穿行在德文郡这个古朴典雅的城市。警长格雷戈里脑子里想的都是这个案子，他不住嘴地讲个没完。福尔摩斯偶尔问一句话，时而插一两句话。我表现出十分感兴趣的样子倾听两位侦探的对话。罗斯上校则双臂抱胸，向后靠着靠背，帽子斜着耷拉在眼前。格雷戈里将他的看法一股脑儿地全讲了出来，几乎和福尔摩斯先前在火车上的预言没什么两样。

"目前菲茨罗伊·辛普森已经作为嫌疑人被控制住，"格雷戈里说道，"我个人相信他就是我们要缉拿的凶手，但是我也承认我们的证据还不确凿，如果案子有新的进展，那么可能这些证据都将被推翻。"

"我想知道斯特雷克刀上的血又该如何解释？"

"关于这件事，我们完全可以得出这样的结论，就是他在倒下去时把自己划伤了。"

"在我们来这里的路上，我的朋友华生医生也做出了如您这样的推论。现在来看，情况就对辛普森十分不利了。"

"嗯，看情形确实是这样的。虽然辛普森既没有刀伤，又没有其他伤痕，可是，对他不利的证据却依然是确凿的。首先他早就对那匹失踪的赛马有觊觎之心，同时他还有毒害小马倌的嫌疑，另外，他还在那晚暴雨中外出，更为关键的是他还手持一根沉重的手杖，他的领带也在被害人手中。有了这些证据，我们完全可以提起诉讼了。"

福尔摩斯晃了晃头。

"这些你所谓的证据完全经不起精明的律师的质问，"福尔摩斯说道，"他为什么要把马从马厩中偷走呢？如果他想杀害它，完全可以在马厩动手，但事实上却不是如此，这作何解释？在他身上发现有配的钥匙吗？是哪家药店卖给他烈性麻醉药粉的？还有，他人生地不熟，能把赛马藏到哪儿去？更何况还是这样一匹大名鼎鼎的赛马？他要女仆转交给看守马厩的小马倌的那张纸条，他又是如何解释的？"

"那不是纸条，他说那是一张十英镑的钞票。经过检查在他的钱包里确实发现了一张十英镑的票子。还有你所提的其他疑难问题没有像你想象的那么不好解决。这一地带他并不是人生地不熟。每年夏季他都要到塔维斯托克镇来住两次。麻醉药粉也许是他从伦敦带来的。那把钥匙，既然已经用过了，也就失去了作用，可能已经被他扔掉了。至于那匹赛马，可能在荒野的洼地里或在某个废旧矿坑里。"

"还有他的那条领带，他做了什么说明？"

"他说那条领带是他的，但是又声称早就丢失了。不过该案中有一个新情况足以证明是他把马从马厩中牵出来的。"

福尔摩斯显出仔细倾听的样子。

"一些足迹提供证据，表明有一伙吉卜赛人在星期一夜晚来到距案发地点一英里之内的地方。星期二他们就离开了。这样，我们就可以借此猜测，在辛普森和吉卜赛人之间有秘密协定，在辛普森被人追赶上时，他不是可以把马交给吉卜赛人吗？现在那匹赛马不是有可能在那些吉卜赛人手里吗？"

"嗯，这自然是可能的。"

"我们派人正在荒原上搜寻这些吉卜赛人。我也把塔维斯托克镇周围十英里以内每一家马厩和小畜舍都检查过了。"

"哦，不是说，在附近还有一家马厩吗？"

"不错，确实有的，这条线索我们自然不会放过。因为他们的赛马德斯巴勒是庄家眼中的第二名马,银色白额马的失踪显然有利于他们。听说驯马师赛拉斯·布朗在这个比赛中下了巨额赌注;另外,他对可怜的斯特雷克原本就不友好。不过,我们已经搜查过了这个马厩,没有证据表明他和这起案子有什么关系。"

"辛普森这个人和梅普里通马厩没有什么利益瓜葛吗?"

"这方面我们没有任何发现。"

福尔摩斯将身体靠在车座靠背上,两人的交谈暂时告一段落。几分钟以后,马车停在路旁一座整齐的红砖长檐小别墅前,不远的地方,穿过牧场,坐落着一长排灰瓦畜舍,周围是平缓起伏的荒原,荒原上长满古铜色枯萎的凤尾草,一直延伸到很远很远。只有塔维斯托克镇的一些尖塔偶尔把荒原遮断。向西望去,荒原被一些房屋所阻断,那些房屋就是梅普里通的马厩。除了福尔摩斯,我们都跳下马车来。福尔摩斯仰靠在车座靠背上没有动,远眺天空,凝神冥想。一直到我过去将他的手臂晃了晃,他才一下子回过神来,然后猛然起身,跳下马车。

"真是不好意思,"福尔摩斯转过身来面对着罗斯上校,而罗斯上校则充满惊讶地望着他。"我正在进行假想。"福尔摩斯说道。说这话的时候,我发现他的双眼焕发神采——而且是一种与平时不同的光彩,看得出来他内心很兴奋。根据我以往的经验,我知道他已经有了线索,却想不出他是从什么地方找到那线索的。

"您是不是准备到犯罪现场去看一看,福尔摩斯先生?"格雷戈里问道。

"我想我还是先在这里逗留一会儿,查清一两个细节问题。请问一下,斯特雷克的尸体应该已经抬到这里了吧?"

"嗯,不错,就在楼上。明天进行尸检。"

"他跟随您是不是好多年了,罗斯上校?"

"是这样的,我始终认为他是一个非常不错的仆人。"

"警长,死者口袋里的东西您一定是检查过了,而且列了名目清单,是这样吧?"

"不错,如果你愿意过目,那就去起居室吧,东西都存放在那里。"

"嗯，非常棒！"

我们一个接一个走进前厅，然后在一张放在屋子正中间的桌子四周坐了下来。警长打开了一个方形锡盒，把一些东西摆放在我们面前。有一盒火柴，一根两英寸长的牛油蜡，一支欧石南根制成的 ADP 牌烟斗，一个里面装着半盎司切得长长的板烟丝的海豹皮烟袋，一块配有金质表链的银怀表，一个铝制铅笔盒，几张纸条，五个一英镑的金币，一把象牙柄的小刀，刀刃薄而坚，刀身上刻着"伦敦韦斯公司"字样。

"这把小刀有些不一般，"福尔摩斯说着，同时拿起小刀仔细观看，"刀上有血迹，我认为，这可能就是死者拿着的那把刀子吧？华生，这样的小刀在你们医生行当里经常使用吧？"

"这就是我们医生所说的眼翳刀。"我回答道。

"我也抱有同样的看法。刀刃制作精良，是做非常精密的手术用的。一个人带着这样的小刀在不平坦的荒野中行走，而又没有把它放到衣袋里，这很不合生活逻辑。"

"在他的尸体旁边我们发现了这把小刀的软木圆鞘，"警长说道，"他的妻子跟我们说这把小刀原来是在梳妆台上面放着的，他在走出家门时把它带上了。其实这把小刀算不上称手的武器，可是也可能在那个时候这是他能找到的最好的防身武器了。"

"这个可能性非常大。这些纸条有什么故事吗？"

"收据有三张。一张是罗斯上校给他传达指示的信件。另一张是一张三十七镑十五先令的发票，是一个女士服饰商开具的，开发票的人是邦德街莱苏丽尔太太。发票是开给威廉·德比希尔先生的。斯特雷克的妻子跟我们讲，德比希尔先生是她丈夫的一个朋友，有时候往来信件就寄到她这里。"

"看得出来，德比希尔太太很喜欢奢华的服饰，"福尔摩斯看了看发票说道，"二十二几尼一件衣服价值不菲。就到这里吧，这里似乎再没什么可查看的了，我们现在马上动身去犯罪现场看看。"

就在我们一行人刚出起居室的时候，一个女人走上前来，用手拉住了警长的衣袖。在这之前她一直在过道等着。这个女人肤色焦黄，面容清瘦，神情焦虑，看上去十分憔悴，看得出来应该是近日来过度惊吓所致。

"知道凶手是谁了吗？抓到凶手了吗？"她气喘吁吁地问道。

"暂时没有，斯特雷克太太。所幸的是福尔摩斯先生已经专程从伦敦赶到这里与我们合作，请相信我们一定会竭尽所能侦破这件案子。"

"之前不久在普利茅斯的一次公园聚会上我们见过面，斯特雷克太太。"福尔摩斯说道。

"不，先生，我想你搞错了。"

"哦，上帝！我可以立下誓言。那时你穿着一件浅灰色的镶嵌着鸵鸟毛的外套。"

"不，先生，我从来就没有您说的那样的一件衣服。"斯特雷克太太答道。

"啊，这就什么都清楚了。"福尔摩斯说道，然后向斯特雷克太太说声对不起，接着就随警长走了出来。时间不长，我们穿过荒原便来到发现死尸的地点。这片洼地的旁边就是当时挂着大衣的金雀花丛。

"那天晚上是不是没有刮风？"福尔摩斯问道。

"没有，但是下了很大的雨。"

"如果是这样的话，那么大衣就一定不是被风吹到金雀花丛上的，而是有人放到这儿的。"

"这是肯定的，是有人将大衣挂到金雀花丛上的。"

"这倒是有点意思。我发现这里有许多脚印。毫无疑问，从星期一晚上起，一定有好多人在这里逗留。"

"尸体旁边我们放了一张草席，我们大家都站在席子上。"

"好主意。"

"这袋子里装着斯特雷克穿的一只长筒靴，还有菲茨罗伊·辛普森的一只皮鞋和银色白额马的一块蹄铁。"

"真是高明！警长阁下。"福尔摩斯将布袋接了过来，然后来到低洼处，把草席拉到更靠近中间的地方，随后趴在席子上，伸长脖子，双手托腮，仔细查看面前被踩踏的泥土。"哦，看！这是什么？"福尔摩斯猛然间喊道。原来他发现了一根烧了有一半的蜡火柴，它的上面裹了泥，乍看上去，好像是一根小小的木棍。

"我是怎么办事的，怎么会把它给忽略了。"警长有些懊恼，又有些颓废。

"它混在泥土里，很难让人发现，我之所以能看到它，是因为我正在有意寻找它。"

"什么？！你的意思是你原来就料到有可能找到这个吗？"

"我想这没什么好感到奇怪的。"

福尔摩斯从袋子里将长筒靴拿出来，和地上的脚印一一比较，然后爬到洼地边，慢慢匍匐前进到羊齿草和金雀花丛间。

"这里应该不会有更多的踪迹了，"警长说道，"因为在方圆一百码之内我十分认真地检查过了。"

"确实如此！"福尔摩斯站起来说道，"既然你这么肯定，那我就不必再多此一举了。可是我想在天色暗下来以前，在荒原上转一转，这样明天我就会对这里的地形熟悉一些。还有，我想希望有好运，暂时让这块马蹄铁在我衣袋里待上一段时间。"

看得出来，罗斯上校对我的朋友的这种淡定自若、有条不紊的查案方法失去了耐心，匆匆看了看表。"我想让你同我一起回去，警长，"罗斯上校说道，"我想向你请教几件事，听听你有什么想法，最重要的一件事是，我们要不要向公众声明，把我们那匹马的名字从参赛马的名单中撤销。"

"不必如此，"福尔摩斯十分肯定地说道，"我有信心能让它参加比赛。"

罗斯上校闻言连连点头。"听您这么说，我非常高兴，福尔摩斯先生，"罗斯上校说道，"那好，你在荒原上转一转之后，我们在可怜的斯特雷克家等你，然后我们一起坐车到塔维斯托克镇去。"

罗斯上校和格雷戈里警长回去了，福尔摩斯和我一起慢慢行走在荒原上。夕阳慢慢向西方落下去了，渐渐隐没于梅普里通马厩后面，一望无际的荒原在落日余晖中泛着光芒，晚霞洒在羊齿草和黑莓上。这样美丽的景色却未能唤起福尔摩斯的关注，他陷入深思之中。

"华生，让我们商讨一下，"他终于开口说道，"我们先不要去理会是谁杀害了约翰·斯特雷克，而专注于寻找马的下落。现在，让我们假想一下在那件案子发生的当时或在发生之后，这匹大名鼎鼎的赛马成功挣脱逃离后会跑向什么地方去呢？你知道，马总是惯于在一起。按照马的本性，它或者跑回金斯皮兰马厩，再或者就是跑到梅普里通马厩去了。它是不太可能会在荒原上四处乱跑的。如果真是这样，它一定会被人看到的。吉卜赛人又为什么要拐走它呢？这些人总是一听说有什么麻烦就立刻躲得远远的，唯恐被警察纠缠不休。他们是不会认为能卖掉这样一匹大名鼎鼎的赛马的。他们会认为要是带上它，他们不但要冒很大的风险，而且会一无所获，对于这一点，我想他们一定想得非常清楚。"

"那么，马会在什么地方呢？"

"刚才我不是已经讲过了嘛，它或者到金斯皮兰或者到梅普里通去了。现在不在金斯皮兰，那显然一定在梅普里通。我们就按这个设想去办，看看事情将会变得如何。警长说过，这一片荒原土质坚硬干燥，可是通向梅普里通的地势则慢慢下斜，从这里你可以看到那边有一个较长的低洼地带，在星期一晚上那片低洼地带肯定是非常潮湿的。假如我们的猜想真实无误的话，那么这匹赛马必然会经过那里，那样的话，我们自然就可以在那里发现属于那匹赛马的蹄印了。"

我们一边走着一边谈着，兴致盎然，几分钟以后，我们就来到我们所怀疑的那片洼地了。在福尔摩斯的安排下，我沿着斜坡向右边走，而福尔摩斯则向左边走，就在我走了还不到五十步，他在那边就开始叫我，而且我还看到他在向我招手。原来在他面前松软的土地上有一些马蹄印，马蹄印的痕迹很清晰，福尔摩斯从口袋里取出马蹄铁与地上的蹄印一对照，发现严丝合缝地吻合。

"看见了吧，猜想有着多么重要的意义，"福尔摩斯说道，"格雷戈里所欠缺的就是这种素质。既然我们已经开始了对事情的设想，并按设想的情况去核查，结果证明合理，那么就让我们继续我们的猜想吧。"

我们在穿过湿软的低洼地段之后又走了大约四分之一英里的坚硬的草地，之后地形继续下斜，马蹄印重新出现了。随后的约半英里距离马蹄印又消失不见，可是在梅普里通附近，马蹄印又一次出现了。这一次又是福尔摩斯在我之前发现了它，他站在那里，用手指着马蹄印，脸上掩映不住兴奋的表情。一个男子的脚印在马蹄印旁边清晰地展现出来。

"一开始这匹马旁边没有脚印的。"我大声说道。

"一点不错。它旁边没有任何脚印。嘿,这是怎么回事?"

原来这两种足迹突然朝金斯皮兰方向转去。福尔摩斯吹起口哨,我们两个人紧紧跟着足迹往前走。福尔摩斯目光一刻不离足迹,可是我无意间向旁边一看,让我感到非常吃惊的是,我看到这同样的足迹又折回原方向。

"你真是很棒!华生,"在我指给福尔摩斯看时,他这样对我说道,"你让我们少跑好多路,否则我们就要走回头路了。现在我们还是按折回的足迹跟踪吧。"

我们跟踪没有多长时间,发现足迹在通往梅普里通马厩大门的沥青路上中断了。就在我们接近马厩的时候,一个马夫从里面跑了出来。

"这里不允许闲人靠近!"那人说道。

"我只有一个问题想请教,"福尔摩斯把拇指和食指插到背心口袋里,说道,"如果明天早晨五点钟我来拜访你的主人赛拉斯·布朗先生,时间上你认为是不是有些早?"

"哦,你得到了上帝的庇护,先生,假如那个时候拜访他,他会接见的,因为他总是第一个起床。现在他来了,先生,还是你亲自问问他吧。不,先生,不行,要是让他看见我拿你的钱,他一定将我从这儿赶走,假如你愿意给的话,请求您过一会儿再给。"

福尔摩斯马上就要从口袋里拿出一块半克朗的金币,听到这话,就又将金币放回衣袋。这时,一个面目凶恶的老头儿从门内大步地走了出来,手中挥舞着一支猎鞭。

"你在这儿闲谈些什么,道森?"他大声喝道,"不准闲谈!赶快去做你应该做的事情!还有你们俩,你们究竟来这儿做什么?"

"请给我们十分钟,我们要和你谈一谈,我的好先生。"福尔摩斯显示出友好的样子。

"我没有时间和每个无所事事的人谈话,我们这里不许陌生人靠近。马上离开,否则我就要放猎犬了。"

福尔摩斯将身子俯上前,在他耳旁低声说了几句。之后,他变得气急败坏，面红耳赤。

"一派胡言！"他大声喊道，"可耻的谎话！"

"嗯，不错。我们是在这里当众争论呢，还是到你的客厅里沟通一下呢？"

"哦，那好吧，你想进去谈，那请吧。"

福尔摩斯听后微笑了起来。

"不会耽搁多长时间的，华生。"福尔摩斯说道，"现在，布朗先生，你说什么我都恭敬不如从命。"

大约二十分钟左右，福尔摩斯和布朗走出来时，天色已经完全暗下来了。我还从来没见过有谁会像赛拉斯·布朗那样一眨眼工夫就有那么大的转变。他神色慌张，额头满是汗珠，两只手不停地颤抖，手中的猎鞭像是风中的细树枝一样来回摆动。之前那种目中无人的狂傲神情荡然无存，他畏缩地跟着我的朋友，就像一条猎犬跟着它的主人一样。

"您放心，一切遵照您的吩咐处理，一定完全照办。"他说道。

"千万要保证万无一失。"福尔摩斯回头看着他说道。而对方神色慌张，好像从福尔摩斯的目光中领略到了可怕的威慑力。

"啊，我保证一定不会出差错。它一定会出场。我要不要先把它稍作改变？"

福尔摩斯稍作沉思，忽然放声大笑。"不，不用了。"福尔摩斯说道，"我会写信通知你的。记住不要动什么歪心眼，哼，要不后果……"

"啊，请放心，我保证不会，请相信我！"

"好，我认为你是不会欺骗我的。嗯，明天一定会收到我的信。"布朗将颤抖的手向福尔摩斯伸了过来，福尔摩斯毫不理睬，转身就走，我们朝着返回金斯皮兰的方向走去。

"如同赛拉斯·布朗这样一会儿目中无人，一会儿又胆小如鼠、猥猥琐琐的家伙，我见识得不多。"在我们拖着沉重的脚步返回时，福尔摩斯说道。

"难道说马果真在这里了？"

"他之前的想法是打算把事情一推了之，可是我把他那天早晨所做的事说得与他做的完全吻合，所以他确信我当时在暗中盯着他。我想你一定注意到了那个特殊的方头鞋印，布朗的长筒靴完全和它吻合。另外，这种事情是一般下人们不敢做的。我对他说，根据他总是第一个早起的习惯，他是如何发现有一匹奇怪的马在荒野上徘徊，又是如何走上前把它牵回来的，当看到这匹马是那匹几乎人人关注的银色马白额头时，他又是如何兴奋不已的，因为只有这匹马才能跑赢他下赌注的那一匹，而现在这匹马阴差阳错地被自己掌控了。后来我又叙述道，他最初的一刹那想法是如何打算把马送回金斯皮兰，后来又是如何陡生邪念，想把马一直藏到比赛结束的，于是抱着这种想法把马牵回来，藏在梅普里通的马厩里。这一切的一切事无巨细我都讲得非常清楚，他不得不承认，估计是想保全自己的性命了。"

"可是不是已经检查过他的马厩了吗？"

"哦，不错，不过像他这样的老马混子肯定是诡计多端的。"

"既然他有可能为了自身利益伤害那匹赛马，可你还允许他掌控那匹马，你难道不担心吗？"

"哈，放心吧，我亲爱的朋友，他会像爱护自己的眼珠一样去爱护那匹马的。因为他知道他能获得赦免的唯一希望就是让那匹马完好无损。"

"在我的感觉中，罗斯上校应该不是那种肯轻易宽恕他人的人。"

"当然，不过这件事并不取决于罗斯上校。我可以权衡着办，按照自己的选择多说或者少说自己掌握的情况。这就是非官方侦探的优势之处。华生，我不知道你是否发现，罗斯上校有些慢待于我。现在我想拿他来稍微开开心。不告诉他有关那匹赛马的事。"

"嗯，没有你的许可我一个字都不会向他透漏。"

"况且这件事与查找杀害约翰·斯特雷克的凶手这个案子相比，算不上什么大事。"

"你准备努力追查凶手吗？"

"不，刚好与此相反，我们两人今天就乘夜班车回到伦敦。"

我朋友的话当时确实震惊了我，要知道我们来德文郡仅仅几个小时而已，而且一开始调查案子就进行得如此顺利，现在他竟然要中途放手，放弃调查，这真是让人无法揣度其心思。

在我们返回已经死去的驯马师斯特雷克的寓所途中，无论我如何劝说，他都绝口不与我谈论此事。上校和警长早已在客厅等着我们。

"我和我的朋友准备乘夜班车返回伦敦，"福尔摩斯说道，"你们达特穆尔的清新空气，真是让人感觉舒服，令人留恋啊。"

警长立刻表现出惊讶的表情，而上校则轻蔑地撇了撇嘴。

"看来，你是对缉拿杀害可怜的斯特雷克的凶手失去信心了？"上校问道。

福尔摩斯耸了耸肩。

"缉拿凶手不是那么容易的事，"福尔摩斯说道，"不过，我对你的马可以参加星期二的比赛还是十分有信心的，请你准备好赛马的骑师吧。能给我一张约翰·斯特雷克的照片吗？"

警长递给福尔摩斯一张从一个信封中抽出的照片。

"麻烦你，亲爱的格雷戈里警长，你把我需要的东西都预先准备好了，然后在这里稍等我片刻，我想问女仆一个问题。"

"恕我直言，我对我们专门从伦敦请来的这位高参很是失望，"福尔摩斯刚一出门，罗斯上校便毫不掩饰地说道，"我完全看不出来他的到来为案子的早日侦破带来哪些有意义的启示。"

"有一点你不得不承认，他已经保证你的赛马一定能参加比赛。"我说道。

"嗯，不错，他是向我保证了，"上校耸了耸肩说道，"我倒也情愿相信他已经找到了我的那匹马。"

就在我正要继续为我的朋友说话时，福尔摩斯又走进屋来。

"先生们，"福尔摩斯说道，"我随时有可能都会出现在塔维斯托克镇。"

就在我们走近四轮马车时，一个小马倌过来替我们打开车门。福尔摩斯好像突然想起了什么，将身体前倾，拉了拉小马倌的衣袖。

"我知道你们的围场里养着一些绵羊，"福尔摩斯说道，"平日是谁负责照管它们？"

"正是我，先生。"

"哦，那你近一段时间有没有发现它们有什么异常情况？"

"啊，先生，没发生什么引人关注的事情，不过，有三只羊跛足了。"

我注意到，福尔摩斯显得十分兴奋，因为他搓了搓双手，咧着嘴轻轻笑了。

"大胆的猜测，华生，绝对超乎想象。"福尔摩斯握了握一下我的手臂，说道，"格雷戈里，我提醒你多多关注一下羊群中的这种流行病。好了，动身吧。"

和刚刚的表现几乎如出一辙，罗斯上校的脸上流露出对我朋友的办案才能极不信任的神情，可是我从警长的表情中可以看出，福尔摩斯的话让他神情郑重。

"你确定这很重要吗？"格雷戈里问道。

"当然，我确定这非常重要。"

"哦，还有其他让我多关注的事情吗？"

"在那天夜里，猎犬的反应让人怀疑。"

"那天晚上，猎犬没有什么异常反应啊。"

"不错，可这正是让人有所怀疑的地方。"福尔摩斯提醒道。

四天之后，我和福尔摩斯又坐车到温切斯特市观看韦塞克斯杯锦标赛。事先约好的罗斯上校在车站旁迎接我们。我们上了他那高大的马车，马车朝城外跑马场跑去。罗斯上校一脸凝重之色，态度有些冷淡。

"到现在为止我还没有见到我的马的影子。"上校说道。

"我想你见到它时，应该能认出来它吧？"福尔摩斯问道。

上校显出恼怒的神情。

"真有意思，我在赛马场已经混了二十年了，真的不知道还有人问这样的问题，"他说道，"甚至是小孩子也认得银色白额马的白额头和它那斑驳的右前腿。"

"哦，赌注有什么变化吗？"

"这才是奇怪的地方呢，昨天还是十五比一，可是现在差额变得很小了，竟然跌到三比一了。"

"哈哈！"福尔摩斯说道，"一定是有人知道了什么消息。"

我们终于抵达了看台的围墙，我看到赛马牌上参加赛马的名单：

韦塞克斯金杯赛

赛马年龄：不超过四五岁口。

赛程长度：一英里五弗隆。

每匹参赛马要上交五十英镑。第一名除了颁发金杯外，还有一千镑奖金；第二名奖金三百镑；第三名奖金二百镑。

希思·牛顿先生的赛马尼格罗。骑师着棕黄色上衣，戴红帽。

沃德洛上校的赛马帕吉利斯特。骑师着黑蓝色上衣，戴桃红帽。

巴克沃特勋爵的赛马德斯巴勒。骑师着红色上衣，戴黑帽。

罗斯上校的赛马银色白额马。骑师着黄色上衣，戴黄帽。

巴尔莫拉尔公爵的赛马艾里斯。骑师着黄黑条纹上衣，戴紫帽。

辛格利福特勋爵的赛马拉斯波尔。骑师着灰上衣，戴蓝色帽。

"我们把所有的希望都寄托在你那句话上了，把另外一匹准备参赛的马从比赛名单中也撤掉了。"上校说道。突然，他激动地喊道："谁说什么，银色白额马！在哪里？"

"银色白额马，五比四！"赛马场上的赌客们大声呼喊，"银色白额马，五比四！德斯巴勒，五比十五！其余赛马，五比四！"

"参赛的马都编了号，"我大声说道，"六匹马都出场了。"

"什么？六匹马都出来了？那我的马也出场了，"上校很是焦躁，高声地喊道，"但是我没看到它呀，没有我那种颜色的马过来。"

"就在刚跑过去的五匹中有一匹一定是你的。"

就在我说这话的时候，有一匹剽悍的栗色马从跑马围栏内矫健地跑了出来，从我们面前飞驰而过，上校那位颇有名气的黄帽黄衣骑师正骑在马背上。

"这怎么可能是我的马？"罗斯上校高喊道，"这匹赛马身上一根白毛也没有。你到底在搞什么名堂，福尔摩斯先生？"

"好了，好了，我们来看它跑得如何。"我的朋友十分镇静地说道，然后他用我的双筒望远镜注意观看了几分钟。"啊，真棒！跑得如此漂亮！"他又突然喊道，"看，拐弯处，它们过来了！"

从马车这边观察，可以看到赛马径直跑过来，那场面十分壮观。可看见原来六匹马一匹挨着一匹，紧密到用一条地毯就可以把它们铺盖住。跑到中途的时候，梅普里通马厩的黑帽骑师出现在队伍前列。可是，在它们跑过我们面前时，德斯巴勒就像强弩之末，没有多大劲头了，而这个时候，罗斯上校的赛马猛然间从队伍中杀出，冲过终点，领先它的对手六马身长，第三个到达终点的赛马是巴尔莫拉尔公爵的艾里斯。

"哦，照目前情况看，还真是我的那匹马了。"上校用一只手遮到双眼上望着，气息急促地说道，"我想我是有些晕了，真不知道现在到底是怎样一种情况。福尔摩斯先生，你不认为你把秘密保守得太久了吗？"

"哦，这是很有必要的，上校，你马上会知道所有事情的。我们现在顺便一起去看看这匹马。它在这儿。"福尔摩斯说道。这时我们已经走进跑马的围栏，这地方只允许马主人和他们的朋友进去。

"你只要用酒精把马面和马腿洗一洗，你就可以知道它就是你的那匹银色白额马。"

"你真让我大吃一惊！"

"我在盗贼手中将它找回来了，然后就自作主张让它这样来参加比赛。"

"真是漂亮！可敬的福尔摩斯，你真是天才，漂亮得简直出神入化。这匹马看来状况非常好，我想它一生中从来还没有像今天跑得这样好。原先我对你的才能有些怀疑，实在是万分抱歉。你找回了我的马，我万分感谢，如果你再能抓到杀害约翰·斯特雷克的凶手，你就更是帮我大忙了。"

"哦，这件事，如你所愿我也替你完成了。"福尔摩斯不紧不慢地说道。

这句话，让上校和我都一脸惊愕，我们望着福尔摩斯。上校问道："什么，你已经抓到他了？凶手在哪儿？"

"凶手就在这里。"

"啊，什么，就在这儿！在哪儿？"

"此时此刻我们在一起。"

上校立刻脸色通红起来。

"的确是在你的帮助下，我的马回来了，这一点我完全承认，福尔摩斯先生，"上校说道，"但是你刚才的话，在我看来，不是恶作剧就是侮辱人！"

福尔摩斯听后哈哈大笑起来。

"您多想了，我并没有认为你同罪犯有什么联系，上校。"福尔摩斯说道，"我所说的凶手就站在你身后。"说着，他走了过去，把手放到银额马光滑的脖颈上。

"什么，是这匹马？！"上校和我一起惊呼起来。

"嗯，没错，是这匹马。如果我告诉你，它是出于自卫才杀的人，那就可以减轻它的罪过了。而约翰·斯特雷克是一个根本不值得你相信的人。现在铃响了，我想在下一场比赛中，发一笔小财。我们找一个比这更为合适的时机再好好谈一谈吧。"

那天晚上我们挤乘普尔门式客车匆匆返回伦敦。路上，福尔摩斯仔仔细细地讲述了星期一晚上发生在达特穆尔驯马厩里的那起案子和他的断案方法。我们听得非常认真，我可以猜想得出，罗斯上校和我本人一样，一定感觉路上的时间过于短暂了。

"我要说明一下，"福尔摩斯说道，"我原先根据报纸报道所形成的那些看法，与事实是完全不吻合的，可是在那些信息中仍然有一些迹象，假如没有被其他细节所掩盖的话，有些信息应该是非常重要的。我到德文郡时，也曾认定菲茨罗伊·辛普森就是罪犯。当然，我也知道那些证据并非完备确凿。而在我乘坐马车来到驯马师房前时，猛然间我意识到咖喱羊肉对这个案子有着非同一般的意义。你们应该记得，在你们都从马车上下来时，我那时正陷入沉思中，仍旧在车子上一动不动。我当时也在纳闷，我怎么会将这样一条明显的线索忽略掉。"

"我不得不说，"上校说道，"直到现在我也没有找出咖喱羊肉和这件案子的关系来。"

"咖喱羊肉是我推理链条中的第一个环节。要知道，麻醉药粉是有气味的。这气味虽不难闻，可是无疑会让人察觉出来。如果将它混在普通的饭菜里面，吃的人完全是可以凭借气味发现它的，这样的话，自然就不会再继续吃下去了。而咖喱正好可以掩盖这种气味。很难想象，菲茨罗伊·辛普森这个陌生人那天晚上会把咖喱带进驯马师家中去，不可能那么巧，正想下麻醉药，恰好碰到可以掩盖这种气味的饭菜，这种巧合匪夷所思，令人难以置信。因此，辛普森的嫌疑就排除了。于是，我的注意重点就转移到斯特雷克夫妇身上。因为只有这两个人能决定咖喱羊肉作为当晚的晚餐。麻醉药粉是在专门留给小马倌的饭菜里加进去的，因为其他人也吃了这道菜却没有任何不良反应，那么他们两个人中哪一个更接近这份菜肴而未被女仆发现呢？

"在我想通这件事以前，让我感觉奇怪的事情还有那个夜晚猎犬为什么没有叫。一个可靠的推论总会启发出其他的推论来。从辛普森这个插曲中我了解到马厩中养着一条猎犬，但是有人进入马厩，并且把马牵走，而它竟没有叫，没有惊醒睡在草料棚里的那两个看马厩的人。可以推断，这位午夜进入马厩的人一定是这条猎犬非常熟悉的人。

"那个时候，我已经下了结论，准确说差不多确定，深夜来马厩的人是约翰·斯特雷克，是他半夜潜入马厩把马牵走了。他为什么要这样做呢？显然，是不怀好意，否则，他为什么要麻醉倒他自己的小马倌呢？尽管我得出这样的推论，但是我找不出他这样做的原因所在。以前有过一些案子，驯马师通过代理人把巨额赌注押在自己的马的失利上，然后施展种种诈骗的招数，故意不让自己的赛马得胜。或者有时，在赛马中故意放慢速度而输掉。还有的时候他们用一些更为稳妥、更为狡猾的伎俩。这件案子中采用的是什么骗术呢？我希望检查死者的衣袋里的东西后再作结论。

"检查证明了我的猜测，你们自然会记得在死者手中发现的那把奇怪的小刀吧，很明显没有一个神智正常的人会拿它来当武器使用。正如华生医生告诉我们的那样，这是外科手术中用来做最精密手术的手术刀。那天晚上，这把小刀也是准备用来做精密手术的。罗斯上校，你在赛马场二十年的丰富经验会告诉你，如果在马的后踝骨跟腱处从皮下轻轻地划一小道伤痕，那是无论如何也显不出半点痕迹来的。遭受这样手术的马将逐渐显现出轻微的跛足，而这往往会被人当作是训练过度或是有轻微风湿疼痛，可是却不会被人戳穿阴谋。"

"混账的家伙！真是个恶棍！"上校大声嚷道。

"这样我们可以猜测出约翰·斯特雷克把马牵到荒野去的用意了。因为一匹烈马受到刀刺以后，肯定会高声嘶叫，这样自然会惊醒在草料棚睡觉的小马倌，所以绝对需要到野外去干这个勾当。"

"我怎么错看了他！"上校怒吼道，"看来，他要用蜡烛和火柴也是为了做这事。"

"事实也确实如此，在看过他的东西以后，我不仅了解清楚了他的犯罪手段，而且还找到了他的犯罪动机。上校，你是一个深谙人情世故的人，自然知道一个人不会把别人的账单装在自己的口袋里，我们一般人都是自己解决自己的账务，所以我立即断定，斯特雷克一定过着重婚生活，他还另有一家室。从那份账单上可以看出，一定有一个喜欢挥霍的女人掺杂在这件案子中。即使像你这样对仆人慷慨大方的人，恐怕也很难想象有人能花二十几尼给女人买一件衣服。我曾在斯特雷克夫人毫无防备的情况下问她这件衣服的事，可是她一点都不知道关于这样一件衣服的事，这使我很满意。我记下了服饰商的地址，深信如果带上斯特雷克的照片一定能很容易地解决这位神秘的德比希尔先生的问题。而事实证明了这一点。

"事情到这里，就十分让人好理解了。斯特雷克把马牵到一个洼地里，在那里他点起蜡烛别人看不到。辛普森仓皇逃离的时候遗失了领带，斯特雷克把它捡起来，可能准备用它来绑马腿。在洼地，斯特雷克走到马后面，燃起了蜡烛，可能是突然一亮的烛光，让马受到了惊吓，出于动物的特异本能预感到有人想要加害于它，便自然扬起后蹄来，蹄铁正踢到斯特雷克额头上，那个时候的斯特雷克为了干他那种精细的工作，不顾下雨，脱掉了大衣，在他倒下去时，小刀划破了大腿。现在一切都很清楚了吧？"

"分析真是严丝合缝！"上校喊道，"真是太精彩了！你好像就在现场一样。"

"我不得不说的一点是，我最后的推测是非常大胆的。我个人认为，斯特雷克是个做事谨慎的家伙，他不经过反复试验是不会轻易在马踝骨跟腱处做这种精密手术的。那么他能在什么东西上做这个试验呢？看到绵羊后我猛然产生了一种意识，于是我就问了小马倌一个问题，而小马倌的回答给了我惊喜，让我感觉到我的推测是完全正确的。

"回到伦敦后，我去找了那位服饰商，她告诉我斯特雷克是那个化名德比希尔的阔绰顾客，他有一个打扮得很漂亮的妻子，十分喜欢奢华的服饰。真相水落石出了，就是这个女人使斯特雷克背上了满身的债务，从而走上不归路。"

"除了一个问题你没有说清楚之外，其余的事情你都让我明白了。"上校大声说道，"能告诉我，我的马当时在哪里吗？"

"啊，关于您的那匹马，它在逃走了以后，得到了您的一位邻居的照料。在这个问题上我们要发扬宽容的情怀。我想，如果我没有弄错的话，已经到了克拉彭站，大约十分钟之内我们应该能到维多利亚车站了。上校，假如您不介意到我们那里抽支烟，我将会很高兴告诉您另外一些您可能会感兴趣的事情。"

二　戴面具的女孩

在众多的奇特案件中，我的朋友福尔摩斯表现出来的杰出才能，让我们获得了深刻的戏剧性体验，使我们深深被吸引，愿意沉醉其中。这也是我依据这些案件所写的小说获得比别人更成功的原因。当然，我之所以做出这样的结论，并不是为了顾全福尔摩斯的声誉，因为事实上，每逢遇到无法突破的困境之际，他充沛的精力和非凡的才智着实让人钦佩——大凡福尔摩斯侦破不了的案子，别人十有八九也不会成功，而案子也就多半成了迷案。偶尔即使他出现了失误，可是最终他还是会将案子的真相揭示出来。我注意到，类似情形的案子有五六起，其中有两起很是让人着迷，一起是马斯格雷夫典礼案，另一起就是我下面即将要叙述的。

福尔摩斯很少为了强壮身体而进行体育活动，可是在他同一体重级别的人当中，他却比其他多数人更为健壮，而且他是我见过的跟他在同一体重级别的人当中最为优秀的拳击手。可是，他却认为盲目地锻炼身体纯粹是在浪费精力，所以除了与他职业相关的项目以外，他很少对其他活动产生兴趣。尽管如此，他的精力非常充沛，从不感到疲倦。他的饮食非常简单，生活习惯也非常简朴，甚至可以说节衣缩食。这种修身之道真的很少见。除了有时注射些可卡因以外，福尔摩斯没有其他恶习。每当没有案子需要他侦破，而报纸新闻又引不起他的兴趣时，他便借助于麻醉剂，以排解生活的单调。

早春的一天，福尔摩斯不知哪儿来的兴趣，居然和我一起去公园散步。那个时候新芽已经悄然出现在公园里的榆树枝条上，栗树梢头也开始冒出五瓣形的新叶。我和福尔摩斯并排漫步了两个小时，大部分时间我们都静默不语，这对于两个彼此熟知的人是再正常不过了。我们回到贝克街时，已经将近五点了。

"先生，有一件事您要谅解我。"我们的小仆人一边开门一边说道，"有一位绅士来找过您。"

福尔摩斯看了我一眼，那眼神中有一丝抱怨。

"全都是因为午后散步！"福尔摩斯说道，"那么，现在这位绅士已经离开了，是吗？"

"嗯，是这样的，先生。"

"你没有请他进来吗？"

"请了，先生，他进来过。"

"哦，他待了多长时间？"

"大约半个小时吧，先生。看得出来，这位绅士非常急躁，他在屋里来来回回快速地走，还偶尔将脚步放重。我在门口等候，先生，可是我能听到他在屋里的动静。最后他走到过道里大声叫喊道：'他是不是不想回到这里来了？'他就是这样说的，先生。我说：'请您再稍等一会儿吧。'他又说：'好吧，好吧，我去门外等，我在这里快要闷死了，过一会儿我就回来。'说完他就转身离开了，无论我说什么，他也不理会我。"

"嗯，不错，不错，你做得很不错。"我们走进屋，福尔摩斯说道，"真烦人，华生。从这个人迫不及待的样子来看，他一定遇到了一件很棘手的事情。正好，我也亟需办一件案子来排解生活的单调。哦，看！这桌上的烟斗不是你的，一定是那个人丢下的。这是一只制作精良的欧石南根烟斗，斗柄很长，是用烟草商称之为琥珀的那种材料做成的。我不知道伦敦城里到底有几只真正的琥珀烟嘴，据说真正的琥珀是那种里面包着昆虫的。他竟然遗忘了如此珍爱的烟斗，说明他一定是心烦意乱到了一定程度。"

"你是怎么判断出他珍爱这只烟斗的呢？"我问道。

"哦，我可以看得出来，这只烟斗的原价不过七先令六便士，可是，你注意到没有，它竟然已经修补过两次了，一次在木柄上，另一次是在琥珀嘴上。你可以看到每次修补都用的是银箍，单就是修补的费用都要超出烟斗的原价很多。这个人宁肯花更多的钱去修补烟斗，而不愿意用少些的钱去买一只新的，足以证明他一定很珍爱这只烟斗。"

"还能看出其他什么来吗？"我问道，因为我发现福尔摩斯正拿着烟斗翻来覆去地看，以他特有的方式在冥想思索。

福尔摩斯用他那细长的食指弹了弹那只烟斗，那样子就像一个生物学教授在讲授动物骨骼课似的。

"在某些时候，烟斗可以传递出很多信息。"福尔摩斯说道，"除了手表和鞋带以外，似乎再也没有别的东西比烟斗更能显示一个人的个性了，可是这只烟斗上的痕迹并不明显，无法传递出更多更重要的线索。烟斗的主人显然是一个身强体健的人，习惯于用左手做事，有一口好的牙齿，做事应该粗枝大叶，是个有钱人。"

这些话，福尔摩斯几乎脱口而出，说这些话的同时还与我交换了一下眼神，看我是否听懂了他的推理。

"在你看来，用一只七先令的烟斗吸烟，就算是有钱人吗？"我问道。

"你看，这是格罗夫纳板烟，大概八便士一英两。"福尔摩斯一边说着，一边把烟斗放在手心里一磕，烟斗里掉出一些烟丝，"用这一半的价钱，他就可以抽上等烟了，由此可见他一定是个有钱人。"

"哦，那其他几点又如何解释呢？"

"他习惯在油灯和煤气喷灯上点烟斗，你来看，这个烟斗的一边已经烧焦了。如果用火柴来点，自然就不会烧成这样了。是不是？用火柴点烟怎么会烧焦烟斗边呢？但是如果在油灯或者煤气喷灯上点烟，就不可能不烧到烟斗。你再看，只有烟斗的右侧烧焦了，显而易见，他应该是一个习惯用左手做事的人。你在油灯上点烟，你就可以发现，因为你惯用右手，自然是烟斗左边靠向火焰。也许你不这么点烟，毕竟这不是经常性的，所以只能认为他惯用左手。再看，琥珀烟嘴已经被咬破，这能够说明他身强体健，有一口好牙齿。如果我的感觉没有欺骗我，我听到他正走上楼来，好了，接下来，我们可以讨论一些比这烟斗更有趣的问题了。"

福尔摩斯的话刚落音，屋门打开了，一个高大魁梧的年轻人走了进来。他穿着一套考究的深灰色衣服，显得恬淡素净。他的手中捧着一顶褐色宽檐呢帽。我从他的样子猜测他的年龄在三十岁左右，可是实际上他还要大上几岁。

"抱歉，"他有些窘迫不安地说道，"实际上我是应该敲门的，是的，我当然应该先敲门。可是现在我内心慌乱不堪，请原谅我的冒失。"他把手放在额头上，仿佛头晕目眩似的，忽然身子一晃歪倒在椅子上。

"能够看出你一两个晚上没有休息了。"福尔摩斯态度异常和蔼可亲，"这确实比工作，甚至比玩乐还要伤神。不知道我做什么能够帮助到你呢？"

"真的需要您的帮忙，先生。我不知道我如何去面对，我的整个生活似乎已经崩溃了。"

"我想你是让我做你的咨询侦探吧？"

"不仅仅是这样。您是一个见多识广、阅历丰富的人。我想知道我下一步该怎么办。天哪！真心希望您能帮到我。"

他有些语无伦次，还呼吸急促，声音颤抖，我觉得他甚至把说话都当成了一件痛苦的事，一直竭尽全力用意志克制着自己的感情。

"这件事真是无比微妙。"他说道，"无论是谁都不愿意家丑外扬，特别是与两个完全陌生的人来探讨自己妻子的所作所为，更是让人难以开口。说这些简直太可怕了，可是，我已经被逼得走投无路了，不得不向别人求教了。"

"亲爱的格兰特·芒罗先生……"福尔摩斯突然这样说道。

"啊，什么？"他大声说道，"你如何能叫出我的名字？"他惊讶地从椅子上跳起来。

"如果你不想让别人知道你的名字，"福尔摩斯笑容满面地说道，"那就请你以后不要再把名字写在帽里上，还有，在拜访别人时，帽里不要朝向人家。我想要告诉你，我和我的朋友在这间屋子里已经听到过很多离奇古怪，甚至荒诞不经的事情，而且我们很荣幸能够使不少惶惑不安的人重归宁静。我相信我们也能为你做到这一点。时间对于谁都是宝贵的，请你不要再耽误时间，现在就把整个事情的来龙去脉一五一十地告诉我们吧。"

这位来客再一次把手放到额头上，那样子让人感觉他非常难过。从他的神情姿态可以看得出来，他是一个不爱讲话、沉着稳重的人，骨子里有些骄傲，宁愿掩藏自己的内心创伤，也不愿把它讲出来。后来，他猛然间握了握拳头，做了个下定决心的手势，决定不再忍受内心的煎熬，把秘密讲了出来：

"我经历了这样一件事情，福尔摩斯先生，我成家已有三年了。在这结婚的三年里，我和我的妻子像所有结为夫妻的伴侣们一样相敬如宾、恩恩爱爱。我们的思想、言行都在一个轨道里，没有任何分歧。可是从上周星期一开始，一道厚屏障突然出现在我们两人中间。我发现，她的思想以及生活上居然有我所毫不知晓的东西，仿佛她是一个和我陌路相逢、擦肩而过的女人。忽然间，我们彼此疏远了。我不知道原因到底在哪里？

"有一点我要说明，在我继续讲下去之前，我要让您清楚一件事，福尔摩斯先生，那就是艾菲是爱我的，千万不要在这方面产生什么误会。她对我的爱是真心实意的，现在比以往任何时候都爱我。我十分清楚这一点，也感觉得到，我更不想否认这一点。女人在真心爱上一个男人时，男人应该很容易感知到的。不过我们两人之间有个秘密存在，如果这个秘密不能揭开，我们就不能感情如初了。"

"好了，芒罗先生，把你们之间的事情告诉我。"福尔摩斯有点不耐烦地说道。

"我需要先把我所知道的艾菲的情况讲给您听。我初次见到她时，他的前夫已经去世了。她当时只有二十五岁，虽然很年轻，但已经守寡了，那时人们称她为赫伯龙夫人。小的时候，她就到了美国，在亚特兰大城居住，在那里她嫁给了一个名叫赫伯龙的人。他是个很受欢迎的律师，找他帮助的人很多。他们有一个孩子，可是那地方爆发了严重的黄热病，赫伯龙和孩子都被黄热病夺去了性命。我看过赫伯龙的死亡证。

"丈夫与孩子的双双离世对她打击很大，她开始对美国这片土地心存厌恶，于是回到自己的国家和她那终生未出嫁的姑母一起住在米德尔塞克斯的平纳尔。这里我要补充一点，她的律师丈夫给她留下了一笔相当丰厚的遗产，有四千五百英镑。她丈夫生前对这笔资产的投资十分独到，年均利息足有七厘。她到平纳尔半年，我们有缘遇到了一起，我们一见倾情，几个礼拜后我们就走进了婚礼的殿堂。

"我从事蛇麻生意，每年约有七八百英镑的收入。我们在诺伯里租了一座小别墅，租金为每年八十英镑，我们生活得开心快乐。我们这个小地方虽然离城镇不远，却别有一番乡村风情。在我们小别墅不远的地方，有一家小旅馆和两所房屋，我们门前田野的那一边，也就是我们住处正对着的是一所单独的小别墅。除此之外，只有到车站去的半路上才有几所房子。由于我从事这宗生意的原因，我在一年中的某几个特定季节才进城做交易，夏天的时候我几乎不用为生意做什么，也就不用进城了，这样我就可以和妻子在乡下的别墅里尽享我们快乐的生活。我还要说的是，在这个心理阴影出现之前，我和我的妻子相互信任，任何一方都没有猜忌过对方。

"讲到这里，我还有一件事，要事先说给您听，这件事就是我们结婚时，妻子把全部财产都转到了我的名下。实际上，这不是我的意愿，因为我觉得要是钱都在我手上，假如有一天我做生意亏了本，那我们的生活就穷困潦倒了。可是，她却坚持要这么做，我没有办法，只好依着她。哦，大约六个星期以前，她来找我。

"'杰克，'她说道，'记得当初我把钱转到你的名下的时候，你跟我承诺，无论什么时候我要用钱都可以向你来要。'

"'嗯，是这样，'我说道，'那本来就是你自己的钱嘛。'

"'既然那样，'她说道，'我要一百英镑用。'

"听到这话，我不免有些意外，因为我本来想她要钱只不过是要买一件新衣服或其他这一类她喜欢的东西。

　　"'你为什么要拿这么多钱？'我问道。

　　"'哦，'她以开玩笑的口吻对我说，'你说过你只作我的银行保管员，你很清楚的，银行保管员是从来不可以乱问客户任何问题的。'

　　"'假如你确实需要这笔钱，我当然可以给你。'我回答道。

　　"'嗯，那就好，我真的需要这笔钱。'

　　"'可以，但我想知道你拿这笔钱要干什么，你难道不想告诉我吗？'

　　"'杰克，可能改天我会告诉你吧，不过，不是现在。'

　　"话既然这样说了，我也就停止了追问。如果说我们夫妻间有什么秘密的话，这还是第一次呢。我给了她一张百元英镑的支票，在这以后我也没再想过这件事。可能这件事和后来发生的事情没有任何关系，但我还是认为把这件事讲出来心里更踏实一些。

　　"哦，还有一件事，前面我说过，离我们住处不远有一栋小别墅，我们住所和这栋小别墅之间有一块田野。如果想要去小别墅那里，需要沿着大道走，然后再绕到一条小路上去。就在小别墅的另一边，有一片生长良好的苏格兰枞树林，平常我喜欢去那里转一转，呼吸一下令人感到振奋的空气。这八个月以来，这所小别墅一直无人居住，真的是太可惜了。那是一座很漂亮的两层楼，有一道古式的门廊，金银花布满周围。我经常在那里驻足沉思，这里真是个清新雅致的庄园啊！

　　"上周星期一的傍晚时分，我又沿着那条路散步，看见一辆空的小货车转到小路上，与此同时，我还发现有一些地毯以及其他东西堆放在门廊旁边的草地上。明摆着，这栋小别墅终于租出去了。我走过去来到门廊前，神情悠然打量了一番，想知道住得离我们这么近的究竟是些什么人。可是正在我打量时，我突然有一种被窥视的感觉，之后我发现二楼的一扇窗户里有一张面孔在面对着我。

　　"当时我没有看清这张面孔的模样，福尔摩斯先生，可是，那一刻我感到自己浑身冰冷，背上的冷汗似乎都要下来了。我之所以没有看清那张面孔，是因为我站得稍微远了一点。虽然这样，但是我还是看到这张面孔表情有点僵硬而且十分冷酷。我想把窥视我的那个人看得更清楚些，于是我便急忙走上前去，但是我走近以后，那张面孔突然消失不见了，仿佛突然被拽回到屋内的暗处。

"在那里我站了有五分钟的时间，仔细考虑这件事，试图努力对留在我脑海中的那张面孔进行分析。我无法判断那张面孔究竟是一张男人的面孔，还是一张女人的面孔，也是因为它离我太远了，所以无法分清，可是那张面孔的颜色让我记忆深刻，那张面孔颜色铁青，而且有点僵硬呆板，很不自然，给人一种毛骨悚然的感觉。我心里很是不安，便决心再去看看这所小别墅的新住户。我走近门前敲了敲门，时间不长，一个身材高大、瘦骨嶙峋的女人把门打开。这个女人不但长相奇丑无比，而且待客的态度更是让人接受不了。

"'你有什么事吗？'她问道，夹杂着北方口音。

"'哦，是这样，我住在你的对面。'我朝我的住处指了指说道，'我看你们刚刚搬进来，所以我想是不是能帮助你们做些什么……'

"'哦，需要帮忙时，我们自然会找你的。'她说完这句话，竟然把门给关上了。我吃了这般毫无礼貌的闭门羹，内心极不舒服，便转身回家了。晚上，虽然我试图努力把精力转到别的事情上，但那张在窗口出现的铁青面孔和那个女人的粗野举止一直在的脑海里出现，而且挥之不去。我原本打定主意不向妻子说这件事，因为她是一个十分敏感而又容易紧张的人，我不愿意让她分担我所遭遇到的不快。但是，就在临睡前，我还是忍不住跟她说起了那栋小别墅，告诉她现在那里已经住上人了，她听了一声不吭。

"平日里我睡觉很沉，家里面的人经常嘲笑我说夜里没有任何响声能把我吵醒，可是那天夜里，不知道是不是白天的那件事给我带来轻微刺激或是其他什么原因，我睡得不像平常那么沉，朦朦胧胧中，我隐隐约约感觉屋内似乎有什么动静，接着我很快意识到我妻子已经穿好外衣，并且披上了斗篷，帽子也戴好了。意识还没完全清醒的我说了几句责备的话，大致的意思是让她不要在深更半夜里收拾东西。当我半睁半闭的目光突然落到我妻子那被烛光映照的脸庞时，我被惊到了，我感到一种恐慌。当时我看到我妻子的表情是我以前从未见过的，她脸色惨白，呼吸急促，这自然不是装出来的。她扣紧斗篷时，偷偷地朝床这边瞥了一眼，大概看我是不是被吵醒了。在料定我还在睡梦中后，她便悄悄地溜出屋去，时间没过多久，一阵刺耳的吱吱嘎嘎声传来，这分明是大门合页发出的响声。我从床上坐起来，用手关节在床栏上敲了敲，借此验证我是不是在睡梦中。然后我从枕下拿出表来，看到当时是凌晨三点钟。凌晨三点钟，我妻子竟然要到外面黑漆漆的乡间小道上去，这究竟是怎么回事？她出去到底要做什么呢？

"我呆坐在床上约有二十分钟，内心翻腾不已，我努力理清思绪，试图找一些可能的解释。我越想越觉得此事非同寻常，有些匪夷所思。正当我还在为这件事苦思不得其解时，听到门又轻轻关上了，然后我妻子走上楼来。

"'黑漆漆的夜，你去哪儿了，艾菲？'她一进来，我直接开口问道。

"听到我这么突然发声，她大惊失色，并发出急促的喘息声，还伴随着尖叫。没有比这一惊一叫更能触动我内心了，因为这一惊一叫里面显然包含着说不出来的愧疚之情。我妻子一向是个开诚布公、做事不喜欢拐弯抹角的女人，自己悄悄溜进屋内，而丈夫问话时竟然大惊失色，以至于失声惊叫，我完全可以体察到她的内心活动。

"'你怎么醒来了呢，杰克？'她笑了笑，但表情明显有些不自在，说道，'我原本还以为没有什么能把你吵醒呢。'

"'告诉我，你刚才去了哪里？'我以更严厉的语气问道。

"'我就知道你一定会把这当作一件了不得的大事。'她说道。我注意到她在解斗篷上的纽扣时，手指始终在不停地颤抖。'哦，我还是第一次需要这样做呢。是这样的，我觉得好像有点胸闷，就想出去呼吸一下新鲜空气。要是不出去，我想，我肯定已经晕倒了。我在门外只站了几分钟，现在就已经完全没事了。'

"她在给我解释这件事的时候，始终不敢朝我这边看一眼，说话的声音也完全不像平常的语调。显而易见，她所说的话都是谎言。我没有回答，而是把脸转向墙壁，我很伤心，脑海中全是一些恶毒的猜测和怀疑。我妻子在刻意隐瞒我什么呢？她这次令人怀疑的深夜外出，到底去了哪里呢？我感觉在没有获得正确答案以前，我是片刻也不会安宁的。可是，在她向我说过一次假话以后，我退缩了，不想再追问下去了。这一夜我一直无法入眠，心神不宁，猜来想去，越琢磨越是感觉此事很荒谬。

"按照计划，第二天我本应该进城去处理生意方面的事，可是我心烦意乱，也顾不得生意了。看得出来，我妻子也和我一样内心不安，我从她那稍许疑虑的目光看得出，她一直在观察我的脸色，很明显，她已经猜测出我对她说的话已经不再信任，现在也是六神无主，不知如何是好。吃早饭的时候我们几乎一句话也没有交谈，吃完饭后我径直出去散步，希望能在早晨清新的空气中想明白这件事。

"我一直走到克里斯特尔宫，并在那里逗留了大约一个钟头，回到诺伯里时已经一点钟了。回来的路上，我又一次路过那栋小别墅，于是我便驻足下来，望了望那些窗户，看看是否能见到昨天窥视我的那张面孔。没想到震惊我的事情发生了，福尔摩斯先生，原来正当我站在那里时，小别墅的门突然从里面被打开了，而我妻子竟然从里面走了出来。

"当时一见到竟然发生这样的事，我惊得目瞪口呆，可是当我和我妻子的目光相对时，我发现，比起我的惊愕来，我妻子显得更为吃惊。就在那一瞬间，她似乎有意再退回到那栋别墅中去，可是当她发现再隐藏下去也于事无补时，便走上前来，尽管她嘴角强挤出一丝笑容，眼神却难掩惊惶，同时脸色苍白，目光中伴随着惊惧。

"'啊，杰克，'她说道，'别这样看着我，好吗？我刚来这儿，看看新到的邻居有没有需要我帮忙的地方，杰克，你不会生我气吧？'

"'照这样看来，'我问道，'昨天夜里你来过这个地方了？'

"'你这是什么意思？'她显出生气的样子。

"'现在，我能断定，昨天夜里你来过这里了。告诉我，这里住的是什么人？居然能让你在深更半夜来看望他们？'

"'在这之前，我没来过这里。'

"'你竟然如此公开欺骗我！'我大声喊道，'你说话的声音都与之前不一样了。我什么时候欺骗过你？我要到别墅里面看看，把这件事查个水落石出。'

"'啊，不，不要，杰克，看在上帝的面上！你千万不要做这样的事。'她情绪失控，不能控制自己，气喘吁吁地喊道。就在我马上走到门口之际，她一把拽住我的袖子，使尽浑身力气将我拽了回去。

"'我恳求你不要做这样的事，杰克。'她大声喊道，'我向你承诺，用不了多长时间我就把一切全都告诉你，如果你现在非要硬闯进去，除了自讨苦吃外，对你没有任何益处。'后来，我要甩开她的手时，她拽住我不肯松手，发疯似的苦苦哀求着。

"'请你无论如何听我的话，杰克！'她哭喊道，'哪怕仅此一次而已。我保证你今后绝不会为这件事感到后悔的。你要明白，我现在阻止你是为了你好，如果不是为了你好，我决不会对你隐瞒什么的。这关系到我们以后是否还能继续过像以前美好的生活。如果你和我一起回家，一切都会平安度过的。如果你非要进里面查个清楚，那么我们之间一切全都完了。'

"从她的表现中我可以感知到她的态度是异常郑重的，语气中充满着绝望。就是在感知她如此的态度后，我止住了脚步，站在门口，犹豫不决。

"'好吧，如果你想让我重新相信你，得有个条件，而且只有一个条件，'我终于开口说道，'这个条件就是从现在起你必须停止这种见不得人的暗地活动。你可以对我隐瞒你的秘密，但是你必须答应我不要再三更半夜出去，更不要隐瞒我做一些不好的事。如果你肯答应我，将来不会再有这样的事情，我能保证我会逐渐忘记之前我所看到的事情。'

"'我就相信你会按照我的意思办的。'她松了口气，如释重负地说道，'你放心，你说的我完全可以做到。走吧，咱们离开这儿，回家去吧。'

"这个时候，她仍然紧拽着我的衣袖不放手，把我从小别墅引开。在离开的时候，我回头看了看，这一次我又发现在二楼的一个窗户后有一张铅灰色的面孔正在注视着我们。我十分想知道我妻子和拥有这张恐怖面孔的人之间有一种什么样的关系？她又和昨天我见到的那个不懂礼貌而又奇丑的女人有什么关系呢？这些谜团困扰着我。我知道，在我解开这些谜团之前，我的内心是永远不会平静的。

"这天之后，我在家里待了两天，而我妻子也在家里一直没有出去，据我观察，这两天她没有离开家门半步。然而这种平静在第三天就被打破了，我有充分的证据证明，在第三天，她再一次受那种我未知的秘密事物所吸引，鬼使神差地违背了我们的约定，做出了背离丈夫的行为。

"那一天我进城办事去了，可是这一次我没有像之前那样乘坐三点三十六分的火车回家，而是乘坐两点四十分的火车返回的。刚一进厅房，女仆随后就一脸慌张地跑了进来。

"'太太去了哪里？'我开口问道。

"'我想她出去散步了。'她答道。

"我内心不免又多想起来，我跑到楼上，发现妻子确实不在屋中。这时我不经意间从楼上窗户向外一望，发现刚才和我说话的那个女仆正急速跑过田野，朝那栋小别墅跑去，随即我明白了我的猜想又一次被证实了：我妻子又到那栋别墅去了，并且事先叮嘱女仆，要是我回来，就去叫她。想到这里，我十分气愤，简直不能控制自己了。我跑下楼来，奔了出去，决心断然将此事查个水落石出。这时我发现我妻子和女仆正沿小路匆匆往回赶，我没有停下来和她们说话。在我看来，这栋小别墅里暗藏着一个秘密，它给我的生活笼罩上了一层阴影。我暗暗下决心，不管有什么秘密，也不管付出多么大的代价，都不能再让这个秘密继续下去了。我走到房前，连门都没有敲，而是直接旋动门把手，然后冲进走廊中。

"楼下出奇地安静。厨房里炉灶上水壶咝咝作响。一只黑色的猫正慵懒地在篮子中卧着。之前见到的那个无礼丑陋的女仆不见踪影。我又冲进另一间屋子，同样也是空空荡荡。之后，我又跑上楼去，发现楼上的另外两间屋子也没有任何人。整个别墅竟然没有一个人。屋中摆设的家具都很普通，墙上挂的画也只是一般的那种，只有我从窗户看到出现那张恐怖面孔的那间寝室舒适考究。在这间屋子里，我发现壁炉台上挂着一张我妻子的全身照片，当时我的怒火一下子升腾起来，要知道，那照片还是我让她拍摄的，拍摄时间也仅仅是三个月前。

"我在屋内待了较长一段时间，直到确定里面空无一人之后，我才从别墅里面走了出来，心头有一种前所未有的重负。我回到家的前厅时，我妻子来到前厅。伤心恼怒之下，我没对她说一句话，而是从她身旁挤过，快步走进我的书房。可是就在我要把书房的门关上之际，她紧随我身后走了进来。

"'对不住，杰克，我没有遵守我们的约定。'她说道，'可是你如果知道这里面的一切实情，我相信你一定会体谅我的苦心的。'

"'那么就把这一切实情告诉我吧！'我说道。

"'没问题，杰克，可是现在我还不能讲。'她哭喊道。

"假如你不告诉我住在那栋别墅里的人是谁，你送给他相片的那个人与你有什么关系，那么我很难再相信你了。'我说完，然后转身从她身旁走开，再也没有回家。这是昨天的事，福尔摩斯先生，离开以后我再也没有见过我妻子。对于这件令我头疼的事，我知道的也只有这些。这些年来我和我妻子第一次发生这样的隔阂，这使我十分头疼，不知如何应对才能让这件事过去。今天早晨我突然想到您可以给我指点迷津，所以急急忙忙赶到您这里来，毫无保留地将一切托付给您。如果在我的讲述里面我哪个地方没有说明白，您只管问我好了。不过，恳请您先告诉我如何应对此事吧，因为我再也忍受不了这样的痛苦了。"

看得出来，来客情绪十分激动，内心澎湃不已，正因为如此，他将事情讲得断断续续、支离破碎。尽管如此，我和福尔摩斯还是聚精会神地倾听完这桩离奇的故事。此刻，我的伙伴静静地坐在那里，一只手托着下巴，显然是在沉思中。

"请告诉我，"他终于打破安静，"你能确定你在窗户上看到的面孔属于一张男人的面孔吗？"

"由于每次我看到这张面孔时，距离都比较远，所以我不敢肯定。"

"但是从你的讲述中，可以知道这张面孔给你留下了深刻印象。"

"嗯，不错，它似乎面色古怪，表情呆滞。每次我想走近观察时，它就会突然消失。"

"你妻子向你要一百英镑，到现在有多长时间了？"

"差不多有两个月了。"

"哦，对了，你见过她前夫的照片吗？"

"没有，她丈夫死后不久，亚特兰大城的一场大火烧掉了她所有的证件。"

"可是你不是看过她前夫的死亡证吗？"

"是的，在这场火灾以后，她拿到了一份副本。"

"你有没有遇到过在美国认识她的人？"

"没有。"

"她有没有提出过想去故地看一看的要求？"

"没有。"

"那有没有收到过来自那里的信件？"

"也没有。"

"好了，感谢你提供了这么多信息。这件事情我现在要略微思索一下。如果这栋别墅现在仍然空着，这件事就不太好办了。不过，我认为不太可能，在你昨天进去以前，里面的住户可能得到通风报信，所以在你到之前就事先躲开了。而你离开后，他们又可能重新返回那里了，所以我们有机会把这件事查清楚。我建议你先返回诺伯里，再观察一下那栋别墅的窗户。如果你能有充足的把握确定里面有人居住，你不要再进去了，你要做的是发一个电报给我和我的朋友。我们收到电报后，会在一小时内赶到你那里，相信用不了多长时间就可以将这件事查个水落石出。"

"如果现在那栋别墅里还没有人，我该怎么办呢？"

"如果别墅空无一人的话，那么我明天去，然后再和你商量。就这样吧，咱们回头见，不过，最重要的是，在没有弄清真相之前，请不要再烦恼了。"

"我担心这事情不那么简单，华生。"福尔摩斯把格兰特·芒罗先生送到门口，往回走的时候说道，"你怎么看这个案子？"

"我也感到这个案子有一定难度。"我回答道。

"是啊，要是我没弄错的话，这其中必定有诈啊。"

"那么使诈的会是谁呢？"

"啊，我想应该是住在那间唯一布置舒适考究的房间、而且把他妻子的全身照片挂在壁炉台上的那个人。华生，真的，窗户里闪现的那张铁青色的面孔真是引起了我浓厚的兴趣，我想无论如何我也不想放过这件案子。"

"你是不是有了推论？"

"哦，也仅仅是脑海里一瞬间的想法而已。可是这个推论如果被证明是不正确的，那就不免出乎我的意料了。简单说，我认为这女人的前夫就住在小别墅里。"

"你的这个推断是如何产生的呢？"

"你想啊，如果不是这样的话，她为何表现得那样惶恐，并且死活不让现在的丈夫进里面？在我看来，事情大致是这样：这个女人在美国与人结婚，她前夫可能沾染了什么不良的习气，也有可能染上了什么令人生厌的疾病，比如说患上了麻风病或是身体有了残障，而她决定与前夫分手，回到英国，更名改姓，重新开始全新的生活。她与现在的丈夫结婚三年，她一直深信自己的处境是无忧的，因在此之前她给丈夫看过的那张前夫的死亡证，是冒用别人的。可是她的行踪不知何时无意间被她的前夫发现，也可以这样推想，某个与她前夫有瓜葛的荡妇发现了她的行踪。于是他们便写信给这个女人，威胁说要来揭发她。这种情况下，她便向丈夫要了一百英镑，希望用钱解决这件事。然而他们却还是来了。

"当丈夫告诉妻子那栋相邻的别墅有了新住户时，她隐隐觉得这些人就是那些找她麻烦的人，于是等丈夫熟睡以后，她便跑到小别墅企图说服他们好心放过她，但是显然没有成功，第二天早晨她又去了，可是正如她丈夫告诉我们的那样，她出来时却不巧与她丈夫撞见。形势所迫下，她答应丈夫不再去别墅了。但是事情没有解决，她无法继续以前的生活，所以两天以后，她又一次去找这些让她感到害怕的邻居。这一次她带上他们向她索要的照片。而这一次，正在她们交涉时，女仆突然跑来通风报信说主人回家了。此时她能猜到这一次丈夫必定会强闯别墅，于是便催促室内的人从后门溜到附近的枞树林里。这也就是她丈夫看到的房子空空如也的原因。但如果他今晚再去，房子还空着才怪呢。你认为我的推论是不是很合乎情理呢？"

"你这只是猜测而已。"

"嗯，确实是这样，可是它涵盖了所有的事实，如果随着调查再发现无法涵盖进去的新情况，再重新考虑也未尝不可，也完全来得及，在我们没有收到那位朋友发自诺伯里的电报之前，我们只需静静等待好了。"

我们的等待没有多长时间。刚吃完茶点，电报就来了。

电报上写道：

有人依旧在别墅里居住。窗内那张面孔重现。乘七点钟火车来会，所有行动都来后处理。

我们刚下火车，就发现他已经在站台上等候了。车站灯光下，我们发现他面色苍白、浑身颤抖，可以想象出其内心的剧烈波动。

"现在他们就在别墅里，福尔摩斯先生。"他紧紧拉住福尔摩斯的衣袖不放，"刚才我经过别墅时，看到里面灯亮着，断定他们现在正在里面，现在我们应当马上去那里看个究竟。"

"说说，你是怎么打算的？"沿着幽暗的林荫道向前走时，福尔摩斯问道。

"我准备闯进去，亲眼看看屋里到底是些什么人，然后把事情彻底解决一下，你们两位给我做个见证。"

"你的妻子不是警告你最好不要揭开这个谜底吗？你真的想径直闯进去吗？"

"是的，我已经下定决心了。"

"既然这样，我支持你这样做。弄清真相总要比无休无止地猜疑能更让人接受。我们最好立刻就去。当然，从法律环节上说，我们这样做是不合法的，不过，这种情况下，我想这样做也不是不可原谅的。"

那天夜晚天色极暗，我们先在公路上走，然后又转入一条小路。小路狭窄，路面上还有很深的车辙，两旁全是树篱。这时天上又开始飘起牛毛细雨来，格兰特·芒罗先生急不可耐地冲向前去，我和福尔摩斯紧随其后，磕磕绊绊，竭力前行。

"看，那就是我家的灯光。"他指着树丛中闪烁不定的灯光，压低声音说道，"到了，这就是我说的那栋别墅。"

在说这话的时候，我们已在小路上拐了弯，来到了一栋别墅面前。门前横着一根门闩，可以看到，门是半掩着的，楼上一个窗户里面透着明亮的灯光。我们望过去，只见一个黑影正从窗帘上掠过。

"就是它，那个可恶的家伙！"格兰特·芒罗喊道，"你们可以亲眼看见这里有人。现在你们跟着我进来，我们马上就会弄明白事实真相的。"

就在我们快到门口时，突然一位妇人从黑影中走了出来，站在黄色的灯光影中。由于灯光不明亮，所以我们无法看清她的模样，只看见她将两手臂高举，做出恳求的姿态。

"啊，恳求你看在上帝的面上，不要做这样的事！杰克。"她高喊道，"我知道你今晚肯定会来看个究竟的，我恳求你不要这样做，再相信我一次，我保证你永远都不会后悔的。"

"好了，我已经很相信你了，艾菲！"他厉声喝道，"可是你是怎么做的，松手！我一定要进去查个清楚。我的朋友和我要彻底查清楚这件事！"说完，他将妻子推开，大步踏了进去，我们紧随他身后走了过去。他刚把门打开，一个老妇人跑了过来，挡在他前面，可是被他用力推开了，很快我们都到了楼上。格兰特·芒罗急不可耐地来到亮着灯光的那间屋中，而我们也随后快步走了进去。

那是一间暖和舒适、东西摆放错落有致的卧室，桌上点着两支蜡烛，壁炉台上也点着两支。一个小女孩模样的孩子正坐在房间一角的一张桌子旁。我们一进门，她就把脸转了过去，但是那一瞬间我们还是看到她穿着一件红上衣，戴着一副长长的白手套。之后，她突然又转向我们，我顿时被她那副怪样子吓得叫出了声。原来，她转过身时，展现在我们眼前的是一副极为怪异的铅灰色的面孔，上面没有丝毫的表情。在那一刻，关于那张面孔的疑问得到了解释。福尔摩斯笑了笑，把手伸到这孩子耳后，一个假面具从她脸上剥落了下来，面具之后是一张如炭一般黝黑的小女孩面孔。

看到我们大惊失色，小女孩却显得很高兴，露出了一排洁白闪亮的牙齿。看到她那好笑的模样，我也禁不住笑了。可是格兰特·芒罗却一只手按着自己的喉咙，神情木然地站在那里。

"上帝！"他大声喊道，"谁能给我解释这一切？"

"我来告诉你一直想要知道的事。"他的妻子扫视了一眼屋内的人，面容坚定而自豪地说道，"你强迫我违背我的意愿告诉你，现在我们两个人必须求得一个妥善的办法。我的前夫死在亚特兰大，可是我的孩子却幸运地生存了下来。"

"你的孩子？"

她从怀里拿出一个大银盒子，问道："你是不是没有见到我打开过它？"

"我以为它根本打不开呢。"

她用手按了一下弹簧，银盒子的盖立即弹开。盒子里面是一张男人清秀的画像，虽然这名男子看起来温文尔雅，可是他的面貌却明显具有非洲血统的特征。

"这就是我的前夫——亚特兰大的约翰·赫伯龙。"芒罗太太道，"他是一个无比高尚的人，很少有人能比得上他。为了能和他在一起，我与我的同族人都断绝了关系，不过他在世时我一刻也没后悔过。但是令我感到遗憾的是，我们唯一的孩子，竟然继承了他祖先的肤色却没有遗传我的肤色。白人和黑人结合，这种情形经常发生。小露西居然比她父亲还要黑得多。无论是黑是白，她都是我的亲生女儿，是我的心爱的小宝贝儿。"

小女孩听了这些话，飞快跑了过去，依偎在母亲身旁。

"当初我离开美国时，由于她的身体很虚弱，换个地方对她来讲没有什么益处，于是我才把她托付给我们以前的仆人——那个善良朴实的苏格兰女人来抚养，但是我从来没有产生不要我的孩子的想法。可是机缘巧合，自从遇见了你之后，杰克，我发现我疯狂爱上了你，因为爱，我担心我有孩子的事会伤害到你，怕失去你，所以我没有勇气对你讲这件事。上帝原谅我，我只有在你和孩子两人中间左右为难，我承认在爱情方面我是个很脆弱的人，最终暂时舍弃了我可怜的孩子，选择了你。这件事我隐瞒了你三年，可是我经常从保姆那里得到消息，知道她一切都很好。然而，我终于抑制不住想见见孩子的想法。虽然我曾经努力压制自己的这种想法，可是无济于事。我知道这样做会有危险，但还是忍不住让孩子过来，哪怕是几个星期也好。就这样我给保姆寄去一百英镑，告诉她这里有栋小别墅，她可以和孩子居住在那里，而我根本无须出面和她联系。我叮嘱仆人白天不让孩子到外面去，并且在孩子的脸上戴上面具，手上戴上手套，这样即使邻居从窗户里看到了她，也不会因为邻里住着一个黑人而说三道四。如果不是我过于小心谨慎，就不会聪明反被聪明误了。我当时已经吓得快要疯了，十分害怕你知道事情的真相。

"那天你告诉我那栋小别墅有人租住了，我就明白她们来了。我本应该等到天明，可是我实在太激动，难以入眠，因为我知道你平日里睡得很死，所以就溜了出去。但是没想到被你看到了，于是我开始碰到了麻烦。第二天你无意间发现了我的秘密，可是你宽宏大量，没有将这件事追查到底。三天后，你从前门闯进去时，保姆和孩子却从后门溜走并躲了起来。现在事情已经大白于眼前，请问你打算怎样处理我和孩子呢？"她握紧双手，等待着回答。

那一刻谁也没有说话，场面尴尬，一直僵持了十几分钟，格兰特·芒罗突然打破了沉默。只见他走上前去抱起孩子，然后亲吻她，接着，一手抱着孩子，一手挽着妻子，转身向门口走去。

"这件事本不必如此，我们回家好好商量。"他说道，"我虽然不是什么圣人，艾菲，可是也不要把我想象得那么不近人情。"

福尔摩斯和我也随着格兰特·芒罗走出那条小路，这时，福尔摩斯拉了拉我的衣袖，说道："我想，我们还是回伦敦去，这比留在诺伯里更有用些。"

那天晚上，很长时间福尔摩斯对这件事再也只字未提，直到最后他手持烛火，走回卧室时才说："亲爱的华生，如果以后你觉得我对我的办案能力过于自负的话，或在办一件案子时清高自大，浅尝辄止，那麻烦你最好在我耳边轻轻说一声'诺伯里'，我一定会无比感激的。"

三 证券经纪人的书记员

我结婚后不久，在帕丁顿区买了一个诊所。这个诊所原来是属于老法夸尔先生的。曾经这个诊所在老法夸尔先生的经营下业务非常兴旺，可是由于他的年龄的关系，又加上遭受一种舞蹈病的折磨，他诊所的生意慢慢冷清了下来。这很自然，因为，人们都习惯于遵循一条准则，那就是：医生必须首先自己健康无病，才能治好别人，如果连自己都体弱多病，那人们对他的医术自然要冷眼相看了。所以，随着我的这位前辈同行身体越来越衰弱，他的生意也日薄西山，收入自然也就越来越差了，到我买下这个诊所时，他的收入已经由每年一千二百镑降到三百多镑了。当时，我还颇以自己年岁正轻、精力旺盛而信心十足，认为只要给我几年时间，我一定让这个诊所在我手里重新兴旺发达起来。

在我接手这个诊所后三个月，我一直被医务上的事缠身，没有时间到贝克街去见我的朋友夏洛克·福尔摩斯，而福尔摩斯自己，除了侦探业务的原因，也很少到别处走走，所以这一段时间，我们没有见面。

六月里的一天早晨，吃过早饭后，我正坐着阅读《英国医务杂志》，忽听一阵铃声，随后就传来我那朋友高亢而又有点刺耳的声音，这实在令我感到惊奇。

"你好，亲爱的华生，"福尔摩斯快步走进房内说道，"又一次见到你，非常高兴！我知道，'四签名'案件让尊夫人受到了惊吓，现在应该完全恢复健康了吧？"

"谢谢你的关心，我们两个人都很好。"我非常热情地握着他的手说。

"我非常高兴地知道这一点。"他坐到摇椅上，接着说道，"我知道你关心医务，但是也不要把你对我们小小的推理法产生的兴趣完全遗忘了。"

"哦，事实正好与此相反，"我回答道，"就在昨天夜晚，我还把原来的笔记都看了一遍，并且还把我们的破案成果分了类呢。"

"我相信你不会认为资料搜集已经结束了吧。"

"哦，当然不会，怎么会呢，我希望这样的经历愈多愈好！"

"那好啊，今天就去怎么样？"

"没问题啊，如果你愿意，今天就去吧。"

"去伯明翰这样有些远的地方也没问题吗？"

"如果你愿意，当然没问题。"

"可是你的诊所生意怎么办呢？"

"我邻居外出时，我就兼顾他的医务工作。他总想回报我这份情意。"

"哈！那一切都没有问题了！"福尔摩斯向后仰靠在椅子上，眯缝着双眼敏锐地望着我，"我发现你最近一定身体不好，夏天感冒总是让人不胜其烦的。"

"上星期我得了重感冒，整整三天我都窝在家里。可是，我想我现在已经完全好了。"

"嗯，你说得完全正确，你看起来很壮实。"

"那我就奇怪了，你怎么知道我生过病呢？"

"哈，我亲爱的朋友，你是知道我的方法的。"

"这么说，你又是靠你的推理法了。"

"嗯，完全正确。"

"说一说，从哪儿开始推理的？"

"从你的拖鞋上。"

我低头看了看我脚上穿的那双新漆皮拖鞋。"不明白，你是如何从我的……"我问道。可是福尔摩斯没等我问完就先开了口。

"你穿的拖鞋是新买的，"他说道，"你拥有它应该还不到几个星期，但是我看那冲向我这边的鞋底却被烧焦了。原先我以为是沾了水后在火上烘干时烧焦的，可是鞋面上有个小圆纸片却推翻了我的这种看法，它上面写着店员的代号。假如鞋子沾过水，这圆纸片早该掉了。所以你一定是在炉子旁边伸脚烤火烤焦了鞋底。一个人要是身体没有毛病，即使在六月份这样潮湿的天气，他也不会轻易去烤火的，所以……"

如同福尔摩斯的其他推理一样，事情一旦被解释清楚，本身看来非常简单。他从我脸上看出了我的这个想法，笑了起来，但是笑声中却带有一些挖苦的意味。

"可能事情经我这么一解释，不免泄露了天机。"他说道，"只讲结果不讲原因反而会给人留下更深的印象。好了，你是决意到伯明翰去了？"

"是的，给我讲讲，这件案子是怎么一回事？"

"在火车上我再把关于这件案子的一切告诉你。我的委托人在外面四轮马车上等着我们。你能现在就跟我走吗？"

"还要稍等一会儿。"我急匆匆地给邻居写了一张便条，然后跑上楼去向我妻子说明了一下，接着就冲了出去，在门外石阶上赶上了福尔摩斯。

"你的邻居是一个医生。"福尔摩斯眼光看向隔壁门上的黄铜门牌。

"嗯，是的，他也像我一样，买了一个诊疗所。"

"这个诊疗所存在很久了？"

"和我的这个诊所一样久，从房子一建成，这两个诊疗所就成立了。"

"哦！你这边生意比较好些。"

"我想差不多是这样的情形，不过，你是怎么知道的？"

"从台阶上推断出来的，我的朋友。你家台阶要比他家的磨薄了三英寸。哦，请允许我来介绍一下，马车上的这位先生叫霍尔·派克罗夫特，我的委托人。喂，车夫，把马赶快点，我们的时间刚好能赶上火车。"

我和派克罗夫特先生坐对面。他是一个年轻人，高大壮实、气宇轩昂，脸上带着坦诚率真的表情，卷曲的小黄胡子看起来很俏皮，头上戴着一顶闪亮的大礼帽，身上穿一套干净而朴素的黑衣服。相貌和打扮让人很容易看出他是那种聪明伶俐的城市青年，属于被称为"伦敦佬"的那一类人，英国最负盛名的义勇军团就是由这类人组成的。在英伦三岛上这类人中涌现的优秀体育家和运动员是其他阶层所不能比拟的。他的那张红润的圆脸，自然而然地带着一种愉快的表情，但是现在他的嘴角下垂，我可以感觉到他被一种异样的悲伤所笼罩。然而，直到我们坐在头等车厢里动身去伯明翰的途中，我才了解了发生在他身上的那件麻烦事。他就是因为这件麻烦事才来寻求我朋友福尔摩斯帮助的。

"在火车上我们将要度过大约七十分钟。"福尔摩斯说道，"霍尔·派克罗夫特先生，麻烦你把告诉我的那些非常有趣的经历，一五一十地讲给我的这位朋友听，并请你尽可能讲得详细一些。再听一遍这些事件的经过对我也是很有必要的。华生，这件案子可能有些名堂，也可能没有。不管有没有，至少显示出你我都喜爱的那些非比寻常和荒诞的特征。现在，派克罗夫特先生，我不说了，请你开始吧。"

霍尔·派克罗夫特先生双眼闪着光泽看向了我。

"这事情给我一种非常迷惑的感觉，"他说道，"我感觉我好像已经上当了，可是，看起来又好像没有上当，我也没看出来已经上当了。不过，如果我真的把这个饭碗丢掉，换得的代价是一场空，那么我一定是一个愚蠢到家的笨人。华生先生，我不善于讲故事，我现在就把我遇到的事情讲给你听，事情是这样的：

"我曾经在德雷珀广场旁的考克森和伍德豪斯商行上班，今年开春商行被委内瑞拉公债券案卷了进去，导致受损严重，这件事想必您听说了。当商行破产时，我们二十七名职员当然全被辞退了。我在那里上了五年班，老考克森给了我一份评价很高的鉴定书。我四处寻找新工作，可是很多人处境和我一样，所以很长一段时间我没有找到新工作。我在考克森商行时每星期薪金三镑，我储蓄了约七十镑，失业那段时间我就靠这一点积蓄维持生活。积蓄很快被用光了，我终于到了山穷水尽的地步，甚至买不起应征广告的回信信封和邮票。我去了很多公司、商店寻找工作，上下楼梯都磨破了靴子，可是工作仍然毫无着落。

"后来我打听到龙巴德街的一家大证券商行——莫森和威廉斯商行招聘人员。坦承地讲，你对伦敦东部中央邮政区的情况可能不太熟悉，可是我可以告诉你，那家商行在伦敦商行界是首屈一指的。那家公司规定，只能通过信函应征它们的招聘职位，于是我就把我的鉴定书和申请书都寄了去，说实话，本来是不抱有多大信心的。谁想到突然接到了回信，信中说，如果我下星期一到那里，而我的外表获得通过的话，我立即可以就任新职。没有人知道他们是怎么挑选的。听说，是经理把手伸到一堆申请书里，随手拣起了一份。且不管它们是如何挑选的，总之我被选上了是我的运气，而我从来也没有像这样高兴过。薪水开始是一星期一镑，职务呢，和我在考克森商行一样。

"接下来发生的事透着古怪，令我不解。我住在汉普斯特德附近波特巷十七号的一个寓所。就在我收到任用通知的那天晚上，我正坐在寓所里吞云吐雾，房东太太拿着一张名片来找我，名片上面印着'财政经理人阿瑟·平纳'。对于这个名字我很陌生，更无从猜想他找我干什么。可是我还是让房东太太把那人请了进来。来人中等身材，黑头发，黑眼睛，留有黑胡须，鼻子闪着亮光。他走路轻快，说话语速很快，仿佛是一个珍惜时间的人。

"'请问，你就是霍尔·派克罗夫特先生吧？'他问道。

"'嗯，不错，我是。'我回答道，同时拉过一把椅子给他。

"'曾经在考克森和伍德豪斯商行供职，是吧？'

"'不错，先生。'

"'是莫森商行新录用的书记员吗？'

"'是这样的。'

"'哦，那好，'他说道，'事情是这样的，我听说你很擅长理财工作，曾创造过许多不凡的业绩。你记得考克森的经理帕克吧，他给予你很高的评价。'

"听他这么说，我自然很高兴了。我在业务上一向很自信，可从未想到过城里竟然有人这样称赞我。

"'你有很好的记忆力吗？'他问道。

"'还算可以。'我谦恭地回答道。

"'你失去工作以后，对商情还多加关注吗？'他问道。

"'不错。我每天早上都要看证券交易所的牌价表。'

"'看起来你一直没有松懈啊！'他大声喊道，'这才是生财之道呢！不过，我还是要测验你一下，你不会不同意吧？请问埃尔郡股票牌价是多少？'

"'一百零六镑五先令至一百零五镑十七先令半。'

"'那么，新西兰统一公债呢？'

"'一百零四镑。'

"'还有，英国布罗肯·希尔恩股票呢？'

"'七镑至七镑六先令。'

"'嗯，还真不错！'他举起双手欢呼道，'你说的与我了解的完全一致。我的朋友，我认为，你到莫森商行去当书记员实在有些委屈你自己了！'

"你可以想象到，他这样狂喜多么使我感到惊奇。

"'啊，'我说道，'其他人可不像您这样认同我，平纳先生。我找到这份差事可不容易，我可非常喜欢它呢。'

"'一定不要这样说，先生，你理应飞黄腾达，那样的工作不是你应该干的。我要告诉你，我有多么欣赏你的才能。我给你的职位和薪俸，按你的才干去衡量还是稍显不足的，但和莫森商行相比，那就有很大很大的差距了。请你告诉我，你什么时候到莫森商行去上班？'

"'下星期一。'

"'哦，好！我想我应当冒险打个赌，我赌你不可能到那里去上班。'

"'不到莫森商行去？'

"'嗯，不错，先生。到那天你要坐上法国中部五金有限公司的经理的位子，这家公司有一百三十四家分公司分布于法国城乡，另外在布鲁塞尔和圣雷奠还各有一家分公司。'

"这番话让我十分吃惊。'可是，我从来没有听说过这家公司，'我说道。

"'对，也许你没有听说过。公司一直在毫不张扬地营业，因为它的资本是向私人筹集的，生意兴隆，根本不需要加以宣扬。创办人哈里·平纳是我的兄弟，做了总经理，并且进了董事会。他知道我在这里认识很多人，所以要我替他物色一个干练而薪俸不高的人；一个精力充沛而又很听话的小伙子。帕克谈到了你，就这样我今晚到这儿来拜访你。我们开始只能给你极为菲薄的五百镑。'

"'什么，一年五百镑？'我大声喊道。

"'嗯，是这样的，这只是在开始的时候，除了这五百镑，凡是你的代销商完成的营业额，你都可以提取百分之一的佣金。我向你保证，这笔收入会远超你的薪水。'

"'可是我一点也不懂五金啊。'

"'不能这么说，我的朋友，你懂会计啊。'

"当时我感觉我的脑袋嗡地一下，几乎连椅子也坐不稳了，但是突然一点疑问涌上心头。

"'可是，我不得不实话实说，'我说道，'莫森商行只给我一年二百镑，不过我对莫森商行是熟悉的，而我对你们的公司毫无所知，真不知你们……'

"'啊，很聪明，不错！'他欣喜若狂地高声喊道，'你正是我们所需要的人才。你是不会轻易被人说服的，这很不错。看，这是一张一百镑的钞票，假如你认为我们可以成交，那你就把它作为预支薪水收起来吧。'

"'哦，好极了！'我说道，'我什么时候去上班呢？'

"'明天一点钟在伯明翰。'他说道，'拿上我口袋里的一张字条，去见我兄弟。你可以到这家公司的临时办公室科波莱森街126号乙去找他。当然，你需要他对你的任用许可，不过，在我们之间这是不成问题的。'

"'您真是我的贵人，说句实在话，真不知怎么向您表达我的谢意，平纳先生。'我说道。

"'您这样太客气了，我的朋友。这本应该属于您。不过有一两件小事，我必须跟你交代办清楚，尽管这只是个形式。你手边有一张纸，请在上面写上：本人完全愿意做法国中部五金有限公司的经理，年薪最少五百镑。'

"我照办了，把那句话写上了。他把这张纸放进口袋里。

"'哦，对了，还有一件小事，'他说道，'你打算如何应对莫森商行呢？'

"当时我十分兴奋，已经将莫森商行的事忘得一干二净了。'我给他们写信辞职好了。'我说道。

"'不，这件事我不想让你这么处理。为你的事，我和莫森商行的经理发生了口角。我去问他关于你的事，他显得很暴躁，斥责我把你从他们商行诱骗走了，还说了其他一些话。我终于忍受不了他的无礼，对他说：如果你要用一些有才干的人，那你就应当给他们优厚的薪俸。他说：他愿意拿我们的低薪，而不会愿意拿你们的高薪。我说：那我们赌五个金镑，假如他接受了我的聘请，你就永远不会听到他的回音了。他同意了，说：行！我们把他从贫民窟里救了出来，他一定不情愿离开我们的。他就是这样说的。

"'这个不懂礼貌的家伙！'我喊道，'我们从来没有见过面，我为什么非要照顾他不可呢？假如你不愿意让我写信给他，那我听你的，就不给他写信了。'

"'嗯，好！咱们一言为定，'他从椅上站起来说道，'非常棒，我很高兴替我兄弟物色到您这样有才干的人。这是你的一百镑预支薪金，这是那封信。不要忘了地址，科波莱森街126号乙，记住见面的时间是明天下午一点钟。就这样，再见了，祝你一切顺利！'

"这就是我所记得的我们两人谈话的全部情况。华生医生，你完全可以凭借想象了解到我有多么的兴奋，简直不能自已。我暗自庆幸，以至于一夜都未能入睡。第二天一清早我便乘火车去伯明翰，以便有充裕的时间去赴约。我把行李放在新大街的一家旅馆，然后按记好的地址去赴约。

"我到达见面地点要比约好的时间早一刻钟，可是我不认为这有什么大不了的。一二六号乙是夹在两家大商店中间的一个甬道，甬道的最里面是一道弯曲的石梯，从石梯上去有许多套房，大部分被出租给一些公司或自由职业者办公用。墙上写着租户的名牌。在这些名牌中我却找不到法国中部五金有限公司的名牌。我感到有些震惊，心中产生了怀疑，我甚至猜测整个事件可能是一个精心策划的骗局，就在我惶恐的时候，上来一个人跟我打招呼，他非常像昨晚我看见的那个人，相差无几的身形和嗓音，可是他胡子刮得很干净，发色比较浅。

"'你是霍尔·派克罗夫特先生吗？'他开口问道。

"'嗯，是的，我是。'我说道。

"'哦！我等候的人就是你，可是你比约定的时间要早了一些。我今天早晨接到我哥哥一封来信，在信中他高度赞扬了你。'

"'哦，你来的时候我正在寻找你们的办公室。'

"'是这样，由于上星期我们才租到几间房子作临时办公室，因此暂时还没有挂上我们公司的名牌。跟我走，我们把公事谈一谈。'

"他走在前，我跟在后面，我们走上高楼的最上层。就在楼顶石板瓦下面，有两间小屋子，我随着他走了进去。屋子空荡荡，到处是尘土，既无窗帘，又无地毯。我本来设想它应该像我经常见的那样：一间宽敞明亮的办公室，办公桌椅整洁干净，摆放整齐，桌子后面坐着一排排的职员。可是现在我看到屋里只有两把松木椅和一张小桌子，桌上只有一本总账，还有一个废纸篓，这就是屋子里所有的摆设。

"'不要因看到这些而灰心丧气，派克罗夫特先生，'显然，他看到我脸上露出疑惑的样子，便说道，'罗马也不是一天建成的，我们的资本雄厚，但不一定非要在办公的地方显示出来。请坐，把那封信给我。'

"我将那封信递给了他，他很认真地看了一遍。

"'能够看出来，你在我哥哥阿瑟的心中留下了很深的印象。'他说道，'我知道他很知人善任。他深深信赖伦敦人，而我却信赖伯明翰人，可是这次我打算尊重他的意见，你已被正式录用了。'

"'那我的具体工作是什么呢？'我问道。

"'巴黎的大货栈将来要交给你去管理。我们最近要做一件大事，就是把英国造的陶器陆陆续续运给法国一百三十四家代售店。一星期内就要购齐这批商品，在这段时间内你还要待在伯明翰做其他一些事。'

"'具体做什么呢？'

"他没有回答，而是从抽屉里取出一本大红书来。

"'这是一本巴黎工商行名录，'他说道，'人名之后是行业名称。请你把它带回家去，把五金商和他们的地址都抄下来。将来我们有很多地方会用到它。'

"'好，没问题，不过不是有分类表了吗？'我提醒到。

"'那些表没什么用处。他们的分类和我们的有所区别。别管它了，还是快动手吧，请在星期一十二点把单子交给我。就这样，派克罗夫特先生。如果你继续表现得热情而能干，你一定会发现咱们公司是一个好公司。'

"我把那本大红书放在胳膊下夹着回到旅馆，心里充满了矛盾的感觉。一方面，我已经成为这家公司的一员，而且口袋里装着一百镑钞票；而另一方面，这个公司的现状，没有挂名牌，那样的办公室，以及没有做事的职员，使我对东家的经济情况印象不佳。然而，不管怎么说，我拿了人家的薪水，就要为人家干活，于是我坐下来抄录。整个星期日我都在埋头苦干，可是到星期一我才抄到字母 H，于是我去找我的老板，还是在那间像被洗劫过的屋子里找到了他。他告诉我要一直抄到星期三，然后再去找他。可是我一直忙到星期三也没有抄完，于是又继续干，直到星期五，也就是昨天，我才抄完。我把抄好的东西带去交给哈里·平纳先生。

"'嗯，不错，谢谢你。'他说道，'可能是我把这项任务的困难估计过低了。这份单子对我有很大的实际用处。'

"'它费了挺长时间。'我说道。

"'哦，好的，还有一个事，'他说道，'请你再抄一份家具店的单子，这些家具店都出售瓷器。'

"'好，没问题。'我回答。

"'明天晚上七点钟你再到这里来，给我讲你的进展情况。请不要过于劳累，经过一天的劳累之后，晚上到戴斯音乐厅去听两小时音乐，这对你只有好处没有坏处的。'他说话时面带笑容，而我却被惊得毛骨悚然，因为他左上边第二颗牙齿的位置竟然镶着颗很难看的金牙。"

夏洛克·福尔摩斯兴奋地搓着双手，而我却惊奇地望着派克罗夫特。

"看得出来你很惊诧，华生医生。这里面是有故事的，"他说道，"我在伦敦和那个雇佣我的人谈话时，他听我说不去莫森商行了，顿时显出高兴的样子，那时，我无意中发现他就是在第二颗牙齿的位置镶着颗难看的金牙。要知道，这两种场合我都看到了同样的金牙，再加上这两人的声音和体形一模一样，只是那些可以用剃刀或假发改装的地方才有所不同。所以，我有理由怀疑，他们'哥儿俩'就是同一个人。可能有人会猜想两兄弟可能长得一模一样，可是他们应该不会在同一个位置镶上同样形状的金牙吧，这绝无可能。他十分客气地送我出门，我走到街上，简直不知道如何是好。

"我回到旅馆，用凉水洗了头，绞尽脑汁思索这件事。他为什么把我支使到伯明翰来呢？而他为什么比我先来呢？他又为什么自己给自己写一封信呢？真是百思不得其解，这些问题把我折磨得头昏脑涨，无论如何也弄不清楚，后来我突然想到在我看来难如登天的事，在夏洛克·福尔摩斯先生看来可能根本不值一提。我正好赶上夜车回到城里，今天清早就来寻求福尔摩斯先生的帮忙了，请你们二位与我一起回伯明翰。"

在这位证券经纪人的书记员把他遇到的奇特之事讲完以后，我们都没有说话。后来夏洛克·福尔摩斯斜着眼睛看了我一眼，然后仰靠在座垫上，脸上露出一种满意而又想评论的表情，那样子就如同一位品尝家刚刚啜入第一口美酒似的。

"真是很有意思，是吧？华生，"他说，"这里面有许多地方使我很感兴趣。我想你一定也有同样的感觉，我们到法国中部五金有限公司的临时办公室去见一见这位阿瑟·平纳先生，我相信这次拜访一定是一次相当有趣的经历。"

"可是我们以怎样的理由去见对方呢？"我问道。

"啊，找个理由并不难。"霍尔·派克罗夫特高兴地说道，"我就说你们是我的朋友，想找个事情做，这样我带你们两个人去找老板，不是很自然的事情吗？"

"嗯，不错，完全正常。"福尔摩斯说道，"我十分想拜访一下这位绅士，看看我是否能从他那小小的把戏中找出他的秘密来。我的朋友，你到底有什么本领使你的效劳如此得人青睐呢？是不是可以……"他说到这里不说了，而是开始啮咬他的指甲，接着茫然若失地凝望着窗外，直到我们到达新大街，他一句话都没有讲。

这天晚上七点钟的时候，我们三个人走着来到科波莱森街这家公司的临时办公室。

"我们就是提前来也没有意义。"派克罗夫特说道，"很明显，他只是到这里来会我，因为除了他指定的那个时间以外，这个房间是没有任何人的。"

"这倒是值得人琢磨。"福尔摩斯说道。

"啊，听我说！"派克罗夫特突然大声说道，"他就在我们前面正走着啊。"

他指向一个矮小身材、衣服整洁的行人，这个人正在街那边急急忙忙地走着。就在我们发现他时，他看到街对过一个正在卖晚报的小孩，他在马车和公共汽车之间穿街而过，并从那个孩子手上买走了一份晚报，然后，拿在手中，走向办公室的门。

"看他进去了！"霍尔·派克罗夫特大声说道，"他进去的就是那家公司的临时办公室。随我来，我尽我所能应对好一切。"

跟在派克罗夫特的后面，我和我的老朋友爬上五层楼，来到一间门半开半掩的房间前，派克罗夫特轻轻敲了敲门，随即一个声音从里面传了出来。随后，我们走进一个空荡荡的没有多少摆设的屋子，正如同霍尔·派克罗夫特介绍过的一样。我们在街上见到的那个人正坐在屋子中仅有的一张桌子旁边，那张晚报在他面前放着。他抬起头看向我们，那一刻，我好像觉得，我还从来没见过一张面孔其表情是那样的悲痛——说悲痛还不够，简直是像在生死关头才可能展露出来的极端恐怖的样子。汗珠在他的额角上不断冒出，面颊像鱼肚子一样的死白，双眼瞪得大大的，如死人一般紧紧盯着派克罗夫特，好像不认识他一样。我从派克罗夫特先生脸上惊异的表情可以看出，这绝不是他老板平时的表情。

"你脸色很难看！平纳先生。"霍尔说道。

"嗯，应该是，我有些不舒服。"平纳答道，显然他在努力恢复镇静。说话前他舔了舔干燥的双唇，然后问道："你带来的这两位绅士是什么人？"

"一位叫伯蒙奇的哈里斯先生，另一位是本镇的普赖斯先生。"派克罗夫特随机应变地说道，"我们是朋友，他们是两位经验丰富的先生，可是最近他们失去了工作，他们希望或许你可以在公司里给他们找个事情做。"

"有这个可能，有可能！"平纳先生勉强笑了笑，然后大声说道，"不错，我肯定我能为你们尽力的。哈里斯先生，能告诉我你擅长做什么吗？"

"我懂会计，曾做过会计师。"福尔摩斯说道。

"啊，好，我们正需要一个懂会计的人。普赖斯先生，那么你有什么专长？"

"我是一个书记员。"我说道。

"我想公司能够给你们安排事情做，我们一作出决定，我就会立刻通知你们。现在请你们走吧，看上帝面上，不要再打扰我了！"

最后那几句话他几乎是喊出来的，好像他再也控制不了自己了。福尔摩斯和我互相看了看，不明所以，霍尔·派克罗夫特向桌前走近一步。

"平纳先生，你忘了，我是遵照你的话来这里给你汇报的。"他说道。

"哦，我自然知道，派克罗夫特先生，我没有忘。"对方恢复了一下情绪，以比较冷静的腔调说道，"你先在这里稍等我一会儿，你的朋友也可以等一等，如果你们不着急回去的话，过三分钟我一定会再过来的。"他很有礼貌地站起来，并向我们点了点头，然后从屋子那一头的门走了出去，顺手把门关上了。

"现在怎么应付？"福尔摩斯低语道，"他会不会逃走了？"

"不可能。"派克罗夫特答道。

"为什么这么肯定呢？"

"因为那扇门通往套间。"

"有出口吗？"

"没有。"

"有家具吗？"

"昨天还是没有的。"

"那么他能在里面干什么呢？这件事真是奇怪，我有些琢磨不透呢，这个叫平纳的人是不是吓疯了？真不知道是什么事把他吓得那样惊魂失魄？"福尔摩斯说道。

"他一定以为我们是侦探。"我提醒说。

"对，应该是这样的。"派克罗夫特大声说道。

福尔摩斯晃了晃头。"不，他不是见了我们才吓成那样的，我们进这个房间时他已经脸色苍白了。"福尔摩斯说道，"我想应该是……"就在这时，从套间门那边传来了一阵响亮的踢打门的声音，福尔摩斯的话被打断了。

"他怎么会在里面敲门？"派克罗夫特喊道。

踢打门声再一次响起来，而且更加急促和响亮。我们都怀着期待心情盯着那扇关着的门。我看了看福尔摩斯，发现他面容严峻，十分激动地俯身向前。一阵低低的喉头咕噜声从里面传了出来，接着又传来一阵咚咚的敲打木器的声音。

福尔摩斯突然疯了似的冲向前去，用手用力推那扇门。可是门已从里面闩上了。我们也急忙上前学着他的样子用力推门，用身体撞门。一个门合页被我们撞断了，接着另一个也断了，门砰的一声倒下去。我们从门上冲进里面的套间，可是发现里面却空无一人。

一时之间我们感到很茫然，可是随即我们就发现靠近我们进来的那个屋角还有一个小门。福尔摩斯快步走过去把那个门推开，门开后我们发现地板上扔着一件外衣和背心，门后的一个挂钩上吊着法国中部五金有限公司的那个老板，他用自己裤子的背带绕在脖子上自缢了。他的双膝弯曲，头挂得和他的身体成了一个奇怪的角度，他的两个脚后跟咚咚地敲打着木门，我们在外面的屋子听到的声音就是这个声音。我快步上前抱住他的腰，把他举起来，福尔摩斯和派克罗夫特把那有弹性的裤子背带解下来，那根背带早已勒进了他发青的皮肤中。我们把他拉扯到外面的屋子，他躺在那里，面如土色，嘴唇已然变成深紫色，随着微微的喘息而颤动着，完全一副吓人的模样，跟五分钟以前的样子很不一样。

"他还能救得过来吗，华生？"福尔摩斯问道。

我低下身子，查看那个人的情况。他的脉搏虽然微弱，却有节奏，可是呼吸却越来越长，眼睑微微颤动，眼睑下露出白白的眼球。

"刚才他处于危险中，"我说道，"不过现在应该没事了。请打开窗户，把冷水瓶给我！"我把他的衣领解开，往他的脸上倒了一些冷水，接着给他做人工呼吸，直到他自然地长长呼了一口气。"现在完全没事了。"我从他身旁走开，说道。

福尔摩斯站在桌旁，双手插在裤袋里，低着头。

"我认为是时候把警察找来处理这件事了。"他说道，"警察来了之后，我们就把全案交给他们。"

"这到底是怎么回事？我怎么一点儿也不明白。"派克罗夫特抓着头，叫喊道，"不管他们是因为什么把我引到这里来的，可……"

"有什么不明白的！这一切都很清楚！"福尔摩斯有些急躁地说道，"就是为了这最后的突然行动。"

"既然这样，你对所有的事都想通了吗？"

"我想这已经是很显然的了，华生，你的意见怎样？"

我耸了耸双肩。"我也不得不说我还对此事有些糊里糊涂。"我说道。

"啊，如果你们能够把这些事情好好想一想，就能得出一个结论。"

"哦，那么，你究竟推论出什么结果来了呢？"

"好吧，全案的关键在两个地方，第一个地方，是他让派克罗夫特写了一份到这家让人感觉奇怪的公司服务的声明，你还没有意识到这有多么让人感到怪诞吗？"

"我承认我确实没有意识到这一点。"

"哦，你没有想想，他们为什么要他写这份声明呢？这明显不合常理，因为像这类安排通常都是口头约定的，这一次并没有什么充足的理由一定要不这样做。我年轻的朋友，你没有感觉到他们非常渴望弄到你的笔迹，而又没有其他的办法弄到吗？"

"啊，可是为什么非要弄到我的笔迹呢？"

"问得好，为什么呢？回答了这个问题，这件案子就有很大进展了。是啊，到底为什么呢？我想只有一个理由能解释得通，那就是有人要模仿你的笔迹，不得不花钱买你的笔迹样本。现在我们研究一下第二个地方，就发现这两个地方可以相互说明了。这第二个地方，就是平纳让你不要写信辞职，就是要让那家大企业的经理抱着希望，认为有一位他从未见过面的霍尔·派克罗夫特先生星期一早晨就要去上班了。"

"我的上帝！"派克罗夫特喊道，"我是多么无知、多么愚蠢啊！"

"现在就来研究一下他要弄到你的笔迹的原因吧。设想一下如果有人冒名顶替你去上班，可是字迹和你递交的申请书上的有着很大的差别，当然这出把戏就要露出马脚，但是假如在这几天内，那个图谋不轨的家伙学会模仿你的笔迹，那他就有把握模仿你了，因为我相信这家公司没有人见过你。"

"嗯，不错，那家公司确实没有一个人见过我。"霍尔·派克罗夫特唉声叹气地说道。

"哦，棒极了。当然，这件事最重要的一点就是设法不让你改变主意，并且不让你和任何知情人接触，否则就可能有人告诉你那个冒名顶替的人已经在莫森商行上班了，就是这个原因，他们才预先给你一笔钱，把你支到中部地区，在那里他们分派你干很多活，使你无暇返回伦敦，否则你自然能够把他们的小把戏拆穿了。这一切现在看来是确定无误的了。"

"那你能告诉我他因为什么要假装他自己的哥哥呢？"

"啊，这很清楚的呀，显而易见他们只有两个人。另一个人已经冒充你进入了莫森商行，他们又不希望有其他人知道他们干的坏事，又要有人当你的老板，所以他就尽量乔装打扮冒充两兄弟，认为你即使发现他们长得很像，也会认作是兄弟俩长得一样。如果你没有在无意间发现那颗奇怪的金牙，相信你还会一直被蒙在鼓里。"

霍尔·派克罗夫特双手握拳在空中乱舞。"上帝啊！"他叫喊道，"我很难想象，在我被戏要得团团转的时候，那个假霍尔·派克罗夫特在莫森商行里做了哪些勾当呢？我们该如何应对呢？福尔摩斯先生，请您告诉我现在该如何办？"

"看来，我们一定要给莫森商行发一份电报。"

"他们每星期六十二点关门。"

"关系不大。会有一些看门人或警卫……"

"哦，想起来了，因为他们保存着很多贵重的证券，所以他们有一支常备警卫队。在城里有人给我讲过这件事。"

"哦，那就没问题了，我们给他发一个电报，询问一下是否发生了什么事，是否有一个冒用你名字的书记员在那里办公。这是很清楚的，不过，令我感到十分不解的是，为什么一看到我们，那个搞阴谋的家伙却立即跑出去上吊自杀了？"

"报纸！"一个嘶哑的声音突然在我们身后传来。这个人已坐起身来，面色苍白，和死人一样，双眼已经复原，此时正用手轻抚着喉咙四周的宽宽的红色勒痕。

"报纸？哦，真是的！"福尔摩斯突然激动地叫喊起来，"我怎么这么愚蠢！我把我们来访的事想得过多了，完全忘记了那张晚报。肯定地说，秘密就在报纸上。"说着，福尔摩斯将报纸在桌上摊开，然后惊喜地叫喊起来。"看这一个报道，华生。"他大声喊道，"这是伦敦的报纸，早版的《旗帜晚报》。我们想要知道的信息在这里，请看大字标题：'城里抢劫案：莫森和威廉斯商行发生凶杀案。一场有预谋的抢劫。罪犯落网。'华生，这难道不是我们想要弄清楚的吗？请大声把它读出来。"

这项报道在报纸上占据着重要的位置，说明它一定是城里一件重要案件，内容记载如下：

就在今日下午，伦敦发生了一起很凶险的抢劫案，案件造成一人死亡，凶犯现已被逮捕。不久前，莫森和威廉斯这家著名的证券行存入了百万镑以上的巨额证券，有警卫人员负责看守。经理意识到肩头责任的重大，于是又购置了一些最新式的保险柜，并在楼上增设了一名武装警卫二十四小时看守。上周该公司招募了一名名叫霍尔·派克罗夫特的新职员。原来此人不是别人，乃是素有恶名的伪币制造犯及大盗贝丁顿。这名大盗和他的弟弟刚刚服满五年苦役出狱。现尚未查明他们采用什么方法冒名顶替获得这家公司的任用，然后借此获得各种锁钥的模式，以彻底了解保险库和保险柜的设置情况。

按莫森商行的惯例，星期六中午工作人员放假休息，因此，当日下午一点二十分的时候，苏格兰场的警官图森看到一个人拿着一个毛毡制的手提包走出来时，感到十分不解。他对这个人产生了怀疑，便暗暗跟他在后面。那个家伙发现了拼命抵抗，最后图森在警察波洛克的协助下，终于将这个家伙抓住。当即查明发生了这起令人震惊的大抢劫案。这个家伙里的手提包中藏着价值近十万英镑的美国铁路公债券，此外还有矿业和其他公司的巨额股票。在一个房屋中，那个不幸的警卫的尸体被蜷曲着塞进一个大保险柜里，如果不是警官图森发现了那个罪犯并抓住了他，尸体在星期一早晨之前可能都不会被人发现。这个警卫的颅骨被人从身后用火钳砸碎。显而易见，肯定是贝丁顿以遗忘了什么东西为借口，进入楼内杀死了警卫，然后迅速把大保险柜内的东西劫掠一空，随即带着赃物逃离。他和他的弟弟经常合伙作案，此次经过查证，没有证据表明他的弟弟参与进来，不过警方仍在尽力查访其下落。

"显然，我们可以让警察在这方面省去好多麻烦。"福尔摩斯望了那蜷缩在窗旁的面如土色的家伙一眼，继续说道，"人类真的是一种奇怪的混合物。华生，你看，即使是恶棍和杀人犯也能有这样的感情：弟弟一听说哥哥没了希望便上吊自杀。好了，我们应该做点什么了。华生和我留下看守，派克罗夫特先生，麻烦你去把警察找来。"

四　囚船上的惨案

一个暮霭沉沉的冬天傍晚，我和福尔摩斯两人在壁炉两侧对坐着，福尔摩斯说道："华生，我给你看几个文件，我认为这几个文件很值得你一读。这些文件和'格洛里亚斯科特'号三桅帆船奇案有很大的关联。治安官老特雷佛就是因读了这些文件惊吓而死的。"

说完，福尔摩斯从抽屉里拿出一个颜色灰暗的小圆纸筒，他解开小圆纸筒的绳带，把一张石青色的纸递给我，这是一封字迹潦草的短笺，上面写着：

The supply of game for London is going steadily up.Headkeeper Hudson,We be lieve,has been now told to receive all Orders for fly paper and for preservation of your henpheasants life.

伦敦野味供应保持稳定上升态势。我们相信总保管赫德森已经愿意接受一切粘蝇纸的订货单并保存你的雌雉的生命。

看过这封不知所云的短笺，我抬起头，发现福尔摩斯正在观看我的表情，同时还抿着嘴发笑。

"你是不是被弄得有些糊涂？"他开口问道。

"我并不认为像这样的一份短文能把人吓死。在我看来，这上面的话只不过是胡言乱语而已。"

"嗯，我也这么认为，可是事实上，那位健壮的老人，在读完这封短文后，竟然像被子弹打中一样，应声而倒一命呜呼了。"

"哦，这么说来，倒让我充满了猎奇心理。"我说道，"可是刚才你为什么说，这跟我有特殊的原因，因而一定要研究这件案子呢？"

"因为这是我接手办理的第一个案子啊。"

我始终都在尝试探问我的这位老朋友，想让他讲讲当初是因为什么才使他下决心转向侦探犯罪活动的，可是他一直提不起兴趣跟我讲。这时他低下身子坐在扶手椅上，把文件铺在膝盖上，然后点起烟斗吸了一会儿，并把文件翻过来倒过去地观看。

"我一直没有跟你谈起过维克托·特雷佛这个人吗？"他问道，"我在大学两年中结交的唯一好友就是他。你知道我这个人不善于与人交往，华生，我一直习惯一个人神情庄重地待在房里训练自己的推理方法，所以与同龄人交往的时间很少。除了击剑和拳术以外，我对其他体育形式也鲜有参与，而那时我的学习方法与别人也有很大的差别。因此，我们根本没有往来的必要。我唯一结识和熟悉的人就是特雷佛。这是因为有一天早晨，我到小教堂去，他的猛犬咬了我的踝骨，我们就因这样一件意外的事结识了。

"最开始我们的来往很平淡，但给人留下深刻印象。我因脚伤在床上躺的十天里，特雷佛经常过来看我。最初他闲聊一会儿就走，可是不久，我们交谈的时间也长了起来。在那学期结束以前，我们成为了最好的朋友。他精神饱满，血气方刚，有着使用不完的精力，在许多方面我们有着截然的不同，但我们也有很多相同的地方。当我发现他也和我一样特立独行时，我们的关系更加紧密了起来。后来他请我到他父亲那里去，他父亲住在诺福克郡的敦尼索普村，我欣然答应了去他父亲那里度一个月的假期。

"老特雷佛是一个地主，也是地方治安官，显而易见很有权势。敦尼索普村位于布罗德市郊，是朗麦尔北部的一个小村落。特雷佛的居所是一所传统的、面积很大的栎木梁砖瓦房，居所的前面有一条通道，两旁生长着茂盛的菩提树。附近沼泽地一个接着一个，那是狩猎野鸭的绝妙场所，更是垂钓的最佳之地。他的家有一个面积不大但很雅致的藏书室，我听说，是从原来的房主手中随房屋一起购买的。哦，对了，他家有一位据说还算不错的厨师。所以说如果谁在这里度一个月假，还不能让自己心满意足的话，那他就是一个过分挑剔的人了。

老特雷佛的妻子已经离世了，特雷佛是他唯一的儿子。据说老特雷佛曾经还有一个女儿，但在去伯明翰途中，患上白喉而死去。老特雷佛引起了我极大的兴趣。他没有多少文化，可是体力和脑力都相当强。他对书本知识知道得不多，但曾经远游，见过许多世面，对于所见所闻，他都铭记得丝毫不差。从外貌上看，他体格结实，身材粗壮，有一头蓬乱的灰白头发，一张饱经风霜的褐色面孔，还有一双蓝色的眼睛，他眼光十分敏锐，闪着光泽，看上去甚至有些凶残，但他在乡中却以和蔼、慈善著称，很多人都说他在法院审理案件时也以宽大为怀。

"就在我到那里不久的一天傍晚，其时我们用过饭后正坐在一起品尝葡萄酒，小特雷佛忽然谈到我所养成的那些观察和推理习惯。那个时候我已经将我的那个习惯归纳成了一种方法，虽然还不知道它对我一生将起什么作用。老特雷佛显然认为他的儿子言过其实，把我的一点雕虫小技过分夸大了。

"'既然这样，福尔摩斯先生，'他突然来了兴致，笑着说，'我正是一个绝妙的题材，看你能不能从我身上推断点什么东西出来。'

"'这有点难为我了，我恐怕会让你失望。'我回答道，'我推测你在过去一年里担心有人对你进行袭击。'

"听完这句话，老特雷佛嘴角上的笑意顿时消失殆尽，继而显出大吃一惊的样子，两眼盯着我。

"'啊呀，说得不错。'他说道。'维克托，你知道，'老人转身向他儿子说道，'在我们把来沼泽地偷猎的那伙人驱离之后，他们发下一定要复仇的誓言，而爱德华·霍利先生果真遭到了偷袭。从那以后我总是小心翼翼地防范着，不过我真的不知道你是如何推断出来这件事的？'

"'你有一根看上去很漂亮的手杖。'我答道，'我从杖上刻着的字知道，你买它的时间应该在一年之内，可是你却下了不少功夫把手杖头上凿个洞，灌上熔化了的铅，把它做成可怕的武器。我由此认为如果你不担心遇到袭击，是绝不会采取这种预防措施的。'

"'嗯，不错，还有呢？'他微笑着问道。

"'您年轻的时候应该参加过不少的拳击活动。'

"'嗯，这也说得不错。那么你是如何知道的呢？是不是我的鼻子有些被打歪了？'

"'不是。'我说道，'是你的耳朵告诉我这个秘密的，因为你的耳朵特别扁平宽厚，那是拳击家的特征。'

"'哦，这样，有没有其他的呢？'

"'从你手上的老茧来看，你曾做过许多采掘工作。'

"'我确实是从金矿上致富的。'

"'你曾经去过新西兰。'

"'说得丝毫无误。'

"'你去过日本。'

"'嗯，确实去过。'

"'你之前和一个人交往很是密切，那个人姓名的缩写字母是 J.A.，可是后来，你却想尽办法想把他彻底忘掉。'

"就在这时，只见老特雷佛先生慢慢地站起身来，睁大他那双蓝色的大眼睛，用奇怪而疯狂的眼神紧紧盯着我，然后一头向前栽去，他的脸撞在桌子上的硬果壳堆里，随即就昏迷了过去，不省人事了。

"华生，你应该能想象得出，当时我和他儿子两人有多么的惊讶，我们都被吓住了。幸亏，他失去知觉的时间并不长，因为正当我们给他解开衣领，把洗指杯中的冷水浇到他脸上时，他长出了一口气，然后就坐起来了。

"'啊，孩子们，'他带着一副笑脸说道，'希望你们没有受到惊吓。我的外貌看起来很强壮，可是心脏很弱，一点点小事就可使我昏倒。福尔摩斯先生，我真不明白你是从哪些地方看出来的，不过我认为，那些实际存在的侦探也好，虚构出来的侦探也好，在你手下，都只不过像一些小孩子罢了。先生，你完全可以将它作为你一生的职业。你一定要相信我这个饱经世事的人所说的话。'

"华生，你要清楚一件事，那就是当时，搞推断仅仅是我的业余爱好，首先促使我意识到可以将这种爱好当作终生职业的，就是老特雷佛的劝告以及他对我的能力的言过其实的评价。然而，当时，我对老特雷佛的突然生病感到局促不安，是没有心思想其他事情的。

"'我希望我的话对您没有造成任何伤害。'我说道。

"'啊，你的话确实打击到了我，但我想问一下，你是如何知道这些事情的，你知道了多少情况？'虽然他半开玩笑地说着，可是双眼依然闪露出惊骇的神情。

"'其实这没有什么。'我说道，'还记得那天我们乘坐小艇时，你卷起袖子去捉鱼，我无意发现你的胳臂弯上刺着 J.A. 二个字母，字形虽然清晰可辨，但笔画却已经被弄得模糊了。字母的四周又染着墨迹，可以猜出你曾设法要把它们抹去。由此可见这两个缩写字母，你曾经十分熟悉，后来却努力想忘掉它。'

"'你的推理如此厉害啊！'他放心地松了一口气，说道，'这事正像你所说的那样。不过我们不去谈论这件事了。在一切鬼魂之中，我们旧相知的阴魂是最凶恶的。好了，还是让我们到弹子房去安静地吸一支烟吧。'

"自那一刻以后，虽然老特雷佛对我的态度仍然非常亲切，但我能明显地感觉到他的亲切之中一直带有几分疑虑。这一点连他的儿子也发觉了。'你可把我爸爸吓了一跳，'小特雷佛说道，'他再也弄不清，你知道了哪些事，不知道哪些事了。'在我看来，老特雷佛虽然不愿流露出他的疑虑，但他心里的疑虑却一直没有消失，一举一动都隐约流露出来。我终于确信是我引起了他的不安，于是我决定结束我的度假。可是就在我离开的前一天，发生了一件小事，这件小事后来证明是非常紧要的。

"当时我们三人正坐在花园草坪的椅子上一边晒太阳，一边欣赏布罗德的景色，一个女仆走过来说有一个人在门外求见老特雷佛先生。

"'他叫什么名字？'老特雷佛问道。

"'他没有说。'

"'那么，他要干什么呢？'

"'他说你们认识，他只要同你聊聊天。'

"'那好吧，让他到这里来。'时间不长，有一个瘦小枯槁的人被领了进来。此人外形猥琐，步履拖沓，身上穿着一件夹克，夹克没有拉上敞着怀，袖口上有一块柏油污痕，里面穿着一件红花格衬衫，下身穿着棉布裤子，脚上蹬着一双已经破旧不堪的长筒靴。他一副消瘦的棕色的脸庞显出狡猾的样子，但却带着笑容，露出一排参差不齐的黄牙。他的双手满布皱纹，半握拳，可以看出那是水手们常有的姿态。在他无精打采地穿过草坪向我们走过来时，我听到老特雷佛喉中发出一种类似打呃的声音，然后看见他突然从椅子上跳下来，奔向屋里，但很快他又从里面跑回来，当他走过我身边时，我明显闻到一股浓烈的白兰地酒味从他身上传出来。

"'喂，朋友，'他说道，'你来找我有什么事吗？'

"那个水手站在那里，双眼惶惑地望着老特雷佛，但依然咧嘴微笑。

"'你看看我，不认识吗？'水手问道。

"'啊，天啊，你是赫德森？'老特雷佛非常惊讶地问道。

"'不错，我正是赫德森，先生。'这个水手说道，'距我们上次见面三十多年过去了。你现在在你的家园里享受美好生活，而我仍生活于困苦之中'。

"'唉，我自然不会忘记以前的生活，这一点你应该清楚。'老特雷佛一边大声说，一边向水手走过去，并在他耳边低声说了几句话，然后又提高嗓门说道，'先到厨房去，吃点喝点，放心，我一定给你安排一个合适的位置。'

"'那就先表示感谢了，先生。'水手用手掠一掠他前额上的头发说道，'我刚刚下了航速为八海里的不定期货船，在那上面我干了两年，偏偏人手又不够，所以需要休息。没有办法，我只能来找贝多斯先生和你了。'

"'哦，没有问题。'老特雷佛大声喊道，'你知道贝多斯先生在哪里吗？'

"'当然，先生，我知道，对于老朋友在哪儿，我全部知晓，'这个人狞笑着说道，然后匆匆跟在女仆身后向厨房走去。老特雷佛先生含糊地跟我们说，他去采矿时，曾和这个人同船而行。说完这些后他自己一个人走进里屋，而任凭我们留在草坪上。过了一小时我们才进屋去，发现老特雷佛已经烂醉如泥，直挺挺地躺在餐室的沙发上。这整个事件，给我留下的印象非常糟糕。因此，第二天我离开敦尼索普村时，一丁点儿都不感到惋惜，因为我觉得，我住在特雷佛家，一定会让我的朋友感到为难。

"这些事情发生在漫长的假期中的第一个月。我从朋友那儿又回到了伦敦住所，花了七个星期时间做了一些有机化学实验。就在深秋中的一天，我的假期即将结束之际，我的那个朋友突然给我来了一封电报，请我回到敦尼索普村去，并说他非常需要我的指教和协助。没有办法，我只能把其他的事情丢开，立即赶往我朋友那儿去。

"在车站，我看见他坐在一辆双轮单马车上。我一眼就能看出，这两个月来，他经受了很大的折磨，变得消瘦异常，完全不见了往日常有的高声谈笑、兴高采烈的样子。

"'爸爸危在旦夕。'这是他见到我后的第一句话。

"'怎么可能？！'我叫喊道，'发生了什么事？'

"'他中风了，神经受了严重的刺激。今天一直处在危险中，我看他

现在可能已经不在人世了。'

"华生，你应该想象得到，我听到这意外的消息，该有多么的震惊。

"'是什么导致的呢？'我问道。

"'啊，这就是关键的所在呢。请你上车，我们路上仔细研究一下。你还记得你走的前一天晚上来的那个家伙吗？'

"'哦，自然记得了。'

"'你知道那天来的家伙是个什么样的人吗？'

"'哦，不清楚。'

"'福尔摩斯，他是一个魔鬼。'他大声喊道。

"我呆呆地望着他。

"'不错，他就是一个地地道道的魔鬼。自从他来了以后，我们没有一时一刻安宁过，一点也没有。从那天夜晚起爸爸就没有抬起过头，现在他的生命岌岌可危，他的心也碎了。这一切都是那个可恶的赫德森导致的'。

"'能告诉我，他有什么势力吗？'

"'啊，不知道，这也是我要探寻的问题。要知道，像我爸爸这样慈祥、宽厚的善良长者，怎么也想不通会甘愿遭受一个恶棍的折磨！不过，福尔摩斯，现在你来了，我非常欣喜你能前来。我非常相信你的判断和处事能力，我相信你肯定能给我想出一个最好的办法。'

"马车在乡间整洁而平坦的大路上飞驰，很快，布罗德的太阳在我们眼前正隐现在落日红霞之中。在左手边的一片小树林后面，我已远远看到那位治安官屋上高高的烟囱和旗杆了。

"'在爸爸的安排下，这个恶棍做了园丁。'特雷佛说道，'后来，那人不愿意做园丁了，爸爸便让他做了管家。全家好像完全在他控制之下，他整日无所事事，到处闲逛，想做什么就做什么。女仆们向我父亲诉说他酗酒成性，而且说话无礼。爸爸便多次提高她们的薪水，来补偿她们遇到的麻烦。这恶棍常常划着小船，带上我爸爸最好的猎枪去游猎。而在他这样做的时候，脸上还经常有一种讽刺挖苦、幸灾乐祸、目无一切的神情。如果他和我处于同一年龄段，我早已把他打翻在地上不下二十次了。福尔摩斯，我跟你讲，在这段时间里，我只有拼命克制自己，现在我自问，如果我不那样克制住自己，或许事情不会那样糟糕。

"后来，我们的处境越来越糟糕，而那个可恶的赫德森却越来越嚣张，有一天，他竟当着我的面，傲慢无礼地和我父亲说话，我便抓住他的肩膀把他推出门去。他没有说一句话就溜走了，我发现他的面孔发青，两只眼睛发出恶狠狠的光，还露出一种恫吓的神情。在这以后，我不知道我那可怜的父亲同这个恶魔又做过什么交涉，不过第二天父亲来找我，要我向赫德森赔礼道歉。你可以想象到，我自然不肯答应，并且问父亲为什么要容许这样一个恶棍对他和我们全家这样傲慢无礼。

"我父亲这样对我讲道："啊，我的孩子，我知道你说得没有一点毛病，可是你不知道我的处境啊。不过你会知道的，维克托，无论发生什么事，我都一定要让你知道，不过你现在总不愿使你可怜的老爸爸为难吧！'

"说这番话的时候，我的爸爸显得很激动，之后他整天把自己关在书房里。我从窗户望见他正在急急忙忙写着什么。

"一天晚上，终于发生了一件让我感到畅快的事，因为赫德森对我们说，他准备离开我们。那时我们吃过午饭，正在餐室坐着，他走进来，喝得醉醺醺，声音沙哑地说出了他的想法。

"他说道："我在诺福克待烦了，现在准备到汉普郡贝多斯先生那里去。我相信，他一定像你那样十分喜欢见我。'

"'赫德森，我希望你不是怀着厌恶的心理从我这儿离开的。'我父亲奴颜婢膝地说，这使我浑身血液沸腾起来。

"'他还没给我赔礼道歉呢。'他斜着看了我一眼，绷着脸说道。

"我爸爸闻言将身子转过来对我说道："维克托，你应该承认，你对这位可敬的朋友确实有不尊重的地方。'

"我立即回应："正好相反，我认为我们父子对他已经做得够仁义的了。'

"听了这话，赫德森立刻恼羞成怒起来："啊，什么？你认为这样就可以了，是不是？那好极了，伙计，你们给我等着吧！'

"说完，他走出屋去，半小时以后就离开了我家，而我的爸爸则处于一种十分可怜的害怕的状态。我听到爸爸整夜整夜地在室内踱来踱去，就在他的情形稍微好一些的时候，灾祸终于从天而降。

"'到底发生了什么事？'我急忙问道。

"'事情很蹊跷。我爸爸昨天晚上收到一封信，信上盖着福丁哈姆的邮戳。爸爸看过信之后，若有所思地用手轻打着头部，那样子好像失去了魂魄，开始在室内绕圈子。后来我把他扶到沙发上，发现他的嘴和眼皮都歪向一侧。我一看是中了风，于是马上将福德哈姆医生请来，和我一起把爸爸扶到床上，可是他的中风症状越来越厉害，一点也没有恢复知觉的迹象，我想我们可能再也看不到他恢复过来了。'

"'特雷佛，你这是在危言耸听！'我大声说道，'你告诉我，那封信里究竟有什么东西能引起这样可怕的恶果呢？'

"'没有什么特殊的地方，奇怪就在这里呢。这封信荒诞而琐碎。啊，上帝啊，我所担心的事终于还是出现了！'

"说这话的时候，我们已经来到林荫路的转弯处，在微弱的灯光下，我们发现房子的窗帘都放下了。我们走到门口，特雷佛显出十分悲愤的样子。这时，一位黑衣绅士走了出来。

"'医生，我爸爸何时离开的？'特雷佛问道。

"'好像就在你刚刚离去的时候。'

"'离去之前他有没有苏醒过？'

"'临终之前苏醒过一会儿。'

"'没给我留下什么话吗？'

"'他只说那些纸都在日本柜子的后抽屉里。'

"特雷佛和医生一起向死者的卧房走去，我没有一同去，在书房中留了下来，脑子里不住翻腾这全部事件，我觉得自己从来没有像这样心事重重过。老特雷佛当过拳击家，旅行了很多地方，又是一个采金人，那他怎么会无缘无故听任这个傲慢无礼的水手的支配呢？另外，他竟然听我一说起他手臂上半模糊的姓名开头字母，就惊吓过去不省人事，而接到一封从福丁哈姆寄来的信竟被惊吓致死了呢？突然，我想起福丁哈姆位于汉普郡，是贝多斯先生的老家，显然那个水手就是对他进行敲诈去了，假如果真如此，这封信或许是那个可恶的水手发来的，信中说他已经检举了特雷佛过去犯罪的秘密。或者信是贝多斯发来的，信中警告老特雷佛，有一个昔日的同伙要去将他们告发。事情看起来似乎是这样的，但这封信怎么又会像我的朋友说的那样荒诞且琐碎呢？我想是不是我的朋友弄错了。假如事情真的如他所说，那这里面一定有一种特别的密码，字面的意思和隐含的意思完全是两码事。

"我一定要看看这封信。如果信中果真有秘密的话，我相信我可以破译出来。我没点灯坐着反复思考这个问题。大约一个小时后，一个满面泪痕的女仆拿进一盏灯来，随后特雷佛也紧跟着走进来。他面色苍白，但神态镇定，手中拿着现在放在我膝盖上的这几张纸。他在我的对面坐下来，并把灯移到桌边，把写在石青色纸上潦草的短文指给我看，你现在看的短文就是这个：'伦敦野味供应保持稳定上升态势。我们相信总保管赫德森已经愿意接受一切粘蝇纸的订货单并保存你的雌雉的生命。'

"可能我第一次读这封信时脸上迷惑不解的表情跟你刚才差不多。之后，我又非常仔细地又读了一遍。真如我猜想的那样，这些奇怪词组里果真隐含着不为人知的秘密。可能像'粘蝇纸'和'雌雉'这类词组是事先约好的暗语。当然，这种暗语可以任意约定，而其他人是怎么也推断不出它的含义的。不过我不相信这样的事情，而赫德森这个词的出现似乎表明信的内容正吻合我的这种猜想。这短文是贝多斯发来的，而不是那个恶棍。我曾经将词句倒过来读，可是那'性命、雌雉'等词组却依然表现不出什么含义来，于是我又尝试着隔一个词一读，但无论'the offor'，还是'supply game London'也都没有明确的意思。

"我又稍等了一会儿，终于将打开这个闷葫芦的钥匙抓到手了，原来是这样读的，从第一个词开始，每隔两个词一读，就可以读出一个明确的含义来了，正是这些含义让老特雷佛感到深深绝望的。

"词句简短扼要，警告意味十足。我当即把它读给我的朋友听：

什么都结束了。赫德森已全部检举。你还是马上逃离吧！

"维克托·特雷佛用不停颤动的双手捂着脸。'我可以猜得出来，一定是这样的。'他说道，这比死还让他感到难受，因为这意味着他要背上耻辱。不过，'总保管'和'雌雄'这两个词儿代表着什么呢？

"'这两个词儿在信中应该没有具体意义，可是如果我们没有别的办法找到那位发信人，这两个词却会给我们启示。你看他开始写的是 The...game...is 等等，写完预先拟好的词句，便在每两个词之间填进两个词儿。他十分自然地使用首先出现在头脑中的词儿。由此可以推断出，他是一个很喜欢打猎的人，或是一个喜爱饲养家禽的人。哦，对了，贝多斯的情况你了解吗？'

"'哦，经你这样一提，'他说道，'我回忆起一些事情来，每年秋季，我那可怜的爸爸常常接到贝多斯的邀请到他那里去打猎。'

"'那就可以推断出这封信应该就是他发来的了。'我说道，'现在我们要做的事情是，想办法查出那个恶棍赫德森究竟掌握了什么秘密，可以用来威胁这两个有权有势的人。'

"'唉，福尔摩斯，我担心那是一件让人感到惭愧，甚至是可耻的事！'我的朋友惊呼道，'但是我不打算对你保守什么秘密。这就是爸爸的声明，是在他得知赫德森的检举迫在眉睫时写下来的。我在医生的指点下在日本柜子里找到了这份声明，请把它拿来念给我听听，因为我自己实在没有力气也没有勇气去读它了。'

"华生，你看，这几张纸就是特雷佛让我去拿的那份声明，那天晚上我在旧书房念给他听过，现在我念给你听。这几张纸外面写着：格洛里亚斯科特号三桅帆船航行记事。1855 年 10 月 8 日从法尔默思启航，同年 11 月 6 日在北纬十五度二十分，西经二十五度十四分沉没。里面采用信函的形式记载的，是这样写的：

我最亲爱的儿子，既然那渐渐逼近的耻辱使我的晚年惨淡无华，我可以坦诚而真切地说，我对法律并不畏惧，也不怕失去我在这里的职位，更不担心相识的人因这事轻视我，而让我痛心疾首。可是一想到你十分爱我，而且那么尊敬我，却要因为我而蒙受耻辱，我的内心就禁不住颤动起来。但是如果一直悬在我头上的横祸不可避免地来到了，那么我希望你读一读本篇记事，那样的话你就可以直接从中了解我该受何种责罚了。另一方面，如果平安无事（惟愿万能的慈悲上帝给我这个机会），万一这张纸还没有毁掉而落入你的手中，我求求你，看在上帝的份上，看在你亲爱的母亲份上，再看在我们父子间的情分上，请将它投入火中烧掉，并永远忘掉这件事。

但是如果信已经落到你手且你已经看了，而我知道事已败露，被投进监狱了，或十之八九我已与世长辞了（我的心脏衰弱你是知道的）。但无论属于以上哪种情况，均已无须继续隐瞒。以下的事情件件属实，勿怀疑，自愿坦露，以求宽恕。

我亲爱的孩子，特雷佛不是我原来的名字，我年轻时叫詹姆斯·阿米塔奇。由此你就明白我那次受惊吓不省人事的原因了。我是指几个星期以前，你大学的朋友对我讲的那番话，在我听来好像一语道破了我改换名字的秘密。我以阿米塔奇的名字在伦敦银行工作，同样以阿米塔奇之名，被定了违犯国法之罪，判处流刑。孩子，请多多体谅我的难处吧。这是一笔所谓的赌债，我需要偿还，于是我便用了不属于我自己的钱去偿还了。不过，当时我有很大的信心在这件事被揭露之前把它补上，可是最可怕的厄运临头了，我所一直依靠的款项竟然没能到手，再加上提前查账，使我的亏空暴露出来。这件案子实际上能够处理得宽大一些，可是三十年前的法律要远比现在严苛，就这样在我二十三岁生日那天，被定了重罪和其他三十七名罪犯一起被锁在格洛里亚斯科特号帆船的甲板上，即将流放到澳大利亚。

那一年是 1855 年，克里米亚战事正进行得激烈之际。当时载运罪犯的船只大部分在黑海中作军事运输，于是政府只好用较小的不适当的船只来押解罪犯。"格洛里亚斯科特号"帆船是用来做中国茶叶生意的，式样很老，船首很重，而船身宽阔，新式快速帆船早已胜过了它。那是一只三桅帆船，载重五百吨，船上有三十八名囚犯，二十六名水手，十八名士兵，一名船长，三名船副，此外，还有一名医生、一名牧师以及四名狱卒。从法尔默思启航时，船上大约有百余人。

一般押解罪犯的船的囚室隔板都用厚橡木制成，但是这只船的囚室隔板却十分薄。在我们被带到码头时，我发现很特别的一个人，后来他被关押在船尾和我相邻的囚室里。那是一个有着清秀面孔的年轻人，他没有胡须，细长的鼻子，瘪嘴，常带着一副得意神情，走起路来抬头挺胸，更让我吃惊的是他的身材特别高大，我认为无论哪一个人的头也到不了他的肩部，我敢说他至少有六英尺半高。在这么多忧郁而消沉的面孔中，有这样一张精力充沛而坚定果断的面孔，那是多么的与众不同。看到这张面孔，感觉就像在暴风雨中见到炉火。我发现我和他相邻，非常高兴。一天夜深人静，几句细语送进我的耳鼓，我回头一看，原来是他设法在囚室隔板上挖了一个洞，这使我禁不住更加兴奋起来。

他说道："喂，朋友！告诉我你的名字。因什么罪名被关在这里？"

我告诉了他，并也回问他是谁。

他说道："我叫杰克·普伦德加斯特，我向你保证，在你和我分手之前，我会让你知道认识我的好处的。"

我知道关于他的事情，这是因为在我自己被投进监狱以前，他的案子在全国曾经轰动一时。他有着很好的出身，又很能干，可是沾染了不可救药的恶习，靠巧妙的欺诈，从伦敦巨商手中骗取了巨款。

就在我说我知道他的事情之后，他很骄傲地说道：哈，哈！你知道我的这件案子。

我说："嗯，不错，我记得很清楚。"

他说："那么，你可记得那案子有什么不同之处吗？"

我问道："有什么不同之处？"

他说："我弄到快二十五万镑巨款，难道不是吗？"

我说："别人说是这么多。"

他问道："但是你知道那笔巨款并没有追回去吗？"

我说："哦，这个我倒不清楚。"

他又问道："喂，你猜这笔巨款现在在什么地方？"

我回答："我哪里猜得出来。"

他大声说道："告诉你，这笔巨款现在依然被我掌控着。一点不假！记在我名下的金镑数，要超过你的头发丝。小伙伴，如果你能掌控很多钱，又知道怎样管钱用钱，那你就可以随心所欲了。我问你，你认为一个可以随心所欲的人，会甘心在这耗子乱窜、甲虫乱爬的破旧航船的恶臭货舱里静等着厄运吗？绝不，先生，这样的人不仅要自救，还要解放他的难友。你可以放开顾虑，紧紧依靠、跟随他，做出一番大事。你可以凭《圣经》宣誓，相信他一定会把你救出来。"

他当时信誓旦旦地跟我说了这些话。起初我并没有将那当一回事，可是过了一会儿，他又对我试探了一番，并且十分郑重地向我透露他已经设计了一个夺取船只的秘密计划。他告诉我，在上船之前，已经有十二个犯人为这个计划做了准备。他是领头者，他用金钱作动力。

普伦德加斯特又对我说："我有一个十分值得信赖的同伙，为人非常好，十分难得，钱在他手里。你猜现在这个人在哪里？哦，他就是这只船上的牧师，对，就是那位牧师，完全正确！他身穿一件黑上衣，各种证件都齐备，箱子里的钱多到可以买通全船的一切人。他把船上的水手都收买了，成为了他的心腹。在他们签名受雇于这艘船以前，他就用金钱就把他们收买过来了。此外，他还收买了两个狱卒和二副梅勒，如果他认为船长值得收买，那他连船长本人也要收买过来。"

我问道："那么，我们到底要做什么呢？"

他反问："你认为我们要做什么呢？我们要使一些士兵的衣服比裁缝做得更加鲜红。"

我说："但是他们人人都有武器啊。"

他说："小伙子，我们也做了准备，给每人配备两支手枪。我们有全体水手做后盾，如果还没有能力将这只船夺到手，那我们就早该让人送进幼女寄宿学校了。今天晚上你设法和你左边的那个人聊聊，看看他是否可靠。"

我遵照着做了，我左边的邻居也是个年轻人，我们有着差不多的处境，他的罪名是伪造货币。他原名伊文斯。现在也像我一样，已改换了姓名，是英国南方一个富有而幸运的人。对参加这个秘密活动他没有丝毫犹豫，因为只有这样我们才能自救，所以在我们的船横渡海湾之前，除了两个人之外，全船其他犯人都参与进来了。那两个人一个意志薄弱，我们不敢信任他，另一个患黄疸病，对我们没有什么用处。

开始行动后，我们的夺船计划进行得十分顺利。那些水手们就是一伙无赖，是专门挑选来干这种事的。那个冒牌牧师不断到我们囚舱来给我们做工作，他身上背着一个好像装满经文的黑书包，来来去去忙忙碌碌。到第三天，我们每个人的床脚都有了一把锉刀、两支手枪、一磅炸药和二十发子弹。两个狱卒早就被普伦德加斯特收买了，二副也成了他的帮手。船上只有船长、两个船副、两个狱卒、马丁中尉和他的十八名士兵以及那位医生处在我们的对立面。事情虽然非常保险，但我们还是决定行事要慎之又慎，打算在夜间进行突然袭击。但是事实上，实际行动却要比我们预料的要快得多。情况是这样的：

就在这艘囚船开航后第三周的一天晚上，医生来到囚室给一个犯人看病。当他把手伸到犯人床铺下面，摸到了手枪的轮廓。假如他当时装作什么事情都没有发生，就可能使我们的秘密活动泡汤，但他胆怯怕事，当时惊得大叫一声，脸色大变，这就使那个囚徒立即明白了是怎么回事，并将他抓住。医生没有机会发出警报，因为他的嘴被堵住了，并被绑到床上。在进来的时候，医生打开了通往甲板的门上的锁，我们就通过此门，蜂拥而出。两个哨兵被我们用枪击中，一个班长跑来看看发生了什么事，也遭到同样下场。另有两个兵士守护着官舱的门，他们的火枪似乎没有装火药，因为根本就没向我们开火。在他们企图给火枪装上刺刀时被我们用枪打死。在我们一拥冲入船长室时，有枪声从里面传了出来，推门一看，只见船长已倒下，脑髓把钉在桌上的大西洋航海图都染污了，那个冒牌的牧师站在死尸旁，手里拿的手枪还在冒烟呢。两个船副已经遭到擒获，整个事情看来已经成功在即。

船长室的旁边就是官舱，我们簇拥着奔到那里，在长靠椅上一坐，开始畅谈起来，因为觉得又一次恢复了自由之身而喜不自禁。官舱的四周堆满了货箱，那个冒牌牧师威尔逊把一个货箱扯了过来，从里面拿出二十瓶褐色葡萄酒。我们打碎瓶颈，把酒倒进酒杯，正要举起杯来大喝特喝，突然出其不意听到一阵枪声，官舱里顿时烟雾弥漫，隔着桌子都看不清对面情形了。烟雾消散之后，这里已是血肉横飞。威尔逊和其他八个人倒在地上痛苦呻吟，到现在我想起那桌上的血和褐色葡萄酒都还觉得恶心。当时我们被这场面吓得几乎不会动了，我想当时要不是多亏了普伦德加斯特，那我们全部都要死在那里。普伦德加斯特像公牛一般，一声怒吼冲出门去，所有活着的人也都随着冲出门。我们冲到舱外，发现中尉和他手下的十个士兵站在船尾。官舱上有一个正对着舱内桌子的旋转天窗，那时稍稍打开一些，中尉和他的士兵就从隙缝中向我们射击。我们趁他们来不及重新装填火药，急冲上前。他们虽然英勇地进行了抵抗，但最终被我们压住了气势，战斗在五分钟内就结束了，我的上帝啊！这只帆船简直成了一个屠宰场！普伦德加斯特如同一个暴怒的魔鬼，他把一个又一个的士兵像小孩一样提起来，无论是死是活，都一股脑儿扔到海里。有一个中士伤势很重，但很意外地泅游了很长时间，直到有人一枪打碎他的脑袋。战斗结束，对方只剩下两个狱卒、两个船副和一名医生，其他人全部去见了阎王。

在发表对剩下的这几个敌人的处置意见上，我们发生了激烈的争执。许多人欣喜夺回了自由之身，从内心深处不愿意再杀人。杀死手执武器的士兵是一回事，而冷酷无情地残杀没有抵抗力的人则又是另一回事。我们八个人，五个犯人和三个水手明确说，我们不希望他们被杀死，但普伦德加斯特和他的一伙人却不为所动。普伦德加斯特说，我们求得安全的唯一机会就是将事情做得干净彻底，他不愿留一个活口将来站到证人席上去给自己添麻烦。这种想法险些又使我们遭到拘禁，不过最后他还是开口说，假如我们愿意，可以乘小艇离开他们。我们对这个许诺感到非常高兴，因为我们早已厌恶了这种血腥的罪恶，我们清楚地知道这次杀人之后，还会有更残酷的事发生。普伦德加斯特发给我们每人一套水手服、一桶淡水、一小桶腌牛肉、一小桶饼干和一个指南针，还有一张航海图，叮嘱我们要说自己是一艘失事船只的水手，船只是在北纬十五度西经二十五度沉没的。之后他将缆索割断，任凭我们漂流离开。

亲爱的儿子，我现在就要讲述这个故事最惊心动魄的情节了。在那场争夺战开始的时候，水手们曾经将帆落下逆风行驶，但在我们离开之后，他们又将风帆升起来，乘东北风缓缓离我们远去。我们的小艇随着平稳起伏的波涛也缓缓前行。这伙人里，我和伊文斯受教育最多，我俩坐下来查看航海图，以确定我们所在的地点，计划该往哪个方向行驶。这个问题至关重要，需要认真对待，因为向北大约五百英里是佛得角群岛，向东大约七百英里是非洲海岸。因为风向转北，我们一致认为向塞拉利昂行驶比较好，于是我们便将船调头向此方向驶去。这时从小艇向后方看，那艘三桅帆船已经失去了踪影，只能望见船桅。就在我们向它眺望的时候，突然看到一股浓密的黑烟像一棵怪树直升而起，迅速消失在天际。几秒钟以后，一声雷鸣般巨响传入我们耳中，等到烟消雾散去，格洛里亚斯科特号帆船已彻底消失无踪。我们立即掉转船首，用尽力气向该处驶去，那依然缭绕的海面烟尘，清楚地告诉了我们那条船发生了大事。

到达那里时，时间已经过去了很久，我们都担心来得太晚，救不出什么人了。只见一条支离破碎的小船和一些断桅残板随着波浪起伏，但却没有见到有活人出现。就在我们失望地调转船头准备离开时，忽听有人呼救，这才看到不远处有一个人直挺挺地横躺在一块残板上。我们把那个人拖到船上一看，原来是一个叫赫德森的年轻水手，他被烧伤了，没有了丝毫力气，几乎不能说话了，直到第二天清早，才把发生的事情告诉我们。

原来，在我们乘小艇离开以后，普伦德加斯特和他那一伙人就开始下手杀害那剩下来的五个被囚禁的人。两个狱卒被普伦德加斯特枪杀后扔进海里，三副也遭到了这样的待遇。普伦德加斯特又来到中舱亲手将那个可怜的医生的喉咙割断。这时只剩下勇敢机智的大副本人没被处死。他见普伦德加斯特手持血淋淋的屠刀向他走来，便挣开事先已经被弄松了的绑索，然后跑上甲板，迅速钻进尾舱。有十二个手持手枪的罪犯向他冲来，却发现大副手里拿着一盒火柴坐在火药桶边，这桶火药已经打开。船上共载有一百桶火药。大副告诫他们说，无论是谁袭击他，他就会叫全船的人陪葬。话刚说完就发生了爆炸。赫德森认为那是一个罪犯开枪误击中了火药桶，而不是大副用火柴点着的。其实无论是什么原因，反正格洛里亚斯科特号帆船和那些凶残的罪犯都因此而丧了命。

亲爱的孩子，关于我的可怕事件的过程大致就是这个样子。第二天，一艘开往澳大利亚的双桅船"霍特斯泼"号发现并搭救了我们。"霍特斯泼"号的船长没有怀疑我们是遇难客船幸存者的身份。海军部将"格洛里亚斯科特"号运输船作为海上失事记录在案，"格洛里亚斯科特"号运输船的真实命运就这样被天衣无缝地隐瞒了过去。经过一段顺利航程之后，"霍特斯泼"号把我们载到悉尼海岸，我与伊文斯都换了姓名前去采矿。在各国人汇集之中，我们很轻易地隐瞒了之前的身份。以后发生的事我就不啰嗦了。大致就是我们发迹了，周游一番，最后以富有的殖民地居民身份返回英国，购置了产业。二十多年来，我们成了家，有了自己的事业，生活美满，我们自然想把那段历史永远地隐瞒过去。后来，这个水手来找我们，我马上就认出他就是我们从沉船残骸上救上来的那个水手，你们可以想象我当时有多紧张恐惧。我不知道他是怎样追踪到此的。他利用我们的畏惧之心，对我们进行各种敲诈勒索。亲爱的孩子，你现在清楚了，我为什么卑躬屈膝，听他的话了，你也该多少理解我内心充满的恐惧了。他虽然离开我到另一个可怜的受害者那里去了，可是还在对我进行着间接恫吓。

写到这里时我的手已经战栗不止，后面的字几乎难以辨认：'贝多斯写来密信说，赫德森已全部检举。天啊，请怜悯怜悯我们吧！'

"这就是那天晚上特雷佛让我读给他听的故事。华生，这个案子已经算是很富有戏剧性的案子了。经过了这场巨大的家庭风波，我的好友特雷佛十分痛苦，可以说肝肠寸断，他迁往特拉伊去种茶树，我听说他在那里混得不错。至于那个恶棍赫德森和贝多斯，在那封告警信以后，便再也没有了踪影，音信皆无。事实上，也没有人向警局提出检举，所以可能的情况是贝多斯错把赫德森的威胁当作了事实。传闻说赫德森曾经在附近潜伏，警察认为他杀害贝多斯以后逃跑了，但是我不这样认为，我认为极有可能是贝多斯陷入绝境，认为赫德森告发了自己，便报仇雪恨将赫德森杀死，然后携带所有现款逃出国去。上面就是这件案子的所有情况，华生，如若你认为它们对你采集资料有所帮助，那么我很高兴你采用它。"

五　离奇的管家失踪案

夏洛克·福尔摩斯是一个思维敏锐、条理清晰的人，可是他的生活习惯却凌乱无序，糟糕之极，他特立独行的个性经常使我这个和他一同居住的人不厌其烦。当然，在生活习惯方面我也并不是个无懈可击的人。在阿富汗混战期间的工作以及我玩世不恭的个性，使我已经成了一个很容易马虎松懈的人，我知道一个医生的样子不应该是这样，但至少我可以保证我还有一个限度。可是，当我看到一个人把烟卷放到了煤球上，把烟叶放在波斯拖鞋上面，把一些没有回复的邮件插在一把木制的大刀尖下的时候，我便觉得自己还完全说得过去。另外，我一直把手枪打靶练习当成是一件适宜在户外进行的活动；然而，对于福尔摩斯先生来说，只要来了兴趣，他就会坐在一把扶手椅上，带着对维多利亚女王的爱国热情，用他那把手枪和上百发子弹，将对面的墙壁打得凸凹不平。对此，我保持着一种强烈的感觉：那样的做法既不能使我们的房子的面貌得到改观，同时也无助于我们屋子里气氛的改善。

化学药品和罪犯的遗物遍布我们的房间，而且经常会出现在你想象不到的地方，或者在黄油盘上，或者在你意料之外的其他地方。他的文件成了我的最大困扰，因为他从不愿意销毁文件，特别是那些和他过去案子有关的，通常情况下，他隔一两年才会下些力气来处理一次。情况就如同我曾经在一些零星的回忆录中某些地方所说的那样，因为只有当他取得成就、获得四方肯定之后，他才会有此兴趣来整理那些文件。可是，这样的兴趣和热情持续不了多长时间，伴随而来的便是终日以小提琴和书籍为伴。除了从沙发到桌子旁，他好像从不舍得移动半步。就这样，日复一日，年复一年，他那些手稿文件堆积成山，遍及屋子每个角落，尽管如此，他也不愿烧毁，而且这些手稿除了他自己，任何人都不准将其挪动半步。

冬天的一个晚上，我和我的朋友坐在炉火旁，我忍不住建议：在你完成了备忘录的摘抄之后，花两个小时把房间整理一下，让我们居住得舒服一些。他想不出拒绝和反驳我这个正当要求的话，于是，带着懊恼的神情走进卧室，时间不长将一个很大的箱子从卧室里面拖出来。他把大箱子放在了屋子中央的地板上，然后坐在一个小凳子上，将箱子的盖子打开了。我看见箱子里面三分之一的地方已经装上了用红线绑好的文件。

"华生，这些都是各种案子的卷宗。"他带着顽皮的眼神看着我，"我认为假如你清楚了我这个箱子里面装的是什么，你肯定会让我把这些卷宗从里面取出来，而不会要求我再把没有装进去的文件装进这个箱子了。"

"照此一说，这些都是你早期办案的记录吗？"我问道，"很久以来我都希望写写那些案子。"

"不错，我的朋友，这些都是我在还没有名声的时候办理过的案件。"福尔摩斯很小心地取出一捆捆扎好的文件。"朋友，虽然这些案子并不是每个都办理得很成功，"他说，"但是，其中也有很多可圈可点的。这是塔尔顿凶杀案的记载，这是关于范贝利酒商案的，这是关于俄国老妇人历险案的，这是铝制拐杖奇案的记录，这是那个跛脚的里克里特和他凶恶的老婆的完整记录。啊，看看这宗案件，它与众不同！"

福尔摩斯从大箱子底部取出了一个木制的、盖子可以自由滑动、有点像儿童玩具的盒子。盒子里面有一张皱巴巴的纸和一把老式的铜质钥匙，还有一枚线球包裹的木钉和三张上面布满锈迹的旧金属片。

"喂，我的朋友，你猜猜这是怎么回事？"看着我那迷惑不解的样子，福尔摩斯笑着问道。

"算得上是罕有的收藏。"

"说得很形象，关于这些收藏品的故事更是闻所未闻！"

"你的意思是这些遗物都有一段历史？"

"嗯，可以这么认为，他们本身已经是历史了。"

"这是如何说呢？"

夏洛克·福尔摩斯将这些东西从盒子里一件一件取出来，沿桌子的一边挨着列开，然后坐回到椅子上，带着一种十分满足的眼神看着这些历史遗物。

"这些遗物都是马斯格雷夫典礼案中的。"他说道。

之前我不止一次听他跟我说起这个案子，但是从未知悉详情。"如果你能跟我详细讲讲该案，那就太好了！"我说。

"如果这样可行，是不是就不用清理那些乱七八糟的文件了？"福尔摩斯调侃地大声问我，"那这样的话，华生，恐怕你的清理工作又要告吹了，不过，我非常希望你能够将这件案例加入你的札记中，我相信这件案子不仅在国内案例中非常独特，就是在国际上也应列入罕见之列。如果我的那些不足挂齿的成就被收集，而这件离奇的案例被忽略的话，那将是无比可惜的。

"你没有忘记'格洛里亚斯科特'事件吧？我记得我以前和你讲过他的不幸。我和他的谈话使我第一次注意到职业问题，后来我成了侦探，现在呢，就像你所见的，官方也好，民间也罢，都盛传我的大名，对于各种离奇疑案，他们都把我当作终审最高'法院'。就是我和你刚刚结识的时候，也就是我办理的你后来记载为'血字的研究'一案之时，我就已经有了一定的名声，拥有了一定数量的雇主，即便当时的效益谈不上很好。你一定想象不出来，当时我有多么的不容易，经历了漫长的等待和不懈的努力才换来了今日的辉煌！

"在刚刚来到伦敦的时候，我住在大英博物馆附近的蒙塔格街。在没有案件需要侦破的时候，我潜心学习和研究各种科学，以便为将来有所作为打下坚实基础。那时，在一些老同学的举荐下，陆陆续续有雇主寻找我帮助破案，这是因为在大学的后几年，大家对我和我的思维方式都留下了深刻印象。马斯格雷夫典礼案是我破的第三个案件。我被这件案子中发生的一系列离奇事件，勾起了浓厚的兴趣，后来事实也证明，这些事件对侦破此案至关重要。这件事令我向今天的职业迈出了第一步。

"雷金纳德·马斯格雷夫是我的大学校友，我们之前有过一面之交。大学时的马斯格雷夫是个不受人待见的人，给人一种高傲的感觉。但据我的观察，他的傲慢是因为想要掩饰自己天生不自信的需要。他身材矮小，身体消瘦，却有着大大的鼻子，眼睛也较大，行事不紧不慢，整个人看上去温文尔雅，颇有一些贵族范儿。事实上他的确属于英国最古老的贵族后裔。在 16 世纪的某一个时期里，他们这支贵族从北方的马斯格雷夫家族中分离出来，居住在苏赛克斯的西部。那里的赫尔斯通庄园似乎是在那一带至今还有人居住的最老的建筑了。依我看来，他的形象应该和他的出生地苏塞克斯的环境有着一种联系紧密的渊源。每次我看到他苍白的面孔以及头部的姿势时，都不禁联想到那些灰色的拱道、直棂的窗户以及那座封建古堡的一切遗迹。我记得有那么一两次我们两人不自觉地聊了起来，我还记得他多次向我说明，我的观察以及推理方法勾起了他强烈的好奇心和浓厚兴趣。

"大约四年之后我又一次见到了他，那是一天早上，他来到了我在蒙塔格街的房间。他没有多大的变化，依然是一副上流社会年轻人的打扮（他一直就是个十分讲究衣着的人），也仍然维持着他以前那种非同一般的温文尔雅的风度。

"'还好吧，马斯格雷夫？'和他热情地握手后，我问道。

"'你可能听到我那可怜的父亲去世的传闻了吧。'他说，'两年前我可怜的父亲离开了我们。从那时开始，我顺理成章地将赫尔斯通庄园接管了起来，加上我也是我所在地区的下院议员，因此那个时候我很是繁忙。哦，对了，福尔摩斯先生，我了解到你正在把你那些曾经令我们惊讶的思维和推断能力运用到实际生活中去，有这事吗？'

"'嗯，不错，'我回答道，'我靠这点小聪明生活。'

"'哦，对我来说，这真是个好消息，因为你的指教将给我提供很大的帮助。我们赫尔斯通庄园发生了许多匪夷所思的事，连警察也摸不着头绪。嗯，确实是一件非比寻常的怪案。'

"华生，你完全可以想到当我听到这段话时，我的心情有多么激动和急切，要知道，几个月的期待之后，现在机会终于到来了。在我内心深处，我一直认为当别人不能取得成功时，我便拥有了证明自己的机会，而我肯定会抓住这个机会的。

"'那么请给我讲讲具体情况？'我大声对他说。

"我递给雷金纳德·马斯格雷夫一支香烟。他点燃了之后，面对我坐了下来。

"'有些情况你知道，'他说，'虽然我还没有结婚成家，但我需要维持相当数量的仆人，因为赫尔斯通是个偏僻凌乱的老式庄园，需要一些人照料打理。同时，在我内心不愿辞退他们，而且在打猎的季节，我还会在家里举办宴会，并经常会留客人暂住，所以我需要这些人的帮助。我家一共有八个仆人、一个厨师、一个管家，还有两个男仆和一个小听差。至于花园和马厩，则还有一伙人。

"在这帮仆人中，布伦顿管家跟随我们的时间最长。我父亲当初雇佣他时，他是一个不让人满意的小学教师，但他有着使用不完的精力，而且个性鲜明，他当差没有多长时间就得到家族的赏识和器重。他身材魁梧，有着英俊的外表，额头宽阔。虽然我们结识了有二十年，但他实际的年龄还没超过四十。他精通几国语言，对所有的乐器也似乎很擅长。他有如此多的优点和非凡的才能，却甘愿长期做些仆役的工作，且十分满足，这样的事令人费解。在我看来他习惯了这种现状，懒于去做改变。凡是来过赫尔斯通庄园的人无一例外都对这个管家留下了深刻印象。

"就是这样的一个人也避免不了有缺点。他有一点唐璜的风格。完全可以想象得出，像他那样的人，在这样偏僻落后的地方要风流快活是一件十分容易的事。他刚结婚时表现还好，但自从他的妻子离世之后，他就给我们带来一连串的麻烦。几个月以前，他和我们家二等女仆雷切尔·豪厄尔斯订了婚。我们原想这一回他的坏毛病会有所收敛，可没过多长时间他就把雷切尔给甩掉了，又与猎场看守班头的女儿珍妮特·特雷杰丽丝搞在一起。雷切尔是一个很好的姑娘，但是性格比较急躁，具有典型的威尔士人风格。她刚得了一场严重的脑膜炎，直到现在，确切说是昨天，才开始能够在屋子里走几步。与之前相比，她似乎变成了一个黑眼圈的幽灵。这算是赫尔斯通庄园发生的第一出戏剧性事件，紧接着第二出戏剧性事件发生了，这次事件的发生让我们很快把第一件忘却掉，而事件的起因是布伦顿管家的失势和被解雇。

"刚才我说过布伦顿管家是个聪明的人，可是聪明的人往往就毁于他的聪明上，因为这使他对与自己无关的事显得尤为好奇。我根本没有想到他的好奇会使他陷入如此的麻烦中，直到后来我才知道是怎么一回事。

"'前面我已经说过这所庄园古老凌乱。上个星期的一天，确切地说是上星期四用过晚餐后，我喝了一杯十分浓的咖啡，导致我很长时间都无法入睡，一直到清晨两点，我依然没感到丝毫的睡意，于是就起来点起蜡烛，准备继续看没看完的一本小说，可是我把这本书放在弹子房了，于是我披上睡衣走出卧室去取。

"到弹子房要走一段楼梯，然后再经过一道走廊，走廊的尽头通往枪库和藏书室。就在我向走廊望过去时，我发现有一道微弱的亮光从藏书室敞开的门内射出来，当时我感到十分的惊讶，要知道，临睡之前我已经亲自把藏书室的灯熄灭了，而且将门也关上了。自然而然，我第一个想法就是藏书室来了盗贼。赫尔斯通庄园走廊里的墙壁上挂着许多古代武器，我将蜡烛丢掉，从那些武器中挑出一把战斧，然后轻手轻脚地走过走廊，向门里看去。

"'我惊奇地发现管家布伦顿在藏书室里。只见他穿戴整齐地靠在一把安乐椅里，膝盖上摊着一张纸，看样子那是一张地图。他用手轻抚前额，作沉思状。我愕然地立在那里，静静地观察他的行为。借着桌边一只小蜡烛微弱的光线，我看见他猛然从椅子上站起来，走向旁边的一个写字台，打开一个抽屉的锁，将抽屉拉开，又从里面取出一份文件，最后回到原来的位置，把那份文件平铺在桌边的蜡烛旁，认认真真地看了起来。看到他那么坦然地查看我家的文件，我禁不住怒火万丈，就迈步冲了进去。布伦顿被惊得抬起头来，看见我站在门口，顿时吓得脸色发青，随即又跳了起来，连忙把刚才看的那份文件塞进怀中。

"'我说：你真行啊！你竟然做出这样的事来回报我对你的信任。明天你就辞职走人吧。

"'他有些心灰意冷地给我鞠了一个躬，然后轻手轻脚地从我身边溜走了。蜡烛依然摆在桌上，借助蜡烛的光芒，我想看一看布伦顿从写字台里究竟取出了什么文件。让我没有想到的是那文件一点都不重要，只是一份奇异的古老仪式中的问答词而已。这种古老的仪式叫"马斯格雷夫礼典"，是我们家族独有的仪典。在之前的许多年里，凡是马斯格雷夫家族的人成年时都要进行这种古老的仪式——这只与我们家族的内部有关，就像我们自己的标记一样，对考古学家来说，这些古老的仪式可能有用，但在生活中它却没有任何实际用处。'

"'我们是不是还是再来聊一聊那份文件的事情吧！'我说道。

'假如你认为它很重要，'马斯格雷夫迟疑地回答道，'那我就继续讲下去。我用布伦顿留下来的钥匙重新把写字台锁好，就在我锁好后转身要离开之际，我惊奇地发现布伦顿又重新回来了并且站在我的面前。

"'先生，'他用嘶哑的声音激动地高声叫道，'马斯格雷夫先生，您要保全我的颜面，我虽然是个仆人，但我也注重脸面，丢了面子就好比丢掉了性命。先生，如果你真的不要我活，那么你要对我的死亡负责，你放心，我说话一定算数。先生，如果你认为这样的事使你无法容忍我，那么请看在上帝的面上，批准我一个月的假期，就像我自愿辞职了一样。马斯格雷夫先生，我的意思是，辞职并没有太大的关系，但是我所不能接受的是当着所有人的面被赶出去。

"'我回答：布伦顿，你的恶劣行为让我觉得你不应该得到这种照顾。不过，我还是念在你跟随我们家那么长时间的分上，不想当众丢你的脸，不过一个月的时间有些长，你就在一星期之内离开吧，无论你以怎样的理由离开都可以。

"'他听后，十分绝望，说道：一个星期？时间太短了，先生，两个星期吧，至少两个星期！

"'我又一次说道：就一个星期，我认为我已经给足了你面子。

"'他很是绝望地低着头离开了，我也将蜡烛熄灭了后回到了自己的房间。

"'这之后的两天里，布伦顿表现得非常尽忠职守，而我则装作同往常一样的样子，好奇地等待布伦顿怎样保全面子。他习惯吃完早餐就来听候我对他一天工作的安排。可是第三天早上他没有来听我的吩咐。我从餐室出门时与女仆雷切尔·豪厄尔斯正好碰上。我在前面已经说过，她刚刚病愈康复，此时脸色不算好，于是我劝她不要再继续工作。

"'我是这样说的：你应该等身体好一点了再来工作。

"'她以一种奇怪的神情看着我，我不得不怀疑她可能又犯脑病了。

"'她回答道：先生，我已经没事了。

"'我对她说：我们需要听医生的话，你马上停止工作，下楼时请让布伦顿来找我。

"'可她说：管家已经离开了。

"'我问她：离开了？去哪里了？

"'她回答道：不知道，可他的确离开了，没有人看见他。他不在房里，一定是走了！雷切尔说完就靠在墙上，突然歇斯底里地发出一阵阵狂笑，让我感到十分害怕，于是我急忙按铃叫人帮忙。雷切尔·豪厄尔斯被仆人们搀回房去。我向她询问关于布伦顿的情况，她没有回答，却依然尖叫、狂笑，而且不停地抽泣。确实，布伦顿离开了。他的床昨晚没人睡过，从他昨夜回到自己的房间以后，就再也没有人看见过他的身影，同时，不知道他是如何离开住宅的，因为早晨门窗都是闩着的，他的衣服、钱、表，都在屋里原封未动，只有常穿的那套黑衣服、拖鞋不见了，长筒靴却留了下来。没有人知道布伦顿半夜到哪里去了？更不知道他如今处于怎样的情况？

"'整个庄园都被我们搜了又搜，可是却连他的影子都没有见到。正如我一直所认为的，这所老宅子如同迷宫，尤其是那些现在实际上已经无人居住的古老的厢房。我们反复搜查了每个房间和地下室，但是搜查的结果让我们失望，我们什么都没有发现。我不相信他能丢弃所有财物而空手离开，何况他又有什么地方可去呢？当地警察也参与了搜查，但结果一样，什么也没有发现。前夜曾经下过雨，但庄园四周的草坪与小径上什么痕迹都没有。情况就是这样，只不过后来事情又有了新变化，我们的注意力就从这件事情上挪开了。

"'这两天里雷切儿·豪厄尔斯的病情日渐严重，有时陷于昏迷中，有的时候歇斯底里地乱叫，于是我雇了一个护士给她陪夜。一天晚上护士发现她睡得很香，于是就坐在扶手椅上打盹，谁知道当第二天早上醒来，却发现雷切尔·豪厄尔斯不在病床上，同时发现窗户大开，屋子里没有雷切尔·豪厄尔斯的踪影。护士立即叫醒了我，我立即带着两个仆人出去寻找。雷切尔·豪厄尔斯的去向很好辨认，因为她的足迹从窗下开始显现。我们沿着她的足迹，穿过草坪，来到小湖边。在石子路附近，雷切尔·豪厄尔斯的足迹消失了，而这条石子路是通往宅旁园地的。这个小湖水深八英尺，我们发现足迹在湖边消失，可想而知当时我们的心情有多糟糕。

"'我们马上开始打捞尸体，但却没有任何收获，可是打捞出让我们感到十分意外的东西，那是一个装着很多陈旧生锈的金属件和灰暗的水晶以及玻璃制品的亚麻布口袋，除此之外，别无他物。此外，对雷切尔·豪厄尔斯和查德·布伦顿的搜查，虽然我们尽了努力，但依然一无所获。区警局对此束手无策，于是我抱着最后的希望来寻求你的帮助了。'

"华生，你可以想象出，当时我是怀着多么热切的心情倾听着这一连串离奇事件的，思索着它们的关联性，然后努力找出线索。管家和女仆竟然都消失不见了，女仆深深爱着管家，管家却抛弃了她，她有理由怨恨他。姑娘是威尔士血统，好冲动。管家失踪后，她受刺激神志不正常起来，把装着怪异东西的袋子扔进湖里，这些因素是要考虑进去的，但没有一个因素触及问题的实质，那就是这些接连发生的怪事的起点是什么，我现在只是知道它们的结局。

"我说：'我需要看看你的管家冒着丢掉职业的危险研究的那个文件，马斯格雷夫。'

"'在我看来，我的家族的礼典是非常荒唐的。'马斯格雷夫回答道，'不过是古人留下的，还是有一些东西值得研究的。如果你想研究，我这里有手抄件。'

"华生，就这样马斯格雷夫把那份文件交给了我，而这就是马斯格雷夫家族中的每个成年人都必须要看的奇怪教义问答手册。它的原文是这样的：

'它是谁的？'

89

'是走了的那个人的。'

'谁应该得到它？'

'那个马上就要来到的人。'

'太阳在哪儿？'

'在橡树上面。'

'阴影在哪儿？'

'在榆树下面。'

'如何预测它？'

'向北十步加十步，向东五步加五步，向南两步加两步，向西一步加一步，就在下面。'

'我们应该拿什么去换取它？'

'我们的所有。'

'为何要拿出去呢？'

'因为要守信。'

"'原件文字采用的是 17 世纪中叶的拼写法，文后没有标上日期，'马斯格雷夫说，'我认为恐怕这些东西无助于你破解这件迷案。'

"'嗯，不过，'我说，'它又给我们增加了一个更让我们感兴趣的不解之谜，很可能揭开了这个谜，那个谜也就随之解决了。请原谅，马斯格雷夫，在我看来你的管家是一个十分聪明的人，他比你家十代人都要聪明。'

"'我不得不说我没有领会你的意思。'马斯格雷夫说，'我认为那份文件并不重要。'

"'不，在我看来，这份文件至关重要，在这一点上，看来我和布伦顿有着相同的看法。他可能在你抓住他那晚以前就看过这份文件了。'

"'嗯，这也是非常有可能的，毕竟我从来没有很用心地藏过它。'

"'我感觉他最后这一次看那份文件只是为了记住它的内容罢了。我想他正在利用一切地图和草图与原稿对照，你进来时他就急急忙忙将那些图纸塞进衣袋。'

"'情形确如你所说,但是这和我们家族这种旧习俗有什么关联呢?而这样荒唐的家族礼仪又能隐含什么秘密呢?'

"'实际上,这个问题并不难查明,'我说道,'如若没问题,我们可以乘头班火车去苏赛克斯,去现场深入调查这件事。'

"当天下午我们两人就到达了赫尔斯通。或许你早已见过这座著名的古老建筑的照片和记载,我就不用详细说明了,只想告诉你那是一座 L 形的建筑物。长的一排房子是近代样式的,短的一排房子是古代遗留的房屋中心,而别的房屋都是从这里扩展出去的。在旧式房屋中部的低矮笨重的门楣上,刻着'1607 年'这个日期。研究人员普遍认为,那屋梁和石造构件的实际年代可能要比估计的还要早些。旧式房屋的墙不但高而且墙壁很厚,窗户却很小,于是这一家人在上一世纪又盖了那一排新房。现在旧房已被专门用作藏酒地和库房。茂密的古树布满房子的四周,形成一个优雅的小花园,马斯格雷夫提到的那个小湖与林荫路紧挨着,距离房屋约有二百码。

"华生,我强烈地感觉到,这三个谜团彼此之间有紧密的联系。如果我能正确理解'马斯格雷夫礼典',我就一定能抓住线索进而查明与管家布伦顿和女仆豪厄尔斯两个人有关的事实真相。在这种想法的刺激下,我使出全身解数。为什么管家那样急于掌握那些古老仪式的语句?肯定是因为他隐约猜出了隐藏在那里面的秘密,但这些秘密却一直没有受到这家乡绅的注意。布伦顿非常想利用这个秘密发达。那么这种秘密究竟是什么呢?它又是如何对他的命运产生了影响呢?

"我把那个古怪的礼典仪式读了一遍,思绪忽然间明朗起来。这种测量方法一定是指礼典中某些语句暗示的某个地点,如果能够找到这个地点,那么真相就会逐渐显露出来。马斯格雷夫的祖先认为必须用这种奇妙的方式才能使后代不至于忘掉这个秘密。要找到这个地方,我们得知道两个坐标:一棵橡树和一棵榆树。橡树就在房屋的正前方,车道的左侧。那里的橡树丛中有一棵十分古老的橡树,它是我平生见过的最高大的树。

"'起草你家礼典的时候这棵橡树就已经存在了吗?'当我们坐车经过橡树丛时,我问道。

"'极有可能在诺尔曼人征服英国时就有了。'马斯格雷夫答道,'这棵橡树有二十三英尺粗呢。'

"我推理中的一点获得了证实,继续问道:'那你们家有老榆树吗?'

"'那边过去有一棵十分古老的榆树,十年前被雷击死了。我们已经把树干锯掉了。'

"'你还能找到那棵榆树原来的地方吗?'

"'啊,一点儿问题都没有。'

"'还有没有别的榆树了?'

"'老榆树没有了,但是有许多新榆树。'

"'带我去看看那棵老榆树的旧址。'

"我们乘坐的单马车来到了屋前,但我们没有进屋,马斯格雷夫立即把我引到一个坑洼处,那就是老榆树过去生长的地方。我发现那个地方几乎就在橡树和房屋的正中间。我的推论看来正有所进展。

"'你还能记得这棵老榆树的高度吗?'我试探着问道。

"'我可以不假思索地告诉你,它有六十四英尺高。'

"'你怎么知道的呢?'我感到吃惊。

"'我的老家庭教师常常叫我做三角算题,练习方式往往是测量高度,所以我在少年的时候就测量过庄园里每棵树和每栋建筑的高度。'

"真是意外收获,我想要的数据来得比我想的还要快啊。

"'想一想,'我问道,'管家曾问过你这榆树的事吗?'

"听了这话,雷金纳德·马斯格雷夫吃惊地望着我。'你这么一问提醒我想起来了,'他回答道,'几个月前,布伦顿在同马夫发生一场小争论时,确确实实问过我这棵老榆树的高度。'

"这消息真的让人感到由衷的高兴,华生,因为这说明我的思路没错。我抬头一看,太阳已经往西面落去,我算出,用不了一小时,太阳就要偏到老橡树最顶端枝头的上空。这样礼典中提到的一个条件就满足了。而榆树的阴影一定是指阴影的远端,否则为什么不选树干做标杆呢?于是我寻找太阳偏过橡树顶端时,榆树的阴影最远端落在什么地方。"

"我想那是非常困难的,福尔摩斯,要知道榆树已经不在了。"我说道。

"嗯，不过布伦顿能找到的，我自然也毫无问题。更何况，这并没有多难办到。

"我和马斯格雷夫来到他的书房，削了这枚木钉。我把一条长绳拴在木钉上，然后每隔一码打一个结，又拿了两根钓鱼竿拴在一起，总长度正好六英尺。之后我和马斯格雷夫又回到老榆树旧址。这时太阳正好偏过橡树树顶，我把钓鱼竿一端插进土中，记下阴影的长度，共九英尺。

"计算也不复杂，如竿长六英尺的投影为九英尺，那么树高六十四英尺时投影就是九十六英尺。而钓鱼竿阴影的方向也就是榆树的方向。我量出这段距离，几乎就要达到了庄园的墙根。我在这地方把一枚木钉钉下。华生，当我发现有个锥形的小洞出现在离木钉不到两英寸的地方，你可以想象我当时的高兴劲儿。我认为那一定是布伦顿丈量时所做的标志，我正在重复他的方法呢。

"从这个标志我们开始起步，首先用我的袖珍指南针定下方位，顺着庄园墙壁向北行了二十步，在这个地方又钉下一枚木钉，然后我小心翼翼地向东迈十步，向南迈四步，便到了旧房大门门槛下。之后又按照礼典指示的地点，再向西迈两步，我就来到了石板铺的甬道上了。

"华生，你可知道当时我是多么的灰心丧气，我从来没有那样过，一时之间我似乎觉得我的计算一定有根本性的错误。甬道在斜阳的照耀下变得通亮，甬道上铺的那些灰色石板虽然古老，而且被来来往往的行人踏薄了，但还是用水泥牢固地铸在一起，可以看出来多年未被人移动过。显而易见，布伦顿不可能在此地动手。我敲了敲石板，远处近处的声音都一样，石板下面没有洞穴和裂缝。马斯格雷夫开始理解我在做什么了，也像我一样兴奋不已。我拿出手稿开始核算我的计算结果。

"'就在下面。'马斯格雷夫突然高声喊道，'你忘了一句话：就在下面。'

"我本来想马斯格雷夫的意思是让我们挖掘呢，但我随即明白我想错了。'那么说，甬道下面有地下室吗？'我高声问道。

"'对呀，地下室和这些房屋一样有悠久的历史，就在下面，从这扇门进去。'

"我们踏着迂回的石阶往下走。马斯格雷夫用火柴点着了放在墙角木桶上的提灯。就在那一刻我们看清楚了，我们来到了我们要找的地方，而且最近几天还有其他人来过。

"这里早已经成为了堆积木料的地方，可是现在那些原被人乱丢在地面上的短木头，都已被人堆放在两边，目的是在地下室中间腾出一块空地。空地上有一大块重石板，石板中央安放着生锈的铁环，铁环上缚着一条厚厚的黑白格子布围巾。

"'我的上帝！'马斯格雷夫惊呼道，'这条围巾是布伦顿的，我敢保证我曾看到他戴过这条围巾。这个可恶的家伙来这里干什么呢？'

"在我的建议下，两名当地的警察被叫来帮忙。我抓住围巾，用力地提石板。可是在我的努力下，石板只是动了一点点，一名警察过来帮忙，我们才勉强把石板挪到一旁。石板下露出一个黑洞洞的地窖，我们都向下凝视着。马斯格雷夫趴在地窖的入口处，将提灯伸下去探照着。

"我们发现这个地窖大约有四英尺大小，约七英尺深，一边放着一个箍着黄铜箍的扁木箱。箱盖已经被打开了，一把形状古怪的老式钥匙插在锁孔上。箱子外面覆盖着厚厚的灰尘。由于受到蛀虫和潮气的侵蚀，木板已经烂穿，青灰色的木菌布满箱体内部。箱底散放一些像旧硬币那样的金属圆片，除此之外没有发现别的东西。

"但是，我们还没有来得及对那个旧木箱进行深入研究，就发现在木箱旁边蜷缩着另一件东西，看样子好像是一个人，穿着黑色衣服，蹲在那里，前额靠在箱子上，两臂抱住箱子。这个姿势使他全身的血液都凝固在脸上，谁也没有从这张已经扭曲了的猪肝色的脸分辨出他是谁，但当我们把尸体拉过来时，从身材、衣服和头发判断，我们可以确定这个人就是那个失踪了的管家。他已经死了几天了，但身上并无伤痕能说明他的死因。我们把尸体弄出地下室。但问题显然没有解决，这难题就像我们开始遇到的那个一样难以解决。

"华生，就是在现在我也承认，我当时对我的调查失去了信心。当我按照礼典上的提示找到这个地方时，我曾以为所有的难题都会迎刃而解，可是现在我已在此地，却仍然弄不明白。虽然我已经确证了布伦顿的结局，但是他怎么落到这个下场的？那个失踪的姑娘在其中起到了什么作用？我一无所知，我坐到墙角的一个小桶上，努力梳理着整个案件。

"华生，这种情况下，你是知道我的处置方法的，就是我会替这个人设身处地地想一想，首先衡量一下他处理事情的能力，尽力设想要是我自己在同一情况下会怎么办。这样一比较，事情就变得简单了。布伦顿是个十分聪明的人，他知道这个家里藏着宝藏，并且很准确地找到了藏宝地点，但是他发现石板盖太重，凭他的力气无法挪动。这种情况下他能有什么办法呢？即使他在庄园以外有信得过的人，但要想让外人进来帮忙，要开门放他进来，这要冒被人发现的重大危险。权衡之下，他认为庄园内部找到帮手是最佳的选择。可是他向谁求助呢？他决定找那个曾倾心爱过他的姑娘。男人不管对女人多坏，他也始终不承认最后会失去那个女人的爱情。他或许主动说过几次甜言蜜语，同姑娘豪厄尔斯重归旧好，然后约好共同行动。他们两人或许夜间一同来到地下室，合力掀开石板。此时我们追溯他们的行动，犹如我们亲眼看到一样。

"尽管有人帮忙，但是要挪开那石板，对于他们两个还是很吃力，因为就连我和那个体格强健的警察一起挪都感觉十分吃力，更何况其中一个还是个姑娘呢。挪不动石板有什么办法呢？如果是我该如何解决？我站起身来，仔细地查看地面上散放的各种短木。很快我发现了我猜想中的东西：一根约三英尺长的木棍，一端有明显的缺痕，还有几块木头侧面好像是被相当重的东西压平了。完全可以想象，他们一面把石板用力往上提，同时又把木头塞进缝隙中，一直撑到缝隙可以爬进一个人，接着又用一块木头竖着顶住石板，不让石板落下来。石板过于沉重，以至于木头上都是压痕，到那个时候我认为我的证据依然是经得住考验的。

"现在的关键问题是我怎么让当天晚上发生的事重现出来。很显然，这地窖只能钻进一个人去，那就是布伦顿，而那姑娘肯定是在上面等候。布伦顿打开箱子，把里面的东西递上去，接着又会有什么事发生呢？

"我推想，可能是那个容易冲动的凯尔特族姑娘一见亏待过自己的人可以任由自己摆布时，那积在心中复仇的怒火顿时高涨起来，可能木头自己滑脱了，把布伦顿关死在地窖中，而她只不过是没有将事情说出来而已。也可能是她突然把顶木推开。不论如何，反正在我眼前，好像在闪现一个抓住宝物的女人踉踉跄跄跑在曲折的楼梯上，完全不顾身后的叫喊声，以及双手疯狂捶打石板的声音，正是那块石板帮着她杀死了亏待她的人。

"这也就是第二天早上她面色苍白、浑身颤抖、歇斯底里地笑个不停的原因，事实果真这样，可是箱子里装着什么东西呢？这些东西和她又有什么关系？我想箱子里一定是马斯格雷夫从湖里打捞上来的那些东西。是那个姑娘找到机会把它们扔进湖里的，以消灭证据。

"我静静地在那里坐着，一坐就是二十几分钟，反复思考着案子。马斯格雷夫面色苍白，站在那里没有挪动，摆动着提灯，向石洞里凝视着。

"'这些是查理一世时代的硬币，'他将几枚金币从木箱里取出，说道，'看，我们把礼典的时间推算得一点不错。'

"'哦，知道了，我们还可以找到查理一世时代的其他东西，'我猛然间想起这个礼典的头两句话，它们兴许代表什么涵义，我大声喊道，'我们去瞧瞧你从湖里打捞出来的东西吧。'

"回到马斯格雷夫的书房后，他把那些破烂的东西摆放在我面前。当我一见那些破烂我就知道马斯格雷夫没将它们当作贵重东西。因为金属差不多都变成了黑色，石块也失去了光泽。我拿起一块金属用袖子擦了擦，它在我手中，开始闪闪发亮。金属制品呈双环形，但是已经弯曲变形了。

"'我相信你不会忘记，'我说道，'即使在查理一世死后，保皇党仍然没有放弃武装反抗，而当他们逃亡时，他们或许将很多值钱的东西埋藏起来，准备在事情平息的时候回国挖取。'

"'我的祖先拉尔夫·马斯格雷夫爵士是查理一世时代很有威望的保皇党成员，查理二世逃亡时，他成为了查理二世的得力助手。'马斯格雷夫说道。

"'啊，这就对了！'我答道，'现在事情都明了了，我看这才是我们要找的事情真相。你幸运地获得了这些贵重的东西，我祝贺你。虽然来得有些悲剧，却确实是珍贵无比，作为历史珍品，意义更为重大呢。'

"'哦，这究竟是什么东西？'马斯格雷夫显出惊讶的表情。

"'这不是别的，正是英国古代的一顶王冠。'

"'什么，王冠？'

"嗯，是的。想想礼典上的话是如何说的吧！'它是谁的？''是那个走了的人的。'这里那个走了的人是指查理一世。然后是：'谁应该得到它？''那个即将来到的人的。'这里那个即将来的人指的是查理二世，这里已经预示查理二世要来到赫尔斯通的这座庄园了。我认为，没有任何疑问，这顶破旧的不成样子的王冠肯定是斯图亚特帝王戴过的。

"'啊，那它又是如何跑到湖里面去的呢？'

"'至于这个问题就需要好好推理一下了。'说着，我把所做的推测和论断从头到尾对他说了一遍，用了我很长时间。

"'可是查理二世回国后怎么不来将王冠取走呢？'马斯格雷夫把旧物放回袋子里，问道。

"'啊，你问出了我们可能永远无法解答的问题。可能是掌握这个秘密的马斯格雷夫家族的人已经辞世，但是大意之下，他只把这个蕴含秘密的礼典留给后人，却没有说明秘密。从那以后，礼典代代相传，直到有人解开了秘密，并冒险谋取而丢掉性命。'

"马斯格雷夫礼典案就是这个样子，华生。那王冠就留在赫尔斯通……只是，后来他们经历了一番烦琐的法律手续，又付了一大笔钱才把它留下来。我认为你只要提我的名字，他们就会把王冠拿给你看的。至于那个姑娘，一直没有消息，她或许带着犯罪的记忆逃到国外去了。"

六 赖盖特之谜

事情发生在 1887 年春，我的朋友夏洛克·福尔摩斯因操劳过度，身心疲惫，身体受到了损伤，还没有完全恢复健康。当时，人们对荷兰苏门答腊公司案和莫佩屠斯男爵大阴谋案还完全没有忘记。这两个案件与政治、经济有千丝万缕的关系，就主题来说与本系列有些不相符，但是独特、复杂的案情能够为我的朋友展示他的独特侦破手段提供一个极好的机会。新的案子总是在无形中检验他的新的侦破方法。

在我的笔记中我这样记载着：4 月 14 日，我收到一封发自里昂的电报，电报中我获知福尔摩斯在杜朗旅馆卧病在床。我在不到二十四小时的时间内就赶到了那家旅馆。看到他的病情不是很严重，我才放心。连续两个多月，每天至少十五个小时的紧张调查工作，即便有钢铁般的体质，也是禁受不住的。更何况，有一次他甚至连续工作五天。那时，三个国家的警察均以失败收场，而他却全面挫败了欧洲最高明的诈骗犯，成功将案件侦破。他由此名声响彻欧洲，来自各方的贺电多如小山。虽然这样，他的脸上依然流露出痛苦的神情，显然，胜利的喜悦并没有让他从超负荷工作后的疲惫中振作起来。

我们回到贝克街已经是三天后的事了。可以想象得到，换个环境对我朋友的健康将会非常有益，同时，我也非常乐意趁大好春光，在乡下住一个星期。在阿富汗时我曾给一位老朋友——海特上校——在萨里郡的赖盖特附近买了一所住宅。他非常愿意我去他那里做客，最近一段时间，他跟我说假如我的朋友愿意和我一起来，他将非常高兴。我委婉地告诉福尔摩斯这个信息。当他获知对方还没有结婚，且他可以自由行动时，就很爽快地答应前往。从里昂回来的下一个星期，我们便来到了上校的住所。上校是一位阅历丰富的老军人。跟我猜想的差不多，上校和福尔摩斯很谈得来。

在我们到达的那天吃过晚饭之后，我们来到上校的贮枪室。福尔摩斯伸开双手双脚，躺在沙发上。我和海特上校则对他小军械库里贮藏的东方武器评头论足。

"哦，对了，我要说一件事，"他突然说，"上楼时，我要带支手枪以防不测。"

"什么，不测？"我很惊奇。

"嗯，不错，这一段时间，我们这里出了点事，让大家都感到有一种潜在的危险。上周一，有人闯进本郡的一位老富绅阿克顿家中。虽然没有造成多大的伤害，但是那些家伙却至今逍遥法外。"

"没有留下什么线索吗？"福尔摩斯望着上校问道。

"暂时还没有发现。在我们乡村，这只不过是一件普通的小案件。福尔摩斯先生，像您这样成功侦办过众多重大的国际案件的大侦探，这样的小案子是不会引起您的好奇心的，是吧？"

面对上校的赞美，福尔摩斯面带笑容，连连摆手叫对方不要夸自己。

"发现有什么特殊的作案意图了吗？"

"应该没有。那家伙把书房翻个乱七八糟，打开了所有的抽屉，书籍被弄得到处都是，结果只拿走了一卷蒲柏翻译的荷马诗歌、两只镀金烛台、一方象牙镇纸、一个橡木制的小晴雨计和一个线团。"

"真是无奇不有！"我惊叹道。

"哦，这个盗贼显然是不想空手而归，碰到什么就拿什么。"福尔摩斯在沙发上咕哝道。

"地方警察应该从中发现了一些线索。"福尔摩斯又说，"因为，显而易见……"

我急忙用手势阻止了他的讲话："我的朋友，要知道你是来这儿养病的，在你仍然身心疲惫、没有恢复健康之前，一定不要插手新案件。"

福尔摩斯耸耸肩，以一副无可奈何的表情看了看上校。接下来，我们转向了一些轻松的话题。

可是，事实证明，我作为医生为他的健康所做的提醒是没有起到效果的。第二天早晨，案件向我们逼近，我们似乎没有办法再置身事外。我们的乡村之旅发生了我们事先所没有预料到的变化。我们正在进餐时，上校的管家不顾礼节闯了进来。

"您知道那件事了吗？先生，"他气喘吁吁地说道，"在坎宁安家里！"

"窃贼光顾了那里！"上校举着一杯咖啡，大声说。

"不，是杀人了！"

"什么！"上校惊呼，随后他又问道："那么，谁被害了，是治安官，还是他儿子？"

"他们都没事，先生。被害的是马车夫威廉。子弹穿透了他的心脏，当场毙命。"

"啊，谁杀了马车夫？"

"是那个企图偷东西的家伙，先生。他很快就逃得没了踪影。盗贼刚从厨房的窗户翻进去就与威廉撞了个正着。威廉为了保护主人的财物，被残忍地杀害了。"

"什么时候的事情？"

"大约昨天晚上十二点，先生。"

"嗯，一会儿我们再过去看看。"说完，上校镇静地坐下来继续吃早餐。

"真是不幸。"当他的仆人离开后，上校接着说，"老坎宁安是个正直的人，在我们这里很有地位。那个仆人也是个很正派的人，伺候他多年了，老坎宁安一定非常伤心。显然，是闯进阿克顿家的那个家伙干的。"

"就是偷了一些五花八门东西的那个人？"福尔摩斯沉思着说。

"嗯，是的。"

"哦，在我看来这可能是世界上最简单的案子了。不过初看还是有些奇怪，难道不对吗？常理告诉我，一伙活动在乡下的盗贼总会不断地变化作案地点，几天内在同一地点连续作案似乎不太可能。当你昨晚说要以防不测时，我记得我曾想这里可能是英国盗贼最不感兴趣的地区了。但现在看来，我好像推论有误。"

"我认为应该是本地小偷干的。"上校说，"阿克顿和坎宁安是本地有名的大户，是窃贼最喜欢光顾的人家。"

"也是最有钱的吗？"

"嗯,差不多吧,但是他们之间打了多年官司,律师占了他们很多便宜,两家耗费都不少。老阿克顿声称他拥有坎安宁家一半的财产所有权。"

"假如真是本地盗贼所为,抓到他应该不是什么难事。"福尔摩斯打了个呵欠说,"放心,华生,我不会参与其中的。"

"先生,福斯特警官请求见您。"管家突然推开门说。

一个看起来很机灵的年轻警官走了进来。"早上好,上校。"他说,"我原先没想登门叨扰,不过我听说贝克街的福尔摩斯先生在您这儿。"

上校听了,指了指我的朋友,年轻警官鞠躬表示敬意。

"我们想,您可能乐意光临指导,福尔摩斯先生。"

"华生,看来你的意愿很难达成了。"他笑着说,"警官先生,你进来时我们正聊这个案子呢,你现在是否给我讲讲这个案件的具体情况。"说完,他用惯用的姿势向后仰靠在椅背上。我明白,乡村休养计划无法继续进行下去了。

"关于阿克顿案件,我们什么有价值的线索都没找到;但这个案件我们掌握了大量的线索,显而易见,两起案件为同一人所为,我们有目击者。"

"什么?!"

"这是事实,先生。不过案犯在开枪杀死了不幸的威廉·柯万之后,飞快逃走了。老坎宁安先生从卧室的窗户看到了他,而亚历克·坎宁安先生从过道的一端看到了他。警报是十一点四十五分发出的。当时老坎宁安先生刚睡下不久,亚历克穿着睡袍正在吸烟。两人几乎同一时间听到马车夫威廉的高呼救命声。亚历克跑下楼去看有什么事发生了。当时后门开着。当他走下楼梯后,发现两个人撕扯在一起,其中一人开了一枪,另一人随着枪声倒下了。然后行凶的人飞快穿过花园,越过篱笆逃离了。老坎宁安先生从他的卧室望出去,发现那个人跑上大路,然后迅速不见了踪影。亚历克停下来看看能否抢救那个奄奄一息的中弹者,结果让那个家伙逃跑了。除了知道凶手中等身材,身穿深色衣服外,我们还没有掌握其他具体线索,不过我们正在进行认真细致的搜查,假如他是外地人,我相信他很快就会被我们抓住。"

"威廉在那里干什么?临死前他留下什么话没有?"

"什么话也没留下。他和他的母亲住在佣人房里。他对主人非常忠实，阿克顿家的事让大家提高了警惕。据我们推断，他可能想去厨房看看是否一切都完好无损，却发现门锁被撬开，那个可恶的小偷刚进屋便与威廉碰了个正着。"

"出去之前威廉和他母亲有过什么交流吗？"

"他母亲年老耳朵有些不灵敏，我们从她那里没得到任何线索。这次受到惊吓，她几乎变得像傻子一样。不过，她平时本来就神志有些问题。哦，对了，这里有个非常重要的情况，您来看。"说着他从笔记本中取出一张撕下的小纸片，并将小纸片放在自己的膝盖上。

"我们发现死者手中紧握这张小纸片，而这小纸片应该是一整张纸上被撕下的一小片。你看看，这上面写的是一个时间，而这时间正是这不幸的家伙遇害的时间。你想想，或者是凶手从死者手中夺去了其余部分；或者是死者从凶手手中撕下这一角。它读起来像一个与人约会的便条。"

福尔摩斯将纸片拿起来，见上面这样写道：

……十一点四十五分……知道……可能……

"假如能认定这是个约会的便条，"警官继续说道，"我们有理由怀疑，虽然威廉·柯万素有忠厚之名，但他极有可能与盗贼勾结。他或许在那里迎接盗贼，甚至是协助盗贼入室，只不过后来起了内讧。"

"这字体倒是引起了我的好奇心。"福尔摩斯仔细地观察了纸片一番后说，"现在来看事情要比我想象中有些难办。"他双手抱着头，陷入沉思。警官看到这起案件竟让这位名震四野的伦敦侦探如此伤神，不禁笑了。

"你刚才说，"福尔摩斯过了一会儿说，"窃贼和仆人是一伙儿的，这字条是他们约会的便条，这个推断很独到，这个事情不排除有这个可能。但是，纸条上清清楚楚地写着……"他又双手抱着头，陷入沉思。几分钟后，当他重新抬起头来时，我惊奇地发现他面容变得红润，眼神闪烁光芒。他一跃而起，恢复了活力。

"跟你们说一下，"他说，"我要去了解这个案子的一些细节，我被一些地方深深吸引住了。上校，如果可以的话，我想离开你和华生一会儿，跟这名年轻的警官走一趟，去验证一两点我的猜想。半小时后，我就回到这里。"

半小时后，警官一个人回来了。

"福尔摩斯先生在外面的地里来回地走。"他说，"他要我们都去那屋子看看。"

"哪里？坎宁安家？"

"嗯，不错，先生。"

"去那里做什么？"

警官耸了耸肩说："这个我也不明白，先生。我感觉福尔摩斯先生还没有完全康复，他举止有些怪里怪气，而且好像很兴奋。"

"你不必疑心重重。"我说，"以我长期对他的观察发现，当他表现得有些神经质的时候，往往他已经成竹在胸了。"

"有人认为，他的方法有些古里古怪，"警官咕哝着，"但是他还是急着要调查。上校，假如您没什么事了，我想我们还是马上就去。"

我们发现福尔摩斯正低着头，双手插在裤袋里，在田野里来来回回地走着。

"华生，这件事越来越有意思了。"他说，"你安排的乡村之旅令我满意。我度过了一个美妙的早晨。"

"你已经去过了犯罪现场？"上校问道。

"嗯，不错，我和警官一起去了现场。"

"发现线索了吗？"

"确实有一些收获，而且很有趣。我们一边走一边谈。首先，我们检查了那个不幸的家伙的尸体。正如警官所述，他是被左轮手枪击毙的。"

"哦，你对此有不同的想法吗？"

"还是对每个细节都做考察为好。我们的调查是有成效的。随后，我们去见了坎宁安和他的儿子，有一点令我感到有意思，他们都能够准确地指出凶手逃跑时翻越篱笆的地点，虽然凶手身手敏捷。"

"当然。"

"后来，我们看望了死者的母亲。她年龄很大，加上身体虚弱，没能给我们提供任何信息。"

"哦，那最后你得出了什么结论？"

"我认为这个案子迷惑性很强。我们目前的访问也许让案情多少明朗了一些。警官先生，我想我们都认为死者手中纸片上所写的时间就是他死亡的时间，这一点十分关键。"

"这应该能够给我们以启示，福尔摩斯先生。"

"它的确给了我们启示。写这张纸条的人，就是约威廉·柯万在那个时间起床的人，不过，现在我想知道字条的其他部分在哪里呢？"

"我仔细检查了地面，但是没有任何收获。"警官说。

"这张纸片是从死者手中撕走的。为什么有人会如此急切地想得到它？显然它能够证明他是罪犯。那么，得到后又如何处理呢？我猜测很可能匆匆忙忙塞进口袋，并没有注意到留在死者手里的那一下小角。假如我们能够找到那张纸条的剩余部分，那么我们就向谜底大大靠近了一步。"

"嗯，不错，可问题是在没有抓到罪犯之前，我们如何到罪犯的口袋里将它取到呢？"

"是啊，这是个关键问题。另外有一点也很清楚。这张纸条是写给威廉的。写这张纸条的人不可能亲自交给他，要是能够亲手交给他就可以亲口告诉他了，那么，是谁传递的呢？也许是通过邮局？"

"我讯问过，"警官说，"昨天下午威廉确实收到过一封信，但信封被他毁去了。"

"棒极了！"福尔摩斯拍拍警官的背，高声说，"你见到了邮差？和你一起工作，我感到很开心。上校，这就是那间仆人住的房间，请跟我来，我把犯罪现场指给您看。"

我们走过威廉居住的小屋，之后沿着一条两旁挺立着橡树的大道，来到一栋别致的安妮女王时代的古宅前。宅子的门楣上刻着马尔波博罗的日期。福尔摩斯和警官带着我们绕着宅子来到旁门。门外是一座花园，花园的篱笆紧挨着大路。有一名警察在厨房门口站着。

"警官，请把这个门打开。"福尔摩斯说，"坎宁安先生就是站在这个楼梯上发现有两个人在我们所在的位置撕扯的。而老坎宁安先生，就是坎宁安先生的父亲，就是从左起的第二个窗户看到罪犯从灌木丛左边逃掉的。接着，坎宁安先生追出来，然后来到伤者身边。你们瞧，这里地面非常坚硬，我们在这儿没有任何发现。"福尔摩斯正说着，有两个人绕过屋角，沿着花园的小径走了过来。一个年龄稍大些，面容刚毅，神情郑重；另一个是个年轻人，打扮亮丽时尚，神情活泼，脸上洋溢着笑容，与我们正在侦办的案件形成鲜明的对比。

"正在分析案情吗？"他问福尔摩斯，"我想你们伦敦人是会成功的，不过，好像你要迅速破获该案还是存在一些障碍的。"

"是啊，我需要一些时间。"福尔摩斯轻松地回答。

"你一定需要一些时间。"亚历克·坎宁安说，"但是现在我看不出有什么进展。"

"线索只有一条，"警官回答，"就是假如我们能够找到——上帝！福尔摩斯先生，您这是怎么了？"

福尔摩斯的面色瞬间变得非常狰狞，只见他双眼向上翻，脸扭曲得变了形状，随着一声痛苦的呻吟，他面部朝下倒在了地上。福尔摩斯发病如此突然，又如此严重，我顿时被吓得够呛。我们急忙将他抬到厨房，让他躺在一张大椅子上。他费劲儿地呼吸了一会儿后，终于站了起来，一脸的羞愧和歉意。

"我的朋友华生会告诉你们我刚刚从重病中恢复过来。"福尔摩斯解释，"这种神经痛很容易发作。"

"用我的马车送您回去吗，福尔摩斯先生？"老坎宁安问。

"既然我们都来了，我还是有一个问题想弄明白，而且我认为这并不难。"

"什么问题？"

"我推断威廉是在窃贼之后，而不是窃贼之前来到这里的。看来你们都认为，尽管窃贼弄开了门，但他却没有进来。"

"有一件事很清楚，"老坎宁安先生严肃地说，"那时，我儿子亚历克还没有睡，假如真有人进来，他肯定会察觉到。"

"他当时在哪里？"

"我在更衣室里抽烟。"

"哪一扇窗户是更衣室的？"

"左边最后一扇，紧靠我父亲卧室那扇。"

"哦，好，当时你们房间的灯都是亮着的吧？"

"那是自然。"

"既然这样，问题来了，"福尔摩斯微笑着说，"一个很有盗窃经验的窃贼，很容易根据灯光判断出这家里还有两人没睡，但是他却偏偏选择这时闯入，这很难让人相信。"

"那他一定是个十分沉着冷静的窃贼。"

"嗯，是的，如果不是这个案件有些令人费解，我们也不会被迫向您请教了。"亚历克先生说，"但是，你说在威廉抓住窃贼以前，那个家伙就已经在屋子里了，我认为这种推测简直是在说笑，要知道屋子并没有被搞乱，同时也没有丢失什么东西。"

"那得看他要偷什么东西。"福尔摩斯说，"你肯定不会忘记我们是在与怎样一个盗贼交手——他与众不同，有自己的套路。比如，在阿克顿家，你们想一想他偷了些什么：一个线团、一方镇纸，还有一些我说不出的五花八门的东西。"

"这样吧，一切都指望您了，福尔摩斯先生，"老坎宁安说，"一切听从您和警官吩咐。"

"那好，第一，"福尔摩斯说，"我希望你能够自己拿钱悬赏破案，如果要官方拨经费破案，可能会浪费一段时间，而且这些事情也不可能快速得到处理。我已经起草好了，假如您提不出异议的话，请你签个字。五十磅，我想差不多了。"

"我可以出五百磅，"治安官接过福尔摩斯递给他的纸和笔说，"不过，这完全不对。"他看了一遍稿子，又说道。

"哦，我写得有些仓促。"

"你开头是这样写的：'考虑到星期二凌晨零点三刻发生了一起未遂抢劫案……'但实际这个案件发生的时间为十一点三刻。"

看到这样的疏忽我很难过，我知道，福尔摩斯对这类疏忽一定感到难堪，把事实清清楚楚地还原出来是他的长项，但是最近他为病痛所困扰，眼前的错误充分地证明了他还没有从病痛中恢复过来。显然，他感到有些窘迫。警官的眉毛往上扬了扬，亚历克·坎宁安则哈哈大笑起来。老坎宁安先生则把写错的地方改过来，之后把纸条递还给福尔摩斯。

"请马上安排印刷出来。"他说，"你的这招很高明。"

福尔摩斯很认真地将纸条放在他的袖珍笔记本里。"现在，"他说，"我们最好一起检查一下这栋房子，看一看这个奇怪的窃贼是不是真的什么东西都没有拿走。"

在门口，福尔摩斯检查了那扇被弄坏的门。可以很清楚地看到，窃贼是用凿子或者结实的刀子插进去把锁撬开的。现在还能看到利器插入时在木头上留下的痕迹。

"屋子没有门闩吗？"他问。

"没有，因为我们认为根本没有这个必要。"

"有狗看护吗？"

"有，但是被拴在房子的另一边。"

"仆人们睡觉的时候是几点？"

"十点左右。"

"那么，威廉通常也是那个时间睡觉。"

"嗯，不错。"

"既然这样，那为什么在出事这晚，他却还没有睡觉。坎宁安先生，劳烦大驾带我们看一看这栋房子，好吗？"

厨房边有条用石板铺的走廊，我们就是走过这条走廊，之后又沿着一道木楼梯，来到房子的二楼的。对着楼梯平台，是另一条通往前厅的装修更加讲究的楼梯。从这个楼梯过去是客厅和几间卧室，其中包括坎宁安先生和他儿子的卧室。福尔摩斯慢慢悠悠地一边走一边仔细观察房子的建筑样式。我从他的这个样子猜出他正紧追着一条线索，不过具体是什么线索，我则无从猜起。

"啊，福尔摩斯先生，"坎宁安先生有些不耐烦地说道，"我认为这样的检查是没有意义的。我的房间就在楼梯口，而我儿子的房间与我的房间紧挨着。如果窃贼上了楼，我们会察觉不到吗？”

"你应该到处检查一下，看一看是不是可以找到其他新线索。"坎宁安的儿子阴笑着说。

"哦，还是得需要你们再陪我转一转。我想多了解一些，比如从这间卧室的窗户可以看多远。哦，如果没猜错的话，这个房间应该是你儿子的。"福尔摩斯边说边推开门，"我想那应该是更衣室，当警报响起时，你正在那里抽烟。它的窗户开向哪边？"福尔摩斯走过卧室，推开门，看了看另一个房间。

"现在，你想看的都看了吧，是否可以了？"坎宁安先生讥讽地说。

"嗯，很好，我想看的都看了。"

"那么，要是你认为有意义的话，可以到我的房间看看。"

"可以啊，如果你不是很介意的话。"

治安官耸耸肩，然后领着大家进入他的房间。屋子内家具很少，也很普通。当我们走向窗户时，福尔摩斯故意放慢了脚步，我和他走到最后。床边的桌子上放着一盘橘子和一瓶水。令我没有想到的是，当我们经过时，福尔摩斯快走一步抢到我前面，然后故意弄翻了桌子，瓶子落到地上摔碎了，橘子也滚落在地，搞得我瞠目结舌。

"怎么回事，华生？"他镇静地说，"你看你把地毯都弄脏了。"

我急忙蹲下身子开始拾水果，我猜到他是故意让我承担这个责任的。其他人也过来帮忙，一边捡水果一边把桌子扶起来。

"咦！"警官叫了起来，"福尔摩斯去哪儿了？"

确实，福尔摩斯不见了。

"你们在这里等我们一会儿。"亚历克·坎宁安说，"我觉得这个家伙脑子可能确实出了毛病。跟我来，父亲，看看他究竟去干什么了。"

说完，他们冲出房间，留下相对无言的我、警察和上校。

"在我看来，亚历克的话有道理，"警察说，"可能是福尔摩斯先生犯病了，不过我又觉得哪儿不对……"

话音未落，突然传来一阵尖叫："快来人啊！快来人啊！杀人啦！"

我听出这是福尔摩斯的呼救声，立刻浑身上下惊出冷汗。我发疯似的从室内冲向楼梯平台。就在这时，呼救声低了下来，而且变得含混不清，声音是从我们第一次进去的那间屋里传出来的。我冲了进去，直奔更衣室，发现坎宁安父子正把福尔摩斯按倒在地上，亚历克双手卡住福尔摩斯的喉咙，老坎宁安先生正扭住福尔摩斯的一只手腕。我们三人马上过去把他们从福尔摩斯身上拉开。福尔摩斯摇晃着慢慢站起来。他脸色苍白，显然已经用尽了力气。

"立即把他们抓起来，警官。"福尔摩斯气喘吁吁地说。

"啊，为什么？"

"他们谋杀了马车夫威廉·柯万。"

警官以疑惑的眼神望过去。"福尔摩斯先生，"警官终于开口，"我要确信，您刚才说的是真的……"

"啊，伙计，你看看他们的样子！"福尔摩斯大声吼道。

我惊呆了，因为我真的从未见过这么明显的自认有罪的表情。老坎宁安呆若木鸡，之前刚毅的神色荡然无存，替代的是气馁、阴郁的表情；而亚历克——他的儿子失去了之前的得意活泼的神情，优雅的气度消失殆尽，双眼露出野兽一般的凶光。警官见此什么话也没有说，走到房门口，吹响警哨，很快两名警察赶来。

"我没有别的办法，坎宁安先生，"他说，"我希望这只不过是一场荒唐的误会，但是你要——哦，你想做什么？把它放下！"他快速出手，只听咔嚓一声，亚历克拔出的准备击发的左轮手枪应声掉落在地。

"捡起来，"福尔摩斯从容地用脚踩住手枪说，"在审讯时用得着。哦，不过这才是我们最想要的。"说着，他将一张皱巴巴的纸捡了起来。

"啊，那纸条的其余部分？"警官叫了起来。

"嗯，是的。"

"在哪儿发现的？"

"在我想到的地方。现在，我把整个案情前前后后给你们说一遍。上校，你和华生可以先回去，我不超过一个小时也回去。我和警官还要讯问罪犯几个问题。午餐时我一定会赶回去。"

福尔摩斯说话算话，一小时左右，在上校的吸烟室他和我们会面了。有一位年长的绅士与他一起进来。福尔摩斯介绍说这名绅士就是阿克顿先生，也就是最先被窃贼光顾的那家主人。

"在讲述这个案子的时候，我希望阿克顿先生也听听。"福尔摩斯说，"按照常理推测，他应该对案件的细节很感兴趣。上校先生，请您多包涵，现在你是不是很后悔接待像我这样一个不断制造麻烦的人了吧？"

"不，恰恰相反，"上校热情地回答，"我十分高兴可以获得向您学习侦破艺术的机会。我承认，案件出乎我的预料，我不明白您是如何推断出结论的，我甚至一点线索也看不出来。"

"可能我的解释不能让你们满意，不过我对我的侦破手段一向坦诚无私，无论是对我的朋友华生，还是对其他对案件特别感兴趣的人。我在更衣室受到了袭击，现在感觉身体有点不舒服，所以我想先喝杯你的白兰地提提神。刚才，我确实已经筋疲力尽了。"

"哦，我保证不会再让你受到刺激了。"

听了这话福尔摩斯显然很开心。"一会儿我们再谈这件事。"他说，"现在，我给大家讲讲案情。告诉你们促使我注意并对案情作出判断的几个要点。假如其中哪儿有什么不明白的，欢迎随时提出来。

"在许多事实中找出并区分开次要线索和关键线索，对于侦破案件是至关重要的，要不然你的精力就会被分散，难以集中。在这个案件中，从一开始我就坚信，死者手中的破纸片一定是侦破此案的关键。

"在还没有正式探讨这件事情之前，我要提醒大家注意的是，如果亚历克·坎宁安所说属实，凶手真的在射杀威廉·柯万后选择马上逃离，那么显而易见他是不大有可能再从死者手中撕走纸条的。既然不存在这种情形，那么撕走纸条的只能是亚历克·坎宁安本人了。因为在威廉倒下之前，有几个仆人就赶到了。这一点很清晰明了，可是被警官忽略了。因为他们一开始就相信这件案子与那些富绅们扯不上关系。我抛开先入为主的成见，根据事实，紧追疑点，在一开始调查的时候我就将亚历克·坎宁安列入了嫌疑犯行列中。

"我认真研究了警官交给我们的纸片。能够看得出来，这是一个重要的线索。在这张纸片上，你们是否能发现有价值的线索？"

"看上去书写不是很规则。"上校说。

"上校，"福尔摩斯大声说，"可以很清楚地看出，这个字条是由两个人轮流书写的。请仔细把'at'和'to'中苍劲有力的't'与'quarter'和'twelve'中柔弱无力的't'比较一下，你们就会很轻松地判断出来。在对这 4 个字母的简单分析的基础之上，你完全可以确定无误地得出结论，'learn'和'maybe'出于笔锋苍劲有力者之手，而'what'则出于笔锋柔弱无力者之手。"

"上帝啦，还真是很清晰明了！"上校惊叫道，"什么原因让两个人这样来写一封信呢？"

"可以推想出来，他们要做的是不合法规的事。其中一个不相信另一个，于是他决定，无论做什么，都得有份。所以我认为，这两个人中，写'at'和'to'的那个人是策划者。"

"你如何知道？"

"第一，可以从两个人的笔迹中推断出来；第二，更有力的理由在这儿，你仔细看这张纸条，你会发现笔锋苍劲的那个人先写完自己要写的部分，而留下空白让另外一人填写。由于有些留下的空白不足够大，致使'at'和'to'之间的'quarter'写得很拥挤，这表明'at'和'to'是已经写好了的。从这里就可以看出，那个先把自己要写的字写好的人，就是这起案件的策划者。"

"啊，真是漂亮！"阿克顿先生高呼。

"虽然能做到如此，但还是显得浅显。"福尔摩斯说，"现在，我们转向更重要的一点。你们可能不清楚一点，专家们可以通过一个人的笔迹比较准确地推断出他的年龄，而且通常情况下，可以将误差控制在十岁以内。为什么说'通常情况下'，是因为生病或体质虚弱可能会使推测的年龄比实际年龄大，即使被推测者是年轻人。在这个案件中，一个人的笔迹粗壮有力，另一个虽然明显柔软，但清晰还是做到了，不过't'少了一横。由此，我们可以断定写这些字的人一个是年轻人，另一个虽不是很老，但也肯定上了年纪。"

"啊，真是漂亮！"阿克顿先生再次高呼。

"另外还有一点更为有意思，那就是这两个人的笔迹有相同之处。换一句话说写字人之间应该有血缘关系。在你们看来，最明显的是'Greek'中的字母'e'，但在我看来，有很多细微之处都可以证明这一点。我有理由相信，通过对书写风格的辨认，这两种笔迹出于一家人之手。当然，我告诉你们的只是我研究这张纸之后所得出来的结果，此外，还有二十三个推论，专家们会比你们更感兴趣。总之，通过上面的观察和推论，我坚信这封信出自坎宁安父子之手。

"说到这里，接下来自然是探究一下案件的细节了，看看它们对我们有多大帮助。我和警官来到他们的住所探查案件，我通过死者的伤口很有把握地推断出，凶手是在离死者四码左右用左轮手枪射杀死者的，奇怪的是死者的衣服上没有留下火药的痕迹。由此可以推断出，亚历克·坎宁安说凶手开枪时两个人正撕扯成一团是不可能的。还有，父子二人一致指出了凶手逃向大路的地点，可是那里有一条宽沟，沟的底部潮湿，而沟里没有任何人的脚印。这又一次让我知道了坎宁安在撒谎，由此可以肯定现场从来就没有来过什么来历不明的人。

"最后，我要努力找出这起离奇的案件的犯罪动机。为了弄明白这一点，我费了很大精力调查最先发生在阿克顿先生家的盗窃案。通过上校的话，我得知阿克顿先生和坎宁安一家打了多年官司，由此我推测，他们闯入你的书房目的是想偷取一些有关那个官司的重要文件。"

"确实是这样，"阿克顿先生说，"他们的意图昭然若揭。我拥有他们所有财产一半的所有权。不过，假如让他们找到证据并偷走它，我肯定就败诉了。令人庆幸的是，我把那张纸放到了我律师的保险箱里。"

"真实的情况确实是这样。"福尔摩斯微笑着说，"这是一次危险但却是草率鲁莽的行动，我察觉到了亚历克在这次行动中的痕迹。因为没有找到他们想要的东西，为了不让人觉察他们的目的，他们顺手牵羊拿走了一些东西，给人造成这只是一桩普通的盗窃案的认识。这一点很明白无误了，但是仍然存在不少疑问，首先，我得找到那张不见了踪影的纸条。我断定是亚历克从死者手里夺走了纸条，同时也几乎可以断定他把它塞进了睡衣衣袋里。试想一下，如果不放到那里，又会放到哪里去呢？问题是它是否还在那里。如果能获得它，费多大的功夫都值。我带着这个目的，去了他们家。

"你们应该不会忘记，在厨房的门口，我们和坎宁安父子见面了。当然，最重要的是不能提及纸条的事，要不然他们肯定会找机会马上将它毁去的。当警官正要告诉他们我们很重视纸条这个线索时，我装作旧病突然发作，倒在地上，目的是转移注意力。"

"啊！"上校笑着叫了起来，"你说你那突然发病是假装的，这么说，我们的同情都白白浪费了？"

"从职业的眼光来看，这招漂亮极了。"我一边大声说着，一边用惊异的眼光看着这位经常用精明的侦破手段把我搞得晕头转向的朋友。

"实际上，这是一种时常都用得着的技巧。"他说，"当我从昏厥中恢复后，我设了个小小的圈套让老坎宁安写'twelve'这个单词，目的是和那张纸上的'twelve'作对比。"

"哎，我怎么如此愚钝！"我感叹道。

"我自然知道当时你对我的身体状况非常担心。"福尔摩斯笑着说，"让你为我担心忧虑，我深表歉意。"接着我们一起上楼，一进那间屋我就看到了挂在门后的睡袍。在老坎宁安的房间中我故意弄翻桌子，引开你们的注意力，然后自己乘机溜回那间屋子查看他们睡袍的口袋。正如所猜想的那样，它就在他们其中一个人的衣袋里。我刚将那个纸条拿到手里，坎宁安父子就赶了过来并将我按倒在地，要不是你们及时赶到，我一定会被他们杀了。就像你们看到的那样，亚历克卡住我的喉咙，而他的父亲扭住我的手腕，试图把纸条从我手里夺走。当他们知道我已经把事情的真相弄清时，他们由自认为绝对安全的境况突然陷入绝地，被迫铤而走险了。

"在审讯的时候，我询问了老坎宁安几句，问他作案的动机。他给予了很好的配合。亚历克是个地地道道的恶棍，如果让他当时拿到了他的左轮手枪，他会把他自己或者别人打死。当坎宁安看到事情没有了转机，就失去了心理防线，老老实实交代自己的了罪行。原来，坎宁安父子闯入阿克顿家的那天晚上，威廉暗暗从后面盯了他们的梢。后来，威廉以此为要挟，企图敲诈他们。没想到，亚历克惯于要诡计，他自然不甘心受要挟，他精明地看到震惊全乡的盗窃案为他除掉心头之患提供了绝好机会。就这样，威廉被诱杀了。假如他们将那张纸条完整拿走了，再对其他细节稍加注意，案件可能就没有留下任何线索了。"

"那个纸条在哪里呢？"我问。

福尔摩斯把那被张撕走的纸条拼好放在我们面前：

如果你能在十二点差一刻到达东门，你将会得到惊喜。这事对你和安妮·莫里森都非常有利，但一定不要告诉任何人。

"这恰是我们想要的东西。"他说，"显然，我们还不知道亚历克·坎宁安、威廉·柯万以及安妮·莫里森他们之间到底是什么关系。但从这件事的结果来看，这个圈套设计得十分到位。我认为，当你们从'p'和'g'末尾的笔画中看出书写者遗传关系的蛛丝马迹时，你们一定非常兴奋。年长者所写的'i'没有上面的一点，也很特别。华生，我们的这次乡村休养非常有意义，我想在我回到贝克街时，我肯定会精神饱满的。"

七　驼背人

结婚几个月后的一个夏天夜晚，我坐在壁炉旁吸完最后一斗烟，手里拿着一本小说不停地打瞌睡，一天的工作让我精神倦怠了。我的妻子已经到楼上去了，仆人们将前厅大门锁上后，也去休息了。我从椅子上站起来，磕掉烟斗的余灰也准备去休息了，突然一阵当啷当啷的门铃声传了过来。

我发现当时十二点差一刻，已近凌晨时分。这么晚不太可能有人来拜访，所以我断定应该是病人，而且可能是一个需要整夜护理的病人。我很不情愿地走到前厅，打开大门。出乎我意料的是夏洛克·福尔摩斯正站在台阶上。

"你好，华生，"福尔摩斯说道，"我希望我这个时间来访还不算太晚。"

"哦，我亲爱的朋友，请进吧。"

"你好像很吃惊，不过在情理之中！毕竟现在是休息的时间！哦！你仍然吸着你单身时吸的那种阿卡迪亚混合烟！我的推断没有错吧？根据落在你外套上蓬松的烟灰看，华生，你很容易让别人看出你习惯于穿军服。另外，如果你改不了袖中藏手帕的习惯，那么别人不会认为你是一个纯粹的平民。今晚我能住在这里吗？"

"非常荣幸。"

"你给我说你有几间专供单身男性住宿的单人间，通过你的帽架，我推断现在没人落宿。"

"你能在此留宿，我感到很高兴。"

"嗯，好的，非常感谢。我将占用一个空挂钩了。不过，遗憾的是，我发现你的屋子里曾来过不列颠工人。有什么麻烦吗？希望他不是挖水沟的。"

"不是，是修煤气的。"

"哦，你的铺地油布上留下了他的两个长筒靴鞋钉印，灯光正照在上面。不用准备晚饭，谢谢，我已在滑铁卢吃过晚饭了，不过我想咱俩一起吸斗烟。"

我把烟斗递给他，他静静地坐在我对面吸。我清楚地了解，他一定有什么重要的事情，才选择在这个时候来拜访我，于是，我耐心地等待他开口说话。

"我推断你最近一段时间医务工作很多啊。"他很敏锐地看了我一眼，说道。

"嗯，不错，今天我忙了一整天。"我回答道。"在你看来，我这样说好像有些愚蠢。"我补充道，"可是我真的不知道你是根据什么推断出来的。"

福尔摩斯听后爽朗地笑了起来。

"亲爱的朋友，我对你的习惯十分了解。"福尔摩斯说道，"当你出诊的路途不远时你会选择步行，而路途远时你会乘马车。我看你的靴子虽然穿过，但不是很脏，由此确定你近期很忙，只能乘马车去应付了。"

"一点不错！"我大声说道。

"这只是小问题。"福尔摩斯说道，"一个推理者所推断出来的结果，常常引起别人的惊叹，这是因为那些人忽略了作为推论基础的某一个细节。我猜测你近一段时期很忙，不过就是这样的一个例子而已。华生，就像你在写那些浮华的故事时，故意设置一些悬疑的地方让读者去猜，有异曲同工之妙。现在的我就如同那些读者，由于我手头上已经掌握了一件离奇古怪的案子的一些线索，不过尚需要一两点证据才能使我的推论变得天衣无缝，但是我会找到它们的，华生。我一定会找到它们！"福尔摩斯双目闪烁着光芒，清瘦的双颊上泛起一丝红润。可是时间不长，当我再看他时，他的脸上又恢复了北美印第安人的那种镇静，这让人感觉他像一台机器而不像一个血肉丰满的人。

"目前这个案子呈现出一些惹人关注的特征，"福尔摩斯说道，"进一步说，是一些异常值得关注的。我已经对案情进行了调查，我相信，已经看到破案的曙光了。如果在这个关键的时候，你能随我前行，我想那将是对我莫大的支持。"

"嗯，好，我非常乐意与你跑这一趟。"

"你明天可以到遥远的奥尔德肖特去吗？"

"可以的，杰克逊可以替我坐诊。"

"好极了。我想在十一点十分从滑铁卢出发。"

"哦，这样的话，我还有一段时间来准备。"

"既然这样，假如你还能抵抗住睡魔的话，我可以把本案的情况和将要做的事情粗略地给你讲述一下。"

"你来以前我正准备睡觉，不过现在已困倦全无了。"

"那我大致把案情跟你描述一下，但不会略去任何重要的情节。关于这件事的报道可能你已经读过了，那就是我正在调查的巴克利上校夫人假定谋杀案，它发生在奥尔德肖特的芒斯特步兵团中。"

"我并没有读过关于这件事的报道。"

"此案发生在两天前。看来，除了在当地，这件事还没有引起广泛的关注。简要情况是这样的：

　　"作为不列颠军队中一个最著名的爱尔兰团，芒斯特步兵团在克里米亚和印度两次平叛中建立了不朽的功勋，而且从那时起，在每次战争中它都有不凡的表现。直到这周一晚上，这支军队还始终由詹姆斯·巴克利上校指挥。詹姆斯·巴克利上校是这个团的一名老兵，作战勇敢，刚开始时只是一个普通士兵，由于在镇压印度叛军中表现勇敢而受到关注，并得到重任，后来便指挥他曾经所在的这个团了。

　　"在巴克利上校还是一个军士的时候，他就已经与南希·德沃伊结婚了。南希·德沃伊是该团前任上士的女儿。由此，可以推想出，这对年轻夫妇（因为当时他们还很年轻）在新环境中，曾经受到过一些小小的排挤。不过，没过多长时间他们就适应了新环境。据我所知，巴克利夫人在该团女士中很有人缘，巴克利上校也同团里军官保持着良好的交往。这里我要说明的一点是，巴克利夫人长得很漂亮，即使在现在，结婚已近三十年了，依然美貌动人，仪态万方。

　　"表面上看去，巴克利上校的家庭生活是令人羡慕的。墨菲少校告诉我关于巴克利上校家庭的许多情况，他向我保证说从来没有听说过巴克利夫妇之间有什么误解。最后他总结说，巴克利上校对他妻子的情爱要超过他妻子对巴克利的情爱。假如他的妻子有一整天离开了他，他就会变得非常焦虑。虽然他的妻子也爱自己的丈夫，也忠实于他，但还是感觉少了些女人的柔情。尽管如此，他们在该团还是被大家一致认为是一对模范的中年夫妇。从他们的关系来看，人们无论如何也想象不到有什么东西会导致接下来发生的悲剧。

　　"在外人看来，巴克利上校的性格不那么随和。情绪正常时，他是一个很精神而且又幽默风趣的老军人，但有的时候他又显现出很粗暴的样子，有很强的报复心。但他从没有对他的妻子发过脾气。还有，给墨菲少校留下深深印象的是上校经常陷入异常消沉中，而且，跟我交流过的五名军官中的三名与墨菲少校持有一致的看法。如少校所说，当巴克利上校在餐桌上和人正欢快地聊天时，经常好像有一只无形的手从他的嘴边抹去脸上的笑容。就在遇害前几天，他就表现出消沉状态，陷入了深深的郁闷之中。这种消沉状态和一些迷信色彩，是他的同事们观察到的他性格当中唯一与众不同的地方。他的迷信色彩表现在他非常排斥一个人待着，特别是在天黑以后，他大丈夫气质中所表现出的孩子般的幼稚，经常成为人们茶余饭后的谈资。

"芒斯特步兵团原来叫老——七团，它的第一营几年来一直在奥尔德肖特驻扎。那些已经成了家的军官都住在军营外面。上校一直住在距北营约半英里的一座叫'兰静'的别墅中，别墅四周布满庭院，别墅西侧离高速公路最多三十码。上校和他的妻子只雇用了一个车夫和两个女仆，由于巴克利夫妇还没有要孩子，平时也很少有留宿的客人，所以大部分时间别墅中住着的只有上校夫妇以及那三个仆人。

"接下来我说说上周一晚上九点到十点间发生在兰静别墅里的事吧。

"巴克利夫人是一个罗马天主教信徒，她对圣·乔治慈善会有极大的好奇心。慈善会是由瓦特街小教堂举办的，举办的目的是施舍穷人一些破旧的衣物。那天晚上八点钟，慈善会要举行一次会议。巴克利夫人急急忙忙吃过晚饭收拾一下准备去参加这个会议。在她去之前，车夫听见她对巴克利上校说了几句话，向他保证说很快她就回来。之后，她去接住在相邻别墅的年轻的莫里森小姐，她们一起去参加慈善会。会议大约开了四十分钟，九点一刻巴克利夫人回到家里，在路过莫里森小姐家门时，先将莫里森小姐送到了家。

"在兰静别墅里有一间起居室，正面对着公路，一扇大玻璃门向草坪开着。那块草坪大约有三十码宽，它与公路被一堵上面装有铁栏杆的矮墙分开。巴克利夫人回家后就来到这间起居室，那时窗帘没有放下，因为这间屋子晚上基本没有人居住，可是那天晚上巴克利夫人却点起了灯，之后按响了门铃，让女仆简·斯图尔德给她送一杯茶去，这样的事情与她平时的习惯不相符。上校一直坐在餐厅等着妻子回来，他听到妻子已经回来，就来到起居室去见她。车夫看到上校经过门厅，走进那间屋子，从此再也没能出来。

"十分钟后巴克利夫人要的茶准备好了，女仆还没到门口时，就已然听到男女主人正在狂怒地争吵。她走到门口敲了敲门，没有人应答，她握住门柄转了转想把门打开，却发现门已从里面锁上了。她就很自然地跑去找女厨师，随后，两个女仆和车夫来到门厅，三人听到男女主人激烈的争吵还在继续。他们都承认，他们只听到了男女主人两个人的声音。巴克利的说话声音低沉，而且断断续续，他们三个人谁也没听清他说了什么。相反，巴克利夫人的声音很沉痛，当她高声说话时，三人都听得十分清楚。'你是个懦夫！'她一遍又一遍地重复着。'现在叫我怎么办呢？叫我怎么办呢？还我自由吧。我不愿再和你一起生活了！你这个懦夫！懦夫！'这就是她们听到的巴克利夫人的话。突然，他们听到男主人巴克利发出一声可怕的叫喊，随之巴克利夫人的叫骂声中止了，接着传出了一个轰隆倒地的声音和一声撕心裂肺的尖叫。尖叫声一声接一声地从里面传出来，车夫确信已经发生了悲剧，便冲向房门，想冲进去。然而，他却没有成功，而两个女仆已经吓得瘫软在地，无法给车夫援手。车夫突然产生了一个想法，他跑出前门，跑到那块对着法式长窗的草坪上。那长窗的一扇窗户是开着的，这样他没费多大力气就从窗户爬了进去。这时巴克利夫人的尖叫声已然停止，不省人事地瘫在长沙发上，而巴克利则直挺挺地躺着，双脚斜向扶手椅的一侧，而头挨着地，靠近火炉挡板的一角，身旁有大摊的血。

"巴克利已经没有了呼吸，车夫发现了这一点后放弃了挽救的措施，他首先想到把门打开，但一个没有想到而又非同寻常的问题出现了，就是钥匙不在门的里侧，他找遍了屋子里，也没有任何发现，于是，他又从窗户爬出去，找来一个警察和一个医务人员帮忙。此时，作为最大嫌疑人的巴克利夫人被抬到她自己房中，尚处于昏迷状态。上校的尸体被安放到沙发上，然后，警察对案发现场进行了认真的检查。

"经检查发现，巴克利所受的伤害是他后脑处的一道二英寸来长的锯齿状伤口，很明显那是一种钝器猛然一击造成的。不难猜测那是什么凶器。紧靠尸体的地板上扔着一根奇异的带骨柄的雕花硬棒。巴克利收藏有形形色色的武器，这些武器都是从他打过仗的不同国家带回来的。警察认为这根木棒就是上校的战利品之一，但仆人们都说他们以前没见过这根木棒，但是，如果它藏在室内大量的珍贵物品之中，没有发现也是很正常的事情。警察检查现场没有发现其他任何重要的线索。那把丢失的钥匙令人有些不解，它既不在巴克利夫人身上，也不在巴克利上校身上，而且在房间的任何地方也都没有。最终，是一个从奥尔德肖特来的锁匠把门打开了。

"华生，目前这件案子的情况大致就是这样。应墨菲少校的请求，我在周二早晨去奥尔德肖特帮助警察侦破此案。我想你一定认为这件案子很有意思了，但是，经过观察，我很快意识到，这件案子实际上比最初看上去在很多地方都存在蹊跷。

"还没有开始检查那间屋子，我曾盘问过仆人们，上面我给你讲的情况就是从她们那里得来的。女仆简·斯图尔德还回想起另外一个值得注意的细节。刚才我不是讲，她一听到争吵的声音，就出去把车夫和女厨师找过来。在第一次她一个人在门口时，男女主人的声音很低沉，她说她什么也听不清，只是通过他们的语调，而不是他们所说的话来判断他们是在吵架。后来，在我的追问之下，她回忆起来曾两次听到夫人说出大卫这个名字。很明显，这一点对我们查询他们突然争吵的原因是十分关键的。你记得，上校的名字叫詹姆斯。

"在这件案子中，有一件事同时给仆人和警察都留下了十分深刻的印象，那就是上校的面孔变得扭曲了。通过他们的描述，可以知道巴克利上校死后脸上呈现的是一种极度恐怖的表情，那副表情可怕到极点，甚至使好几个人刚一看就晕过去了。可以想象得出，这一定是上校已经预见到了自己的命运，从而引起了他极度的恐惧。当然，可能是上校已经看出他的妻子要谋杀他了，这种情形与警察的推断恰好相符。他脑后有伤的事实似乎也验证了这一点，因为他当时可能正想转身避开这一击。巴克利夫人由于急性脑炎发作，导致神志不清，暂时还不能从她那里了解情况。

"警察又告诉我，那天晚上和巴克利夫人一起去参加慈善会的莫里森小姐，说自己根本不知道巴克利夫人回家后大发雷霆的原因。

"华生，调查清楚这些情况后，我花了几斗烟的时间去梳理一下它们，试图分清哪些是较为关键的，哪些只是偶然性的。显而易见，这件案子最为奇特且值得我们认真探寻的是房门钥匙的神秘消失。在室内已经进行了认真仔细寻找，但却没有任何发现，如果是这样的话，可以推断出钥匙一定是被人从屋中拿走了，不过在上校和他的妻子的身上都没有找到它，因此，肯定有其他人来过这个房间，并且只能是从窗子进去的。我推断，对这房间和草坪仔细检查一次可能会发现来过这个屋子里的那个人的一些印迹。华生，你是了解我那些调查方法的，在这个案子中，我差不多将我的调查方法都使用了。如已所愿，我终于找到了一些蛛丝马迹。确实有人曾经来过现场，他是从大路穿过草坪进来的。我发现了那人五个非常清晰的脚印：一个在路边他翻越矮墙的地方；两个在草坪上；还有两个脚印不是很清晰，是他通过窗户进入这间屋子时，在窗子附近那块满是污痕的木板上留下的。很容易猜到他是从草坪上跑过来的，因为他的脚尖印明显要比脚跟印深。不过，这个人没有让我惊讶，让我惊讶的是他的同伴。"

"什么，他还有同伴？"

福尔摩斯从口袋里掏出一大张薄纸，小心翼翼地把它在自己的膝盖上摊开。

"你看看它是什么？"他问道。

纸上布满了一种小动物的爪印。它有五个很清晰的爪垫，爪指很长，整个爪印跟一个点心匙差不多大小。

"这是一条狗的爪印，"我说。

"狗可以爬上窗帘吗？我在窗帘上发现了这个动物爬过的清晰的踪迹。"

"哦，这样，那么它是一只猴子？"

"但是这个爪印并不是猴子留下的。"

"那么它可能是什么呢？"

"不是狗，不是猴子，也不是猫，它应该不在我们所熟悉的动物行列。我曾尝试从踪迹的尺寸将这个小动物的形象还原出来。你看，这儿有它站着的四个爪印，从前爪到后爪的距离应该不少于十五英寸，加上头部和颈部的长度，我推测出这个小动物至少有二英尺长，假如还长有尾巴，那可能还要长些。现在再让我们来看看关于它的其他的尺寸。这个动物曾走动过，我们量出了它走一步的距离，每一步大约有三英寸。通过这些信息，我们可以推知，这动物身体很长，但是腿却很短。令人感到可惜的是没有在现场发现它的任何毛发，但它的大体形状一定是我刚才描述的那样，可以爬上窗帘，而且还喜欢吃肉。"

"你是如何推断出这一点的呢？"

"一个金丝雀鸟笼挂在窗户上，它爬上窗帘，好像目的就是想要抓到那只鸟。"

"哦，那它是什么动物呢？"

"假如我知道了它是什么动物，那就向破案迈出了一大步。总的说来，它可能是黄鼠狼或鼬之类的动物，不过它比我曾经见过的任何一个此类动物都要大。"

"但它与案件究竟存在一种什么关系呢？"

"关于这一点目前还没有了解清楚。可是，你应该意识到了，我们对此已掌握了许多。现在我们已经了解到，有一个人曾站在路上，由于窗帘没拉着，屋里还亮着灯，所以他发现了巴克利夫妇在吵架。我们还知道，他带着一只目前我们还不了解的动物，穿过草坪，进入了屋内，而且，他或者袭击了上校，或者是上校一看到他，完全被吓到了，头在炉角上撞开了一道口子。最后，我们还掌握了一个令人不解的事实，那就是这位闯入者在离开时，随身带走了房门的钥匙。"

"你的这些推论好像使事情变得比以前更加模糊了。"我说道。

"嗯，是这样的，这些发现的确表明事情比最初猜想的更扑朔迷离。我一再地思考过这件事，最后我发现，我必须从另一方面去调查这件案子。

好了，华生，我影响到你的休息了，在明天我们去奥尔德肖特的路上，我再将其他一些情况告诉你吧。"

"没关系，不过你已经说到最有趣的地方，我不想再听都做不到了。"

"七点半巴克利夫人离开家，在这之前，她和丈夫的关系还很融洽，这一点是毋庸置疑的。前面我已经说过，巴克利夫人尽管谈不上十分温柔体贴，可是车夫听到她和丈夫聊天时还是很和睦的。现在，我们明确地知道，她一回来，就去了那间她不大可能见到她丈夫的房间，就像一个心情激动的女人常有的举动，她吩咐仆人给她送来一杯茶。之后，巴克利上校来到这里见她时，她便开始强烈地责备起上校来。由此可以断定，在七点半到九点钟之间一定有什么事情发生了，这使她完全改变了对丈夫的看法。可是莫里森小姐在七点半和九点钟之间的时间内一直和巴克利夫人在一起。所以完全可以推知，尽管莫里森小姐予以否认，但她一定知道这件事情的来龙去脉。

"在刚开始的时候，我猜想是不是这个年轻女人和巴克利上校有什么关系，而且现在向上校夫人坦白了，这个推断可以解释为什么上校夫人生气地回了家，也可以解释为什么这个年轻的女人否认她知道这件事的内幕，这与上面的那些话也没有矛盾，但是有些事却解释不通，比如巴克利夫人曾经提到大卫，同时，上校对妻子的疼爱是人所共知的。当然，这也可能跟前面提到的没有丝毫的关系，如果是这样的话，就很难确定线索。不过，总体来说，我更相信巴克利上校和莫里森小姐之间没有任何关系，同时，我更确信莫里森小姐一定知晓让巴克利夫人憎恨她丈夫的线索。因此，我采用了最直接的办法，就是去拜访莫里森小姐，向她说明我完全知晓她掌握事情的内幕，并且使她确信，如果不把这件事说明白，巴克利夫人将会因此背负罪责而需要上法庭受审。

"莫里森小姐是个较为瘦弱的年轻女性，眼神中含着羞怯，有一头金黄色的头发，机灵理智。我讲过之后，她坐在那里，想了一会儿，然后转身向我，很痛快地讲述了一些重要的事情，现在我大致讲给你听听。

"'我之前答应过我的朋友一定不会将此事说出去，既然答应了，就应信守承诺。'莫里森小姐说道，'可是她面临如此严重的控罪，而自己又因病不能为自己辩护，如果我确实能够帮助她，那么我认为，我愿意违背我当初的诺言，把周一晚上发生的事全部告诉你。

"昨晚九点差一刻左右我们从瓦特街慈善会回来。我们回家要经过一条叫赫德森街的大街，那是一条非常宁静的大街，街道左侧有唯一的一盏路灯。就在我们距离这盏路灯很近时，我发现一个人正向我们迎面走来，这个人的背驼得很厉害，肩膀上扛着一个类似箱子一样的物件。他低着头赶路，走路时双膝弯曲，身体扭曲得严重变形了。当我们从他身旁路过时，在路灯的映照下，他抬起头来打量我们。一看到我们，他就停止了前行，随即发出一声可怕的尖叫声：上帝啊，是南希！巴克利夫人突然脸色变得苍白。如果不是那个面容可怕的人扶住她，她就瘫软在地上了。我准备把警察叫来，可是令我惊讶的是，巴克利夫人对这个人说话相当客气。

"'"三十年来，我一直以为你不在人世了，亨利。"巴克利夫人声音颤抖地说。

"'"我确实离开了这个世界。"这个人说道。听他说话的声调，我感到有些恐惧。他的脸色阴暗，眼神可怕，他那时的眼神直到现在还经常出现在我的梦中。他的头发和胡子已经灰白，皱纹布满整个脸上，就像干枯的苹果。

"'"亲爱的，请你先走几步，"巴克里夫人说道，"我想和这个人单独聊几句，不要害怕，没什么的。"她努力说得轻松些，可是她的脸色依旧苍白，嘴唇颤抖得厉害，说话都很费劲。

"'我遵照我的朋友的要求先离开了，他们大约聊了几分钟，后来她沿街回来，气得两眼冒火，我发现那个可怜的残废人正站在路灯杆旁，向空中挥舞着紧握的拳头，看样子同样很生气。一路上我的朋友一句话也没有说，直到我家门口，她才拉住我的手，恳求我不要把路上发生的事讲给任何人听。

"'她告诉我那个人是她的一个老相识，现在处于困境中。当我答应她为她保守这个秘密时，她亲了亲我，从那时起，我就再也没有见到过我的朋友。我现在已经把全部实情告诉了你，以前我之所以没有跟警察讲述实情，是因为那时我并未意识到我亲爱的朋友所处的危险境地。而现在我

选择把一切事情全说出来，是因为这样对她有利。'

"以上这些话就是莫里森小姐讲给我听的，华生。你应该想象得到，这就像黑夜中有了一线光明。以前看似没有关系的每一件事，现在开始呈现出它们的本来面貌。我已经推断出这个案件大致的样子了。我下一步自然就是要去找那个给巴克利夫人留下如此深刻印象的人。如果这个人依然在奥尔德肖特，寻找他应该不是一件很困难的事。因为那地方居民并不多，而一个身体畸形的人是肯定会引起人们注意的。我花了一天时间去找他，到了傍晚时分，也就是今天傍晚，华生，我成功地寻找到他了。这个人名叫亨利·伍德，寄宿在那两个女人遇见他的那条街上。他到这个地方仅仅只有五天。我是以登记人员的身份和女房东接触的，我们交流得非常顺畅。

"这个人以表演把戏为生，每天黄昏以后就到各俱乐部去转一圈，在每个俱乐部都表演几个节目。他总是随身带着一只箱子，一只小动物被装在箱子里面。女房东看上去好像很怕那个小动物，因为她从未见过那样的动物。女房东告诉我，他经常在把戏表演中用到这只小动物。女房东告诉我的就这么多。哦，对了，她还说，那个古怪的人能存活下来简直算是个奇迹，这个人经常说一些怪话，近两天晚上，她听到他在卧室里不停地低低哭泣。他很富有，但他在付押金时，交给女房东的却是一枚残缺的弗罗林币。女房东给我看了，那是一枚印度卢比。

"华生，我想你现在能够完全看出我们所处的境况以及我来找你的原因了吧，现在可以很清楚地推测出，那两个女人与这个人分手后，他便远远地跟随着她们，当他从窗外看到巴克利夫妇正在争吵时，他便穿过草坪闯了进去，随身携带的小箱子中的那个小动物也溜了出来。这脉络十分清晰，目前这个残疾人是这个世界上唯一能告诉我们那个房间里究竟有什么事情发生的人。"

"那么你准备去询问他吗？"

"是这样的，不过我需要一个见证人在场。"

"你的意思是让我充当那个见证人？"

"当然这得征求你的意见。如果他把事情一五一十地讲述出来，那就再好不过了。不过如果他拒绝澄清，那么，我们没有别的办法，只有提请逮捕他了。"

"可是你又如何确定，我们赶到时，他没有离开呢？"

"你应该能猜到，我已经采取了一些预防措施，我在贝克街雇用了一个孩子，让他暗暗监视着那个人，无论这个人走到哪里，他都要暗地里跟踪。明天我们会在赫德森街找到他，华生。假如我还继续影响你上床休息，就等于犯罪了。"

第二天大约中午的时候，我们赶到了案发地。在福尔摩斯的带领下，我们立刻赶往赫德森街。虽然福尔摩斯很精于隐藏他的感情，但我还是能明显地看出，我的朋友在努力抑制自己的兴奋，而我自己也觉得好玩和有趣，显得兴奋不已，这是我每次跟他在一起调查案件时都会有的感觉。

"这就是那条街。"当我们拐进一条两旁都是二层普通砖房的短街时，福尔摩斯说道，"啊，我雇佣的小侦探辛普森来了。"

"他现在正在里面，福尔摩斯先生。"一个矮个儿小孩一边向我们跑来，一边大声喊道。

"非常棒，辛普森！"福尔摩斯拍了拍那孩子的头，说道，"赶快，华生，就是这间房子。"

福尔摩斯递进一张名片，说有要事请求见上一面。过了一会，我们就和所要想见的人见面了。

虽然当时天气已经很暖和了，可是这个人却蜷缩在一堆火旁，这间小屋子很热，如同一个烘箱。这个人弯腰驼背，在椅子中缩成一团，看上去给人一种说不出来的古怪印象。当他转向我们时，我发现那张脸虽然十分憔悴，但过去应该是帅气十足的。他那双发黄的眼睛带着狐疑之色看向我们，既没有说话，也没有站立，只指指两把椅子示意请我们坐下。

"我想，你就是以前在印度的亨利·伍德吧。"福尔摩斯显出友好的样子，说道，"我们是因为巴克利上校死亡这件事而来拜访您的。"

"我如何能了解此事呢？"

"这就是我想要了解的内容。我想让你明白，如果你不把这件事说清楚，你的老朋友巴克利夫人很可能因谋杀罪而受到审判。"

听了这话这个人显然猛地一惊。

"我不认识你，"他大声喊道，"也不知道你是如何知道这件事的，但你敢向我发誓，你给我讲的都是真的吗？"

"我自然可以保证，警察等她恢复知觉后，就要逮捕她了。"

"上帝啊！你也是警察吗？"

"不是。"

"那么，你跟这件事有什么关系呢？"

"弄清事实真相是每个人的职责。"

"请你相信我，她是清白的。"

"那么是你有罪？"

"啊，不，我没有罪。"

"既然这样，詹姆斯·巴克利上校是被谁杀死的呢？"

"天理昭昭，他活该如此。不过，请你记住，假如真的是我让他的脑袋开了花，让他死在我的手下，我也得偿所愿，他也是该有此下场。假如不是他问心有愧，自己摔死了，我也敢声明，我也很有可能让他的鲜血为他赎罪，好吧，我知道我是因为什么而愿意将此事讲清楚的，我没有理由因为这件事而内心愧疚。

"我们之间发生过这样的事，先生，你看我现在后背如骆驼，肋骨全部扭曲，但在当年，在一一七步兵团下士亨利·伍德可是一个最英俊的人。那时我们在印度的一个兵站里，我们称呼那地方为布尔蒂。几天前死去的巴克利和我是同一个连的军士，那时团里有一个美女，就是陆战队上士的女儿南希·德沃伊。她同时被两个男人喜欢上了，而她只爱其中的一个，那就是你们现在看到的蜷缩在火堆旁的这个可怜的家伙，那时因为我长得英俊，她爱上了我，现在你们听我这样说，一定会觉得好笑吧。

"虽然我赢得了她的爱情，但是她的父亲却把她许配给了巴克利。我那时因为年轻容易冲动，做事有些冒失，而巴克利是个受过教育的人，已经被提升军官了。可是南希对我很忠实，假如那时没有发生印度叛乱，导致全国一派混乱的话，我可能会把她娶回家。

"在布尔蒂我们被叛军围困了，我们那个团有半个炮兵连，一个锡克教连，还有许多平民和当地妇女。一万叛军将我们包围了，那情形如同一只猎物被困在一群凶猛的猎狗的中间。被围困的第二个星期，我们的饮水就已经告急。那时尼尔将军的纵队正开向内地，但问题是首先我们要和他们取得联系，而这是我们当时唯一可以解困的途径，因为我们不可能带领所有的妇女和儿童冲杀出去。这种情况下，我便自告奋勇，请求突围出去与尼尔将军取得联系。我的请求被批准了，我和巴克利中士商量突围的事。当时他对那里的地形最为熟悉，他画了一张路线图给我，以便我穿过叛军防线。那天夜里十点钟，我动身了。那时有一千条生命在等待救援，不过那天夜晚，当我从城墙一跃而出的时候，我的心里仅仅想着一个人。

"一条干涸的河道是我的必经之路，我原来想利用它掩护我逃过敌军的哨兵，可是当我匍匐行进到河道拐角处时，没想到却落入了六个敌军的埋伏之中，黑暗之中他们潜伏着等我过来。眨眼工夫，我就被袭而昏厥过去，手足被紧紧绑缚。可是我真正的伤痛不在身体，而是在心里，因为当我醒来时听到了他们的谈话，从我能听懂的话语中我得知，原来是巴克利，也就是给我安排了路线的那个人，通过一个土著的仆人将我准备搬救兵的消息透漏给敌人。

"哎，我不想再继续说下去了，我相信你们现在已经知道詹姆斯·巴克利是个什么样的人了。第二天，尼尔将军率兵前来布尔蒂解救了被围困的人，可是叛军在撤退时，把我一起带走了，自那以后许多年我没见过一个白人。我遭受了多次严刑拷打，我试图逃走，却失败被捉回，再次遭受严刑酷打。你们自己可以看到，他们把我弄成了现在这副丑陋的样子。那时，他们中一部分人带着我一同逃到尼泊尔，后来又来到大吉岭。在那里叛军被当地的山民杀死了，于是在我逃脱前，我又一度成了他们的奴隶。我找机会逃了出来，不过我没有敢向南逃，而被迫向北逃，一直逃到阿富汗。我在那里流浪了许多年，最后回到旁遮普。在那里我大部分时间生活在土人中间，我学会了变戏法，并利用它来谋生。像我这样一个可怜的跛子，回到英国，让我的一些老朋友知道我这种情况又有什么意义呢？虽然我渴望复仇，但我也不愿回去。我只希望南希和我的老朋友们认为那个亨利·伍德已经不在人世了，却不愿让他们看到我像一只黑猩猩一样拄着拐杖悲惨地活着。我听说巴克利娶了南希，并且在团里还得到了重用，可是尽管这样，我也不愿说出真相。

"不过，随着年龄越来越大，思乡之情便越发强烈。几年来，我一直梦想着看看英国绿油油的田野和美丽的大地。最终，我决定在临死之前再回到家乡看看。我存够了回乡的路费，来到驻军的地方，由于我了解士兵的生活，知道如何让他们高兴，并以此挣钱来养活自己。"

"你的讲述是十分打动人的。"夏洛克·福尔摩斯说道，"我已经听说你和巴克利夫人不期而遇，而且你们彼此都认出来了。如果我推测没错的话，后来你尾随她回家去，从窗外看到了她和巴克利之间的争吵，可能当时巴克利夫人斥责了巴克利对你做的龌龊行为。你无法控制自己的感情，就跑过草坪，破门而入了。"

"不错，情况正如您所说的，先生，没想到巴克利一看到我，脸色就大变样了，我以前还从未见过这样的脸色，随后他就跌倒在地，头撞到了火炉挡板上。实际上他在跌倒以前就已经死了。就像我能清楚地阅读放在壁炉上的书本一样，从他脸上我清楚地觉察到他已经死了。可能他一看见我，就如同被一颗子弹穿过他充满罪恶的心脏，死于非命了。"

"那后来的情况呢？"

"后来南希晕倒了，我赶忙从她手中拿起了门上的钥匙，准备打开门求救。可正当我这样做时，我忽然意识到如果我不管这事，赶紧离开，对我来说可能更好。因为这件事看来对我很不利，假如我被抓住，我的秘密就会暴露在光天化日之下。于是匆忙之下，我把钥匙塞进自己的衣袋里，扔下拐杖去捕捉已经爬上窗帘的特笛。我把它放回我那个小箱子之后，便赶紧逃离了这间屋子。"

"特笛？它是谁？"福尔摩斯问道。

这个人将蜷缩的身体向前探去，拉开屋角处一只笼子的门，马上从笼子里溜出来一只漂亮的红褐色小动物。它的身子瘦小而柔软，长着如鼬鼠似的腿，一个细长的鼻子，一双美丽的红眼睛。那眼睛真漂亮，我在别的动物身上还从未见过如此美丽的眼睛呢。

"这是一只猫鼬。"我喊道。

"不错，也有人叫它猫鼬，还有人叫它埃及鼬。"那个人说道，"我把它叫作捕蛇鼬，特笛捕捉眼镜蛇十分迅捷。我这里有一条被拔了毒牙的蛇，特笛每晚在军中俱乐部表演捕蛇，给士兵们取乐。"

"还有其他别的问题吗？先生。"

"嗯，暂时没有了，不过如果巴克利夫人遇到严重的麻烦，可能我们还会来的。"

"我理解，假如真是那样的话，我会自己来的。"

"如果可以的话，我想就没有必要重提死者过去所做的卑鄙丑事了。至少你现在已经完全知道这三十年来，因为这件亏心事，巴克利的内心一直在备受着折磨，痛苦地活着。啊，墨菲少校走到街那边去了。回头见，伍德，我要过去了解一下昨天以来又有什么事发生了。"

少校在走到拐角前，我们就赶上了他。

"唉，福尔摩斯先生，"少校说道，"我想你已经听说这件事完全是我们庸人自扰了吧。"

"这话怎么说？"

"刚刚对尸体检验过。结果表明，上校的死是由中风引起的。由此可以断定，这不过是一件十分简单的案子。"

"啊，这样的话是简单至极。"福尔摩斯笑着说，"那好吧，华生，我想奥尔德肖特这里已经不再需要我们了。"

"对了，我还有一件事没弄明白，"我们来到车站时，我说道，"如果她丈夫的名字叫詹姆斯，另一个人叫亨利，那么巴克利夫人口中的大卫又是谁呢？"

"哦，我亲爱的朋友，假如我真是你喜欢描述的那种理想的推理家，那么，从这个词我就应该能够推想出整个故事来。现在看，这个词显然只是一种谴责的词。"

"谴责的词？"

"是啊，要知道，大卫有一次也像詹姆斯·巴克利中士一样，偶然做错了一件事。你还记得乌利亚和拔示巴这个小故事吗？我对《圣经》中的一些细节有些陌生了。不过你可以在《圣经》的《撒母耳记》第一或第二章中去找寻这个故事，一定会找到的。"

八　住院的病人

我大致浏览了一下那些记述断断续续的回忆录，想尽力用它们来体现我朋友夏洛克·福尔摩斯先生在思维方面表现出的一些与众不同的特点，但我却发现很难挑出一些恰到好处的例子。因为在这些案子中，福尔摩斯确实表现出一些非比寻常的推理能力，显示出他独特调查方法的重要，但那些案件本身却很普通，可以说平淡无奇，我认为不值得把它们推荐给读者。另外，他虽然经常参与调查一些引人注目且复杂曲折的案件，但他在案件侦破的过程中所起的作用，却又不能满足我——他的传记作者——给他著书的愿望。之前我在《血字的研究》中记述过一件小案子，后来又记述一个《囚船上的惨案》，这些都是令历史学家永远感到如锡拉岩礁与克里布地斯漩涡般惊险的例子。下面我即将要讲述的这件案子中，虽然福尔摩斯所起的作用并不是那么突出，但整个案件非比寻常，我实在不能不将之收录进来，介绍给读者。

故事发生在十月里的一天，那天天气闷热，雨下个不停。我们的窗帘拉下了一半，福尔摩斯在沙发上蜷缩着，把早晨收到的一封信看了一遍又一遍。在印度服兵役的那段岁月使我形成了一种怕冷不怕热的习惯，因此对我来说，即使华氏九十度的高温天气也算不上很热。不过报纸却令我感到枯燥乏味。议会休会期间，人们都离开了城市去度假。我渴望到森林中的空地或南海铺满卵石的海滩转一转，不过我的经济状况不允许我这样做，所以我推迟了假期。至于我的朋友，乡村也好，海滨也罢，都很难引起他的兴趣。他喜欢待在五百万人口的正中心，眼观六路，耳听八方，对每一个还有着疑问的小传闻或猜疑都做出反应。他缺乏对大自然的欣赏细胞，唯一能改变他兴趣，让他远行的理由就是去看望他在乡下的哥哥。

我发现福尔摩斯又陷入了深深的思考中，于是我把那枯燥乏味的报纸扔到一旁，背靠椅子，也冥想起来。忽然我的朋友开口打断了我的思绪。

"你的想法是正确的,华生。"福尔摩斯说道,"看上去那实在是种失去理智的解决争端的方法。"

"太不可思议了!"我大声喊道,随后我突然想到:他是怎么能知道我内心深处的想法的呢?我坐了起来,用惊愕的眼神注视着他。

"怎么回事,福尔摩斯?"我喊道,"这太超乎我的意料了。"

看着我困惑不解的样子,福尔摩斯爽朗地大笑起来。

"你应该不会忘记,"他说道,"前一段时间,我给你读过一节爱伦·坡的短篇故事。在一节故事里,一个思维缜密的推理者能够察觉出他的伙伴没有说出来的思想,你当时认为这件事纯属作者巧妙的虚构。当时我跟你说我也已经习惯了这样做时,你却不相信。"

"哦,我没有不相信啊!"

"你是没有将这种怀疑说出口,我亲爱的朋友,但已经表现在你的眉宇之间。当看见你扔下报纸,沉思冥想的时候,我很高兴有机会解读你的思想,最终开口打断你的沉思,来证明你我的关系密切,思想相连。"

这个解释没有让我十分满意。

"我记得,在那个你给我读的故事中,"我说道,"那个推理者是通过观察那个人的动作而猜出对方心思的。假如我没有记错的话,那个人绊倒在一堆石头上,然后抬头看了看星星,等等,可是我坐在椅子上一动没动,不太可能给你提供什么线索吧?"

"这个你说得不对。要知道,人的五官是表达情感的工具,就是说,你的五官就是暴露你内心秘密的窗户。"

"你的意思是,你是从我的五官上看出了我内心一系列想法的?"

"不错,其中特别是你的眼睛。可能你自己都回忆不起来是如何陷入沉思的了?"

"嗯,的确这样,我记不得了。"

"好吧,我来告诉你吧。我的注意力是被你扔报纸的动作引起来的。扔掉报纸后,你面无表情地静坐了大约半分钟,然后你的目光转向那张新配上相框的戈登将军画像,从你面部表情的改变,我看出你内心有了一些波动,有了一些想法。不过你想得并不很远。随后你的目光又转向放在图书顶部的那张没装相框的亨利·沃德·比彻的画像。接着，你又抬头看了看房间四壁，不难看出你的心思，你是在想，假如给这张画像也装上相框，可以将它也挂在这墙上的空处，这样就和那张戈登画像并列在一起了。"

"你，天啊，你真是看穿了我的内心！"我惊叫道。

"到现在为止我还没出现过失误呢。那之后你的思想又回到了比彻身上，你仔细地打量着那张画像，应该是想通过他的面貌来描测他的性格，接下来你眯上了眼睛，可是打量还在继续着，脸上浮现出深思的样子，你应该在回忆比彻一生所经历的事件。我有一定的把握相信，此时你一定在想他在内战时候代表北方及其他所承担的历史使命，因为我没有忘记，你曾经对那些动乱分子给他造成的不幸表示过极其强烈的愤慨。既然你对这件事的认知这么强烈，那么我自然就会猜到你想到比彻时就不能不想到这些。

"片刻后，我看到你的目光从画像上移开了，我就想到你的思想又转到内战上了。我发现你紧闭着嘴唇，双目发亮，两手紧紧地握着，我进一步确认，你正在想在那场大交战中敌我双方所表现出的英勇气概。接下来，我发现你的脸色变得暗淡下来，脑袋摇了又摇。你一定是想到了战争的残酷以及给双方造成的巨大伤害。随后，你的一只手有意无意地摸到自己的旧伤疤上，这时双唇上泛出一丝微笑，这让我猜测出你当时在想，这种解决国际问题的方法实在荒谬可笑。关于这一点，我非常赞同你的看法，这确实是非常荒谬的，并且我很高兴确认，我对你的一切推论都是正确的。"

"是的，几乎全部正确！"我说，"虽然你已经解释了，我还是承认我跟以前一样感到震惊。"

"我亲爱的朋友，我向你保证，这些其实一点儿都不深奥。如果不是那天你显示出你的怀疑来，我是不会扰乱你沉思的。华生，今夜和风吹拂，让我们一起到伦敦街上转一转怎么样？"

我已经对我们这间小小的起居室感到不厌其烦了，于是很痛快地同意了。我们一起在舰队街和河滨转了三个小时，观赏着千变万化、光怪陆离的人生万象。福尔摩斯独特的分析能力、对细节敏锐的观察力以及精妙的推理能力，深深吸引着我，让我感到陶醉。当我们返回贝克街时，已经是晚上十点钟了。此时，一辆四轮马车正在我们的住所前停着。

"啊！我猜，这辆马车应该是一名普通医生的。"福尔摩斯说道，"从业不久，但业务繁忙。他是有事来咨询我们的。所幸的是我们回来了！"

我对福尔摩斯的调查方法十分了解，能够跟随他的推理，知道福尔摩斯是根据马车内灯下柳条篮子里面形形色色的医疗器械以及它们的种类和状况做出上述推理的。我们窗户上的灯光告诉我们，这位来访者确实是来拜访我们的。对此我十分感兴趣，是什么事让一位同行这么晚来找我们呢？我紧随着福尔摩斯走进我们的寓所。

当我们出现在屋子里时，一个有着苍白脸色、消瘦面孔，留着黄棕色络腮胡子的人从壁炉旁边的椅子上站起来。这人看上去最多三十三四岁，面容枯槁，气色衰败，说明他的生活状况很不如意，他的青春、他的精力不复存在；他的举止紧张而羞怯，就像一位敏感的绅士；而当他站起来时，扶在壁炉台上的那只手细瘦白皙，不像是一个外科大夫的，倒很像一个艺术家的手。他身穿黑礼服大衣，下身穿深色裤子，戴一条带少许颜色的领带，整个打扮素雅暗淡。

"晚上好，医生。"福尔摩斯愉快地打招呼，"我很高兴仅仅让你等了我们几分钟。"

"你见过我的车夫了？"

"哦，不是，是放在旁边那张桌子上的蜡烛告诉我你仅仅等了我们几分钟。请坐，请告诉我，我们能帮你什么忙呢？"

"我叫珀西·特里维廉，职业是一名医生，"我们的来访者说道，"住在布鲁克街四〇三号。"

"《原因不明的神经损伤》那部专著，出自你手吧？"我问道。

当听到我知道他的著作，他苍白的双颊瞬间由于兴奋而泛出些红晕。

"我几乎听不到有人谈起这部作品，以为它早被别人遗忘了。"这位来访者说道，"这本书没有打开市场，仅仅销售出几本，我想，咱们是同行吧？"

"嗯，不错，我是一个退役的外科军医。"

"神经病学曾引起我极大的兴趣。我很希望我能成为一个擅长神经病学的专家，不过，一个人不能好高骛远，需要脚踏实地一步步做起，这些都是题外话了，夏洛克·福尔摩斯先生，我知道你的时间是极其宝贵的。可是在布鲁克街我的寓所里，这一段时间发生的事实在匪夷所思，今晚，这些奇怪的事情已经达到了顶点，现在我迫不及待需要听听您的意见，得到您的指点。"

夏洛克·福尔摩斯坐了下来，并点燃了烟斗。

"你要我帮你想想办法，指点迷津，我愿意为你效劳。"福尔摩斯说道，"那就请把那些让你感到迷惑不解的事情一五一十、详详细细地讲给我听听。"

"在我看来，这些事中有一两点是无关紧要的。"特里维廉说道，"一说起来，我实在感到羞愧。不过这件事是如此扑朔迷离，近来又变得愈来愈复杂，我只好把一切都讲给你听，你自己来判断轻重。

"首先，我需要提一下我上大学时的一些事情。我曾在伦敦大学上过学，如果我告诉你们，我曾是我的老师们认为将来会有出息的学生中的一个，你们不会认为我很自恋吧。毕业之后，我在皇家学院附属医院找了一个很普通的工作，继续我的研究。值得庆幸的是，我对强直性昏厥病理的研究，勾起了人们极大的兴趣，我因著述了一部你的朋友刚才提到的关于神经损伤的作品，结果获得了布鲁斯·平克顿奖金和奖章。假如我说那时人们都普遍认为我目标远大，前景美好，应该说得过去。

"问题是我没有足够支持我研究的钱。你们应该了解，一个志存高远的医生，只有在卡文迪什广场区十二条大街中的任一条街上开店营业才能出名，而这需要支付高额的房租和设备费用。除了这笔起步费用外，还必须有可以维持自己几年生活的钱款，需要租一辆像样的马车和马。而这些东西对我来说暂时是不具备的，我只能期望在未来十年内依靠节约攒够钱，才能挂牌行医。可是，一件意料不到的事情突如其来，给我打开了一个全新的前景。

"这件意料不到的事情开始于某一天一位名叫布莱星顿的绅士的来访，我们并不相识，他突然来到我家里，直截了当地切入了正题。

"'想必阁下就是那位工作成绩突出，获得大奖的珀西·特里维廉先生吧？'他说道。

"而我则点了点头。

"'我问你什么请你坦率回答。'他继续说道，'你会发现这样做对你是有好处的。你取得成功的关键在于你的才华。对吗？'

"听到这样出乎我意料的问话，我情不自禁笑了起来。

"'我认为我会努力的。'我说道。

"'你有什么不良习惯吗？酗酒吗？'

"'没有什么不良习惯，先生！'我大声说道。

"'嗯，不错！很好！不过我还得问问，你既然有这些本事，怎么不开个诊所呢？'

"我耸了耸肩。

"'哦，我知道了！'他赶忙说道，'显而易见，虽然你很有能力，但囊中羞涩，对不对？如果我帮你在布鲁克街开业，不知你怎么想？'

"听了这话，我顿时感到十分惊奇，两眼直盯着他看。

"'哦，这样做是为了我，并不是为了你，'他大声说道，'相信我，我对你坦诚相待，如果这对你合适，那对我就更加合适了。我准备了几千英镑投资，现在你应该明白，我想把这些钱投给你。'

"'我想知道怎么回事？'我追问道。

"'哦，这就像其他任何投机买卖一样，只不过风险小些。'

"'那么，需要我怎么配合呢？'

"'这个我自然会跟你讲的，我要为你租赁房子，购置家具，雇用女仆，管理一切，我还会给你生活费，提供所需的一切，而你只需要坐在诊疗室里看病。然后，你把你所赚钱的四分之三给我，四分之一你自己留着。'

"事情就是这样，福尔摩斯先生，我不再叙述我和那个叫布莱星顿的人怎样协商、成交的事，以免让你产生厌倦之感。总之，后来，我在次年圣母领报节那天搬进了那个寓所，并按他所提出的条件挂牌营业。他自己也同我住在一起，做一个住院的病人。我发现，他的心脏衰弱，需要不断的医学护理。二楼两间最好的房子被他一个用作起居室，一个当作卧室。他的脾气很古怪，不喜欢与人交往，也很少外出。他的生活毫无规律而言，但在某一方面，却极有规律，那就是在每天晚上的同一时刻，他都走着来到我的诊疗室来检查账目，我挣的每一基尼自己只留下五先令三便士，剩下的他全部拿走，放到自己屋内的保险箱里。

"我有很大的自信保证，他决不会对这个投机买卖感到一丝后悔，因为刚开始营业，生意就做得很好。我成功地医治了几个病例，再加上我在附属医院赢得的名望，我很快成了这一领域的专家，近几年来，在我的努力下，他变成了一个富翁。

"福尔摩斯先生，我以往的事情以及和布莱星顿先生的关系，就给你讲述这些吧，现在我要给你讲述的是，我是因为什么事今夜来访的。

"几星期以前，布莱星顿先生下楼来找我，我发现他的心情十分激动。他讲到在西区发生了几起盗窃案，强调我们要立即把门窗加固，一天也不得耽误。在这一周里，他心神不宁，神情恍惚，不停地向窗外凝视，就连午餐前已养成习惯的短暂散步也停止了。从他的一举一动中，我感到他对什么事或什么人恐惧得要命，可是当我向他问起此事时，他又马上变得粗暴无礼，我也就不再提及这事了。时间一天天过去了，他的恐惧似乎慢慢消失了，恢复了先前的习惯。可是新近发生的一件事情，又将他推向了那个让他坐立不安的状态。

"这件事情是这样的：两天以前，我收到一封信，奇怪的是信上没有地址，也没有日期，现在我念给你们听：

　　一位侨居在英国的俄罗斯贵族亟待到珀西·特里维廉诊疗室就诊。几年来他一直遭受强直性昏厥病的折磨，人所共知，特里维廉医生是治疗强直性昏厥病方面的专家。患者打算明晚六点一刻左右专程前往就诊，如果特里维廉医生没有什么事，请在家等候。

"这封奇怪的信引发了我很大的兴趣，因为强直性昏厥病研究的困难之一，在于这种疾病很少见。你可以相信，当仆人在约定的时间将患者领进时，我正在诊察室等候。

"病人是一位身材瘦小的老人，看样子十分拘谨，样子普通，决不像人们想象中的俄罗斯贵族。与他一起来的人给我留下了深刻的印象。那是一个身材高大的年轻人，相貌英俊，肤色黝黑，但面呈凶恶相，有着像赫拉克勒斯般强健的四肢和胸膛。他们进来的时候，这个年轻人用手扶着老人的一只胳膊，让老人在椅子上坐下，照顾得很是周到，但是从他的相貌来看，他不应该是这样的一个人。

"'医生，我们冒昧前来，请多包涵。'他用英语对我这样说道，口齿有点不清，'我是他的儿子，父亲的健康是我的头等大事。'

"他的这份孝心深深打动了我。'在诊察时，你想待在这里吗？'我问道。

"'哦，不。'他大声说道，并表现出十分害怕的样子，'我受不了这种刺激。假如我看到我父亲疾病发作时那可怕的样子，我想我是禁受不住的。我自己对此非常敏感。如果你没意见，我还是在候诊室等候吧。'

"我自然同意他这样做，年轻人便离开了。我和病人开始讨论他的病情，我把病情详细地记录下来。我发现他智力很一般，回答问题经常含糊其辞，我把这些归因于他不太熟知我们的语言。就在我坐着写病历的时候，他突然闭口不答我所有的询问，而当我转身过去时，我惊讶地发现他直挺挺地坐在椅子上，脸上没有任何表情，肌肉僵直，目光直愣愣。他的怪病又发作了。

"开始我就说过，我对这个病人的第一感觉是既同情又恐惧。后来，还是职业意识让我镇静了下来。我记下了病人的脉搏和体温，测试了他肌肉的僵直程度，又试探了他的反应能力，检查过后我发现这些特征与之前患者的病例基本一致。在以往这样的病例中，我常使用烷基亚硝酸吸入剂，而且都收到了比较好的疗效。现在看来正是试验它疗效的又一次机会。那个药瓶被我放在楼下的实验室里，于是，我离开了坐在椅子上的病人，跑下楼去取药。等我拿到药回来，五分钟左右的时间过去了，我发现室内空无一人，病人已经不知去向，你可以想象我当时有多吃惊。

"我第一反应是跑到候诊室找病人的儿子，结果发现他的儿子也离去了。大厅的门已经关上，可是没有上锁。我那个接待病人的仆人是新来的，脑子浑浑噩噩。他平时在楼下候着，等我在诊室按铃时，他才跑进来把病人领出去。这一次，他说他什么也没听到，这样这件事就变得像迷雾一样。时间没过多久，出去散步的布莱星顿先生回来了，不过我没有把这件事告诉他，因为，实话实说，近来我尽量让自己与他少说话。

"从那时起，我就认为我再也见不到那个俄罗斯绅士和他的儿子了。正因为如此，你们可以想象，在今晚同一时候，他们又像昨天那样出现在我的面前时，我该有多么惊讶。

"'医生，昨天我不辞而别，真是有些不好意思。'我的病人说道。

"'毫不撒谎地说，我对此也感到非常震惊。'我说道。

"'啊，事出有因，'他说，'每当我摆脱那个病控制后，对犯病时发生的事情总是记得不太确切，什么也记不起来。昨天，当我有意识后，发现身边没人，自己待在一间陌生的房子里，于是我就稀里糊涂地起身来到了街上。'

"'哦，我是这样的，'他儿子说道，'看到父亲从候诊室门前走过，我以为诊察已经结束。直到回家之后，我才把事情的真相弄清楚。'

"'哦，没事了，'我笑着说，'你们除了让我感到很迷惑不解之外，也没造成其他的影响。所以，先生，如果你还愿意到诊察室去的话，我也很乐意继续昨天突然中断的诊治。'

"我和那位老绅士用了半个小时左右的时间讨论他的病情，然后，我给他开了处方，看着他的儿子搀扶着他离开了。

"在之前我已经讲过，布莱星顿先生习惯于选择这个时间出去散步。没过多长时间，他散步回来了，走上楼去。不久，我听到他跑下楼来，如同一个发疯的人一样冲进我的诊察室。

"'是谁进我屋子里了？'他嚷道。

"'没人去过啊。'我回答道。

"'不对！'他怒吼道，'你自己去看看！'

"我对他的粗鲁无礼没太在意，因为当时他害怕得几乎要发疯了。当我和他一起进入他的房间时，他指着浅色地毯上的几个脚印给我看。

"'你看看，难道说这是我的脚印？'他叫喊道。

"我发现那些脚印确实比他的脚印大上一些，而且痕迹很清晰，应该是不久前留下的。你们知道，今天傍晚，下了一场大雨，唯一找我看病的人就是那对奇怪的父子俩。那么，一定是在候诊室的那个年轻人，趁我在给他的父亲看病时，上楼进了布莱星顿先生的房间。他没有动、也没有拿走任何东西，不过这些脚印证明，有人闯入房间是不争的事实。

"虽然这件事给人带来一定的触动，但是布莱星顿先生看上去比我预想的反应激烈。他居然坐在一把扶手椅上歇斯底里地大叫，几乎连话都说不清楚了。他让我来找你，当然，我也随即感到这样的建议是合适的。因为尽管他似乎完全高估了这件事情的重要性，不过这的确是一件令人费解的事情。如果你愿意和我乘我的马车一同回去，虽然我不指望你解释清楚这件怪事，但我相信你至少能让布莱星顿先生恢复镇定。"

夏洛克·福尔摩斯十分认真地听完了这段冗长的叙述，我发现，这件事引起了他强烈的兴趣。他像往常一样没有表现出什么特殊的神情，可是眼睑低垂得更加厉害，从他烟斗中吐出的烟雾慢慢上升，烟雾堆积在一起，似乎在渲染这位医生所讲故事中的每一个离奇的情节。来访者的话刚说完，福尔摩斯就站立起来，将我的帽子递给我，又从桌上抓起他自己的帽子，然后就跟在特里维廉医生的后面向门口走去。一刻钟左右的时间，我们便来到布鲁克街这位医生寓所的门前了。寓所处于那些昏暗无光、平凡无奇的房屋之中，人们总是将此与伦敦西区的那些事儿联系起来。一个仆人把我们领了进去，我们登上宽宽的、铺着精美地毯的楼梯。

就在这时，楼顶的灯光熄灭了，我们不得不停了下来。黑暗中传来一个尖细而颤抖的声音："告诉你们，我有手枪，假如谁敢靠近我，我就开枪。"

"你这样实在太无礼了，布莱星顿先生。"特里维廉医生高声喊道。

"哦，原来是你呀，医生。"这人松了一口气，"那两个人是你请来的吗？"

我们随即知道他已在暗中对我们进行了监视。

"没错，没错，现在没事了，"那声音终于说道，"你们可以上来了，如果我的防备触犯了你们的尊严，那实在不好意思。"

他在说话的同时把楼梯上的汽灯又点着了，我们看到面前站着一个长相奇特的人，他的外表和说话的声音告诉我们他的精神高度紧张。他很胖，可是看得出来过去有一段时间比现在还要胖上很多，所以他的脸如同猎犬的双颊一般，皮肤全都松弛地向下垂着。他脸色苍白，稀疏的沙土色头发好像因为精神高度紧张而根根直立着。他手中拿着一支手枪，在我们向上走时，他把手枪收到了衣袋里。

"晚上好，福尔摩斯先生。"他说道，"非常欢迎你的到来，此时我非常需要你的指教。我想特里维廉医生已经把有人闯进我房间的事跟你讲了。"

"嗯，不错。"福尔摩斯说道，"那两个人是干什么的？布莱星顿先生，他们为什么要有意骚扰你呢？"

"这个，这个，"布莱星顿先生忐忑不安地说道，"当然，这不太好回答。福尔摩斯先生，我也是没有答案的。"

"你是说你毫不知情吗？"

"如果你乐意的话，请赏脸跟我来一下。"

他把我们领进他卧室里。房间宽敞明亮，家具摆放也很有秩序。

"你们来瞧，"他指着他床头那只大黑箱子说道，"我不是一个很有钱的人，福尔摩斯先生，我想特里维廉医生可能已经把情况跟你讲了，我这一生只投了这一次资。可是我不信任银行家，从来都不信，福尔摩斯先生，一定要为我严守秘密，我所有的钱都在这只箱子里，所以你应该理解，当那些不速之客闯入我的房间，对我而言代表着什么。"

福尔摩斯狐疑地看着布莱星顿，然后摇了摇头。

"如果你不跟我讲实话，我是不可能帮你出主意的。"福尔摩斯说道。

"可是我把一切都如实跟你讲了。"

福尔摩斯厌烦地摇了摇头，然后转身说道："晚安，特里维廉医生。"

"你真不帮我出主意了吗？"布莱星顿大声叫道。

"先生，我已经告诉你要对我讲真话。"

一分钟以后，我和我朋友已经来到了街上，正步行回家。我们穿过牛津街，走到哈利街时，我的朋友突然开口了。

"因为这样一个蠢货的事让你白白地来这一趟，华生，我感到很抱歉。"福尔摩斯说道，"不过，这也是一个很耐人寻味的案子。"

"可我不明白奥秘在哪里。"我坦言道。

"啊，是这样，有两个人，可能还要多一些，不过至少有两个，抱着某种目的，决心要接近布莱星顿。我敢保证，那个年轻人两次都闯入了布莱星顿的房间，而他的同伙则用了一种巧妙的诡计，把医生蒙蔽在鼓里。"

"可是那强直性昏厥病怎么解释呢？"

"那是假的，华生，在这方面，我虽然不敢在医生面前班门弄斧，但是装这种病不是件难事。我自己曾经也装过。"

"哦，那后来呢？"

"巧合的是，布莱星顿两次都不在家。他们选择这样一个特殊的时刻来看病，主要是因为确信这时候诊疗室里没有其他的病人。然而，这个时间恰好与布莱星顿散步的时间一致，这表明他们好像不太了解布莱星顿的日常生活惯例。当然，假如他们是为了盗取财物，想必他们肯定会设法搜寻财物，但事实却没有。除此以外，从布莱星顿的眼神里我可以看得出，他已经被吓得魂飞魄散了。很难猜测这个家伙因为什么结下了这样两个仇敌，还假装一无所知。因此，我完全可以告诉你，他知道这两个人是谁，而由于自身的原因，他隐瞒不说，也许明天就会主动找我们把情况说清楚。"

"难道就这一种可能吗？其他可能呢？"我说道，"虽然其他可能性不大，但还是可以想象的，比如可能是特里维廉医生自己怀有叵测之心，偷偷进了布莱星顿的房间，而编造出这个患强直性昏厥病的俄罗斯绅士和他的儿子的全部故事呢？"

借助汽灯光，我发现我这奇异的想法引起了福尔摩斯的哂笑。

"我亲爱的朋友，"福尔摩斯说道，"你刚才的想法同我最初的想法一致，不过我很快就验证了医生所讲的故事的真实性。那个年轻人在楼梯地毯上留下了脚印，这样我就不必再去看他留在室内的那些脚印了。如果我告诉你，那人的鞋子是方头的，而布莱星顿的鞋是尖头的，又比医生的鞋长一英寸三，你就会相信医生的话是真实的。我们还是把它留到明天解决吧，因为假如明天早晨我们不能进一步听到来自布鲁克街的新消息，那这事才叫稀奇呢。"

夏洛克·福尔摩斯的这句预言很快就被证实了。第二天早晨七点半，太阳刚刚跳出，福尔摩斯穿着晨袍就站在我的床旁。

"华生，外面有一辆马车等着我们。"福尔摩斯说道。

"有什么事情吗？"

"是布鲁克街的事。"

"有新消息传来？"

"糟糕的事情，不过还没有定论。"福尔摩斯一边说着一边拉起窗帘，"来，看看这个，是从笔记本上撕下的一张纸条，上面用铅笔潦草地写着：'看在上帝的份上，请马上过来。珀西·特里维廉。'我可以猜想出那位医生写这张便条时一定十分为难。跟我走，我亲爱的朋友，情况十分紧急。"

一刻钟后，我们赶到了这位医生的寓所。而这位医生满面惊恐，跑出来迎接我们。

"啊，怎么发生这样的事情！"他用双手捂住太阳穴，高声喊道。

"快说说怎么了？"

"布莱星顿上吊死了！"

福尔摩斯颤抖了一下。

"是的，他昨晚上吊自杀了。"

我们跟着医生走进了那间一看就是候诊室的房间。

"现在我真不知道我究竟该做些什么合适。"他大声说道，"警察正在楼上呢。我简直要崩溃了。"

"你是什么时间知道此事的？"

"每天一大早布莱星顿都要人给他送去一杯茶。今天早上七点钟左右，女仆给他送茶时，发现这个不幸的人正吊在房屋中央。他把一根绳子挂在过去常挂那盏笨重的煤气灯的钩子上，然后双脚离开昨天让我们看的那个箱盖上自尽了。"

福尔摩斯站着沉思了一小会儿。

"假如你不反对的话，"福尔摩斯开口说道，"我想上楼去实地看一下。"

我们两个人往楼上走去，医生在后面跟随。

我们一进入卧室门，就发现了一幅可怕的景象。之前我曾描述过布莱星顿肌肉松弛的模样，当他悬挂在钩子上时，这种模样越发清晰，此时他看上去简直不像一个人了，脖子被拉长了，如同一只被拔了毛的鸡脖子，与此对比，他身体的其余部位好像更加肥大和失调。他只穿着一件长睡衣，肿胀的脚踝和难看的双脚直挺挺地从睡衣下伸了出来。

一位精干的警长此时正站在尸体旁边，在笔记本上记着东西。

"啊，福尔摩斯先生，"我的朋友一进来，警长显出高兴的样子说道，"见到你很高兴。"

"你好，兰诺尔。"福尔摩斯答道，"我相信，你不会认为我是私闯民宅吧？你已经了解导致此案发生的一系列事件了吗？"

"是的，我已经了解了一些。"

"对此你的看法是什么？"

"我认为，这个人已经被吓得有些魂不附体了。你看，床上有很深的压痕，说明他在这张床上折腾了很长一段时间。你知道，自杀常发生在早晨五点钟左右，这可能就是他上吊的时间了。我判断，这是一件早有预谋的事情。"

"通过肌肉僵硬的情况，我认为他已经死了三个小时左右。"我说道。

"屋子里还有什么线索吗？"福尔摩斯问道。

"在洗手池上发现了一把螺丝起子和一些螺丝钉。另外，昨天夜里他应该抽了不少烟。这是我从壁炉上拣来的四个雪茄烟头。"

"哦！"福尔摩斯说道，"他的雪茄烟嘴在吗？"

"雪茄烟嘴，我没有看到。"

"那么，发现他的烟盒了吗？"

"烟盒有哦，在他的外衣口袋里。"

福尔摩斯打开烟盒，拿了拿一支雪茄烟闻了闻。

"看，这是一支哈瓦那烟，而你刚才从壁炉台上拿的那些是荷兰从它的东印度殖民地进口的一种特殊品种。你知道，这些雪茄通常被稻草包裹着，而且要比别的牌子的都细一些。"福尔摩斯拿起那四个烟头，用他口袋里的放大镜逐一对它们进行了检查。

"有两支烟是用烟嘴吸的，另外两支不是用嘴吸的。"福尔摩斯说道，"有人用一把钝刀切下两个烟头，而另两个烟头则是用利牙咬下来的。兰诺尔先生，这并非自杀，而是一起精心策划的残酷的谋杀案。"

"这怎么可能！"警长大声喊道。

"凭什么做出此结论？"

"谁怎么可能用吊死这样一种笨拙的办法来进行谋杀呢？"

"这就是我们一定要弄明白的。"

"他们是如何进来的呢？"

"从前门。"

"可是早晨前门是上了闩的。"

"他们离开后将门闩上的。"

"根据什么断定？"

"通过他们留下的痕迹我发现了这一点。请稍等一下，我或许能进一步给你们提供一些它的情况。"

说完他来到门边，用手转了转门锁，认真地检查了门锁一番，然后，他把插在门背后的钥匙取了出来，认真检查了一番，随后又对床铺、地毯、壁炉台、椅子以及尸体和绳索依次进行了检查。直到他表示对案件已心中有数了，才在我和警长的帮助下，将绳子割断，把那可怜的死者放在一块被单下。

"知道这条绳子从何而来吗？"他问道。

"是从一大卷绳子上割下来的。"特里维廉医生从床底下拉出一大卷绳子，说道，"他对火灾非常恐惧，所以身边总保存着这东西，认为这样在楼梯起火时，可以从窗户逃出去。"

"这卷绳子给凶手们提供了很大的便利。"福尔摩斯若有所思地说道，"到现在，事实已经很明朗了，如果到下午我还不能告诉你们发案的原因，我认为这是不应该的。我要带走壁炉台上这张布莱星顿的照片，在调查中我需要它。"

"可是你没有跟我们讲什么啊！"医生叫道。

"哦，事情发生的前后经过确定无疑。"福尔摩斯说道，"凶手共有三个人，其中一个是年轻人，一个是老人，还有一个我不能确定其身份。那个老人和那个年轻人应该就是那个假俄罗斯贵族以及假装他儿子的人，所以我们能够全面而准确地描述他们。他们是被这所房子里的一个同伙放进来的。假如允许我给你提建议，警长先生，那请你马上逮捕那个小仆人，据我所知，他只是最近几天才到你这儿当仆人的，是不是这样，医生？"

"可是那个小仆人已经找不到了。"特里维廉说道，"就在刚才女仆和厨师还在找他呢。"

福尔摩斯听了耸了耸肩。

"这个仆人在这个案件中起到了很关键的作用。"福尔摩斯说道，"这三个人是踮着脚上楼的，走在最前面的是那个老人，跟在他后面的是那个年轻人，那个不明身份的走在最后……"

"哦，你真棒！我亲爱的朋友！"我突然喊道。

"哦，哪里，他们的脚印重叠，虽然不能看得很清楚，但是我还是可以辨认出他们昨天晚上各自的脚印。后来，他们上了楼来到布莱星顿的门前，却发现房门从里面锁上了，于是他们利用一根金属丝去撬动门锁。甚至不用放大镜，你们都可以从门锁上钥匙插孔处留下的痕迹看出他们曾使用过这种方法。

"成功撬开门锁后，他们进入房间，首先塞住布莱星顿先生的嘴。他也许已经睡着了，也可能被吓得魂不附体了，喊不出声来。这房间四壁坚厚，可以猜到，即使他有时间尖叫一两声，估计别人也不会听到。

"控制住布莱星顿后，我可以确信他们就此事商量了一番，可能是在指责布莱星顿该遭到报应了。这一定持续了相当长的一段时间，因为他们吸了这几支雪茄烟。老人坐在那张柳条椅子上，正是他用雪茄烟嘴吸的烟。而那个年轻人坐在远处，往五斗橱的内箱弹了烟灰。那个不明身份的人在室内来回地走。我推测，此时布莱星顿应该直挺挺地坐在床上，不过对这一点我还不能完全肯定。

"情况基本就是这样了，最后，他们将布莱星顿抱了起来，并把他吊起来。我判断他们为做这件事情做了很细致的安排，我认为他们随身带来了某种滑轮用作绞刑架。我还猜测，那把螺丝起子和那些螺丝钉就是用来安装滑轮的，可是，当他们发现屋顶的吊钩时，因此省了一系列麻烦。做完这一切后，他们就逃离了现场。他们的同伙在他们离去后将门锁上了。"

我们都是抱着极大的好奇心听福尔摩斯讲述昨晚这个房间发生的事情，这些事情都是他根据细微的迹象推导出来的，真是不可思议，当他给我们讲述这些时，我们的思维甚至无法跟上他的推理。在讲述完后，警长急忙跑去查找那个仆人，而我和我的朋友则返回贝克街吃早餐。

"三点钟我会回来。"我们吃完早餐餐后，福尔摩斯说道，"届时警长和医生将到这里来见我，我希望到那时，这个案子所有的疑点都能够变得一清二楚。"

在约定的时间，我们的客人如约而来，可福尔摩斯在四点差一刻才出现。然而，他一进门，我就从他的表情上看出，他此行一定进行得很顺利。

"有什么消息要告诉我，警长先生？"

"我们已经把那个仆人抓住了，福尔摩斯先生。"

"棒极了，那几个人我也抓住了。"

"什么，你抓住了他们？！"我们几乎一起惊讶地喊道。

"嗯，至少我已经搞清楚了他们的身份。正如我所料想的，那个所谓的布莱星顿在警察总署是挂了名的，他的三个谋杀者同他一样也是榜上有名，他们的名字分别是比德尔、海沃德和莫法特。"

"是抢劫沃辛顿银行的那几个人！"警长大声说道。

"嗯，不错，就是他们。"福尔摩斯说道。

"哦，那这么说，布莱星顿一定是萨顿了。"

"完全正确。"福尔摩斯说道。

"哦，这就清楚了。"警长说道。

只有我和特里维廉你看看我，我看看你，不得其解。

"沃辛顿银行大劫案想必各位没有忘记吧。"福尔摩斯说道，"案中一共有五个人，除了这四个人外，还有一个叫作卡特赖特的人。那起大劫案发生在1875年，在这次事件中银行看管员托宾被人杀死，银行失窃七千英镑。案发后，他们五个人全部被捕，不过由于证据不足，没有能够定案。后来，这五人中叫萨顿的那个人，也就是现在的布莱星顿，告发了他的同伙。正是由于他的证词，卡特赖特被判处绞刑，其他三个人被判刑十五年。就在前几天他们获准提前释放，完全可以猜想，他们发誓要找到叛徒并处死他，为死去的同伙报仇。他们曾两次设法找到他，但都无功而返，第三次，你们看，这一次终于成功了。特里维廉医生，我是不是已经解释得很清楚了，还需要再解释吗？"

"我想你已经将这件事说得很透彻了。"特里维廉医生说道，"显而易见，他紧张不安的那天，正是他在报纸上看到他的同伙获释消息的那天。"

"一点儿不错，他说什么窃贼入室盗窃，完全是在胡扯。"

"不过他为什么不把这件事跟你坦白呢？"

"啊，我亲爱的朋友，他非常清楚他的那些同伙有多么想杀他报仇，于是尽力向所有人隐瞒自己的身份。他的秘密是令人不齿的，他自己当然不想将它泄露出去。不过，尽管他很无耻，却依然受到英国法律的保护。警长，我十分确信，你可以看到，尽管法律没有起到保护作用，但是那把正义的剑还是会替他报仇的。"

上面所述的就是关于那个住院病人和布鲁克街医生的奇特案件。从那天夜晚起，警察失去了那三个凶手的任何消息。据苏格兰场推测，他们可能乘坐那艘"诺拉克列依那"号汽船逃跑了。可不幸的是，那艘船几年前在葡萄牙海岸距波尔图北部数十海里的地方沉没，没有一个人幸存下来。对那个仆人的起诉，由于证据不足，最后被放弃了，这件被称为布鲁克街疑案的案件，直到现在还没有在任何报纸上详细报道过。

九　希腊语译员的奇遇

在我和我的朋友福尔摩斯长时间的亲密来往中，他从来没有跟我提起过他的亲属，也很少谈起他自己早年的生活。他的沉默寡言让我感觉到他是个有点不近人情的人，甚至有时我把他看作一个孤傲的奇才，一个虽然拥有高智商，但却缺少丰富感情的人，尽管有着让人艳羡的智力，但缺乏人类的同情心。他对女色不屑一顾，也不喜欢交友，这些都是他性格冷漠的典型特征，最令人接受不了的是，他对家人只字不提，由此我一直认为他是一个孤儿，没有在世的亲属了。可是有一天，他竟然跟我说起他的哥哥来了，这自然让我感到非常惊讶。

一个夏日的傍晚，吃过晚饭后无事可做，我们便漫无边际地聊起天来，从高尔夫球俱乐部到黄赤交角形成的原因，最后谈到返祖现象的遗传适应性，讨论的重点是一个人的超凡才能来自遗传多少，来自自身早期所受的训练多少。

"以你为例，"我说道，"从你曾告诉过我的所有情况看来，我认为你的观察能力和特有的推理能力主要取决于你自身系统的训练。"

"一定程度上讲这种说法是正确的。"福尔摩斯沉思后回答道，"我的祖上是乡绅，他们过着与那个阶级的身份相符合的生活。不过，我的这种才能也有部分来自我的遗传，可能遗传自我的祖母，她是法国美术家吉尔内的妹妹。她血液中艺术天分奇妙地遗传给了我。"

"你如何确定那是遗传的呢？"

"很简单，因为我哥哥迈克罗夫特的推理能力就要强于我。"

这对我来说，算是一件很震惊的事。假如说在英国还有一个具有如此杰出才能的人，警署和公众怎能对他一无所知呢？因此，我试探着对我朋友说可能是你在谦虚，才认为你哥哥胜于你。没想到福尔摩斯对此付之一笑。

"我亲爱的朋友，"福尔摩斯说道，"有些人把谦虚列为美德，而我则不支持这种看法。逻辑学家认为，一切事物都应当客观准确地去看待，低估自己和夸大自己的才能都是有违真知的。因此，我说迈克罗夫特的观察力远超于我，你应该相信我说的是大实话。"

"你比你哥哥小几岁？"

"七岁。"

"可是他为什么没有出名呢？"

"哦，在他自己的圈内是很有名气的。"

"他的什么圈子？"

"嗯，比如说，在第欧根尼俱乐部里。"

我从来没有听说过这个俱乐部，我的表情肯定也表现了出来，所以夏洛克·福尔摩斯拿出手表看了看，说道："伦敦最古怪的俱乐部就是第欧根尼俱乐部，而迈克罗夫特是最古怪的人之一。他经常从下午四点四十五分到七点四十分待在第欧根尼俱乐部。现在是六点，假如你愿意在这美妙的夜晚出去转转，我很高兴带你去会一会这两个'古怪'。"

我们在五分钟以后，就来到了街上，向雷根斯圆形广场走去。"你一定想知道，"福尔摩斯说道，"迈克罗夫特为什么没有把这样的才能应用于侦探工作，事实上他是不可能干这行的。"

"不过我听你说……"

"我是说他在观察和推理方面要超过我。如果侦探这门艺术只是坐在扶手椅上推理的话，那我的哥哥肯定是超级一流的名侦探了，可是他既无做侦探工作的理想，也无做侦探工作的精力。他甚至不愿意花精力去验证自己所做的论断，而宁可被人认为是错误的。我常常向他求教某些问题，他所提供的解释后来证明都是正确的。可是，在一件案子提交给法官或陪审团之前，他是没有能力提供一些确凿证据的。"

"哦，这样，那侦探不是他的职业吧？"

"当然不是。他把我用以为生的侦探职业，仅仅当作一个业余爱好而已。他在数字方面有着超凡的能力，所以常在政府部门审计账目。迈克罗夫特在蓓尔美尔街居住，拐个弯就到了白厅。他每天走着去上班，早出晚归。一年之中，他没有其他活动，也从来不到其他的地方去，唯一的去处就是在他家对面的第欧根尼俱乐部。"

"我不知道有这个俱乐部。"

"你不知道是很正常的。伦敦有许多人，有的生性腼腆，有的愤世嫉俗，他们有一个共性就是不愿与他人交往，可是很喜欢坐着舒适的座椅，看最新的期刊。为了给这些人创造一个他们喜欢的环境，第欧根尼俱乐部便应运而生了，它的会员就是那些城里最孤僻和最不爱交际的人。会员们不许互相理会。除了在会客室，任何场合下谁和谁都不准交谈，假如违犯了这个规矩三次，引起俱乐部委员会的注意，那么谈话者就会被撤去会员资格。我哥哥是俱乐部的发起人之一，我自己也感觉那里确是一个舒适安宁、闲情逸致的好地方。"

我们一边走着一边聊着这些事，不知不觉间就来到了蓓尔美尔街。转过詹姆斯街头，我们一直朝前走下去。我的朋友在离卡尔顿大厅不远的一个门口停了下来，然后嘱咐我不要说话后才把我领进大厅。透过玻璃嵌板我发现有一间宽敞豪华的房间，里面有很多人各守一个角落独自坐着看报。福尔摩斯领我走进一间小屋，从这里可以看见蓓尔美尔街，然后他离开了一会儿，时间不长领回来一个人，我猜测那个人可能就是他哥哥。

迈克罗夫特·福尔摩斯比我的朋友要高大且结实得多。他的身体很肥胖，面部宽大，脸上带有几分我朋友特有的那种表情分明的特点。我发现他淡灰色的双眼闪现出一种与众不同的光彩，让人感觉他正在凝神沉思，这种神情我只在我朋友全神贯注时才看到过。

"见到你很高兴，先生，"他边说边伸出一只像海豹掌一样宽大肥胖的手来，"因为你帮助夏洛克作传，他才有了那么大的名气。哦，对了，夏洛克，我还希望上星期你来跟我商量那件庄园主住宅案呢。我想你是不是有些力不从心呢。"

"不是的，我已经把它解决了。"我的朋友笑着说道，"事情就是那个亚当斯干的。"

"嗯，事情应该是他干的。"

"刚开始我就持有这一观点。"

两个人一起在俱乐部的弓形窗旁坐了下来。

"无论是谁想要研究人类，这里都是个最好的地方。"迈克罗夫特说道，"看看这些极具代表性的人们吧，比如正向我们走来的那两个。"

"是那个弹子记分员及与他一起走的那个人吗？"

"不错，你如何看那个人？"

说到这里的时候，那两个人在窗户对面停了下来。我发现，其中一个人的马甲口袋上有粉笔痕迹，那是弹子戏的唯一标志。他身边的那个人瘦小黝黑，帽子戴在后脑门上，有几个小包被夹在腋下。

"我断定他的身份是老兵。"夏洛克说道。

"嗯，而且应该是最近退伍的老兵。"他哥哥说道。

"我判断，他曾在印度服役。"

"而且是一个没有被任命的军官。"

"我确信,他隶属于皇家炮兵队。"夏洛克说道。

"是一个鳏夫。"

"可是他有一个孩子。"

"有几个孩子,我亲爱的弟弟,你认为他有几个孩子?"

"好了,"我笑着说,"你们的推断,在我看来,有些不可思议了。"

"这并不难,"夏洛克答道,"不难猜测到那个表情威严、皮肤晒得黝黑的人是一个军人,但不是一个普通的士兵,应该不久前刚从印度返回。"

"他脚上穿着一双他们所谓的炮兵靴子,这一点能够说明他从部队退役没有多长时间。"迈克罗夫特说道。

"他走路的姿势不像骑兵,而且还经常歪戴着帽子,这一点可以从他一侧眼眉上边较浅的皮肤颜色看得出来。同时,他的体重跟部队对工兵的要求不相符,因此他应该是个炮兵。"

"还有,他看上去很伤心,这说明有一个他很爱的人离去了。他在自己买东西,看上去那个他很爱的人就是他的妻子。你瞧,他在给孩子们买东西。买的东西是一个拨浪鼓,这说明他的孩子中有一个年龄不大。他妻子或许是在产后去世的。他腋下夹着一本小人书,这说明他还有另外一个孩子。"

直到这时我终于理解了为什么我的朋友说他哥哥的观察力要超过他。夏洛克看了我一眼,然后轻轻一笑。迈克罗夫特从一个龟壳盒子里取出鼻烟,用一块大红丝巾把散落在衣襟上的烟末拂去。

"顺便说一句,夏洛克,"迈克罗夫特说道,"有件事情很符合你的情趣,我手上有一个十分怪诞的问题需要处理,但我实在缺乏精力和耐心将它查个清楚,不过我已经掌握了一些进行合理推测的根据。假如你很乐意了解这些情况……"

"我亲爱的迈克罗夫特,我自然很乐意。"

迈克罗夫特在一个小笔记本上撕下一页纸,在上面草草写了一些字,然后按响了召唤铃,侍者进来拿走了这个便条。"我已经叫人把梅拉斯先生请到这里来。"迈克罗夫特说道，"他就住在我楼上面，我们之间很熟络，他在遇到迷惑不解的问题时，总来找我。据我所知，梅拉斯先生有着希腊血统，而且精通多门语言，是个'语言通'。他的生活收入来源，一部分是靠在法院当译员，一部分是靠给那些住在诺森伯兰街旅馆的富裕的东方人做向导。我认为让他自己把他的奇怪遭遇讲给你们听更好些。"

大约几分钟之后，一个矮小但却壮实的人走了进来，虽然他说起话来很像是一个受过教育的英国人，但那橄榄色的脸庞和乌黑的头发却证明了他是南方人。来人很热情地同夏洛克·福尔摩斯握手。当他听说福尔摩斯十分愿意听他的奇遇时，他那双黑色的眼睛闪烁出喜悦的光芒。"我认为即使是警察也未必会相信我所说的话。"他痛苦地说道，"因为那是他们以前闻所未闻过的事，所以他们认为根本不会存在这样的事，但是我知道，如果我搞不清那个脸上贴橡皮膏的可怜的人结局如何样，我是无法安心的。"

"我非常愿意倾听。"夏洛克·福尔摩斯说道。

"现在是星期三晚上。"梅拉斯先生说道，"我要说的这件事就发生在星期一晚上，也就是两天之前的事。可能我的邻居已经把情况跟你们介绍了，我是一个译员，能翻译所有语言——或者说几乎所有语言——不过由于我出生在希腊，而且取的也是希腊名字，所以我主要是翻译希腊语。许多年来，我在伦敦希腊译员中非常有名，我的名字早为各家旅馆所知晓。

"外国人遇到了难题，或是游客到达得太晚，在这些不寻常的时候我常常被请去做翻译。正因为如此，在星期一晚上，一位穿着时尚的年轻人拉蒂默先生来到我家中，要我陪他乘坐等候在门口的一辆马车外出时，我没有感到惊讶。他说，有一位希腊朋友有事情来到他家，他自己除了本国语外，对任何外语都一窍不通，因此非得请位译员帮忙。他告诉我他家离这里还有一段路程，住在肯辛顿，而且他看上去很是急迫，我们一来到街上，他就一把将我推进马车内。

"我被推进马车中后，立刻对这马车产生了怀疑，那辆马车要比伦敦那种寒酸的普通四轮马车宽敞些，虽然里面的陈设有些旧了，但看上去依然很考究。拉蒂默先生坐在我对面。马车穿过查林十字路口，又径直穿过沙夫茨伯里大道，来到了牛津大街，就在我想说从这儿到肯辛顿有些绕远了，却被我同车人奇怪的举动打断了。

"他从怀中抽出一根样子吓人、灌了铅的大头短棒，前后舞动了几下，好像是在测试它的重量和威力，之后没说什么而是把它放在身旁的座位上，接着又关上了两侧的玻璃窗。让我震惊的是，窗玻璃上都蒙着纸，我无法透过玻璃看到外面的情况。

"'不好意思，挡住你的视线了，梅拉斯先生。'他说道，'因为我不希望你看到我们要去的地方。假如你能原路返回，我想那对我是不太有利的。'

"你们完全可以想象到，听了这话我十分吃惊。我这个同车人是个很壮实的年轻家伙，即使没有武器，争斗中我也绝无可能打得过他。

"'这是一种很让人费解的行为，拉蒂默先生，'我有些紧张地说道，'你应该明白，你的所作所为完全是违法的。'

"'显而易见，这样是有些失礼的，'他说道，'但是我们会为此给你补偿的，不过，我必须警告你，梅拉斯先生，今晚无论什么时候，只要你试图报警或做出任何对我不利的事，你都将使自己处于危险中。请你记住，现在没有一个人知道你在哪儿，所以，不论在这辆马车里还是在我家中，你是逃不出我的手心的。'

"他说话时语气平静，可是话音刺耳，恐吓意味十足。我静静地坐着，琢磨对方因为什么要用这种特别的办法来绑架我。可以看得出来，无论发生什么，抵抗对我来说意义不大，只能坐以待毙了。

"大概走了约两个小时，我对要去的地方一无所知。有时能够听见马车轧在石子上的声音，说明马车行驶在石路上，有时又平稳无声，说明行驶在柏油路上。除了这些声音的变化外，我对外面的变化一无所知，我不知道我们现在行至何处。窗纸遮住了亮光，一块蓝色的窗帘挡住了前面的玻璃。我们离开蓓尔美尔街的时间是七点差一刻，到九点差十分马车才最终停了下来。拉蒂默先生拿走了窗玻璃的障碍物。通过玻璃我发现了一个低矮的拱形门洞，上面挂着一盏灯，灯亮着。当我匆忙从马车上下来时，门打开了，我来到了房间里，模糊中感觉进来时看到过一片草坪，两旁长满树木。我无法确认，这是私人庭院还是真正的乡下。

　　"一盏彩色的煤油灯在大厅里摇曳生辉，我只看到房子很大，里面挂着几幅画，其他还有什么东西我看不清。在暗淡的灯光下，我可以看出给我们开门的人是一个身材矮小、相貌凶恶、粗壮结实的中年男子。当他转向我们时，借着灯光，这时我才看出他戴着眼镜。

　　"'是梅拉斯先生吗，哈罗德？'他问道。

　　"'不错。'

　　"'不错，真不错！梅拉斯先生，我们没有恶意，可是没有你，我们就成不了事。假如你很配合的话，你是不会后悔的，可是假如你要心怀不轨，那就只有上帝能帮助你了！'他紧张局促、断断续续地说道，话间夹杂着咯咯的干笑，不知道出于什么原因，他给我的印象比那个年轻人更可怕。

　　"'你想让我做什么事？'我问道。

　　"'只是向那位拜访我们的希腊绅士问几个问题，并保证我们有所收获。不过我们叫你说什么你就说什么，不要多说，要不然……'接着又是一阵紧张的咯咯的干笑，'要不然，你会后悔来到这个世界。'

　　"他一边说着这话，一边把门打开，把我领进一间屋子，屋中陈设非常豪华，但是室内光线却是由一盏拧得很小的灯发出的。这个房间很宽敞，我进屋时双脚所踩的地毯很厚很软，说明它很高级。我发现屋子里有一些丝绒面椅子，一个高大的大理石白壁炉台，一旁好像有一副日本盔甲。一把椅子被安放在灯的下面，那个中年男人示意我坐下。那个年轻人走了出去，随后又突然从另一道门回来，他领进一个穿着宽大睡衣的人，那个人慢慢地向我们走过来。直到他来到暗淡的灯光之下，我才将他看得比较清楚，看清楚之后我顿时毛骨悚然。他面色苍白，十分憔悴，两只眼睛明亮却凸出，这说明他极度虚弱，但却精神非常亢奋。除了身体瘦弱之外，他脸上还乱贴着一些奇形怪状的橡皮膏，嘴巴也用一大块橡皮膏贴住了，这让我更加感到匪夷所思。

　　"'你把石板拿来了吗，哈罗德？'在那个怪人瘫软在而不是坐在椅子中时，那个中年男人立刻大声喊道，'将他的手松开，给他一支笔。请

向他提问，梅拉斯先生，让他把回答写下来。第一个问题问他，他是不是打算在文件上签字？'

"那个人愤怒地瞪着双眼。

"'不！'他在石板上用希腊文写道。

"'还能再商量吗？'我按照那可恶中年男人的意思问道。

"'除非我亲眼看到她在我认识的希腊牧师作证下结婚，此外别无选择。'

"那个中年男人恶毒地狞笑着。

"'这么固执，你知道你这样做后果是什么吗？'

"'我什么都不在乎。'

"我们之间就通过这种半说半写的方式交流着，我在迫使下一遍遍地问他是否妥协，能不能在文件上签字，但每一次都得到同样愤怒的回答。这种情况下，我很快有了一个奇妙的想法。我在每次问话时加上一点自己要问的话，刚开始问一些没有多大关系的话，想试探一下旁边那两个家伙是否能听懂。后来，我发现他们对此没有什么反应，于是我玩起了一个更为大胆的游戏。我们的谈话大致是这样的：

"'你这样固执对你只会有害无益。你是谁？'

"'无所谓，我不在乎。我在伦敦谁也不认识。'

"'你的命运完全控制在你自己的手中。你在这里多久了？'

"'随意吧。大约三个星期了。'

"'你将永远失去这些财产了。他们如何折磨你？'

"'财产永远不会落到你们这帮家伙手里。他们饿着我。'

"'假如你签字，你就能从此地离开。这是什么地方？'

"'我不会签字的。我不知道。'

"'你什么都没有帮助过她。你叫什么名字？'

"'我想听她也这样跟我说。克莱蒂特。'

"'假如你肯签字，那你就可以见到她。你从哪儿到这儿的？'

"'那我只好永远不见她了。雅典。'

"福尔摩斯先生，如果再给我五分钟我就可以在他们眼前把这件诡异的事情弄明白。再问一个问题就有可能把这件事的内幕搞清，但就在那时，房门突然打开了，一个女人走进了房间。我没有看清她的样子，只感觉她身材修长，有一头乌黑的头发，穿着宽松的白色睡衣。

"'哈罗德，'她用不标准的英语说道，'我再也无法忍受下去了。这里太寂寞了，只有……啊，上帝呀，这不是保罗吗？！'

"最后的几句话她是用希腊语说的，差不多同一时刻，那个怪人奋力撕下贴在嘴上的橡皮膏，高声叫喊道：'索菲！索菲！'然后扑到女人的怀里。可是，他们仅仅相拥了片刻，那个年轻的家伙便抓住那女人，并将她推出门去。而那个中年男人则轻松地按住那消瘦的怪人，把他从另一道门拖了出去。这个时候只有我还在这个房间内，我猛地站起来，潜意识里想用某种途径获得一些线索，看看我当时在什么地方。然而，幸好我还没有采取行动，因为我很快发现那个凶恶的中年男人正站在门口，盯着我看。

"'好了，梅拉斯先生，'他说道，'你看你已经帮助我们完成了此事。原本我们是不该烦劳你的，我们有位懂得希腊语的朋友，最开始的时候他帮助我们跟对方谈判，但他因急事回东方去了，我们急切需要找个人替代他，听说你有很高的翻译水平，就找了你，我们感到很幸运。'

"我只是点了点头。

"'这是五英镑，'他边说边向我走过来，'我认为这足够作为你的报酬了。不过请记住，'他轻轻地捶了捶我的胸膛，狞笑着说道，'请对此事保密，假如你告诉了其他人——当心，只要对一个人讲了——那就让上帝帮助拯救你的灵魂吧！'

"我无法准确描述我对那个卑鄙的家伙有多么厌恶和恐惧。现在他正处于灯光下，我看他更清楚了。他面色蜡黄，显得异常憔悴，嘴唇上一小撮胡须又细又稀，说话时把脸伸向前面，嘴唇和眼睑不断抽搐，那样子与一个舞蹈病患者没什么两样。我不由自主想到他时断时续的干笑声也是一种神经病的症状。不过，他面目最可怖的地方还在于他那双眼睛，铁青发灰，而且深处还闪烁着无情、恶毒和凶狠的光。

"'假如你把这事讲给其他人，我们会知道的。'他说，'我们自有

办法知道这件事。现在有辆马车在外面等你，我的伙伴送你回去。'

"听了这话我急急忙忙出了前厅坐上马车，又瞥了一眼树木和花园，拉蒂默先生在我后面紧跟着。马车上他坐在我的对面，默默无语。一路上我们没有交流，马车行驶了一段漫长的路程，车窗依然被挡着，直到半夜，马车才最后停住。

"'好了，请下车吧，梅拉斯先生。'那个年轻人说道，'很抱歉，这里距离你家还有很长的距离，可是没有别的办法啊。假如你想跟踪我们的马车，那结果只能对你自己不利。'

"他边说边打开车门，而我刚跳下车，马车便疾驶而去。我紧张地四下张望，发现我置身荒野，四下是黑乎乎的荆豆丛。远处闪现一排房屋，门窗上闪着点点亮光；另一边是铁路的红色信号灯。

"这时，载我来此的那辆马车已经不见影子了。我站在那里继续四下凝望，想知道究竟身在何地，就在这时，我看到有人在黑暗中向我走来。等他越走越近到我面前，我才看出他是一个铁路搬运工。

"'请问，这里是哪里？'我问道。

"'这是旺兹沃思荒地。'他说道。

"'哦，那这里有进城的火车吗？'

"'你走大概一英里就会到克拉彭枢纽站，'他说道，'你正好可以赶上去维多利亚车站的末班车。'

"我的历险过程结束了。福尔摩斯先生，我所知道的情况就是我刚才所讲的这些，除此之外，我既不知自己去的什么地方，也不知自己与何人谈话，总之其他情况我毫不知晓，但是我知道那里正进行着一个肮脏的勾当。假如有能力的话，我想帮助那个不幸的人。第二天早晨，我把整个事情讲给了迈克罗夫特·福尔摩斯先生听，随后就报了警。"

我们听完这个离奇的故事后，沉默了一会儿。我的朋友看了看他哥哥。

"有没有采取措施？"我朋友问道。

迈克罗夫特从他旁边的桌上拿起一张《每日新闻》，上面写道：

有一来自雅典的希腊绅士，名叫保罗·文莱蒂特，不懂英语；另有一希腊女子，名叫索菲；两人均已失踪，如果有知情者告知，将予以重谢。
X二四七三号。

"各家报纸都登载了这条广告，不过还没有任何回信。"迈克罗夫特说道。

"希腊使馆了解此事吗？"

"我问过了，他们对此一无所知。"

"既然这样，那给雅典警察总部发个电报吧。"

"在我们家夏洛克家精力最充沛。"迈克罗夫特转身对我说道，"好，你一定要想办法把这个案子查清，如果有什么好消息，马上通知我。"

"嗯，好的。"福尔摩斯从椅子上站起身来说道，"我一定通知你和梅拉斯先生的。梅拉斯先生，在这个时期内，如果我是你，我一定要保持高度警惕，因为看到这些广告，他们一定知道是你把他们的秘密泄露出去的。"

在我们一起走着回家的路上，福尔摩斯在一家电报局发了几封电报。

他说："你看，华生，我们今晚没有白来一趟。我经办过的一些有价值的案子就是这样通过迈克罗夫特转到我手中的。刚才我们听到的那件事，虽然它只能有一种解释，但仍具有它与众不同的特征。"

"这件案子你有把握解决吗？"

"啊，我们已经掌握了这么多情况，假如还不能解决它，那才叫奇怪呢。你自己也肯定就我们刚才听到的那些情况有一些自己的判断吧？"

"不错，不过还不成熟。"

"不妨说出来。"

"我猜想，那位希腊姑娘肯定是由那个名叫哈罗德·拉蒂默的英国青年拐骗而来的。"

"从哪儿拐骗来的？"

"可能是从雅典拐骗而来。"

夏洛克·福尔摩斯摇了一下头，说道："不要忘记那个年轻人连一句希腊话也不会讲，而那个女子却能讲很好的英语，所以可以推断那个女子已经在英国待了一段时间，而那个年轻人却可能没有去过希腊。"

"嗯，不错，那么，我们假设那个女子是到英国旅游的，是那个哈罗德劝她和自己一起逃走的。"

"这个原因是有可能的。"

"于是她的哥哥——我想他们一定有关系——从希腊前来阻止，却大意落到那年轻人和他的同伙手中。为了谋取到那个姑娘的钱财，这两个家伙设计控制住她的哥哥，对他使用武力，想让他在一些文件上签字。她的哥哥可能是这笔钱财的管理人，他严词拒绝在文件上签字。为了交流，那个年轻人和他的同伙找了一个译员，但是最终还是选中了梅拉斯先生。那个姑娘并不知道他哥哥在这里，纯粹是出于偶然才得知的。"

"完全正确，华生。"福尔摩斯高声说道，"我认为你刚才的推论距离事实已经不远了。你看，我们已经占尽优势，只担心他们突然使用暴力。只要给我们时间调查，我们就一定能将他们捉拿归案。"

"不过我们如何才能把那个住宅的地点查到呢？"

"哦，假定我们的推测没有走偏的话，而且那个姑娘目前或过去的名字叫索菲·克莱蒂特，那我们找到她应该不是件很难的事。这是我们的主要希望，毕竟她的哥哥初来乍到，人生地疏。显而易见，哈罗德与那姑娘搭上关系应该有一段时间了——少说有几个星期了，因为她在希腊的哥哥听到消息并赶了过来。假如他们在这段时间始终住在同一个地方，那就可能有人对我哥哥的广告给予回应。"

我们一边走一边谈论此事，不知不觉回到了贝克街寓所。福尔摩斯先上了楼，打开房门，我感觉他好像震惊了一下。我从他肩上望过去，同样也有些吃惊，因为他的哥哥迈克罗夫特正坐在扶手椅中吸烟呢。

"进来，夏洛克。请进，先生，"迈克罗夫特亲切地说道，看得出来他对我们惊讶的面孔感到有些好笑，"你们是不是没有想到我怎么会有这样的精力，夏洛克？但是不知为什么我被这件案子吸引了。"

"你是如何到达这里的？"

"我坐双轮马车过来的，所以超过了你们。"

"有什么新情况吗？"

"我的广告有回音了。"

"什么！"

"是这样的，你们仅仅离开几分钟就有回音了。"

"上面怎么说？"

迈克罗夫特·福尔摩斯拿出一张纸来。

"就是这个了，"他说道，"这是一个中年人拖着虚弱的身躯，用宽尖钢笔在淡黄色的纸上写的一封信：

先生：我来回复你所问的问题，请你相信我确切知道你所寻找的那位女士的下落，如果你愿意来我这儿，我将提供一些有关她悲惨经历的详情。她现在住在贝克纳姆的默特尔兹。

你忠实的 J. 达文波特

"这封信是从下布里克斯顿发出来的。"迈克罗夫特·福尔摩斯说道，"夏洛克，你认为我们现在有没有必要乘车去写信人那里了解一下情况？"

"我亲爱的哥哥，救那个姑娘的哥哥的性命比了解她的情况要紧迫得多。我想我们首先应到苏格兰场会同警长葛莱森直接到贝克纳姆去。要知道，那人的性命正处于极度危险中，时间宝贵啊！"

"而且还要把梅拉斯先生一同带去，"我建议道，"我们可能需要一个翻译。"

"不错，"夏洛克·福尔摩斯说道，"叫听差赶快去找辆四轮马车，我们要马上动身。"他说话时，拉开桌子的抽屉，我发现他把一只手枪塞到衣袋里。

"应该有此防备，"他见我正在看他，便说道，"根据我们所掌握的情况看，我确定我们正在对付一个非常危险的匪帮。"

当我们赶到蓓尔美尔街梅拉斯先生的寓所时，天色已经暗了下来。我们得知一位绅士刚把梅拉斯先生请走了。

"你知道他到哪里去了吗？"迈克罗夫特·福尔摩斯问道。

"我不清楚，先生，"给我们开门的那个女人答道，"我只知道他和那位绅士乘坐一辆马车离开的。"

"那位绅士留下姓名了吗？"

"没有，先生。"

"他是不是一个年轻人，身材高大，面貌帅气，肤色黝黑？"

"哦，不是的，先生，他身材矮小，戴着眼镜，面容消瘦，性情很温和，因为他说话时一直在笑。"

"快点赶过去！"夏洛克·福尔摩斯突然喊道，"事情不妙。"

我们向苏格兰场赶去时，他说道："梅拉斯是被那几个家伙胁迫走的。从前晚的经历，他们知道梅拉斯是一个胆怯的人，因为那个恶棍一出现在他面前，就把他吓坏了。很明显，他们要他做翻译，不过，翻译完了，他可能会因泄露了消息而被他们杀害。"

我们原计划乘坐火车去，这样就可以尽快赶到贝克纳姆，或者说能赶上他们的马车。然而，我们到苏格兰场后，花了一个多小时才将葛莱森警长找到，然后办理了允许进入私宅的法律手续。十点差一刻的时候我们才来到伦敦桥，十点半钟来到了贝克纳姆火车站，又驱车半英里，终于到了默特尔兹——这是一所阴森森的大宅院，背靠着公路。在这儿，我们把马车打发走，然后沿着大路一起向前走去。

"窗户都是黝黑无光的，"警长说道，"这好像是一座被人离弃的庭院。"

"鸟儿飞了，鸟巢自然空了。"福尔摩斯说道。

"你为什么有这样的判断呢？"

"不到一个小时前，一辆满载行李的四轮马车离开了这里。"

警长笑了笑，问道："我在门灯的光照下看到了车辙，可这满载行李又是如何得知的呢？"

"你可能看到的是同一车子向另一方向驶去的车辙，可是这向外驶出的车辙却非常深，可以证明车子上装满了东西，我敢肯定这一点。"

"我不如你看得细致。"警长耸了耸肩，说道，"这扇门很结实，破门而入有一些难度，但是假如我们叫门没人应答，我们可以尝试一下。"

警长用力拍打门环，又不停地按铃，可是毫无动静。夏洛克·福尔摩斯走开了，几分钟后又返回来。"我已经将一扇窗户打开了。"夏洛克·福

162

尔摩斯说道。

"幸好你支持破门而入，福尔摩斯先生。"警长看见我的朋友灵巧地将窗闩拉开，说道，"好，我想在这种情况下，我们不邀而入是完全可以得到理解的。"

我们一个接一个地翻过窗户进入屋里，那是一间大屋子，这显然就是梅拉斯先生上次来过的地方。警长将一盏提灯点上，灯光的照耀下，我们看到了梅拉斯曾描述过的两扇门、窗帘、台灯和那副日本盔甲。桌上放着两个玻璃杯，还有一个白兰地空酒瓶以及一些残羹冷炙。

"听，什么声音？"夏洛克·福尔摩斯突然问道。

我们都停止动作仔细地听着。一阵低沉的呻吟从我们头上的某个地方传来。夏洛克·福尔摩斯反应很快，他快步跑上楼去，警长和我紧跟在他的后面，迈克罗夫特也尽快跟了过来。

在楼上，有三扇紧闭的门，声音隐约是从中间的那扇门传出来的，那声音有时低如呓语，又忽而高声哀嚎。门是锁着的，可是钥匙还留在外面。夏洛克·福尔摩斯快速将门打开并冲了进去，不过立刻又用手按着喉咙从里面退了出来。

"里面正烧炭，"夏洛克·福尔摩斯喊道，"等一会儿，毒气就会发散出去的。"

我们向屋里面看去，只见房间中央放着一个小三足铜鼎，上面闪着暗蓝色的火焰，火焰在地板上投射出一圈闪烁着有些诡异的青灰色光芒，在旁边的暗影中有两个身影不是很清晰的身躯蜷缩在墙边。门打开后，从屋里冒出一股可怕的毒气，使得我们透不过气来，连连咳嗽。夏洛克·福尔摩斯跑到楼顶呼吸一口新鲜空气后，又冲进室内，迅速把窗户打开，然后把三足铜鼎用力扔到花园里。

"再等一会儿，我们就可以进去了。"夏洛克·福尔摩斯又飞快地从屋内跑出来，气喘吁吁地说道，"快把蜡烛点上，我怀疑在这样的环境里划不着火柴。哥哥，现在你在门口拿着蜡烛，我们进去把他们救出来！"

我们飞速来到那两个中毒人的身旁，然后迅速把他们拖到灯光明亮的前厅。此时这两个人都已经嘴唇发青，面部肿胀，眼睛向外凸出，失去了意识。他们的容貌已经严重变形了，如果不是那黑胡子和肥胖的身躯，我们很难辨认出其中一位就是那个希腊译员，几个小时前他才在第欧根尼俱乐部和我们分开。他的手和脚被人牢牢地捆绑在一起，看得出来一只眼睛也遭受了毒打。另一个人也被捆绑着，他有着很高的身躯，不过面容已消瘦得不成样子了，而且脸上还横七竖八地贴着一些橡皮膏。当我们把他放下时，他已经没有了呼吸，我看了一眼，对他而言，我们的救助已经没有了任何意义。不过，梅拉斯先生还活着，我们使用了氨水和白兰地酒，大约一小时，我高兴地看到他睁开了眼睛，我知道我们已经把他从死亡线上拉了回来。

梅拉斯把不久前发生的事简单地向我们讲述了一遍，证实了我们的推断没有走偏。那个去拜访他的人，进屋以后，拿出一根护身棒，威胁他要立即弄死他，胆怯的梅拉斯再次受威胁被强迫跟着离开。

的确，那个喜欢奸笑的恶魔对这位精通数门语言的"语言通"来说有着不可抗拒的威力，他被对方吓得双手颤抖，面色苍白，一句话也说不出来。他被快速地带到贝克纳姆，在第二次谈话中给他们当翻译员，而且这一次比上一次更富戏剧性。在这一次谈判中，那两个英国人威胁那个被他们囚禁的人，声称假如不配合他们的话，就立即把他处死。最终，见他面对所有的威逼利诱都毫不退让，只好把他重新扔回囚室。之后，他们怒斥梅拉斯的叛逆行为，说他在报上刊登广告将他们的秘密泄露出去，怒斥之后用棒子将译员打昏过去，译员就此一直不省人事，直到我们将他救醒为止。

上述就是那件希腊译员奇案，至今还有些问题没有得到很好的解决。我们只能从给我们回信的那位绅士处了解到，那位不幸的年轻女子来自于一个富贵的希腊家庭，她本来是到英国拜访朋友的。在英国，她遇到一个名叫哈罗德·拉蒂默的年轻人，并被这个人所控制，后来她和这个年轻人私奔。她的朋友对此事感到十分不解，于是急忙通知她在雅典的哥哥。她哥哥接到消息后急忙来到英国，却大意落到拉蒂默和他那个叫威尔逊·肯普的同伙手中。

肯普是一个臭名昭著的恶魔。那两个人发现他语言不通，就把他囚禁起来，用毒打和饥饿的方式威逼他签字，目的就是为了夺得他和他妹妹的财产。他们把他囚禁在宅院内，而那个年轻的姑娘对此毫不知情，为了让姑娘哪怕看到哥哥也不能够将其认出来，他们在他脸上贴了许多橡皮膏。然而，就在梅拉斯先生充当翻译员的时候，女性的特有感觉让她一见到哥哥便认出来了。不过，这可怜的姑娘自己也是失去自由的人。在这所宅院里，除了那马车夫夫妇之外再无别人，而马车夫夫妇也是那两个恶魔的帮凶。后来两个家伙见秘密已被泄露出去，又因为被囚禁的人不肯就范，于是就带着那个姑娘在几个小时内逃离了那所花钱租赁的宅院。离开之前，他们要报复那个反抗他们的人以及那个将他们秘密泄露出去的人。

大约几个月后，我们收到从布达佩斯报上剪下来的一段新闻，新闻内容是说两个英国人携一外国女性同行，途中遭遇意外之祸，两个男人都被刺死。匈牙利警方认为他们之间因争吵而相互残杀。但是，夏洛克·福尔摩斯却不认同这种说法，直到今天他还一直坚持认为，假如谁能找到那位希腊姑娘，谁就会弄清楚她是如何为自己和哥哥一雪耻辱的。

十　失踪的"海军协定"

我结婚当年的7月，至今令人难忘。我荣幸地与夏洛克·福尔摩斯一起侦破了三个案件，办案的过程中，我了解了他的办案思路和侦查行动。"第二处血迹"、失踪的"海军协定"、"疲惫的船长"三个案件全部记录在我的笔记本上。"第二处血迹"事关皇室家族的纠葛和利益，许多年后也不能公开。然而，在这个案件中，福尔摩斯先生所表现出的杰出的分析能力，是之前所没有展现过的，确实让人叹为观止！我详细地记录了福尔摩斯先生与巴黎警局迪布戈先生和丹齐格的著名专家弗里茨·冯沃尔鲍的谈话。谈话中，福尔摩斯先生把真实的案情描述得丝丝入扣，迪布戈先生和弗里茨·冯沃尔鲍专家得知自己白白浪费了很多精力，得来的全是一些没有什么大用处的细微末节！

"第二处血迹"案情的公布可能要等到下个世纪了，我干脆讲一讲失踪的"海军协定"吧。失踪的"海军协定"事关国家的利益，其中一些事件赋予了它不同寻常的特征，令人关注。

珀西·费尔普斯是我学生时代交的一个亲密的伙伴。珀西和我年龄差不多，却比我高两级。他有着非同一般的聪明才智，学校所能给予的所有荣誉他几乎都获得过。他以优异的成绩毕业并获得了奖学金，并得以在剑桥大学继续他辉煌的学业。

在珀西还不大的时候，我们就把他和他那有着显赫地位的舅父联系在一起。他的舅父霍尔德赫斯特伯爵是一位举足轻重的保守党政客。但是有着赫赫威名的舅父并没有给珀西的学校生活带来有益的帮助，相反却成了我们取笑、捉弄他的理由。操场上我们用诸如铁环之类的东西撞击他的小腿等小把戏来戏耍小珀西，并把这种把戏当作一种快乐。然而，当珀西走入社会的时候，情况就发生了大变化。据我所知，珀西依靠自己过人的聪明才智和舅父的权势地位，毕业后在外交部取得了一份好差事。后来他在我的记忆里慢慢消失，直到有一天，一封来信才使我的脑海里又浮现出他的身影：

亲爱的华生：

我敢肯定，你一定还记得"小蝌蚪"费尔普斯吧，你读三年级时我读五年级。可能你也听说了借助我舅父非同一般的影响力，我在外交部谋得了一份让人仰慕和尊重的工作，但是，可怕的不幸悄然降临，把我的美好生活全部摧毁了。

在信中我并不想陈述那件可怕的事情，假如您能允许我的这个请求，到时候我一定会把详情告诉你们的。这几个星期以来，我一直受脑炎病痛的折磨，现在刚刚有些好转，可依然十分虚弱。我想你能否劝说你的朋友福尔摩斯先生到我这里来，我十分想听听他对这个案件的看法，虽然当局说不会有什么进展的。请求你尽快让你的朋友来见我！生活在这种可怕的悬疑中，我深受煎熬！本想及早请福尔摩斯先生帮忙，但自从被这场不幸击中后，我一直处于半昏迷状态。现在我比较清醒了，但是也不能过度用脑，要不然会导致我犯病，现在我依然很虚弱，所以只能请人代写。请你一定说动福尔摩斯先生来见我！

你的老同学珀西·费尔普斯

看完这封来信后，我的心似乎被一种东西紧紧抓住了，珀西那种对福尔摩斯先生的真诚请求深深地打动了我。虽然让福尔摩斯去做某件事并非易事，但我会努力说服的。再说福尔摩斯先生热爱他的侦探艺术，也随时愿意为他的当事人提供帮助。我的妻子也支持我将这件事告知福尔摩斯先生并说服他，于是早餐后一个小时我便出现在贝克街的老住处。

我的朋友正穿着一件睡衣，坐在靠墙的桌旁，神情认真地做着化学试验。本生灯闪烁着蓝色的火苗，不明液体在巨大的曲颈瓶中不停沸腾，蒸馏出的液体滴入两公升的容器里。我进入房间的时候，我的朋友只对我扫了一眼，可见他对手中的试验有多看重，我只好坐在椅子上等待。他用玻璃吸管从各个瓶中提取一些液体，然后拿出一个装有溶液的试管放在了桌上，同时右手又拿了张酸碱试纸。

福尔摩斯对我说："华生，你来得恰是时候，假如这试纸依然保持蓝色，则没有任何问题，但是假如变成红色，则会关系到一个人的性命！"他将试纸浸入试管的溶液中，试纸马上变暗，然后呈现出深红色。

"哼，果然如我所想！"福尔摩斯说道，"我马上听你说你的事情，华生，那边波斯拖鞋里有烟叶，自己去拿。"他回到桌前，急急忙忙地写了几份电报，然后将它们交给了听差。这才坐到对面的椅子上，膝盖弯曲，双手抱着细长的小腿。

"这是一起十分普通的凶杀案。"福尔摩斯说道，"我认为你一定给我带来了有趣的案子，因为你总是有一些棘手的案子，是这样吧？"

我没说什么而是将那封信递了过去，他认真仔细地读着。

"信中没告诉我们多少线索啊。"他一边说一边把信还给了我。

"嗯，几乎没有。"

"但笔迹很有趣。"

"哦，信不是他自己写的。"

"当然了，是位女士写的。"

"不会的，应该是男士写的！"我叫道。

"不，肯定是一位女士写的，而且是一位性格不凡的女士写的。从目前来看，我们能够了解到当事人和一位与众不同的女士有着很密切的关系，不管她是好是坏，反正这个案件已经勾起了我的好奇心，假如你准备好了，我们马上就赶往沃金，去会一下这位身陷困境的外交家和代他写信的女士。"

我们来得正好，恰恰赶上了滑铁卢火车站的一列早班车。一个小时后，我们就赶到了冷杉树和石楠花相互掩映的沃金。从火车站走几分钟就到达了布里尔布雷大宅。一处孤零零的大宅院坐落在一片宽阔的土地上，四周十分开阔。我们把名片递上后，被带到一间装饰得很典雅的客厅，几分钟之后，一位有点儿发胖的男子态度和蔼地接待了我们。这位男子看上去三十多岁，但他那红润的脸颊和炯炯有神的双眼让我们感觉到他依然还处在那个令人艳羡的青春岁月里。

在与我们握手时，他明显表现出异常激动的神情。"你们能来真让我感到高兴，"他说，"珀西整个上午都在问你们是否来了。唉，可怜的家伙，每一根稻草都不肯放过！我受他父母之命过来接待你们，一提起这事，他们可是无比的痛苦！"

"对于这件事我们还不知道具体情况呢，"福尔摩斯先生说道，"我想你不是这个家庭的成员吧？"

我们刚刚认识的这位朋友听了这话起初有些惊讶，不过往下看了看，笑了起来。

"你可能是看到了我项饰上的图案才有此判断的吧，刚才我还以为你有超能力呢。我叫约瑟夫·哈里森，我的妹妹安妮准备与珀西结婚，所以说我们算是有亲戚关系吧。现在我的妹妹就在珀西的房间，两个月来，她整日整夜辛辛苦苦地照顾着珀西。这就让我们进去吧，他在焦急地等待着你们。"

我们随着约瑟夫走进和客厅在同一楼层的房间，房间的装饰得有点儿像客厅，同时又不缺起居室的气息，屋内到处都是鲜花，摆放得很讲究。窗户是打开的，这样花园里花草的芳香和夏日清爽的空气就充盈了整个房间。靠近窗户的沙发上躺着一位年轻男子，他面色苍白，身体憔悴，一位女子坐在他的身边。当我们走进去的时候，她站了起来。

"珀西，我是不是需要回避一下？"她问道。

年轻男子拉住她的手，没让她离开。

"是你吗，华生？"他亲切地说，"留了小胡子，我几乎都不敢认你了，我想你不会骂我吧！哦，旁边那位肯定就是你的朋友，名扬四海的夏洛克·福尔摩斯先生！"

简单寒暄几句，我们便坐了下来。胖胖的约瑟夫转身出去了，他妹妹拉着珀西无力的手留在了屋里。她身材比较矮，而且有点儿胖，显得不很匀称，但她那橄榄色姣好的容貌，一双大大的黑色的意大利人眼睛，还有一头浓密的黑发十分吸引人。在她美好面容和肤色的映衬下，珀西的脸色更显得苍白憔悴。

"我不愿意浪费你们的时间，"珀西从沙发上支撑起来，"我就不客套直接说事情了。福尔摩斯先生，我一度是个快乐的人，也曾经获得一定的成就，可就在我结婚之前，一场可怕的不幸不约而至，把我的美好前程全都摧毁了。

"华生也许给您已经讲过，由于我舅父霍尔德赫斯特伯爵的关系，我在外交部谋取了一个重要的职位。舅父升任外交大臣之后，曾让我处理几项重要工作，我都很出色地完成了，之后，舅父对我的能力和才智给予了最大欣赏和认可。

"十个星期前，也就是 5 月 23 日，舅父把我叫到他的私人办公室，先是高度肯定了我的工作能力，然后告诉我有一项非常重要的任务让我去办理。

"他从办公桌里取出一卷纸张有点儿发灰的文件，对我说：'这个文件是英国和意大利签订的秘密协议原件，可是麻烦的是，现在媒体已经有所传言。这份文件事关重大，再也不允许有丝毫的信息泄露。法国和俄罗斯大使都想动用一切手段了解文件内容。如果不是急需一个备份，我肯定不会把它从我的办公桌里拿出来。哦，对了，你办公室有保险柜吗？'

"'有的。'

"'那好，把这份文件锁进保险柜。我命令你等办公室其他人离开了之后，你再亲手抄一份，避免别人看见只言片语。一定不要忘了把原件和手抄本都锁进保险柜，明天一早亲自交给我。'

"于是，我接过那份文件……"

"对不起，打断一下，你们说这番话时没有其他人在场，是吗？"福尔摩斯问道。

"是的。"

"谈话是在一个多大的房间？"

"房间面积约三十平方英尺。"

"是在房子中间说话吗？"

"差不多吧。"

"说话声音大吗？"

"我舅父说话声音一直很小，而我几乎没说话。"

"哦，好的，请继续讲。"福尔摩斯问完后闭上了眼睛。

"我完全遵照舅父的命令去做的，是想等其他职员离开办公室，再准备去做。其中一个叫查尔斯·哥让特的同事因为有点儿工作没有做完需加会儿班，于是我就先去吃饭了，而他一个人则留在办公室，我吃完饭回到办公室发现他已经走了。我抓紧时间做那件事。你们刚才看到的约瑟夫·哈里森正好在城里，他准备坐十一点的火车赶到沃金去，我想假如时间允许，我们就一块前往了。

"当我看过这份协议时，我马上知道它是一份相当重要的文件，舅父的话一点儿也不夸张。不用细看具体条款，我就知道它是关于英国在三国联盟中的地位和立场，这份协议只是关于海军方面的，内容是如果法国海军先于意大利海军在地中海占据绝对优势后，英国海军将采取什么措施应对等。协议是意、英两国高官签署的。我大致地看了一下，就坐下来开始抄写。

"这份协议很长，总共有二十八章，是用法文书写的。我抓紧时间尽快地抄写，可到了九点，我才抄完九章，照这样的速度肯定是赶不上火车了。由于工作了一整天，加上晚餐只是随便吃了一些，我开始感到思维模糊，昏昏欲睡，因此我想喝杯咖啡提一下神。楼下小门房的看门人整夜值守，可以为加班的职员用小酒精灯烧制咖啡，于是我就按铃叫他到我办公室来。

"可是来的不是看门人，却是一位系着围裙，体格健壮、皮肤粗糙的中年妇女。她介绍自己是看门人的妻子，在这里帮忙。我就让她去烧杯咖啡。

"接下来我又抄写了两章，当困乏之感再次强烈向我袭来时，我站起身来，在屋里走来走去，活动活动腿脚。我要的咖啡还没送上来，我想知道延迟的原因，便打开门经过走廊下楼去了。走廊是从我办公室到楼梯的唯一出口，没有拐角，灯光暗淡。走廊的尽头便是楼梯，而楼梯的下面就是值班室。楼梯的中间有一个平台，右拐有条小通道，经过一段小楼梯，通向旁门，供仆人们出入，有时候职员们从查尔斯大街过来，也抄近道走这个门。这儿有张草图。"

"不用了，我想我听明白了。"福尔摩斯说道。

"请注意，下面是最紧要的时候了。当我下楼走进门房时，发现看门人在睡觉，酒精灯上的水壶在沸腾，壶里的水已经溢到了地上，我把水壶提起来，用里面的水熄灭了酒精灯。正当我伸手去摇醒沉睡中的看门人时，头顶上方的铃铛忽然响了起来，看门人被惊醒了。

"'费尔普斯先生！'他十分吃惊地看着我。

"'我怎么会在烧水的时候睡着了？'他看看我，又看看颤抖着的铃铛，脸上露出十分惊愕的表情。'您在这儿，那是谁按的铃？'他问道。

"'按铃！按什么铃儿？'我问道。

"'是您办公室里按的铃啊！'

"顿时我心头一惊！啊，有人进了我的办公室！那份无比重要的文件还在我的办公桌上放着呢！我发疯般地冲上楼去。走廊里不见一个人影，房间里也没有任何人，一切都和我离开时一模一样，可是舅父交给我的那份无比珍贵的文件失去了踪影，只留下我手抄的那部分文件！"

听到这儿，福尔摩斯先生从椅子上坐了起来，双手来回搓着，可以看出这个案子勾起了他强烈的好奇心。"那请告诉我，之后您如何应对的？"他低声问道。

"我首先想到的是窃贼一定是从侧门进来的，否则我会撞见的。"

"你想过没有是不是有人一直就藏在你的办公室？或者在走廊里躲避着，因为你刚提到走廊里光线暗淡。"

"没有这种可能！即使是一只小老鼠也办不到藏在办公室或走廊里而不被发现，因为那里没有任何遮挡它们的地方。"

"哦，好的，明白了，请继续讲。"

"我苍白的脸色引起了看门人的注意，他知道肯定发生了什么重要的事情，于是也跟着我上楼了。我们迅速冲向楼梯，见侧门半掩着，没有上锁，就拉开门冲向查尔斯大街，我清楚地记得那时是九点四十五分，因为临近街区的钟声敲响了三下。"

"嗯，好，这是很关键的线索。"福尔摩斯记录了下来。

"那天晚上天昏沉沉的，天空中飘着蒙蒙细雨。查尔斯大街上看不见一个行人，而大街另一头的怀特霍尔街上跟往常一样，来往的车辆络绎不绝。我们没有戴帽子，沿着人行道往前跑去，在不远处的拐角，发现一位警察在巡逻。

"'一起盗窃案刚刚发生，外交部一份无比重要的文件失窃了！刚才有人从这经过吗？'我气喘吁吁地问。

"'我在这里仅仅一刻钟，先生，在这期间只看见一位身材高大，上了点儿年纪的妇女经过，披着佩斯利螺旋花纹呢细毛披巾。'

"'哦，那是我妻子！除了她还有谁经过？'看门人大声问道。

"'没有人，就她一人经过。'

"'那窃贼肯定从另一条路上跑了！'看门人喊叫着，并扯着我的衣袖。

"不过我却有另外的想法，他是想把我领向另一条路，于是我的疑心更重了。

"'那妇女从哪走了？'我大声问道。

"'不清楚，先生，我只看到她经过这里，没发现有什么不对，就对她没太注意，看样子她走得有些急匆匆。'

"'她过去大约多久了？'

"'没有几分钟'

"'五分钟吗？'

"'哦，顶多五分钟吧。'

"'先生，你这是在做无用功，现在每一分钟都十分关键！'看门人大声叫嚷着，'您要相信我，我敢保证我妻子不会干这种事的，还是赶紧到另一条街上看看去，你不去我就去了！'说完他冲向另一条街。

"我马上冲上去，扯住他的衣袖，说道：'快告诉我你家的地址！'

"'布里克斯顿的常青藤路十六号，但珀西先生，我劝您不要被错误的思维引导，到另一条街去看看能不能查到什么线索！'

"我一想，他的建议也有道理，于是我们和那位警察一块儿匆匆赶到另一条街上，看到的只是车来车往的景象，人潮如涌，在这样的雨夜，都匆匆忙忙地想找一处躲避之地，没有闲人告诉我们谁从这儿经过。

"无奈之下我们返回办公室，仔细检查楼梯，希望能发现什么线索，但依然一无所获。通向办公室的走廊铺着奶油色的地毯，很容易留下痕迹。不过我们仔仔细细检查过了，上面没有任何脚印。"

"整个晚上雨一直都在下吗？"

"七点钟左右开始下的。"

"那么看门人的妻子去你的办公室为什么没有留下泥泞的脚印？"

"我很高兴您也考虑到了这点，后来我得知，她有一个习惯，每次在看门人的值班室换上留在那儿的拖鞋。"

"哦，是这么回事，所以即便是雨夜也不会留下脚印的。整个事件听起来有些匪夷所思，后来你们怎么做了？"

"我们认真地检查了我的办公室，里面没有任何暗门，窗户都是从里面反锁上的，离地面大约有三十英尺。地板上铺着地毯，不可能有暗道。天花板用那种普通涂料刷过的。我以我的生命作担保，窃贼一定是从门进来偷走文件的。"

"壁炉在哪里？"

"没有壁炉，只有一个火炉。我办公桌的右上方悬着拉铃绳，要想拉响按铃，一定要走到我办公桌旁。不过窃贼因为什么要拉响铃呢？这是最令人费解的地方。"

"这个案子确实与众不同。下一步你们做什么了？有没有在房间发现窃贼的一些线索，比如烟头、脱落的手套或发卡，或者其他的一些小东西？"

"没有发现这类物件。"

"有没有什么气味留下？"

"哦，当时我们没有意识到这个问题。"

"比如有烟草的味道，有时这对我们寻找线索起到很关键的作用。"

"由于我不会抽烟，所以如果有烟味我应该有反应的，但我没有反应。的确没有任何线索，唯一了解到的有用信息就看门人的妻子探盖太太匆匆地离开了事发现场。看门人只是解释说他太太每晚都在那个时候回来。我和警察都认为假如是看门人妻子做的这事，就应该在她把文件出手之前抓住她。

"我们把情况向伦敦警察局通报后，福布斯警探急忙赶到了现场，他对该案倾注了大量的精力。我们乘坐一辆小马车，半个小时就来到了看门人的家。开门的是一位年轻女子，后来我们知道那是看门人的大女儿。看门人的妻子还没有回来，我们就在前屋等她。

"十分钟后我们听见有人敲门。这时我们犯了一个比较低级的严重错误，那就是我们没有亲自去开门，而是让她的女儿去开了门。我们只听到女儿说：'妈妈，屋里有两个人在等您。'随后一阵下楼的急促的脚步声传来。福布斯一把拉开门，我们冲向厨房，可探盖太太先于我们到了。她眼神凶狠地盯着我们，突然她认出了我，脸上顿时显露出吃惊的神情。

"'您，您不是外交部的珀西先生吗？'她问道。

"'快说，你知道我们在等你，你为什么要逃跑？'福布斯警探问道。

"'我以为是要账的，我们和一个商人有一些财务往来。'

"'这种解释不够好，'福布斯警探说，'我们有理由怀疑你偷偷拿走了外交部一份无比重要的文件，现在，你必须跟我去警局配合我们作进一步的调查。'

"她的辩解和反抗没有起到任何效果，最终她被带上了四轮马车。我们对厨房进行了仔细认真的检查，尤其是灶火，看看是否有在我们没来之前她烧毁文件的痕迹。令我们失望的是，我们没有发现任何这方面的迹象，既没有纸灰，也没有碎纸。在警局，女警员对她进行了搜查。我们十分焦急地等待着搜查结果，然而最终搜查结果让我们又一次失望了。

"这个时候，一阵恐怖向我袭来，之前我一直在积极地寻找失窃的文件，没有时间去思考。我只是想尽快把失窃的文件找回来，没敢去想找不见的严重后果，而现在一切行动宣告失败了，我开始意识到我的处境。这简直是一个噩梦！华生知道我在学校时是一个拘谨、敏感的孩子，这是我的天性。我一想到我的舅父以及他的同事，想到这件事情给他带来的影响，给我所认识的人带来的影响，我真是羞愧难当。在这件事中，即使我是一名受害者又能怎么样？事关国家外交利益岂能容我有这样的过错？我毁了自己，而且是以这种耻辱的方式彻底毁了自己！我真不知道下一步我该如何做。我想我一定曾经大闹了一番，因为我隐隐约约记得有很多职员围着我，并安慰我。其中还有一位同事驾车把我送到滑铁卢火车站，送我上了去沃金的火车，如果不是我的邻居费里尔医生也恰好也在那趟车上，那位同事会把我送到家的。在车上，费里尔医生对我照顾得十分周到，也多亏他的精心照料，因为在车站时我昏倒过一次，快到家的时候我差不多变成了一个满嘴胡言的疯子。

"您完全可以想象到，当医生按铃叫醒我的家人，家人看到我傻呆呆样子时的情景。妈妈和安妮的心都碎了。在车站的时候同事把情况跟费里尔医生讲过了，这时费里尔医生就把情况跟家人讲述了一遍，但大家都明白，我的病需要很长一段时间治疗。约瑟夫就搬出了这间温馨的卧室，把它变成了我的病房，我一直躺在这儿。

"九个星期过去了，我一直迷迷糊糊，饱受脑炎折磨。福尔摩斯先生，如果没有约瑟夫小姐和医生的精心照料，我恐怕现在还无法跟您说话。约瑟夫小姐在白天看护我，晚上由一位护士看护我，只因为我神志极度混乱，生活无法自理。不过，慢慢地，我开始恢复意识，就在大前天我才将之前发生过的事记忆起来。有时我想永远失忆下去该多好啊！恢复意识后我做的第一件事情就是和接手这个案子的福布斯警探取得联系。可是他跟我讲，尽管他们想尽了办法，但案情依然如迷雾一样。他们通过各种渠道调查了看门人和他的妻子，但没有任何迹象表明他们和这个案子有关。警方又将年轻的哥让特列入审查范围，你应该记得，就是那天晚上加班的我的那位同事。引起警方怀疑的是他的法文名字以及很晚才从办公室离开，但我可以保证的是他离开之前我并没有开始工作。

"另外，虽然他有着雨格诺血统，但他和我们英国人一样，拥有同样的传统信仰和同情心。最终审查的结果证明了他的清白。警方再也没有办法推进案情的进展了，我只能向您求助，福尔摩斯先生，您是我最后的希望。假如您也无能为力，那么我的声名和职位定会永远丧失。"

由于说了这么长时间的话，珀西显得疲惫不堪，于是躺在身后的靠垫上休息，护士给他冲了杯刺激性药物。福尔摩斯先生仰着头双目紧闭，什么话也没有说，给人一副无精打采的样子，可我知道现在他的脑海正在进行着复杂的推演。

"您把情况已经描述得够清楚了，我几乎没有什么问题要问您了。"过了一会儿，福尔摩斯说道，"哦，对了，有一点非常关键，您是否跟别人讲过您所执行的任务内容？"

"我没有跟任何人提过此事。"

"包括您最亲近的人，比如说约瑟夫小姐？"

"也没有，从接到命令到开始执行我没有到过沃金。"

"哦，那这段时间有没有人碰巧去看您？"

"也没有。"

"他们知道您办公室的具体位置吗？"

"哦，那是知道的，我之前曾经告诉过他们具体怎么走。"

"当然了，如果您没有跟任何人提过此事，问这些问题是没有多大意义的。"

"我没跟任何人提起过。"

"对于看门人，你了解吗？"

"我仅仅知道他是个退伍老兵。"

"哪个团的？"

"据我所知是科德斯特里姆警卫队的。"

"嗯，很好！我应该可以从福布斯警员那儿获得一些细节，警方在收集情报方面有一些手段，只是有时不能很好地利用它。啊，看，这玫瑰多漂亮啊！"

说着福尔摩斯先生绕过长椅，来到窗前，用手轻扶起已经有些低垂的百叶玫瑰花茎，认真地观赏那红花绿叶相互掩映的美景。我忽然发现了福尔摩斯先生性格中的另一面，在这之前，我还没有发现他对自然物有这么大的兴致。

"宗教最需要推理了！"福尔摩斯将身子斜靠在百叶窗前，说道，"推理家们可以建立起一门精确的推理科学，而我却认为，我们对上帝仁慈的最高信仰就存在于这鲜花之中，而其他的一切，比如权力、欲望、食物都是我们能够生存下来的必需品。不过玫瑰却不同，它的芳香和色泽是对生命的点缀，而非生命的基础。有仁慈才会造就非凡的品质，所以我们期望鲜花带给我们希望。"

在福尔摩斯先生说完这段很富有哲理性的话之后，珀西和他的护理脸上布满了惊讶和失望之情。福尔摩斯先生用手轻轻地拨弄着玫瑰，还沉浸在自己的哲思中。又过了几分钟，那位年轻的护理打破了沉默。

"福尔摩斯先生，对于这件神秘的案件，您有解决的希望吗？"语气有一点点刻薄。

"是啊，这个案件是有些神秘！"福尔摩斯先生一怔，回到了眼前的现实世界，"假如否认这是个神秘而复杂的案件，是会惹人嘲笑的，不过我保证会去调查并告诉你们每一步进展。"

"您发现线索了？"

"你们一共给我提供了七条线索，当然，我需要先去调查才能知道它们价值几何。"

"您对某个人怀疑了？"

"我怀疑自己。"

"什么，您怀疑自己？"

"我怀疑自己的结论下得过早。"

"那请尽快回到伦敦去验证您的推断吧！"

"您说得很对，约瑟夫小姐，"福尔摩斯先生说着直起身来，"华生，我想我们在这里了解得已经差不多了。费尔普斯先生，您也不要抱有太大的希望，这确实是一个复杂棘手的案件。"

"不！我热切地等待您的好消息！"这位外交官叫道。

"嗯，没问题，明天早上我会坐这趟火车再过来，虽然很可能并不会带来什么好消息。"

"期盼您的到来！"珀西说道，"每一步进展对我而言都是新生的开始。哦，对了，我收到了舅父霍尔德赫斯特伯爵的来信。"

"哦，信上说些什么？"

"他的语气有些生硬，不过并不是很严厉，我认为是因为他考虑到我的病情的原因吧。他再一次强调了这个事件的重要性，不过让我在康复之前，不要过于忧虑自己的未来，他的意思是说关于解雇的事情，说我还有弥补自己过失的机会。"

"哦，这样说合情合理，很抚慰人心。"福尔摩斯说道，"喂，华生，我们该走了，我们得在城里工作一整天。"

约瑟夫·哈里森先生把我们送到车站，没过多长时间我们就登上了去朴茨矛斯的火车。福尔摩斯一上火车就陷入了沉思，什么话也不说。过了克拉彭一带，他才开始说话了。

"无论乘坐哪趟车去伦敦，都有机会在高处欣赏到这样的房子，这真是一件让人赏心悦目的事情。"

我还以为他在跟我开玩笑，因为外面的那些房子都破落不堪，他接着说道："瞧瞧，那片房子孤单单地矗立在暗灰色的板岩上，就好像铅灰色海洋之上的砖瓦小岛。"

"那是一些寄宿学校吧？"

"不，老朋友，那是未来灯塔！每一间里都孕育着成千上万颗智慧的种子，他们会使未来的英国更加美好。费尔普斯不会饮酒吧？"

"我感觉应该不会。"

"我也有这个感觉，不过我们得把所有的可能性都要考虑周全。不幸的家伙的确惹了一个大麻烦，可我们怎样才能帮得上他呢？你觉得哈里森小姐是怎样的一个人？"

"性格有些刚烈。"

"嗯，应该是，不过她是一个好女孩，可能我的推理有误。她和哥哥是一位铁器制造商仅有的两个孩子，一直在诺森伯兰郡居住。去年冬季旅行她和珀西订了婚，这次在哥哥的陪同下过来见珀西的家人，没想到竟碰到了这不幸的事，她只好留下来照料未婚夫，而哥哥觉得待在这里还算舒坦，于是也就留了下来。你看，我已经展开了一些单独调查，可是今天还得作大量的调查。"

"可是我的诊所……"

"假如您觉得出诊比这件案子更能让你感兴趣的话……"他带着不高兴的语气说。

"我是想说耽误一两天没有多大关系，正好也是淡季。"

"哦，不错！"他又转怒为喜，"我们就一起调查这个案子吧。我认为我们应该先从福布斯警员那开始我们的调查，我想他能给我们提供一些有用的细节，这样我们的调查方向会更明确的。"

"你不是说你已经掌握线索了吗？"

"不错，可是要确认它们的价值还需要我们作进一步的调查。最难侦破的案件就是缺乏犯罪动机的，而这个案件犯罪动机很清晰，谁会从中得到好处呢？显然，法国大使、俄罗斯大使，还有把情报卖给两国大使的人，霍尔德赫斯特伯爵也在此列。"

"什么，霍尔德赫斯特伯爵？"

"不错，假如销毁文件对他有好处，一位政客这么去做的可能性是存在的。"

"可是霍尔德赫斯特伯爵是一位功勋卓著且很受人敬重的大臣啊。"

"你说的不错，不过这不能成为我们忽略他的理由。我们得去看看这位贵族，试探一下他的态度。事实上，我已经作了一些调查。"

"作了调查？"

"嗯，不错，在沃金车站，我给伦敦每家晚报都发了电报，各家报纸上都将出现这则广告。"说着他将一张从笔记本上撕下的纸片递给我，纸片上面用铅笔写着：

　　5月23日晚九点四十分，有辆载着客人的马车至查尔斯大街外交部门口或其附近，知道情况者请与贝克街221B号联系，如提供的线索有价值，奖励十英镑。

　　"你肯定窃贼是乘坐马车来的？"

　　"即使不是，关系也不大，不过既然珀西说走廊和屋里都没有地方可藏身，那窃贼肯定是从外面进来的。当晚天下着雨，窃贼刚刚离开，地毯上并没有留下脚印，这就证明窃贼很可能是乘马车来的。我就是据此判断的。"

　　"嗯，有一定的道理。"

　　"这是一个线索，对我们破案会有帮助。还有一点就是按铃，这是这个案件的重点。按铃为什么会响呢？是窃贼在故弄玄虚？是和窃贼在一起的人给我们留下的线索？还是意外碰响了？要不就是……"他又陷入了紧张的沉思中，根据我们多年的交往，我知道这时福尔摩斯的脑海中肯定有一种新的发现或产生新的想法。

　　下午三点二十分我们到达了目的地，匆匆吃过午饭后我们赶往伦敦警察局。去之前福尔摩斯已经给福布斯警员发过电报，所以他已经在警局等候我们了。福布斯警员矮矮的个子，狡黠而机警，但对我们的态度却很漠然，在得知我们的来意后，态度更显冷漠。

　　"我知道你的破案方法，福尔摩斯先生，"福布斯尖刻地说道，"您善于利用警察提供的情报和线索去破案，然后再回过头来说警察无能！"

　　"不是的，我过去所侦破的五十三个案子中，只有四个成绩归了我，其他四十九个的功劳都被警察拿去了。不知道这些我不怪你，毕竟你还年轻，也缺乏丰富的经验。如果你想在工作中有所进步，你该和我合作而不是排斥。"

　　"哦，能得到您的指点我很荣幸，"这位警探态度有所改变，"这个案件我的确没有任何办法。"

　　"你们都做了哪些事？"

　　"我们对看门人探盖进行了监视，不过没有发现任何可疑之处，他离开警卫队时也没有不良记录。他的妻子为人不怎样，我认为她对这件事的了解要比表面上多得多。"

"对她进行监视了吗？"

"我们的一位女警负责跟踪她。探盖太太喜欢喝酒，我们的女警乘她高兴时跟她一起喝过两次酒，可没得到任何线索。"

"据我所知，曾有生意人到过她家要账？"

"有这回事，他们还清了。"

"他们从哪儿来的钱？"

"这点查清了，看门人的年金发了，没有迹象表明他们有其他资金。"

"珀西按铃要咖啡，她去了，看门人却没有去，对于这件事她怎么解释的？"

"她说丈夫很累，她就想替丈夫干点活。"

"哦，这个理由说得过去，因为珀西随后发现看门人在椅子上睡着了。除了探盖太太的为人外，并没有可疑的地方。对了，调查那晚她匆匆离开的原因了吗？当时她行色匆匆可引起了巡警的注意。"

"她说因为那天晚上走得比平时晚，所以想尽快回到家。"

"你和珀西在她离开后二十分钟才赶往她家，却先一步到她家，对此她是如何解释的？"

"她说我们乘坐马车，而她坐的是公共车，没有我们快。"

"哦，那她对到家后又跑到厨房去了作何解释？"

"她说准备清偿欠款的钱放在厨房。"

"她对每一个问题都有说得过去的解释。你有没有问她，她离开时有没有碰见什么人或看到有人在查尔斯大街上闲逛？"

"她说她看到一个警察。"

"看得出来你认真仔细地审问了她。除此之外，你还采取了哪些措施？"

"九个星期以来，我们始终没放弃对哥让特的监视，可惜一无所获，没发现任何可疑之处。"

"调查止于此？"

"嗯，是这样的，我们能做的也就这些，除此以外什么也没做。"

"对于那个莫名其妙的按铃，你是怎么想的？"

"哦，我实话实说，我对此也很迷茫。不管是谁，胆也够大的，来偷窃还敢按警铃。"

"是的，确实有些匪夷所思。非常感谢你能跟我讲这些。假如这个案子有了结果，我会通知你去抓这个窃贼的。我们该离开了，华生。"

"准备去哪儿？"离开福布斯警员办公室时，我问道。

"我们去拜会一下霍尔德赫斯特伯爵，那位受人敬重的内阁大臣，未来的英国首相。"

非常幸运，霍尔德赫斯特伯爵正好还在唐宁街的办公室。名片递进去后，伯爵随即召见了我们。他以古老而传统的方式接待了我们，请我们坐在两边都有壁炉的豪华沙发上，而他自己则站在中间的地毯上。他很有贵族范，身材修长，棱角分明，头发鬈曲，略带灰色，显出一副很有涵养的样子。

"早听说过你的大名，福尔摩斯先生。"他微笑着说，"当然了，我不能揣着明白装糊涂，我知道你的来意。这个部门只有一件事会引起你的关注，我想问的是，你是受谁的委托来的？"

"珀西·费尔普斯。"福尔摩斯简洁地说道。

"哦，是我那可怜的外甥。你应该明白，这种情况下，我不能由于我们之间的亲戚关系而护着他。我担心这件事会给他的职业生涯带来不好的影响。"

"假如能找到那份文件呢？"

"哦，那自然另当别论了。"

"霍尔德赫斯特伯爵，我想问您几个问题。"

"很乐意配合你，我会尽我所知给您提供有关信息。"

"是在您的办公室您嘱咐珀西抄写文件吗？"

"嗯，不错。"

"那就几乎不可能被窃听到？"

"几乎没这个可能。"

"您是否给别人提起过准备让某人抄写那份文件？"

"没向任何人提起过。"

"您确定？"

"我敢保证！"

"好的，既然您没有跟任何人提起过，珀西也没有告诉过任何人，也就是说除了您和珀西外没有任何人知道这件事，那么窃贼应该是偶然到了珀西办公室，碰巧看到了文件就拿走了它。"

"这个问题我没办法回答你。"这位政治家微笑着说。

福尔摩斯沉思了一会儿说："还有很重要的一个问题我想问您，我想您一定十分担心这份协议的内容一旦泄露是否会引发严重后果？"

"嗯，我确实很担心内容泄露会引发严重后果。"政治家富含表情的脸上掠过一丝阴影。

"那发生严重后果了吗？"

"暂时还没有。"

"如果让法国或俄罗斯外交部得到了这份文件，您是否能听到一些消息？"

"是的，应该能。"霍尔德赫斯特伯爵面露苦色。

"这个事情过去了快十星期了，没有听到任何消息，由此可以推断出那份文件还没有落到他们手里。"

霍尔德赫斯特伯爵耸了耸肩说："可是我不敢相信，窃贼偷盗文件仅仅是为了把它收藏起来。"

"也可能他在等，等机会卖个好价钱。"

"假如他再等等，那个文件就可能不值钱了，因为过几个月这份文件就会被公开了。"

"这点十分关键。当然还有一种可能就是窃贼突然患病了……"

"比如说脑炎？"政治家快速地扫了福尔摩斯一眼，然后问道。

"我没有其他意思，"福尔摩斯平静地说，"霍尔德赫斯特伯爵，我们已经占用了您大量的宝贵时间，很抱歉，该和您告辞了。"

霍尔德赫斯特伯爵将我们送到门口，然后非常礼貌地欠了欠身，说道：

"希望您的调查有一个结果，无论窃贼是谁。"

"一位很出色的人。"我们走出白厅时，福尔摩斯先生说道，"不过要保住自己的地位还需要付出很多努力。他不是个有钱人，而且开销很大。你应该发现他的皮靴底子是换过的。就到这儿吧，华生，我不想再耽误你的正事了，反正今天我们的任务已经完成了，只需要等待登出广告的回音。不过我非常希望明天你能和我一起乘坐昨天那趟去沃金的火车。"

第二天早上，我们按时见了面，一起坐上了去沃金的火车。火车上，福尔摩斯告诉我登出的广告还没有回应，也没有发现新的线索。他说话时故意让自己的表情看起来像印第安人，让人猜不透他内心对这个案件的进展是否感到满意。我记得他谈论的是关于法国犯罪学家贝迪永的破案方法，并表现出对这位专家的钦佩之情。

珀西先生依然处在护理的精心看护之下，不过看起来比之前感觉精神多了。我们进去后，他轻松地从沙发上坐起来对我们的到来表示热烈欢迎。

"有何进展？"他迫不及待地问道。

"和我之前的猜想差不多，并没有什么大进展。"福尔摩斯说，"我们见过了福布斯警员和您的舅父，也获得了一些可能对我们有用的线索。"

"那您不准备放弃了？"

"那是自然！"

"上帝保佑您！"哈里森小姐叫道，"假如勇气和耐心一直陪伴着我们，我相信一定会弄明白这件事的！"

"我们有更多的消息要跟您讲。"珀西先生坐回到沙发上。

"希望对我们的调查有所帮助。"

"应该能给我们以启示，昨天晚上我经历了一件非常可怕的事情。"珀西说这话的时候表情凝重，眼睛里流露出一种害怕至极的神情，"您相信吗？我处在一个巨大阴谋的无形掌心之中，我感到我的生命和荣誉受到威胁。"

"什么？"福尔摩斯叫道。

"这实在让人难以置信！迄今为止，在这个世界上我并没有与人作对，不过昨天夜里的经历让我有些怀疑我的这个结论。"

"把具体情况讲一下。"

"昨天晚上是这件案子发生以来，我第一次没有人陪一个人睡觉。因为我感觉我的情况有所改善，所以就没让护理陪伴，不过灯一直亮着。大约凌晨两点，我迷迷糊糊地睡着了。不知何时我被轻轻的声音惊醒了，那声音和老鼠咬地板的声音很像。我躺着静静地听了一会儿，最后认定应该就是老鼠的声音。声音慢慢地变大，突然，窗户那边传来刺耳的金属刮擦的声音。我受惊猛然坐了起来，弄明白了是什么声音。先前的声音应该是有人把工具伸入窗扇撬击的声音，后来的刺耳声是把窗闩拉开的声音。

"接着大约安静了约有十分钟，有人好像在察看刚才的声音是否把我从睡梦中惊醒。接着传来了窗户慢慢开启的轻轻的吱嘎声。我再也不能任其下去了。我从床上快速跳起来，冲过去一把拉开了百叶窗。发现窗口上有个人正蜷曲着！我还没来得及看清楚，那人就快速地溜了。那个人的脸上蒙着一块布，下半部分全部被遮住，不过我可以确定的一点，就是他手里有凶器，好像是一把长刀，因为他转身逃走时，我清楚地看到了一道寒光闪过。"

"这个发现很关键，"福尔摩斯说，"之后你又做什么了？"

"如果我的身体允许，我肯定就跳下窗追过去了，可那时我只能按铃叫醒他们了。按铃在厨房，而仆人们都在楼上，这样我就浪费了一些时间。我大声喊叫，可只有约瑟夫下楼，他把其他人叫醒了。在窗外的花坛上约瑟夫和马夫发现了脚印，不过最近气候十分干燥，很难在草坪上追踪到其他的足迹，但是在靠近马路的篱笆墙上，发现了一点儿迹象。他们告诉我，好像有人从那边翻越过来时弄断了上面的护栏。我没有把这些情况报告给当地警局，因为我想先听听您的意见。"

珀西先生所讲的奇特经历似乎对福尔摩斯产生了巨大的震撼。他从座位上站起来，在屋里不停地来回走，一脸兴奋的样子。

"真是一波未平一波又起啊。"珀西先生苦笑着说，显然这次奇遇对他也有所震撼。

"看来你真担着一份危险，"福尔摩斯说，"可不可以和我一起到院子里走走？"

"嗯，好，我正好可以晒晒太阳。约瑟夫，我们一起去吧。"

"还有我！"哈里森小姐说道。

"你最好不要去，"福尔摩斯先生摇头说道，"我要求你坐在原地别离开。"

哈里森小姐很不高兴地留了下来，而她哥哥和我们一起出了门。我们一行人沿着草坪走到珀西先生的窗前。正如他所说，窗外的花坛上确实留有脚印，不过不是很清晰。福尔摩斯弯下腰看了看，稍后直起身子摇了摇头。

"我想无论是谁都不会从这些脚印上找出什么线索来，我们到房子周围走走，看看窃贼选择这间屋子的原因。我想客厅和餐厅的窗户更大一点儿，窃贼更容易下手。"

"从马路上很容易看到这边。"约瑟夫解释说。

"哦，不错，有这个便利。这儿有道门，他也可以试着进来。这门是干什么用的？"

"这是一道旁门，平时供小商贩进出的，当然在晚上就会被锁起来。"

"你以前碰到过这样的事吗？"

"没有，这是第一次。"我们的当事人说道。

"你房间里有没有诸如金碗银盘之类令窃贼动心的东西？"

"没什么值钱的。"

福尔摩斯双手插兜，在房子周围来来回回地走，脸上浮现出一副从未有过的漫不经心的表情。

忽然他转向约瑟夫说："有一处窃贼翻越篱笆墙时破坏的痕迹，我们去瞧瞧。"

约瑟夫把我们领了过去。有一处地方的护栏顶部有些地方断裂了，有一小块木条还悬垂在那儿。福尔摩斯把它摘下来认认真真地看。

"你认为是昨晚弄断的？可是断痕陈旧，你看不是吗？"

"哦，也可能吧。"

"这儿应该不是昨晚上破坏的。我想这里找不出有价值的线索，我们回到卧室再商讨一下吧。"

约瑟夫·哈里森搀扶着我们的当事人慢慢地往回走。我跟着福尔摩斯则快步穿过草坪，来到卧室大开着的窗前。约瑟夫和我们的当事人还需要一会儿才能走回来。

"哈里森小姐，"福尔摩斯用非常郑重的口吻说，"你必须整天都待在这里，无论有什么事情发生，你都不能离开你所在的房间！这十分重要！"

"福尔摩斯先生，您的话，我一定听从！"哈里森小姐回答道，不过神情显得很惊讶。

"你睡觉的时候，要把这间卧室的门从外面锁上，然后把钥匙拿好，一定要照着我的话去做！"

"那珀西呢？"

"他和我们一道回伦敦。"

"而我却要留下来？"

"这是为他着想，这样才可以帮到他，快些！你就答应吧！"

她很快点头答应了。就在这时珀西和约瑟夫走了过来。

"安妮，你眉头紧锁，发什么愁呢！下来晒晒太阳！"

"不去了，谢谢你的关心，约瑟夫，我有些不舒服，屋子里很凉快，这样对我好些。"

"福尔摩斯先生，下一步如何办？"我们的当事人问道。

"在弄清楚这件小事的同时，我们不要把我们的主要调查任务忘记了。我想你如果能和我们一起去伦敦，将会对调查有很大的帮助。"

"现在就去吗？"

"是的，你准备好了就去，一个小时的时间够吗？"

"我感觉身体恢复一些了，如果您觉得对调查有帮助，我可以马上就去。"

"我认为会对调查有很大的帮助。"

"今晚我是不是要留在伦敦？"

"我是这么想的。"

"哦，假如昨晚的朋友又来拜访我，会发现他的猎物已经失去了踪影。我们都听您的安排，福尔摩斯先生，告诉我们具体怎么做。是不是需要约瑟夫和我们一起去，便于照顾我。"

"哦，不用费事了，你知道华生是医生，他负责照顾你。假如你同意，我们就在这儿用午餐，然后咱们三人一起返回伦敦。"

所有的事情都在福尔摩斯的安排下进行。哈里森小姐也按照福尔摩斯的要求，找个理由留在了卧室。我猜想不出福尔摩斯这样安排的目的，只是看出他是要哈里森小姐和珀西不要待在一起。

珀西和我们一起在餐厅用午餐，可能由于身体状况有所改善，再加上即将要采取一些行动了，所以显得很兴奋。

到达车站时，我和珀西先生都被福尔摩斯的举动震惊了。他把我和珀西先生送上车之后，跟我们说他不准备离开沃金了。

"我还需要在沃金处理一两件小事，"他说，"费尔普斯先生，你离开沃金在某种程度上有助于我破案。华生，按我说的去办，到伦敦后，和我们的朋友一起马上坐车到贝克街的房子里去，一起待在那儿，一直待到我回来。幸好你们是老校友，相信肯定有许多话要说。费尔普斯先生就住在那间空着的卧室里。明天早上有趟火车八点到达滑铁卢车站，我会乘坐那趟火车，正好和你们一起吃早餐。"

"那我们不去调查了？"珀西有些心灰意冷地问道。

"明天再去调查也不迟，我认为今天我留在这儿意义更大。"

"到了布里尔布雷，您记得告诉他们明天晚上我就回去。"就在火车开动的时候，珀西高声喊道。

"我没说我要去布里尔布雷。"火车驶出站台时，福尔摩斯十分得意地和我们挥手再见。

在途中，我和珀西不断议论福尔摩斯的异常举动，但谁也不能对他的这一异常行为给出准确答案。

"我认为他或许是想寻找昨晚那个窃贼的一些线索。假如真是个窃贼，我想不是普通的小偷，你怎么看呢？"

"我的看法在你看来，或许有些神经衰弱，或者过度敏感。我感觉自己现在正处于一个巨大的政治漩涡里，我总感觉有阴谋家想取我的性命，这听起来可能有点儿夸张和荒唐。可是想想发生的那些事，为什么一个窃贼没有任何希望得到值钱的东西却来撬我卧室的窗户？为什么还拿着一把长刀？"

"你能确定那肯定不是小偷用的撬棍？"

"我能确定不是，我清楚地看到刀刃发出的寒光了。"

"哦，有人竟然对你这样赶尽杀绝，有什么特殊原因吗？"

"问题的关键就在这儿。"

"好。假如福尔摩斯也持有同样的想法，那我们就可以理解他的行动了。假设你的推理成立，福尔摩斯若能抓到昨晚企图进你卧室的人，那么应该就能很快抓到窃走海军协议的人了。很难想象你有两个敌人，一个窃走了你的文件，而另一个威胁你的生命安全。"

"不过福尔摩斯说他不打算去布里尔布雷。"

"我们认识好多年了，我只知道他做每一件事情都有他自己的道理。"说到这里，我们的谈话转移到别的话题上去了。

我和费尔普斯度过的一天对我来说是比较苦闷的。长时间病痛之后，费尔普斯的身体依然很差，这场不幸使他的精神变得脆弱敏感。我努力想带他走出压抑的情绪低谷，给他讲我在阿富汗遭遇的事情，讲在印度的趣闻，还有一些社会问题，但这一切都没取得任何效果。他总是回到他那丢失的海军协议上，思前想后，做一些不知对错的猜想、假设，在琢磨福尔摩斯的调查如何了，霍尔德赫斯特伯爵将怎样对他，第二天早上我们会得到怎样的消息等等。傍晚时分，他的心情变得十分沮丧低落。

"你认为福尔摩斯是不是有些盲目？"他问我。

"我亲眼见识过他出色的办案能力。"

"有没有什么案件像我经历的这起案件让他毫无头绪？"

"哦，有的，我知道有些案件显示的线索要比你的案子少多了，可最终还是成功告破。"

"但案情是不是没有我这个案子复杂呢？"

"这个我说不好，不过，我知道他曾经代理过事关欧洲三个王室的重大案件。"

"我知道你很了解他，在你看来，你觉得这个案件能告破吗？你的朋友能成功侦破吗？他是这样的神秘莫测，我一点也不了解他。"

"他没说什么。"

"那就不是个好兆头。"

"你说得不对，我很了解他，假如线索断了他会说出来，但是假如他有一点儿线索而又不是十分有把握时，他什么都不会说。好的，朋友，我们这样思前想后、焦虑不安对案件起不到一点儿作用，我们还是上床休息吧，以饱满的精神面对明天吧。"

费了好大劲儿才劝服我的朋友上床休息，不过我知道他那澎湃的心情很难平静下来。他的情绪也影响到了我，我也翻来覆去，难以入眠，脑海里总不由自主地想福尔摩斯奇怪的行动，想了无数种假设又逐一给否决了。福尔摩斯先生为什么要留在沃金？为什么要哈里森小姐整天不要离开那间病房？为什么要煞费苦心地不让布里尔布雷房间里的人知道他留在了沃金？我全力以赴开动脑筋寻找一个能解释这一切的答案，不知什么时候睡着了。

第二天早上七点钟了我才醒来，赶紧去了珀西的房间。他一晚上没有睡，一脸疲惫样，一开口就问福尔摩斯回没回来。

"我相信他会如约出现的，不会有差错。"

我的话应验了，八点刚过，一辆马车在门口停下，福尔摩斯下了马车。我们站在窗前，发现他左手用绷带扎着，脸色苍白，表情凝重。进屋后，过了一会儿他才走上楼来。

"他看上去很不振作。"费尔普斯说道。

我也有这样的感觉。"看来还得在伦敦寻找线索。"

费尔普斯痛苦地叹了口气，说："我不知道发生了什么事，我只知道我是抱着极大的期待等待他回来的。真不知道是怎么个情况，他的手昨天可没有缠绷带。"

"福尔摩斯，你没受伤吧？"福尔摩斯走进来时，我问道。

"哦，没事，是我不小心擦伤了，没什么。"他说着这话边向我们问好，"费尔普斯先生，这个案件是我侦破过的最神秘案件之一。"

"您是不是说它把您难住了？"

"这是一次非比寻常的经历。"

"你手上的绷带告诉我们你遇到了危险的事，告诉我们发生了什么。"我问道。

"亲爱的华生，咱们还是先吃早饭吧。别忘了，今天早上我从萨里赶了三十英里的路了。我想那个广告是不是还没有人回应？算了，我们不能奢望一切都一帆风顺。"

餐桌已经摆好了，我叫哈德森太太送来茶点和咖啡。大约几分钟后，三份早餐送上来了。我们坐到桌前，福尔摩斯大口地吃起来，我有点儿好奇地看着他，而费尔普斯则在一旁十分沮丧地坐着。

"哈德森太太很会应变。"福尔摩斯打开面前的咖喱鸡饭盒盖，说，"虽然她做饭的水平一般，不过总能像苏格兰女人一样，把早餐做得很讲究，华生，你面前是什么好吃的？"

"火腿蛋。"

"哦，不错，费尔普斯您想吃点儿什么？咖喱鸡饭？火腿蛋？还是把你的那份吃掉？"

"感谢您的关心，可我什么都吃不下。"

"哦，还是吃些吧，尝尝你的那份。"

"谢谢，可我真吃不下去。"

"哦，这样吧，"福尔摩斯说着，奇怪地眨眨眼，"不过我认为你不会固执地拒绝我的一片好心吧。"

费尔普斯将摆在面前的饭盒盖打开，随即发出一声尖叫，坐在那儿眼睛直愣愣的，脸色苍白，就像面前的白瓷盘子。一卷有点发灰的浅蓝色纸卷正放在盘子的中央。他一把抓起那纸卷，眼睛死死地盯着，然后将纸卷揣了起来，在屋里像疯子似的跳来跳去，兴奋得尖叫着。突然身体往后一倒，瘫软在椅子上。由于太兴奋，导致身体软弱无力，精疲力竭。为了防止他昏厥过去，我们马上给他灌点儿白兰地。

"可以了，可以了！"福尔摩斯轻轻地拍着珀西的肩膀，开解道，"可能我不应该采取这样的呈现方式，不过，华生知道，有的时候我很愿意使事情有点儿戏剧性。"

费尔普斯一下子抓住福尔摩斯的手，亲吻着，并高声叫道："上帝保佑您！我的生命，我的荣誉是您挽救的！"

"哦，我也是在维护我的声誉，假如我没有成功侦破此案，我的声誉也会像你一样因此毁于一旦！"

费尔普斯拿出那份珍贵的文件，小心翼翼将它放进贴身的上衣口袋里。

"我真不好意思打扰您进早餐，可我真的迫切想马上弄明白您是怎么找到的，在哪儿找到的！"

福尔摩斯将咖啡喝完，又将咖喱鸡饭吃完，然后站起身来，点燃烟斗，又坐回到自己的椅子上。

"我先跟你们讲讲我做了什么，再告诉你们我是如何找到它的。"福尔摩斯说，"在车站和你们分手之后，我开始在大街上漫步而行，经过风景优美的萨里，来到一个叫黎普列的小镇，找了个小酒馆吃了点饭，作了点儿简单准备：水壶里灌满水，兜里装了块三明治。然后我就等待天黑，傍晚的时候我去了沃金，太阳刚落山，我到了布里尔布雷屋前的公路上。

"在那儿我一直等到马路上没有人的时候，才翻过篱笆，进了院子。"

"大门应该没有关吧。"费尔普斯突然插了一句。

"不错，可我喜欢以那样的方式进院子。我选择了一个有三棵冷杉树的地方，因为在它的掩护下，房间里的人看不到我。在旁边的灌木丛里我从一棵树下爬到另一棵树下——你们瞧瞧，我裤子的膝盖部就是这样磨破的——一直爬到你卧室窗户对面的杜鹃花丛里。我在那儿蹲着，观察你的卧室。

你卧室里的百叶窗没有拉下来，所以我可以看到哈里森小姐那时正坐在桌前看书。十点一刻的时候，哈里森小姐把书放下，起来拉上百叶窗，走出卧室。

"我听到她把门关上，把钥匙插进锁孔里把门锁上了。"

"钥匙？"费尔普斯突然问。

"嗯，不错，是我叮嘱哈里森小姐在她睡觉前一定要从外面把门锁上，然后收好钥匙。她完全按照我的嘱咐去做了。可以这么说，如果没有她的密切配合，那份文件现在应该还无法在你口袋里。她关灯离开了，我依然蹲守在杜鹃花丛里。

"那晚的夜色很好，可蹲守依然很难熬。当然也有猎人等待猎物出现时的那种兴奋。等待的时间漫长、难熬，华生，就像咱俩在追查'带斑点的带子'案件时在那安静的房间里蹲守一样。教堂里的钟声一次又一次传入我的耳朵里，我不止一次地想，可能今晚什么事情也不会发生了。后来大约凌晨两点，门闩轻轻拉开的声音传入我的耳膜，接着钥匙转动的声音传来。过了一会儿，仆人出入的那道门开了，约瑟夫·哈里森从外面走了进来。"

"什么，约瑟夫！"费尔普斯惊叫道。

"他光着头，一件黑色的斗篷在肩上挂着，为的是万一遇到紧急情况时可以拉起遮住脸。他轻手轻脚地顺着墙根走，走到你卧室的窗前，拿出一把长刀，切入窗框，拉开了窗闩，然后又把长刀插到百叶窗缝隙里，打开了百叶窗。

"我蹲守的地方可以清楚地看到屋内每个角落和他的每一个动作。他将壁炉台上的两支蜡烛一一点燃，接着将门口墙角附近的地毯揭开，弯下腰拿起一条方形木块，这木块通常是准备给管道工修理煤气接口时用的。木块放在通往楼下厨房供气管道的 T 形接口处。拿起木块后，他将一小卷纸从下面隐蔽的地方抽了出来，然后又将木块放回去，铺好地毯，吹灭蜡烛，然后直接朝窗户这边走来。我就在窗外守候着，正好逮住他。

"约瑟夫远比我意料中凶猛。他挥舞着长刀向我扑来，我马上抓住了他，在我控制他之前，我的指关节被刀划伤了。抓住他之后，他眼里依然只有杀气，不过在听了我的劝解后，他把文件交了出来。拿到文件后我把他放了。今天早上我给福布斯警员发了封电报，把案情的详细情况告诉了他。

"假如警察动作够快，那应该就能把约瑟夫抓住。不过假如像我预料的那样，当警察赶到时已不见罪犯的踪影了，不过对当局也未尝不是一件好事，至少霍尔德赫斯特伯爵和珀西·费尔普斯不愿意看到治安法庭审理此案。"

"上帝呀！真不敢相信，"我们的委托人叫道，"在这痛苦不堪的漫长的九个星期的时间里，失窃的文件一直就在我的卧室里？"

"完全正确。"

"约瑟夫！无耻之徒！"

"确实如此，可能约瑟夫要比看上去阴险，也危险得多。在今天凌晨我与他的谈话中，知道他在证券交易中遭遇重大挫折，他想不择手段聚敛财富。他十分自私，如此天赐良机，他才不管妹妹的幸福和你的声誉。"

珀西·费尔普斯坐回椅子，说："我感觉头晕目眩，您的话刺痛了我。"

福尔摩斯以他惯有的口吻说道："这件案子最大的麻烦就在于线索过于烦琐。重要的线索被一些无关紧要的线索所掩盖。所有的线索摆在面前，我们必须从中找出最重要的线索，然后对它们进行排序，重新建构事件的主要链条。当你讲述那天晚上准备和约瑟夫一同回家时，我对他的怀疑就产生了。他对进出外交部的道路比较熟悉，很有可能顺路过来找你一起走。而当你告诉我们那晚有人试图潜入你的卧室时，我对他的怀疑更加重了，因为只有约瑟夫有可能在你的卧室藏有东西——你曾讲述过那晚上你和医生回到家时是怎样腾出那间卧室的。在你没有护理看护一个人独自睡觉的晚上，一位不速之客企图闯入，说明窃贼对你的情况很是了解。"

"我真是有眼无珠！"

"我对整个案情的推理是这样的：约瑟夫·哈里森是从临着查尔斯大街的侧门进入外交部的，由于对路线熟悉就直接去了你的办公室，而你正巧刚去楼下。发现房间里没人，他就马上按铃了，可是就在按铃的那一刻，他发现了桌上的文件。他看了一下文件，察觉到是非常有价值的国家文件！对他来说，简直是天赐良机，于是他把文件放进口袋迅速离开。你应该不会忘记，从你离开办公室到睡觉的看门人提醒你按铃的事，这之间大约有几分钟，足够窃贼逃离现场。

"他乘第一班火车回了沃金，在仔细研读了那份文件后，确信价值连城，就把它藏在一个自己认为非常安全的地方，准备等合适的时间拿出来将它卖给俄罗斯大使或者他认为能够出高价的人。可是就在这时候，你却在没有通知的情况下突然回来了，他被迫让出了自己的房间。之后房间里一直至少有两个人，使得他没有办法取回那份珍贵的文件。这种情形使他发狂，可是没有办法。后来他认为机会来了，就于那天晚上试图取走文件，可是你醒着，他的行动失败了。你应该记得那天晚上你没有服用平时吃的药吧？"

"嗯，不错，那天晚上没有服用药。"

"我认为他可能在药里放了些东西，让药效加大，认为你肯定昏睡不醒。当然我还清楚，只要有机会，他肯定还会去拿。你离开房间给了他一个这样的机会。我让哈里森小姐一直不要离开那个房间是担心他乘大家不在时趁机取走文件。当他认为机会来了，没有危险的时候，却不知道我躲在暗处一直监视着他。我已经知道文件可能就藏在那间卧室里，可我不愿意亲自去找，而是让他自己从文件所藏的地方取出来，省得我麻烦。就这些了，还有哪一点不明白？"

"那他第一次他为什么不从门直接进去，而要撬窗户进去啊？"我问道。

"从门里进去要经过七个房门，而翻窗进去只要跨过草坪即可。还有吗？"

"您认为他没有任何谋害我的念头？那把长刀仅仅用来撬窗户？"费尔普斯问道。

"也许吧。"福尔摩斯耸了耸肩，说，"不过有一点我可以确定，约瑟夫·哈里森先生绝不是一个讲究慈悲和善良的君子。"

十一　福尔摩斯之死

我怀着十分沉重的心情写下这最后一案，把我亲爱的朋友夏洛克·福尔摩斯超人的天才记录下来。从"血字的研究"一案第一次把我们连接在一起，到他成功告破"海军协定"一案——由于他的介入，显而易见，让一场可能发生的严重的国际纠纷化为无形——尽管我记述得很不连贯，而且我还知道写得也极不充分，不过我已经把我和他共同的奇异经历尽量真实生动地记载了下来。我本来只准备写到"海军协定"一案就不写了，绝口不提那件造成我一生惆怅的案件。可是两年的时光过去了，我的这种惆怅之感却没有任何减退。然而，最近詹姆斯·莫里亚蒂上校发表了几封信，为他已经离世的兄弟辩护。我没有办法，只好把事实真相完全如实地讲出来。我是唯一知道全部真相的人，既然时机到来了，再掩盖下去已没有什么用处了。

我了解到，报纸上对此事只报道过三次：一次刊登于1891年5月6日的《日内瓦杂志》上；一次刊登于1891年5月7日英国各报刊载的路透社电讯；最后一次就是我上面提到的几封信，是最近公布于众的。第一次报道和第二次报道都很简单，而最后一次，正如我要指出的，完全与事实不符，因此我有责任把莫里亚蒂教授和夏洛克·福尔摩斯之间发生的事实真相公告天下。

读者或许已经察觉到，自从我结婚及婚后开业行医以来，我和福尔摩斯之间原本极为亲密的来往慢慢变得有些疏远了。当他在调查中需要个助手时，还会过来找我，不过这种情况变得越来越少了。我发现，在1890年，我仅记录了三个案子。这一年冬天和1891年初春，我从报上看到福尔摩斯接受法国政府的聘请，负责侦办一件很重要的案子。福尔摩斯给我发来了两封信，一封是从纳尔榜发来的，另一封是从尼姆发来的，我因此判断他一定要在法国逗留很长时间。可是，非常出乎我意料的是，1891年4月21日晚间，他走进我的诊室。更让我吃惊的是，他比平日显得更为苍白、消瘦。

"是的，我近来把自己搞得过于筋疲力尽了。"他看到我吃惊的表情，不等我发问，就自己说了出来，"最近我有点儿力不从心。你不反对我把你的百叶窗关上吧？"

我用以阅读的那盏灯摆在桌上，室内仅有这点灯光照亮。福尔摩斯顺着墙边走过去，把两扇百叶窗关了，把插销插紧。

"是不是有什么东西令你害怕？"我问道。

"是的，我现在很害怕。"

"怕什么？"

"怕遭到气枪袭击。"

"我亲爱的朋友，究竟发生了什么事？"

"我认为你对我是很了解的，华生，你知道我并不是一个怯懦的人。可是，假如你察觉到危险临头还不承认有危险，那就不是勇敢，而是愚蠢了。能不能给我一根火柴？"福尔摩斯抽着香烟，他似乎很喜欢香烟的镇静作用。

"真是不好意思，这么晚还来打扰你。"福尔摩斯说道，"此外，我还需要请你破例允许我现在从你花园后墙翻出去，离开你这里。"

"你能告诉我这一切都是为什么吗？"我问道。

他把手伸出来，我借着灯光看见他两个指关节受了伤，还在流血。

"你瞧，这是最真实的证明，"福尔摩斯笑道，"危险是实实在在的，甚至可以把人的手弄断呢。尊夫人在家吗？"

"哦，她出去见朋友了。"

"真的吗？就剩你一个人吗？"

"是的。"

"那么我就正式向你提出请求，希望你和我一起到欧洲大陆去作为期一星期的旅行。"

"去什么地方？"

"啊，什么地方都行，我不在乎。"

这令我感到十分的怪异，福尔摩斯从来不喜欢漫无目的的旅游，而他那苍白、憔悴的面容让我联想到他的神经已紧张到了极点。福尔摩斯从我的眼神中看出了我的疑问，便把两手手指交叉在一起，胳膊肘支在膝上，跟我解释了起来。

"有个莫里亚蒂教授，你应该没有听说过吧？"他问道。

"是的，没有听说过。"

"啊，天下还真的有人才啊！"福尔摩斯大声说道，"这个人的势力遍及整个伦敦，但是却偏偏很少有人听说过他。这就使他的犯罪记录达到登峰造极的地步。华生，我郑重地跟你讲，假如我能战胜他，假如我能为社会除掉他这个毒瘤，那么，我就会觉得我本人的事业也达到了顶峰，然后我就准备从此过一种比较安静的生活了。我跟你说件事但你不要传出去，最近我为斯堪的那维亚皇室和法兰西共和国办的那几件案子，给我创造了一个可以让我过上那种我所喜爱的安静生活，并且还能集中精力从事我的化学实验的条件。可是，华生，我想到像莫里亚蒂教授这样的恶棍还在伦敦继续做着坏事，我就无法心绪安定，我是不能静坐在安乐椅中无所事事的。"

"你能告诉我他都做下了哪些勾当吗？"

"他的履历很不一般。他出身一个良好的世家，受过极好的教育，而且有非凡的数学天赋。他二十一岁时因写了一篇关于二项式定理的论文，在欧洲广为人知。借此机会，他在一些小学院里获得了数学教授的职位，照这样来看，他的前程应该是光辉灿烂的。不过，这个人秉承了他的祖辈们某些恶劣品性。他血液中流淌着的犯罪的血缘不仅没有减轻，并且由于他那非凡的智能，相反变得更加膨胀，更具有无限的危险性。大学区也流传着他的一些劣迹，他终于迫于各方压力离开了教授的岗位，来到了伦敦，准备做一名军事教练。人们只知道他的这些情况，不过我现在准备告诉你的是我对他的调查结果。

"你对我是了解的，华生，对于伦敦那些高级犯罪活动，我可以说没有任何人比我更了解的。最近这些年来，我一直感觉到在那些犯罪分子背后有一股隐形但阴险的势力总是成为法律的障碍，庇护着那些为非作歹的人。我所办理的案件，什么性质的都有——伪造案、抢劫案、凶杀案，我不止一次地强烈感觉到这股力量的存在。我运用推理方法发现了这股势力在一些没被侦破的犯罪案件中的活动，即使我没有应邀承办这些案子。多年来，我想尽办法去揭开荫蔽这股势力的黑幕，现在时机终于到了。我抓住线索，跟踪追击，经过千百次的曲折迂回，我终于找到了那股势力的源头，就是那位退职教授莫里亚蒂。

"他是邪恶世界里的拿破仑，华生。伦敦城中的犯罪活动有一半是他策划指使的，几乎所有没有告破的犯罪活动都源自他手。他是一个奇才、哲学家、深邃的思想家，他有一个人类第一流的头脑。他如同一只趴在蜘蛛网中心的蜘蛛，虽然静静不动，可是蛛网却有千丝万缕，他对其中每一丝的震颤都了如指掌。他很少亲自出手，只是出谋划策。他的帮凶成百上千，而且组织严密。我调查发现，假如有人要作案，要盗窃文件，要抢劫一户人家，要暗杀一个人，只要传给他一句话，那么这件犯罪活动就会被付诸实现。他的同伙即使被捕，他也有钱把他保释出来，或找律师为他进行辩护。但是他自己却从未被捕过，甚至连嫌疑也没有。这就是我推断出的关于他的组织情况，华生，我始终在努力揭露和破获这一团伙的犯罪活动。

"尽管我倾尽全力，但是，这个犯罪头头的防范措施非常严密，策划的活动严丝合缝，我还是无法获得可以把他送上法庭的罪证。华生，你是清楚我的能力的，可是经过三个月的努力，实话实说，我碰到了一个智力与我不相上下的对手。我佩服他的本事胜过了厌恶他的罪行。终于他出了个纰漏，一个很小很小的纰漏，但是，在我把他盯得这么紧的关键时刻，这点纰漏是会要他命的。我既已抓住机会，便从这一点开始布局，到现在我已在他周围布下法网，就等时机一到，就开始收网。在三天之内——也就是在下星期一——时机就成熟了，这个狡猾的教授和他的那些同伙，就要全部落入警察手中。那时就会进行本世纪以来对罪犯最大的审判，那些四十多件未结的疑案都会水落石出，他们全部都会被判处绞刑。可是如果我们的行动稍有疏漏，那么你清楚，他们甚至在最后关头，也可能从我们手中溜走。

"唉，假如我可以把这件事做得天衣无缝，让莫里亚蒂教授毫无所知，那就万事顺遂了。可惜的是莫里亚蒂实在狡诈多变，我在他周围设网的每一步，他都清楚。他一次又一次地竭力突破布局而逃脱，我就一次又一次地阻止了他。我跟你讲，华生，如果把我和他较量的详细情况记载下来，那必能以光辉的一页载入侦探史册。在这之前我还从来没有达到过这样的高度，也从来没有出现过被对手步步紧逼的情形。他干得非常有效，而我刚刚超过他。今天早晨我已经把所有的部署都完成了，相信再有三天的时间这件事就算大功告成。我正坐在室内通盘考虑这件事的时候，房门突然打开了，莫里亚蒂教授出现在我眼前。

"我自认为我的意志力还是相当坚强的，华生，不过我不得不承认，在我看到那个使我耿耿于怀的人站在门槛那里时，也不免有些神情失色。我对他的容貌自然十分熟悉。他个子特别高，面庞消瘦，前额隆起，双目深陷，脸刮得光光的，面色苍白，与苦行僧的样子有些像，还有某种教授风度。可能因为学习过度，他的肩背有些佝偻。当时他的脸朝前伸，并且左右轻轻摇摆不停，样子古怪又令人讨厌。他眯缝着双眼，十分好奇地看着我。

"'你的前额没有我想象中那样发达，先生，'他开口说道，'玩弄口袋里子弹上膛的手枪，是一个很危险的习惯。'

"实际上，在他进来之际，我随即意识到我面临的巨大的人身危险。这很明显，对他来说，唯一的摆脱困境的方法，就是将我杀死。我考虑到这儿，所以急忙从抽屉里抓起手枪偷偷塞进口袋里，并且隔着衣服把枪口对准了他。现在他把这件事说破了，我便把手枪拿出来，把机头张开，放到桌上。他依然微笑着，眯缝着眼，不过我从他的眼神中看到一种表情，使我暗自为我手中有这支手枪而感到庆幸。

"'你显然对我很不了解。'他说道。

"'不，事情正好相反，'我答道，'我相信我对你足够了解。请坐。假如有什么话要说，我可以给你五分钟的时间。'

"'我想什么，你早已经清楚了。'他说道。

"'那么说，我的回答你也早已知道了？'我反问道。

"'你不肯做出让步吗？'

"'是的，我没有这个打算。'

"他突然把手插进口袋，而我快速将桌上的手枪拿起来。可是他只是掏出一本备忘录，上面潦草地写着一些事情，他念了起来。

"'1 月 4 日你阻止了我的行动；'他说道，'23 日你又妨碍了我行事；2 月中旬你给我制造了相当大的麻烦；3 月底你完全破坏了我的计划。在 4 月将尽时，我发现，由于你的布局，我将会有丧失自由的危险。事情发展到了让我无法忍受的地步了。'

"'那你准备怎么办？'我问道。

"'你必须马上停下来，福尔摩斯先生！'他左右晃着头说道，'你知道，你真的必须马上停下来。'

"'过了星期一再说。'我说道。

"'啧，啧！'他说道，'我敢肯定，像你这样聪明的人一定明白这种事只能有一个后果，那就是你必须马上停下你做的事。你把事情做绝了，我们只有一条路可走。看到你把这件事搅成这个程度，这对我来说是智力上的一种乐事，不过我还是郑重地跟你讲，假如我被迫采取任何极端措施，那后果是严重的。你笑吧，先生，可是我向你保证，这绝不是说说而已。'

"'做侦探有时候危险是无法避免的。'我说道。

"'这不是危险，'他说道，'是躲不开的毁灭。因为你所阻挠的不单是我一个人，而是一个强大的组织。虽然你很聪慧，但你还是没有完全认识到这个组织的雄厚力量。你必须停下来，福尔摩斯先生，要不然你会被踩死的。'

"'可能，'我站起身来说道，'由于我们谈得过于热乎，我会把别处等我去办的重要事情耽搁了。'

"他也站起身来，一言不发望着我，悲伤地摇摇头。

"'好吧，好吧，'他终于说道，'看来很可惜，不过我已经做了我该做的事了。我对你的招数每一步都了如指掌。星期一以前你没有任何良策。这是你死我活的一场决斗，福尔摩斯先生，如果你想把我推到被告席上，那我跟你讲，我决不会站到被告席上的。你想毁掉我，我告诉你，你是不会得逞的。如果你的聪明足以使我遭到毁灭，那么请你也做好准备，我会与你同归于尽的。'

"'多谢你看重，莫里亚蒂先生。'我说道，'那让我告诉你，假如我能保证毁灭你，那么，为了社会的利益，即使和你同归于尽，我也绝不

后悔。'

"'我是说与你同归于尽,但不是你毁灭我。'他咆哮如雷地说道,然后走出屋去。

"我和莫里亚蒂那场奇特的谈话就是这样的。我承认,这番话在我心中产生了不愉快的影响。他的话讲得那么镇定、明确,让我确信他是认真的,一个普通罪犯是办不到这一点的。当然,你会说:'为什么你不找警察帮助呢?'因为我确信他会叫他的同伙来加害我。我有最充分的证据,证明事实就是如此。"

"你已经遭到他的迫害了吗?"

"亲爱的朋友,莫里亚蒂是一个不会放过任何机会的人。那天中午,我到牛津街去办事,刚走过从本廷克街到韦尔贝克街十字路口的转角时,突然一辆双马货车如闪电一般快速向我冲过来。我急中生智跳到人行便道上,在十分危急时刻躲过一难。货车一瞬间冲过马里利本巷飞驰而去。在这次危险的事情发生以后,我便只走人行道。华生,有一次当我走到维尔街时,突然从一家屋顶上落下一块砖,在我脚旁摔得粉碎。我找来警察检查了那家屋顶。修房用的石板和砖瓦堆满了那家屋顶,他们对我说是风把一块砖刮下去的。我心里十分清楚是怎么回事,却无法证明有人要害我。

"这之后,我乘坐一辆马车到蓓尔美尔街我哥哥家,在那里度过了白

天。刚才我到你这里来时，在路上有一个暴徒用大头棒袭击我。我将他制服了，警察把他拘留起来。我因为手与那个人的门牙磕碰上，指关节擦破了。我可以绝对有把握地告诉你，不可能查出被拘留的那个人与莫里亚蒂之间的任何关系，而且我确信，莫里亚蒂现在正站在十英里以外的一块黑板前面解答问题呢。华生，你听到这些，对我来到你家首先将百叶窗关好，然后又请你允许我从你的后墙而不从前门离开，希望不引起人注意，该能够理解了吧。"

我一向对福尔摩斯的勇敢精神钦佩无比。如今发生的这一系列事件，简直说得上恐怖之极了。现在他坐在那里镇定自若地讲述着他所经历的那些令人毛骨悚然的恐怖事件，使我对他的大无畏精神更加钦佩了。

"你要在这里留宿？"我问道。

"不，我亲爱的朋友，我留宿在这里会给你带来危险的。我已经定好了计划，一切都会顺畅的。就逮捕而言，事情已进展到不用我亲自出面就可以逮捕那些不法之徒的程度了，只是将来还需要我出庭作证。在逮捕前几天，我显然以离开此地更为明智，这样便于警察们能自由行动。假如你能同我一起到欧洲大陆去旅行一番，那就令我倍感兴奋了。"

"最近诊所正好不忙，"我说道，"又有一位肯帮忙的邻居，所以我很乐意与你同去。"

"明天早晨一起启程，没问题吗？"

"需要的话，当然可以。"

"哦，好，非常需要。既然这样，这些就是给你的指令。我请你，我亲爱的朋友，一定要完全按照我的吩咐去做，要知道现在我俩正在同最狡诈的罪犯和欧洲最有势力的犯罪集团作生死决斗。好了，注意！不管你准备拿什么样的行李，上面一定不要写明寄往什么地方，并于今夜找一个信得过的人送往维多利亚车站。明天早晨你雇一辆双轮马车，但是你一定要叮嘱你的仆人，不要雇第一辆和第二辆主动来揽生意的人。上了马车后，用纸条写个地址交给车夫，上面写着驶往劳瑟街斯特兰德尽头处，不要忘了叮嘱车夫保存好纸条。你要事先把车费付清，这样车一停，你可以马上下车，迅速穿过街道，于九点一刻到达街的另一端。街边会有一辆四轮轿式小马车在等你，赶车的人披深黑色斗篷，领子上镶有红边，你上了这辆车，便能及时赶到维多利亚车站，搭乘开往欧洲大陆的快车。"

"我们在何处碰面？"

"在车站。我们订的座位在从前往后数第二节头等车厢里。"

"也就是说，车厢就是我们的碰头地点了？"

"不错。"

我让福尔摩斯留下过夜，他执意不肯。很显然，他认为他住在这里会给我带来危险，这就是他非离开不可的原因。他急匆匆地告诉我明天的计划后，便站起身来和我一同走进花园，然后翻墙到了莫蒂默街，立即打了一声口哨，唤来一辆马车，然后乘车离去。

第二天清早一起来，我完全按照福尔摩斯的吩咐安排事宜，我十分谨慎，以防雇来的马车是专门为我们设下的圈套。用过早餐后，我十分谨慎地选了一辆双轮马车，坐车立即赶往劳瑟街。下车后我迅速穿过这条街。街边有一位身材十分魁梧的车夫，披着黑斗篷，驾着一辆四轮小马车正等在那里，我刚一坐上车，他立即挥鞭策马，驶往维多利亚车站，到了车站后我刚一下车，他便调过车头疾驰而去。

到此时，一切进行按部就班，非常顺利。我的行李已在车上，我没费多大周折就找到了福尔摩斯所说的车厢，因为只有一节车厢上标着"预定"字样。现在让我感到心急的事只有一件，那就是我的朋友还没有来。我看了看车站上的钟，离开车时间只有七分钟了。我在一群旅客和告别的人群中寻找福尔摩斯的声影，却一无所获。我见到一位年老的意大利教士，嘴里说着不流利的英语，努力想让搬运工明白，他的行李要托运到巴黎。这时我上前帮他与对方沟通，为此耽搁了几分钟。然后，他又向四周打量了一番。我返回自己的车厢里，发现那个搬运工不管票号对不对，竟然把那位年老的意大利教士领来和我做伴。尽管我对他解释说不要侵占别人的座位，可是没有得到任何效果，因为我说意大利语比他说英语更蹩脚，对此我只好无可奈何地耸了耸双肩，继续焦急地向外张望，寻找福尔摩斯。我猜想昨夜他可能是遭到了袭击，所以今天无法前来，想到这里，我不由吓得浑身发抖。火车所有的门都关上了，汽笛响了，可是……

"我亲爱的朋友，"一个声音传来，"你还没有跟我打招呼呢。"

我吃了一惊，回过头来，发现那个意大利老教士已向我转过脸来。瞬间他那满脸皱纹消失了，鼻子变高了，下嘴唇不再是那样向前突出了，嘴也不瘪了，呆滞的双眼变得极其有神，弯曲的身体舒展开了。然而一瞬间他整个身躯又弯曲了，而福尔摩斯又像他来时那样消失不见了。

"上帝呀！"我高声叫道，"你快把吓死了！"

"小心永远都不是多余的。"福尔摩斯小声说道，"我确信他们正在紧追我们。啊，那就是莫里亚蒂那个家伙。"

福尔摩斯说此话时，火车已经开动起来。我向后望了一眼，发现有一个身材高大的人猛然从人群中闯出来，连连挥手，好像想叫火车停下似的。不过已经来不及了，因为我们的列车正在慢慢加速，很快就驶出了车站。

"由于我们的严密防范，我们很顺利地脱身了。"福尔摩斯笑容满面地说着站起身来，脱下化装用的黑色教士衣帽，并将它们放进手提袋里。

"今天的晨报看过了吗，华生？"

"还没看。"

"那么，贝克街发生的事你还不知道吧？"

"贝克街有什么事？"

"昨夜他们烧了我们的寓所，不过没有造成重大损失。"

"上帝呀！福尔摩斯，这是不能容忍的！"

"自从把那个用大头棒袭击我的人抓住之后，他们就找不到我的行踪了，要不然他们不会以为我已回家了。不过，显而易见，他们事先对你进行了监视，这就是莫里亚蒂来到维多利亚车站的原因。你来时没有留下一点让人怀疑的地方吗？"

"我完全按你的指令安排事宜的。"

"你找到那辆双轮马车了吗？"

"找到了，它正等在那里。"

"你认识那个马车夫吗？"

"不认识。"

"那是我哥哥迈克罗夫特。在办关键的事情时，最好不用雇来的人，不过我们现在必须制定好对付莫里亚蒂的策略。"

"既然这是快车，而轮船又和这列车联运，我确信他们已经不可能抓到我们了。"

"我亲爱的朋友，我曾对你说过这个人的智力水平与我相差无几，你显然并未深入理解我这话的含义。假如我是那个追踪者，你绝不会认为，我遇到这样一点小小的障碍就被难倒了。既然这样，你又如何能轻视他呢？"

"那他能如何应对呢？"

"我能如何应对，他就能如何应对。"

"那么，你要如何应对呢？"

"定一辆专车。"

"可是那也一定来不及了。"

"来得及。这趟车要途径坎特伯雷站，平常总是至少耽搁一刻钟才能上船。他会在码头上抓住我们的。"

"那可能会让别人以为我们是罪犯呢，我们为什么不先逮捕他呢？"

"那样做的话就使我三个月的心血白费了。我们虽然能捉住大鱼，可是那些小鱼就趁机四散而逃，成为漏网之鱼。但到星期一我们就可以把他们一网打尽。不行，决不能逮捕他。"

"那如何应对呢？"

"我们从坎特伯雷站下车。"

"之后呢？"

"之后我们作环游全国的旅行，到纽黑文去，再到迪埃普去。莫里亚蒂一定像我在这种情况下会做的那样赶往巴黎，他认准了我们托运的行李，那就让他在车站守候两天吧。我们需要买两个睡袋，就算是支持一下沿途国家的睡袋商，然后淡定自在地经过卢森堡和巴塞尔到瑞士一游。"

就这样，我们在坎特伯雷站下了车，可是下车一看，还要等一小时才有车到纽黑文。

那列拉着我全套行装的行李车飞驰而去，我有些心情沮丧地望着列车的方向，这时福尔摩斯拉了拉我的衣袖，向远处指着。

"你瞧，他们来了。"他说道。

远处，从肯特森林中升起一缕黑烟，大约一分钟，有机车引着列车爬过弯道，向车站疾驰而来。我们刚刚在一堆行李后面将身影藏好，那列车就鸣着汽笛飞速驶过，一股热气向我们迎面扑来。

"他远去了。"见那列车飞快地越过几个小丘，福尔摩斯说道，"看吧，我们朋友的智力毕竟不是高不可攀，如果能够把我推断的事推断出来，并采取相应的行动，那就真的高不可攀了。"

"他要是赶上我们，结果如何呢？"

"显而易见，他一定要杀死我的。不过，谁胜谁负尚难预料。现在的问题是我们在这里提前进午餐呢，还是赶到纽黑文再解决呢？不过到纽黑文就有饿肚子的危险了。"

当天夜里，我们抵达了布鲁塞尔，在那里停留了两天，第三天到达斯特拉斯堡。星期一早晨福尔摩斯向苏格兰场发了一封电报，当晚我们回旅店时发现了回电。福尔摩斯拆开电报，看过之后便痛骂一声把它扔进了火炉。

"我早就应该想到这一点了！"福尔摩斯哼了一声说道，"他跑了。"

"莫里亚蒂吗？"

"嗯，是的，苏格兰场破获了整个犯罪集团，不过让莫里亚蒂逃跑了。既然我离开了英国，当然没有人再有能力对付他了，可是我却认为苏格兰场已经稳操胜券了。我认为，你最好还是回英国去，我亲爱的朋友。"

"为什么？"

"因为现在我们在一起会让你有危险。那个人的老窝已经被摧毁了，假如他回到伦敦去，他也要被捕。据我对他的性格的了解，他必定一心要找我复仇。在那次和我简短的谈话里，他已将这话说得很明白了。我相信他是说得出就做得到的，所以我必须劝你回去继续做你的事。"

由于我们多次出生入死一起办案，又是他的老朋友，所以我不同意他的这种建议。对这个问题，我们坐在斯特拉斯堡饭馆争论了半小时，最后决定继续旅行，一起去日内瓦。

我们一路徜徉观光，在隆河峡谷度过了难忘的一周；接着我们又从洛伊克转路前往吉米山隘，山上还残留着很多积雪；最后，我们取道因特拉肯，去迈林根。这是一次令人心旷神怡的旅行，山下春光明媚，满眼嫩绿，山上白雪相连，寒冬景象。可是我心里很明白，福尔摩斯一时一刻也没有彻底轻松过，无论是在乡风纯朴的阿尔卑斯山村，还是在人迹稀少的山隘，每一个从我们身旁经过的人他都会投以警惕的审视目光，仔细打量着。我从这件事看出，我的朋友一直认为不管我们走到哪里，都有被人跟踪的危险。

有一次我们通过了吉米山隘，正沿着让人乏味的道本尼山边界向前走时，突然有一块大山石从右方山脊上坠落下来，咕咚一声滚落到我们身后的湖中。福尔摩斯马上快速登上山脊，站在高耸的峰顶，向四周眺望。虽然我们的向导向他保证，春季这个地方山石坠落是十分正常的事，仍无济于事，福尔摩斯虽然没有说什么，向我微笑着，但是带着早已料到会有此事的那种神情。

虽然福尔摩斯很警惕，但并不显得灰心丧气。正好相反，我过去还从未见过他这样精神抖擞过。他不止一次地跟我讲：假如他能为社会除掉莫里亚蒂这个祸害，那么，他就心甘情愿结束他的侦探生涯。

"我亲爱的朋友，我现在可以说，我完全没有虚度此生。"福尔摩斯说道，"假如我的生命的旅程截止到今夜，我也可以心安理得地视死如归。由于我的存在，伦敦的空气清新了许多。在我办的一千多件案子里，我确认，我从来没有把我的力量用错了地方。我一直不愿意研究我们社会那些浅薄的问题，认为那是由我们人为的社会状态造成的，我更喜欢研究大自然的本质属性。华生，有一天，当我把那位欧洲最具危险性而又最有能力的罪犯捕获或消灭的时候，我的侦探生涯也就到尽头了，而你的回忆录也就完成了。"

现在，我决定尽量简明扼要而又准确无误地将这个故事讲完，我原本是不愿详细描述此事的，可是我的责任心又不准许我遗漏任何细节。

5月3日，我们来到了荷兰迈林根的一个小村镇，下榻在老彼得·斯太勒开设的"大英旅馆"里。老彼得·斯太勒很精明，曾在伦敦格罗夫纳旅馆当过三年侍者，能讲一口漂亮的英语。4日下午，在他的建议下，我们两人一起出发，准备爬过几座山到罗森洛依的一个小村庄去过夜。临行之前，他郑重提醒我们一定要去半山腰上的莱辛巴赫瀑布，可以稍微绕一些路去欣赏欣赏。

那确实是一个令人感到震撼的地方。融雪汇成大小激流，倾泻进山下深潭，激起高溅水花，那情形就像房屋失火时冒出的浓烟。河流注入的谷口本身就有一个巨大的裂罅，两岸矗立着高高的山岩，往下裂罅陡然收紧，乳白色的激流泻入无底深潭，之后澎湃的激流溢出从豁口处流下，连绵不断的瀑布发出雷鸣般巨声倾泻而下，浓密而晃动的水帘接连不断地地发出轰鸣声，水花向上飞溅，湍流与喧嚣声给人一种窒息感。我和福尔摩斯站在山边，凝视着下方拍击着山石的水流，倾听着深潭发出的宛如怒吼的隆隆响声。

半山坡上，围绕着瀑布辟出一条小径，站在这里可以使人能够看到瀑布全景，可是小径突然终止，游客只好原路返回。我们也不得已转身返回，忽然看到一个瑞士少年手拿一封信顺小路跑过来，信上有我们刚刚离开的那家旅馆的印章。信，原来是店主写给我们的。在信上，店主跟我们讲，在我们离开没多久，来了一位英国妇女，已经到了肺结核后期。她在达沃斯普拉茨过冬，现在到卢塞恩旅游会友。不料她突然咯血，病情危重，需要紧急救助。如能有一位英国医生为她诊治，她将感到无比的欣慰，问我是否可以返回救治等等。好心的店主斯太勒在附言中又说，因为这位夫人断然拒绝让瑞士医生给她看病，他别无办法只好自己承担起重大的责任，恳请我出面诊治，如果我能答应，他本人将对我十分感激。

对于这种事情，我是做不到视而不见的，我不能拒绝一位身在异国生命垂危的女同胞的请求，不过让我离开福尔摩斯，我有些犹豫不决。然而，最后我俩一致决定，在我返回迈林根为那个同胞治病的时候，他把这位送信的瑞士青年留在身边做向导和旅伴。福尔摩斯说，他要在瀑布旁再逗留一会儿，然后悠闲翻山而过前往罗森洛依，傍晚时分我会去那里和他相会。我转身走开时，看到福尔摩斯依靠着山石，双手抱臂，俯瞰着飞泻的瀑布。我没想到这次分别会成为我和他今世的永别。

当我走下山坡回头再看时，已看不见瀑布，不过仍然可以看到山腰通往瀑布的蜿蜒崎岖的小路。我记得在我往回走的时候看见一个人顺小路快步走上去。在他身后绿荫的衬托之下，我很清晰地看到他黑色的身影。我注意到了他，也注意到了他走路时精神抖擞的样子，或许我急着往回赶，很快便把他忘却了。

一个多小时后，我终于又来到迈林根。老斯太勒正站在旅馆门口。

"嗨，"我急忙走过去问道，"那个英国女人的病情没有恶化吧？"

听了这话，他顿时面呈震惊之色，一见他双眉向上一扬，我的心禁不住一沉。

"你没有写这封信吗？"我从衣袋里掏出信来问道，"旅馆里不是有一位我的女同胞需要救治吗？"

"没有的事！"他大声说道，"可是这上面有旅馆的印章！哦，知道了，这一定是那个高个子英国人写的，你们走后他来到这里的。他说……"

我没等店主把话说完，便万分惊恐地沿着上山的路急速往回跑，我来时是下坡走了一个多小时，可这次返回是上坡，因此虽然我拼命地快跑，可是还是用了两个多小时才返回莱辛巴赫瀑布。福尔摩斯的登山杖依然靠在我们分手时他靠过的那块岩石上，可是它的主人却了无踪影。我焦急地大声呼着我朋友的名字，可是耳边只有四周山谷传来的回声。

看到登山杖，当时我就有一种不好的感觉。也就是说，福尔摩斯没有到罗森洛依去，在遭到仇敌袭击时，他还待在这条一边是陡壁、一边是深涧的三英尺宽的小路上。那个送信的瑞士少年也不知道在哪里。他可能拿了莫里亚蒂的赏钱，留下这两个对手跑开了。到底发生了什么事？谁能告诉我？谁能告诉我？！

我被这件事闹得头晕晕的，在那里站了一两分钟，竭力使自己从惊慌中恢复过来，然后开始想起福尔摩斯的方法，想利用它去查明这场悲剧。实际上，这种方法是切实可行的。我们谈话时，还没有走到小径的尽头，登山杖就说明了我们曾经谈话的地方。黑色的土壤因受到水花持续不断的溅洒，一直是潮湿松软的，就是一只小鸟落在上面也会留下痕迹。在我脚下，有两排清晰的脚印通向小径尽头的地方，而且没有返回的印迹。离小径尽头处几码的地方，凌乱的脚步将地面践踏得不成样子，裂罅边上的荆棘和羊齿草被撕扯得倒伏在泥水中。我伏在瀑布崖口，低头查看，水花在我周围喷溅。我从旅馆返回时，天色已经开始暗淡，现在我只能看到黑色峭壁上发着光亮的水珠，还有峡谷远处浪花冲击的闪光。我不停地呼唤，可是只有那瀑布的奔腾回声传入我的耳膜。

命运使然，我终于找到了我那最亲密的朋友的临终遗言。前面我提到过，福尔摩斯的登山杖斜靠在小径旁的一块凸出的岩石上。在这块圆石顶上，我的目光被一件闪闪发光的东西吸引了过去。我伸手将它取下来，发现那是福尔摩斯经常随身携带的银烟盒。在我拿起烟盒的一瞬间，烟盒下面压着的叠成小方块的纸落到地面。我拾起小方块纸片并打开它，原来是从笔记本上撕下来的三页纸，上面写满了字，是写给我的。它完全符合福尔摩斯的特性，指示照样清晰，笔法遒劲有力，仿佛是在书房写成的。

我亲爱的华生：

感谢莫里亚蒂先生的好意，我才能写下这封书信，他正等着解决我们之间存在的一些问题。他已向我简述了他是如何摆脱英国的警察逮捕并如何查明我们行踪的方法。这更加让我坚定了他是一个很聪明的人的看法。我一想到我能为社会除掉由于他的存在而带来的祸害，就十分欣慰，虽然这可能要给我的朋友们，特别是给你，我亲爱的华生，带来悲痛，不过，我已经向你解释过了，我的生涯已经到了生死攸关的时刻了，而对我来说，再没有比这样的结局更使我感到心安理得了。诚然，我对你彻底坦白说，我事先就知道迈林根的来信是一场骗局，而我之所以同意你离开，是因为我确信，一系列类似的事情定会接踵而至。请告诉帕特森警长，他所需要的给那些匪帮定罪的证据，放在我的文件柜里字首为 M 的文件夹里，里面有一个蓝信封，上写"莫里亚蒂"。在离开英国时，我已经将有价值的财物作了处理，并已交给了我的哥哥迈克罗夫特。请代我向尊夫人问候，我的朋友。

你忠诚的朋友夏洛克·福尔摩斯

剩下的事情简单几句话即可说清楚。经过专家的现场勘察，获知两人进行过一场殊死搏斗，其最后的结果，只能是两个人紧紧地扭打在一起，然后撕扯着一起坠入裂罅。没有任何希望能够找到他们的尸体，这两人将永远葬身在那旋涡激荡、泡沫沸腾的无底深潭中。此后也再也没有见到那个送信的瑞士少年，他分明是莫里亚蒂雇用的帮凶。至于那个匪帮，大概公众都还没有忘记，福尔摩斯所搜集的十分完整的罪证揭露了他们所犯下的罪行，揭露了死去的莫里亚蒂对他们控制得有多么严密。在诉讼过程中，对他们组织可怕的首领的详情叙述很少，而现在我选择将他的罪恶勾当和盘托出，是因为那些枉费心机的辩护者妄想用攻击福尔摩斯的手段来纪念莫里亚蒂，而我永远把福尔摩斯视为我所知道的最好的人、最善良的聪明人。

归来记

The Adventures of Sherlock Holmes

一　空屋

　　1894年春天，受人敬重的罗纳德·阿代尔死于一次莫名其妙的谋杀。这个案件引起了伦敦上下的关注，同时也让上流社会陷入了惊恐之中。公众从警方的调查中了解到了一些案情，但对很多细节却毫不知情。由于该案起诉的证据确凿，所以没有必要公开所有的细节。直到现在，这件事情已经过去了将近十年，才允许我将其中残缺的环节加以补充，以完善这一离奇血案的全部细节。案情本身就很离奇，而结局更出人意料，更让人震惊，这是我侦探生涯中所没有遇到过的。过了这么长时间，想起来依然令人有些不寒而栗的感觉，兴奋、惊讶、质疑，犹如一波波巨浪将我的心绪湮没。读者朋友不会忘记一位非凡人物——我曾多次谈起过他的破案思路和方法，不过敬请原谅我没跟大家分享我所知道的一切。如果不是他亲口下令不让我这么做，我会把它当作首要任务第一时间讲给大家的，这项禁令是上个月3日才取消的。

　　因为经常和夏洛克·福尔摩斯一起侦查案件，我对刑事案件产生了浓厚的兴趣。自从我最亲爱的朋友失踪之后，我都会仔细研读警方向公众公布的每一起案件。出于我个人的需要，我曾多次试图学着运用福尔摩斯的办案思路和方法去探究一些疑案，虽然每次都不尽如人意，但没有一个案件像罗纳德·阿代尔谋杀案这样将我的探究心理强烈吸引住。当我读到审判时提出的证据，并由此判定这是一起凶手并未受到惩处的蓄意谋杀案时，我第一次深深地感到夏洛克·福尔摩斯的离去给这个社会所带来的巨大损失。我确信这起离奇的案子一定会深深吸引这位欧洲超凡脱俗的大侦探，他会以自己聪慧过人的头脑和训练有素的判断给警方提供必要的帮助，或促使警方提前行动。诊所的事让我整天都处于繁忙中，但脑子里还是不断地思考着这起谋杀案。前思后想，还是找不出一个合理的解释。先让我讲述一个尽人皆知的故事，简要地介绍一下案件判决终结时，警方公布于众的案情。

受人敬重的罗纳德·阿代尔是澳大利亚某殖民地总督梅努斯伯爵的第二个儿子。事情发生之前阿代尔的母亲从澳大利亚回来打算做白内障手术，就和阿代尔还有女儿希尔达一起住在公园路四百二十七号。阿代尔是上流社会的常客，到目前为止没发现他有敌人或死对头。他曾与卡斯特尔斯的伊迪丝·伍德利小姐订过婚，不过就在几个月前两人却解除了婚约，同时没有给外界留下一丝一毫的因为此事而造成的伤害的迹象。阿代尔为人冷静而有自制力，平日里生活在一个狭小保守的圈子里。可是，死神却没有放过这位随和的年轻贵族。在1894年3月30日晚，约十点到十一点二十分之间，他死于一场莫名其妙的谋杀中。

打牌是罗纳德·阿代尔的日常娱乐，但每次的赌注都不会影响到他的身份地位。他是鲍尔温、卡文狄希和巴加泰勒棋牌俱乐部的会员。就在被谋害的那天下午，他和莫里先生、约翰·哈迪爵士、莫兰上校三人在巴加泰勒棋牌俱乐部玩惠斯特牌，这几人证实那天打牌输赢与平时差不多，阿代尔大约输了五英镑，输这些钱不足以对他有什么影响，因为他有一笔令人羡慕的财产。用完晚餐后，阿代尔又去巴加泰勒棋牌俱乐部找人玩惠斯特。他几乎每天去这家或那家俱乐部玩牌。他打牌一向很小心，往往赢了才会结束。证词还提到几周前他和莫兰上校合伙赢了对家高德弗里·米勒和巴莫拉尔伯爵四百二十英镑。调查报告中对他的近期调查情况的记述就这些。

受害身死的那天晚上，他从俱乐部回到家的时间是十点整。那天晚上，他的母亲和妹妹去一个亲戚家了。仆人在证词中说她听到阿代尔走进了二楼的前屋——那是他用作起居室的房间。那时有人在房间里已经生好了火，由于屋里有烟，所以她把窗户打开了。阿代尔的屋里没有任何动静，直到十一点二十分梅努斯太太和女儿拜访亲戚回来。梅努斯太太想进儿子的房间跟儿子说句话，可是门从里面锁着，无论她们怎样敲门和喊叫，里面都毫无动静，于是找人帮忙把门撬开了。可怜的阿代尔躺在桌边！脑袋被左轮开花弹击中，面目惨不忍睹，非常可怕，屋里却没有找到任何杀人的武器。桌子上摆放着数量不等的几小堆钱，总共有两张十英镑的纸币和十七英镑十便士的硬币。此外，还有一张纸片在桌子上放着，上面写着一些数字和俱乐部牌友的名字。借由这些东西可推测阿代尔在遇害时正在计算打牌时的输赢。

对案件发生现场的勘查结果让这个案件显得更加扑朔迷离。首先，没有任何迹象表明阿代尔出于什么原因要把门从里面锁上。或许可解释为凶手将门锁上然后跳窗逃脱，可是窗户离地面少说也有二十英尺，窗下花坛里的番红花正开得热烈，偏偏这些花儿和泥土都没有任何被踩踏过的痕迹。在房子和马路之间有一条草坪绿化带，可是上面上也没有发现任何足迹。所以，可以推断房门只能是阿代尔自己从里面锁上的，那么问题来了，如果是这样，那他是如何被枪杀的呢？没有任何一个人能够从窗户爬上去而不留一丝痕迹！假如真的有人对准窗户用左轮手枪将阿代尔杀害，那他的枪法一定是百发百中，因为阿代尔是一枪毙命的。还有，公园路是一条异常热闹的大道，离房屋一百码的地方就是车站，却没有人听到枪声。可是公园路却偏偏发生了这样的奇案：一颗子弹呼啸而来，一位年轻贵族瞬间毙命！没有发现任何犯罪动机，由此案件显得更加扑朔迷离。前面提到过，阿代尔没有任何仇恨他的人，而房间里的值钱的财物一样也都没有被动过。

我脑海里一直对这些情况进行梳理，努力想寻找一个合理的解释，以便把它们联系起来，就如同我那已经远去的朋友福尔摩斯经常说到的那样，要找出一个最便捷的突破口，可是事情却没有取得任何实质性的进展。

一天晚上，我漫步穿过公园，六点左右的时候，我来到了位于牛津大街一端的公园路。许多闲来无事的人聚集在人行道上，伸长脖子向那扇窗口——正是我要去查看的那间房屋的窗口——张望着。一位戴着眼镜的消瘦高个儿——我认为他或许是位便衣侦探——正在不住嘴地发表着自己的见解，其他人则围在他身边聆听他的高谈阔论。我也尽量来到他跟前，可他的推测听起来让人感到很可笑，于是我便厌恶地准备离开他。就在我转身离去时，不小心与一位站在我身后的残疾老者撞到了一起，并撞掉了他手里抱着的几本书。我急忙俯下身子捡起那些书，发现其中有一本书叫《树木崇拜的起源》，我由此猜想这位老者肯定是一位生活潦倒的藏书爱好者，因为我认为无论是出于一种职业还是一种个人爱好，收藏这些晦涩难懂的书籍的人生活多不如意。我竭力道歉，可很明显我不小心打翻在地上的这些书在它主人眼里是非常珍贵的宝贝。老者显出不高兴的样子，骂骂咧咧地转身走了。我眼望着这位有点儿驼背的老者渐渐地消失在人流中。

我对公园路四百二十七号房间的考察并没有让我脑海中的那些疑问得到解决。房子和大街之间仅隔有一段矮墙和栏杆，无论是谁都不用花费多大力气即可出入花园，不过要想攀上窗户则是没有任何希望的，因为墙面上没有水管之类可以借力的东西，身手再敏捷的人都没有希望爬上去，因此我更加迷茫和不解，心情郁闷地原路返回到肯辛顿。我到书房的时间不超过五分钟，仆人就进来说外面有人要见我。让我感到吃惊的是，要见我的人正是刚才那位老藏书家。他花白的头发下露出一张机警而消瘦的脸，右胳膊下夹着他那些藏书，看来至少有十来本。

"先生，看到我您是不是感到有些吃惊？"他阴阳怪气地问道。

我说的确很吃惊。

"哦，我是一个有原则的人，我不经意看到你进了这间房子，就跟了过来。我认为我有理由来拜访你，告诉你，我之前的态度有些过分，不过我没有任何恶意，我很感谢你帮我把书捡了起来。"

"您不必这样，有些小题大做了，"我说，"可不可以问您是怎么认出我的？"

"哦，先生，假如您能原谅我的冒昧，我们算得上是邻居呢，因为您可以在教堂街拐角处看到我的小书店。我认为您要是能去那儿我将会非常高兴，可能您会挑上几本书。这儿有几本书——《英国鸟类》、《加塔拉斯》、《圣战》——都是物美价廉的。五本书正好可以把您书架第二层码整齐，现在看起来有些不整齐，是不是这样，先生？"

我顺势转过身看了看我身后的书架，可是等我再次转过身时，夏洛克·福尔摩斯正微笑着站在书桌的对面！我猛然站起身来，吃惊地、傻傻地盯了他几秒钟，然后就生平第一次也是最后一次晕厥了过去，只朦胧觉得眼前一片白雾萦绕。等白雾消散时，发现自己领口被解开了，嘴唇上还留有白兰地的辛辣。福尔摩斯斜靠在椅子旁边，手里拿着自己带来的白兰地酒瓶。

"亲爱的朋友，"耳朵里传来曾经很熟悉的声音，"真的不好意思，没想到让你受到了这样的惊吓！"

我一把将他的胳膊抓住，叫道："福尔摩斯！真的是你吗？你居然还活着？难道你从那可怕的峡谷中爬上来了？"

"稍等，稍等，"他说，"你现在确认与我谈话没有问题吗？我这戏剧性的再次出现看起来吓了你一大跳，你本不必这样做啊！"

"我没有问题，可是福尔摩斯，我真不敢相信自己的这双眼睛。上帝呀！世界上任何人都可能出现在我的书房，唯独你出现让我大吃一惊！"我又一次抓住他的衣袖，抓住他那消瘦而有力的臂腕。"哦，无论如何，您总不会是鬼魂吧！"我说道，"我亲爱的朋友，见到你我不知道有多高兴！快讲一讲！你是怎样从那可怕的深渊中死里逃生的。"

他在我对面坐下，和以前一样，漫不经心地点燃了烟卷。

福尔摩斯身上穿着一件不知哪个书商穿过的破旧长衫，旁边的桌子上放着那团花白的头发和那些旧书。福尔摩斯看上去比以前更加消瘦，但也更加机警，他那鹰似的脸上有些许苍白，说明他的身体最近备受折腾。

"很高兴我可以舒展一下腰身了，华生，"他说，"你不知道一个高个子连续不断地使自己矮一英尺有多么痛苦。如今，我亲爱的朋友，我想，假如你还肯继续选择与我合作，我们今晚要做一项艰苦而危险的工作。可能在这项工作完成之后，我再讲述发生的一切会更加合理。"

"我真的忍不住立刻就想知道，现在就讲给我听听！"

"今晚你肯和我一起去吗？"

"你说什么时间去，去什么地方，悉听尊便。"

"那好吧，这次和以前一样，我们简单用完晚餐就得走了。还是先给你讲讲那深潭历险吧。实际上，从深潭里逃出来并不十分困难，原因很简单，那就是我并没有掉进去。"

"啊，你没有掉进深潭？"

"嗯，不错，华生，我没有掉下去，不过我给你留下的便条却是真的。当莫里亚蒂那个家伙站在那条通向安全地带的小径上时，我并没有认为自己的职业生涯或许面临结束。不过我从他灰色的眼睛里发现了一种冷漠无情的用意。我与他简单地交谈了几句，他也很有礼貌地同意了我的请求，于是我就给你写下了那张便条。我把写好的便条和我的烟盒及拐杖放在一起，然后向前走，莫里亚蒂紧跟在我身后。走到小路的尽头，我发现再也没有路可走了！他没有如我想象中掏出武器，而是冲过来用长长的胳膊抱住我。他似乎知道自己已经无路可走了，所以报复我的心异常急迫。我们在悬崖边上扭作一团。多亏我会一些柔道，而且不止一次地让它发挥作用，这一次依然如此。我奋力从他的胳膊的束缚中挣脱出来，并紧紧抓住了他向前摔去。他发出一声凄厉的惨叫，双脚胡乱地踢了几下，双手在空中毫无规则地抓

狂，努力想使自己重获自由。可是无论他怎么努力，最终还是失去了平衡，滚落下了悬崖。我在悬崖边上探头看着他往下掉。他掉下去很长一段距离后，撞在一块岩石上，接着又弹了出去，最后被下面的深潭吞没了。"

我目瞪口呆地听着福尔摩斯先生一边抽着烟一边讲述着惊心动魄的一切。

"那些足迹！"我叫道，"那可是我亲眼看到的，去的时候是两个人的脚印，但是却没有回来的脚印！"

"哦，听我讲下去：莫里亚蒂掉下去的瞬间，我突然意识到对我来说这是一个绝好的机会。莫里亚蒂并不是唯一想让我离开这个世界的人，至少还有三个人会因为他们头目的死亡而更加想让我早点离开这个世界。他们都是很危险的人物，其中有人一定会找到我。另一方面，假如整个世界都相信我死了，那么他们就会肆无忌惮，就会很快重新出来为非作歹，我迟早会收拾掉他们，那时我会宣布自己还活在这个世界上。这一通想法在我的大脑里快速闪过，其速度之快，让我确信在莫里亚蒂还没沉入莱辛巴赫瀑布底部之前它们就产生了。

"我站在悬崖边仔细观察身后的岩墙——在你公布的那份关于这一事件的报告里，你曾对它生动描绘过，并认定那是绝壁。我后来充满兴趣地地读了你的这一报告，不过你的认定却不是百分百正确的，因为峭壁上有几个小的立足点，上面或许有一个岩架。峭壁很高，要想攀到顶峰希望是渺茫的，同样，要想沿着那条湿滑的狭路走回去而不留脚印也是没有希望的。当然我可以像以前有些时候一样，把鞋倒过来穿上走回去，可是沿着同一方向有三个人的脚印是糊弄不过去的。总之，我最好的选择就是冒险爬上那个峭壁。华生，那是一件令人胆战心惊的事情。脚下是奔腾咆哮的万丈瀑布！我确信自己不容易产生幻觉，不过我跟你讲，我好像听见莫里亚蒂在瀑布之下惨叫着召唤我！一不留神我就会失足掉下去，不止一次我手里抓着的草根断了或脚下踩着的岩缝一滑，我都以为自己终究要离去了，但我拼命攀爬，终于爬到一个有几英尺宽的岩架上，青苔布满其上，我可以很舒服地躺在那儿，而不会让任何人发现。亲爱的华生，当你和你召唤过来的人满怀同情却毫无成效地勘察我的死亡现场时，我正很舒服地躺在岩架上。

"最后，当你们形成你们认为理所当然却完全不对的勘察报告后，就离开现场回旅馆了，留下我一个人躺在那儿。我本来想我的危险旅程就此过去了，可一件意想不到的事情发生了。一块巨石从上面滚落下来，轰鸣着从我身边飞过，砸在下面的小路上，又反弹掉下深潭。最开始我把那当作一个偶然事件，可我抬头一看，灰蒙蒙的夜空下，探着一张脸！接着又一块巨石滚落到我躺着的岩架边上，离我头部只有一英尺远！所以，显而易见：莫里亚蒂那个家伙不是一个人来的，他的同伙——虽然只看了对方一眼，我就知道那是一个穷凶极恶的家伙——目睹了我和莫里亚蒂的生死搏斗，目睹了他头目掉下悬崖以及我的脱逃。他一直注视着这一切，后来他绕道到达峭壁顶上，想完成莫里亚蒂没有完成的工作。

"华生，我没有过多的时间考虑这些事情，我又看到露出崖顶的那张凶残的脸，这表明可能又会有另一块巨石滚落，于是我开始爬向下面的小道。我无法确定自己能否安全地爬下去，因为这要比攀爬上去还要困难许多。我也来不及多想这严重的后果，因为当我的手刚扒着岩架边悬在半空时，又一块巨石带着呼啸声飞过我的身旁。爬到一半的时候，我脱手了。上帝保佑了我！我跌落到下面的小路上，虽然摔得鼻青脸肿，头破血流，可毕竟活了下来。我爬起来马上离开现场，乘着夜色在山岭间跑了大约十英里路。一星期之后，我来到了佛罗伦萨，相信这个世界上再也没有人知道我的踪迹了。

"当时我唯一能够信任的人就是我的哥哥迈克罗夫特，这样说我有些抱歉，亲爱的朋友，不过让所有人相信我已经离世是十分重要的，当然假如你不相信我悲惨的结局，也就不会写出那么令人信服的勘验报告了。三年里我多次涌起想写信给你的念头，可总是害怕万一你稍有不谨慎就会泄露我的秘密，因为你对我的深切关心容易让你产生不慎之举。正是因为我这样的担心，今天晚上，当你碰掉我手中的书的时候，我没有过多停留转身走了。由于我正处于危险之中，假如你表现出任何惊讶或其他情感倾向，或许就会将所有的目光引向我的身份问题上，那将是一个不可挽回的惨痛结局。我信任哥哥迈克罗夫特的一个原因是因为我需要他提供给我所需要的钱。伦敦事态的发展并没有如我意料之中的顺利，因为在审讯莫里亚蒂团伙时，两个最危险的成员成了漏网之鱼，他们是我最痛恨的敌人，在那次审判中他们逃脱了。

"我在西藏生活了两年，偶尔到拉萨去转一转，和那里的大喇嘛共度几天美好时光。你可能读到过一位叫西格森的挪威人所撰写的精彩探险报告，不过据我猜想你应该没有在那里面读到你朋友的身影。后来我途经波斯，去了麦加，在喀土穆与哈里发见了面，虽然时间不长却很有意义，拜访结果后来我做了一个报告并交给了外交部。回到法国，我在南部蒙彼利埃一家实验室用去几个月的时间研究煤焦油的派生物。实验结果给了我很大的安慰。那时我得知我伦敦的敌人只剩下一个了，于是便打算回来。不同寻常的公园路奇案的消息加速了我回国的步伐。它在强烈吸引了我的同时，亦为我提供了一个绝好的机会。那之后不长时间我回到伦敦，来到贝克街的老房子。哈德森太太看到我吓得歇斯底里地大叫起来。房间与以前一样，迈克罗夫特也原封不动地保留着我的文件。过去三年的情形大致如此，亲爱的朋友。今天下午两点，我又坐在了那间老屋里的那把旧椅子上，当时想要是我的老朋友华生也坐在对面那把他经常坐的椅子上，事情该有多美妙！"

上面就是我在那个四月的晚上听到的精彩故事。如果不是看到眼前真实的身材匀称的高个子，看到那张原以为再也看不到的精力充沛而富有活力的脸庞，我无论如何不会相信这是一个真实的故事。

福尔摩斯以他特有的方式得知我在服丧，他的同情和安慰表现在他的行为上。他说道："痛苦最好的解药就是工作，亲爱的朋友，今天晚上有一项需要由我们两个人去完成的工作。假如一切顺利，咱们也就不枉来这个世界一趟。"我要求他把具体情况讲出来，可是他不肯。"天亮之前，你会听到也会看到许多。"他说，"虽然我们有三年的事需要聊，但是等到九点半我们开始非凡的空屋历险后，我们再慢慢地聊吧。"

和之前的行动相类似，时间到了，我们坐上了马车。我的口袋里放着左轮手枪，心头满是冒险的兴奋。我朋友冷静而严肃，什么话也不说。当街灯的光线投射到他的脸上时，我看到他紧紧闭着嘴唇，眉头紧锁，一声不响地冥思。我不知道在伦敦这罪恶丛林中我们所追寻的是怎样一只猛兽，不过从这位老练的猎手的神态我可以确信，这是一次不甚容易的猎兽行动。然而从我朋友严峻的脸上时不时地露出一丝丝讥讽的笑容，我猜想这只猎物恐怕凶多吉少。

我原以为我们会去贝克街，可是我们的马车在卡文狄希广场拐角处停了下来。我发现我的朋友从马车上下来的时候，十分认真地查看着周围的动静，而在以后经过的每一处拐角，他也都会非常认真地查看，保证我们没有被人尾随。我们选择的路线很让人迷惑不解，福尔摩斯对伦敦的大街小巷十分熟络。他领着我，在我不知道具体位置的小巷与马房间快步穿过，最后我们来到一条小路上，小路两旁是光线昏暗、脏乱异常的老房子。沿着这条小路，我们经过曼彻斯特大街，来到布兰福特大街。从那里我们飞快进入一条小巷，然后通过一扇木门，来到一座废弃的院落里。福尔摩斯掏出一把钥匙，将房间的后门打开，随后我们一起进去后把门关上了。

房间里没有一丝光亮，但我还是很明显感觉到它是一间空屋。我们踩着没有铺地毯的地板一步步向前走，发出吱吱嘎嘎的声响。我伸出手摸了摸墙面，发觉墙纸已经剥落得差不多了。福尔摩斯用冰冷细长的手指把我的手腕抓住，拉着我通过一个很长的大厅。我隐约可以看见前面门口模糊的扇形光影。行进中福尔摩斯突然右拐，来到一间巨大的正方形空屋。屋子的角落不见一丝光亮，中央有点儿街灯映入的微弱光线。附近没有灯，但可以看见窗户上落了一层厚厚的灰尘，在屋子里我们只能辨别出彼此的模糊轮廓。福尔摩斯将手搭在我的肩膀上，嘴唇凑到我的耳边，低声问道："你知道这是哪儿吗？"

"自然是贝克街了。"我回答道，同时眼睛盯着昏暗的窗外。

"不错，这儿是卡姆登私宅，就在我们老屋的对面。"

"我想知道的是我们来这儿的原因。"

"是因为在这里可以清楚地看到我们那座神奇的老屋。我亲爱的朋友，假如你不介意的话，可以再往窗前靠近一点儿，不过一定记着要小心，不要将自己暴露。抬头看看我们的老屋，那里是你许多神话的起点。看看三年过去了，我能否还会给你带来惊喜？"

　　我向前走了一点儿，又看到了那扇熟悉的窗户。透过窗户，我顿时被屋内的情景吓呆了，我不由自主地叫了一声。窗帘是拉上的，屋内燃烧的蜡烛发出明亮的光线。屋内坐在椅子上的人的影像被清晰地映在光亮的窗户上。那头的姿势，那宽阔的肩膀，那轮廓分明的脸庞，那样子就像我们祖父母那代人所喜欢的装了框的黑白剪影。活生生的福尔摩斯的影像！我大吃一惊，伸手去拉福尔摩斯，看看他是否就在我身旁。福尔摩斯在一旁悄无声息地笑着，笑得全身都在不停地抖动。

　　"效果如何？"他问。

　　"上帝呀！妙不可言！"我低声叫道。

　　"我认为虽然岁月无情流逝，可是我变化无穷的手法依然有用武之地，依然有它的妙用！"他的语气里蕴含着一位艺术家对自己伟大创作的喜悦与自豪。

　　"它看上去与我很像，是不是？"

　　"我正要发誓说那就是你！"

　　"功劳属于奥斯卡·夏尼埃先生，他花了几天时间做好了一尊我的蜡像。剩下的工作是今天下午我到贝克街自己完成的。"

　　"需要这样做的原因是什么？"

　　"亲爱的朋友，我有足够的理由希望有人认为我就在那儿，可实际上那只是我的一个替身。"

　　"你是说有人在监视那栋房子？"

　　"不错，有人在监视。"

　　"谁在监视？"

　　"是我的老对手在监视，华生，这是一个有点儿'可爱'的团伙，他们的头目已经长眠在莱辛巴赫瀑布底部。你应该记得，他们知道，也只有他们知道我依然还存活于世。他们相信我迟早会回到我的老房子里，所以他们一直没有放弃监视，今天早上他们看到我回来了。"

　　"你是如何知道这些的？"

　　"因为我往窗外看的时候，我认出了他们派来监视我的人——那是个名叫巴克尔的恶棍，以杀人抢劫为生，同时很擅长单簧口琴演奏。他对我没有任何威胁，我也不在乎他，可我非常在乎他幕后那双可怕的黑手。那个人就是莫里亚蒂的亲密同伙，也是那天晚上从崖顶投巨石想砸死我的人。这位伦敦最狡猾、最凶险的家伙今晚想谋害我，却没想到我跟在他身后。"

福尔摩斯的计划渐渐展露出来。在这个极其隐蔽之处，监视者反过来被监视，跟踪者反过来被跟踪。那边消瘦的影像就是诱饵，而我们是狩猎者。在黑暗中我们静静地站在一起，冷静地查看着窗外行色匆匆的过往行人。

福尔摩斯不说一句话，站在那儿纹丝不动，可是我知道他十分警惕，眼睛死死地盯着过往行人。这是一个寒冷而喧嚣的夜晚，冷风带着哨声刮过长长的大街，街上人来人往，多数裹着围巾和外套。一两次我好像看到相同的身影从窗外经过，也特别注意到街角不远处的门道里蜷缩着两个人，看样子在躲避寒风。我想把福尔摩斯的目光吸引到那边，可他只是不耐烦地应了一声，眼睛依然紧盯着窗外的大街，不时表现出心神不宁的样子，还用手指快速地弹敲着墙壁。可以看得出来我朋友的计划并没有如料想中一帆风顺，他心中不免有点儿焦虑不安。午夜时分，大街上没有熙熙攘攘的行人了，福尔摩斯开始在屋里烦躁不安地走来走去。我正想与他说说话，可我一抬头看到对面亮着灯的窗户，被吓了一大跳！我抓住福尔摩斯的胳膊，指了指那边，叫道：

"你看，那影像在动啊！"

确实，影像不再是侧身，而变成后背对着我们。

三年的时间我那朋友并没有将他那暴躁的脾气改掉，也没有改变他对智商低于自己的人的藐视。

"肯定要动的啦！"他说，"华生，你想我怎么可能是那样愚笨的家伙？在那儿放一个一眼就能看出来的假人，勾引欧洲最聪明的那些恶棍来上当受骗？我们在这空屋待了两个小时，哈德森太太已经转动过蜡像八次啦，每十五分钟就会转动一次。由于她从前面转动，所以外面的人不会看到她的影子，这回清楚了吗？"说完，他兴奋地吸了一口气。

借助昏暗的光线的帮助，我看到福尔摩斯的头微微地向前探了探，可能因为紧张的原因，动作好像有点儿僵硬。窗外的大街上已经没有了行人，那两个人可能还蜷缩在门道里，不过我现在却找寻不到他们的身影。一切都如死一般地寂静，一切都笼罩在黑暗之中，除了我们面前那扇窗户还透着亮光外。窗户的中央依旧映着清晰的黑影。在死一般的沉寂中，我又一次听到那微弱的嗞嗞声———一种由于极度压制内心的兴奋而发出的声音。在极短的时间内，福尔摩斯把我拉到房间最黑暗的那个角落里，并用手把我的嘴捂上，生怕我发出声音。我发觉他的手指在微微地颤抖，我还从来没有见识过我的朋友如此失态过。窗外的大街依然孤独地在黑暗中寂静无声。

猛然间，我意识到福尔摩斯那敏锐的感官早已察觉出了异常的动静，这时一种轻轻的、鬼鬼祟祟的声音传入我的耳朵，我发觉这声音不是从贝克大街传来的，而是从我们身处的这间空屋里传过来的！一扇门开了又关上，随即过道里传来脚步声。虽然能听得出来对方轻手轻脚，可在这空屋里却回响着刺耳的声响。我紧紧握着口袋里的左轮手枪，和福尔摩斯一起紧贴在身后的墙面上。目光穿过黑暗，我看到一个人的隐约轮廓，轮廓阴影略重于门口的黑暗。

他站了一会儿，然后将身体蹲下，怕有威胁似的向前挪动着。这个凶险的恶棍，离我们不到三码的距离，我已经运足了力气准备等他扑过来时与他进行搏斗！可突然我意识到这个恶棍根本就不知道我们在这里。他从我们身边经过，挪到了窗前，之后轻轻地把窗扇往上推了半英尺。当他半蹲着打开窗户时，由于没有了沾满灰尘的玻璃的遮挡，街上的灯光清晰地照射在他的脸上。那个家伙因为兴奋而有些忘乎所以，他的双眼闪着亮光，全身因为兴奋而不停地颤抖。看得出来他已经上了年纪，有一个细长而凸显的鼻子，高而光洁的前额，浓密而花白的胡须；后脑勺上斜挂着一顶礼帽，外套解开露出了礼服衬衫的前襟。消瘦而黑黑的脸庞有着深深的野性痕迹。有一根类似于棍子的东西在他手里拎着，可放在地板上时却发出了金属撞击的声响。

他从外衣口袋里拿出一个不算很大的东西，然后忙着鼓弄了一阵，最后听到一声巨大的刺耳的撞击声，好像是弹簧或栓子卡到位的声音。他向前跪在地板上，身子前倾，使出全身力气摆弄着一个类似于杠杆的东西，接着一种旋转或摩擦的声音响了起来，最后又一次传来一声刺耳的咔嚓声，随后他直起身来，我看到他手里握着的竟然是支枪，枪托看起来有些与众不同。他打开枪膛，放进去个什么东西，然后将枪栓拉上，把枪支在窗台上。他那浓密的花白胡须垂落在枪筒上，发光的眼睛正在对准瞄准器。当他把枪托贴靠在肩膀时，我听到一声满意的叹息声。一定是因为他看到了令他心动的猎物！暗黄色背景下的黑色影像清晰地暴露在他的枪口之下。有一刻他纹丝不动，精神高度集中，随后扣动了扳机！"嗖"的一声怪响，紧接着是长时间的玻璃破碎的叮当声。就在那一刻，我的朋友像只老虎一跃而起，一下子跨到这个家伙的背上，然后用力把他面朝下摔倒在地。那个家伙反应很快马上爬起来，用尽全身力气死死地掐住福尔摩斯的喉咙，我用左轮手枪枪托砸向他的头部，他随即又歪倒在一边。在我竭力制服他的同时，福尔摩斯吹响了刺耳的警笛。人行道上顿时响起了跑步的嗒嗒声，两位穿制服的警察和一位便衣侦探从前门冲了进来。

"是雷斯垂德先生吗？"福尔摩斯问道。

"是的，福尔摩斯先生，在伦敦又见到您真是高兴！让我来处理吧！"

"我认为您多少需要一点儿非官方的帮助，雷斯垂德先生，一年里有三起命案没有告破，那可是不行的，不过您以有别于您惯常的手法侦破了这起悬案，也就是说，这起案子您处理得很得当！"

我们都站起身来，那个猎物不停地喘着粗气，他的两边各站着一位高大威猛的警察。一些爱看热闹的人已经开始聚集在街头。福尔摩斯来到窗前，将窗户关上，并拉下窗帘。雷斯垂德点上了两支蜡烛，警察也熄灭了他们的手提灯。我们终于可以好好地看一看我们的猎物了。

正对着我们的这张脸虽然有些凶险，不过非常有男子汉气概。哲学家的额头加上感觉主义者的下颚，预示了这个人无论是走入正道，还是步入歧路，都是一把好手。看看他那双凶残的蓝色眼睛，下垂却愤世嫉俗的眼睑，凶狠而富有挑衅的鼻子，还有那满是皱纹但却恐怖的额头，无一不预示着这个人的凶险。他对我们其他人都视而不见，只是用半仇恨和半惊讶的眼神盯着我的朋友，嘴里不停地念叨着："魔鬼，你这彻头彻尾的魔鬼！"

"哦，上校大人！"福尔摩斯一边整理凌乱的衣领一边说道，"正如老戏剧中说到的那样。'不是冤家不聚首'，自从上次我躺在莱辛巴赫瀑布之上的岩架上时之后，我们很久都没有再见面了。"

上校依然愣愣地盯着我的朋友，嘴里只会念叨："魔鬼，你这彻头彻尾的魔鬼！"

"哦，对了，我忘记给大家作介绍了！"福尔摩斯说道，"这位绅士是塞巴斯蒂安·莫兰上校，曾经在女王陛下的印度陆军中效力，是我们东方帝国培养出的最优秀的射手。上校大人，我没有说错吧！您的猎虎纪录恐怕到现在还没有人打破吧？"

这位凶残的老猎手一句话也不说，只是死死地盯着我的朋友。他那仇恨的眼睛和竖起的胡须让他看上去如同一只老虎！

"我还在揣摩我这小小的计谋是否可以瞒过您这位经验丰富的老猎人。"福尔摩斯说道，"这个方法与您的伎俩很相像。您会在树下拴上一只小绵羊，然后扛着猎枪在树上躲着，等着诱饵把老虎吸引过来，我说得不对吗？这间空屋就是我的树，而您就是我诱惑来的老虎。您会多准备几支枪，以防万一来好几只老虎，或者防备万一您自己被猎物吃掉。"说到这里，他指了指周围说："您瞧一瞧，他们就是我的备用枪。我这个比喻是不是很恰当啊！"

莫兰上校怒吼着向前冲了过来，不过随即被警察拉了回去。他脸上的愤怒之色让人感到很恐怖，甚至有些让人不敢正视。

"我诚实地说，您的计划稍微出乎了我的预料，"福尔摩斯说道，"我没料想您也会选择利用这间空屋和这扇便利的窗户。我原以为您会在大街上动手，而在那里，我的朋友雷斯垂德和他的同事在恭候您。除了这点儿意外，其他一切都没有逃出我的预料。"

莫兰上校转身对便衣侦探说道："你也许有，也许没有合理的理由来抓捕我，不过你没有权力让我站在这儿遭受他的嘲弄。假如我触犯了法律，那就按照正常的法律程序该怎么办就怎么办吧！"

"哦，有些道理。"雷斯垂德说道，"福尔摩斯先生，在我们走之前，您对我有什么嘱咐呢？"

福尔摩斯从地上将那支火力十足的气枪拾起，仔细地端详着它的结构。

"非常独到的武器，让人钦佩！"福尔摩斯说，"声音很小却极具杀

228

伤力！我知道这是德国盲人技师冯·赫德尔专门为莫里亚蒂制作的。多年前我就听说过它，却没有机会触摸它。现在，雷斯垂德警官，我委托您好好保管它，还有它的配置子弹。"

"嗯，好的，由我们保管，您大可放心。"雷斯垂德说道。当我们都向门口走去时，雷斯垂德又问道："福尔摩斯先生，您有什么话要嘱咐的吗？"

"哦，想问问您准备以什么罪名起诉他？"

"什么罪名？福尔摩斯先生，自然是企图谋杀您啊！"

"不是这样的，雷斯垂德警官，我不想把自己卷进来。您完成了一次漂亮的拘捕任务，荣誉理应归属于您，也只属于您！是的，雷斯垂德先生，我向你道贺！恭喜您以自己惯有的聪明才智和过人胆识，将罪犯成功抓捕！"

"福尔摩斯先生，您说抓住了他？您指的是谁啊？"

"抓住了警方一直在全力搜捕却一直没有抓到的人——塞巴斯蒂安·莫兰上校。上月30日，在公园路四百二十七号，就是这个人用这支气枪射出的开花弹从开着的窗户里杀害了受人敬重的罗纳德·阿代尔。这就是他的罪名，雷斯垂德先生。亲爱的华生，假如你可以忍受一会儿从破裂的窗户吹来的寒风，我想我们去书房坐上半个小时，享受一支烟，那感觉应该很爽！"

在迈克罗夫特的监督以及哈德森太太精心照料下，我们的老房子保持了老样子，只是比以前干净整洁多了。我进去的时候，一时之间还有些不太习惯。一切都没有动过，那张松木桌子还依然摆放在角落里，做化学实验用的酸性物质已将它腐蚀得坑坑包包了。上面的书架上依然是一排大部头的剪贴簿和参考书，全是些我们大多数伦敦市民都不太喜欢的东西。我四下环顾了一下，那些图表、提琴盒、烟架，甚至装烟草的波斯拖鞋都还摆放在原位。屋里有两个人，一个是满脸微笑迎接我们的哈德森太太，另一个就是在今晚行动中迷惑罪犯的神奇假人。这是一尊福尔摩斯的半身彩色蜡像，惟妙惟肖，简直就是福尔摩斯本人！蜡像放在一个小座架上，身上套着福尔摩斯先生的旧睡衣。从外面大街上望过来，的确十分像坐在椅子上的福尔摩斯!

"哈德森太太,您都按照我跟你讲的那样去做的吧?"福尔摩斯问道。

"嗯,是的,先生,我完全遵照您的叮嘱去做的,我是跪在地上去转动蜡像的。"

"不错,您很出色地完成了任务!您看到子弹打在哪儿了吗?"

"看见了,先生,它打坏了您逼真的蜡像,正好打穿头部,飞到对面的墙上,被碰扁了。我从地毯上捡了起来,给您!"

福尔摩斯将子弹递给我,说道:"我亲爱的朋友,看看,这是一颗软尖弹。这里面有很大的学问!谁会想到这是一颗从气枪里打出的子弹?好了,哈德森太太,非常感谢您的帮助!华生,还是请坐回到你的老位置上,我们还有一些事情要聊一聊。"

他将那件破旧的书商外套脱了下去,换上那件刚从蜡像上取下的灰褐色睡衣。

"这个老神枪手打枪时依然手不抖、眼不花!"福尔摩斯一边认真看着那击碎的蜡像前额一边说道。

"恰好击中后脑中部,然后贯穿整个大脑。他是印度最出色的射手,我想在伦敦也没有几个人有超越他的能力。你以前听说过他的名字吗?"

"没有,没听说过。"

"哦,不过这也许算他出名了吧!如果我没有记错的话,你以前也没有听说过詹姆斯·莫里亚蒂的名字吧!他可是这个世纪少有的拥有伟大头脑的人物之一!请将架子上那本人物传记索引取下来递给我。"

福尔摩斯舒服地躺在椅子里悠闲自在地吸着烟,懒洋洋地翻着书页。

"在我收集到的人物名字中以 M 开头的最有意思。"他说,"Moriarty(莫里亚蒂)不管在什么位置都是出类拔萃的;Morgan(摩根)善于投毒;Merridew(莫里迪)给世人留下了罪恶的记忆;Mathews(马修斯)在查令十字等候室打掉了我的左边门牙;最后就是我们今天晚上抓住的这个人。"

他将书递给了我,上面是这样记载的:

塞巴斯蒂安·莫兰,上校,无业,曾在印度班加罗尔先遣一队服役,

1840 年生于伦敦，原英国驻波斯大使奥古斯塔斯·莫兰爵士之子；曾在伊顿公学和牛津大学接受教育；参与过乔瓦基战役、阿富汗战役、舍尔普战役、查拉西阿布战役、喀布尔战役；著有《喜马拉雅山西部的大猎物》（1881）和《丛林中的三月》（1884）。住址：康迪特大街。参加了英印俱乐部、坦克维尔俱乐部和巴加泰勒棋牌俱乐部。

在书页的空白处，福尔摩斯明白无误地标注着：伦敦第二号危险人物。

"这有些让人感觉不可思议！"我把书放回书架，"这人居然曾是一位如此优秀的军人！"

"是啊。"福尔摩斯说道，"在某些方面来看他做得不错，他总是很沉着很果断，在印度，人们一直很喜欢谈论他如何爬进水沟制服一只受伤的食人虎。华生，一些树种长到一定高度就会发生突变。在人类身上你也会发现有类似的现象。我得出这样一个结论：个人的成长总体上遵循着整个祖先的发展轨迹，而一个人突然变得超好或者超坏是受到他家族的巨大影响，成为他家族的缩影。"

"这理论听起来有些诡异。"

"哦，我与你争论这件事，总之，不管是什么原因，莫兰上校开始走上歧途，而事先没有任何公开的丑闻。他干脆果断地离开了印度。退役后回到伦敦，成为一名臭名昭著的罪犯。这个时候，莫里亚蒂选中了他，一度让他当了自己的幕僚长。莫里亚蒂给他大笔的金钱，却只让他执行过一两次一般犯罪分子无法完成的高级别任务。你可能还记得 1887 年在劳德发生的斯图尔特太太谋杀案。难道忘记了？哦，我认为莫兰上校就是幕后的指使者，但是没有任何证据。莫兰上校十分聪明以至于莫里亚蒂团伙案告破之际，我们却因为缺乏证据而对他无可奈何！那天我去你家看你，我关上百叶窗，为的就是避免遭到气枪袭击，你还记得吗？我感觉到你认为我有点儿神经过敏，不过我自己十分清楚自己在做什么。因为我知道这个世界里有一支神奇的气枪，有一位无人能及的神枪手在我身后。我们去瑞士的时候，他和莫里亚蒂尾随着我们。那天在莱辛巴赫瀑布悬崖边，就是他给我制造了很麻烦的五分钟。

"你可以想象到我在法国那段时间，我每天都在关注着报纸上的消息，就是在寻找良机把他抓获归案。只要他还在伦敦为非作歹，我就觉得自己在世上白活。他的阴影每时每刻都压在我的心头，我发誓迟早有一天让他栽在我的手里！我该采取什么措施呢？我不能一见他就枪杀他，那样的话我就会坐在被告席上。向地方法官诉讼是徒劳无功的，他们不可能在看起来是一种大胆设想的案子上浪费他们宝贵精力的，因此一段时间内我毫无办法，但是我一直在关注着刑事案件的消息，知道早晚有一天他还会出来干坏事的。后来发生了罗纳德·阿代尔谋杀案，我知道我的机会终于降临了。您想知道我是如何判断是他作案的吗？他一定和阿代尔一起打牌，然后尾随着他回家了，再然后从窗户里面射杀了阿代尔。就是这样，一点儿问题都没有，单靠那颗子弹足以把他送上断头台。

"我即刻赶了回来。他派来监视我的人发现了我，我知道他很快就会知道消息。上校肯定会把我的突然出现和他的犯罪联系在一起。他会变得比之前更加警觉。我肯定他要想尽办法清除我这个障碍，他会带着那件极度危险的武器以达到目的。我在窗前放置了绝妙的诱饵，并通知警方我可能需要他们的帮助。这里要补充一下，华生，你看到躲在门道里的那人其实就是警察。我将空屋作为绝妙观测点，却万万没想到他也选择了同样的地方作为他展开攻击的场所。好了，我亲爱的华生，你还有什么地方不明白吗？"

"有，"我说，"我还不知道莫兰上校谋杀罗纳德·阿代尔的动机。"

"这个问题！亲爱的华生，这就到了需要猜测的部分了，在这里逻辑推理能力再强的人都或许会作出错误的推测。每一个人都会根据现有的证据作出自己的假设，你的猜测和我的推测一样都可能命中目标。"

"意思是你已经有自己的判断了？"

"我想这不是个难事。证据显示，莫兰上校和罗纳德·阿代尔两人合伙打牌时赢了一大笔钱，而莫兰上校打牌时肯定作弊了，这一点我很早就有所察觉。我确信就在阿代尔被杀害的那天，他发现了莫兰上校的作弊行为，为此他极有可能找过莫兰上校，要求对方主动退出俱乐部并保证以后永远不再打牌，要不然就会公开其作弊的行为。年轻的阿代尔应该不会当众揭发比自己年长的这位社会名宿，所以我猜测阿代尔是私下找莫兰上校交涉过了。可离开俱乐部对莫兰来说意味着毁灭，因为靠打牌作弊获取收入是莫兰上校的谋生之道，所以他决定谋杀阿代尔。在被枪击前，阿代尔正在计算他要退给牌友多少钱，因为他实在不愿意花作弊获取的金钱。他把门锁上是因为怕母亲进来，看到桌上的钱和纸条上的名字会问他在做什么，而他对此无法解释……"

"我认为你的解释完全合情合理。"

"在审判的时候这个推断或者会被证实，或者会被推翻。好了，无论谋杀案的动机是什么，莫兰上校再也不会打扰我们了。冯·赫德尔制造的那支非凡的气枪将会被永久地存放在伦敦警察局博物馆内，我将会又一次投身于那激动人心的侦查活动中去。"

二　惹祸的遗嘱

"在一些刑侦专家看来，"夏洛克·福尔摩斯先生说，"在莫里亚蒂离世以后，伦敦就变成了一个无趣之地。"

"我确信肯定会有很多正派的人士不同意你的看法。"我如此回答。

"不错，不错，我不应该这么自私。"他一面笑着，一面将椅子从餐桌旁挪开，"不可否认，他的离世对社会是有诸多好处的。除了让那些可怜的专家变得更加悠闲以外，谁也没有蒙受损失。在那个恶棍还四处活动的时候，你可以每天在早报上读到大量可能发生的情况。通常只要有一丁点线索，华生，一个最模糊的迹象，就可以让我推断出这个家伙在什么地方。这就好像蛛网的边缘虽然只稍微动一动，就使你想到潜伏在网中央的那只丑陋的蜘蛛。对握有线索的人来说，一切小的盗窃行径、恶意的暴行、任意的逞凶，都可能将其联系到一起通盘考虑。对一个研究上层犯罪社会的学者来说，欧洲还没有任何一个地方能像伦敦一样给其研究提供了这么多优越的条件。不过，现在……"他耸了耸肩，以一种幽默的方式对他自己花了很大精力才换来的现状表示不满。

我在描述这些的时候，福尔摩斯回来已经有几个月了。在他的请求下，我出让了我的诊所，搬回贝克街我们曾经居住过的旧寓所。我在肯辛顿的小诊所被一个叫弗纳的年轻医生买下了。他没有丝毫的犹豫就照我提出的高价将诊所买下了。几年以后，我才知道，原来这位年轻医生竟是福尔摩斯的一位远亲，这笔钱实际上是福尔摩斯拿出来的。

在我们一起工作的那几个月里，日子过得并不像福尔摩斯所说的那样枯燥乏味。我简单浏览了一下我的记录，上面记载着这段日子里发生的案件，其中就有前穆里罗总统文件案和荷兰轮船"弗里斯兰"号的重大事件，其中荷兰轮船"弗里斯兰"号事件险些让我俩丢了性命。不过由于他一贯不愿意接受任何形式的公开赞扬，所以他坚决要求我不再提有关他本人、他的破案方法或是他的成功之类的事。我已经解释过了，这项禁令到目前才被解除。

在说完那番古怪的言论之后，福尔摩斯先生往椅背上靠了靠，然后十分从容优雅地将当天的早报展开。就在这个时候，一阵惊人的门铃声传来，随即响起一阵咚咚的敲门声，像是什么人在用拳头捶打大门。门很快被打开了，有人冲进过道、急促地爬上楼梯。很快，一个脸色苍白、头发凌乱、惊恐失态的年轻人，像个疯子似的闯了进来。他两眼慌乱，浑身颤抖，对我和我的朋友打量了一番。在我们疑惑的目光中，他意识到应该要为自己这样无礼地闯入表示一下歉意。

"十分抱歉，福尔摩斯先生。"他高声地说，"请您见谅，因为我几乎要疯了。福尔摩斯先生，那个倒霉的约翰·赫克托·麦克法兰就是我。"

他以为他这样的自我介绍就会让我们明白他是谁以及了解他的事情，但是从我和我同伴毫无反应的脸上，他应该能看出这个姓名对我俩来说都不足以说明什么问题。

"还是先抽支烟吧，麦克法兰先生。"我的朋友一边说着一边把烟盒推了过去，"我肯定我的朋友华生医生会根据你的症状给你开一张让你镇定下来的处方。最近这一段时间天气真够热的。现在假如你感到缓和些了的话，那请你坐下来，然后慢慢地告诉我们你是谁，需要我们帮什么忙。你只讲了你的名字，以为我应该认识你，可是我除了知道你是个单身汉、律师、共济会会员、哮喘病患者这些很明显的事实外，其他事情我是毫不知情的。"

我十分了解我的老朋友那一套推理方法，所以很快就理解了他的推理。这位年轻人的不修边幅、随身携带的那一叠法律文件、表链上的挂饰以及他喘气的声音，让福尔摩斯很轻易地推理出了上述结论，可是这位年轻的委托人却惊得瞠目结舌。

"不错，您说得完全正确。除此以外，我现在还是全伦敦最倒霉的人。看在上帝的份上，您别不管我，福尔摩斯先生。如果在我没有把话讲完以前，他们就来逮捕我的话，请您一定要让他们给我把全部事实讲给您听的机会。只要有您在外面为我奔走，即便我被关在监狱里，我也可以高高兴兴的了。"

"逮捕你？"福尔摩斯说，"这是不是有些……太有意思了。那他们为什么要逮捕你呢？"

"我被指控将下诺伍德的约纳斯·奥德克先生杀害了。"

我发现福尔摩斯富于表情的脸上，此时流露出一种似乎多少带点满意的神情。

"哦，"他说，"就在刚才吃早餐的时候，我还对我的朋友华生医生说，能吸引人关注的案子已经从报上消失了呢。"

麦克法兰先生伸出一只颤抖的手，把还在福尔摩斯膝盖上放着的《每日电讯报》拿了起来。

"如果您已经看过这份报的话，先生，我肯定您一定就能猜出我今早为什么来打扰您了。我认为所有人应该都在谈论着我的名字和我的遭遇。"他把报纸翻到刊登重要新闻的那一版，"看，就是这个新闻。假如您允许的话，我念给您听。听听这个，福尔摩斯先生。大标题是：'下诺伍德的离奇案件——一位知名建筑师失踪——疑为谋杀纵火案——疑犯的线索'。警察就这一线索正着手调查，福尔摩斯先生。我知道这线索一定会引到我身上来。我在伦敦桥站就被监视了，他们只是在等着对我发出逮捕令。这会让我母亲伤心的———定会使她伤心的！"他非常害怕，使劲搓着自己的手，在椅子上似乎都坐不稳了。

我用新奇的眼光打量着这个被控杀人的男子：他有着淡黄色的头发，

眉目清秀，穿着褪了色的陈旧衣服，睁着一双惊恐的蓝眼睛，脸修理得很干净，嘴唇让他显得敏感而脆弱。他看上去二十岁左右，衣着和举止像个绅士的做派。他浅色外衣的口袋里露出一卷背面签注过的证书，说明了他的职业。

"趁现在还有自由时间，我们得好好利用。"福尔摩斯说，"华生，请你把早报拿起来念一念刚才所说的那段新闻，好吗？"

就在我们的客人引述过的大标题下面，有这样一段带有暗示性的话，我将这段话念了出来：

"昨晚深夜或者今日凌晨，下诺伍德发生了一起出人意料的事件，据猜测可能是一起严重的犯罪行为。约纳斯·奥德克先生是该郊区一位很有名气的居民，在建筑行业工作多年。奥德克先生没有结婚，现年五十二岁，居住在西德汉姆路尽头的幽谷庄，性情有些古怪，行事隐秘，喜欢独来独往。近几年他实际已经不再从事使他蓄积了大量钱财的建筑工作，不过其宅后的木料场还在。昨夜大约十二点，木料场发出火警，消防车很快就赶了过去，但因木料干燥，加之火势凶猛，无法扑救。最后整堆木料燃烧精光。那个时候，起火原因看起来好像出于偶然，不过新的种种迹象表明那场火灾或许是有人故意为之。令人诧异的是，主人却没有出现在火灾现场。

"调查的结果是主人已失踪。对其卧室进行检查，发现床上无人睡过，而保险柜却开着，地上散落着一些重要文件。室内发现有人曾激烈格斗过，并有少量血迹及橡木手杖一根，手杖柄上沾有血迹。根据调查，当夜奥德克先生曾在卧室与人见面过，该手杖即是来客之物。调查表明，深夜来访的客人是年轻律师约翰·赫克托·麦克法兰先生，即格雷沙姆大楼四二六号格雷姆－麦克法兰事务所年轻的合伙人。据说警方已经找到了能说明犯罪动机的有力证据。总之，显而易见，这个案件将会有惊人的发展。

本报付印时，据传闻约翰·赫克托·麦克法兰先生因涉嫌杀害约纳斯·奥德克即将被逮捕。可以确认的是逮捕证已发出。调查正在下诺伍德案进行，如今又有了新的进展。在建筑师所居住的楼下房间里，除了有打斗的痕迹外，还发现法式落地窗被打开，同时有笨重物体从室内被拖往木料堆的痕迹。最后调查表明，在火灾现场的灰烬中找到被烧焦的尸体。警方由此猜测，这是一起严重的犯罪行为。受害者在卧室中被杀害后，凶手将文件盗走，将尸体拖至木料堆焚烧灭迹。此案已移交给苏格兰场富有侦破经验的警官莱斯特雷德进行调查，目前他正以其惯有的精力与机智调查此事。

福尔摩斯微闭着眼，十指相抵，倾听着这起惊人的报道。

"这起案子有几点的确值得仔细考虑。"他慢条斯理地说，"麦克法兰先生，我想先问问你：既然看起来有充足的证据可以逮捕你，那为什么还没有逮捕你呢？"

"福尔摩斯先生，我和父母一起居住在布莱克希斯多林顿寓所，因为昨晚深夜有点事要与约纳斯·奥德克先生沟通，所以我就在诺伍德一家旅馆里过夜了，准备从那里直接去他家。我是在火车上读到报上您刚才听到的那则新闻的，才知道发生了这样的事情。我马上感觉到自己的处境非常危险，于是就急忙来您这儿，将这件案子委托给您。很明显，要是我在城里的办公室或在家里，早就被逮捕了。有人从伦敦桥车站就跟踪我，我一点儿都不怀疑——上帝啊！什么人来了？"

门铃响了，时间不长，从楼梯上传来了沉重的脚步声。很快我们的老朋友莱斯特雷德出现在房门口。我打量了一下，发现他身后站着两名穿制服的警察。

"约翰·赫克托·麦克法兰先生是哪位？"莱斯特雷德问道。

我们的委托人随即站了起来，脸色苍白。

"由于你涉嫌蓄意谋杀下诺伍德的约纳斯·奥德克先生，现在逮捕你。"

麦克法兰面对我们做了一个无望的手势，之后再一次绝望地瘫软在椅子上。

"请稍等一会儿，莱斯特雷德。"福尔摩斯说，"再等半个小时左右不会产生坏影响吧？这位先生正在给我们讲那件离奇的事件，这或许能帮助我们把事情弄清楚。"

"我认为把事情弄清楚不会有多大困难的。"莱斯特雷德严肃地说。

"不过，假如你允许的话，我想我会很有兴趣听他讲一讲。"

"没问题，福尔摩斯先生，对你的任何要求我都很难拒绝。过去你曾给我们帮过一两次忙，我们苏格兰场这方面还念着你的人情呢。"莱斯特雷德说，"但是，我必须同嫌疑人在一起，而且还不得不警告他：凡是他说的话都可能成为对他不利的证据。"

"我真是求之不得。"我们的委托人说，"我只请求您听我讲，并且相信我所说的完全是真实的。"

莱斯特雷德看了看他的表，说道："你只有半个小时的讲述时间。"

"首先，我一定要说的是，"麦克法兰说，"我之前不认识约纳斯·奥德克先生，不过我熟知他的名字，因为他是我父母很多年以前的旧识，但是后来他们就不怎么联系了。因此，昨天下午大约三点钟的时候，当约纳斯·奥德克先生走进我城里的办公室的时候，我感到有些惊讶。当他说明了来意之后，我感到更加有些不可思议。他手里拿着从笔记本中撕下来的几页纸张，上面潦草地写满了字。'你看看。'他说道，然后就把这几页纸放在我面前。"

"'这是我的遗嘱说明。'他说，'麦克法兰先生，我要求你用正式法定的格式将它们写出来。你写着，我在旁边等着。'

"我遵照他的要求开始抄写这份遗嘱。可是当我看到除了留给他自己的部分外，他把其余的所有财产都留给我的时候，我的惊讶有多么夸张你们完全可以想象到。他是个奇怪的老人，眉毛白白的。当我抬头看他的时候，眼神与他那双灰眼睛发射出的凌厉眼神正好碰到一起，当时他的脸上带着一种开心的神情。当我读到遗嘱中那些条文的时候，我真的有些不敢相信这一切是真的。可是他解释说，他一辈子没有结婚，身边又没有任何活着的亲人。他在年轻的时候就与我父母相识，而且一直听说我是个值得信赖的年轻人，所以他把他的钱交到我手里很放心。当然，我只能结结巴巴地说些感谢的话。遗嘱按程式写好并签了字，我的职员充当了见证人。我就是在这张蓝纸上写的，还有这些小纸条，不过这些小纸条只是些草稿。奥德克先生又对我讲，还有一些文件——房屋租约、地契、抵押凭据、临时凭证等等，需要我过目。他说只有把这一切都办完以后他才不惦记此事，他嘱咐我当天晚上就带着这份遗嘱去诺伍德他家里，把剩下还没有办的事情办好。'不要忘记，我的孩子，在这一切还没有办完以前，一定不要把这些事跟你的父母说，到时好给他们一个小小的惊喜。'对于这一点，他坚持要求我答应一定做到。

"您能够猜测到，福尔摩斯先生，当时对他的任何要求我都不愿意拒绝。他是我的捐助人，我只想遵照他的一切要求实现他的愿望，于是我给家里发了一份电报，说我手上工作需要干完，不知道会忙到多晚，就不回家了。奥德克先生又对我讲，他希望我能在九点钟跟他一起吃晚饭，因为九点以前他可能还没有到家。可是，他住的地方不太容易找，我到他家的时候快九点半了。我发现他……"

"稍等！"福尔摩斯说，"谁给你开的门？"

"一个中年女人，我认为应该是他的女仆人。"

"把你的名字说出来的就是她吧？"

"是的。"麦克法兰说。

"好，继续讲吧。"

麦克法兰将头上的汗擦去，然后继续将他的经历讲下去：

"我被这个女人领到一间起居室，里面已经摆好了简单的晚餐。吃完晚餐后，约纳斯·奥德克先生把我带到了他的卧室。卧室里放着一个沉重的保险柜。他将保险柜打开，从里面取出来一大堆文件。我们把这堆文件认认真真看了一遍，十一点和十二点之间我们才将它们看完。他说我们不要惊动女仆了，就让我从他那扇法式落地窗翻出去。那扇窗一直是开着的。"

"当时窗帘放下了吗？"福尔摩斯问。

"我忘记了，不过我感觉好像放下了一半。对，我记得他为了将窗户打开，把窗帘拉起来了。我找寻不到我的手杖，他说：'没有关系，我的孩子，我希望从现在起能经常见到你。我会帮你收好你的手杖，下次你来时取走。'我离开的时候，卧室里的保险柜是开着的，桌子上还放着那些分成几小包的文件。由于时间有些晚了，布莱克希斯是回不去了，于是我就在安纳利·阿姆斯旅馆过了一夜。剩下的事我就毫无所知了，直到今天早上，我才从报纸上获知竟然发生了这件可怕的事情。"

"您还想再问些别的吗，福尔摩斯先生？"莱斯特雷德问道。在他聆听年轻人讲述这段不平凡的经历的时候，我发现他有一两次扬了扬他的眉毛。

"在我没有去布莱克希斯以前，我想我没什么可问的了。"

"您是说没有去诺伍德以前吧？"莱斯特雷德说。

"哦，是的，我要说的是诺伍德。"福尔摩斯说道，脸上带着一种让人感到很不解的微笑。莱斯特雷德从以前的合作中知道福尔摩斯的大脑就像把锋利的剃刀，能切开在他看来是毫无缝隙的东西。我见他好奇地看着我的同伴。

"稍等会儿我想与您沟通一下，福尔摩斯先生。"他说，"就这样吧，麦克法兰先生，我的两个警士就在门口，外面还有辆四轮马车在等着你。"这个不幸的年轻人站了起来，带着恳求的眼神看了看我们，然后从屋里走了出去。警察带着他上了马车，但莱斯特雷德却留下没走。

福尔摩斯弯腰捡起那几页遗嘱草稿，认真地看着，脸上带着很感兴趣的样子。

"这份遗嘱看起来有些问题，莱斯特雷德，你认为呢？"福尔摩斯说着把草稿递给了他。

莱斯特雷德看着这份遗嘱草稿，脸上带着疑惑不解的神情。

"我能看清楚头几行和第二页中间几句，最后一两行也能看清。"他说，"其余的都写得很模糊。有三个地方我根本都看不清。"

"你如何看这个问题呢？"福尔摩斯说。

"您认为呢？"

"我想它应该是坐火车时写的。清楚的部分说明是在火车停靠站上写的，不清楚的部分说明是在火车行驶中写的，最模糊的部分说明火车正经过岔道。有经验的专家可以马上判断出，这是在一条郊区铁路线上写出来的，因为只有在郊区才能连续碰到岔道。如果他写这份遗嘱用了全程时间，那趟火车必定是一趟快车，在诺伍德和伦敦桥之间只停过一次。"

莱斯特雷德听后，笑了。

"在分析问题上您真是很厉害，福尔摩斯先生。"他说，"不过这些与案子又有什么关系呢？"

"这充分表明那个年轻人所谈的这份遗嘱，是约纳斯·奥德克昨天坐火车时写好的。一个人竟会以这样随意的方式来拟写一份这么重要的文件，你认为这很正常吗？这告诉我们约纳斯·奥德克并不认为这份遗嘱有什么实际的重要性。只有没有准备让自己的遗嘱生效的人才会这么随意做。"

"这相当于他同时给自己写了一张死亡判决书。"莱斯特雷德说。

"哦，你是这么认为的吗？"

"难道你不是这样想的吗？"

"嗯，这个可能是有的，不过这件案子对我来说还不明朗。"

"不明朗？假如说这件案子都不算明朗的话，还有哪个案子算是明朗的呢？有个年轻人意识到只要某个老人离开这个世界，他就可以继承一笔财产，那他如何办？他对任何人都没有说起此事，找了某个借口在当天晚上去拜访他的捐赠人。一直等到屋子里其余所有人都睡了，在单独的一间卧室里他将老人残忍地谋杀了，然后将尸体放在木料堆里焚烧，接着离开现场去了附近的一家旅馆。卧室里和手杖上的血迹都很少。或许他以为连这一点点血迹也不会留下，在他看来只要把尸体销毁了，就可以掩盖自己杀人的一切痕迹，因为只有那些痕迹才会把这件事牵涉到他身上来。这一切不是很明显吗？"

"好了，莱斯特雷德，你所说的这些推断让人感到有点过于明显。"福尔摩斯说，"你欠缺把想象力融入到你的许多长处当中去。假如你尝试着站在这个年轻人的立场上来看，你就不会这样去说了，如果是你的话，你会在立遗嘱的那个晚上去谋杀捐赠人吗？你不觉得把立遗嘱和行凶杀人这两件事连接得这么紧是不合常理的吗？还有，你会选择别人知道你在那屋里的时候杀人吗？要知道是这家的佣人为他开的门。最后，你会那么煞费苦心地销尸灭迹，却又偏偏大意将手杖留下作为暴露自己是凶犯的证据吗？莱斯特雷德，你得承认我说的这些都是有道理的。"

"关于那根手杖，福尔摩斯先生，你和我都知道：罪犯总是内心恐慌的，往往干出头脑冷静的人能避免的一些事情来。他或许是因为害怕再回到那个房间。您也可以给出另一个符合事实的推测。"

"这样的推测很容易找到，我现在就可以说给你听。"福尔摩斯说，"比如，有这样一个可能，甚至是非常可能的推测，我讲给你听，就当是给你的建议吧。老人正在给年轻人看那些重要的文件，由于窗帘没有完全放下，一个从此路过的流浪汉在窗外恰好看见了这一切。年轻律师走了，流浪汉溜进来，看到那根手杖，便抓起手杖把奥德克打死，焚烧尸体后就逃离了。"

"流浪汉为什么要将尸体焚烧呢？"

"如果有此一问，那我想问为什么麦克法兰要这样做呢？"

"为了销毁一些证据。"

"既然这样，那流浪汉可能不想让人知道发生了谋杀案。"

"可是流浪汉为什么什么东西都没拿呢？"

"因为那些文件不是金钱。"

虽然这次莱斯特雷德看起来没有先前那么自信了，但他还是摇了摇头。

"这样吧，福尔摩斯先生，你可以把流浪汉当作罪犯去找。不过在你找他的时候，我们还将关押这个年轻人。时间会证明我们谁会胜利。哦，对了，有一点还需要跟您说，福尔摩斯先生，我们发现，文件一张都没有动过。我们推断，犯人根本没有理由要拿走这些文件，因为他是法定继承人，在任何情况下他都有权处理这些文件。"

福尔摩斯似乎被这句话刺了一下。"我承认就眼前的证据来说，某些方面对你的推测非常有利。"他说，"我只想指出这件事情的其他可能性。正如你所说的，时间会证明一切。再见！我想今天我会顺便去诺伍德，看看你的调查取得了什么进展。"

这位侦探离开了，福尔摩斯从椅子上站了起来，开始着手准备他即将开始的工作，他的脸上带着面对他感兴趣的任务时的那种兴奋的神情。

"华生，前面我提及过，我第一个要去的地方是布莱克希斯。"他一边说着一边急急忙忙将他的长外套穿好。

"为什么不是去诺伍德？"

"因为在这起案件里有两件奇怪的事接连发生。我认为警察正在犯这样一个错误，就是只把精力倾注在调查第二件事情上，因为它碰巧是犯罪行为。我认为调查这起案件的合理途径，应该是先想办法把第一件事情弄清楚，也就是把那张不寻常的遗嘱弄明白。它立得那么草率，又给了那么一位出人意料的继承人。若把这件事弄清楚了，或许下一步就好办些。亲爱的朋友，我想你这次不用跟我去了，我一个人去不会有什么危险的，要不然我也不会冒险单独行动。等我晚上回来见到你的时候，我认为我会告诉你，为这个寻求保护的小伙子我都做了些什么。"

福尔摩斯那天回来得很晚。我从他那憔悴、焦急的神情上，很容易看出他的希望大大落空了。他无聊地拉了一小时的小提琴，可以看出来是想将自己烦躁的心情平复下来。最后他扔下了小提琴，跟我详细讲述他当天的遭遇。

"一切都不对，华生，简直错得有些让人感觉不可思议。我在莱斯特雷德面前装得无所谓，但从我内心来说，我倾向于他这一次可能是对了，咱们却走错了。我的直觉指向这个方向，而事实却指着另一个方向。我想英国的陪审团的智力也根本没有达到这种高度，让他们接受我的推测而直接将莱斯特雷德的证据忽视掉。"

"你去了布莱克希斯吗？"

"嗯，是的，华生。我去了布莱克希斯，很快就发现那个被杀死的奥德克是个不折不扣的无赖。麦克法兰的父亲出去找麦克法兰去了，他母亲在家。那是一个个子矮小、有着蓝色眼睛、什么都不懂的女人，她被恐惧和气愤所控制。当然，她认为她儿子不可能犯下那样的罪过。不过，对于奥德克的不幸遭遇，她既没表现出惊讶，也没表现出惋惜。却正好相反，当她谈起奥德克时，脸上流露出一副厌恶的样子，这使得警方的证据显得更加有力了。因为要是她儿子曾经知道她是如此憎恶奥德克的话，很容易会激起他对奥德克的憎恨并干出杀害对方的行为。'与其说奥德克是人，还不如说是只恶毒狡猾的大猩猩。'她说，'在年轻的时候，他就是这样一只令人厌恶的大猩猩。'

"'那时候您就与他相识？'我问道。

"'不错，我们很熟悉。其实，他曾经向我求过婚。想想真该感谢上帝让我拒绝了他，跟一个可能比他穷、但是比他好的人结了婚。我和奥德克订了婚之后，听说他的惊人之举——把一只猫放进鸟舍里。我对他这种近乎惨无人道的举动感到十分痛恨，再也不愿跟他有任何往来。'她从写字台的抽屉里取出一张女人的照片，照片上女人的脸部已经被刀划得凌乱，让人不忍直视。'这是我的照片。'她说，'在我结婚的那天早上，他把照片弄成这样然后寄给我。'

"'可是，'我说，'他现在已经不再痛恨你了，因为他已经将你的儿子作为他的财产继承人，将他全部的财产都留给你儿子了。'

"'不管他死活，我和我儿子都一定不会对他的任何东西动心的。'她郑重地大声说，'天上有上帝呀，福尔摩斯先生。上帝已经惩罚了这个坏人，在某个时候，上帝也一定会还我儿子清白的。'

"我尝试着去发现新的线索，但是找不到有助于我们假设的东西，有几点还同我们的假设相背离。无奈之下我放弃了，然后去了诺伍德。

"幽然居这座别墅非常棒，它用砖盖成，位于庭园的后面，前面种了一丛丛月桂树和草坪。房子的右边远离大路的地方是着过火的贮木场。我在笔记本上曾画过它们的简图。左边这扇窗户是奥德克房间的窗户。站在这条路上就可以望到那个屋里。幸好莱斯特雷德不在那儿，要不然我会很不舒服的。不过他的警士却在那里。一个巨大的宝藏刚被他们注意到。他们花了整整一个早上在灰烬中检查，除了发现烧焦的有机体残骸，还发现几个变了颜色的金属圆片。我仔细辨认这些圆片，最后认定他们原来是男裤纽扣。我甚至还辨认出一粒纽扣上有'海姆斯'的标记，它是奥德克的裁缝的名字。我又仔细对草坪检查了一遍，希望找到其他的痕迹，可是这场火灾使一切东西都变得和铁一样坚硬，这让我的检查几乎没有好结果。我只看见一具尸体或是一捆别的什么东西，以及它们被拖过的一片痕迹，拖过的痕迹正好连着木料场。这些发现与官方的推测相符合。我在草坪上爬来爬去寻找线索，背上顶着八月天的太阳。一小时以后当我站起来时，还是跟刚来时一样没有什么新发现。

"在院子里一无所获之后，我又就进屋去检查那间卧室。卧室里有很少的血迹，仅仅是沾上了些，但显而易见这些血都是新沾上的。手杖已被人挪动了，上面粘染少许的血迹。那根手杖确实是麦克法兰的，他本人也承认了。地毯上留有他和奥德克的脚印，此外没有第三者的脚印，这似乎又让警方占据了一定的优势。他们的得分在不停地往上累加，我们却没有丝毫进展。

　　"我曾萌生过渺茫的希望，可是也落空了。我对保险柜里的东西检查了一番，其中大部分文件早已取出来放在桌上了。那些文件都装在了信封里，警察拆开了其中的几个。据我推断，那些文件都是些价值不大的东西，从银行存折上看奥德克先生并没有太多的钱。不过我觉得并非所有的文件都在那里。有几处提到的字据——有可能才是真正值钱的东西，可我却找不到它们。当然，假如咱们能证明这一点，它就会使莱斯特雷德的说法难以自圆其说。因为谁也不会偷走他明知自己不久就要继承的东西。

　　"我又检查了其他所能想到的地方，结果没有任何收获，最后不得不在女管家身上碰碰运气。莱克辛顿太太个子很矮，皮肤黝黑，而且不愿意讲话，她长着一双多疑的眼睛。我猜想只要她愿意开口，她能说出点有价值的东西来，可是她的嘴却闭得很紧。是的，她在九点半的时候让麦克法兰先生进来了。对此，她表示出强烈的悔恨，恨不得自己的手在放麦克法兰进来之前就废掉了。十点半的时候，她上床休息的。她的房间在房子的另一头，这边发生什么事不那么容易听到。麦克法兰先生把他的帽子和一根她相信是他的手杖放在门厅里。她最终醒来是因为火警声。她相信她可怜的主人一定是让人杀害的。他有仇人吗？谁都有仇人，可是奥德克先生很少同人来往，他只与和他生意有往来的人见面。她查看了那些纽扣，并且确认它们就是他昨晚穿的衣服上的。由于一个月没有下雨，木料堆非常干燥，所以燃烧得非常快。当她到了木料场的时候，除了一片火光外，其他什么也没有发现。她和所有的消防员都闻到肉烧焦的气味。她对文件的事毫不知情，也不知道奥德克先生任何私事。

　　"唉，亲爱的朋友，我感到这次我要接受失败了。可是……可是……"他突然握紧他的拳头，似乎又恢复了自信，"我知道一切都有问题。对这一点，我深信不疑。还有些重要的情况，女管家肯定是了解的，可是她不愿意说出来。她愠怒的、反抗的眼神，说明她自感有罪。说那么多也没有用，华生，除非运气找上门来，否则这件诺伍德的谋杀案不会出现在咱们成功破案的记录里。我想公众要宽容咱们一回了。"

　　"这个年轻人的外貌一定会感动陪审团吧？"我问道。

"那是个危险的信号，我亲爱的朋友。1887年那个想要咱们帮他开脱的、可怕的杀人犯贝特·史蒂文斯，你还记得吧？之前，你是不是还没见过一个比他更温和、更像主日学校学生的年轻人？"

"确实如此。"

"如果咱们无法提出另一种可让人信服的假设来，那么麦克法兰也就不得不接受悲剧的结果了。在这个目前就可以对他提起控诉的案子中，你简直无法找出任何瑕疵来。进一步的调查有可能反倒会加强他们的审判。哦，想起来了，关于那些文件，还有一点可疑之处，或许可以作为我们调查新的着眼点。在翻看银行存折的时候，我发现余额没有多少，这主要是因为过去一年里有几张大额支票开给了柯尼利厄斯先生。我很想了解一下与这位退休的建筑师有过这样的大额交易的柯尼利厄斯先生的情况。想知道他和这件案子有没有关系。我猜想柯尼利厄斯可能是个经纪人，不过我却没有找到和这几宗大额交易付款相符的凭据。既然现在没有发现有价值的线索，我应该通过银行查询那位把支票兑换成现款的绅士。不过，我的朋友，我担心这起案子将不光彩地以莱斯特雷德吊死麦克法兰而结束，这无疑会成为苏格兰场的一次完胜。"

我不清楚那一夜福尔摩斯到底睡了多长时间。当我下楼吃早饭的时候，发现他脸色苍白，一脸的疲倦，他那双发亮的眼睛由于周围的黑眼圈而显得更加明亮。在他的椅子附近的地毯上，凌乱分布着许多烟头和当天的早报。在餐桌上有一份摊开的电报。

"你看看他是什么意思，华生？"他把电报扔过来问我。

电报是从诺伍德发来的，全文如下：

新的重要证据被发现，麦克法兰罪行已定。奉劝放弃调查。

莱斯特雷德

"看起来确有此事。"我说。

"这是莱斯特雷德自以为是的小把戏。"福尔摩斯回答说，脸上露出了一丝苦笑。"不过，让我们放弃调查也许还为时过早。无论如何，任何新的重要证据就像一把双刃剑，它可能不一定朝着莱斯特雷德所希望的方向刺过去。先用早餐吧，华生，然后咱们一块儿出去看看该做些什么。我认为今天我需要你的陪伴和精神支持。"

福尔摩斯自己却没有用早餐。他越是在紧张的时候就越不肯吃东西，这是他的一个习惯。我见过他滥用自己的体力，直到由于身体虚弱而晕了过去。"我现在没有多余的精力来消化食物。"他总是这样应对我从医学的角度提出的劝告。正因为如此，对于这天他没用早餐就和我出发去诺伍德，我并不感到有什么稀奇。有一群闲来无事的看客仍然聚集在幽然居外。这所郊外的别墅和我想象的有些不同。莱斯特雷德在门口迎接我们，占据有利的局面使他神采飞扬，一副洋洋自得的样子。

"啊，福尔摩斯先生，你找到可以证明我们不对的证据了吗？还有你是否找到了你所说的那个流浪汉？"他高声地问道。

"我还没有得出什么结论。"福尔摩斯回答。

"可是我们昨天就得出了结论，现在证明我们是正确的。你不得不承认这次我们比你要走得快，福尔摩斯先生。"

"你洋洋自得的样子说明发生了什么不寻常的事情。"

莱斯特雷德闻言大笑起来。"你也和我们一样不喜欢失败。"他说，"不过一个人不能指望什么事情都顺心，是不是，华生医生？大家请到这边来。我想我能彻底说服你们，约翰·麦克法兰确实就是这个案件的凶犯。"

说着他带我们走出过道，进入到一间昏暗的门厅里。

"这是麦克法兰作案后来取他帽子的房间。"他说，"现在我请你们来看看这儿。"他突然出人意料燃亮了一根火柴，我们发现石灰粉刷过的墙上有斑斑点点的血迹。当他把火柴移近了墙壁，我看见的不再是斑斑点点的血迹，而是一个印得很清晰的大拇指的指纹。

"用你的放大镜检查一下吧，福尔摩斯先生。"

"我正用它检查呢。"

"你知道世界上没有两个指纹是完全相同的。"

"我知道类似的说法。"

"既然这样，那请你把墙上的指纹和今天早上从麦克法兰的右手大拇指上取来的蜡指纹对比一下吧。"他把蜡指纹靠近墙上血迹，这时候不用放大镜也能看出这两个指纹是完全相同的。到此为止我认为我们的委托人已经失去了翻身的机会。

"这具有决定性意义。"莱斯特雷德说。

"不错，是具有决定意义。"我不由自主地附和道。

"不错，是有决定意义！"福尔摩斯说。我从他的语调中听出了一些言外之意，于是转过头去看他，发现他的表情与之前有了很大的不同，面部因窃喜而不停地抽动，眼睛则像星星一样闪闪发光，好像正在努力抑制不让自己大声地笑出来。

"哎！哎！"他终于开口说话了，"谁也想象不到吧，外表一点都不可靠，确实如此！看上去是那么好的一个年轻人！这件事告诉我们不要轻易相信自己的判断，对吧，莱斯特雷德？"

"嗯，不错，我们当中确实有些人过于自信，福尔摩斯先生。"莱斯特雷德说。这个人的傲慢神态让人看不过眼，不过我们却无言以对。

"麦克法兰从挂钉上将帽子取下来的时候，用右手大拇指在墙上按一下，这简直是天意！十分自然的一个动作，不过你仔细想一想……"说这话时，福尔摩斯装出很镇静的样子，但掩饰不住的兴奋让他的身体不停地颤抖。"顺便问一下，莱斯特雷德，是谁发现了这个有决定性意义的证据？"

"是那个女管家莱克辛顿太太报告给值夜警官的。"

"值夜警官当时在何处？"

"他留在出事的那间卧室里，看管里面的东西不让人移动。"

"可是为什么你们昨天没有发现这个血迹呢？"

"哦，那是因为那个时候我们没有特殊理由要仔细检查这个门厅。另外，你看，这个地方又不是很惹人注意。"

"嗯，不错，是不大显眼。我认为毫无疑问这血迹昨天就在墙上吧？"

莱斯特雷德不解地看着福尔摩斯，好像在说这个人是不是个疯子。我也不得不说，连我对福尔摩斯那种愉悦的神情和不切实际的问话也感到莫名其妙。

"我不知道你是否认为麦克法兰为了让自己的犯罪证据更加确凿，专门深夜从监狱里跑到这里来？"福尔摩斯进一步问道。

"我可以请世界上任何一位专家来鉴定这是不是他的拇指印。"莱斯特雷德说道。

"显而易见，这是他的拇指印。"

"这就可以了。"莱斯特雷德说，"我相信事实胜于雄辩，福尔摩斯先生，只有在找到证据的时候我才会推断出结果。如果你还有什么话要说，你可以到起居室找我。我要在那里写我的案件汇报。"

福尔摩斯已经从窃喜中恢复了过来，但我还是能觉察到他欢乐的情绪。

"哎呀，不得不说这是个不利于我们的情况，是不是，华生？不过这里面还有几处疑点，我们的委托人或许还有翻身的机会。"

"我听了由衷地开心。"我兴奋地说，"刚才我觉得恐怕他真的完了。"

"我可不这么认为，亲爱的华生。实际上在咱们这位朋友极为重视的证据中，有一个十分严重的纰漏。"

"是吗，真的这样吗，福尔摩斯？什么严重的纰漏？"

"就是眼前这点：昨天我对门厅检查的时候，墙上并没有血迹。华生，现在咱们到有太阳的地方去转一转。"

我和福尔摩斯在花园里慢慢走着。我心绪很乱，但因为又有了新的希望而感到有了自信。福尔摩斯将别墅的每一面都一一看过了，饶有兴趣地检查了整座房子，然后走进屋里，又将地下室和阁楼都看了个遍。虽然大多数的房间里没有家具摆设，不过福尔摩斯还是很仔细地检查了这些房间。最后他来到了顶部的走廊上，那里有三间无人居住的卧室，福尔摩斯突然又变得欣喜起来。

"这个案件确实有与众不同的特征，华生。"他说，"我认为现在是该和莱斯特雷德道出实情的时候了。他之前对我们进行过嘲笑，我们是不是也可以以同样的方式来回敬他，如果我对案子的判断被证实的话。想到了，想到了，我想我知道该采取什么办法了。"

当福尔摩斯打扰这位苏格兰场警官的时候，他正在起居室里写该案件的报告。

"我知道你正在写这起案件的报告。"福尔摩斯说。

"完全正确。"

"你不认为现在写这份报告有些早吗？我总感觉你的证据不充分。"

莱斯特雷德非常了解我朋友的秉性，决不会无视他的话。他把笔放下来，好奇地看着福尔摩斯。

"你想说什么，福尔摩斯先生？"

"我只是想说有一个重要的证人你需要见一见。"

"你能找到他吗？"

"我想应该没有问题。"

"那就将他找来。"

"我努力办到。你有几个警士？"

"我可以马上招来三个。"

"棒极了！"福尔摩斯说，"他们都是身强力壮、嗓音粗大的吧？"

"不错，符合这个标准，不过我真弄不明白他们的嗓门跟这有什么关系。"

"或许我能帮你弄明白这一点和一两个别的问题。"福尔摩斯说，"现在把你的警士召集过来，我要试一试。"

五分钟之后，三名警士已经在大厅里集合了。

"外面的小屋里放着一大堆稻草。"福尔摩斯说，"现在请你们拿来两捆。我认为这两捆稻草可以帮助我们把证人找来。谢谢你们。华生，我知道你口袋里应该有火柴。现在，莱斯特雷德先生，我们一起到顶层楼梯的平台上去。"

我前面描述过，那三个无人居住的房间外面有一条很宽的走廊。福尔摩斯把我们全聚集在走廊的一端。三名警士张着嘴傻笑；莱斯特雷德则盯着福尔摩斯，脸上变换着惊奇、期待和讥讽的表情。而我的朋友则站在我们前面，那神气的样子就像一个在变戏法的魔法师。

"请你派一位警士去提两桶水来可以吗？把那两捆稻草放在这地上，注意别让他们的两边挨着墙。哦，现在一切准备好了。"

莱斯特雷德的脸上显出生气的神色。

"我搞不懂你到底在故弄玄虚些什么，夏洛克·福尔摩斯先生。"他说，

"假如你知道些什么，你可以直接讲出来，用不着做出这种毫无意义的举动。"

"我向你保证，莱斯特雷德先生，我现在所做的一切都有充分的理由。你大概没有忘记几小时以前，当你稍占了上风的时候，你对我进行了嘲讽，现在对我这点小小的铺陈排场就不要心有怨言了。华生，先打开窗户，然后燃着火柴把这稻草点着，没问题吧？"

我遵照他的话将稻草点燃了。烧着的干稻草噼啪作响，升腾起一片火焰，一股浓烟在风中弥漫了整个走廊。

"现在让咱们拭目以待，看一看是否能把那个证人找出来，莱斯特雷德。请各位跟我一起喊'着火了'，没问题吧？开始：一、二、三。"

"着火啦！"我们一起齐声高喊道。

"好的。请再喊一声。"

"着火啦！"

"谢谢，再来一次，一起大声喊。"

"着火啦！"声音之大恐怕整个诺伍德都听到了。

就在喊声刚落，就发生了一件出人意料的事情。在走廊尽头那堵看起来很坚实的墙上，突然有一扇门打开了。一个矮小、枯槁的男人从门里旋风般冲了出来，那情形就如同一只兔子从它的地洞里蹿出来似的。

"真是棒极了！"福尔摩斯镇定地说，"华生，往稻草上浇一桶水，就不用管了！莱斯特雷德，请允许我给你介绍这位失踪的主要证人约纳斯·奥德克先生。"

莱斯特雷德一脸吃惊地望着这个陌生人。走廊的强光晃得这个陌生人不敢大睁眼睛。他盯着我们看了看，之后又瞅了瞅还在冒烟的火堆。那是一张令人厌恶的脸：狡黠、凶残、邪恶，脸上长着两只怪异的、浅灰色的眼睛，上面的睫毛已经变白了。

"这到底是怎么一回事？"莱斯特雷德终于说话了，"你一直都在干什么？"

奥德克看见莱斯特雷德十分恼怒的样子，不由得往后退了退，不自然地干笑了一声。

"我又没害人。"

"还敢说没害人？你不择手段要把一个无辜的年轻人送上绞架。要不是有这位先生的话，说不定你的奸计就成功了。"

这个邪恶的家伙开始啜泣起来，开口说道："我不得不说，先生，我只是开了个玩笑。"

"什么！你只是在开玩笑吗？我保证你笑不出来。把他带到起居室里，我一会儿就来。"

带走奥德克之后，莱斯特雷德接着说："福尔摩斯先生，刚才有警士在，我不好意思说，但是在华生医生面前，我必须承认这是你干过的最出色的一件事，虽然我不知道你是如何做到的，但我知道你挽救了一个无辜的生命，并且让我避免了一个会毁掉我在警界声誉的丑闻。"

福尔摩斯微笑着用手拍了拍莱斯特雷德的肩膀。

"不仅不会毁掉你的声誉，我的好先生，你反而会因此而声名鹊起的。只要把你所写的报告稍加变动，公众就会觉得要想蒙蔽莱斯特雷德警官的眼睛难于上青天啊。"

"难道你不想让你的名字出现在报告中吗？"

"不想，对我来讲，工作本身就是一种犒赏。可能将来某一天，当我允许热心的历史学家再拿起笔的时候，我会得到颂扬吧——是吧，华生？现在让咱们看看这只耗子隐藏的地方。"

离这条走廊的尽头约六英尺的地方，一个小隔间用抹过灰的板条隔了出来，墙上有一扇暗门被巧妙地隐藏了起来。小间全靠屋檐缝隙中透过来一点光照明，里面摆设着几件家具，还有一些食物、水，及一些书籍报纸。

在我们往外走的时候，福尔摩斯说："建筑师就是有这样的方便条件，他可以为自己准备一间藏身之所，而不需要任何帮手——当然，他那个杰出的女管家除外。我应该马上把她也放进你的猎囊里，莱斯特雷德。"

"我听从您的安排。可是你是如何发现这个地方的，福尔摩斯先生？"

"我猜测这家伙就藏在这屋里。当我走过这条过道的时候，发现它比楼下那条同样的走廊短了大约六英尺，这样一来他躲藏的处所也就十分清楚了。我料定他不敢在火警面前无动于衷。当然，我们也可以直接进去把他抓出来，不过我认为逼他出来更有意思。再说了，莱斯特雷德，上午你戏弄了我，为了不欠你的人情，我也需要回报一下。"

"嗯，先生，那咱们现在就算互不相欠了，不过你究竟是怎么知道他藏在屋里的呢？"

"还记得那个拇指印吗？莱斯特雷德。你说它具有决定意义。在某种不同的意义上来说，它真具有这个特点。我知道昨天那里并没有这个指印。我对细节特别注意，这一点相信你也有所了解。那天我检查过大厅，墙上确实什么也没有。我由此推断，指印是后来在夜里按上去的。"

"但是如何按上去的呢？"

"这不难做到。当他们把分装的文件小包封口的时候，约纳斯·奥德克叫麦克法兰用大拇指按在其中的一个封口的软蜡上使其粘牢。而麦克法兰会很爽快地照着话做了，我相信连他自己也忘了这件事。这件事可能很凑巧，我怀疑甚至连奥德克本人当时也没有想到以后会利用到它。后来他在那个小间里沉思这件案子的时候，猛然想到他可以利用这个指印，制造一个让人认为麦克法兰一定是罪犯的证据。这是天下最简单的事情，他只需从那个封口上取个指印蜡模，用针刺出足够的血涂在蜡模上面，然后趁黑夜亲自或者叫女管家把印按在墙上就可以了。我敢保证，假如你把他带进那个隐藏的小屋里，把那些文件检查一遍，你肯定能找到那个有指纹的封口。"

"棒极了！"莱斯特雷德说，"真是棒极了！经你这么一讲，一切都清楚得像水晶一样。不过，福尔摩斯先生，那个家伙设置这个骗局的用意是什么呢？"

我发现这位一贯傲慢自负的警长忽然之间变得像个乖孩子一样在向老师讨教，觉得非常有意思。

"这个我认为也不是什么难题。正在楼下等我们的那个家伙是个非常狡黠、狠毒、邪恶的人。你知道麦克法兰的母亲曾经拒绝过那个家伙的求婚吗？哦，你不知情！我早告诉过你应该先去布莱克希斯，之后再前往诺伍德。后来，这种感情上的伤害，逐渐在他邪恶变态的心里演化成了怨恨，他一直在想办法报复，不过却没有找到什么机会。最近一两年里，情况越发变得对他不利——我猜测可能是他暗中从事投机生意失利，在发现自己的处境越来越糟糕的时候，他下定决心要欺骗他所有的债主。出于这个目的，他给某个叫柯尼利厄斯的先生开出了大额支票。我推断这个人可能就是他自己，只不过用了另外一个名字。我还没有追查过这些支票，不过我知道，这些支票全都用那个名字存进了乡下的一个小镇的银行。奥德克经常去那个小镇过一种双重的生活。他准备以后换个名字，然后把这笔钱取出来，之后从这里消失，到别的地方重新开始新生活。"

"哦，这倒是解释得通。"

"他这样想，如果他能制造出自己被昔日情人的独子谋杀了的假象，他就可以从此人间蒸发，躲过所有的追查，同时又对他的旧情人进行了报复。看看他的这个计划是不是很恶毒，他像个大师一样把它实现了。为制造一个显而易见的犯罪动机而立的那张遗嘱，要麦克法兰不告诉其父母的情况下偷偷去见他，然后故意藏起手杖，卧室里的血痕，木料堆中的动物遗骸和纽扣——这一切布置得让人佩服。他布下的这张罗网，在几小时前看来几乎是天衣无缝，不过，他缺少艺术家所具有的那种懂得适可而止的至高天赋。他画蛇添足，想把已经套在这个倒霉的年轻人脖子上的绳索拉得更紧一些，没想到却聪明反被聪明误。咱们下楼去吧，莱斯特雷德。我还有一两个问题想要问问他。"

那个坏蛋坐在起居室里，旁边各站着一个警士。

"那只是一场误会，我的好先生——一个误会而已，我真没有别的想法。"他不停地哀告，"我向您保证，好先生，我躲藏起来，只是想知道我的失踪会产生哪些影响。我相信你不至于认为我会让年轻的麦克法兰先生受到任何伤害吧。"

"这得需要陪审团来裁定。"莱斯特雷德说，"无论如何，即便不是谋杀未遂，我们也要控告你密谋罪。"

"你还可能即将看到，你的债主要求银行冻结柯尼利厄斯先生的存款了。"福尔摩斯说。

这个矮个子男人听后猛然一惊，然后转过头来用邪恶的眼神看着我的朋友。

"这得十分感谢你，"他说，"可能有一天我会'报答'你的。"

福尔摩斯宽容地笑了笑。

"我认为在以后的几年时光中，你不会有空干别的了。"他说，"哦，还需要问问你，除了你的裤子以外，你还把什么东西扔进了木料堆？是一条死狗？还是几只兔子？要不是其他动物？哦，你不愿意坦白？哎呀，你真不爽快！好了，好了，我想有两只兔子就足够解释那些血迹和烧焦的骨灰了。华生，假如你要记述案件的话，大可以说是兔子吧。"

三　跳舞小人的秘密

福尔摩斯在那里静静地坐了好几个小时，什么话也不说，弯着他瘦长弯曲的后背，低头看着面前的一个烧瓶，他正在制作一种难闻的化学品。他的头埋在胸前，从我这儿的角度看去，他如同一只瘦长的怪鸟，身披暗灰色羽毛，头顶黑色羽冠。

"怎么，我亲爱的朋友，"他突然说，"你不准备在南非股市上投资了？"

我猛然吃了一惊。虽然对福尔摩斯探奇的能力了解很深，但内心深处最私密的想法被他突然捅破，却也让我深深被触动。

"你到底如何知道的？"我问。

他坐在凳子上将身体转过来，手里拿着冒着热气的试管，眼睛里显露出得意的光芒。

"现在，华生，你不得不说我的话让你受到了惊吓！"他说。

"不错，的确吓我一跳。"

"我应该让你在纸上记下你的惊讶。"

"原因呢？"

"因为五分钟之后你会说这一切都太简单了。"

"我向你保证我此后不会说此类的话了。"

"那好，我亲爱的朋友，"他把试管放进管架里，然后就像教授给学生上课的样子解说起来，"我所做的一系列的推断，每一个推断依赖前一个推断，而且每一个都要简单明了。这不难做到。假如经过这样的推断后，我们将所有的中间环节都省略掉，只向听众呈现开头和结论，那么就会产生一种让人惊异的效果。现在，看看你左手食指和拇指之间的虎口，就有把握得出你不准备把一点儿资金投入到南非金矿中去的结论，再说一遍，这不难做到。"

"我无法看出两者之间的任何联系。"

"这两者之间自然没有直接的关联，不过我很快会向你展示它们之间密切的关系，这是一根简单至极的关系链，这其中需要补充几个链条，它们是：第一，你昨晚从俱乐部返回来时，左手虎口间留有白垩粉。第二，打台球时，为了不让球杆滑动，你在虎口间抹了白垩粉。第三，你只与瑟斯顿打台球。第四，四星期之前，你跟我说瑟斯顿购置的一项南非产业的特权，再过一个月该特权就到期了，他想拉着你和他共同投资。第五，你的支票簿锁在我的抽屉里，可是你并没有朝我要过钥匙。第六，所以，我断定你不准备投资金矿。"

"这太简单了！"我喊道。

"如我所料！"他说，显出生气的样子。"每个问题一旦解释给你时，你就变得像个孩子似的说没什么很简单。这儿有一个难题，你给我解释一下，华生朋友。"说完，他把一张纸扔到桌子上，就又转过身继续他的化学分析去了。

我惊讶地看着纸上奇特的象形符号。

"这是什么，福尔摩斯？这是小孩儿的绘画！"我叫道。

"那是你的看法！"

"除此之外，还能是什么呢？"

"诺福克郡马场村庄园的希尔顿·丘比特先生也希望知道是什么。这个小小的谜语是早班邮差送到的。他本人随后乘下一班火车到。哦，门铃响了，华生。我猜应该是他来了。"

随即，楼梯上响起了沉重的脚步声，很快，一位绅士推门走了进来，这个人身材高大、体格健壮、脸庞刮得很干净。从他清澈的眼神，还有红润的脸颊可以猜测出他生活的地方一定远离迷雾笼罩的贝克街。他进来时，身上似乎随之带来了一股清新、甘甜东海岸的气息。在和我们一一握过手之后，刚要坐下来，眼睛却落在了那张画着奇怪符号的纸上，那是我刚看过放在桌子上的。

"您对这张纸有什么看法，福尔摩斯先生？"他大声问道。

"我听说你非常喜欢奇怪的谜，我感觉你不可能找到比这更稀奇的谜，我提前将它寄出，目的就是让你在我到来之前有时间研究一番。"

"那的确是与众不同的东西，"福尔摩斯说道，"刚看上去，好像是小孩子的玩意儿，上面画着一排奇怪的小人在跳舞。你对这如此奇怪的东西这么重视，能告诉我为什么吗？"

"我对它谈不上重视，福尔摩斯先生。重视它的人是我的妻子。她恐惧得要死。她什么也没说，不过我从她的眼睛里，发现了极度的恐惧。那就是我要追查到底的原因。"

福尔摩斯将这张纸举过头顶，迎着阳光看。纸是从笔记本上撕下来的。图形是用铅笔画的。以下面这种方式排列：

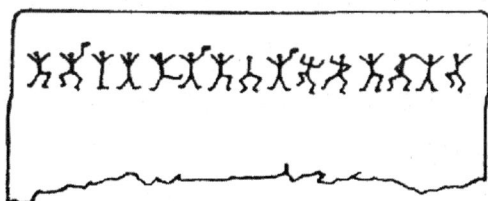

福尔摩斯认真看了一会儿，然后小心翼翼将它折好，并将其夹在他的袖珍笔记本里。

"这一定是个很有趣、但又不简单的案子，"他说，"希尔顿·丘比特先生，在信里你给我讲了一些细节，但是还要劳烦你给我朋友再讲一遍，以便让他了解更多情况。"

"我对讲故事很不擅长，"希尔顿·丘比特说道。由于内心紧张，他一双强有力的大手有时握紧，有时松开。"我没说明白之处，你们可以随时提问。就从去年我结婚的时候讲起吧。不过，在这里我要说明一下，虽然我不是一个富人，但是我们家族在马场村的历史已有约五百年了，在诺福克郡没有哪一个家族比我们家族更有历史。去年我到伦敦参加维多利亚女王登基五十周年庆典，在罗素广场一家公寓里住了下来，我们教区的帕克牧师也住在那家公寓，当时还有一位年轻的美国女士——姓帕特里克，名叫埃尔茜·帕特里克——也住在这里。我们很快成为了朋友。一个月的时间，就让我如醉如痴地爱上了她，我们悄悄地登记结婚了，结婚后我们夫妇俩回到了诺福克。福尔摩斯先生，你肯定会感觉我的这种行为有些不可思议，一位名门之后竟然以这种方式娶回来了一个妻子，而他对她的以往、她的家庭情况却毫不知情；不过如果你见了她、了解她，你就会对我疯狂的行为有所理解了。

"对于这件事她没有遮遮掩掩，埃尔茜确实是个坦率的人。我承认假如我想改变主意的话，她一定会给予我这样的机会。'在我的一生中我曾跟一些不喜欢的人交往过，'她说，'我想从我的记忆中删去他们，不想再提过去了，因为它们让我痛苦。假如你允许我跟你走，希尔顿，你会娶到一个女人，她没有做过任何使自己感到羞愧的事。不过，你需要满足我的要求，并且允许我对在成为你的人之前的那些事保持沉默。假如说这些条件对你来说过于苛刻，那么你就回到你的诺福克去吧，而让我回到以前孤独的生活中去吧。'这些话是她在我们婚礼前一天跟我讲的。我告诉她我一定遵照她的条件娶她，我一直遵守我的承诺。

"我们结婚到现在已经一年了，生活得非常幸福美满，可是大约在一个月前，也就是六月底，麻烦首次光顾了我们。一天，我的妻子收到了一份来自美国的信。我看见了美国的邮票。那封信让我的妻子脸色变白，读过信后，她将信扔进火里。后来她没有再提及这事，我也没有过问，因为之前我答应过她不去追问。不过从那时起，她再没有过片刻的安宁，她的脸上总有一种恐惧的表情——好像在等待什么发生似的。她应该相信我，相信我是她最好的朋友。如果不是她讲出来，我什么都不能问。福尔摩斯先生，请注意，她是一个值得信赖的女人，无论以前有什么事，那一定不是她的过错。我仅仅是诺福克一个普通的乡绅，不过在英格兰没有一个男人把家族的荣誉看得比我更重。她也了解这一点，在她嫁给我之前就了解。她永远不会给我家族的荣誉蒙上任何污点，对此我没有一点儿怀疑。

"现在我即将讲诉故事奇怪的部分。大约一周前——那是上周二——

我在一个窗台上发现了许多奇怪的跳舞小人的画像，就像这纸上的这些，那是用粉笔涂画上去的。我原来以为是马童涂上去的，但是小伙子却保证说那与他毫无关系。不管怎么样，那些画是在夜里画的，我让人把它们擦掉了，后来我把这件事讲给我妻子听。使我惊讶的是她把这事看得很重，央求我假如再发现的话，让她看看。整个一周没有什么事情发生，但是昨天早晨我在花园日晷上看到了这张纸。我拿给我妻子看，她看了后当场晕倒过去。也就从那天起，她每天就像活在梦里，处于懵懵懂懂的状态，眼睛里总潜藏着恐惧。福尔摩斯先生，就在那个时候我给您写了这封信，并将这张纸寄给您。这不是一件我能向警察提起的事，因为他们会讽刺我，可是你会告诉我该如何做。我不是一个富人，不过假如有什么危险威胁到我可爱的妻子，我会不惜用尽最后一个铜板来使她不受到伤害。"

他是生长在英国本土的英俊男子，淳朴、正直、文雅，有一双碧蓝而透着诚恳的眼睛，一张宽阔而清秀的脸。他的眼神流露出对妻子的宠爱和信任。福尔摩斯认真地听完他的故事，静静地坐在那里沉思。

"丘比特先生，难道你没有想过，"他最后说，"最有效的做法就是直接请求你的妻子，让她把她的秘密告诉你？"

希尔顿·丘比特听后摇了摇头。

"我答应过我的妻子不去追问，说过的话就要算数，福尔摩斯先生。如果埃尔茜愿意告诉我，她自然会对我讲。如果不愿意，我也不会强迫她讲的。不过，我采取自己的办法弄清楚是应该的，我一定要搞明白。"

"既然如此，我愿意倾尽全力帮助你。首先，在你家附近，听说有人看见过陌生人吗？"

"没有。"

"哦，你居住的地方是一块安静的地方。任何一张陌生面孔都会引起人们的注意，对吗？"

"近处是这样，不过在不远处有好几个小的饮牲口的地方，那儿经常有人口流动。"

"这些象形文字显然代表着一定意义，假如这纯粹是一种随意排列，那么我们不可能弄懂它。可是，假如它是有规律的排列，我认为我们就会弄明白它的含义，不过这张纸过于简短，使我不知道从何下手，而且你给我提供的事实有些模糊，因此我们缺少调查的根据。我的主张是你先回到诺福克，密切关注事态的发展，临摹一张也许还会出现的新的跳舞人的画。可惜的是我们没有一张用白粉笔在窗台上画的跳舞人的临摹画。对附近任何陌生的面孔也要进行认真的调查。收集一些新的证据后，你再和我们会合。这是我能给你的最好的建议，希尔顿·丘比特先生。假如有一些紧急的新进展，我将心甘情愿前往诺福克，到你家来看望你。"

这次面谈让福尔摩斯变得沉默寡言，在接下来的几天里，有好几次我发现他将那张图画纸从笔记本里拿出来，长时间地、认真地看着画在上面的奇怪的人。他没有再说起此事。然而，直到两周左右后的一个下午，我刚要出去，他把我喊住了。

"你最好不要出去，华生。"

"为什么？"

"因为今天早上希尔顿·丘比特给我发了一封电报——你不应该忘了希尔顿·丘比特，那些跳舞的小人！在一点二十分他将到利物浦街。他可能随时到这儿。从电报内容我判断发生了一些新的重要情况。"

诺福克绅士没有让我们等多久，他从车站乘马车直奔我们这里。他看起来忧心忡忡，情绪低落，眼神倦怠，额头布满皱纹。

"福尔摩斯先生，这事真让我有些忍无可忍，"他说着，然后像没有力气似的一屁股坐进椅子里，"当你被一些无形的、不认识的、对你怀有歹意的人所包围时，这种感觉很让人不爽。不过，除此之外，当你知道这件事正在一点一点地折磨你的妻子时，眼看着她被折磨得日益消瘦，那么它就不是常人能够忍受的了。"

"她给你讲过什么没有？"

"没有，福尔摩斯先生，她什么都没有跟我讲。不过有一段时间，我不幸的妻子话到嘴边似乎想说什么，但最后还是没有说出口。我已经努力帮她了，不过我敢说我表现得很笨拙，吓退了她。她提到了我古老的家族在郡里的声望，以及让人尊敬的清白荣誉，我总是感到快要切入正题了，可是不知道出于什么原因，在接近正题时就岔开了。"

"可是你自己发现了一些线索，是吧？"

"不错，发现了一些，福尔摩斯先生。我这儿有几张新的跳舞人的画，你可以对它们进行研究，重要的是，我看见了这个人。"

"啊，是画画的人吗？"

"不错，在他画画时，我发现了他。让我按事情发生的顺序讲给您听。在我拜访了您之后回到家，第二天早晨我所发现的第一件事，就是又出现了许多新画的跳舞人画像。它们是用白粉笔在工具房的黑色木门上画的，工具房与草坪紧挨着，正对着前窗。我精确地照它们的样子临摹了一张，在这儿。"他打开一张折叠的纸，并把它放在桌上。下面就是他临摹的象形符号：

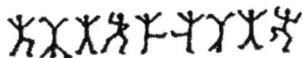

"棒极了！"福尔摩斯说，"真是棒极了！说下去。"

"我临摹完，就将这些痕迹擦掉。可是两个早晨后，新的画又出现了。这是我又临摹的。"

福尔摩斯搓着他的手，兴奋地笑出声来了。

"咱们的资料积累得挺快呀。"他说。

"三天后，我在日晷上发现一张纸条，有一块鹅卵石在纸条上面压着。纸条上很潦草地画了一行小人，跟上一次的一模一样。从那以后，我决定暗中窥探，我取出左轮手枪，坐在书房里守夜，因为从那儿可以看清草坪和花园的情形。大概在凌晨两点的时候，我坐在窗户边向外观察，这时我听到后面有脚步声，原来是我的妻子穿着睡衣走进书房。她央求我去休息，我坦率地告诉她，我要看看到底是谁在背后戏弄着我们。她说这是毫无意义的恶作剧，叫我不要往心里去。

"'假如这件事让你感觉烦恼，希尔顿，我们可以去旅游，就我们两个，

这样可以避开这种让人感觉不快的事。'

"'啊，被戏弄我们的人赶出家？'我说，'不可以的，这会让郡里的人嘲笑我们。'

"'好了，去休息，'她说，'天亮了再商量。'

"就在她说这话的时候，我发现她苍白的脸在月光映衬下显得更加惨白，同时一只手紧扣着我的肩。我发现在工具房的阴影里，有一个黑乎乎的身影鬼鬼祟祟地绕过拐角，然后蹲在工具房门前。我拿起手枪就要出去看个究竟，我的妻子却抱住我的腰，拼命地往回拽。我努力挣脱，可是她越发用力地扯住我。不过最后我还是挣脱了她。不过当我打开门到工具房跟前时，那个人影已经不在那儿了。不过他留下了痕迹，门上又画了一行跳舞的人，排列与前两次一模一样，我已经把它们临摹在那张纸上了。我找遍了院子的各个角落，也没见到那个家伙的踪影。可是我知道他肯定一直在院子里，因为早上我再检查那扇门的时候，发现在我所看到过的那行小人下面，又画了几个新的。"

"你临摹那新画了吗？"

"临摹了，不过很短，我照样临摹了，就是这一张。"

他又拿出一张纸来。他临摹下的新舞蹈是这样的：

"你能否告诉我，"福尔摩斯说，从他眼神中可以看出，他此刻十分激动，"这是对上一行补充的？还是完全分开的呢？"

"是画在门的另一块板上。"

"棒极了！这是至关重要的。它让我充满了信心。希尔顿·丘比特，现在请你把后面的话说出来。"

"我已经把要讲的都讲出来了，福尔摩斯先生，只是那天晚上，我对我妻子的行为很生气，如果她当时不阻止我，我早抓住那个鬼鬼祟祟的家伙了。她说她担心我受到伤害。当时我的脑海闪过一个念头，或许她真正担心的是那个人会受到伤害，因为我确信她知道这个人是谁，她知道这些符号代表着什么。可是，福尔摩斯先生，我妻子声音里的语气和她眼神里的表情让我消除了我对她的怀疑，我确信她真正关心的是我的安全。我要讲的就是这些情况。现在，告诉我应该如何应对。我准备叫我农场里六个小伙子埋伏在灌木丛里，等这个家伙再出现的时候，我们痛打他一顿，好让他以后不要再打扰，我们可以重新过之前平静的生活。"

"我推测这可能是个很复杂的案子，不是这么简单的方法就能处理好的。"福尔摩斯说。"你在伦敦能逗留多长时间？"他又问。

"我今天一定要返回去。无论如何，我都不可以让我妻子整晚独自一人在家。她很害怕，恳求我回去。"

"我认为你的做法是对的。不过假如你能不走的话，过一两天我很有可能和你一起回去。你也可以把这些纸条留给我，我可能不用多长时间就会去拜访你，帮你把这件事情弄个明白。"

在我们的客人离开之前，福尔摩斯一直保持着他那处变不惊的职业姿态。我很了解他，能轻易地看出他非常激动。希尔顿·丘比特宽阔的背影刚从门口消失，我的朋友就冲到桌子跟前，将那些画有跳舞小人的纸条展开，开始进行复杂又精细的分析。两个小时的时间内，我看着他把画有小人和写有字母的纸条来回倒换，将自己投入到沉思中，而忽视了我的存在。有时工作进展顺利时，他就哼起小曲或吹吹口哨，有时进展不顺利时，便坐好长时间，皱着眉头，眼神迷茫。最后，他兴奋地高叫一声，从椅子上跳起来，同时不断搓着手，在房间来回走动。然后，他在电报纸上写了一份很长的电文。

"假如回电的内容同我所料想的一样，你就可以在你的记录中添上一件非常有趣的案子了，华生。"他说，"我认为明天我们可以去诺福克，给我们客人带去一个让他感到郁闷的事情的明确答复。"

虽然我承认我想知道事情的真相，但是我知道福尔摩斯喜欢在他认为合适的时候，以自己特有的方式将他的发现讲给我，所以我等着真相大白的那一天。

不过电报却姗姗来迟，我们耐着性子等了两天，在这期间，一听到铃声，我的朋友就竖起耳朵。第二天晚上，我们终于等来了希尔顿·丘比特的信。

信中说一切很平静，只是那天早晨在日晷的基座上又发现了一长串跳舞的小人画。他临摹了一份，附在信里寄给了我们。

福尔摩斯弯着腰认真研究那奇怪的画，几分钟后，他突然跳起来，发出惊讶和沮丧的叫声。他的脸由于焦虑而变得难看极了。

"我们不能再让事情这么发展下去了，"他说，"今晚有去北沃尔沙姆的火车吗？"

我拿出列车时间表，告诉他最后一班火车也已经开走了。

"哦，那么明天早晨我们早些吃饭，然后乘第一班火车，"福尔摩斯说，"我们必须马上要在那里出现，啊！我们所盼望的电报来了。等等，哈德森夫人，或许有必要回个电报，不必了，那完全是我们意料之中的。我们需要立刻让希尔顿·丘比特知道事情有多严重，因为我们单纯的诺福克绅士陷入了一个不同寻常的、危机四伏的罗网里。"

后来发生的事情证明了这一点。现在该到结束在当时我看来只不过是幼稚可笑、奇怪的故事的时候了，它是个不幸的结局，我又一次经历了那时所感受到的无奈和恐惧。我乐意展示给读者一个美好的结局，不过作为事实的记录，我必须把这一连串奇怪的事件照实写下去，一直到不幸的结局。这个事件曾经使得"马场村"在英国成为人人皆知的名字。

我们一到北沃尔沙姆，说到我们要去的地方的名字时，车站的站长就急急忙忙朝我们走来。"你们两位是伦敦赶来的侦探吧？"他问道。

福尔摩斯的脸上闪过不高兴的神色。

"你是如何知道的？"我的朋友问道。

"因为诺威奇的马丁警长刚从这儿经过。要不您二位就是外科医生吧。她还没死，刚才来的消息是这样讲的。你们或许来得及救她，可是那也只不过是好让她上绞架罢了。"

福尔摩斯脸色变得十分难看，显出着急的样子。

"我们要去马场村，不过没听说过那里发生的事情。"

"事情恐怖至极，"站长说，"希尔顿·丘比特和他的妻子两个人都遭受了枪击。她拿枪先打丈夫，然后又打了自己，这是他们家的佣人讲的。男的已经死去了，女的也伤势严重，活过来的希望不大。哎，他们原是诺福克郡最古老的家族，最荣耀的一家。"

福尔摩斯一言不发，匆忙上了一辆马车。在这长达七英里的路途中，他还是一句话也没有说。我很少见他这样没精打采过。从伦敦来的一路上福尔摩斯一直都心绪不宁，我注意到他焦虑不安地翻看着各种早报。如今，他所害怕发生的事情还是突然变成了事实，这使他产生了一种茫然的忧郁。他将身体倚在靠背上，陷入沉闷的思考之中。实际上，周围有许多使我们发生兴趣的东西，因为我们正穿过一个风光独特的乡村，零星散落在那里的农舍告诉路人今天聚集在这一带的人不多了。方塔形的教堂耸立在一片平坦青葱的景色中，讲述着古老的东安格利亚王国的繁荣昌盛。在诺福克青葱的岸边那一头有一片蓝紫色的日耳曼海出现。马车夫用鞭子指着从小树林中露出的两面老式砖木结构的山墙告诉我们："那儿就是马场村庄园。"

当马车将我们带到有门廊的门前，我看到了在门前、网球场旁边，那间曾引起过我们各种联想的黑色工具房和那座日晷。一个矮小精干、行动敏捷、小胡子尖翘的人刚从一辆一匹马拉的马车上下来，他介绍自己是诺福克警察局的马丁警长，当他听到我朋友的名字时，显出很惊讶的样子。

"啊，福尔摩斯先生，这个案子是今天凌晨三点发生的，您在伦敦是如何知道的，而且还和我一样快就赶到了现场？"

"我早就推断出了，我来是为了阻止它发生。"

"那么你一定掌握了我们忽视的重要证据，因为听人说他们是一对非常和睦的夫妻。"

"我只有一些跳舞人像作为证据，"福尔摩斯说，"容以后我跟你详细解释。现在，既然没来得及阻止这场悲剧的发生，我非常希望利用我现在手里的材料来伸张正义。您是愿意让我跟您一起调查，还是希望我单独行动？"

"假如我能跟您一起行动，我会感到非常高兴。"警长真诚地说。

"假如是那样的话，我们立刻听取证词，进行现场勘察，片刻都不要耽搁。"

马丁警长十分聪明，他让福尔摩斯按他自己的方式行事，而自己则直接记录结果。当地一名满头白发的外科医生，刚从丘比特太太的房间下楼来，告诉我们丘比特太太的伤势很严重，但可能不至于死亡。子弹是从她的前额穿过去的，恢复意识可能尚需要一段时间。至于她是被伤还是自伤，老医生不敢妄言。显而易见，子弹是从离她很近的地方打的。在房间里只发现一把手枪，枪膛里少了两发子弹。希尔顿·丘比特先生的心脏被子弹打穿了。可以猜想为希尔顿先开枪打他妻子，然后自杀，当然也可以假定丘比特太太是凶手，因为那支左轮就掉在他们正中间的地板上。

"他有没有被人移动位置？"福尔摩斯问道。

"没有，只是把丘比特太太抬出去了。她伤得很重，我们不能让她一直躺在地板上。"

"您到这儿有多长时间了，医生？"

"四点到的。"

"还有其他人吗？"

"还有这位警长。"

"您没有碰过什么东西吧？"

"哦，没有。"

"您行动很谨慎。您是被谁叫过来的？"

"这家的女仆桑德斯。"

"报警的人也是她吗？"

"她跟厨师金太太两个。"

"哦，现在她们在哪儿？"

"可能在厨房里。"

"好的，我们应该马上听听她们说说事情的经过。"

有着橡木墙板和高窗户的古老大厅现在被当作了调查庭。福尔摩斯坐在一把老式的大椅子上，疲倦的脸上闪烁着异常坚定的眼神。从眼神里我发现了他坚定的决心，知道他要尽全力追查这件案子，直到为这位他没能相救的委托人最后报了仇为止。除了福尔摩斯之外，还有穿着整齐的马丁警长，满头白发的老医生，我自己，以及一位本村警察，组成了庭上这么奇怪的一组人。

这两个女人将案情讲得很清楚。她们是被爆炸声惊醒的，一分钟过后又响了一声。她们睡在紧挨着的房间里，金太太很快就跑到桑德斯的房间里来了。她们一同来到了楼下。书房门敞开着，桌子上一支蜡烛燃烧着。主人趴在书房正中间，已经没了气息。丘比特太太蜷缩在挨近窗户的地方，头靠着墙，伤势非常严重，半个脸全是血，费劲地喘着气，已经不能说出什么话来了。烟和火药味儿充满了书房和走廊。窗户是关着的，并且从里面闩紧了。在这一点上，她们两人都很肯定。她们马上叫人去找医生和警察，然后和马夫以及小马倌一同将受伤的女主人抬到她的卧室。出事前夫妻两个已经就寝了，她穿着衣服，他穿着睡衣，外面套着晨衣。书房里的东西都保持原样。就她们所知，主人非常和睦，从不吵架。她们一直把他们看作是模范夫妻。

这些就是女仆证据的要点。在回答马丁警官的问话时，她们明白无误地说所有的门都是从里面拴着的，不会有人从房子里逃走。在接受福尔摩斯询问时，她们说当她们从楼上的房间跑出来，就闻着了火药味。"我提醒您将这个事实记清，"福尔摩斯对马丁警官说，"现在我认为该到彻底检查这个房间的时候了。"

书房就是一个小房间，三面靠墙摆满了书。一张写字台正对着一扇普通的窗户摆放，从那儿望出去就是花园。我们一进屋就发现了那位不幸绅士的遗体。他那高大的身躯四肢摊开地趴在地上。他身上的衣服凌乱，表明他是从睡眠中被匆忙地唤醒。子弹是从正面射向他的，穿过心脏以后，留在他的身体里。他肯定是中枪后很快死亡的，脸上没有痛苦的神情。他的晨衣上和手上都没有火药痕迹。据那个乡村医生说，丘比特太太的脸上有火药痕迹，不过手上没有。

"手上没有火药痕迹不代表什么，如果有的话可能很重要，"福尔摩斯说，"如果是很不合适的子弹，火药才可能朝向后喷，要不然开多少枪都不会留下痕迹。我认为现在可以把丘比特先生的尸体搬走。医生，我猜，您还没有取出打伤夫人的子弹吧？"

"在取出子弹之前需要做一次非常复杂的手术。手枪里还有四发子弹，已射出两发，造成两个伤口，这样每发子弹都能解释清楚。"

"好像是这么回事，"福尔摩斯说，"可能你也可以解释另一发子弹的下落，它明显地射在窗户的边上？"

他突然将身体转过去，用他细长的手指指着窗框底边大约一英寸处的一个穿透的小洞。

"上帝啊！"警长喊道，"你怎么会发现它？"

"因为我在找它。"

"棒极了！"乡村医生说，"您的推论是正确的，先生。又射了一发子弹，所以可以断定还有第三个人在场。不过会是谁呢？他是如何逃脱的呢？"

"这就是我们现在要解决的问题，"福尔摩斯说，"马丁警长，你应该不会忘记当女仆说她们一离开她们的房间，就闻到了火药味时，我提醒你说那一点很重要吗？"

"不错，先生，不过坦白地说，当时我不是很明白你的意思。"

"那意味着在开枪时，窗户和门是敞开的，要不然火药味不可能穿过房间蔓延得这么快。除非房间里有过堂风才能造成这种情况。然而，门和窗户只开了很短的时间。"

"如何证明？"

"因为蜡烛还没有被风吹得流下油来。"

"哦，还真是，棒极了！"

"由于断定在发生悲剧的时候，窗户是敞开的，那么我可以假定可能有第三个人在场，他站在外面朝屋内开枪。正对的这个人所射的子弹射中了窗框。我看了，确实有弹痕！"

"可是窗户关着而且上了栓该怎么解释？"

"女人遇事的本能反应就是关上窗户拴好。哎呦！看！这是什么？"

那是个鳄鱼皮镶银边的女式小手提包，放在书房的桌子上。福尔摩斯将它打开，将里面的东西倒出来。手提包里装了一卷面值五十镑的二十张英国银行的钞票，用橡皮圈箍在一起，除了这捆钞票，再无其他东西。

"这个手提包一定要保管好，它将作为证据出庭作证。"福尔摩斯一边说着，一边把包递给马丁警长。"现在我们要把这第三发子弹的来龙去脉搞清楚。从木头的碎片来看，这发子弹显然是从屋里打出去的。我还要询问一下厨师金太太。金太太，您说过您是被一声很响的爆炸声惊醒的。在您看来这声响是不是比第二声更响？"

"这如何说呢，先生，我是睡着了给惊醒的，所以我不敢下断言，不过当时听起来是很响。"

"您不觉得可能是两发子弹差不多同时射出去的？"

"这也有可能，不过我不敢说一定是，先生。"

"我猜那应该是两枪的声音。马丁警长，我看这屋子也没什么可勘察的了，没有什么还要研究的了。假如您愿意同我在周围转一转的话，那我们到花园里去看看有没有什么新的线索可以供我们研究。"

花床一直延伸到书房的窗户跟前，我们一到那里，几乎异口同声地发出惊叫声。原来花已被踩倒了，男人的大脚印布满了柔软的土地上，脚印有着特别长而尖的脚指头。福尔摩斯如同一只猎犬在草里和落叶中找寻着被枪击落的一只小鸟。忽然，他发出一声兴奋的叫声，弯腰捡起了一个小的黄铜做的圆筒。

"在我意料之中。"他说，"这支左轮手枪有一个推顶器，这是第三发子弹。马丁警长，我可以认真地告诉你，我们的案子几乎可以结了。"

马丁警长对福尔摩斯神速巧妙的侦探过程十分惊叹。最初他还表露出坚持自己主张的意愿，不过现在不胜钦佩，表示愿意无条件地听命于福尔摩斯。

"您知道谁开的枪吗？"他问。

"我以后再跟你说。在这个问题上有几点我还不能向你说。既然我已经参与了这么深，我最好按照自己的想法继续参与下去，然后彻底地将整个事情搞明白。"

"您怎么认为就怎么去做，福尔摩斯先生，只要将凶手抓住就可以。"

"我不想卖关子，可是正在行动的时候就开始做冗长复杂的解释，是不适宜的。我手上掌握有这个案子的几条线索，即使丘比特太太永不恢复意识，我依然可以把昨天夜里发生的事情推想出来，并给死者公道。首先我想知道附近是否有一家叫作'埃尔里奇'的小旅店？"

仆人被叫来询问，结果是没有人知道有这么一个地方。马童倒是想起有个叫那个名字的农场主住在东罗斯顿，距离这里大约几英里远。

"那个农场很偏僻吗？"

"是的，很偏僻，先生。"

"可能他们还没听说过这儿夜里所发生的事。"

"极有可能，先生。"

福尔摩斯沉思片刻，脸上忽然露出古怪的微笑。

"准备马匹，小伙子，"他说，"我要你把这封信送到埃尔里奇农场去。"

他从口袋里掏出各种跳舞小人的纸条，将它们放在书房的桌子上，然后坐下来忙了一会儿，最后把信交给了马童并嘱咐他一定将信交给本人，而且对收信人所问的任何问题不给予任何回答。我看到信封上的名字是用潦草的非正规的字体书写的，与福尔摩斯平常所书写的工整字体完全不像。信上写的是：诺福克，东罗斯顿，埃尔里奇农场，阿贝·斯兰尼先生。

"我有一个建议，警长，"福尔摩斯说道，"你可以给你的一个同事拍一封电报，因为，假如我的猜测没有错的话，那么你将有一个很危险的囚犯被押送到郡监狱。可以让送信的马童捎上电报代发。华生，下午有返回伦敦的火车吗？我们可以回伦敦了，因为我有一个有趣的化学分析要继续进行，这个案子很快就真相大白了。"

马童出去送信了，夏洛克·福尔摩斯又告诉其他仆人，假如有来访者来看丘比特·希尔顿夫人，不要对他讲有关丘比特夫人身体状况的任何信息，但是要立刻带来访者到客厅。他郑重地强调了这一点。最后他领大家来到客厅，对大家说现在的事态不在我们控制之下，大家要多多休息一下，等着接下来会发生的事情。乡村医生去看丘比特夫人了，客厅里只留下我和马丁警长。

"我认为我会让你们在接下来的一小时内愉快地度过，"福尔摩斯一边说着，一边将椅子拉到桌子跟前，然后在桌子上铺开各种各样的纸条，在这些纸条上面画有跳舞人的古怪滑稽的动作。

"华生，我的朋友，很不好意思，长时间没能让你的好奇心得到满足。

马丁警长，整个案子可能吸引你进行一次非比寻常的专业研究。首先，我将给你讲述一些有趣的情况，那是希尔顿·丘比特先生之前在贝克街委托我帮着他查清此事时说的。"接着他简短地概述了前面记录的事实。

"在我面前摆着的这些稀奇古怪的作品，如果不能证明它们就是酿成如此可怕悲剧的前兆，可能人们只会嘲笑。我非常熟悉各种形式的秘密文字，我自己也曾写过一些没有多大影响的论文来讨论这类问题，其中，我分析了一百六十种不同的密码，不过我承认我从未见过这种字体。发明这种方法的人显而易见为了让人们以为，这些字体没有任何意义，只是孩子们随便乱涂乱画的。

"可是，如果一旦意识到这些符号代表一些字母，并运用各种秘密文字的规则来看待这些符号，问题就变得相对容易了。交给我的第一张纸条过于短，我至多有把握说其中一个符号代表字母 E。你们也清楚，E 是英语字母表中十分常见的字母，它很惹人注意，在一个很短的句子里，人们常常会发现它。在第一张纸条上，十五个符号里有四个字母是一样的，因此，我猜测该字母就是 E。我还注意到，这张纸条上有几个人形举着旗子，而另外几个则没有，从旗子布局的方式来看，它们大概被用作将句子分隔成一个个单词的符号。我把这看做是一种假设，记下字母 E。

"不过后面的探查是真正的困难。在字母 E 之后的英语字母顺序无法敲定，在一页印出的文字里字母出现的顺序可能和在一个句子里一模一样。笼统地看，字母按出现次数排列的顺序是 T、A、O、I、N、S、H、R、D、L，其中 T、A、O、I 出现的次数几乎一样多。如果把每一种组合都试一遍，一直到发现一种意思来，那会是一项十分烦琐的工作。因此，我要等新材料。在希尔顿·丘比特先生第二次来我们居所的时候，他给了我另外两个只有短句子和似乎只有一个单词的一句话的纸条，也就是不带小旗子的符号。在这个由五个符号组成的单词中，我找出了第二个和第四个都是 E。这个单词或许是 sever（分开），但也有可能是 lever（杠杆），或者 never（决不）。显而易见，使用后面这个词来回答一项请求的可能性最大，根据情况我判断这是丘比特夫人写的答复。如果这个判断正确的话，我们现在就可以说，三个符分别代表 N、V 和 R。

"就是在那时，我的困难仍然很大。不过，一个灵感使我获知了另外几个字母。我突然想到，假定这些请求是来自一个在丘比特夫人年轻时就跟她亲密的人的话，那就可以推测一个两头是 E，中间有三个别的字母的组合极有可能就是 EISIE（埃尔茜）这个名字。按照这个想法我重新看这个组合，发现这个组合构成一句话的结尾，重复出现过三次。这一定是对'埃尔茜'提出的请求。按照这种方法我又找出了 L、S 和 I 三个字母。接下来，我要推测那个请求，那会是什么样的请求呢？在'埃尔茜'前面的一个单词里，只有四个字母，末尾的字母是 E，由此我猜测这个词一定是 Come（来）。我试过所有其他以 E 结尾的四个字母，不过都不合适。这样我又找出了 C、O 和 M，这时再回过头来看第一句话，把它分成单词，用点表示未知的字母。经过这样的处理，这句话就变成这样的了：

M.ERE..ESL.NE.

"现在，第一个字母只能是 A 了。这是最有价值的推论，因为它在这个短句中出现了至少三次。第二个词中 H 也是显而易见的。这一句话现在成了：

AM HERE A.E SLANE.

"再把名字中所缺的字母添上：

AM HERE ABE SLANE.

（我已到来。阿贝·斯兰尼。）

"我现在已经确定了这么多字母，可以借此继续翻译第二句话了。这一句读出来是这样的：

A.ELRE.ES.

"这里我只能在缺字母的地方加上 T 和 G 才会让它有实际意义，并且猜测这个名字是写信人住的地方或者一个旅店的名字。"

我和马丁警长极感兴趣地聆听福尔摩斯充分详尽地讲述他如何得出结论的过程，我们的一切疑问都得到了解决。

"后来您又采取什么措施了，先生？"警长问。

我有很大的把握认定阿贝·斯兰尼是美国人，因为阿贝是个美国缩写人名，另外还因为美国寄来的一封信是所有麻烦的起因。同时，我也有一定的把握认为在这件事中有犯罪的因素。丘比特太太对于她过去生活的暗示以及她拒绝把实情告诉她丈夫，这些都让我朝这个方面去猜测。我给纽约警察局一个叫威尔逊·哈格里夫的朋友拍去了一封电报，他之前不止一次利用过我所知道的有关伦敦的犯罪情况。我向他咨询是否知道阿贝·斯兰尼这个人。他回电说：'这个人是芝加哥最危险的骗子。'就在我接到回电的那天晚上，希尔顿·丘比特给我也寄来了阿贝·斯兰尼最后画的一行小人。用我已经掌握的那些字母译出来就成了这样的一句话：

ELSLE.RE.ARE TO MEET THY GO THY GO

"再凑上 P 和 D，这句话的意义就出来了，意即：埃尔茜，准备见上帝。说明了这个危险的骗子已经由劝说转为恐吓了。对芝加哥的那帮罪犯我很了解，由此我猜测他可能很快就会付诸行动。我立刻和我的朋友华生医生来到诺福克，不过遗憾的是，最糟糕的情况还是发生了。"

"能跟您一起办案，真是我的荣幸，"马丁警长十分兴奋地说，"不过，我不得不说，您只对您自己负责，而我却要对我的上级负责。如果这个住在埃尔里奇农场的阿贝·斯兰尼真的如您所说是这个凶手的话，而且他趁我们坐在这里的间歇逃跑了，那我的麻烦就要来了。"

"不必担心，他不会逃跑的。"

"您如何这么认为？"

"逃跑就相当于承认罪行。"

"哦，既然如此，就让我们去逮捕他吧。"

"我猜测他应该马上就会出现在这里。"

"可是他为什么会来这里呢？"

"因为我已经写信邀请他了。"

"不过这有些让人不太相信，福尔摩斯先生！为什么因为您请他他就会来呢？这样的邀请难道不会让他起疑心，而选择立刻逃走吗？"

"我知道我是怎样写那封信的。"夏洛克·福尔摩斯说，"事实上，如果我猜测没有失误的话，这位先生正往这儿来了。"

在门外的小道上，有个人正迈着大步往这边赶来，那是个身材魁梧、皮肤黝黑、模样漂亮的人。他身穿一套灰法兰绒的衣服，头戴一顶巴拿马草帽，嘴唇上留着黑色的有些翘的胡子，有一个高挺的鹰钩鼻。他一边走着一边挥舞着手杖。他神态自若、大摇大摆地走着，就好像他是这儿的主人。他拉门铃的响亮声音让我们感觉到了他的自信。

"我建议，先生们，"福尔摩斯低声说，"我们应该都站在门后面。对付一个这样危险的家伙，还是有必要提高警惕的。警长，您将手铐准备好，让我来同他谈。"

我们悄悄地等了片刻，很快门开了，这人走了进来。福尔摩斯迅速用手枪柄照他的脑袋猛敲一下，马丁也迅速把手铐套在了他的手腕上。这一切进行得十分迅捷，以至于那个家伙还没明白怎么回事就束手就擒了。他瞪着一双冒着怒火的黑眼睛，把我们每个人看了一遍，然后突然发出一阵苦笑。

"先生们，这次你们先下手为强，算我倒霉。我是接到希尔顿·丘比特夫人的信才过来的。这里面不应该有她吧？难道是她帮你们给我设下了陷阱？"

"希尔顿·丘比特夫人伤势严重，现在快要离开这个世间了。"

听了这话后，这个人猛然发出一声嘶哑的、悲哀的叫喊，声音似乎充满了整幢房子。

"你在乱说什么！"他高声嚷着说，"要死的是希尔顿，不可能是她。谁也不会忍心伤害小埃尔茜的！我或许恐吓过她——上帝饶恕我吧！不过我决不会碰她一根头发的。你将你刚才的话收回去吧！告诉我她没有受伤！"

"在发现她的时候，她就已经伤势严重，倒在她已死的丈夫的旁边。"

他一下子跌坐在长靠椅上，伤心地哭泣着，把脸埋在铐着的双手上。大约五分钟后，他将头抬起，以一种冷静而绝望的语气说话。

"我没有什么不能跟你们说的，先生们，"他说，"假如我开枪打死了一个先拿枪对准我的人，我认为那不应该算是谋杀。假如你们认为我会伤害埃尔茜，那就说明你们既不了解我，也不了解她。我跟你们讲这个世界上没有一个男人爱一个女人会像我那样爱她的了。我曾有权娶她。多年以前，她就向我承诺过。这个英国人凭什么要分开我们？我跟你们讲我才是第一个有权娶她的人，我所做的只不过是在要回我的权利。"

"当她了解到你是哪种人时，她决定要与你划清关系，"福尔摩斯严厉地说，"她逃离美国就是为了避免你的纠缠，并为此嫁给了一位受人尊敬的英国绅士。你紧追她不放，给她生活带来了痛苦，你劝说她抛弃她心爱的、尊敬的丈夫，跟你这个她既恨又怕的人私奔。可是结果却造成一个受人尊敬的人死于非命，又逼得他的妻子自杀。这就是你苦苦追求她的结果，阿贝·斯兰尼先生，你将要为此遭到法律的惩罚。"

"假如埃尔茜死了，我不在乎被认定为哪种人，"这个美国人说。他将一只手摊开，看了看在手心里已揉皱的一张纸。"看看这个，先生，"他大声说，同时眼神中透露出狐疑的神色，"你们不要拿这个来吓唬我，假如埃尔茜伤得真如你们所说的那样，那么是谁写的这封信呢？"说着他把信朝桌子上扔去。

"信是我代写的，目的是为了让你过来。"

"什么，信你是写的？除了我们圈里的人以外，这个世界上是不会再有人知道跳舞人的秘密的。你如何可能写出这样的信呢？"

"只要有人能发明出来，就一定会有人能看懂。"福尔摩斯说，"一辆马车将会把你带到诺威奇去，斯兰尼先生。你或许还有机会对你所造成的伤害进行弥补。我告诉你丘比特夫人已经让自己背上了谋杀丈夫的重大嫌疑，仅仅由于我来到现场和碰巧掌握的材料，她才有可能免于这种嫌疑。为了她你至少应该向世人清楚表明，对她丈夫的惨死，她没有直接或或间接的责任。"

"这自然是极好的一件事，"这个美国人说，"看来我应该做的最好的事就是将这件事的真相公布出来。"

"我有责任告诫你，你坦白的后果极有可能对你不利。"马丁警长大声说道，以示英国刑法严肃的公平对待原则。

斯兰尼耸了耸肩。

"我甘愿冒险，"他说，"首先我要你们几个知道，在埃尔茜还没长大的时候，我就认识了她。当时在芝加哥，我们七个人组成了一个团伙，埃尔茜的父亲是我们的头领。老帕特里克是个有着聪慧头脑的人，他发明了这种秘密文字。如果你不懂得这种文字的解法，你肯定会将其当作是小孩乱涂的画而忽略。后来，埃尔茜对我们所做的事情有了一些了解，她不能容忍这种行当。她自己有了一些私房钱，于是她趁我们都没有关注她的时候偷偷溜走，逃到了伦敦，当时我们已经订婚了。我认为要是我干的是另外一个正当的职业，她早就跟我结婚了。她不愿意跟任何不光明的职业有丝毫的牵扯。在她跟这个英国人结婚以后，我才查到她在什么地方。我给她写过信，可是她不给我回信。没有办法，我来到了英国。由于写信无效，我就把要跟她说的话写在她能看到的地方。

"我来到这里已经有一个月了。我在那个农场里一间楼下的屋子居住。每天夜里，我可以自由进出她家，而不让人觉察。我想出各种办法想把埃尔茜骗走。我清楚她肯定看过了我写的那些话，因为她有一次就在其中一句下面作了回答。于是我生气了，便开始恐吓她。她寄给我一封信，央求我离开，并且说假如有任何丑闻有损她丈夫名誉的话，她会为此伤心欲绝的。她还说只要我答应从此离开，不再纠缠她，她会在早上三点，趁她丈夫睡着的时候，下楼来在最后面的那扇窗前与我交谈。她真的下楼来了，还带着钱，想给我钱然后让我离开。我十分气愤，抓住她的胳臂，想把她从窗户里拉出来。可就在那个节骨眼，她丈夫手里拿着左轮手枪冲进屋来。埃尔茜吓得倒在地上不会动弹，我们两个面对面。当时我手里也拿着枪。我举起枪想吓唬他走开，我好趁机逃走。他在那一刻开了枪，不过没有击中我。几乎在同一时刻，我也开了枪，他中枪倒下了。我匆匆穿过花园往外面跑，当我往外去的时候，我听见身后关窗户的声音。先生们，我刚才所说的这些话句句为真。后来的事情我就不得而知了，直到那个小伙子骑马送来一封信，使我像个傻瓜似的来到这儿，掉进你们设计好的陷阱里。"

在这个美国人说上述这些话的时候，马车已经到了，里面坐着两名穿制服的警察。马丁警长站起身，拍了拍这个美国人的肩膀。

"好了，跟我们走一趟吧。"

"请允许我先看一下她吧？"

"不可以，她还处在昏迷状态。夏洛克·福尔摩斯先生，我希望下次再碰到重大案子，还能与您一起调查。"

我们站在窗前，目送着马车渐渐远去。我转过身来，看见犯人扔在桌上的纸团，那是福尔摩斯曾经用来邀请他来此地的信。

"华生，看看是否能明白其中的含义。"福尔摩斯笑着说。

信上没有字，只画着这样一行跳舞的人：

"假如你明白我解释过的那种密码，"福尔摩斯说，"你会发现这行跳舞的人代表着'马上到这里来'。当时我认为这是一个他决不会拒绝的邀请，因为他料想不到除了埃尔茜以外，还有别人能够看懂并会利用它们。华生，我亲爱的朋友，我们结束了我们的案子，那些跳舞的小人一向被用于做坏事，这一次反其道而用之，做了件好事。我认为我已经兑现了我当初应诺你的事情，就是给你的笔记增添了一些不平常的素材。我建议我们可以乘三点四十分的火车回贝克街吃晚餐了。"

再说几句类似尾声的话。美国人阿贝·斯兰尼在诺威奇冬季巡回裁判中被判死刑，不过考虑到一些可以减轻其罪行的情况和确实是希尔顿·丘比特先开枪的事实，最后把死刑改为劳役监禁。另外，丘比特夫人，据说伤势尽好，身体无碍了，现在一个人生活，将全部身心都倾注在关照穷人和管理她丈夫的产业上。

四　孤身骑车人

1894 年到 1901 年（包括 1901 年）期间，我的朋友夏洛克·福尔摩斯先生异常忙碌。可以这样说，在这八年的时间里，没有一件官方案件在难以开展时不曾向他请求帮助。还有好几百件私人案件也请求他指教，这些案件中有很多复杂和特殊的案件，每一件他都办理得很出色。在这长期连续不断的工作中，他积攒起了许多惊人的成就，同时，也遇到了一些不可避免的挫折。由于对于所有的案件我都做了详细记载，而且我本人也亲自参与了一些案件的工作，所以完全能够想象得出，选择哪一个案件公之于众实非易事。不过，我将按照以前的做法，首先选择那些不是以凶残著称的案件，它们之所以引起读者的兴趣，是由于福尔摩斯所表现出来的足智多谋和案情的戏剧性。遵照这个原则，我将把有关维奥莱特·史密斯小姐的单身骑车人一案，还有我们调查的奇怪结局描述给读者，这个结局以出人意料的悲剧而闻名。诚然，这个事未必能为福尔摩斯业已尽人皆知的破案能力增添更多的光彩，可是由于这个案件中有几点很突出，完全不同于我的那些长期犯罪记录——我正是从这些犯罪记录中收集材料集合成了这些小故事。

当我检查1895年的笔记时，发现在4月23日，星期六，我们首次听说了有关维奥莱特·史密斯小姐的事。我记得我的朋友很不欢迎她的拜访，因为他当时正陷于一个很深奥的、复杂的问题之中，这个问题是关于闻名遐迩的烟草百万富翁约翰·文森特·哈登所遭受的奇怪的烦扰的。福尔摩斯习惯于精确和思想集中，在他处理事情的时候，对任何分散他注意力的事都十分讨厌。虽然这样，他生性并不固执，这使他无法能拒绝一位身材苗条、举止优雅、仪态威严的年轻漂亮的女士讲述她的遭遇，更何况，她不顾天色暗淡亲自来到贝克街，恳求福尔摩斯的帮助和指教。虽然福尔摩斯已经表明自己没有富余的时间，可那只是徒劳而已，因为这位女士来时已下定决心将她的遭遇讲述出来。很显然，除非强行让她离开房间，要不然就得听她讲完，福尔摩斯显出被逼无奈的样子，勉强地笑了笑，请这位漂亮的不受欢迎者就座，并要求她把她的故事讲述出来。

"应该不是你的健康问题。"福尔摩斯说，同时用敏锐的目光上下打量着她，"如此喜爱骑车的人，相信精力应该十分充沛。"

听了我朋友的话，这位漂亮的女士十分惊讶地低下头瞥了一眼自己的脚，我发现她鞋底边由于踏板摩擦已变得有点起毛了。

"您说得对，我经常骑自行车，福尔摩斯先生，这跟我今天见您有关系。"

福尔摩斯抓起这位女士没戴手套的那只手，就像科学家研究标本一样认认真真且不动神色地观看。

"我认为您不会因此埋怨我，因为这是我的工作。"他说，然后放下她的手，"我差点错认为你是个打字员。很显然，你一定是音乐家。华生，不知道你有没有见过这两种职业造成的弯形指尖？可是，不同的是，脸上的气质神态——"她轻轻地将脸转向亮的地方，"打字员是不会拥有的，所以我断定这位女士是音乐家。"

"不错，福尔摩斯先生，我教音乐。"

"从你的肤色，我料想你在乡下教音乐。"

"您说得对，先生，在靠近法纳姆，在萨里边界。"

"那是一个好地方，令人联想起许多好玩的事情。华生，你应该没有忘记就在那附近，我们抓住了伪造货币的罪犯阿尔奇·斯坦福德吧！那么，维奥莱特小姐，在法纳姆，萨里边界，你有什么事要告诉我们？"

这位年轻的女士用清晰而镇定的语言给我们讲述了下面稀奇古怪的事情：

"我父亲离开这个世界很久了，福尔摩斯先生，他叫詹姆斯·史密斯，是老帝国剧院管弦乐队的指挥。父亲去世后世上只留下我和母亲相依为命。我曾有一个叔叔，叫拉尔夫·史密斯，二十五年前他去了非洲，从此再也没有任何音讯。父亲离世后，我和母亲生活清贫。有一天，有人告诉我们《泰晤士报》刊登了一份寻找我们下落的广告。你知道我们当时听到这个消息有多兴奋吗，因为我们以为有人给我们留下了一笔财产。我们通过报纸上留下的住址和名字找到了那位律师。我们在他那里碰见了两位绅士，一个叫卡拉瑟斯先生，另一个叫伍德利先生，他们是从南非回来探亲的。他们告诉我们我叔叔是他们的一个朋友，大约在几个月前在约翰内斯堡由于贫困而离世，临死时他恳求我们寻找他的亲戚，一定要使我们不要穷困潦倒。我们感到十分稀奇，叔叔在他活着的时候对我们不关照，为什么在临死前反而如此细心地要关照我们。不过卡拉瑟斯先生解释说，原因是我叔叔听说他哥哥已死的事，感到有责任对我们进行关照。"

"请暂停一下，"福尔摩斯说，"你们见面的时间是什么时候？"

"去年 12 月，也就是四个月前。"

"好，继续讲下去。"

"伍德利先生的表现很让我讨厌。那是一个面容虚肿、蓄有红胡子的粗俗年轻人，头发披散在额头的两边。他时不时朝我挤眉弄眼，我非常讨厌他——我相信西里尔也不愿意我认识这样一个人。"

"哦，西里尔是你的朋友吧？"福尔摩斯微笑着说。

年轻女士听了一脸绯红，笑了笑。

"嗯，不错，福尔摩斯先生，西里尔·莫顿是很棒的一位电器工程师，我们计划在夏末结婚。哎呀！怎么谈论起他来了！我要告诉你的是伍德利先生十分让我讨厌，而年龄稍大点的卡拉瑟斯先生比较和善，尽管他气色不好，脸色灰里带黄，胡子刮得光光的，不怎么爱讲话，可是他举止有礼，而且笑容可掬。他对我们的境况进行了询问，当获知我们尴尬的处境时，建议我去给他十岁的独生女教音乐。我表示我需要和母亲在一起，为此他建议我每周末回趟家，年薪一百磅，这当然是非常丰厚的薪水了，最后我欣然接受了，来到了距离法纳姆六英里左右的奇尔特恩农庄。卡拉瑟斯先生的妻子刚过世，但是他雇用了一个叫作狄克逊太太的女管家，那是一个很让人敬重的老夫人，在替他管理家里的事。他的孩子很可爱，一切都很好。卡拉瑟斯先生待人友善，爱好音乐，我们一起度过了很多非常愉快的夜晚。每个周末我都回城看望我的母亲。

"红胡子伍德利先生的到来是我第一件不顺心的事。他在这里逗留了一周，哎呀！对我而言那一周的时间如同三个月！他很可怕——对别人横行霸道，对我更是无所顾忌。他向我献殷勤，说他爱我，向我显摆他的财富，说假如我嫁给他，我将拥有伦敦最漂亮的钻石。最后，当我对他爱答不理的时候，一天晚饭后，他一把把我抓住并将我抱在怀里——他有十分可怕的力气——发誓除非我吻他，要不然不让我走。这个时候卡拉瑟斯先生进来了，把他从我身边拉开，为此他和卡拉瑟斯先生闹掰了，他把卡拉瑟斯先生打倒在地，还弄破了他的脸。这就是那次拜访的结束。第二天，卡拉瑟斯先生跟我表示歉意，并保证我再不会受到这样的侮辱了。果真，此后我再没见过伍德利先生。

"福尔摩斯先生，现在我就要说到正题了，我非常想听听你的意见。你一定能推测出来，每个星期六上午，我都要骑车去法纳姆车站，乘坐十二点二十二分开往城里的火车。从奇尔特恩农庄到车站那段路很偏僻，其中有一段路更是荒凉。这段路大约有一英里多，路的一旁是查令顿石楠灌木丛，而另一旁是查令顿庄园外的树林。这段路十分偏僻以至于你找不到比它更偏僻的路段了。在你来到靠近克鲁克斯伯里山的大路上之前，几乎不会碰到一辆马车或者一个农夫。两周前，当我经过那段偏僻的路段时，不经意地回头，发现身后大约两百码处，一个男人也骑着自行车。他好像是个中年人，留着短短的黑胡子。在我快要到达法纳姆时，我又回头看，发现那个人不见了踪影，这事我没再多想。可是，福尔摩斯先生，星期一我回来时，在相同的路段又发现了那个人，你可以想象得出我有多么惊讶。下个星期六和星期一，同样的事情像以前一样再一次发生，这让我吃惊不已。他总是与我保持一定的距离，绝不打扰我，确实有些不可思议。我向卡拉瑟斯先生提起过这事，他好像对我说的这件事很重视，告诉我他买了一匹马和一辆轻便马车，以便我今后不用再独自走那段偏僻的路了。

"按计划马和车应该这一周到，不过由于某种原因它们没有被送到，于是我没有办法只得又骑车去车站。今天早晨，当我来到查令顿石楠灌木丛时，习惯地向远处观望，丝毫无误，那个人就在那地方，和两周之前一模一样。他总是与我保持一段距离，这段距离让我无法看清楚他的模样，但我肯定那一定不是我认识的人。他穿着一套深色西服，戴着一顶布帽子。嘴上的黑胡子是我唯一能看清楚的。今天我不害怕，却充满了好奇，下决心把这个人搞明白，以及他要干什么。我将车速放慢，但是他也放慢了车速。然后，我干脆停止了往前走，他也停了下来，我灵机一动，路上有个急转弯，我快速转过弯，然后停下来等他过来。我想他在停下之前一定快速转过弯而超过我。可是出乎我意料，他并没有出现。于是我就往回走，向拐弯四周看了看。我能看到一英里路的地方，可是他并不在路上。更令我感到奇怪的是，这里没有他可能走下去的岔道。"

福尔摩斯忽然轻轻笑了笑，搓着手。"这个事情确实有些与众不同。"他说，"在你转弯和发现他不在路上这中间有多长时间？"

"也就只有两三分钟的时间。"

"那么他不可能沿路返回去，你说没有岔道？"

"嗯，是的，没有。"

"那么他一定从路边的人行小道离开了。"

"不可能从石楠树丛的一边，要不然，我一定会看见他。"

"所以，根据排除法，我们可以推断出他应该朝查令顿庄园走了，据我了解，路那一边的空地属于查令顿庄园。还有什么情况吗？"

"就这些了，福尔摩斯先生，只是我不知怎么办，在没有见到你并得到你的指点之前，我是不会放松的。"

福尔摩斯没有说话，静静地坐了一小会儿。

"跟你订过婚的那位先生在哪里？"他最终问道。

"在考文垂的米得兰电气公司。"

"有没有可能是他突然来看你，想给你个惊喜？"

"噢，福尔摩斯先生，难道我会认不出他吗？"

"有没有喜欢你的人？"

"在认识西里尔之前有几个。"

"在那之后呢？"

"那就是这个讨厌又可怕的伍德利，假如把他也算一个的话。"

"此外再没有别人吗？"

我们漂亮的委托人似乎有难言之隐。

"那他是谁啊？"福尔摩斯问道。

"噢，可能这只是我个人的胡乱猜疑，不过，有时候我似乎觉得，我的雇主卡拉瑟斯先生对我有好感。我们经常在一起。晚上我给他伴奏。他从没有说过什么过分的话。他是个非常好的先生，可是我心里总能察觉他的心思。"

"哦！"福尔摩斯神情显得严肃，"他的经济来源是什么？"

"他很有钱。"

"没有四轮马车或者马？"

"嗯，至少他很有钱。他每周进城两三次。他对南非金矿股票保持着高度热情。"

"你要告诉我新的情况，史密斯小姐。我现在时间安排很紧张，不过我会抽空调查你的事情。在我没有知道的情况下，请不要擅自行动，好吧，再见，我相信我们会有你的好消息的。"

"这样的女孩子有喜欢她的人，是毫不奇怪的事情。"福尔摩斯一边说，一边沉思默想，同时大口抽着烟，"可是不要选择在偏僻的乡村小路上骑车追嘛。显而易见，是个秘密的追求者。不过，华生，这个案子有一些有趣的、引人联想的细节。"

"你指的是那个人只在那个地方出现？"

"是的。我们首先要做的是查清谁将查令顿庄园承租了下来。然后，再弄明白卡拉瑟斯和伍德利之间的关系，因为表面上看他们是完全不同类型的人。他们为什么都如此热心于寻找拉尔夫·史密斯的亲戚呢？还有一点，虽然卡拉瑟斯的家距离车站六英里，却没有一匹马，而他给女家庭教师支付的薪水却是市场价格的两倍，请问这符合持家之道吗？奇怪，华生，真的是有些非比寻常！"

"你去调查吗？"

"不，亲爱的朋友，你去调查一下。这可能是一件小小的阴谋，我不可能为了它而中断其他重要的事。星期一你早点到法纳姆，必须将自己隐藏在查令顿石楠灌木丛中观察情况，然后按照自己的判断见机行事。另外，再调查一下庄园里居住者的情况之后，回来向我汇报。现在，华生，对于这件事我只能说出这些了，希望凭借这些线索，我们能找到解决此事的办法。"

我们的委托人告诉我们，她星期一乘火车去农庄，火车九点五十分从滑铁卢离开，因此我很早就出发了，赶上了九点十三分的火车。在法纳姆车站，我没费多少周折就打听到了查令顿石楠灌木丛。我不可能弄错我们委托人受惊吓的地方，因为路的一旁是开阔的灌木丛，而另一旁是老紫杉树篱，树篱围成一个花园，花园里长着许多高大的树。有一条长满青苔的石子路通向庄院，大门两侧的石柱上挂满了又破又旧的纹章标记，除了中间马车道，我还发现树篱间有豁口，有小径通向远处。从路上看不见房子，周围呈现一片暗淡、衰败的景象。

一丛丛盛开着的黄色金雀花在树丛里欢快地生长，在春天明媚阳光的照耀下闪烁着亮晶晶的光辉。我将自己隐藏在其中的一个树丛后面,这样我既能看见通向庄园的路又能看见一长段路的两边。刚才我离开那里的时候,发现路上没有人,不过现在,我发现一个骑自行车的人正从对面朝我来的方向骑过去。他身着一套深色西服,嘴上留着黑胡子。一到查令顿园地的尽头,他从自行车上跳下来,推着车子穿过树篱的豁口,然后很快消失在我的视野中。

大约一刻钟后,另一个骑车的人出现了。这次骑车的人是一位年轻的女士,她是从车站方向来的。她来到查令顿石楠树丛时,自然地向自己的四周看了看。过了一阵儿,那个男人从他藏着的地方出来了,他骑上自行车,开始跟着她。在这宽阔的风景地带,只有这两个骑车人在活动,优雅的女孩笔直地骑在车上,而她身后的那个男子则弯着腰趴在车把上,一举一动都含有令人不解的偷偷摸摸的意味。她回头看见了他,放慢了骑车的速度,他也放慢了速度。她停下来,他也马上停了下来,跟她保持约二百码距离。年轻姑娘的下一个动作快得出乎意料。她突然将自行车的车头调转然后径直向他冲去。不过,他也跟她一样迅速,不顾一切地调转车头逃离。很快她又回到了路上,她将头高高昂起,不屑再注意默默无声的尾随者了。而那个追随者也折了回来,不过仍然保持距离,直到路的拐弯挡住我的视线。

我躲在藏身的地方没有出来,这样做是对的,因为没多长时间那个男人重新出现,他慢慢地骑车回来了。在庄园门口他拐了进去,并从车上下来。我看见他在树林里站了几分钟。他抬起手似乎整理了一下领带,然后又骑上自行车沿着通向庄园的道离去了。我跑出了树篱,透过树的缝隙观察。远处我看见那幢灰色的旧楼和耸立着都铎式的烟囱,但是车道穿过一个稠密的灌木丛,我视野中失去那个人的身影了。

不过,我觉得早晨的工作,完成得还令人满意,便兴高采烈地回到了法纳姆。当地房屋中介人关于查令顿庄园没有给予我想要的答案,让我到帕尔玛尔一个很著名的公司询问。在回家途中我在那儿逗留了一会儿,受到一位经纪人的殷勤招待。他说我不能租借查令顿庄园避暑了,因为已经来不及了。查令顿庄园大约一个月前已被租出去了,威廉森先生将它租了下来,他是位受尊重的老绅士。后来这位有礼貌的经纪人说他说得有些多了，因为他不应该透露他当事人的信息。

那天晚上我把白天观察到的情况仔仔细细向夏洛克·福尔摩斯描述了一遍，本以为能得到他的赞扬——我一贯很重视他的赞扬——可是结果连一句称赞的话都没得到。反而，在他评论我所做过的事和没做的事时，表情要比平常更为严肃。

"我亲爱的朋友，你将藏身的地方选错了。你应该躲在树篱后面，仔细地看那个奇怪的人。但事实上，你距离那个人却有好几百码远，你能告诉我的情况甚至还不如史密斯小姐。她认为自己可能不认识那个人，不过我却认为她认识他。要不然，他为什么会非常担心她离他近而看清他的面貌呢？你描述他趴在车把上，看看，难道这不又是为了躲藏吗？朋友，你这次做得真的不怎么样。他回到了房子，你要想办法弄清楚他是谁，但是你却去了伦敦房屋中介所！"

"那我应该怎么做？"我情绪激动地喊道。

"你应该到最近的酒吧去。要知道那儿是各种信息汇聚的中心。那里会告诉你每一个人的名字，从主人到洗碗碟的女仆。威廉森先生是个什么样的人我不知道。假如他是个老人，那他就不太可能是那个敏捷的骑车人，因为他不可能在那位年轻女士追赶下能够疯狂逃离。看看从你的考察中我们获知了哪些有用的信息了？除了知道了那女孩的故事是真的外，而对此我从未怀疑过。知道了骑车人和庄园有关系，而这个我曾推论出了。知道了庄园被出租给一个名叫威廉森的先生了，可是谁能又为此作保证呢？好啦，就这样吧，我亲爱的朋友，不要显得这么沮丧，下个星期六之前我们还有时间再做调查，这期间我亲自进行一两次调查。"

第二天早晨史密斯小姐给我们来了封信。在信中，她简短而精确地叙述了我看到的事件，不过信的要点在于附言：

福尔摩斯先生，我相信您会将我的秘密予以尊重，我跟您讲我的处境已变得艰难，原因是我的雇主正式向我求婚了。我相信他的感情是真诚的、高尚的。当然，我告诉他我已有心上人了，他对我的拒绝十分看重，不过倒也很和气。然而，你能理解我的处境有些尴尬。

"我们年轻的委托人似乎陷入了为难的境地。"福尔摩斯看完信，有些担心地说，"这个案子确实比我原来设想的要复杂有趣些，发展的可能性也多得多。我看我还是在乡下度过一天安静、太平的日子吧！我想今天下午就动身前往乡下，证实一下我形成的一两个想法。"

福尔摩斯乡下太平的日子不同响地结束了，那天他很晚才回到贝克街，嘴唇上破了，前额上也鼓起一个肿块，一副狼狈模样，自己好像是苏格兰场被调查的对象。他对于自己的冒险显得很兴奋，一边讲着，一边哈哈大笑。

"我缺少积极的锻炼，但是锻炼确实是很有必要的。"他对我说道，"你知道我对英国古老的拳击运动很擅长。偶尔它还是有帮助的。就拿今天来说，如果不懂拳击，我会带着耻辱的伤痛回来。"

我让他把他今天的调查情况跟我讲一讲。

"我去了我建议你注意的那个乡村酒吧，在那里我进行了秘密的调查。一个多嘴的房主告诉了我要调查的情况。威廉森是个白胡子的人，他独自和几个仆人在庄园居住。据说他现在或过去是个牧师。不过他在庄园居住的这段短时间里，发生的一两件事让我认为这个传说是有误的。我已经向牧师机构询问过，他们告诉我过去确实有一个叫这个名字的牧师，但过去做了很多不光彩的事情。房主还进一步告诉我庄园周末总有来访者——'一帮恶棍，先生，其中有一个蓄有红胡子的家伙，名字叫伍德利，他经常在那里。'就在我们谈到这里的时候，伍德利本人走了过来，他一直在酒吧里喝啤酒，偷听到了我们的谈话。他问我是谁，准备要干什么，问这些问题有什么目的。他口若悬河，满嘴臭话，简直不堪入耳。他痛骂了一阵之后，突然凶狠地袭击了我，我没来得及躲避，就成了你现在看到的这个样子。随后的几分钟，我也让他尝到了痛苦。我给这个家伙一记左直拳。伍德利最后乘马车回家了。而我的乡村旅行也结束了。我不得不承认，不管多么愉快，我在萨里边境一天的收获未必多过你。"

星期四我们又收到了我们委托人的另一封信：

福尔摩斯先生，听到我即将把卡拉瑟斯先生家的工作辞去，你不会感到意外吧。即使薪酬很高，我也不准备继续接受目前尴尬的境况。星期六我即将返回城里，不准备再回来了。卡拉瑟斯先生备好一辆马车，因此尽管那段偏僻路上的危险过去曾经有过，但是就将要结束了。

关于迫使我这样做的特别原因，不仅仅是与卡拉瑟斯先生尴尬的关系有关，而且更是因为那个让我讨厌的男人——伍德利的再次出现。他过去本就很让人感到可怕，但是他现在比过去更可怕了，或许他遭遇了什么事情，脸上青一块紫一块的，很没人样。我从窗户看见了他，让我感到高兴的是我没碰到他。他跟卡拉瑟斯先生谈了好长时间，卡拉瑟斯先生后来好像十分激动。伍德利肯定在附近有住处，因为他没留在这儿过夜，今天早晨我又看见他在灌木丛里四处鬼鬼祟祟活动，像是被放出的一头吃人的野兽出没在这个地方。我无法用语言形容对他的厌恶和害怕的程度。卡拉瑟斯先生为何能忍受这样的一个人呢？哪怕是很短的时间！不过，一切烦恼在星期六都将结束。

"由此我认为，华生，我真的认为，"福尔摩斯郑重地说，"有个十分隐秘的阴谋在我们委托人身上要发生，我们有必要保证她的最后愿望得以实现。所以，我认为，华生，我们必须在星期六早晨一起赶往乡下，以避免这个奇怪的、尚没调查清楚的事情有一个悲剧的结局。"

我坦然地认为，即使到现在，我也没有把这个案子看得十分重。以我的观点看，这个案子与其说危险，还不如说透着一些正常的古怪。一个男子埋伏等着尾随一个他所爱慕的女士，并不是什么新鲜事，假如他胆量这么小，不敢向她表达自己的爱意，而且她靠近时竟然选择狼狈逃走，那么他就不是一个让人感到恐惧的暴徒。至于那个令人讨厌的家伙伍德利则另当别论。不过，除了有过一次，他再也没有骚扰过我们的委托人，现在他拜访卡拉瑟斯，却没有去纠缠她。骑车的人，显而易见就是酒吧老板说起的庄园里周末聚会的那些人中的一员，不过他到底是谁或者他准备干什么，目前还没有弄明白。福尔摩斯郑重的行为，和我们离开房间时他在口袋里塞了一支左轮的事情，让我感觉悲剧可能就潜藏在这些离奇事件的背后。

雨夜过后一个阳光明媚的早晨随之到来。长满了石楠树丛的乡下，一丛丛金雀花灿烂盛开，金光闪闪，这对于那些厌倦了灰蒙蒙的伦敦的人来说，越发显得美丽异常。福尔摩斯和我沿着宽阔的沙路走着，呼吸着这里清晨新鲜的空气，耳中聆听着鸟儿优美动听的歌唱，沐浴在春天清新的气息之中。从克鲁克斯伯里山脊高处的路上，我们能看见不祥的庄园耸立在古老的橡树林中。虽然橡树很古老，不过比起它们环绕着的这幢楼还是年轻得多。福尔摩斯指了指一段长长的小路，它蜿蜒在棕褐色的石楠树丛和发着嫩绿的树林之间，好像一条红黄色的带子。远处，有一个黑点向我们相反的方向移动。福尔摩斯发出不安的惊叫。

"我们晚了半个小时。"他说，"假如那是她的车，那她一定是赶早班火车。华生，我想在我们见到她之前，她就已经过查令顿了。"

我们走过山脊高处的路上，就失去了那辆车的踪影，我们急急忙忙地向前赶路，速度之快，使我缺乏运动的生活的坏处暴露无遗，我被我的朋友甩在了后面。可见，我的朋友一向锻炼有素，体内似乎有无穷尽的旺盛精力。他轻盈的步伐一直保持高速。突然，在我前面一百码处，他停止了快行，我看见他举起一只手作了一个悲痛、绝望的手势。就在那个时候，我发现一辆空马车出现在路的拐弯处，嘎吱嘎吱地向我们急速奔跑过来。马信步跑着，缰绳拖在地上。

"太晚了，华生，太晚了！"福尔摩斯喊道。我喘着粗气跑了过去。"我真无知！我没考虑到她可能要赶早班火车。那是诱拐，华生——诱拐！谋杀！老天知道是什么！挡住路！拦住马！对，跳上去，我看看，我是否还有机会可以够弥补因我的疏忽造成的后果。"

我们跳上马车，福尔摩斯将马头调转，然后用力抽了一鞭，马车沿着原路往回赶。当我们转过弯，庄园和石楠树丛之间的整个路段就展现在眼前。我一把将福尔摩斯的胳膊抓住。

"就是那个人！"我气喘吁吁地说。

一个独自骑车的人朝我们这边骑过来。他把头压得很低，双肩圆圆的，用力蹬车，他骑得飞快如赛车手一般。猛然他将满是胡子的脸抬起来，看见我们在他跟前，就把车停下车，并从车上跳下来。他那黑黑的胡子和他苍白的脸形成鲜明的对照。他的眼睛闪现着光亮。他盯着我们和马车。随后，脸上闪过吃惊的神情。

"喂！停下来！"他喊道，并用自行车将我们的去路挡住，"你们从哪里弄到马车的？不要动，嘿！"他喊道，接着又从口袋掏出一把手枪。"我说，不要动，要不然，上帝，我要开枪射马了。"

福尔摩斯把缰绳扔到我的膝盖上，然后从马车上跳下来。

"你就是我们想要找的人。维奥莱特·史密斯小姐现在在哪儿？"福尔摩斯急速而清楚地质问。

"这句话应该由我来问你们。你在她的马车上。你应该知道她在哪里。"

"马车是我们在路上碰到的，车上没人。我们是赶回来救那位年轻女士的。"

"上帝呀！我该怎么做？"陌生人有些绝望地喊道，"他们将她劫持了，那个邪恶的伍德利和那个无赖牧师。快，快，假如你们真的是她的朋友，那快和我一起去解救她，即使我的生命留在查令顿树林里也在所不惜。"

他手里拿着枪像疯子似的向树篱中的豁口跑去。福尔摩斯紧紧跟上，我让马在路边吃草，随后跟在福尔摩斯的后面。

"这里是他们经过的地方，"他一边说着，一边指着泥泞小道上的几双脚印，"等等，停一会儿！树丛里有个人，他是谁？"

那是一个十七八岁的年轻小伙子，从穿戴上看像个马夫，身上穿着皮裤，打着绑腿，他仰面躺着，蜷缩着双膝，头上有个可怕的口子，他处于昏迷状态，不过还活着。我瞧了一眼伤口，知道没有伤着骨头。

"那是皮特，给她驾车的马夫，"陌生人喊道，"看来那两个恶棍把他拉下来，用棍棒打了一顿，然后把他扔在这里，我们对他做不了什么，不过我们或许可以挽救一个女人，避免厄运降临在她身上。"

我们急匆匆地沿着蜿蜒穿行于树间的小道向前跑着。刚跑到环绕着那个房子的灌木丛，福尔摩斯却停止了奔跑。

"他们没有进房子，看这儿有他们的脚印——这里，月桂树的旁边！啊！果真不错！我说对了！"

就在说这话的时候，一个女人刺耳的尖叫声——一种由于恐惧而响彻四周的尖叫声——从前面茂密的绿色灌木丛中传出来。突然尖叫声戛然而止，随后传来哽咽声和咯咯的笑声。

"往这边来！这边！他们在滚球场。"陌生人喊道，接着飞奔穿越灌木丛，"啊，这些卑鄙的小人！快跟我来！先生们！太晚了！太晚了呀！"

我们突然来到了一块被一些古老的橡树包围着的林间绿地。在绿地的那一边，一棵高大魁梧的橡树树荫下，有三个人，其中一个就是我们的年轻的委托人，但是她垂着头，昏厥过去了，嘴上蒙着一块手绢。在她对面站着一个长相凶残的留着红胡子的年轻人，他打着绑腿，双腿叉开站着，一只胳膊插在腰上，另一只手挥动着一只短马鞭，他的整个姿势表现出肆无忌惮的嚣张气势。在他们之间，站着一个留着灰白胡子的老人，穿着一套淡色的粗花呢西服，上面套着一件白色短法衣，可以看出他刚主持完婚礼仪式。因为当我们出现时，他往口袋里揣一本祈祷书，然后拍打着那个凶恶的新郎的背，嬉笑着向他祝福。

"他们在举行婚礼！"我气喘吁吁地说。

"快点！"那个单身骑车人高喊道，"快点！"他快速穿过绿地，福尔摩斯和我紧跟在他身后。当我们靠近时，那位女士摇摇晃晃地靠着树干，以防摔倒。威廉森，这个前牧师，向我们嘲弄地鞠了一躬，而那个混蛋伍德利向前走过来，并发出一声凶残而得意的笑声。

"你把你的胡子摘下来吧，鲍勃。"他说，"你这模样，骗不了我。你和你的朋友们来得还真是及时，我正好把伍德利夫人介绍给你们。"

单身骑车人的答复很特别。他将伪装的黑胡子摘掉，并将它扔在地上，露出一张刮得很干净的浅黄色长脸。然后，用左轮手枪对准了这个讨厌的恶棍，此刻他正挥动着危险的马鞭朝他走来。

"不错，"骑车人说，"我是鲍勃·卡拉瑟斯，我要看着这个姑娘有没有受到任何伤害，做不到我宁可自杀。我告诉过你，假如你纠缠她，我会做什么，上帝，我会说到做到的！"

"迟了，她已经成为了我的妻子了！"

"不会的，她只不过是你的寡妻而已！"

骑车人的枪响了，我看见血从伍德利背心的前面喷了出来。他大叫一声，身子一歪倒在地上。他丑陋的红脸随即变得惨白，再加上青一块紫一块的淤血，显得十分狰狞。那个老头子，依然穿着白色法衣，说出我从没听过的一些脏话。他掏出一把左轮手枪，不过在举起它之前，他发现福尔摩斯的枪正对着他。

"好了。"我的朋友声音冷酷地说，"把手里的枪扔在地上！华生，把枪拿过来！用枪对着他的头！哦，谢谢你。你，卡拉瑟斯，把你的枪给我，我们不能再动用武力了。过来，把枪交出来！"

"告诉我，你是谁？"

"我是夏洛克·福尔摩斯。"

"哦，上帝呀！"

"我感觉到，你听说过我。在警察到来之前，我将代表他们。你，过来！"他向一个吓傻了的，一直待在绿地一边的马夫喊道。"来我这边，带上这封信，骑马到法纳姆，越快越好。"他从笔记本上撕下一页，在上面快速地写下几句话，"把这个纸条交给警察局长。在他来之前，我必须代为监管他们。"

福尔摩斯那坚定的能主宰一切的气势控制了这悲惨的场面，所有的人都同样乖乖地遵从他的安排。威廉森和卡拉瑟斯把中枪的伍德利抬进房间，我搀扶着受到惊吓的女孩。伍德利被放在他的床上，我遵照福尔摩斯的要求，对他的伤口进行了检查。我把检查结果告诉他时，他正坐在一个挂有壁毯的老式餐厅里，前面是两个囚犯。

"他不会死去。"我说。

"啊！"卡拉瑟斯大叫道，同时从椅子上跳下来，"我先上去结果他的性命。你能告诉我那个女孩，那个天使，将被恶棍杰克·伍德利约束一生吗？"

"你没有必要担心此事。"福尔摩斯说，"有两个完全说得过去的理由可证明：在任何情况下她都不会成为那个恶棍的妻子。首先，我们有理由质疑威廉森先生主持婚礼的资格。"

"我曾被委任过。"威廉森高声喊道。

"早就被免了。"

"一旦是牧师，永远是牧师。"

"对这样的观点，我不认同。有结婚证吗？"

"有啊，就在我的口袋里。"

"即使有，也是靠欺骗弄到的。无论在何种情况下强迫的婚姻都是不叫婚姻的，那是非常严重的犯罪，在你受到惩罚之前你会明白这一点。在未来十年左右你有充足的时间去琢磨这事，除非我错了。还有你，卡拉瑟斯，假如你没有开枪，你会做得更好一些。"

"我现在才开始这样想，福尔摩斯先生，不过只要我想起我是为了保护那个女孩所采取的措施时，我就不后悔，只因为我爱她，福尔摩斯先生，这是我这辈子唯一一次知道什么是爱。一想到她就要落到南非最可怕的混蛋的手中时，我就无法忍受了。这混蛋的名字从金伯利到约翰内斯堡没有人不知道，令人闻风丧胆。福尔摩斯先生，你难以预料到，自从那个女孩接受我的聘请为我工作以来，我从未让她在没有我尾随保护的情况下，独自经过这个房子，我知道这帮恶棍都隐藏在这个房子里。我尾随她的目的只有一个，就是为了保证她不受到他们的伤害。我与她保持一定距离，戴着假胡子好让她不要认出我，因为她是一个内心善良、充满阳光的女孩，要是她知道我在乡村路上尾随她，她就不会再为我长期工作了。"

"你为什么不跟她说她有危险？"

"因为当时假如我把实话告诉她，她是会离开我的，我无法接受那样的事实，即使她不爱我，只要在我家里看到她优美的姿态，听见她的声音，我就心满意足了。"

"哦，"我说，"你把这称为爱，卡拉瑟斯先生，我却认为这叫自私更为恰当。"

"可能两者都有吧。不管怎么说，我不能让她走。再者说，附近有这帮恶棍，应该有个人在她身边照顾她。之后，当我收到电报时，我就明白他们肯定要有所行动了。"

"电报？哪儿来的电报？"

卡拉瑟斯从口袋里掏出一封电报。

"就是这个。"他说。

电文十分简单："老儿死了。"

"哼！"福尔摩斯说，"我认为我了解是怎么一回事，我也清楚知道这封电报，正如你所说的，会让事情发展到紧迫关头。在我们等待的期间里，你可以把你所了解的情况跟我讲一讲。"

这时，那个穿白色法衣的老威廉一连串的脏话出口。"上帝！"他说，"假如你将我们告发，鲍勃·卡拉瑟斯，我将用你对付杰克·伍德利的手段来回报你。你可以随你的意愿夸赞那女孩，那不关我们的事。不过假如你把你的朋友们出卖给这个便衣警察，那你就不要怪我们了。"

"尊敬的牧师阁下，你没必要如此激动。"福尔摩斯一边说，一边点了一根烟，"显而易见，你会受到案件的牵连，我要问的几个细节只是为了满足我个人的好奇心而已。不过，既然你认为讲出来有困难，那我来讲，然后，你们就会明白你们的秘密还能保留多久。首先，你们三个人从南非来进行这场闹剧——你威廉森、卡拉瑟斯，还有伍德利。"

"一派胡言。"威廉森说，"两个月前我才与他们认识的，我一辈子从未去过非洲，所以，你想好了再说，爱管闲事的福尔摩斯先生！"

"他说的是实情。"卡拉瑟斯说。

"哦，那就清楚了，你们两个从南非过来，而这位尊贵的牧师阁下是我们本地产品。你们在南非认识了拉尔夫·史密斯。你们确信他在这个世界上没有多长时间可活了。你们查明他的侄女将成为他的遗产继承者。我说得对不对呢？"

卡拉瑟斯点头，而威廉森咒骂着。

"她是史密斯的近亲，而同时，你们知道这位老人不会留下遗嘱。"

"他不识字，也不会写字。"卡拉瑟斯说。

"所以你们从南非返回来，就你俩寻找史密斯的侄女。计划是你们中的一个娶她，另一个分得一份赃款。出于某种原因，伍德利被选为丈夫，我不知道那原因是什么。"

"在航行中我们玩纸牌，筹码是那个姑娘，结果我输了，他赢了。"

"我清楚了，所以你邀请这位年轻的女士到你家里当家教。在那里，伍德利可以献殷勤。不过年轻的姑娘发现他是个冷酷无情的人，不想搭理他。在此期间，你也爱上了这位女士，这就完全将你们的计划打乱了。你无法忍受这个混蛋拥有她。"

"是的，确实如此，我无法忍受！"

"你们之间为此发生了争吵。那个恶棍生气地离开了你，开始不依赖你而独自行动了。"

"我认为，威廉森，我们再没有秘密可以告诉这位先生的了。"卡拉瑟斯苦笑着大声喊道，"说得不错，我们争吵过，他把我打倒在地。在打架这方面，我们相差无几。此后，我很长时间没有见到他。这期间他在这里与这个被免职的牧师结识了。他们一起将这个地方租了下来。这儿是她去车站必然要经过的道路。在那之后，我密切注意她的行动，因为我明白某一天一定会有某种残暴的事发生。我保持对他们的关注，因为我想知道他们要怎么做。两天前，伍德利拿着这份电报找到我，电报上说拉尔夫·史密斯已经离开了这个世界。他问我是否还愿意遵守之前的约定。我说不愿意。他问我是否愿意娶这女孩，而把一半遗产让给他。我说我愿意这样做，可女孩不同意这样做。他说，'咱们先与她结婚，一两周之后她的看法可能就发生改变了。'我说我不想使用任何武力，于是那个满嘴脏话的恶棍，口里不停地骂骂咧咧走掉了，并且发誓说他会让她这样做的。这周末，她要离开我，我让马车送她到车站，不过我内心有一种不安的感觉，于是就骑上车跟着她。然而，她已经动身了，我还没来得及赶上她，不好的事情就已然发生了。我一看到你们二位先生坐在她的马车上往回赶，就马上意识到事情不妙。"

福尔摩斯站起身，将烟蒂扔进了壁炉。"我的感觉向来很迟钝，华生。"他说，"在你跟我讲述你的发现时，你说你看见骑车的人好像在灌木丛里整理领带，仅凭这一点我就应该明白一切。不过，我们还是应该庆祝一件奇怪的、在某些方面又是独一无二的案件没有留下太大的遗憾。我看见车道上走过来三名地方警察，我高兴地看到那个小马夫能与他们走得一样快，所以不论牧师还是那有意思的新郎，由于早晨的不法活动，他们将会受到永久的惩罚。我认为，华生，依靠你的医治技术，可以帮助史密斯小姐恢复健康，告诉她假如她完全恢复了，我们将十分乐意护送她回到她母亲身边。假如她还没完全恢复，你可以告诉她，我们将给米得兰公司的一位年轻电气工程师发个电报，这对于她可能会有用。至于你，卡拉瑟斯先生，我认为在这场邪恶的阴谋中，你已经做了你所能做的。这是我的名片，先生。如果在审判中，我的证词对你有帮助的话，你可以随时联系我们。"

在那接踵而来、无休无止的活动中，读者可能也有所发觉，我很难圆满将我的故事润色，给好奇的读者提供他们所希望的那些最终详细的细节。每个案子都是另一个案子的序幕，关键时刻一过，演员们就从我们忙乱不休的生活中永远退出了。不过，在我的手稿结尾处我还是发现了一个简短的关于这个案子的记录。我的记录说明了维奥莱特·史密斯小姐确实继承了一大笔财产，成为了莫顿和肯尼迪公司的大股东，也成为了那位出名的威斯敏斯特电气工程师西里尔·莫顿的妻子。威廉森和伍德利两个家伙因为诱拐和伤害罪都被判了刑，威廉森入狱七年，而伍德利入狱十年。记录中没有记述卡拉瑟斯的命运，不过我相信他的伤害罪不会被法庭看得很重，因为伍德利有最危险的恶棍的名声，我认为判卡拉瑟斯几个月监禁也就差不多了。

五　小公爵的神秘失踪案

在贝克街的这个小小的舞台上，我们已经看到很多人物的出场和退场都非同凡响。可是如果回想起来，只有那个曾经荣获硕士、博士等学位的桑尔尼克夫特·贺克斯塔布尔的首次登场给人留下极为深刻的印象，令人惊诧。那张几乎印不下他的全部学术头衔的小名片被刚送来几秒钟，他自己就紧随其后进来了。他身材魁梧，精神飒爽，神情十分庄严，好像集冷静和稳重于一身。可是当他走进屋来随手关上门后，竟然靠着桌子摇晃起来，然后四肢瘫软站立不住，那高大的身躯顷刻间倒在壁炉前的熊皮地毯上，昏了过去。

我们见状连忙站了起来，片刻之间，我们惊讶地、默默地看着如同庞大船只的人，很明显在辽阔的生命海洋上掀起了激烈的、致命的风暴。福尔摩斯快速拿起一个坐垫垫在他的头下，而我则急忙把白兰地送进他的嘴里。他阴沉而又苍白的面孔上布满了忧愁的皱纹，眼睛紧紧地闭着，眼窝黝黑，嘴角松弛而下垂；胡须没有刮，因而显得参差不齐，头发乱蓬蓬的，衣领和衬衣上沾满了灰尘，完全可以看得出来躺在我们面前的是一个忧伤过度的人。

福尔摩斯问："华生，这是如何造成的？"

"极度衰竭，或许是因为饥饿和疲劳导致的。"我在说这话的同时仔细摸着他细微的脉搏，感到他的生命力已经由喷薄的泉水变成了涓涓细流。

福尔摩斯从来人放表的口袋中拿出一张火车票，说："这是一张往返车票，是从英格兰北部的麦克尔顿到伦敦的。现在还不到十二点，可见他肯定很早就动身了。"

工夫不大，他那紧闭的眼睑开始微微颤动起来，然后他抬起头，并用一双灰色呆滞的眼睛盯着我们看，随后爬了起来，脸上现出羞愧的神色。

"福尔摩斯先生，请谅解由于我的衰弱而造成的失敬，我确实有些过分疲倦。您最好能给我一杯牛奶和一块饼干，那样的话我会恢复得快些。真心感谢您。福尔摩斯先生，我拜访您是为了请您一定跟我走一趟。我担心电报不足以使您相信这个案件的紧迫程度。"

"您先恢复一下……"

"我身体已经没有问题了，我没有想到自己的身体这样糟糕。福尔摩斯先生，我恳求您和我乘下一趟火车到麦克尔顿去。"

福尔摩斯摇了摇头，说道："我的朋友华生大夫将会跟您讲我们有多忙。费尔斯文件案请我处理，还有阿巴加文尼家的谋杀案马上就要开庭审判了。目前除非是十分重大的案件，要不然我不会离开伦敦的。"

来客将他的双手摊开高声说："当然重大！霍尔德瑞斯公爵的独生子被劫持，您难道一点也没有听说吗？"

"啊！就是那位前任内阁大臣吗？"

"不错。虽然我们尽量不让新闻界知道此事，可是昨天晚上在环球戏院已有了流言。我想您已经多多少少知道这件事了。"

福尔摩斯连忙从许多本参考资料中，伸手取出"H"那卷。

"霍尔德瑞斯，第六世公爵、嘉德勋爵、枢密院顾问……哦，这些头衔真多！伯维利男爵、卡斯顿伯爵……上帝啊，头衔还真是多！1900年开始任哈莱姆郡的郡长。1888年将爱迪丝·查理·爱波多尔爵士的女儿娶回家中。他是萨尔特尔勋爵的继承人和独生子。掌控有二十五万英亩土地。在兰开夏和威尔士还有矿产。居住在：卡尔顿住宅区；哈莱姆郡，霍尔德瑞斯府邸；威尔士，班戈尔，卡斯顿城堡。1872年担任海军大臣，曾任首席国务大臣……他自然是国王最伟大的臣民之一！"

"实际情况是不但是最伟大的，可能还是最富有的。福尔摩斯先生，我清楚您十分熟络您从事的工作，并且愿意为了您的事业竭尽全力。我不妨告诉您，公爵大人亲自跟我说，无论是谁，如果能将他的儿子被劫持到什么地方告诉他，他就会给那人五千镑的巨款。如果要是还能说出劫持他儿子的人的姓名，那就再多给一千镑。"

福尔摩斯说："上帝，这样的报酬真是丰厚极了！华生，我认为我们有必要与贺克斯塔布尔博士一起到英格兰北部！贺克斯塔布尔博士，请先把这杯牛奶喝下去，然后跟我讲讲发生了什么事情，以及在什么时候和如何发生的。最后还要告诉我，您这位修道院公学的博士和这个案件的关系，什么原因在出事后的第三天——您未修剪的胡须说明事情已经过了三天——您才来见我们，请求我们出些微薄的力量。"

贺克斯塔布尔博士在用过了牛奶和饼干后，一双眼睛重新焕发出神采，脸颊渐渐红润起来，这时他开始有力而清晰地将事情的经过讲述出来。

"先生们，首先我跟你们讲，修道院公学是一所预备学校，创建人和校长是我。《贺克斯塔布尔对贺拉斯之管见》这本书可能会让你们记起我。通常情况下，修道院公学是值得称道的，在英格兰这所公学是最好的、最优秀的预备学校。布莱克沃特地方的莱瓦斯托克伯爵以及卡其卡特·索姆兹爵士等人都把他们的儿子交我管教。三周以前，霍尔德瑞斯公爵派了他的秘书王尔得先生传话给我，他要把他的独生子和继承人，十岁的萨尔特尔勋爵托付于我。那个时候我认为我的学校已经达到鼎盛时期了，可是大出我意料之外的是这竟然是我一生中最悲惨厄运的开始。

"5月1日这天萨尔特尔勋爵来到了学校，正赶上夏季学期的开始。萨尔特尔勋爵是一个讨人喜欢的少年，而他自己也没用多长时间就习惯了我们的生活。我可以告诉您——我一贯认为我说话是谨慎的，不过既然发生这件不幸的事，我就不应该再把一些情况隐瞒在心里了——他在家并不太快乐。公爵的婚后生活并不安宁，这是一个很多人都知道的秘密。后来公爵夫妇双方同意分开居住，公爵夫人居住在法国南部。这件事发生在不久之前。我们了解到这个孩子对于他的母亲怀有更为深厚的感情。他的母亲离开霍尔德瑞斯府以后，他整日陷入忧郁中，于是公爵愿意把他送到我的学校来。他到我们这里才两星期，便和我们很熟悉了，而且他显得很快乐。

"5 月 13 日，也就是本周一夜晚是我最后一次见到他的时间。他的房间位于二楼，是个里间，去那里要经过另一间有两个孩子住的较大的房间。这两个孩子在事发当晚丝毫没有觉察到异响，由此可以判断小萨尔特尔没有从这儿走出去。他的窗户是敞开着的，窗下垂着一棵粗壮的常春藤，紧挨着地面。在地面上没有发现任何足迹，可是只有这个窗户是与外界联系的唯一通道。

"星期二上午七点的时候，发现小萨尔特尔失踪了，他的床是睡过的。临走以前，他是穿好了衣服的，穿的就是他常穿的校服——黑色伊顿上衣和深灰色的裤子。没有任何痕迹说明曾有人来过这个屋子，假如有喊叫和厮打的声音肯定会被听到的，因为住在外面一间的年纪较大的孩子康特，睡觉很容易醒来。

"在小萨尔特尔勋爵不见了以后，我马上将全校的人都召集起来点名，包括所有的学生、教师以及仆人。直到这时我们才发现萨尔特尔不是一人出走的，因为德语教师黑底格同时失踪了。黑底格的房间在二楼的尽头，和萨尔特尔勋爵的房间朝向是完全一样的。他的床铺也是睡过的，不过可以发现他是在没有完全穿好衣服的情况下就走的——衬衣和袜子还在地板上。很显然他是顺着常春藤到达地面的，在他落脚的草地上，他的足迹很清晰地被发现了。他平日放在草地旁小棚子里的自行车同时也被发现不见了。

"黑底格在这里已经有两年时光了。他来时，所带来的介绍信对他的评语很好，不过他是一个忧郁寡言的人，不太受教师和学生的欢迎。这两个失踪者的踪影一点也查不到，直到现在，已经是星期四的上午了，还和星期二一样的情况。当然在小萨尔特尔勋爵失踪后，我们立刻到霍尔德瑞斯府寻找过。霍尔德瑞斯府距离学校不过几英里，我们原想可能他也许由于想家心切突然回到他父亲那儿了，不过我们在那儿没有任何收获。公爵万分焦虑，至于我自己，您二位已经亲眼看到了，这个事件的责任和由此引起的担忧，让我支持不住倒在地上失去神志。福尔摩斯先生，我恳求您在这个案件上，把您的力量全部使出来吧，在您的一生中可能很少有这样的机会承接可以给您带来这样大好处的案子了。"

夏洛克·福尔摩斯专注地倾听了这位倒霉的校长的叙述。他眉头紧蹙，说明眼前这个案子已经引起了他全神贯注的思考，完全不需要我的劝说了。除了报酬优厚让他动心外，这个案子的复杂和非同寻常也引起了他的兴趣。他拿出他的笔记本在上面记录下几个重要情况。

他神色郑重地说："您太大意了，没有及时来找我，一直等到遭遇了极大的困难后，才让我开始侦查。一个行家在常春藤和草地那儿竟会看不出一点线索，这是难以想象的。"

"福尔摩斯先生，关于这个我是身不由己的。公爵大人想要避开人们的舆论，他担心大张旗鼓会把他的家庭不幸公之于众。他对于飞短流长是极其痛恨的。"

"警察是不是已经进行了一番调查？"

"不错，先生，不过调查结果却让人失望。明显的线索得到得很快，这是因为有人报告说，在邻近的火车站上看见一个孩子和一个青年乘早班火车。昨天晚上我们才获知，调查表明这两个人和这个案件毫无关系。我的心情是无比的沮丧和失望，一个晚上我都没有睡着，然后乘早班火车就直奔您这儿来了。"

"我想了解在追踪那两个人的时候，当地的调查放松了没有？"

"调查根本没有进行下去。"

"所以这三天的时间白白浪费掉了。这个案件处理得真是愚蠢之极。"

"我已经发现了这一点，并且承认这一点。"

"可是这个案件应该可以得到最终解决。我很乐意承接这个案子，您了解这孩子和那位德语教师的关系吗？"

"毫无所知。"

"这个孩子是在他的班上吗？"

"不是的，不但如此，我还听说这个孩子从来没有和那个老师交流过。"

"这种情况倒是不常见。这孩子有自行车吗？"

"没有的。"

"除了那个老师的自行车丢失外，还有没有丢失一辆自行车？"

"没有。"

"可以肯定吗？"

"可以肯定。"

"哦，您是想说这位德国老师并没有在深夜里挟着这个孩子骑车离开，是吗？"

"是的，我可以认定没有。"

"那您如何解释这个状况呢？"

"这辆自行车可能是个骗局。车可能被藏在某个地方，然后这两人徒步离开。"

"极有可能如此，不过拿自行车作幌子似乎很荒诞，是不是？棚子里还有别的自行车吗？"

"还有几辆。"

"如果他想使人认为他们是骑车离开的，他为什么不藏起两辆？"

"我看有这个可能的。"

"当然以幌子做理由的说法有些说不过去，不过这个情节可以作为调查的良好开端。总之，一辆自行车是很难隐藏或是毁掉的。还有一个问题，这个孩子失踪的前一天有没有人来看过他？"

"没有。"

"他有没有收到信件一类的东西？"

"收到过一封信。"

"知道是谁寄给他的吗？"

"他的父亲。"

"您平常检查他的信吗？"

"不。"

"那您是如何知道信是他父亲给寄来的呢？"

"信封上印有他家的家徽，笔迹是公爵独特的刚劲笔迹。另外，公爵也记得他写过。"

"在这封信以前他什么时间还收到过信？"

"就在收到这封信的前几天。"

"他有没有收到过法国来信？"

"没有。"

"你应该了解我提这个问题的用心所在。这个孩子如果不是被劫走的，便是自愿离开的。如果是后者，您会推想到肯定要有外界的唆使，使得这样小的孩子做出这种事情。假如没有客人来看他，那么教唆一定来自信中，因此我希望弄清谁和他通过信。"

"恐怕我无法给您提供帮助。据我所知，只有他父亲给他来过一封信。"

"他父亲刚好就在他失踪的那天给他来了封信。父亲和儿子之间的关系是很亲近的吗？"

"公爵无论与谁都保持一定的距离。他把他的心思都倾注在公众的重大问题上，对于一般的情感，他是无动于衷的。不过就公爵本人来说，他待这个孩子是不错的。"

"孩子和他母亲的情感很好吧？"

"嗯，是的。"

"孩子这样说过吗？"

"没有。"

"哦，那么公爵说过没有？"

"唉！他也没有。"

"您是如何知道这些的呢？"

"公爵大人的秘书詹姆斯·王尔得先生曾与我沟通过，是他给我讲了这个孩子的感情状况。"

"哦，清楚了，还有一事，公爵最后寄来的那封信——孩子走了以后在他的屋中发现了吗？"

"没有，他把信带走了。福尔摩斯先生，我认为我们该动身前往尤斯顿车站了。"

"我先叫一辆四轮马车，十五分钟后，我们会再见面。贺克斯塔布尔先生，假如您要先往回拍电报，最好是让您周围的人认为对此案的调查依然没有停止，是在利物浦，或是在那个假线索使你们想到的任何地方都行。同时我要在您的学校附近悄悄做些动作，可能痕迹还没有完全消失，华生和我这两只老猎狗还可以嗅出一点气味来。"

当天晚上，我们就来到了贺克斯塔布尔先生著名学校的所在地皮克镇。这里的空气十分清凉，让我们感到很爽快。我们到达的时候，天色已经暗了下来。大厅的桌子上放着一张名片，管家向主人低低说了几句，博士转过身来，神色显得很兴奋。

他说："公爵在我这里，他和王尔得先生在书房。先生们请进来，我要把你们介绍给公爵。"

我对这位著名政治家的照片很熟悉，不过他本人和他的照片有很大的区别。他是一个身材魁梧、神态严肃的人，衣着考究，脸型瘦长，鼻子有些出奇，又弯又长，脸色苍白，如同死人一样，在又长又稀的红色胡须衬托下显得更可怕，胡须飘到白色背心上，背心前还有表链的链坠亮晶晶地闪光。公爵就是这样神情庄严地出现在我们面前，他站在壁炉前地毯的正中央用冷漠的眼神观察着我们。他的旁边站着一个年轻人，我猜这个年轻人应该就是他的那位私人秘书王尔得。他身材适中，神色紧张而又警觉，一双淡蓝色的眼睛显出他的聪慧，面孔易于流露感情。一见到我们，他就用尖刻而又肯定的语调马上开始了他的讲话。

"贺克斯塔布尔博士，我今天上午来找过您，不过来迟了，已经不能阻止您去伦敦了。我听说您前往伦敦是为了请夏洛克·福尔摩斯先生来承办这个案子。贺克斯塔布尔博士，您没有跟公爵大人请示，就冒然采取这一步骤，是大人所想象不到的。"

"我是在了解到警察已经没有办法……"

"公爵大人绝对没有认为警察已经毫无办法。"

"可是王尔得先生，那……"

"贺克斯塔布尔博士，您应该明白，大人十分不愿意这事传到公众中去。他希望更少的人知道此事。"

受到恐吓的博士说："既然如此，改变一下这个现状也不是什么难事。夏洛克·福尔摩斯先生明天可以乘早班车返回伦敦。"

福尔摩斯一点儿也不介意地说："我想没那个必要，博士，北部地区的空气让我倍感精神振奋，并且感到十分爽快，所以我想在这儿的草原住上几天，好好地用我的头脑想想。住在您的学校还是住在村中旅店，您看着决定好了。"

我发现受到恐吓的博士十分犹豫不决，不过红胡须公爵低沉响亮的声音帮他解了围。

"贺克斯塔布尔博士，我对王尔得先生的意见表示支持，您如果事先和我商量一下就更稳妥了。既然您已经把事情告诉了福尔摩斯先生，那我们就只能顺势请福尔摩斯先生帮助我们了。福尔摩斯先生，肯定不能让您住到旅店去，您到霍尔德瑞斯府来和我住在一起，我非常欢迎您的到来。"

"非常感谢公爵大人的美意。为调查方便，我认为我留在事情发生的现场更合适一些。"

"福尔摩斯先生，这件事您决定。您要向王尔得先生和我了解哪些事情，尽管提出。"

福尔摩斯说："将来或许要到您府中拜访您。现在只想问您一下，对于您儿子的离奇失踪，您想到了什么原因没有？"

"没有，先生。"

"请您多谅解，我的问话会触及您的伤痛，这是我无法避免的。您认为公爵夫人和这件事有无关系？"

可以发现这位伟大人物此时显得有些踌躇。

他终于说："我认为应该没有。"

"劫持这个孩子的另一个重要因素是为了获得赎金，请问有没有向您勒索这类事发生呢？"

"没有，先生。"

"哦，公爵，还有一事。据我所知，事情发生的那一天您给您儿子写过信。"

"不是在事发当天，是在前一天。"

"确实如此。不过，他是在那一天收到的，对吗？"

"不错。"

"在您的信中有没有什么话使他心情不稳定，而让他出走呢？"

"没有，先生，我敢保证。"

"这封信是您亲自寄出的吗？"

公爵正要回答，他的秘书却抢先说："公爵从来不亲自寄信。这一封信和其他的信一起摆在书房的桌子上，是我亲自将它们放到邮袋里的。"

"您能够保证在这些信中有这一封？"

"我能保证，我看到了。"

"那一天公爵写了多少封信？"

"二三十封吧。我们的书信往来是大量的。可是这与这个事情有什么关系吗？"

福尔摩斯说："不是完全没有关系的。"

公爵继续说："我已经提醒警察要把精力转移到法国南部。我说过，我不认为公爵夫人会促使孩子做出这样荒唐的行为，不过我的孩子很自以为是，在这个德国人的唆使和帮助下，他或许真的跑到公爵夫人那儿去。贺克斯塔布尔博士，我想我们要回霍尔德瑞斯府去了。"

我感觉到我的朋友还有一些问题想要问，可是这位大人物突然表示会见结束了。显而易见和一个陌生人谈论他的家庭私事，是和他贵族身份格格不入的，而且他不愿意造成这样的情况：随着每个问题的提出，他原先小心掩盖的某些事情会被无情地揭露出来。

这位大人物和他的秘书离开之后，福尔摩斯立即开始紧急的侦查，他一直都是这样急迫的。

我们将失踪孩子的房间仔仔细细检查了一番，却没有获得什么线索，不过我们更加相信，他只有从窗户出去这一离开途径。德语教师的房间和财物没有给我们什么更多提示。他窗前的一个常春藤枝杈，因无法承受他的体重而折断了。灯光下，我们发现在绿绿葱葱的小草地上，他落下的地方有一个足跟的痕迹。草地上的这个痕迹足以说明德语教师是在夜晚离开的。

夏洛克·福尔摩斯一个人从住地离开了，十一点以后才返回。他搞到一张这个地区的大的官方地图，拿到我的房间里，放到床上展开，然后将灯摆放在地图中间，随后一面看着一面抽烟，时不时用烟味浓烈的烟斗指一下引起我们特别关注的地方。

他说："华生，这个案子引起了我的兴趣。从案子的情况来看，可以肯定地图上有些地点是值得我们关注的。趁着这个案件刚开始侦查，我要使你清楚，和我们的侦查有紧密联系的那些特殊的地形。

"来看看地图。这个颜色较深的方块代表了修道院公学，我插上一根针。这一条是大路。它呈东西走向，经过学校门前。你看在学校的东西两面一英里内没有小路。假如这两个人是沿着大路离开的，那么就只有这一条路。"

"确实如此。"

"值得庆幸的是，可以大致查明，在出事的那天晚上没有什么人走过这条路。在那个放烟斗的地方，有一个乡村警察从十二点到六点在那执勤。你可以发现，这儿是东面的第一个交叉路口。这个警察说他自始至终没有离开过他的岗位，而且保证无论是大人还是小孩，只要经过这条路，他就不会发现不了的。今天晚上我和这个警察沟通过，据我观察他应该是一个完全可靠的人。既然这样东边就没事了。我们现在看看西边。那儿有一个叫'红牛'的旅店，旅店的女店主生了病。她派人去麦克尔顿叫医生，但是医生出诊看另外的病人去了，所以第二天上午才赶了过来。旅店的人一夜都很留意，看医生有没有来，并且一直有个人望着大路。他们说根本没有人走过大路。如果他们的话可信，我们可以确认西面也没有事，从而我们可以断定，逃跑的人根本没有走大路。"

我反问道："那么自行车又如何解释呢？"

"是呀，我们将要谈到自行车了。继续我们前面的推论：假如他们没有从大路离开，那么可以肯定他们是穿过乡村向学校的北面或南面去了。这是确定无疑的。我们对比一下这两种情况。现在能够获知如下情况：学校的南面是面积很大的一片耕地，耕地分成小片，中间有石头墙。我推断在这样的地方骑自行车是不现实的，因此，我们可以不考虑从南面走的可能性了。再来看一下北面。北面有一小片树林，被称为'萧岗'，再远一点有一大片叫作下吉尔的荒原。这片荒原延伸有十英里，地势渐渐增高。霍尔德瑞斯府在这片荒野的一侧，从大路走大约有十英里，穿荒野地走只有六英里。那儿是一块十分凄凉的平地。有几个农民的小棚子，他们在那里养着牛羊等家畜，以及雏鸠和麻鹬。除了这些东西，在你走到柴斯特菲尔德大路之前什么也看不见。另一边有个教堂，还有几间农舍和一座旅店。再往远处去，山变陡了，可以推想出我们应该在北面寻找。"

我又一次反问："那么自行车该怎么解释呢？"

福尔摩斯有些急躁地说："好吧！一个自行车骑得很棒的人，不一定非要在大路上才可以骑。荒原上有许多交叉的小路，而且那时正是月圆之夜。哦，什么声音？"

一阵急促的敲门声过后，贺克斯塔布尔博士进来了。他手里拿着一顶蓝色的板球帽，帽顶上有白色的 V 形花纹。

贺克斯塔布尔博士高声喊道："我们终于找到了一个线索！真是感谢上苍！我们至少知道了这位少爷离开的路径了！这是他的帽子。"

"在哪儿发现的？"

"在吉普赛人的大篷车上，他们曾在这片荒原上过夜。他们是星期二离开荒原的。今天警察追到他们，并且检查了他们的每辆车，最终这顶帽子被发现了。"

"他们对此有什么解释吗？"

"他们又是遮掩又是说谎，说帽子是他们星期二早晨在荒原上拾到的。这群家伙，他们知道孩子在哪儿！感谢上苍，把他们都收押起来了。法律的威力，或是公爵的金钱，总会使他们将他们了解的情况说出来。"

贺克斯塔布尔博士走了之后，福尔摩斯说："不错，这至少证实了我们刚才的推论，必须在下吉尔荒原的这一边找才会有所发现。警察除了抓住了这些吉普赛人之外，其他也没有做什么。华生，你看！有一条水道横穿荒原。地图上这儿已经标出来了。你看，有的地方水道变宽成了一片沼泽，特别是在霍尔德瑞斯府和学校之间的一片区域。在如此干燥的天气，到其他地方去找痕迹显然是无用的，不过在这一带，还是有可能找到留下的痕迹。明天一清早我来叫你，你和我一起去那里检查一下，看能否给这个离奇神秘的案件找到一线光明。"

天才发亮，我一睁眼就看到床边福尔摩斯细长的身子。他已经穿戴好了，而且可以看出他已经出去过了。

他说："我已经对那片窗前的草地和自行车车棚检查过了，还在'萧岗'随便转了转。华生，可可已经煮好，放在里屋，我烦请你动作麻利些，因为我们今天有很多事要做。"

他的眼睛炯炯有神，两颊由于兴奋而显现红润，那情形如同一位巧匠看着他的精心杰作即将完工。这是一个机灵、敏感的福尔摩斯，和在贝克街的那个内向、多思、面色苍白的福尔摩斯有着迥然区别。当我看到他灵敏的身体、跃跃欲试的模样，我料想今天将会是十分劳累的一天。

但是这一天的开头，却让我们有些灰心丧气。我们充满信心地大步越过富有泥炭的黄褐色的荒原，中间又走过很多的羊肠小道，最后来到一片开阔的绿色沼泽地上。这正是把我们和霍尔德瑞斯府隔开的那片潮湿的区域。假如这个孩子回家了，他是一定要经过此地的，而且他不可能由此路过而不留下什么印迹，可是，无论是这个孩子的还是那个德国人的足迹全然没有发现。福尔摩斯带着阴沉的面容在湿地的边缘走过来走过去，急切地检查着湿地上的每片污泥是否有印迹。可是到处是羊群的蹄痕，在一二英里以外的一片地方有牛的蹄印。除了这些印迹，其他印迹都没有。

福尔摩斯忧郁地眺望着蜿蜒的广阔荒原说："前面还有一片湿地，我们去那里检查检查。快来看，快看！那是什么？"

我们踏上一条窄窄的黑油油的小路。在小路中间潮湿的泥土上，很清楚地印有自行车的轨迹。

我禁不住喊道："啊！我们发现了。"

不过福尔摩斯却摇摇头，显出一副不悦的样子，那露出的迷惑不解的样子好像是期望着什么似的。

他说："这自然是一辆自行车的轨迹，不过一定不是那辆自行车轧过的。我对四十二种车胎轨迹都很熟悉。你可以看出这是哪一种吗？这是邓禄普牌的车胎轨迹，它的外胎是加厚的。德语教师黑底格的车胎是帕默牌，有条状花纹，对于这一点，数学老师爱维林了解得十分清楚。这不是黑底格的自行车轧过的痕迹。"

"那么，这是那个孩子自行车轧过的？"

"有这个可能，前提是我们要能够证明这个孩子有车。可是我们无法做到这一点。你看，从自行车的轨迹来看，骑车人是从学校方向骑来的。"

"也有可能是向学校方向去的？"

"不，你说得不对，亲爱的朋友。看得出来，后轮承受的重量大，压出的轨迹较深。这里有几处后轮的轨迹和前轮的交叉，前轮的轨迹较浅被埋住了，显而易见车是从学校方向来的。这和我们的侦查或许有关，但也可能没有关系，但是在我们离开之前，还是返回去看一下吧。"

我们开始往回走，走了几百码的距离，来到一块沼泽地，在这里自行车的轨迹消失了。我们顺着小路继续走，来到一处有泉水滴答作响的地方。自行车的轨迹在这里又出现了，可是痕迹差不多被牛蹄的痕迹抹掉。再往前痕迹又消失了，那一条小道，与"萧岗"相连，也就是与学校后面的那片小树林连接着。自行车肯定是从小树林里出来的。福尔摩斯坐在一块大石头上，用手托住下巴。我在那儿抽烟，他却一动未动。

过了半天他说："或许情况是这样，一个很狡猾的人会将自行车的外胎换掉，给人留下很难辨认的轨迹。我是很高兴与能够想出这种办法的罪犯过过招的。这个问题我们先不管，还是去关注一下那片湿地，那里不少地方我们还没有查看。"

在那片潮湿的土地的边缘上，我们继续仔细认真地进行查看，很快我们就有了收获。在这片湿地的低洼处，有一条泥泞的小路。福尔摩斯在距离这条小路很近的时候，高兴得喊出了声。原来在小路的正中有像是一捆电线摩擦地面留下的印迹。这痕迹正是帕默轮胎的印迹。

福尔摩斯兴奋地喊道："这无疑是黑底格先生留下的！华生，我的推论无误。"

"真是好极了，祝贺你。"

"不过我们尚且还有很多事需要处理。拜托，请你不要走在小路上。

我们现在沿着轨迹走。我认为应该不会很远了。"

我们继续向前走。我们发现这片荒原中分布着很多小面积的湿地。自行车的轨迹有时出现，有时消失，不过依稀可辨。

福尔摩斯说："完全可以看出，骑车人一定是在加快速度，你看这里的轨迹，前后轮胎一样清楚，一样深，这就说明骑车的人把全身重量都加在车把上，就如同比赛的时候骑最后的一段路。啊！他摔倒了。"

从自行车留下的印迹上，可以看到有宽的、形状不规则的斑点，延续几码远。后来有几个脚印，再后来轮胎的轨迹又出现了。

我告诉他："车向一边滑倒了。"

福尔摩斯将一束压坏了的金雀花拿给我看，一些紫红色污点粘结在小黄花上。我大为惊讶，小路上的石楠草也沾满了已凝结的血点。

福尔摩斯说："华生，让开一些！不要让多余的脚印加入进来！我面前发生了什么情况？他受伤摔倒了，随即站了起来，然后又骑上车，继续走。不过没有另一辆自行车的印迹呀。在另一边的小道上有牛羊蹄印。他不会被公牛顶死吧？不，不可能！这儿没有其他任何人的脚印。华生，我们不要停，要继续走。我们紧随着血迹和自行车的轨迹走，这个人肯定逃脱不掉。"

我们继续沿着自行车的轨迹向前走，一会儿，就发现轮胎的轨迹在潮湿且光滑的小道上不停地打起弯来。我向前一看，忽然一眼看到在茂密的荆豆丛中有件金属物品闪闪发光。我们跑上前，从里面拖出了一辆自行车，轮胎是帕默牌的，有一只脚蹬子弯着，车前部星星点点布满了血点和一道道的血痕，让人不由害怕。有一只鞋在矮树丛的另一边露出来。我们急忙跑过去，发现这位不幸的骑车人正躺在那里。他身材魁梧，满脸胡须，戴着眼镜，一个镜片已经不知哪儿去了。造成他死亡的原因是他的头部受到沉重的一击，造成部分颅骨粉碎。遭受这样的重创后，他居然还可以继续骑车，表明这个人原先有着充沛的精力，而且很有勇气。他穿着鞋，但是脚上却没穿袜子；上衣敞开着，里面是一件睡觉穿的衬衣。显而易见这个人就是那位德语教师了。

福尔摩斯神态恭敬地将尸体翻转了一下，然后进行了认真的检查。检查过后，他坐下陷入了静静的沉思中。从他皱起的眉头我可以看出，他认为这具死相悲惨的尸体，对于我们的调查并没有多大帮助。

他终于说话了："华生，决定如何开展下一步有些不容易。我的建议是继续调查下去，我们已经花费了很多时间，所以再也不能白白浪费掉哪怕是一小时。同时，我们还一定要把发现尸体这件事通报给警察，并且要看护好这个可怜人的尸体。"

"我帮你把你的便条送回去。"

"可是我需要你陪同我和协助我，哎，你看！那儿有一个人在挖泥煤。把他叫来，让他帮着送吧。"

我把那个人领了过来，福尔摩斯让这个受到惊吓的人给贺克斯塔布尔博士送一张便条。之后他说："华生，今天上午我们的收获是得到了两条线索：一个是安装着帕默牌轮胎的自行车，而且这辆车引导了我们刚才发现的情况；另一线索是安装着邓禄普牌加厚轮胎的自行车。在我们开始就这一线索调查之前，我们好好琢磨琢磨，哪些情况是我们已经掌握的，这样便于我们利用这些情况，把本质的东西和偶然的东西分开。

"首先我想让你明白这样一件事，就是这个孩子肯定是自愿走掉的。他从窗户下来之后，不是他一个人就是和另外一个人一起走掉了。这一点现在看是毋庸置疑的。"

我表示支持他的这个看法。

"接下来，我们说说那个可怜的德语教师。这个孩子是将衣服完全穿好跑掉的，由此可以表明他预先知道自己在做什么，可是这位德国人没有穿上袜子就走了，表明他一定是根据紧急情况行动的。"

"这是很显然的。"

"是什么原因让他出去的呢？原因是他从卧室的窗户看见这个孩子跑掉了，他想追出去把他抓住并将他带回来。他骑上他的自行车去追这个孩子，在追赶的路上遭到了袭击而死亡。"

"好像是这么回事。"

"接下来我来说说我推断的最为重要的部分。一个成人追一个小孩时通常情况下是跑着去追，原因在于他知道他会赶上孩子的。不过这位德国教师却没有这样做，而是依靠他的自行车追。我听说他骑车骑得很好。我想如果他没有看到这个孩子能够迅速跑掉，他是不会这样做的。"

"这就关系到另外那辆自行车。"

"我们继续推想当时的情形：离开学校五英里的地方德国教师遭遇了袭击——不是中弹而亡，打枪是连一个孩子都会的事情。他是由于一只强壮的手臂给予残酷的一击，说明这个孩子在逃跑过程中肯定有人帮助。他们的逃跑是快速的，想想看一位善于骑车的人骑了五英里才赶上了他们就可了解这一点。我们查看过惨案发生的现场，可是我们发现了哪些情况呢？除了几个牛羊蹄痕外什么也没有发现。在现场周围我绕了一个很大的圈子，五十码之内没有小路，另一个骑车的人也许与这件谋杀案无关，而且那里也没有人的足迹。"

我高喊道："福尔摩斯，可这是不现实的事情啊。"

他说："说得不错！你的看法很正确，事情不可能是我刚才所说的那样，所以一定有一些方面我的说法有误。你已经看出这一点了。你能指出哪个地方有偏差吗？"

"他有没有可能因为摔倒而碰碎了颅骨？"

"这种情况可能发生在湿地上吗？"

"哦，那我无法推测了。"

"不要下这样的断言，比这件案子难度大很多的案件我们都解决过。至少我们掌握了许多情况，问题是我们要充分利用它们。既然已经充分利用过了那辆装有帕默车胎的自行车所提供的材料，那么我们现在再来看看那辆装有邓禄普加厚车胎的自行车可以给我们提供哪些线索。"

我们在发现这辆自行车轨迹的地方，顺着轨迹向前走了一段路程，荒原随后升起成了斜坡，斜坡上石楠草丛生，我们还走过了一条水道。轨迹没有给我们提供更多的信息。在邓禄普车胎印迹消失不见的地方，有一条路的一头与霍尔德瑞斯府邸相连，府邸楼房的雄伟尖顶在我们左方几英里外耸立；路的另一头通往前方一座地势相对较低的隐约可见的农村。这正是地图上标识着柴斯特菲尔德大路的地方。

我们来到一家外观丑陋且很脏乱的旅店，一块招牌在旅店的门上挂着，招牌上画着一只正在搏斗的公鸡，这时福尔摩斯突然发出了一声痛苦的叫声，并且抓住我的肩膀防止倒在地上。这种使人毫无办法的踝骨扭伤，他之前曾经有过一次。他费劲儿跳到门前，那儿蹲着一个皮肤黑黑的、上了年纪的人，嘴里叼着一只黑色的泥制烟斗。

福尔摩斯说道："你好，卢宾·黑斯先生。"

这名老者抬起一双闪着狡黠眼神的眼睛，问道："你是谁，如何会准确地知道我的名字？"

"你头上的招牌上很明显地告诉了我。看出谁是一家之主也不难。我认为你的马厩里也许没有马车这类东西吧？"

"不错，没有。"

"我的脚一点儿都不敢落地。"

"那就不要落地。"

"可是我现在不能走路了。"

"那么你就跳着走呗。"

虽然卢宾·黑斯先生的态度是不礼貌的，不过福尔摩斯却态度和蔼。

他说："朋友，你看啊，我实在是身不由己，只要能往前走就行，怎么走我无所谓。"

奇葩店主说："我也无所谓。"

"我有很重要的事要做。你假如借给我一辆自行车用，我可以给你一镑金币。"

店主马上将他的耳朵竖起来，他问道："你要上哪儿去？"

"去霍尔德瑞斯府。"

店主用带有嘲讽的眼神打量着我们沾满泥土的衣服，问："你们是公爵的人吧？"

福尔摩斯亲切地笑着说："反正他见到我们是会高兴的。"

"那是什么原因？"

"因为我们给他带来了有关他失踪的儿子的消息。"

店主一听这话显然受到刺激，急问："什么？你们发现他儿子的踪迹了？"

"有人说他在利物浦。警察能够随时找到那个孩子。"

店主没有刮胡须的阴沉面孔上的表情又一次变了颜色，他的态度很快变得温和了，他说："我没有像其他人那样祝福他是有原因的，因为我曾经是他的马车夫的头儿，他对我不人道。就是他，连一句正式像样的话都没对外讲，就将我辞退了。可是我听到在利物浦可能找到小公爵的消息，我内心还是比较激动的，我帮助你们把消息送到公爵府上去吧。"

福尔摩斯说，"我们先要找一些食物吃，你把自行车取来。"

"我没有自行车。"

福尔摩斯取出一镑金币。

"我告诉你，我没有自行车。我给你们提供两匹马，你们骑马到公爵府。"

福尔摩斯说："行，行，我们吃些东西再说这事。"

用石板盖的厨房里，其他人都出去后，只有我和福尔摩斯时，他那扭伤的踝骨恢复之快出人意料。夜晚马上就要来到，而我们自从清早一直没有吃东西，所以我们吃饭用去了一段时间。吃完饭后福尔摩斯又开始沉思起来，有一两次他走到窗户旁边，目光呆滞地向外凝视。窗户外面是一个肮脏的院子。在远处角落里有座铁匠炉，一个脏兮兮的孩子正在工作。另外一边是一座马厩。

福尔摩斯刚从窗户边走回来坐下，马上又从椅子上突然站了起来，同时还喊着："上帝啊！我认为我弄清楚了！是的，肯定是这样的。华生，你记得今天看见过牛蹄的痕迹吗？"

"记得，有一些。"

"在哪儿？"

"哦，不止一个地方。湿地上、小道上，以及不幸的黑底格惨遭杀害处的附近。"

"完全正确。那么，华生，在荒原上你看见了多少牛呢？"

"我印象中好像没看见过牛。"

"你不觉得奇怪吗？华生，我们一路上都看见牛蹄的痕迹，可是在整个荒原上却没有看到一头牛。这有多么奇怪啊？"

"嗯，不错，是很奇怪。"

"华生，现在你努力回忆回忆，在小道上你看见过这些痕迹吗？"

"是的！见过。"

"你是否会想起痕迹可能是这样的吗？"说着他把一些面包屑排列成——∷ ∷ ∷——"又有时是这样的。"——.: .: .: .: ——"有时偶然像这样。"——.: .: .: .: ——"你是否还记住这些？"

"不，我记不得了。"

"不过我记得，我发誓是如此。可是我们只有在有时间的时候，才能回去验证一下。我真是疏忽大意了，当时没有推断出结论。"

"你得出什么结论了？"

"只能告诉你那是一头怪牛，会走、会跑，又会飞。华生，我认定一个乡村客店老板的头脑，绝对无法想出这样一个骗局。解决这个问题变得十分容易了，只是那个孩子还在铁匠炉那里。我们偷偷出去，看看能找到什么线索。"

在那快要倒塌的马棚里，有两匹鬃毛蓬乱、未经梳理过的马，福尔摩斯抬起其中一匹马的前蹄看了看，然后爆发出一阵大笑。

"马掌虽然是旧的，却是刚刚钉上去的，掌钉还是新的。这确实是个典型案例。让我们去铁匠炉那儿检查一番看看。"

我们来到铁匠炉跟前，那个孩子还在忙活着，并不理睬我们。我看到福尔摩斯的眼睛从右边到左边打量着地上的一堆烂铁和木块。就在这时，我们听到身后传来脚步声，原来是店主人奔过来了。他紧蹙浓眉，眼神凶狠，黝黑的面孔由于恼怒而发涨。他手里拿着一根包着铁头的短棍子，气势汹汹地直奔过来，这使我不由得去摸我口袋中的手枪。

他高喊道："你们两个该死的侦探！到这儿来做什么？"

福尔摩斯声音冷漠地说："怎么，卢宾·黑斯先生，你是不是担心我们发现什么啊？"

店主人努力不让自己失态，他狰狞的嘴角松弛下来，露出假笑。那样子要比紧闭的时候更让人感到害怕。

他说："您尽管在我的铁匠炉搜查。但是，我要警告您，没有得到我的允许，就来这里搜查是绝对不可以的，所以我希望让您尽快付账，离开我这儿越早越好。"

福尔摩斯说："那行，黑斯先生，我们没有恶意，只不过看了一下您的马。我想我还是走着去吧，我看路是不远的。"

"到公爵府的大门不到两英里的距离。走左边那条路。"他用冒火的眼神看着我们，直到我们离开他的客店。

我们在路上并没有走多远，因为一转过弯，当店主人发现不了我们的时候，福尔摩斯就马上停下了脚步。

他说："正如同孩子们常说的：在旅店是会很温暖的。我每离开这个客店一步都感觉更冷一点，对，所以我不能离开这个旅店。"

我说："我认为这个卢宾·黑斯是了解这个事情的。在我遇到过的所有恶棍里，他是其中最坏的。"

"哦，你对他是这样的印象吗？还有那几匹马，那个铁匠炉。是的，这个'斗鸡'旅店很有意思，我想咱们还是偷偷溜回去再看看它吧。"

我们的背后有一个斜长的山坡，山坡上零散地分布着一些一大块儿一大块儿的灰色石灰石。我们离开大路往山上走去，这时我往霍尔德瑞斯府方向望了望，恰好见到一个骑自行车的人向这边飞驰。

福尔摩斯用一只手猛压一下我的肩膀，同时说："华生，快蹲下。"我们还没有来得及将自己隐藏好，这个人已经在大路上飞驰而过。透过扬起的尘土，我看到一张因兴奋激动而变得苍白的面孔——脸上每一条皱纹都显出惊惧，眼睛毫无目的地直视前方。这个人是我们昨天晚上见到的穿戴讲究的王尔得。

福尔摩斯喊道："华生！公爵的秘书！看看他要干什么去。"

我们急急忙忙跨过一块块石头，很快就来到一处可以看见旅店前门的地方。我们发现旅店门边的墙上停靠着王尔得的自行车。没有人在旅店里走动，通过窗户向里看也没有发现任何人。太阳落到公爵府高高的尖顶后面了，黄昏逐渐在迫近。朦胧中我们看到，有两盏汽灯在旅店的马厩的两边挂着。过了一会儿，有马蹄嗒嗒的响声传来，声音转到大路上。听声音，有人骑着马迅猛地沿着柴斯特菲尔德大路奔驰而去。

福尔摩斯低声问："华生，你认为发生了什么事？"

"像是逃跑。"

"我看见是一个人乘着单匹马车离开的，但那个人不是王尔得先生，他还在门那儿。"

一片红色的灯光冲破了黑暗。秘书的身影在灯光中出现，他探头探脑地向黑暗中窥视着，可以看出他在等待着什么人。工夫不大，路上有脚步声传来，借着灯光我们又看到第二个身影一闪，门又关上了，外面重新陷入一片黑暗。大约五分钟后，楼下的一个房间里，一盏灯点亮了。

福尔摩斯说："斗鸡'旅店的习俗挺新鲜的。"

"酒吧间设在另一面。"

"不错，这可能就是人们常说的私人旅店。在这样的深夜，王尔得先生在这黑屋里究竟在做什么勾当，又是谁到这儿和他会面。华生，我们有必要冒一下险，尽力把这件事调查得更清楚点。"

我们偷偷从山坡走下来，来到大路上，然后将身体弯下，俯行到旅店的门前。门边的墙边仍然停放着那辆自行车。福尔摩斯划了一根火柴去照后轮。火光中我们看清后轮车胎是加厚的邓禄普车胎，这时我听到福尔摩斯轻轻地笑了一声。在我们的头上就是有灯光透出的窗户。

"华生，我一定要看看里面。要是你弯下腰并且扶着墙，我认为我可以看到里面。"

很快，他的两只脚踏上了我的肩膀，不过他还没有站直又立即下来了。

他说："华生，我们这一天工作得够长了。我认为我们想要知道的情况都已经获得了。到学校还有很远的路程，我们越快动身越好。"

在我们身心疲倦地穿过荒原的过程中，他很少开口讲话。到了学校他没有进去，却继续向麦克尔顿车站走去，在那儿他发了几封电报，然后返回到学校后又去安慰贺克斯塔布尔博士。贺克斯塔布尔博士还在为那位教师的死亡而内心痛楚。随后他来到我的房间，仍然像一早出发时那样精力充沛和机警。他说："我的朋友，诸事顺利，我敢说明天晚上以前我们就可以把这个神秘的案件解决掉。"

第二天上午十一点钟，我和福尔摩斯已经出现在霍尔德瑞斯府著名的紫杉林荫道上。仆人带着我们经过伊丽莎白式的门厅，来到公爵的书房。

我们再次见到王尔得先生，这次他依然文雅而又有礼貌，不过透过他的诡秘的眼睛和颤动的面容，我们可以发现那里面潜藏着昨天夜里那种极度恐惧的痕迹。

"您是来见公爵的吧？不过很可惜，公爵身体有些不舒服，不幸的消息一直让他内心痛楚。昨天下午贺克斯塔布尔博士给我们拍了电报，让我们获知了您发现的事情。"

"王尔得先生，我一定要见到公爵。"

"可是他在卧室。"

"我可以去卧室拜见他。"

福尔摩斯以异常沉着坚定的态度，向这位秘书表明，不让他见公爵是不现实的。

"既然这样，福尔摩斯先生，我告诉他您在这里。"

大约一小时后，这位大人物终于出来了。他面色死灰，双肩耸起，我觉得他好像比前天上午苍老了很多。他庄严地和我们打过招呼后，便坐在书桌旁，红润的胡须垂在桌上。

福尔摩斯的眼睛却盯在秘书身上，此时他正站在公爵的椅子旁边。

"公爵，我想如果王尔得先生可以回避的话，我们可以谈得随便一些。"

秘书的脸色立刻变得更加苍白了，并且恶狠狠地瞪了福尔摩斯一眼。

"如果公爵您允许……"

"是的，没问题，他可以走开。福尔摩斯先生，您要给我说什么呢？"

福尔摩斯等着退出去的秘书把门完全关好后，才说："公爵，我要跟您说，我和我的同事华生医生听贺克斯塔布尔博士说，解决这个案件是有报酬的。我想听您亲自说此事。"

"确实是这样，福尔摩斯先生。"

"假如他没有说错的话，谁要告诉您您的儿子在哪里，将会得到五千镑报酬。"

"正确。"

"如果说出扣压您儿子的人的名字，可以再得一千镑。"

"正确。"

"这一项不仅包括带走您儿子的人的名字，而且也包括那些共谋扣压他的人们的名字，确实如此吗？"

公爵显出不耐烦的样子，说："是的，没有问题，夏洛克·福尔摩斯先生，假如您早点做好了您的侦查工作，您便没有理由抱怨待遇低。"

福尔摩斯带着贪婪的样子，搓着他的两只手，这让我不禁感到意外，因为我知道他一向收费不高。

他说："公爵，我想您的桌子上放着您的支票簿吧，您给我开一张六千镑的支票，我将十分高兴。还需要您在背后签一下，我的代理银行是'城乡银行牛津街支行'。"

公爵神情郑重而又僵直地坐在椅子上，冷淡地看着福尔摩斯。

"福尔摩斯先生，你在和我逗乐子吗？这可不是逗笑的事。"

"公爵，完全不是。我现在最认真不过了。"

"既然如此，那你的意思是什么呢？"

"我的意思是这笔报酬已经归我所有了。我知道您的儿子在哪里，而且我至少知道几个扣压他的人。"

公爵的红胡须在他苍白得可怕的面孔上红得更加让人感到害怕。他气喘吁吁地问："他在哪儿？"

"他在……也许说昨天晚上在'斗鸡'旅店更为准确，那旅店距离您的花园大门两英里。"

公爵靠在了椅子上，问道："那你要控告谁？"

夏洛克·福尔摩斯的回答大大出人意料。他迅速走向前按着公爵的肩膀。他说："您就是我要控告的人。公爵，现在麻烦你开支票吧！"

我一直到现在都没有忘记公爵当时的表现，他从椅子上一下子跳起来，同时紧握双手，那情形就如同一个掉进深渊里的人。随后他又用极大的自我控制力才又让自己重新坐了下来，并将脸埋在两手中。好几分钟一直沉默着。

最后他终于说话了，但是没有抬头："情况你都了解了吗？"

"昨天晚上我看见他们与您在一起。"

"除去你的朋友，还有其他人了解情况吗？"

"我没有对任何人讲过。"

公爵用颤抖的手拿起钢笔，并且打开了他的支票本。"福尔摩斯先生，我说话是言出必行的，虽然你得到的情况对我有害处，我还是要给你开支票。最初规定报酬的时候，我没有想到事情会有变化。福尔摩斯先生，您，还有您的朋友都是行事小心的人，是这样吗？"

"我不太明白公爵是什么意思。"

"福尔摩斯先生，我更直白地说一下吧。如果只有你们两人知道此事，那么便没有理由把此事张扬出去。我想付给你们的总数应该是一万二千镑，是这样吧？"

福尔摩斯微笑着并且摇摇头："公爵，我认为此事并不能那样简单处理。学校教师的死亡要考虑在内。"

"可是詹姆斯对此事毫不知情，你不能让他负这个责任。这是那个凶残的混蛋干的，他只是倒霉地雇用了这个人。"

"公爵，我的观点是这样的，当一个人犯下一桩罪行的时候，对于由此而引起另一罪行，那么在道义上他应该负责任。"

"福尔摩斯先生，从道义上来衡量此事，显然你的想法是正确的，不过绝对不是从法律的角度来说的。在一件谋杀案中，一个不在现场的人没有理由受到牵连，何况他非常痛恨和憎恶杀人。王尔得一接到这个报告，便向我完全坦白了，并且他是那样地悔恨。在不到一小时的时间内，他便和杀人犯断绝了往来。哦，福尔摩斯先生，你一定要挽救他，一定挽救他！我跟你说，你一定要想法让他免于追责！"说到这里的时候，公爵再也无法自控，面孔痉挛起来，还在屋内走来走去，并且两手握拳在空中挥动。最后他终于克服内心激动安静下来，并在书桌旁坐下。他说："对你的行动我非常赞赏。你没有和任何人讲此事，而是先选择来见我。至少我们可以商量怎样尽量不让这可憎的流言传播出去。"

福尔摩斯说："是这样。公爵，我也认为你我之间只有彻底坦率才能促成这一点。我想尽我可能帮助您，但是为此，我必须仔细地了解事情的情况。我知道您说的他是王尔得先生，并且知道他没有杀人。"

"杀人犯已经逃跑了。"

夏洛克·福尔摩斯很不自然地微笑了一下。"公爵，您大概还没有听到过我享有的名声有多么的显著，要不然您不会想到瞒住我是很难的。据我的信息，警方在昨天晚上十一点钟逮捕了卢宾·黑斯先生。今天早晨我离开学校之前，当地警长给我拍了一封电报。"

公爵将身体后仰倚靠在椅背上，并且吃惊地看着我的朋友。他说："你似乎有非凡的能力。卢宾·黑斯已经被逮捕了？知道这件事我很兴奋，但愿它不会影响詹姆斯的命运。"

"您的秘书？"

"不，先生，是我的儿子。"

现在轮到福尔摩斯露出了吃惊的神情，他说："我坦诚地说，这件事我毫不知情，请公爵说得再清楚、明白一些。"

"我对您没有丝毫的隐瞒。我赞同您的意见，在这样的绝境中，无论对我来说是多么痛苦，只有彻底坦率地说明一切才是结束这一切的最好办法。是詹姆斯的自以为是和妒忌，把我引到了这样的绝境中。福尔摩斯先生，当我年龄还不大时，我用一生的热情去恋爱。我向一位女士求婚，没想到却被她拒绝了，理由是这种婚姻对我的前途是一种障碍。如果她还活在这个世界的话，我肯定不会和任何人结婚的。不过可是她死了，并且留下了一个孩子，为了她，我肩负起抚育和培养这个孩子的责任。我不能向人们承认我们的父子关系，不过我却让他受到最好的教育，并且在他成人以后，把他留在身边。出乎我的意料，他趁我不留心时将自己的情况弄清楚了，从此以后他一直滥用我给他的权利，并且在他力所能及的范围内制造流言蜚语，这种行径让我倍感不舒服。我婚姻的不幸和他留在府里有着直接的关系。他一直憎恨我的年幼的合法继承人。您肯定会问为什么在这样的情况下，我仍然要将詹姆斯留在我家中。原因只在于我可以从他的面孔上看到他母亲的面孔，为了他母亲的缘故，我受的痛苦是没有终结的。她所有的可爱之处——没有一点詹姆斯继承下来，我无法让他走。同时我非常担心阿瑟会受到他的伤害，阿瑟就是萨尔特尔勋爵。正是鉴于这样的考虑，所以我才把他送到贺克斯塔布尔博士的学校。

"詹姆斯和黑斯这家伙经常接触，因为黑斯是我的佃户，詹姆斯负责收租。黑斯是个地地道道的坏蛋，可是说来也怪，詹姆斯和他成了好朋友。詹姆斯总是很愿意与那些下流人来往。詹姆斯打算劫持萨尔特尔勋爵的时候，他想到了找这个人帮忙。你记得在肇事的前一天我给阿瑟写过信。詹姆斯将那封信打开，并且将一张便条塞了进去，要阿瑟在学校附近的小林子'萧岗'见他。他用了公爵夫人的名义，所以孩子便来了。那天傍晚詹姆斯骑自行车去的，我现在跟你说的这些事情都是他亲自向我供认的。在小林子中会见阿瑟时，他对阿瑟说，他母亲十分想看看他，并且正在荒原上等候他，只要他半夜来到那个小林子，便有一个人骑着马把他带到他母亲那儿。可怜的阿瑟掉进了这个陷阱。他按时赴约，看见黑斯那个恶棍，还牵着一匹小马，于是阿瑟上了马，他们便一同出发了。实际上有人在追赶他们，这些是詹姆斯昨天才听说的，黑斯用他的棍子袭击了追赶他们的人，这个人因伤重而死去。黑斯把阿瑟带到他的旅店，并将他关押在楼上的一间屋中，由黑斯太太看管。黑斯太太为人心地善良，不过却完全受她凶狠丈夫的控制。

"福尔摩斯先生，这就是我两天以前咱们首次见面时的情况。其实我当时知道得并不比你多。你会问詹姆斯为什么要这样做，动机是什么。我只能告诉你，在詹姆斯对于我的继承人的憎恨中，有很多是无法解释和不可理解的。他一直认为，他自己才应该是我的全部财产的继承人，并且他十分痛恨使他得不到继承权的法律。然而，他还有一个非常明确的动机，他迫切地要求我不按照法令行事，并且他认为我有权力这样做。他想出形形色色的办法，想使我不再让阿瑟当我的继承人，并且在遗嘱上写明产业给他。他十分清楚地知道，我永远不愿意把警察找来处置他。我是说他一定会这样要挟我的，但是实际上他没有这样做，原因在于事情发展得很快，他没有时间将他的计划实现。

"造成他的邪恶计划毁灭的是你们发现了黑底格的尸体。詹姆斯获知这个消息后，十分震惊。昨天我们二人正坐在这间书房里，贺克斯塔布尔博士发过来一封电报，说明了此事。詹姆斯十分担心和忧虑，以致我的怀疑马上变成了肯定，这种怀疑在这之前也有过，但不这么强烈，于是我谴责了他的所为，他也向我坦诚地承认了一切，然后他恳求我允许他将这个秘密再保持三天，以便让他罪恶的同谋保住性命。我默许了他的哀求，我对他的要求一直以来是让步的，他随后前往旅店给黑斯报信，并且资助他逃跑。我白天去那儿是会引起别人注意的，所以等夜晚一到，我便急急忙忙去看我亲爱的阿瑟。我见他没有受到任何伤害，只是他所经历的暴力行为让他感到极度恐慌。为了遵守我的诺言，不过也是违背我的意愿，我允许把孩子再留在那里三天，由黑斯太太照顾。显而易见，向警察报告孩子在那里而不说谁是杀人犯是不现实的，而且我也很明白，如果杀人犯受到惩罚一定会牵连我那不幸的詹姆斯。福尔摩斯先生，你要求我坦诚相待，我相信你的话，所以我毫无隐瞒地、毫无保留地讲述了我知道的一切。你是不是也会像我一样坦诚相待呢？"

福尔摩斯说："放心吧。公爵，我首先坦诚跟您讲，在法律面前您处于很不利的地位。您宽恕了重罪犯，并协助杀人犯逃脱，正因为如此，我认为王尔得资助他的同谋逃跑的钱也是您提供的，对吧？"

公爵点了点头，表示承认。

"在我看来，这件事情很严重。根据我的原则，这件事中，更应受到指责的是，您对于您小儿子的态度，您竟然让他继续留在虎穴里三天。"

"他们郑重地向我承诺……"

"诺言、保证对于他们那样的人算不得什么！您无法保证您小儿子不会再被拐走。为了迁就您犯罪的长子，您任由您无辜的小儿子处于不应遭受的危险之中。这是极其有失公平的行为。"

骄傲的霍尔德瑞斯公爵之前从没有在自己的府内受到这样的评论。他的脸从前额红到了下巴，可是良心却使他一言不发。

"我愿意帮助您，不过要有一个条件。这就是您将您的佣人叫来，我要让他们按照我的意愿行事。"

公爵什么话都没有说出口，他按了一下电铃，很快一个仆人进来了。

福尔摩斯说："你对你的小主人能重新回来一定感到很高兴。公爵命令你立刻驾驶马车到'斗鸡'旅店，去把你的小主人接回家来。"

仆人高高兴兴地走出去后，福尔摩斯说："既然我们已经掌控了未来的形势，那对于过去的事就可以不那么计较了。我不处于官方的地位，只要伸张了正义，我不必非要把我所知道的事情说出去。至于黑斯我没有什么可评论的，有绞刑架在等待着他，我不会利用我的力量来搭救他。我不清楚他能讲什么，不过显而易见，公爵您可以使他明白，沉默对他是有好处的。站在警察的角度来审查，他劫持这个孩子是为了获得赎金。假如警察自己发现不了更多的问题，我没有必要促使他们把问题想得更复杂。不过我要郑重提醒您，公爵，詹姆斯·王尔得先生继续留在您身边只会给您带来不幸和麻烦。"

"福尔摩斯先生，这一点我很清楚。我已经和他说明了，他将永远离开我，去澳大利亚自谋生路。"

"公爵，如果事情像您所说的话，我建议您和公爵夫人尽力和好，把你们中断了的关系再连接上，因为您跟我讲过，您婚后的不幸是由詹姆斯造成的。"

"福尔摩斯先生，至于这件事我也采取了行动，今天上午我给公爵夫人写了信。"

福尔摩斯站起身来说："既然如此，我想我和我的朋友会感到很高兴，我们在这里短短的停留取得了令人满意的成绩。还有一件小事，我想了解清楚。黑斯这恶棍给马钉上了冒充牛的蹄迹的铁掌，应该是从王尔得那里学来的非同寻常的一招吧？"

公爵站着陷入了沉思，脸上显出一副惊讶的表情，随后将一个屋门打开，把我们引进一间装饰得像博物馆的大屋子里。接着又把我们带到一个角落里，那儿有一个玻璃柜，他指给我们看上面的铭文。

"此铁掌来自于霍尔德瑞斯府邸的护城壕中，供马使用。铁掌底部打成连趾形状，目的在于迷惑追赶者，使其迷失方向。可能属于中世纪霍尔德瑞斯经常征伐的男爵所有。"

福尔摩斯将柜子盖打开，用手摸了一下铁掌，当即他的手指表面变湿了，上面留下一层薄薄的新泥土。

他将玻璃柜关好，说："谢谢您，在英格兰北部，这个是我看到的第二件最有趣的东西。"

"那什么是第一件有趣的东西呢？"

福尔摩斯折好支票，并小心地放到笔记本里，然后很珍惜地拍了拍笔记本，说道："我很穷啊。"说完，把笔记本放进他内衣口袋的深处。

六　被鱼叉叉死的船长

我从未见过我的朋友福尔摩斯像在 1895 年那样精神和身体都处于一种饱满且生机勃勃的状态。与日俱增的声望使无数的案件等着要他去办理，不少有权有势的大人物开始光顾我们位于贝克街的简陋住宅。我只稍微提示一下他们中的一两个人是谁，就会遭到责怪，被人认为做事说话太轻率。正如同所有的伟大艺术家都是为艺术而生活一样，福尔摩斯一向不因他的功劳而向对方索要丰厚的酬劳，除了霍尔德瑞斯公爵一案。他是如此的清高，也可以说是如此的任性。假如当事人没有获得他的同情，尽管他有钱有势，福尔摩斯也会毅然拒绝接受对方的求助。可是有时为了一个很普通的当事人，他却宁愿花上几个星期的时间，凝结心血研究案情。只要那个案件能够吸引他，能够让他发挥他的想象力和智谋。

在印象深刻的 1895 这一年中，一些稀奇古怪和矛盾百出的案件占去了福尔摩斯的大部分精力，那些案子中有著名的按照教皇的特别指示进行的对红衣主教托斯卡突然死亡的调查，还有劣迹斑斑养金丝雀的威尔逊的被捕，这为伦敦东区除去了一大祸根。接着上面两桩奇特案件的有伍德曼·李庄园的惨案，那是关于彼得·加里船长之死的离奇案件。假如不将这个案件记述一下，那么关于福尔摩斯的破案记录就称不上完美。

七月的第一个星期，福尔摩斯经常长时间离开住处，由此我判断他正在调查某个案件。在这期间有几个粗俗的人来找巴斯尔上尉，这使我知道我的朋友正用假名在某处工作。他一直在用许多假名与人接触，目的是隐瞒他那使人生畏的身份。他在伦敦各处少说也有五个临时居住的地方，在每个住所他都使用不同的名字。至于他在调查什么事情，他没有告诉我，我也不习惯于去追问。可是我感觉到，他这回调查的案子是十分特殊的。早餐前他就出去了，而当我坐下来吃早餐时，他又迈着大步回来了，头上戴着一顶帽子，腋下夹着一根有倒刺的像伞似的短矛。

我喊道："上帝啊！福尔摩斯，你不会带着这个怪东西在伦敦四处游荡吧？"

"我去过一家肉店，之后又回来了。"

"什么，肉店？"

"现在我有极好的食欲。亲爱的华生，早餐前锻炼身体的好处是毋庸置疑的。不过我愿与你打赌，你猜不出来我究竟进行了哪种运动。"

"我没有兴趣去猜。"

他一边倒咖啡一边低笑着说："假如你刚才去阿勒代斯肉店，你会发现一头死猪挂在天花板上晃来晃去，还有一位穿着衬衣的绅士在用这件武器奋力地刺它。那个精力十足的人就是我，我十分高兴，我没有用多大力气一下子就把猪刺穿了。你要去试一试吗？"

"我可不想去试。我想不明白你为什么要做那种无聊的事呢？"

"因为这也许和伍德曼·李庄园的那件神秘案件有一定的关系。啊，霍普金，我昨天晚上收到你的一封电报，我一直想与你见面。过来一起吃早餐吧。"

我们的客人是一位很机警的人，年龄在三十岁左右，穿着素雅的花呢衣服，不过还是带有惯于穿官方制服的那种笔挺的风度。这位就是年轻的斯坦莱·霍普金警长。福尔摩斯认为他是一个很有发展前景的青年，而他则由于福尔摩斯擅长运用科学方法进行侦破案件，而对这位著名侦探家怀有极大的仰慕和尊重。现在霍普金一脸的愁容，带着十分沮丧的样子坐下来。

"不，先生，非常感谢您。我来之前已经用过早餐了，我在市内留宿的。我昨天来汇报工作的。"

"你要汇报什么工作呢？"

"失败，先生，完全的失败。"

"丝毫进展都没有吗？"

"没有。"

"哦，既然这样我想试一试这个案件。"

"福尔摩斯先生，我急迫盼望您参与。这是我所遇到的第一个大案子，可是我却被弄得一筹莫展。看在上帝的分上，请您帮助我一下吧。"

"好，好，我正巧认真研读过目前所有的材料，以及那份侦查报告。哦，你对那个在犯罪现场发现的烟丝袋有什么看法？那上面一点儿线索都没有吗？"

霍普金猛然吃了一惊。"先生，那只不过是他自己的烟丝袋而已。袋子里面还有他姓名的第一个字母。袋子的材质是海豹皮，因为他是一个捕海豹的行家。"

"那为什么找不到烟斗呢！"

"确实，先生，现场没有发现烟斗。他确实不爱抽烟，他可能是为到访的朋友准备的一点烟吧。"

"的确不排除有这种可能性。我提到那个烟丝袋，目的在于告诉你假如由我来处理这个案件，我可能会从这个袋子开始调查。我的朋友华生大夫对于此案的情况毫不知晓，至于我，再听一次事件的经过也有一定的好处，所以还请你给我们简短地叙述一下案件的情况。"

斯坦莱·霍普金从他的口袋中取出一张小纸条。

"这张纸条能够说明彼得·加里船长一生所做的事。他 1845 年出生，现年五十岁。他是一位很有胆量且取得不菲成就的捕海豹手和捕鲸手。1883 年他成为了丹迪港的捕海豹船'海上独角兽'号的船长。他连续出航了数次，都取得了很丰厚的成绩。在第二年，也就是 1884 年，他退休了。他用了几年的时间去旅行，最后在苏塞克斯郡靠近弗里斯特住宅区，买了一小块叫伍德曼·李的地方。他在这里生活了六年，直到上周被害死。

"这个人有些与众不同。在日常生活中他严格遵循清教徒式生活，他性格中有沉默、阴郁的因子。他家中有妻子，以及一个二十多岁的女儿和两个女佣人。佣人经常更换，更换的原因在于他家的环境使人感到压抑，有时甚至让人不能忍受。他经常喝醉，一喝醉就成了一个彻头彻尾的恶魔。人们都知道他有时半夜会将妻子和女儿赶出屋门，追着她们满园子跑，一直到全村的人都被叫喊声惊醒。

"有一次，教区牧师来到他家中，责怪他不良的行为，他还动手打了那位老牧师，并因而被法院传讯。概括地说，福尔摩斯先生，要想找一个比彼得·加里更蛮横的人不是那么容易做到的，据我所知，他当船长的时候也经常发生类似的事情。海员们都叫他黑彼得。给他起这个名字，一是因为他的面孔以及大胡子是黑色的，二就是因为他周围的人都很惧怕他。不用说，对于他，邻居们也都很憎恶，并尽力避开他。他悲惨地死了以后，我从未听到过一个人说过一句表示惋惜的话。

　　"福尔摩斯先生，您肯定在那份调查报告中看到，彼得还有一间小木屋。可能您的这位朋友尚不知道这件事。他在他家的外面建造了一间木头小屋，他给它起名'小船舱'。这个小木屋距离他家大约几百码，他每天晚上在那里休息。那是一个单间小房，长十六英尺宽十英尺。他将小木屋的钥匙收在自己的口袋里，被褥自己收拾自己洗，他决不允许任何人迈进他的小木屋。小木屋每面都有个小窗户，每个窗户上挂着窗帘，窗户一直没有打开过。有一个窗户对着公路，每当黑夜降临小屋里点上灯的时候，人们就远望着这间小房，猜想他在里面干什么。福尔摩斯先生，调查所获知的情况，只不过是这间小房的窗户所提供的几点情况。

　　"您应该不会忘记，在事发的前两天，凌晨一点钟的时候，有一个叫斯雷特的石匠经过弗里斯特住宅区，在途经这个小木屋时，他停下来关注了一下，发现窗户内的灯光照在外面的几棵树上。石匠保证说：'从窗帘上他清楚地看见有一个人的头在左右晃动着，他肯定这个影子不是彼得·加里的，因为他对彼得非常熟悉。那是一个长满胡须的脑袋，不过却和这位船长的胡须有着很大的差别，这人的胡须是短的，而且向前翘着。'石匠是这样说的，他在酒吧里面待了两个小时，酒吧距离木屋的窗户有一段距离，而且也不在大路上，这是星期一的事，而星期三就发生了谋杀。

　　"星期二彼得·加里喝多了酒，并又一次大闹起来，他凶得像一头要吃人的野兽，他在他家的周围转悠，他的妻子和女儿见他来了急忙躲开了。晚上很晚的时候，他才回到他的小屋。大概在清晨两点钟的时候，小屋的方向传来吓人的惨叫声被他的女儿听见了，因为他女儿习惯开着窗户睡觉。由于他喝多的时候经常大喊大叫，所以对此没有人会多留心。他的一个女佣人在七点起来的时候，看到小屋的门敞开着，不过黑彼得给人的印象太可怕了，所以直到中午才有人敢去看看他究竟如何了。人们站在门口向里面看去，那个景象把他们吓得脸色苍白，急忙跑回村去。大约一小时后，我到了现场，接手这个案件。

"福尔摩斯先生，您了解我的胆量一向是很大的，不过我与您讲，当我把头探进这个小屋的时候，我着实受到了惊吓。成群的苍蝇嗡嗡地叫个不休，地上和墙上看上去就像个屠宰场。彼得船长称这个小木屋为'小船舱'，确实这间小屋像一间小船舱，因为在这里你会感到自己像是在船上。屋子的一边放着一个床铺、一个贮物箱，还有地图和图表，以及一张'海上独角兽'号的油画，一个架子上还放着一些航海日志，十分符合我们在船长的舱中所看到的样子。彼得船长就在屋子里墙的正中间，他的面孔带着人在痛苦中死去的那种扭曲表情，他的斑白的大胡子因为身体的痛楚而往上翘着。一支捕鱼钢叉贯穿过他宽厚的胸腔，并深深地叉入他背后的木墙上，那情形就如同一只甲虫被钉死在硬纸板上。可以想象他是在发出那声痛苦的大叫声后就悲惨死去了。

"先生，我对您的勘察方法研究过，也采用了这些方法。我是在认认真真检查过屋外的地面以及屋内的地板以后，才允许将东西移开的，不过还是没有发现足迹。"

"你是说现场没有发现足迹？"

"先生，确实没有发现足迹。"

"亲爱的霍普金先生，我侦破过无数的案子，从来就没有见识过有飞行的动物作案的。只要罪犯长着两条腿，就肯定会留下踩下的痕迹、蹭过的痕迹或者不明显的移动痕迹，一个有经验的侦探是可以发现这些痕迹的。让人不能接受的是，一个溅满血迹的屋子竟然会没有可以帮助我们破案的痕迹。我在你的调查中发现，你没有对某些东西认认真真检查过。"

听了福尔摩斯的一番嘲讽后，这位年轻的警长显然感到很尴尬。"福尔摩斯先生，真可惜当时您没有亲临现场，可是这已经无法挽回了。屋子里还有一些物品值得关注，一件就是那把用来杀害船长的鱼叉。可以推断凶手是从墙上的工具架上拿过来的。还有两把仍然在那儿，有一个位置是空的。这把鱼叉的木柄上刻有'SS.海上独角兽号，丹迪'。可以判断杀害是在愤怒的情况下发生的，凶手是顺手从墙上摘下了这个武器。杀害发生在早晨两点钟，当时彼得·加里是穿好衣服的，这说明他和凶手有约会，另外桌子上的一瓶罗姆酒和两个用过的杯子也能够说明这个情况。"

"嗯，我认为这两个推论还是符合人之常情的。除了罗姆酒外，屋子里还有其他什么酒吗？"

"有的，在贮物箱上的一个小酒柜里面还摆放着白兰地和威士忌，不过它们对于我们而言并不重要，因为那些瓶子都盛满了酒，根本没有动过的痕迹。"

福尔摩斯说："虽然如此，柜子中的酒还是有参考意义的。不过你还是先讲一下你认为和案件可能有关系的其他物品的情况吧。"

"桌子上有个烟丝袋。"

"在桌子上的什么地方？"

"在桌子的中间。烟丝袋的材质是海豹皮，是用那种粗糙的带毛的海豹皮做成的，有个皮绳可以捆住烟丝袋。烟丝袋盖儿的里边有'P.C.'字样。袋里有半盎司海员常用的强力烟丝。"

"嗯，不错！还有其他发现吗？"

斯坦莱·霍普金从他的口袋里取出来一本外皮黄褐色的笔记本。笔记本外皮粗糙陈旧，边缘脏兮兮。第一页上写有大写的字母"J.H.N."及日期"1883"。福尔摩斯在桌子上展开这个笔记本进行仔细检查，霍普金和我站在他身后两边看着。在第二页上有印刷体字母"C.P.R."，以后的几页上均是数字，接下来有"阿根廷"、"哥斯达黎加"和"圣保罗"等标题，每项之后都还写着几页符号和数字。

福尔摩斯问道："你如何看待这些符号和数字？"

"我看它们像是交易所证券的表报。'J.H.N.'是经纪人的名字的字首，而'C.P.R.'也许代表着顾客。"

福尔摩斯说："你看'C.P.R.'有没有可能代表加拿大太平洋铁路？"

斯坦莱·霍普金一边用拳头猛敲自己的大腿，一边低声训斥自己："哎呀，我真是太愚蠢了！您说得自然是正确的。那么只有'J.H.N.'这几个字首是我们要解决的了。我曾对那些证券交易所的旧表报进行过检查，在1883年我找不到所内或所外任何经纪人名字的字首是这样的，不过我却感觉它是我全部线索中最为关键的。福尔摩斯先生，您可能也会有这样的想法，这几个字首是现场的第二个人名字的缩写，也就是说很可能是那个凶手的。我还认为，记载着大笔值钱证券的笔记本的发现，恰好让我们从中找到了凶手谋杀的动机。"

夏洛克·福尔摩斯的脸部神情，说明案件的这一新线索完全出乎了他的料想。他说："对你的两个观点我表示完全认同。我承认这本在最初调查中没有提到的笔记，让我对案情的看法有了改变。我对这一案件的推论没有将这本笔记的内容考虑进去。你有没有想办法调查笔记本中提到的证券？"

"正在交易所查着呢，不过我认为，这些南美康采恩的股票持有者的全部名单大多数在南美，因此需要几周我们才能将这些股份查清楚。"

福尔摩斯用放大镜检查笔记本的外皮，然后说道："这儿有些弄脏了。"

"是的，先生，那是血迹。我刚才跟您说过，我是从地上将它捡起来的。"

"血点是在本子的上面还是下面？"

"是在挨着地板的那一面。"

"这就说明笔记本是在凶杀发生后掉下的。"

"福尔摩斯先生，确实如此，我明白这一点。我推想是凶手在匆忙逃离时掉落的，就掉在门边。"

"我认为这些证券里没有一份是属于死者，是这样吗？"

"不错，先生。"

"你有没有证据能够表明这是一桩抢劫杀人案呢？"

"没有，先生。没有发现有什么东西被动过。"

"哦，这个案子很有些意思，那儿有一把刀，是吗？"

"是一把带鞘的刀，还插在刀鞘里，摆在死者的脚旁。加里太太说那把刀是她丈夫的。"

福尔摩斯默想了片刻，然后开口说道："我认为我应该亲自去查看一下。"

斯坦莱·霍普金兴奋地喊出声来："非常感谢您，先生。您一定会帮助我破案的。"

福尔摩斯对着这位警长摆了摆手，说道："一星期以前这应该是件不难办到的事情。现在去，或许还不至于一无所获。华生，假如你可以抽出时间和我一起去，那么我将会很高兴。霍普金，请你叫一辆四轮马车，我们十五分钟后就出发到弗里斯特住宅区。"

在靠近路旁的一个小驿站，我和福尔摩斯下了马车，急匆匆穿过一片广阔森林。这片森林长达几英里，曾阻挡了撒克逊侵略者长达六十年之久，是英国的堡垒的一部分。森林的大部分已经遭到破坏，是因为这里是英国第一钢铁厂的厂址，那些树被用去炼铁。现在钢铁厂已经迁移到北部矿产丰富的地区了，能够表明这里曾经有过钢铁厂的只有那些荒凉的小树林和坑洼不平的地面。这儿有一座小山，在它绿色斜坡上的空旷处，坐落着一栋狭长而低矮的石头房屋，从石头房屋的地方延伸出一条小路蜿蜒穿过田野，通向一间被三面矮树丛包围着的小屋。小屋靠近大路，屋门和一扇窗户对着我们，而这就是凶杀案的现场。

斯坦莱·霍普金引领着我们走进这所房子，然后把一位面容憔悴、有着灰色头发的妇女介绍给我们，那是被害人的遗孀。她的面孔瘦削，脸上皱纹很深，眼圈红红的，眼神中潜藏着恐惧的目光，这也说明了她长年累月经受的苦难和虐待。在她旁边的是她的女儿，一个有着苍白脸色和金黄头发的姑娘。对于父亲的死亡，她显得很高兴，当她说到要祝福那个把她父亲杀死的人的时候，她的眼睛中闪现着异样的光芒。黑彼得将他家里的气氛弄得很压抑，当我们走出他家重新回到日光下时，有一种获释的感觉。出来之后我们顺着一条穿过田野的小路向前走，这条小路是黑彼得用脚踩出来的。

这间小木屋是那种最简单的棚子，木板墙构成了它的四周，房顶也是木头的，门边有一个窗户，屋的尽头还有一个窗户。斯坦莱·霍普金从口袋里拿出钥匙，低下身子准备打开锁孔时，忽然停顿了一下，随即脸上显出又惊异又神情专注的样子。

他说："有人撬过锁。"

这是显而易见的。木门上有刀痕，上面的油漆被刮掉了，好像撬门就发生在不久前。福尔摩斯一直在对窗户进行着检查。

"有人还想通过窗子进去。无论他是谁，总之他没有成功，没有进到里面。这一定是个很愚蠢的贼。"他说道。

年轻的警长说："这件事情真是不可思议。我可以保证，昨天晚上这里没有这些痕迹。"

我提醒说："可能村子里有些好奇的人来探奇过。"

"这个可能性不大，因为他们没有人敢走到这儿，更不必说还有胆量闯进去。福尔摩斯先生，您如何看待此事？"

"我认为我们挺幸运的。"

"您的意思是说他还会再一次光顾？"

"可能性很大。他那次来的时候没有想到门是关着的。所以，他想用小折刀弄开门进来，却没有成功，他没有进到屋里，你认为他会怎么办呢？"

"第二天夜里带着适用的工具再一次光临。"

"我有同样的观点。我们如果不在这儿等着他，那显然是我们的失误。让我去屋里面看看。"

凶杀的痕迹已经被清理干净了，不过屋内的家具没有动，仍然像那天夜里那样摆着。福尔摩斯非常认真仔细地一件一件地检查了两个小时，从他的表情中可以发现没有查出什么结果来。在他耐心检查的时候，有一次他停了一会儿。

"霍普金,你从这个架子上拿走了什么东西吗?"

"什么东西都没拿。"

"肯定有东西被从这里拿走了,架子的这个地方尘土要比别的地方少。也许这里平放着一本书,不过也可能放着一个小箱子。就这样吧,现在我们没什么可检查的了。华生,我们到美丽的小树林里转一转吧,去享受几小时的鸟语花香。霍普金,今天晚上我们在这儿见面,看看能不能与那位昨夜来过的笨贼碰面。"

十一点钟过了,我们才将埋伏布置妥当。霍普金建议将小屋的门打开,而福尔摩斯却认为那样会引起那个陌生人的疑心。锁很容易打开,一把结实一点的刀就能将它弄开。福尔摩斯建议我们不要在屋内而是在屋外等候,就埋伏在屋角附近的矮树丛里。如果这个人点灯,我们就可以看见他,看他在夜间偷偷来到这里要干什么。

等候的时间既长又乏味,不过却有一种历险的感觉,那感觉和猎人在水塘边守候捕捉来饮水的动物类似。在黑暗中鬼鬼祟祟进入我们埋伏圈的是一只什么样的野兽呢?是一只猛虎,只有和它锐利的牙齿以及锋利的爪子进行危险的搏斗之后才能将之捕获呢?还是一只惯于小偷小摸的豺狼,只是对于那些虚弱的人和没有防备的人才会造成致命的伤害呢?

矮树丛将我们蹲伏的身影遮掩住,我们在静静地等候着即将可能发生的事。刚开始,有回村很晚的人的脚步声和村中传来的讲话声,引起我们的注意,不过随着这些不相干的声音的渐渐消失,四周进入到一片寂静之中,只是有时传来远方教堂的钟声,让我们了解到夜晚的进程,此外,还有细雨敲打我们头顶树叶上的细微声。

远处传来的钟声告诉我们时间已过两点半,这是黎明前最暗的时刻,就在这时从大门那里传来一声低沉而尖锐的滴嗒声,这让我们的精神为之一振。有人来了。滴答声之后是长时间的寂静,就在我琢磨那个声音是不是一场虚惊时,从小屋的另一边传来轻轻的脚步声,工夫不大又传来金属物品的摩擦声和碰撞声。可以猜想这个人正在用力把锁打开。这次他的技术好了些或者可能是有了适用的工具,因为我们忽然听到啪嗒一声和门枢的嘎吱声，紧接着一支火柴燃亮了，转瞬间蜡烛的灯光充满了小屋的内部。透过薄纱窗帘，我们的眼睛盯视着屋内的情景。

夜里进入这个小木屋的不速之客是个身体瘦弱的年轻人，下巴的黑胡须让他如同死人一样苍白的面孔显得惨白。他的年龄仿佛二十岁刚出头。我从来没有见过有人像他这样又惊又怕，可以看见他的牙齿在打冷战，四肢不由自主地颤抖。从他的穿戴看很像个绅士，上衣是诺福克式的上衣，下身穿灯笼裤，头戴便帽。我们看他惊慌失措凝视着四周，接着把蜡烛放在桌子上，然后走到一个角落里，这样我们就无法看到他了。很快，他又拿着一个大本子走了回来，那个大本子是在架子上排成一排的航海日志里的一本。他倚着桌子将大本子一页一页地快速翻看，直到翻出他要找的东西。他将手握成拳头作了一个愤怒的手势，随后将本子合上，并将本子放回原处，又吹熄了蜡烛。他还没有来得及转身离开这间小屋，霍普金的手就把他的衣领子抓住了。当他明白自己已经被捕的时候，我听到他长长地叹了一口气。蜡烛重新被点燃了。在侦探面前他全身不住地打颤，并蜷缩起来。他坐在贮物箱上，茫然又不知怎么办才好的样子，他看看这个人又望望那个人。

斯坦莱·霍普金说："请告诉我，你是谁？到这里来的目的是什么？"

这个人恢复一下精神，想尽量让自己保持冷静，然后看着我们。他说："我猜你们是侦探吧？可能你们会把我当作杀害加里船长的嫌犯，不过我告诉你们，我是无辜的。"

霍普金说："这点我们会弄明白的，先说说你的名字？"

"约翰·霍普莱·乃尔根。"

我发现福尔摩斯和霍普金迅速交换了一下眼色。

"你到这儿来的目的是什么？"

"你们能让我相信吗？"

"这只能看你。"

"既然这样我凭什么把实话告诉你们呢？"

"假如你不回答，在审判时将会对你有害无利。"

这个年轻人有些困窘了。他说："好吧！我跟你们讲实话。没有隐瞒的必要。不过我很不愿意让旧的流言蜚语再一次流传开。你听说过道生和乃尔根公司吗?"

从霍普金的表情我感觉到对于这个公司他应该没有听说过,不过福尔摩斯却显得很感兴趣。

他说:"你说的是西部那些银行家们吗?他们亏损了一百万英镑,康沃尔郡的一半的家庭全破了产,乃尔根也不见了踪影。"

"不错,乃尔根是我父亲。"

至此我们终于得到了一点有用的东西,不过一个负债躲避银行家和一个被自己的鱼叉钉死在墙上的彼得·加里船长之间,似乎隔着遥远的距离。我们全都精神高度集中地听这个年轻人讲话。

"我的父亲是这个事情的主要当事人,因为道生已经退休了。虽然那时我刚刚十岁,可是我还是能够感受到这件事给父亲带来的耻辱和恐惧。人们一直传说我父亲偷拿着全部证券跑路了。这是不符合事实的。我父亲深知,如果能够给他一些时间,把证券变成现款,那么一切都可以好转起来,并能将所有的债务都还清。在传票刚发出要逮捕我父亲之前,他乘他的小游艇动身去了挪威。我没有忘记他在离开之前的晚上,与我母亲告别的情景。他把一张清单留给了我们,上面记录了他带走的证券名称,并且向我们保证他一定会回来澄清他的名誉,那些信任他的人是不会因此而受到连累的。可是从那以后他就音信全无。他本人和游艇都不知去向。我和我的母亲一致相信,他和他的游艇以及他所带走的全部证券应该都葬身海底了。我们有一位信得过的商人朋友,他不久以前发现,伦敦市场上又出现了我父亲带走的证券。你可以想象听到这个消息我们该有多么惊讶。我用了几个月的时间去追查这些证券的来源,经过一番周折,克服了很多障碍,我发现最初卖出证券的人就是彼得·加里船长,也就是这间小屋的主人。

"我自然对加里船长做了一些必要的调查。调查得知他曾掌管过一艘捕鲸船,这只船就在我父亲渡海前往挪威的时候,恰好从北冰洋返航。那年秋季风暴频发,南方的大风连续不断地袭来。我父亲的游艇有可能因此被风吹到北方而遇到加里船长的船。假如这些推论是事实的话,我父亲会遭遇到什么呢?无论如何,如果我可以从彼得·加里的谈话中弄清证券是如何在市场上出现的，就可以证明我父亲没有出售这些证券，还有他拿走这些证券的时候并非是为了自己发财。

"我来苏塞克斯准备与这位船长见见面，没有想到恰好在这时发生了这起谋杀案。从验尸报告中，我获知这间小屋的情况。报告说这只船的航海日志仍然保存在小屋里，于是我自然想到，如果我能够看到 1883 年 8 月在'海上独角兽'号上发生的事，我就有机会解开我父亲失踪的谜团。我昨天晚上想要拿走这些航海日志，不过我没有成功打开门。今天晚上又过来，把门打开，并找到了航海日志，可是我却发现 8 月份的那些页不知被谁撕去了。就在这时你们把我抓住了。"

霍普金问："只有这些情况吗？"

"是的，只有这些。"他说的时候，眼神躲闪开了。

"你再没有别的事情要跟我们说吗？"

他稍微迟疑了一下，然后说："没有了。"

"昨天晚上以前，你确定没有来过吗？"

"确定没有来过。"

霍普金将那本作为证物的笔记本举了起来，本子的外皮沾有血迹，第一页有这个人名字的字首。霍普金喊道："那么你给我解释一下这是怎么回事？"

这位可怜的人一看到那个笔记本立刻变得沮丧起来。他用双手将脸遮住，全身颤抖起来。他痛苦地说："我不清楚你是从哪儿弄到这个本子的？我认为可能是我在旅馆里弄丢的。"

霍普金严厉地说："好了。你还有什么要补充的，到法庭上去讲吧。现在你要和我一同去警察局。福尔摩斯先生，对您和您的朋友的帮助，我非常感激。不过事实说明，这次请您来是没有必要的，没有您，我也会使案件取得令人满意的结果。尽管如此我还是感谢你。在勃兰布莱特旅店给你们保留了房间，现在我们可以一起到村子里去了。"

第二天早晨，我们乘马车返回伦敦。路上，福尔摩斯问："华生，我总感觉这件事怪怪的。"

"我看你有些不太满意。"

"哦，亲爱的华生，我是比较满意的。不过我对斯坦莱·霍普金的调查方法不太认同。霍普金的表现让我感到失望。我本来期盼他能够处理得好一些。一个侦探总是应该探索是否有第二种可能性，并且要对这种可能性进行探查。这是罪案侦查的首要原则。"

"那么这件事的第二种可能性在哪里呢？"

"就是我自己一直在调查的线索，或许没有一个好的结果，可是至少我要把它一直追查下去。"

到贝克街时，福尔摩斯收到几封信。福尔摩斯抓起一封拆开，稍后发出一阵胜利的笑声。

"棒极了！华生，第二种可能性有了进展。电报纸你有吗？请替我写两封电报：'瑞特克利夫大街，海运公司，色姆那。派三个人过来，明早十点到。——巴斯尔。'巴斯尔是我扮演角色时用的名字。另外一封电报如下：'布瑞斯顿区，洛得街四十六号，警长斯坦莱·霍普金。明日九点半过来吃早餐。紧要。不能来，请回电。——夏洛克·福尔摩斯。'华生，这件讨厌的案子让我这十天以来一直无法舒心，从此我要将它完全从心中抹去。我猜想明天我就会获得最终的结果。"

霍普金警长按照约定的时间准时地来了。赫德森太太准备了丰盛早餐，我们一起坐下来享用。这位年轻的警长由于成功破案而显得异常兴奋。

福尔摩斯问："你果真认为你处理案情的办法是对的吗？"

"我认为不会有比它更好的解决办法了。"

"可是据我推断，案子并没有得到最终的解决。"

"福尔摩斯先生，您的话大出我的意料。请问还有什么需要进一步调查的吗？"

"你可以将事情的各个方面完全解释清楚吗？"

"这应该没有什么问题。我查清楚，这个乃尔根就在出事的那一天到的勃兰布莱特旅店，他表面上是来玩高尔夫球。他的房间位于第一层，这有利于他随时出入。那天晚上他去伍德曼·李，和彼得·加里在小屋中见了面，他们争论起来，乃尔根就用鱼叉戳死了他。事后乃尔根对自己的行为感到了恐慌，往屋外跑的时候将笔记本遗落了，他之所以把笔记本带身上是为了追问彼得·加里关于证券的事。您可能发现了有些证券特意标出来了，而大部分证券则没有标记。标出记号的证券是在伦敦市场上发现而追查出来的，其他的可能还在加里手中。据猜测，年轻的乃尔根迫切想要拿回这些证券，目的是把它们归还给他父亲的债主。他逃离以后，曾经不敢再走进小屋，不过为了获得他所需要的情况，他最终还是被迫再次来到小屋。事情不是很明显、很清楚的吗？"

福尔摩斯听完后轻轻地笑了，并且摇摇头，说："据我的观察，这里有一个漏洞，那就是乃尔根根本不可能杀得了人。你用鱼叉叉过动物的身体吗？没有吧？哼，亲爱的先生，对一些细小的事情你要特别留意。我的朋友华生可以告诉你，我曾经花费了整整一早上做这个练习。那不是一件能轻松做到的事，需要手臂很有力气，投掷技术要很熟练。钢叉戳出去力道很足，所以现场钢叉头都陷进了墙壁。你设想一下那个瘦弱的青年能够掷出这样凶猛的一击吗？是他与黑彼得在半夜一起喝罗姆酒吗？两天以前在窗帘上映出的身影是他的侧影吗？不，不，霍普金，那个人一定很强壮有力，我们必须要找到这个人。"

在福尔摩斯讲上述这些话的过程中，年轻的警长的面孔拉得愈来愈长。他的希望和雄心都被摧毁了，不过不经过斗争他是不甘心放弃自己阵地的。

"福尔摩斯先生，那天晚上乃尔根出现在现场，这是您否定不了的。笔记本就是证据。尽管您挑出纰漏，我的证明仍然能使陪审团相信。此外，您所说的那位可怕的罪犯现在在哪儿呢？"

福尔摩斯神态安静地说："我猜他可能就在楼梯口那儿。华生，我建议你把枪放到你很容易拿到的地方。"他站起来把一张有字的纸放到一张靠墙的桌子上，然后说："我们准备好了。"

刚一听到外面有粗重的谈话声，赫德森太太就把门打开了，跟福尔摩斯说有三个人要见巴斯尔船长。

福尔摩斯说："知道了，让他们一个一个地进来。"

进来的第一个人个子比较矮小，长的模样容易让人发笑，他的面颊红红的，长着斑白、蓬松的连鬓胡子。

福尔摩斯从口袋中拿出一封信，问道："你的名字是……？"

"詹姆斯·兰开斯特。"

"不好意思，兰开斯特，名额已经没有了。给你半个英镑，烦请你到那间屋子去等几分钟。"

第二个进来的人个子细长、干瘦，头发平直，两颊向内坍陷。他告诉福尔摩斯他的名字是休·帕廷斯。他也没有被雇用，同样获得了半个英镑，并让他在另外的地方等候。

第三个进来的人有着奇怪的外表，一副哈巴狗似的凶恶面孔镶在一团蓬乱的头发和胡须中，浓重的、成簇的眉毛向下垂悬着，两只黑黑的凶残的眼睛被浓重的眉毛遮掩着。他敬了一个礼，然后像水手似的往一边一站，还不停地转动着他的帽子。

福尔摩斯说："你叫什么名字？"

"帕特里克·凯恩斯。"

"一名叉鱼手？"

"不错，先生。出过二十六次海。"

"我想是在丹迪港？"

"不是，先生。"

"报酬是多少？"

"每月八镑。"

"可以马上出海吗？"

"只要我把工具都准备好。"

"你有什么证明吗？"

"有的，先生。"说着他从口袋中取出一卷已经揉搓得不成样子的单子。福尔摩斯看了一下又还给了他。

他说："我就要找你这样的人。合同在靠墙的桌子上。你过去把名字签了，事情就算定了。"那个凶恶的人穿过屋，来到那边的桌子边，拿起了笔。

"是在这儿签吗？"他在桌边弯着腰问道。福尔摩斯上前靠住他的肩膀，并把两只手伸过他的脖子。

他说："这就可以了。"

我听到金属相互撞击的声音和一声吼叫，那叫声如同被激怒的公牛的吼叫声。随后这个叉鱼手和福尔摩斯在地上滚打起来。尽管我的朋友已经敏捷地给他戴上了手铐，可是他的力气出奇地大，如果没有我和霍普金的及时帮助，福尔摩斯会很快被这个叉鱼手制服的。当我把枪口对准他太阳穴的时候，他才明白此时反抗已经晚了。我们用绳子绑住他的踝骨后，才气喘吁吁地站起来。

夏洛克·福尔摩斯说："霍普金，说声抱歉，炒鸡蛋可能已经凉了。不过当你想到案子终于真相大白、胜利结束了的时候，你继续吃早餐就会吃得更香。"

霍普金因惊讶而说不出一句话。他红着脸，终于开口说道："福尔摩斯先生，我不知道该如何说。好像从一开头我就自以为是，把自己愚弄了。现在我懂得了，我一直不应该忘记我是学生，而您是老师。虽然我刚才亲眼目睹了您所做的一切，不过我还是不明白您是如何办到的以及它的意义所在。"

福尔摩斯显得十分兴奋，说："好吧！经一事长一智。这次你的教训是破案的方法不能僵固于一种形式。你把你的注意力全部都倾注在那个年轻的乃尔根身上，分不出一点儿给帕特里克·凯恩斯这个真正谋杀了彼得·加里的人。"

这个叉鱼手用嘶哑的声音打断了我们的谈话。他说："先生，你们如此对待我，我没有什么抱怨的，不过我希望你们说话要确切。你们说我谋杀了彼得·加里，而我却说我杀了彼得·加里，两者有很大的区别。可能你们不相信我说的话，或者你们认为我在给你们编故事。"

福尔摩斯说："不会的。那就来听听你可以告诉我们什么。"

"事情很简单，我说的每句话全是真的，我敢向上帝保证。我对黑彼得十分了解，当他抽出刀子的时候，我就清楚不是我死就是他亡，因此我抄起鱼叉对准他戳去。他就是这样死在我手上的。这怎么是谋杀呢？不管怎么说，不是黑彼得的刀插在我的心脏上，就是绞索套在我的脖子上，两者都是一样要我性命的。"

福尔摩斯问："你是因为什么到这儿来的？"

"让我从头对你讲起吧。让我坐下，这样讲话会更方便些。那是1883

年8月发生的一件事。彼得·加里是'海上独角兽'号的船长，我是后备叉鱼手。当时我们正驾船离开北冰洋的大块碎冰往回行驶，是顶着风前行的。在航行中，我们救起一艘被暴风吹到北方来的小船，因为刮了一周的强力南风。当时这艘船上只有一个人，他是一个新水手。我们船上的人都以为大船已经葬身于大海，而这个人乘这艘小船前往挪威海岸。我判断船上其他海员都已经死了。我们把这个人救到我们船上，这个人和我们的船长在船舱里谈了很长时间。随着这个人打捞上来的还有一只铁箱子。据我所知这个人的名字一直没有任何人提起，而且第二天夜晚他就消失了，如同他从来就没有出现在我们船上一样。传闻说，这个人不是自己跳进了大海便是当时的鬼天气把他卷到海里去了。只有一个人知道他遭遇了什么，那个人就是我。因为我亲眼看见在深夜第二班的时候，船长将他的两只脚都捆住，并把他扔到海里去了。又走了两天，我们就发现瑟特兰灯塔了。我对任何人都没有说这件事，等着瞧会有什么结果。我们到了苏格兰的时候，这件事被压了下来，也没有人再去过问。一个陌生人出了事故死了，谁都没有必要去追问。不久之后，加里就不再出海，几年之后，我才知道他在哪儿。我猜想他把那人扔到海里是为了铁箱子里面的东西。我认为他现在应该给一大笔钱让我不要将此事张扬出去。"

"在伦敦，一个水手遇见了他，后来这个水手把他的地址告诉了我，我马上就来找他要钱。头一个晚上他表示理解，打算给我一笔钱，这笔钱可以让我从此不用再出海。我们说好，过两个晚上就把这件事办妥。我再去的时候，见他已有些醉意了，并且脾气很暴躁。我们坐下来喝酒，聊着以前经历过的事。他喝得越多，我就越觉得他的神色不善。我一眼看见挂在墙上的鱼叉，我感觉我在遭到他杀害以前可能用得着它。最后他对我大发脾气，又啐又骂，眼睛中露出要害人的凶光，他手里拿着一把大折刀。在他的大折刀还没有出鞘之际，我的鱼叉已经刺穿了他。上帝啊！他发出一声骇人的尖叫！他的面孔在我眼前逐渐不清楚起来，我傻傻地站在那儿，他的血溅满了我全身。等了一会儿，四周还是静悄悄的，于是我又鼓起了勇气。我打量屋子四周，发现那只铁箱子就在架子上。我认为我和彼得·加里对于这只箱子都有所有权，于是我拿着它离开了屋子。我真愚蠢，居然把我的烟丝袋遗落在桌子上了。

"现在我再跟你们讲一件最古怪的事。我刚走出屋，就听到有个人向这边走来，我马上隐藏在矮树丛里。有一个人偷偷摸摸地走来，进了屋子后大喊了一声，好似见了鬼一样，撒腿拼命地跑，很快就失去了踪影。他是谁，来这儿的目的是什么，我不知道。之后，我就徒步十英里，在顿布里奇威尔斯上了火车，来到了伦敦。

"我把那个铁箱子打开检查，发现里面除了一些证券外，一点钱都没有，可是我不敢卖那些证券。我没能把黑彼得抓在身边，现在困在伦敦，身上连一个先令也没有。我有的只是我叉鱼的手艺。因此在看到雇叉鱼人的广告，报酬很好，于是我就去了海运公司，他们把我派到这儿来。这是一切的事实，我重新强调一下，我杀了黑彼得，法律应当感谢我，因为我给他们省了一条绞绳。"

福尔摩斯站了起来，点燃烟斗，说："叙述得很清楚。霍普金，我建议你马上将这个罪犯押送到一个地方。这个房间做监房是很不合适的，而且帕特里克·凯恩斯先生身体魁梧，要占去屋内很大面积。"

霍普金说："福尔摩斯先生，我真不知该说什么样的感谢话，甚至到现在我还是不清楚，您是如何做到让罪犯自投罗网的。"

"这一切仅仅是因为从一开始我就很侥幸地抓住了准确的线索。假如我知道了有那本笔记本，我的思维就有可能被引导到其他地方，应该和你原来的想法差不多。可是当时我的思维几乎全集中于一点：那个人有惊人的力气、娴熟使用鱼叉的技巧，愿意喝罗姆酒，还有装着粗制烟丝的海豹皮烟口袋。这些特征加在一起让人联想到海员，而且是个捕过鲸鱼的海员。我肯定烟丝袋上的字首'P.C.'应该只是个巧合，肯定不是彼得·加里的。因为他平时不怎么抽烟，而且在屋里也没有发现烟斗。你是否还记得，我问过你，屋内是否有威士忌和白兰地，你说有。有多少不出海的人在有其他酒的时候，还要喝罗姆酒呢？因此我更确定行凶者肯定是一个海员。"

"那您又是如何找到他的呢？"

"亲爱的先生，这个问题就相对容易多了。假如对方是个海员，那一定是'海上独角兽'号上的海员。我掌握的情况表明，彼得·加里没有掌管过别的船。我往丹迪拍了一封电报，三天以后我弄清 1883 年'海上独角兽'号上全部水手的姓名。我在那些名字中发现有叉鱼手帕特里克·凯恩斯的名字的时候，至此我的侦查便已经顺利完成，我猜测他极有可能在伦敦逗留，并且想要离开英国一段时间。因此我到伦敦东区逗留了几天，设立了一个北冰洋探险队，提供很高的报酬雇佣叉鱼手，在船长巴斯尔手下工作——这样事情就顺着我的意思发展了！"

"棒！棒极了！"霍普金高声喊道。

福尔摩斯说："你要马上将乃尔根释放，并且向他道歉。另外，一定要将铁箱子还给他，当然彼得·加里卖掉的证券永远失去了。霍普金，外面有出租马车，你把这个人押送走。假如你想我出席审判会，我和华生的新地址是在挪威的某个地方——以后再告诉你吧。"

七 诈骗犯的回报

虽然现在我要讲述的这件事情已经时隔多年，可是现在提及我依然有些拿不定主意。在一个相当长的时间里，即使用最谨小慎微的方式，我也很难做到将此事讲给大众。不过现在主要的相关当事人已不会再受到法律的制约了，而且我将对故事细节做一定的保留处理，只有这样才不会对现实生活的任何人有所伤害。这个事件是福尔摩斯先生和我本人所遭遇的一件最怪异的事情。为避免让读者有迹可循而追溯到事情的真实情节，请对我在讲述中隐去事件发生日期和其他一些细节的行为予以谅解。

那是一个冬天的傍晚，阴冷、有雾，六点钟左右，我和福尔摩斯先生刚散步回到我们的住所。福尔摩斯打开灯，光线照亮了桌子上的一张名片。他看了一下名片，然后厌恶地哼了一声，就把它扔在地板上。我拾起了名片读了出来：

查尔斯·奥古斯都·米尔沃顿，汉普斯蒂德区阿倍尔多塔塔代理商

"他是谁呀？"我问道。

"全伦敦最坏的家伙就是他。"福尔摩斯一边说话，一边坐下来把腿伸到火炉前，"名片背面有什么字？"

我将名片翻转读道："六点三十分我将过来拜访。——查尔斯·奥古斯都·米尔沃顿。"

"哦，时间马上就到了。华生，你有没有一种毛骨悚然、汗毛倒竖的感觉？这种感觉就如同让你站在动物园的蛇笼前面，与那些长着凶残的眼睛和邪恶的扁平脑袋，浑身光溜溜，随处乱爬的有毒生物对视一样。唉，这就是米尔沃顿给我的感觉。在我所经历的侦破生涯中，我和很多个杀人犯打过交道，但即便是其中最凶残恶劣的人，也没有这个恶棍让我如此讨厌。然而我却无法避免要和他来往打交道——因为事实上，他是我约过来的。"

"那他究竟是什么样的人啊？"

"我跟你讲，华生，他是诈骗界的精英，上天都在眷顾他，更何况那些秘密和声誉都被他掌控的女人，对他更是没有办法，只能听他的话行事。他总是笑里藏刀，有一副压榨人的铁石心肠，他向那些可怜的女人无情勒索。这个恶棍是这一行的天才，假如干正当行业也一定能有所作为。他的方法是这样的：他先是把消息放出去，让别人知道他打算出高价收集各种有用的信息，借助那些信息威逼那些有钱有势的人听从他的话。他不仅仅能从一些不牢靠的仆人那里得到消息，还更多地从那些混迹于上流社会的无赖那里获得消息。这种人经常欺骗那些容易轻信别人的贵妇，并获得她们的信任和喜爱。他肯花钱，给人很阔绰的感觉，我知道有一次他用七百英镑从一个侍从那里买了一张只有两行字的字条，最后凭借这个字条将一个贵族家庭彻底毁掉了。

"市里坊间的形形色色的消息，米尔沃顿都能将其搞到手，而且在这个伟大的城市里，许多人对他的大名都是闻之色变，因为没人知道他把下一个目标对准了谁。因为他有钱，为人又很狡诈，不必为糊口而奔走，他常常把一张王牌捏在手里好几年，一直到觉得桌上的筹码足以让他动心了才出手。我刚才说过，伦敦最坏的家伙就是他，但是我要问你，人们怎么只会把他当作流氓呢？流氓只会狂暴地打自己的老婆，而他则会非常沉稳且有计划地折磨对方的灵魂，刺激对方的神经，进而让自己已经很鼓的钱袋更鼓一点。"

我很少听到福尔摩斯说话时用语如此激烈。

"不过有一点我是敢保证的，"我说，"这混蛋早晚会受到法律的制裁！从法律的角度来看这是没有问题的，但实际上却缺乏现实性。举例来说，有哪个女人愿意为了把这混蛋送进监狱关押几个月，而葬送自己的生活呢？这对自己没多大的益处，因此他敲诈的对象没人勇于还击。不过只要他勒索的对象是个清白的人，那我们保证将他投进监狱，绳之以法，不过这个恶棍如同魔鬼一样狡猾。没办法，我们只能另外想办法来收拾他。"

"那他来找我们做什么？"

"有一位地位显赫却让人怜悯的委托人，恳求我接手她的案子。她就是社交界最漂亮的社交新秀伊娃·布莱克威尔小姐。她两周后就要与德佛考特伯爵结为夫妻了，而她有几封言辞有些轻浮的书信被这个恶棍抓在了手里。这几封信是她写给一个年轻的穷乡绅的，其中只是言辞稍显轻浮，不过无伤大雅。但是这些信却足以毁掉她的这桩婚事。因为假如米尔沃顿从她这儿敲诈不到一大笔钱，他就会将信给伯爵寄去。我受她的委托与这个恶棍会面并尽可能同他讨价还价。"

就在这时，一阵马车的声音从街上传来。我向下面一看，发现一辆华丽的双驾马车向这边驶来，良种栗色马的背脊油光水滑，反射着闪耀的灯光。一个男仆将车门打开，从车上下来一个矮小结实的男人，穿着一件蓬松的羊羔皮外套。大约一分钟后，这个人走了进来。

来人就是查尔斯·奥古斯都·米尔沃顿，年龄在五十岁上下，大大的脑袋，看上去很精明，胖胖的脸刮得很干净，嘴角一直带着僵硬的笑容，宽边金丝眼镜后面两只灰色的眼睛射出狡猾的目光。如果单从表面上看，他有些像是匹克威克先生那样仁慈的人，不过他那僵硬的、虚伪的笑容，再加上他那四下观望、透着狡猾目光的双眼却撕掉了这层假象。他的声音听起来很温和动听，对人也很彬彬有礼。他一边向前走，一边伸出他的胖手，同时嘴里还说他上次来访没遇到我们而感到十分遗憾。我的朋友一副冷漠表情，对他伸过来的手无动于衷。米尔沃顿笑着的嘴咧得更大了，他晃动着肩膀将大衣脱掉，然后将大衣认认真真地搭在椅子靠背上，接着坐了下来。

"这位先生在这里。"他说着，并朝我的方向指了指，"合适吗？没有关系吗？"

"华生医生是我的好友兼搭档。"

"那我就放心了，福尔摩斯先生。我之所以这样问只是出于替您的委托人着想。要知道这件事可是很奇妙的。"

"我已经将这件事跟华生医生讲过了。"

"那我们就开门见山直接说正事吧。您说您可以代表伊娃女士，那她是否授权您接受我的条件呢？"

"告诉我，你的条件是什么"

"七千英镑。"

"这个条件可以商量吗？"

"亲爱的先生，讨价还价对我来说是种非常不愿意做的事，假如我 14 日拿不到钱，那她 18 日的婚礼就将变成一场空。"他脸上那种令人讨厌的笑容，此时又加上了洋洋自得。

福尔摩斯沉思了片刻。"据我看来，"他说，"你对这件事实在有些自以为是了。对那些信的内容，我自然是十分了解的。我的委托人肯定会听从我的建议的，而我会建议她向她的未婚夫将这件事说清楚，并恳求他宽恕她过去的无知。"

米尔沃顿轻轻笑了笑。"您明显对伯爵这个人不太了解。"他说。

福尔摩斯脸上浮现出迷惑不解的神情，这说明他对伯爵这个人确实缺乏了解。"这些书信可造成什么危害呢？"他问。

"这些信的内容很让人心情愉悦——非常愉悦。"米尔沃顿说，"与这位漂亮女士书信往来是很开心的一件事，不过我敢打赌，德佛考特伯爵可不会欣赏这些信。但是，既然我们意见不一致，那就让我们就静观其变好了。这只不过是一桩交易。假如您认为把信交给伯爵对您的委托人有好处的话，您自然是不会甘心用一大笔钱把信换到手的。"说完这些话，他就站起身准备去取他的外套。

福尔摩斯有些怒从心起，脸色变得发白。"稍等，"他说道，"不要急着离开。我们应该尽量不要让这件事演变成一桩丑闻。"

米尔沃顿又坐了回去。"我就知道您一定会想通的。"他嘟哝着。

"不过，"福尔摩斯接着说，"伊娃女士并不是有钱人。我可以向你担保，两千英镑就足以让她倾尽所有了，你要求的金额已经不是她所能够承受得了的，所以，我恳请你开价不要这么高，按我出的价把信退给我，这个价钱是你能得的最高价了。"

米尔沃顿听了笑得更加得意了，同时，眼睛还滑稽地一眨一眨。

"我清楚您说的这个问题是真实的。"他说，"不过您也必须要承认：对于这位女士的亲朋好友来说，她的婚姻大事正是他们该鼎力帮助的时候啊。或许这个时候，他们正在犯愁要准备什么样的结婚礼物才能拿得出手呢。我可以帮助他们解决这个难题，让他们知道买下这一小捆信，比送全伦敦任何大烛台和黄油碟都更能让他们的这位新娘感到快乐呢。"

"这恐怕不现实吧。"福尔摩斯说。

"上帝啊，上帝啊，真是不幸啊！"米尔沃顿一边高声说道，一边掏出一个厚厚的笔记本。"我此时回想起那些听从别人胡乱建议，而不为自己真正着想的女士们。看看这个！"他拿起一张信封上盖有徽章的便条。"这个是属于——哦，可能在明天早上之前就说出主人的名字是不对的——不过如果真的到了那个时候，它就会被交到这位女士的未婚夫手里。造成这一结果的只能怪她舍不得花一点点的小钱，其实她只要把她的钻石换成价格低一些的人造宝石就可以将这件事完成了。这确实十分可惜了。现在，您是否想起来，令人敬重的迈尔斯小姐和杜金上校之间的婚约突然取消了？就在婚礼前两天，《晨曦邮报》上刊登了一小段通告，通告说这桩婚事取消了。这是因为什么呢？这实在让人感到惊讶，但实际上区区一千二百镑就可以避免这件事的发生。这不是很可惜吗？而现在，我却发现您这样一个很通晓情理的人，竟然在您委托人的前途和名声面临危机的时刻，还来跟我讨价还价。您的这种行为真是让我吃惊，福尔摩斯先生。"

"我说的是实情，"福尔摩斯回答道，"我委托人确实没有能力筹集到那么多钱。对你来说，拿到我所开出的价钱，事实上远比你毁掉这个女人的幸福而自己却分文没有得到的结局都要好吧？"

"您这样想是不对的，福尔摩斯先生。这件事一旦传扬开来会间接地对我十分有利。现在我的手里有八到十件差不多的事等我去处理。假如伊娃女士这个事件的悲惨结局传到他们那里，我认为他们在处理类似问题的时候就会非常爽快的。您明白我的意思吗？"

福尔摩斯从椅子上猛然站起来，喊道："拦住他，华生！不要让他离开！现在，先生，让我们看看你笔记本的内容吧。"

米尔沃顿像一只老鼠一样迅速窜到房间的一个角落，将背部紧靠墙站着。"福尔摩斯先生，福尔摩斯先生，"他说话的同时，掀开外套的前襟，将插在内袋里的一把左轮手枪的枪把显露出来，"我事先就已经猜想到可能会发生意外的事。这种事我见多了，可这又有什么用处呢？我告诉你，我是做了充分准备来的，我保证我会随时会开枪的，要知道法律会认定我是正当防卫的。另外，你以为我会愚蠢到把那些信放在笔记本里带到你们这里来？那你的想法真是错误到了极点。我可不会做这种傻事。现在，先生们，我今天晚上还和别人有一两次约会，驾车到汉普斯蒂德尚需要挺长时间呢。"说完，他走上前拿起外套，手放在枪上，然后转身朝门口走去。我抄起一把椅子，可是福尔摩斯将头摇了摇，我只得又把椅子放下。米尔沃顿稍稍将身子弯了弯，面带微笑，一转身出了门。稍后，我们就听见马车关门声和车轮的嘎吱声，显然他坐车离开了。

福尔摩斯在火炉旁一动不动地坐着，双手深深地插在裤袋里，而将头埋在胸口前，眼睛盯着发光的灰烬。就这样沉默地坐了半个小时，然后站起身进入了卧室，看样子像是下了什么决心。过了一会儿，一个看上去有些得意洋洋的年轻工人走出来了，他留着山羊胡子，穿着短大衣。出来后，他在灯上将烟斗点燃，然后走向门口，"我过一会儿就能返回，华生。"说完他来到街上很快就消失在夜色中。我明白他要对查尔斯·奥古斯都·米尔沃顿开战了，不过我没有想到，这场战斗居然会以这种奇怪的形式拉开序幕。

这几天福尔摩斯都是以这副打扮出出入入的，不用说他这几天一定是在汉普斯蒂德度过的，而且肯定有了一定的收获，不过我却对他的行动毫不知情。然而，在一个暴风急雨的夜晚，肆虐的大风呼啸着将窗户吹得咯咯作响，他终于结束最后一次外出返回回来。他将伪装的衣物都卸下，坐在火炉旁边，并以内敛的沉默方式会心地笑了。

"华生，你不会认为我快要结婚了吧？"

"不，没有这样认为啊。"

"那你一定会有兴趣知道我现在订婚了。"

"哦，朋友，我祝贺你。"

"我和米尔沃顿的女仆订婚了。"

"上帝啊，福尔摩斯！"

"我需要了解情况，华生。"

"这样做有些过了吧？"

"这是不可缺少的一个环节。我是一名年轻有为的水管工，名叫埃斯科特。每天晚上我都将那个女仆约出来，和她聊天。上帝哪，那种聊天让我非常不舒服。可是不管怎样，我打听到了我想要的东西。现在我对米尔沃顿的家的情况十分了解。"

"可是那女孩如何处理，福尔摩斯？"

他耸了耸肩，说道："我别无选择，亲爱的朋友。赌注下得有些大，你必须得小心出好每一张牌。然而，令我感到很高兴的是我有一个很好的情场敌手，只要我一转身他就会取我而代之。今天这样的夜晚真是让人开心极了！"

"你喜欢这样的天气？"

"这样的天气有利于展开我的计划，华生，我今晚上要去米尔沃顿家偷东西。"

他不紧不慢却异常坚决地说出这句话，我一听禁不住得倒吸一口凉气，感觉全身上下一阵发冷。这时一道闪电照亮了窗外的每处角落，在那一刻我仿佛可以预见到福尔摩斯这样做的各种后果——被发现，被抓住，体面的职业从此宣告结束，进而跌入失败和耻辱的深渊，更有可能将会受尽米尔沃顿的摆布。

"看在上帝的分上，福尔摩斯，你好好想想这件事吧！"我大声喊道。

"亲爱的华生，我已经仔细认真地考虑过了。我从来都不意气用事，假如还能想出别的办法，我也不会采取这样鲁莽，事实上很危险的办法。现在我们来冷静而客观地对这件事进行剖析一下。我认为你应该承认我的这种做虽然在法律上是违法的，但在道义上却是正义的。去他家偷东西只不过是要强行拿他的笔记本——况且那天你也曾想帮我抢呢。"

我在内心仔细衡量了一下这事。"是这样的。"我说，"只要我们的目的是只拿那些会被用于非法用途的信件，而不动其他东西，那我们的行为就是说得过去的。"

"对极了。既然我们的行为是说得过去的，我就只需要考虑个人安危了。不过当一位女士非常需要伸出援助之手时，作为绅士是不是不应该过于顾虑个人的安全风险，是这样吧？"

"那样会让自己陷于误解的。"

"嗯，这是冒险的一部分，不过不采取这个办法就无法拿回那些信了。那位不幸的女士一方面根本拿不出那些钱，另一方面也找不到可以信赖的人。明天就是限期的最后一天了，如果我们今晚不能拿到那些信，那么那个恶棍一定会说到做到而毁掉她的。因此，我或者只能让我的委托人接受那悲催的命运，或者我就必须走这最后一步险棋。我只对你这么说，华生，这次行动就像是我和米尔沃顿那个恶棍之间的一次生死决斗。你也知道，我们第一次交手他就占据了优势，就算是为了我自身的尊严和名誉，我也非要和他做个了断。"

"嗯，虽然我不太赞成这样，但我想也只有这样了。"我说。"那我们什么时候动身？"我问道。

"你不用去。"

"我不去那你也甭想去。"我说，"我可以用我的名誉担保，你如果不准我参与这次行动，那我马上就会坐辆马车直接去警察局告发你——要知道我从出生到现在还没失过言呢。"

"你帮不上我的忙。"

"你如何知道你不需要我帮忙？你也不知道会发生什么事。无论你怎么说，我已经决定了。其他人也有自尊甚至荣誉，不仅仅你才有。"

福尔摩斯刚才看上去还有些懊恼，不过现在他将眉头一抬，抬起手在我的肩膀拍了拍。"行了，行了，我亲爱的朋友，就按你说的办吧。我们在这套房子一起住了几年了，假如以后我们又被关在同一间牢房，那就更有意思了。你知道吗？华生，我不妨跟你说实话，我经常在想，我有机会成为一个手段高明的罪犯，而这次就是我这辈子一试身手的机会了。来，我给你看看我的工具！"说着，他从抽屉里拿出一个小巧的皮匣子，将匣子打开后里面现出几件闪亮的工具。"这是当前最先进的偷窃装备，有镀镍的撬棍，有镶金刚钻的玻璃切割器，这是万能钥匙，还有各种改良器具。看这个，我的遮光灯，现在一切准备齐全了。你有走路不出声的鞋吗？"

"我有一双橡胶底的网球鞋。"

"嗯，可以！面具呢？"

"我可以用黑丝绸做几个。"

"我发现，你对干这种勾当很积极热情啊。不错，去做你的面具吧。出发前我们要把晚饭吃了。现在是九点半，十一点的时候我们驾车到教堂路。那里距离阿倍尔多塔大宅，只需徒步十五分钟。午夜前我们就动手。米尔沃顿睡觉很沉，而且一向十点半准时上床休息。假如我们很幸运，我们两点钟就可以取回伊娃女士的信，然后回到这里。"

我和福尔摩斯都穿上正式礼服，因为这样的打扮会让我们看起来就像两个看完戏准备回家的人。在牛津大街我们坐上了一辆小马车，到汉普斯蒂德后，我们把车钱付了下车。我们把大衣扣得十分严实，因为这里的风刺骨的冷，就像能将我们的身体穿过一样。我们顺着荒野边缘走去。

"这次行动要千万小心。"福尔摩斯说，"这个混蛋将文件都放在书房的保险柜里，书房就在他卧室的外间。和那些矮胖、会照料自己的人一样，他睡觉通常很沉。阿加莎——就是我的未婚妻告诉我，仆人们都开玩笑说，要吵醒主人几乎是不现实的。有一个秘书对他忠心耿耿、死心塌地，白天秘书待在书房一步也不离开。这也是我们为什么要晚上行动。还有，他在花园里豢养了一条恶犬。前两天晚上，我都是很晚来见阿加莎，于是她就把那条恶犬锁了起来，以便我自由行动。

"那儿就是那栋房子。有院子的那栋大的。从大门那儿向右转穿过月桂树林。我建议我们现在在这里就将面具戴好。你看，窗户里面没有任何光亮，一切情况良好。"

将黑丝绸面具戴好后，我和福尔摩斯立刻变身成为伦敦最好斗的人，我们轻轻地靠近这所安静又昏暗的大宅。房子的一头有一个上面覆盖着瓦片的阳台，阳台上有几扇窗户和两扇门。

"那就是那个混蛋的卧室。"福尔摩斯低低说道，"这扇门直通他的书房。这对我们来说最合适，可是它内外都上了锁，要从这里进去声音会很大。从这儿绕过去有一个花房直通客厅。"

花房从里面被锁上了，福尔摩斯将一块玻璃卸掉了，然后把钥匙伸进去从里面将门打开。我们很快就溜进去了，他马上关上了门。站在法律的角度看，我们已经犯下了大罪。花房里的空气潮湿而温暖，弥漫着十分浓郁的奇花异草的香味，差点儿让我们窒息。黑暗中福尔摩斯将我的手抓起，然后带我迅速地通过花坛，里面的灌木从我们的脸上迅速擦过。福尔摩斯曾有意训练自己的一种非凡的能力，那就是在黑暗中可以清楚地辨别东西。他一直抓着我的手，在通过一道门后，我朦朦胧胧地意识到我们来到了一个较大的房间，不久以前曾有人在这里抽过雪茄。福尔摩斯在家具中间摸来摸去，又打开另一道门，我们进去后他又将门关上。我伸出手触碰墙上挂的几件衣服，我猜测我们现在可能在一个过道里。我们沿着过道走过去，福尔摩斯轻轻打开了右边的一扇门。突然我感觉到有个什么东西朝我们冲了过来，我的心瞬时间剧烈地跳动起来，但当我明白那只是一只猫的时候，我又差点笑出声。这刚打开的房间里有燃着的火炉，而且还充满了浓浓的烟草味。福尔摩斯轻轻地走进去，嘱咐我紧跟着他，然后又轻轻地将门关上。我们现在就处于米尔沃顿的书房里了，对面挂门帘的地方就是米尔沃顿的卧室。

火炉里的火烧得很旺，整间屋子被火映照得很明亮。在靠门的那边我看到了电灯开关，但就算是安全，也没有必要开灯。火炉的一边是挂着厚窗帘的凸窗，就是刚才我和福尔摩斯从外面看见的。另一边是通向阳台的门。一张书桌被摆放在房子中间，还有一把光亮的红色皮革转椅。一个大书架在桌子的对面，一尊大理石雅典娜半身像在书架顶上摆放着。有一个高大的绿色保险柜被摆在书架和墙之间的角落里。柜子正面有个光亮的黄铜手把，在火光的照射下熠熠发光。福尔摩斯轻轻走过去看着保险柜，然后他又慢慢靠近卧室门口仔细侧耳倾听，没有听见里面有什么声响。这时，我突然想到，假如我们可以从这扇通外面的门撤走会很方便，于是我检查了一下门。令我感到意外的是，门既没有从外面锁上，也没从里面反锁。我碰了碰福尔摩斯的胳膊，他将戴着面具的脸扭过来朝这边看了看。我发现他也吓了一跳，显然他和我一样对此感到有些不可思议。

"我不赞成这样做。"他把嘴凑到我耳边低声说道，"我不太明白这是怎么回事，但无论如何，我们都要抓紧时间了。"

"嗯，那我具体负责什么事？"

"你负责守住门口，假如发现有人走过来，就从里面将门反锁上。如果有人从另一边过来，我们拿到信后就从这扇门溜走，要是还没得手我们就在窗帘后面躲起来。明白吗？"

我点了下头，然后走过去站在门口。最初的害怕之感现在已经消失了，反而因为在挑战法律而感到一种前所未有的热情，这是我在遵纪守法时没感受过的。我们这次行动的终极目的，还有我们心中高扬的骑士精神，以及我们对手的邪恶，都使得我们这次冒险的行为充满了刺激和乐趣。因此，我不仅仅没有罪恶感，反而觉得难以抑制的兴奋。我带着一丝钦佩看着福尔摩斯，发现他正将那个工具匣子打开，挑选需要的工具，那样子如同一名大夫在做精细的外科手术一样冷静、沉着、准确。我知道对他而言开保险箱是一种独特的爱好，我明白在面对这个绿金色的怪物时，他的心情是愉悦的，因为这个怪物的肚子里藏着牵涉许多女士名誉的东西。他将衬衣的袖口卷起——外套已经被他脱掉放在椅子上了——拿出了两把钻子、一根撬棍和几把万能钥匙。

我在中间那道门边站着，眼睛却不时瞟着其他两扇门，以防有什么意外情况发生。但是实际上，我们的计划是很不周全的，比如如果我们的行动被意外打断，我们该如何应对。半个小时过去了，在这半个小时内福尔摩斯专心致志地干着活，放下这个工具又拿起另一个工具，像一个熟练的技工一样充满力量和技巧。终于，我听见了咔嗒一声，随着这声音保险柜绿色的大门被打开了，我向保险柜里面看了看，发现那里面放着很多捆纸，每捆纸都整齐地绑着，而且还密封着，并做了记号。福尔摩斯拿出一捆，可是就着闪烁的火光无法看清楚，于是他将小暗灯取了出来，因为米尔沃顿就在隔壁房间，开电灯实在过于冒险。突然，我看见福尔摩斯猛然停止了动作，仔细聆听，然后迅速关上保险柜的门，将椅子上的外套一把抓过来，把工具塞进口袋，接着冲到窗帘后面，同时示意我也马上这样做。

我也马上和福尔摩斯一起躲进窗帘的后面，这时我才听到刚才触发他灵敏行为的声音就来源于这屋里的某处。远处有门打开的声音，接着传来一阵含混、低沉的说话声，并且伴随着一阵急促而沉重的脚步声，到了房间外面的过道，脚步声停在了门口，接着门被打开了，一声刺耳的咔嗒声以后，灯亮了，门再一次被关上了，随即我们的鼻孔飘进了一阵呛人的雪茄烟味。然后在离我们仅仅几码的地方响起走路的声音，走过来走过去，走过去走过来。最后脚步声停住了，椅子吱嘎一声响，然后是钥匙插进锁孔的声音，接着翻纸张的沙沙声传来。

我刚才一直不敢往外面看，现在我将我面前窗帘的边儿慢慢、轻轻掀开向外看。福尔摩斯的肩紧靠在我肩上，我明白他也和我一样在向外看。我们面前就是米尔沃顿宽宽厚厚的背，距离之近几乎伸手可及。显而易见，我们错误估计了他的行动，他事实上没有在卧室睡觉，而是待在房子另一端的某个吸烟室或者游戏室里，我们进来时并没有发现那头的窗户是否点着灯。在我们眼前，他大脑袋上的头发花白，秃顶处反射着灯光。他将自己投在红皮椅子上，腿向前伸着，嘴里叼着一支长长的黑色雪茄，身穿一件有着黑天鹅绒的领子的类似军装的紫红色便服。他手里拿着一份很厚的法律文件，一边懒洋洋地念着，一边吐着烟圈。看他那副坦然自若的姿势和怡然自得的样子，相信一时半会不会从这里离开。

福尔摩斯轻轻将我的手握了握安慰我，意在告诉我形势在他掌控之中，他一点不担心。我不知道米尔沃顿是否看见保险柜的门没有完全关好，但是从我这个角度看却能很明显看出来，不过米尔沃顿随时都有可能发现。我内心里做好了决定，只要我发现他目光盯着保险柜，肯定发现了柜门开着的时候，我就马上扑出去用外套将他的脑袋罩住，然后把他绑起来，后续的事就由福尔摩斯来处理了。不过米尔沃顿头也没抬，他只是懒洋洋地浏览着手里的文件，研究律师的辩护词。我想，他看完文件把烟抽完，他总要回到自己的卧室。但是在这两者都还没有完成以前，事情却出现了一个让我意料不到的进展，将我们的思路引到了没有预料到的方向上。

不止一次，我都发现米尔沃顿在看表，甚至有一次他从椅子上站起来然后却又重新坐下，显得很不耐烦。就在此时，一阵微弱的声音从外面传来，我才猛然意识到米尔沃顿可能约了人在这个奇怪的时间见面。听到声音，米尔沃顿将手里的文件放下，并坐直了身子。那个微弱的声音又传来了，接着一阵轻轻的敲门声响起。米尔沃顿站起身开了门。

"哦，"他不客气地说，"你几乎晚了半个钟头。"

这就是为什么门没有上锁，而且他半夜还没休息的原因。接着一阵女士裙裾发出的轻微的沙沙声响起。刚才就在米尔沃顿将脸转到我这边的时候，我快速把窗帘缝拉上了，可是现在我又很小心地冒险掀开窗帘。米尔沃顿仍然坐在原来的位置上，雪茄烟还是被随意地叼在嘴角上。明亮的灯光下，一位高挑瘦削、皮肤浅黑的女子在他面前站着，女子脸上蒙着面纱，下颌围着斗篷，呼吸声有些急促，柔弱的身躯由于强烈的情绪而禁不住颤抖。

"亲爱的女士，"米尔沃顿说，"由于你的原因我损失了一晚上的好觉，我希望你能证明我这个损失是有所必要的。你就不能另约个时间来吗？呃？"

这个女士将头摇了摇。

"好吧，既然都已经这样了。假如那位伯爵夫人是个很让人害怕的角色，现在就是你对付她的好机会。上帝会帮助你的，你为什么发抖？行了，别激动。现在让我们言归正传吧。"他从书桌抽屉里拿出一个笔记本，"你说你想卖掉能够威胁到艾伯特伯爵夫人的五封信。你想卖而我想买，这就可以交易了，现在只需要谈谈价钱了。不过我首先要看看这些信。假如它们真都是些好东西的话——上帝呐，是你？"

那个女人一句话也没有说，而是将面纱揭开，将斗篷摘下。她的肤色浅黑，轮廓鲜明，模样俏丽，她的鼻子微微向上翘着，眉毛又黑又浓，眼睛里闪烁着光亮，薄薄的嘴唇紧闭，但却带着让人觉得危险的笑容。

"不错，是我，"她说，"一个被你毁掉所有的女人。"

米尔沃顿哈哈大笑起来，不过笑声中却明显带着恐惧。"你真是太固执了。"他说，"你为什么非要逼我走那样的极端呢？我可以保证我自己甚至连一只苍蝇都不会伤害的，不过谁都有自己的难处啊，我又能怎么办呢？我开出的价钱是你能负担的。只不过你不愿意付而已。"

"于是你就将信交给了我的丈夫——要知道他是这个世上最高贵的绅士，我连给他系鞋带的资格都不具备，你却让他在无限痛楚中悲惨离世。你应该不会忘记那天晚上吧，我也从那道门进来，乞求你发发善心，而你却嘲笑我，就跟你现在嘲笑我毫无差别，只不过你内心的胆怯让你的嘴唇在不停地抽搐。是啊，你从来没想过会在这里再见到我吧，但就是那个晚上，让我知道了我如何才能和你单独地见面。到此为止吧，查尔斯·米尔沃顿，你还有需要说的话吗？"

"不要认为我真的害怕你。"他说着站起身来，"我只需要大喊一声，就可以将所有的仆人都召集来，并把你抓起来。不过我可以理解你发自内心的愤怒，所以请马上离开我这里，而我则不会再追究。"

那个女人站在那儿没动，将手放在胸前，嘴角仍挂着令人感到危险的微笑。"你再也不能像毁掉我的生活一样去毁掉别人的生活了，再也不会像折磨我的心一样去折磨别人的心了。我要你马上去见上帝。上路吧，你这个混蛋——去死！——去死！——去死！"

说着她掏出一把光亮闪烁的小左轮手枪，将一颗颗子弹射进米尔沃顿的身体内，枪口距离他心口只有两英尺，他蜷缩着身子向桌子上倒去，并开始猛烈地咳嗽，手在桌上的文件里胡乱抓着，然后又奋力站起来，可是又一颗子弹射来，他一下子摔倒在了地板上。"你杀了我……"他叫道，然后就一动不动了。这个女人仔细地看了看他，然后用脚踩在他脸上，又检查了一番，见他没有任何声音，也没再动一下。一阵急促的沙沙声传来，夜晚的冷空气吹进了闷热的房间，复仇者转身离去了。

即使我和福尔摩斯出来阻止也无法将米尔沃顿救下，但是当那个复仇者把一发发子弹射进米尔沃顿蜷曲着的身体时，我差点儿就要冲出去了，可是福尔摩斯冰冷的手用力地抓住我的手腕。我意识到他这样抓着的用意是告诉我——这不关我们的事，是正义结果了这个混蛋，我们身上还有自己的责任和目标呢，这一点一定不要忘记了。那个女人刚刚跑出门，福尔摩斯就已经悄悄地却又快速地跑到另一扇门那里，用钥匙将门锁上了。与此同时，我们听见房子里传来嘈杂的声音和急匆匆的脚步声，原来枪声将屋里的仆人们惊醒了。福尔摩斯很冷静地跑到保险柜前面，双手拿起一捆捆的信件并将它们投进火炉，重复几次以后，保险柜里已经没有任何东西了。有人一边扭动门把手一边在外面敲门。福尔摩斯急速地环顾四周，一眼看见了桌子上的那封沾满了米尔沃顿血迹的信，就是这封信宣告了他的死亡，福尔摩斯一把抓起信，并将其扔进火中，然后把外间门的钥匙取下。我们依次出了门，又在外面把门锁上。"华生，从这边走。"他说，"我们走这边可以从花园那边离开。"

不敢相信，警察来得那么快，我回头发现整栋大宅灯火通明。前门已经打开了，有几个人正顺着便道向这边跑。没过多长时间整个花园影影绰绰。当我们从阳台跑出来时，有个人发现了我们并高声喊叫起来，然后在我们后面猛追。福尔摩斯好像对这里的地形十分熟悉，他迅速穿过一片小树丛，我紧紧跟随在他的后面，而最开始追我们的人也紧紧跟在我们后面，他的喘气声我都听得见。一堵约六英尺高的墙横在我们前面，福尔摩斯纵身一跃跳上墙头翻了过去，我紧随着跳上去以后，正准备用劲往上爬，有人抓住了我的脚踝，我使劲挣脱了以后，爬上了长满草的墙头，然而在跳下来时一头栽进了灌木丛。这时福尔摩斯马上过来将我扶起，我们一起迅速跑过一大片荒野。我推断我们跑了大约两英里的路之后，福尔摩斯才停下来仔细倾听。我们身后一片沉寂，我们终于将追我们的人甩掉了，已经身处安全环境了。

办完这件不寻常的事情以后，我将它们记了下来。第二天上午，我们吃过早餐，点燃了我们清晨的第一支烟。这时，伦敦警察厅的勒斯特拉德先生被仆人领进了我们简陋的客厅，他是一个办事认真的人，令人印象深刻。

"早上好，福尔摩斯先生，"他说道，"我想问问您，您现在很忙吗？"

"不是那么忙，正听您说话。"

"哦，好的，假如您现在手头没什么需要紧急处理的事，您是否可以协助我们调查一桩非同寻常的案件，这个案子昨晚就发生在汉普斯蒂德。"

"上帝啊！"福尔摩斯问道："有什么事情发生了？"

"发生了谋杀案——一桩非常戏剧化又不同寻常的谋杀。我很清楚您对这类案子有很高的参与兴致，假如您肯前往阿倍尔多塔大宅一趟，并给我们一点破案的建议，那您就是给予了我们最大的恩惠。这可不是一桩普通的案子。我们对米尔沃顿关注已久了，你我都清楚，他可以说是个坏人。他收买资料用于勒索是公开的秘密，而这些资料已经被谋杀他的那个人付之一炬了，而值钱的东西却一件都没有动，因此很有可能罪犯们都是有头有脸的人，唯一的目的就是防止自己的隐私曝光。"

"为什么说罪犯们？"福尔摩斯问到，"难道谋杀者不止一个人？"

"不错，有两个人。他们几乎就被当场抓住。我们有他们的鞋印，还有人能描述他们的长相，十拿九稳可以抓住他们。第一个家伙行动十分敏捷，第二个家伙其实已经被园丁学徒抓住了，可是又被他挣脱逃跑了。那人个子中等，长得挺壮实，一副方下巴，脖子挺粗，留着小胡子，用面罩将眼睛罩住了。"

"这也过于宽泛了。"夏洛克·福尔摩斯说，"哦，华生还挺像描述的那个人！"

"嗯，还真有些像，"警官被逗乐了，说，"描述的是有些像华生。"

"这件事我恐怕让你失望了，勒斯特拉德。"福尔摩斯说，"事实上，我对米尔沃顿那个人很了解，我认为他是伦敦最危险的坏人。另外，在我看来，有些犯罪是法律所无法约束的，从某种程度上说，就只能靠私人复仇来惩恶扬善了。不要试图反对我，我们辩论这些没有意义，我已经下定决心。在这个案子里，我同情的是那些罪犯而不是受害者，所以我对您的请求只能表示很遗憾，这个案件我是不会参与的。"

至于我们俩亲眼看到的那桩杀人案，福尔摩斯对我从来没有提起，不过我观察了一早上，发现他一直在沉思中，而且从他茫然的眼神和心不在焉的表情来看，我知道他一定是在努力回忆昨晚发生的事情。

那天，就在我们正在享用午餐的时候，他突然站起来，大叫道："上帝啊，华生，我想起来了！快将你的帽子戴上，跟我出去一趟！"他带着我迅速地穿过贝克大街，沿着牛津大街来到了摄政王广场附近才停下。在路的左边，有一家商店的橱窗里摆满了当今社会知名人物和名媛淑女的照片。福尔摩斯的眼睛盯住了其中一幅照片。我顺着他的目光，也去看那幅照片。照片里的女士穿着宫廷长裙，容貌端庄秀丽，头上戴着耀眼的钻石头饰。她那小巧的微微上翘的鼻子，浓黑的眉毛，紧闭的嘴唇，还有倔强的下巴，让我想起了昨天晚上那个女人。我还看到了一个有着久远历史的头衔，它属于一个伟大的贵族和政治家，这位贵族的妻子正是照片里的女士。看到这儿，我禁不住惊呆了。当我望向福尔摩斯的时候，只见他竖起手指放在我的嘴唇边，示意我一定要保守秘密。

八　六座拿破仑半身像

苏格兰场的莱斯特雷德警长经常晚上都会来我们这里坐一会儿，这已经成为很平常的事了。对于他的到来，我的朋友夏洛克·福尔摩斯先生表示出欢迎，因为，他能从警长这里了解到警察总部在忙些什么。每次警长讲述办案的具体细节时，福尔摩斯都会仔细地倾听，同时，从自己渊博的知识和丰富的侦探经验出发，经常给予对方一些建议和意见，不过从不主观地横加干涉。

一天晚上，莱斯特雷德警长在说完天气和报上的新闻之后便再不说话，而是一直地抽着雪茄。福尔摩斯有些着急地询问道："手上有什么很特别的案子吗？"

"哦，没有，没有什么很特别的事，福尔摩斯先生。"

"那就讲讲不特别的事吧。"

莱斯特雷德听后笑了，说道："好的，福尔摩斯先生，我承认我有让我不安的事，不过这件事很荒诞，所以不想麻烦你。可是，事情虽然不大却很奇怪。我也清楚您对一些很特别的事情有很强烈的兴趣。不过我认为这件事和华生大夫却有比较紧密的关系。"

我问道："关于疾病吗？"

"嗯，可以说是疯病，而且是奇怪的疯病。你认为现在还会有如此憎恨拿破仑的人，一见到拿破仑的塑像就想将它敲碎吗？"

福尔摩斯向后一仰将身体倚靠在椅子上，说道："这确实与我无关。"

"不错，我已经说过这与我们没有关系，不过，当有人破门而入，去打碎别人的拿破仑塑像的时候，那就不应该把他送到大夫那儿，而是应该交由我们警察来处理了。"

福尔摩斯从椅子上坐直，问道："抢劫吗？这倒有些意思。请你具体讲讲，到底什么情况。"

莱斯特雷德将他的工作日志拿出来看着，担心自己的叙述会有遗漏的地方。

他说："就在四天前发生了第一个案子。地点在莫尔斯·赫德森的肯尼顿卖画和塑像的商店里。那天，店员刚离开柜台没多长时间，就听到东西破碎的声音，他马上跑回店铺，发现一座和其他艺术品一起摆放在柜台上的拿破仑塑像被打碎，碎片散落一地。他马上冲到街上去寻找肇事人。虽然有几个过路人说他们看到一个人从商店里跑出，可是，这个店员却没有找到这个人，也没认出这个坏蛋。这样的事就如同平时常发生的毫无意义的流氓事件。店员们将此事原原本本报告了巡警。但是巡警们却认为石膏塑像最多值几个先令，事情很小，不值得专门调查。

"第二个案子随即发生了，这个案子更为严重些，也更为奇怪，发生的时间就在昨天晚上。肯尼顿街有一位很出名的医生叫巴尼克特，他的居住地距离莫尔斯·赫德森商店仅仅几百码远，他在泰晤士河南岸开了一个规模很大的诊所，另外，还在两英里外的洛尔布瑞克斯顿街开了一个诊所分店和药房。巴尼克特大夫对拿破仑发自内心地崇拜，巴尼克特的家里有很多关于这位法国皇帝的书籍、绘画和遗物。就在前一段时间，他从赫德森商店买走了两座拿破仑半身像的复制品，这两座塑像是根据法国著名的雕塑家笛万的作品仿制的。巴尼克特将其中一座雕像摆放在肯尼顿街住宅大厅里，而将另一座摆放在洛尔布瑞克斯顿街诊所的壁炉架上。可是，今天一大清早，巴尼克特大夫从楼上一下来就发现夜里曾有人闯入自己的家里，这使他非常吃惊。不过，除大厅里的石膏塑像以外，并没有被偷走什么东西。而那座石膏塑像，被拿到花园外面的墙下击成碎片。"

福尔摩斯两只手相互搓着，说："这确实有些匪夷所思。"

"我认为这件事会让您产生兴趣的。实际上，我的叙述还没有完。十二点钟的时候，巴尼克特大夫来到他的诊所，一进诊所的大门他就发现窗户不知被谁打开了，而屋内的地上是另一个拿破仑半身像的碎片，塑像的底座也打成了小碎块。您可以想象到他的惊讶程度吧。两个事发现场，都没有任何痕迹可以让我们查到那个犯下这个罪行的罪犯，也可以说是疯子。福尔摩斯先生，整件事情就是如此。"

福尔摩斯说："这件事确实透着奇怪，也很荒唐。你知不知道，在巴尼克特大夫家里和诊所里被击碎的两个半身像，与在赫德森商店打碎的那个塑像出自同一模型吗？"

"是的，出自同一个模型。"

"这个事实击破了这样的一个说法，也就是认为打碎半身像的人是缘于痛恨拿破仑。要知道，伦敦市内有几万个这位皇帝的塑像，那些反对偶像崇拜的人根本不可能只从这三个复制品入手。所以这种看法是站不住脚的。"

莱斯特雷德说："不错，我曾经也有过此类的推断。可是，莫尔斯·赫德森是伦敦那个区唯一卖塑像的人，这三座塑像在他的商店里已经摆放了相当长的时间，所以，尽管如您所说伦敦有几万个塑像，但是，很有可能这三个塑像是这个地区仅有的。所以，罪犯就先从这三个塑像着手。华生大夫，您有什么看法？"

我说道："事实告诉我们，'偏执狂'的表现是没有上限的。当代法国心理学家们将其中一种情况称之为'偏执意念'，就是只在一件细小的事上固执，但在别的方面与常人无异。假如一个人对拿破仑的事迹读得太多、印象太深，或者之前的战争阴影使他产生'偏执意念'，在这一意念的影响下，他头脑中会产生幻想，从而导致犯罪。"

福尔摩斯听了摇了摇头："亲爱的华生，你用这样的理论解释这件事是不对的。因为不管'偏执意念'产生多么大的影响，它都不会使你所说的偏执狂患者去找出这些塑像分布在什么地方。"

"那么，你认为这件事藏着什么玄机呢？"

"我暂时还无法解释，不过我发现做下这件事的人的行为虽然古怪，但却遵循了一定的做事规律。你来看，在巴尼克特大夫住宅的大厅里，假如有一点声音就能将家里的人惊醒，所以，他将半身像拿到外面再打碎。而在诊所没有惊动别人危险的情形下，他就将半身像在原地打碎了。这好似没有什么重大关系的细节，但是经验告诉我，绝不要忽视任何看似无关紧要的细节。华生，你还记得阿伯尼特家的那件让人讨厌的事情是怎样引起我注意的吗？那是因为我发现热天芹菜会在黄油里沉多深而引起的。莱斯特雷德，我暂时对你的这三个破碎的半身像没有多大的兴致，假如你能让我了解到这一连串奇怪事件的新进展，我会因此十分感激你的。"

福尔摩斯想要了解的事情发展得比他意料中要快，也要悲惨。第二天清晨，我正在卧室穿衣服的时候，敲门声传来，随后福尔摩斯进来了。他手里拿着一封电报。他大声读给我听：

"立刻到肯辛顿街一三一号来。——莱斯特雷德"

我问道："发生了什么事？"

"不清楚，可能有什么大的事情发生了。不过我猜想极有可能还是半身塑像故事在继续上演。假如真是如此的话，我们这位打破塑像的朋友已经在伦敦的其他地区开始活动了。桌子上有咖啡，华生，快些行动，我已经把一辆马车叫来了！"

半小时后，我们出现在皮特街。这是一条十分沉寂的小巷，距离伦敦一个繁华地区很近。一百三十一号位于一排整齐漂亮的房子中间，这里的房子都很讲究实用。我们的马车刚到，就看见房子前的栅栏外已挤满了看热闹的人群。福尔摩斯一边吹着口哨，一边慢慢穿过人群。

"上帝啊！这是个很悲惨的谋杀案。这回伦敦的报童可要忙一阵子了。

看，死者蜷缩着肩膀，但脖子却伸长着，不是暴力犯罪又是什么呢？华生，看，这儿发生了什么？上面的台阶被水冲洗过，而其他的台阶却是干的！哦，还有很多脚印呢！喏，莱斯特雷德就在前面窗口那儿。我们马上就会了解到最新情况。"

莱斯特雷德警长神情郑重地迎接了我们，并引领我们来到一间起居室。在屋子里，一位衣衫褴褛、身穿法兰绒晨衣的长者正在颤抖地来回走动。莱斯特雷德告诉我们，这个老者就是这房子的主人——中央报业联盟的贺拉斯·哈克先生。

莱斯特雷德说："还是关于拿破仑半身像的事，福尔摩斯先生，你昨天晚上似乎对这件事很有兴致，所以我想你来这儿会高兴的。现在这件事情已经发展到了更严重的程度。"

"发展到了何种程度？"

"杀害了一个人。哈克先生，请将发生的情况给这二位先生讲述一下。"

这位穿着晨衣，面带一副患得患失表情的哈克先生说："这件事真是很奇怪。我的一生都在收集别人的新闻，可是现在一件如此奇怪的事情就发生在我身上，所以我疑惑、心情不安，以至于无法写下一个字来。假如我是以记者身份来到这里的话，那么我就得自己采访自己，另外，还要在晚报上刊登两栏报道。实际上，由于工作的原因，我确实采访过很多人并做过很重要的报道，可是，今天我自己实在力不从心了。不过，夏洛克·福尔摩斯先生，您的大名我听闻过，如果你能解释清楚这件怪事，我十分愿意向你讲述。"

于是福尔摩斯坐下来安静地听着。

"导致这件事的发生，我估计是因为四个月前我在高地街驿站旁边的一家商店买来的那座拿破仑半身像。这家店的店主是哈丁兄弟。塑像售价不高，我将塑像买来后就将它放在这间屋子里一直没动。一般情况下，我在夜里写稿子，往往写到凌晨。今天早晨也是如此。大约凌晨三点钟，我正在楼上的书房里写作，忽然听到楼下有声音。我就警觉地听着，没想到，声音又消失了，由此我便认为那个声音一定是从外面传来的。大约五分钟之后，一声非常凄惨的叫声突然传来。福尔摩斯先生，那个声音听起来十分瘀人，只要我还有意识，它就会永远萦绕在我耳边。当时我被吓得失去了意识，直愣愣地坐了一两分钟，随后我抄起一个拨火棍走下楼去。当我走进屋子时，发现窗户敞开着，壁炉架上的拿破仑半身像不见了踪影。我实在不清楚窃贼因为什么要拿走这个东西，它不过只是个石膏塑像罢了，没有多少价值。

"假如有人从这扇开着的窗户那里迈一大步，是绝对能够跨到门前的台阶上，我认为您肯定会看到的。很明显，这个窃贼就是这样做的，于是我就将门打开，摸黑走出去，没想到差一点被一个倒在地上的人绊倒，那个人已经死去，尸体就横躺在那儿。我急忙返回拿上灯，才发现那个可怜的人横躺在那里，脖子上有个洞，很大，洞的周围是一大摊血。他脸面朝天在那儿横卧着，膝盖保持弯曲，嘴巴大张，模样实在有些让人害怕。呵，那一幕经常在我梦里反复出现。后来，我赶忙将警哨吹响，接着就什么都不知道了。后来我知道我肯定是吓晕过去了。等我醒来的时候，发现自己已经在大厅里，身边站着这位警察。"

福尔摩斯问，"被杀的人是谁？"

莱斯特雷德说："没有任何东西能够证明他的身份。如果您要看尸体，可以到太平间去，不过到现在为止，我们没有从尸体上查出任何线索。他的个子很高，脸色晒得发黑，年龄应在三十岁以下，穿得不是很利索，但又不像是工人。有一把牛角柄的折叠刀扔在他身旁的一摊血中。我还不清楚这把刀到底是杀人犯的凶器，还是死者的遗物。死者的衣服上没有名字，在他的口袋里发现一个苹果、一根绳子、一张价值一先令的伦敦地图，还有一张照片。哦，就是这张照片。"

可以看出照片是用小照相机快速拍摄的。照片上的人显得机灵聪明，眉毛浓厚，口鼻都很凸出，而且凸出得很特别，和猴子的面孔差不多。

福尔摩斯认真看过照片后问道："那座半身像被怎么样了？"

"在您还没到达这里之前，我们得到一个消息，塑像在坎普顿街一所空房子的花园里找到了，不过已经被人击成了碎片。我要去看看，您同去吗？"

"好，我是要去看一下。"福尔摩斯将地毯和窗户都检查了一遍后，说：

"这个入屋的窃贼要么腿很长，要么就是一个动作十分灵活的家伙。窗下地面低洼，跳上窗台并且打开窗户没有很高的灵巧是做不到的，可是跳出去却很简单。哈克先生，您愿意和我们一同去看那半身像的碎片吗？"

这位新闻界人士心情沉闷地坐在写字台旁。他说："尽管我认为今天报道这件事的第一批晚报已经发行了，可是，我还是要努力把这件事记录下来。我的命运就是这样！你应该不会忘记顿卡斯特看台倒坍的事吧？我是那个看台上唯一的记者，我的报纸也是没有报道这个事件的唯一一家报纸，原因就在于这件事给了我非常大的震惊，震惊到没有办法报道此事。现在要动笔，写发生在我家门前的这件凶杀案，确实是晚了些。"

在我们离开这里的时候，哈克先生已经开始用他的笔在稿纸上刷刷地写着。半身像被打碎的地方，距离这所房子只有二三百码远。半身像被打得粉碎，细小的碎片散落在草地上。由此可以推想，打碎半身像的人心中的仇恨是多么强烈和难以控制。我们还是平生第一次看到，这位伟大皇帝竟然被人痛恨到这种程度。福尔摩斯拾起几块碎片对其认真检查。从他全神贯注的表情和自信的神态来看，我肯定他从中发现了线索。

莱斯特雷德问："检查得如何？"

福尔摩斯耸了耸肩，说道："需要我们做的事尽管还有很多，不过我们已经掌握了一些有用的线索作为行动的出发点。对于这个罪犯而言，半身像比他的生命要珍贵得多。这只是一种现象。另一方面，假如此人盗走半身像只是为了打碎，而他又不在屋内或是屋子附近打碎，这也是一件非比寻常的事情。"

"有可能当时他遇到了照片上的这个人便惊慌失措起来，不知道该如何应对，于是就拿出了刀子。"

"事情可能如此。不过我建议你认认真真观察一下这栋房子的位置。塑像是在这栋房子的花园里被打碎的。"

莱斯特雷德向四周打量了一下说："这是一座空房子，所以他知道在花园里没有人会干扰到他的行动。"

"不错。不过，在这条街入口没有多远的地方，还有一栋空房子，他肯定是先路过那一栋，才到达这一栋的。可是为什么他不在那一栋空房子那儿将塑像打碎呢？要知道他拿着半身像往前走，会有被人碰上的可能性，这样暴露的危险性更大。"

莱斯特雷德说："我也不知道什么原因。"

福尔摩斯指着我们头上的路灯，说道："在这个地方它能看得见，在那里却看不见，这就是他将塑像搬到这里的理由。"

莱斯特雷德警长说："哎呀，很有道理。我想起来了，巴尼克特大夫买的半身像也是在离灯光不远的地方被击碎的。福尔摩斯先生，我们该如何应对对这种情况呢？"

"将这件事牢记在心，并把它写在备案录里。以后我们可能会碰上与此事相关的情况。莱斯特雷德，你想好下一步该采取什么行动了吗？"

"我认为，查明白此事的最好办法，是把死者的身份弄清楚。这件事我认为不会很难。假如我们确认了死者是谁，我们就会有好的开端，在此基础上查清他昨晚在皮特街干什么，在哈克先生家门前的台阶上又与谁见了面，以及被谁杀了。您看是不是如此呢？"

"不错，按照惯例如此。不过，这和我处理这个案件的方法完全不同。"

"那么，您认为该如何采取行动呢？"

"哦，你不要受我的影响，我认为我们各自行动，以后再交换意见，互相补充。"

莱斯特雷德说："好，就这样吧。"

"假如你去皮特街，那就麻烦你告诉哈克先生，我可以断定，昨晚去他家的是一个对拿破仑有偏执的危险杀人狂，这个判断或许会有利于他写报道。"

莱斯特雷德盯着我的朋友，问道："您真的这么认为吗？"

福尔摩斯听后笑了，说道："难道不是吗？也许我不这样认为。不过，我相信哈克先生和中央报业联盟的订阅者对此会有兴趣的。华生，今天还有很多、很难的工作需要我们亲自去做。莱斯特雷德，假如你能在今晚六点钟到贝克街我们的居所，我会非常欢迎你的到来。我想暂时借用一下这张被害人口袋里的照片，晚上会还给你。如果我的推论没有出现失误的话，可能要请你在半夜出去一趟，以帮助我们的调查。晚上见，祝你顺利！"

我和福尔摩斯一起去了高地街。我们来到了卖半身像的哈丁兄弟商店。一个年轻的店员迎接了我们。他告诉我们：哈丁先生下午才会过来，他是个新店员，对情况不了解。福尔摩斯的面部出现了失望和烦恼的表情。

他说："看来哈丁先生上午不会来了，既然这样，那我们只好改变计划，下午再来见他了。华生，你一定猜中了我要追究这些半身像的来源的原因，就是因为我想看看有什么特别情况，可以导致这些半身像被砸。现在，我们先去肯尼顿街赫德森先生的商店，看看他是否能给我们提供有用的线索。"

我们乘坐的马车在一小时后，来到了赫德森商店。赫德森先生个子不高，脸色红润，身体强壮，不过性格却很急躁。

他说："不错，先生，就是在这个柜台上塑像被打碎的。哼！真是太气人了！既然强盗能够想怎么做就怎么做，那我们纳税还有什么用呢？对，先生，那两座雕像是我卖给巴尼克特大夫的。真是让人感到生气！这种事情一定是无政府主义者所为——我就这样认为。只有无政府主义者才会到处去打碎塑像。我从何处购进的这些塑像？我认为这和眼前这件事没有什么关系，不过，既然你实在想知道，我就告诉你。我是从斯特朋尼区教堂街的吉尔得公司购进这些雕像的。这家公司近二十年来在石膏雕塑行业中一直享有盛名。我购进了多少？一共三个，第一次买了两个，第二次买了一个，共三个。有两个我卖给了巴尼克特大夫，另外一个在大白天就在柜台上被人打碎了。照片上这个人吗？我并不认识。哦，也可以说只是认识。他叫贝波，意大利人，在我这里打过零工。他对雕刻、镀金、做框架都很熟悉，也做其他零活。他是在上周离开的，此后再没有人提到过他。我不清楚他从哪里来，更不清楚他又去了哪里。他在这儿的时候干得不错。半身像被打碎时，他离开这里已经两天了。"

从赫德森商店离开之后，福尔摩斯对我说："我们从赫德森这儿仅仅能弄清楚这些情况。但我们了解到贝波在肯尼顿街和肯辛顿的两个案件里都出现了，就凭这一点，我们就没白走这十英里的路程。华生，我们去斯特朋尼区教堂街的吉尔得公司走一趟，这些半身像就是在那里制作的。我猜我们或许会从那里发现一些线索。"

　　就这样，我们快速地连续穿过伦敦的一些繁华地区：有旅馆聚集的街道、戏院毗邻的街道、商店汇聚的街道，还有伦敦海运公司集中之地，最后来到了一个有十来万人口，位于泰晤士河沿岸的市镇。这里房屋的租客主要是欧洲来的流浪者，因此这里处处弥漫着他们的气味和浪漫的情调。我们要找的雕塑公司就坐落在一条原来是伦敦富商居住的宽阔街道上。雕塑厂里有个宽敞的大院子，院子里到处是石碑等东西。里面有一间大厂房，有五十多个工人正在劳作。经理是个德国人，身材高大，有一头金黄色的头发，他十分有礼貌地接待了我们，清楚地回答了福尔摩斯所提出的每个问题。经查账获知，他们根据雕塑家笛万用大理石创作的拿破仑头像，复制了几百座石膏像。大约一年前，卖给莫尔斯·赫德森三座塑像，这三座雕塑和另外的三座是同一批货。肯辛顿的哈丁兄弟公司买走了另外三座雕像。这六座塑像和其他塑像没有什么差别，由此他无法给出有人想要毁坏这些塑像的原因——事实上，他对所谓"偏执狂"的解释持嘲笑的态度。塑像是以六先令的价格批发出去的，但零售商可以卖到十二个先令以上。复制品是先分别做出大理石头像的前后两个模片，然后再把这前后两个模片连接起来，便构成一个完整的头像。通常意大利人负责这种工作。他们就在这间屋子工作，做完后把半身像放到过道的桌子上风干，风干后把它们存放起来。经理把他所知的情况都告诉了我们。

　　不过，这位经理对那张照片却产生了我们意料不到的反应。当他看见照片时，立刻被气得脸涨红，那种具有德国人特点的蓝色眼睛上的双眉紧蹙着。

　　他高声说："啊，是这个家伙！是的，我对他有一定的了解。我们公司声誉一向为人所称道，警察到这里只来过一次，就是因为这个混蛋。一年多以前，他在街上用刀子捅了一个意大利人，然后跑回车间，他刚一跑回车间警察就来抓他，就是在这儿把他给抓走的。他的名字叫贝波——我从来就不清楚他到底姓什么。我真后悔雇用了这样一个品行不端正的人。不过，他对工作很擅长，是一把干活的好手。"

　　"警察以什么罪名逮捕了他？"

　　"杀人未遂。被捅的人没有死，所以他也只在监狱里待了一年就出来了。不过他不敢在这里再出现。这里他还有个表弟，我想他会告诉你贝波在哪里。"

福尔摩斯大声说："不，不要这样，不要将这件事跟他表弟说——一个字都不要说。事情很严重，而且，随着我进一步的调查，事情可能会变得更严重。在你查看这些塑像的出售账目时，我从旁边看到了出售日期是去年的 6 月 3 日，那你是否还记得贝波是什么时候被逮捕的？"

这位经理回答说："看一下工资单，我便可以告诉你大概的日期。"他翻过几页后继续说："这个问题很简单，最后一次给他发工资是在 5 月 20 日。"

福尔摩斯说："非常感谢，我认为我们不该再耽误您的时间并给您添麻烦了。"临走时福尔摩斯又一次嘱咐经理，一定不要把我们调查的事讲出去，然后，我们就离开了。

一直忙活到下午四五点钟，我们才在一家饭馆胡乱地吃了一口饭。在饭馆门口，报童叫嚷着："肯辛顿有凶杀案，疯子杀人了。"这条新闻告诉我们哈克先生的报道终于被刊登了。报道占了两栏，文章写得让人惊叹，而且用词漂亮。福尔摩斯把报纸立在调味品架上边吃边看，期间还有一两次略略笑出声。

他说："华生，报道写得真好，就该如此。你听我给你念一段：'我们高兴地跟读者讲，在这个案件上没有任何分歧，因为经验丰富的官方警长——莱斯特雷德先生和著名的侦探家——福尔摩斯先生的结论惊人的一致。这个结论是：这个发展到杀人的一系列的荒诞事件，完全是出于精神失常导致的，不是什么蓄意谋杀，只能用心理失常解释这些事件才说得过去。'华生，如果你懂得如何使用报纸，它就会成为你非常有用的工具。你吃完了的话，我们就回肯辛顿，去找哈丁兄弟公司的经理，看他会给我们提供什么线索。"

让我们意外的是，这个大商店的老板是一个瘦削的小个子，不过却精明强干 头脑清醒，很善于讲话。

"先生，晚报上的报道我已经看过了。不错，哈克先生是我们的顾客。大约几个月前，他从我们这儿买走那座塑像。我们是在斯特朋尼区教堂街的吉尔得尔公司购进了三座那种塑像。现在全都卖出去了。"

"都卖给谁了？"

"让我看一看我们的售货账单就知道了。哦，这几笔账在这儿。你看，其中一个哈克先生买走了；齐兹威克区拉布诺姆街的乔斯雅·布朗先生买了一个；瑞丁区洛尔街的桑德福先生买走了第三个。我从来没见过你给我看的照片上的这个人。这种人很难让人忘记，原因在于他长得太丑陋了。至于我们的店员中有没有意大利人？给您讲，有的，有几个工人和清洁工是意大利人。他们要想偷看售货账单是不难做到的。我认为把账本特意保护起来实在没那个必要。啊，是的，真是让人感觉匪夷所思。如果您还想了解什么情况，请您跟我讲。"

讲话的时候，福尔摩斯作了一些记录。我看得出我的朋友对于事情的发展还是较为满意的。不过，他一句话也没有讲，只是急于赶回去，要不然就会耽误和莱斯特雷德见面的。果真，当我们回到贝克街的时候，莱斯特雷德警长已经到了。他正在屋内有些不耐烦地走来走去。看他那严肃的样子，说明他这一天的调查有了很大的收获。

他问："调查如何了，福尔摩斯先生？收获大吗？"

福尔摩斯解释道："我们今天忙得马不停蹄，而且没有白忙。我们去见了零售商和批发制造商们，每个塑像的来源我们都查清了。"

莱斯特雷德喊道："半身像！好，福尔摩斯先生，您采用您的方法查案，我不反对，不过，我认为我这一天的收获要超过你们。死者的身份我查清楚了。"

"真的吗？"

"而且犯罪的原因我也查明了。"

"棒极了。"

"警局有个名叫萨弗仑·希尔的侦探，他专门负责意大利区。死者的脖子上挂着天主教徒的像，我根据他皮肤的颜色认为他是从欧洲南部来的，可是侦探希尔一看见尸体便认出了他。希尔告诉我们死者的名字叫皮亚托·万努齐，从那不勒斯而来，是伦敦有名的强盗之一，与黑手党有联系。您清楚黑手党是个秘密政治组织，经常通过暗杀实现他们的目的。现在看来事情逐渐明朗化了。杀人凶手极有可能同为意大利人，并且也是个黑手党。他有可能违犯了黑手党的某项纪律。皮亚托受命跟踪他。皮亚托口袋中的照片，很有可能就是那个凶手的照片。皮亚托把照片带在身上是为了确认，以免把人认错。当他看见凶手进了一栋房子时，就在外面等候。凶手从里面出来后，他俩发生了争斗，争斗中皮亚托不敌被杀。夏洛克·福尔摩斯先生，我这个推断如何？"

福尔摩斯带着赞赏地拍着手，同时大声说："棒极了，棒极了！不过，莱斯特雷德，我没有十分清楚你对于打碎半身像的解释。"

"半身像！你一直对那些打碎的半身像忘不了，那只是小偷小摸，最多只能关六个月监狱。我们真正的目标是抓到那个凶手，实际上，我已经掌握了全部线索。"

"那你接下来想怎么做？"

"简单至极。我和希尔到意大利区根据照片找人，并以凶杀罪将他逮捕。你愿意和我们同行吗？"

"哦，我想我就不去了。我认为我们可以更容易地达到目的。有些东西我还说不好，这完全取决于——取决于一个我们现在还无法掌控的因素，不过希望还是蛮大的——可以说有三分之二的把握，如果今天晚上你能和我们一同去，我想我可以帮你逮捕他。"

"是在意大利区？"

"不是的，我认为我们在齐兹威克区会将他找到的。莱斯特雷德，要是你今天晚上和我一同去齐兹威克区，我向你承诺我会在明天晚上和你同去意大利区，耽误一个晚上应该影响不大的。我建议我们现在最好休息几个小时，因为出发的时间要在晚上十一点以后，可能天亮我们才能返回。莱斯特雷德，和我们一起享用晚饭吧，然后在沙发上睡觉。华生，麻烦你打电话叫一个紧急通信员，我有一封十分重要的信要马上送出去。"

说完后，福尔摩斯走上楼去翻阅我们在储藏室堆积的旧报纸合订本。许久，他才下楼，当时他眼睛里流露出兴奋的目光，不过他对我们两个人一句话也没有说。这个复杂的案件调查到现在，我一步一步地关注着福尔摩斯在调查中所采取的方法。虽然我还尚不敢确定我们会得到什么样的结果，但是我十分清楚，福尔摩斯在等待这个奇怪的罪犯去偷另外两座半身像。我记得其中有一个地方就是齐兹威克区。显而易见，我们此行的目的就是要当场抓到他，我十分赞赏福尔摩斯的机智，他在晚报上故意提供了一个错误的线索，让罪犯想当然地认为可以继续作案而不会被逮捕。正因为如此，当福尔摩斯让我带上手枪时，我没有感到丝毫的吃惊，而他自己则拿了装满子弹的猎枪，那是他最喜爱的武器。

十一点钟时，我们乘坐的马车出现在汉莫斯密斯桥。从马车上下来后，我们让马车夫在那儿等候，我们继续向前走，时间不长我们就来到一条安静的大路上。路的一边有一排齐整的房子，每栋房子的前面都有花园。在路灯的帮助下，我们找到了拉布诺姆别墅。可以发现主人已经休息了，因为在花园的小道上，除了从门楣窗里透出一点点光亮外，周围一片漆黑。大路和花园之间的木栅栏，在园内投下一片深深的阴影，正好给我们提供了藏身之所。

福尔摩斯低低对我们说："我们可能要等挺长时间。感谢上帝，今晚没有下雨。我们不能在这儿抽烟，这样熬时间是很危险的。不过你们放心，事情已有三分之二的把握，因此我们付出点代价还是说得过去的。"

让我们感到意外的是，我们等候没有多久，突然，就听到有动静传来，不过事先并没有一点声音预示有人到来，大门就一下子被推开了。一个像猴子一样敏捷的黑色人影，迅速地冲到花园的小路上。借助门楣窗映在地上的灯光，我们发现这个人影快速地登堂入室，很快消失在屋子的黑暗中。这时，四周依然没有什么响动，我们调整自己的呼吸。过了一会儿，随着轻微的嘎吱一声，窗户被打开了，不过声音又很快消逝了，接着又是许久的静寂。我们猜测这个人正在想办法潜入室内。突然，我们发现一只深色灯笼的灯光在室内闪了一下。他应该没有找到他要找的东西，因为我们隔着另一个窗帘又看到了闪光，然后隔着第三个窗帘又见光闪了一下。

莱斯特雷德低低对我们说："我们去开着的窗户那儿，等他从里面一出来，我们就能立即将他抓住。"

不过，我们还没来得及这样做，这个人就再一次出现了。当他来到小路上有微光闪亮的地方时，我们发现他胳膊下夹着一件白色的东西偷偷摸摸地四下张望着。寂静无声的街道似乎让他的胆子大了起来。他将身子转过去，用脊背朝向我们，放下那件东西。很快我们听见很响的"啪嗒"一声传来，接着又传来"咯咯"的连续响声。他全神贯注地赶着，以至于我们悄悄地穿过一块草地时，他都没有察觉到我们的脚步声。我的朋友猛虎般地扑向他的后背，我和莱斯特雷德立即抓住他的手腕并且给他戴上了手铐。当我们将他的身躯扭过来时，我的眼前出现一副两颊深陷、奇丑无比的面孔。他用愤怒的眼神看着我们，面部在抽搐，这时我才认出来他就是我们要抓的照片上的那个人。

不过，福尔摩斯却没有去关注我们刚抓到的这人。他蹲在台阶上认认真真检查这个人从屋里拿出来的东西。那又是一座拿破仑的半身像，和我们那天早晨看到的塑像毫无二致，现在也一样被打成了小碎片。福尔摩斯把那些碎片拿到亮光下仔细地看，可是依然没有发现这些石膏碎片有什么值得注意的地方。他刚将这些碎片检查完，屋内的灯忽然亮了，门也打开了，房子主人——一位和蔼、肥胖的人穿着衬衫和长裤走到我们面前。

福尔摩斯问道："我猜您是乔斯雅·布朗先生吧？"

"不错，先生，您是福尔摩斯先生吧？我一接到邮递员送来的快信，就完全遵照你告诉我的去做了。我们把每个门全从里面锁上，然后静等事情的发展。非常高兴你们将这个家伙抓住。先生们，请进屋休息休息吧。"

可是，莱斯特雷德急着把罪犯押送到安全的地方，所以没多大工夫就把马车叫来，我们四个人动身返回伦敦。在路上犯人什么话都不说，只是用他凶狠的眼神透过乱蓬蓬的头发恶狠狠地盯着我们。有一次我的手距离他很近，他就如同饿狼一样猛地一把抓来。在警察局里从他身上搜查出几个先令和一把刀身很长的刀子，此外什么也没有。那把刀的刀把上有许多新的血迹。

分手的时候，莱斯特雷德说："事情已经到这个地步了。希尔对这个家伙很了解，他会给他判罪的。你看，我用黑手党来解释这件事也并没有不对吧？我也听从您的话了。福尔摩斯先生，对您能这样巧妙地抓住了他我表示感谢，可是我还没完全弄明白到底是怎么一回事。"

福尔摩斯说："时间有些晚了，就不解释了。另外，尚有一两件小事还不十分清楚，这个案件应该彻底弄明白。要是明天晚上六点钟你到我的住所，我会将情况——说清楚的，目前为止你还没有完全弄清楚这个案子的所有情况。不过，这个案子确实非比寻常。华生，假如我同意你继续记录我侦办的案子，我向你保证这桩案子一定能够使你的记录丰富多彩。"

第二天晚上莱斯特雷德来到我和福尔摩斯的住所，他告诉我们这个犯人的详细情况。犯人名字叫贝波，但姓氏尚未探查清楚，在意大利人居住区是个臭名昭著的家伙。他对于制造塑像很在行，曾踏踏实实地过日子，可是后来走上了歧路，曾两次被捕，一次是因为偷窃，另一次是因为刺伤了自己的老乡。他操着一口流利的英语，可是他对毁坏那些塑像的原因闭口不言，他拒绝回答这方面的任何提问。不过警察发现这些塑像极有可能都是他亲手制作的，因为他在吉尔得公司的时候就是负责这个工序的。

在莱斯特雷德讲述这些实际上我们已经清楚的情况时，福尔摩斯出于礼貌地听着，不过我发现他在想其他的事情——因为我很了解他。他的表情中透露着一种不安和期待。最终，他从椅子上站了起来，眼睛冒着光。这时候，门铃响了起来。片刻我们听到楼梯上传来脚步声，仆人将一位面色红润、有着花白胡子的老人带了进来。老者手里拿着一个旅行袋，进门后他把旅行袋放在桌子上。

"夏洛克·福尔摩斯先生是住在这里吗？"

我的朋友点了点头，同时微笑地问："我猜您是瑞丁区的桑福德先生吧？"

"是的，先生，我没有来晚吧，火车不太方便。您在信中说要买我买的半身像。"

"不错。"

"这是您的信。您说：'我想要买一座仿笛万塑的拿破仑半身像，我愿意支付十镑购买您的那座。'是这样吗？"

"对，是这样。"

"对您的来信，我感到有些惊讶，因为，我无法猜到您怎么知道我有这个塑像。"

"您自然会感到惊讶，可是原因却很简单。哈丁公司的哈丁先生说您将他们最后一座塑像买走了，并且把您的地址也告诉了我。"

"哦，是这么个情况！他告诉您我花了多少钱买走这座雕像了吗？"

"没有，他没有告诉我这个。"

"我不是个有钱人，不过，我很诚实。这座雕像我只用了十五个先令，我想在我拿走您十英镑之前，您有必要了解到这一点。"

"桑福德先生，您这样的行为说明您的确很诚实。既然我已经说用这个价格买您的雕像，我就要按这个价格与您完成交易。"

"福尔摩斯先生，您很大方。我按您的要求将这座塑像给您带来了。它就在这里！"说着他将旅行袋解开。我们终于看到了一座完好无缺的拿破仑半身塑像，前几次我们见到的塑像都已经变成了碎片。

福尔摩斯从口袋中取出一张纸和一张十英镑的纸币，并把它们放到桌子上。

"桑福德先生，我需要您在这几位证人面前，在这张条子上签上您的大名，证明您已经将这座雕像的占有权和相关的其他权利全部转让给了我。我是一个很守规矩的人，我无法预见将来会有什么事发生。非常感谢您，桑福德先生，这是支付您的钱，祝您晚安！"

来人走了以后，福尔摩斯的行为让我们充满了好奇，只见他从抽屉里拿出一块白布，并将它铺在桌子上，然后在白布中间放上刚买来的半身塑像，随后，他将猎枪举起，猛地向拿破仑塑像的头顶上放了一枪，塑像随即变成了碎片。福尔摩斯马上蹲下身子，迫切并认真查看着这些分散的碎片。时间不长，他就兴奋地高呼起来。我看到他手里高举着一块碎片，碎片上镶嵌着一颗深颜色的东西，就像葡萄干镶嵌在上面一样。

他高声说道："先生们，允许我给你们介绍那著名的包格斯黑珍珠吧！"

我与莱斯特雷德猛地都愣住了。意外的惊喜让我们突然醒悟过来，然后鼓起掌来，就好像看戏到了其中精彩的部分喝彩一样。福尔摩斯苍白的脸瞬间出现了红晕，他弯腰给我们鞠躬，那样子就如同著名剧作家在答谢观众的捧场。只有在这样的时刻，福尔摩斯才停止理性的思考，并如同常人一样表露出接受赞扬的欢喜表情。没想到朋友的惊奇和赞扬，能够深深地打动这样一个不被世俗所束缚、性格独特、不喜言谈的人。

　　他说："先生们，这颗珍珠在世界上最为著名。我侥幸地能够依照一系列的归纳法，从这颗珍珠遗失的地方，也就是格伦那王子在达柯尔旅馆的房间，开始追查到斯特朋尼区教堂街的吉尔得尔公司所制造的六个拿破仑塑像之中的一个。莱斯特雷德，你应该还没有忘记，这颗著名的珍珠在遗失之后，曾引起了多么大的震惊。我没有忘记，当时伦敦的警察为了寻找这颗无价珍珠，曾花费了多少心血，用了多少精力。在这件案子上，他们曾征询过我的意见，可是我当时也没有任何有效的应对之策。我曾对王妃的女仆产生过怀疑。女仆是个意大利人，警察局调查清楚她有一个兄弟在伦敦，不过我们还是没有调查清楚他们之间有无联系。女仆的名字叫芦克瑞什雅·万努齐。我认为两天前被杀害的皮亚托，应该就是她的弟弟。我通过查旧报上的日期，得知珍珠是在贝波被捕前两天遗失的。贝波被逮捕是因为他打伤了人。他是在吉尔德公司被抓的，当时他正在做这些塑像。剩下的事你们现在可以完全理顺了吧，当然，我理顺这些线索的时候，思路与这些事件的顺序恰好是反着的。贝波确实拿到了珍珠。他有可能是从皮亚托那儿偷来的，或者他是皮亚托的同谋，另外，还有可能是皮亚托和他妹妹的中间人。无论是哪一种现在对我们来说已经不重要了。

　　"我们知道的一个重要的事实就是他占有了这颗珍珠，可是就在他身上带着这颗珍珠的时候，警察来追捕他。他跑到了上班的工厂。他很清楚一定要在几分钟内把这颗无价珍珠藏好，要不然会在警察搜他身的时候被搜出来。当时六座拿破仑的石膏像正放在过道风干，其中一座还是软的。贝波很熟悉石膏制作工艺，所以他迅速在湿石膏上挖了一个小洞，然后把珍珠放到里面，再把小洞抹平。珍珠隐藏在石膏像里是最为适当的，因为没有人会想到珍珠会藏在那里。

　　"贝波在狱中一年，同时他制作的六座石膏像被卖到伦敦各地。他不清楚那颗珍珠藏在哪座塑像里。摇摆石膏像是无法发现珍珠的，因为珍珠会粘在湿石膏上。因此，要想找到珍珠只有把石膏像打碎。贝波并没有灰心丧气，他凭借自己的机灵和毅力努力找寻。他通过一个在吉尔得公司工作的表弟，知道了买这些塑像的是哪几家零售公司。接下来他设法得到了莫尔斯·赫德森的雇用，随后，他又查明了三座塑像的去处。经过一番调查，他发现珍珠不在这三座塑像里。然后他又在其他意大利雇工的帮助下，知道了另外三座塑像的去处。一座是在哈克先生家里。可是在那儿他被他的同谋跟踪上了，他的同谋可能认为他应对弄丢珍珠这件事负责。可是，后来在他俩的搏斗中，他的那个同谋皮亚托被杀死。”

我问：“假如是他的同谋，为什么身上还要带着他的照片呢？”

“自然是为了便于寻找，假如他想向第三者询问时，可以拿出来给对方看。这个道理没什么难懂。我料想皮亚托被杀以后，贝波的行动不会延迟，反而会加快，因为他担心警察会查明他的秘密，所以他要在警察追捕他之前赶快行动。当然，当时我无法肯定，他在哈克买的半身像中有没有找到那颗珍珠。我甚至不能断定石膏像里藏的是珍珠，不过有一点我很清楚，那就是他一定在寻找什么东西，因为他把半身像拿出去，走过黑暗的地方，在有灯的花园里才把它打碎检查。既然哈克买的半身像是三个里面的一个，也就是说珍珠在里面的可能性是三分之一。除了这个，还有两个塑像，很明显他要先去找在伦敦的那一个。我提醒房子的主人，让他们做好准备防止再次发生惨案，然后，我们便行动了，而且还取得了令人满意的成绩。当然，只是在这个时候，我才最终知晓了他要找的是包格斯的珍珠。我通过被害者的姓名将这两件事联系起来。那么只剩下一个半身像——在瑞丁区的那座——而且珍珠也肯定藏在那个塑像里面。于是，我当着你们的面从物主那儿买来这个塑像——果不其然珍珠就在它里面。”

我们静静地坐在那里。

莱斯特雷德说：“福尔摩斯先生，您之前办理过的许多案件我都看过，我认为都不像处理这个案件如此巧妙。我们苏格兰场的人不会嫉妒你，反而以你为傲。假如明天您能去的话，无论是老的侦探还是年轻的警察，我想一定都会很激动地与你握手祝贺。”

福尔摩斯说：“非常感谢！”说着他将转过脸。我从来没有见到过他因得到真诚的赞美而像现在这样的激动。过了片刻，他又冷静地投入到了新的思考中。他说：“华生，将这颗无价珍珠放进保险柜。把康克－辛格莱顿伪造案的文件取出来。再见，莱斯特雷德！假如你遭遇什么新困惑，我非常愿意尽力帮助你渡过难关。”

九　偷看考卷的学生

　　1895 年，有几件事掺和在一起，正因为如此，我和我的朋友夏洛克·福尔摩斯不得已在一座著名的大学城待了几星期，实际上，我用不着掺和进去。就是在这段时间里，我们经历了一次虽然不大可是教育意义重大的冒险，下面我就要讲到。显而易见，任何有助于读者准确辨认那伙人或那伙罪犯的细节都可能有遗漏，那将难以令人满意。这样一件叫人痛苦不堪的丑闻也会最终被时间湮没，不过我会非常慎重地描述这件事，因为它能够将我的朋友所具备的某些与众不同的品质表露无遗。在我的描述过程中，我将会尽力避免使用那些不确定或引人猜测的词语，以免将这些事情限制在任何一个特定的地方，或者让人联想到相关人员。

　　当时，我和福尔摩斯居住在一所租来的房子里，房子里面什么家具都有，附近有一家图书馆。在这所房子里，福尔摩斯对早期的英国宪章进行了很详细的研究——这些研究带来的成效是惊人的，以至于可能成为我未来某个叙事的主题。一天晚上，一位熟人来我们居所拜访，这个熟人就是圣卢克大学的老师——希尔顿·索米斯讲师。索米斯先生个子很高大，身材魁梧，有些神经质，容易激动。在我看来，他做事从来都是毛手毛脚的，此时，他更是无法抑制自己的焦躁不安，可以看出一定发生了什么特别的事情。

　　"我非常清楚，福尔摩斯先生，我确信您能从自己宝贵的时间里为我牺牲一两个小时。我们在圣卢克大学遇到了一件令我们感到非常痛苦的事情，而且，真的，如果不是您正好就在这镇上，我定会不知如何是好，不知该如何应对。"

　　"我现在这会儿非常忙，不想被其他事干扰。"福尔摩斯回答道，"我建议您去找警察帮忙。"

　　"不，不，亲爱的朋友，您说的这条路无法通畅下去。如果惊动了警察，就没办法停下来了，同时这桩案件还是特殊的，为了学校的信誉，首先就要避免丑闻的出现。您的判断力和您的影响力都无人能及，能帮助我的人在这个世界上非您莫属，所以我恳求您，福尔摩斯先生，您还是伸出援助之手吧。"

福尔摩斯的不悦之情没有好转，因为他此时没有贝克街那得心应手的环境，没有他的剪贴簿、他的化学药品、他家里的杂乱，离开它们他就有一种不舒服的感觉。最终他耸了耸肩，勉强同意了对方的请求，而我们的那位来访者则迫不及待、激动万分地将他的故事一股脑儿地讲出来。

"首先我一定要向您说明一下，福尔摩斯先生，明天将进行争取福特斯库奖学金的考试。我是主考人之一。我负责希腊语的考试，卷子的第一张有一大段希腊文需要翻译，文章是学生从未见过的，这段文字是印在试卷上的，假如参加考试的人能够事先准备，无疑可以占到很大的便宜。就是为了这个原因，对试卷的保密工作做得十分周到。

"今天三点钟左右，印刷厂将这份卷子的校样送过来了。第一题包括修昔底德的半章内容。我本人也需要好好地读一遍，以保证卷子绝对正确。在四点半的时候，我还没有看完。不过，我事先答应一个朋友去他屋里喝茶，我就把校样留在我的办公桌上，然后出去了，我出去的时间约为一个多小时。

"福尔摩斯先生，您应该了解我们学校的门都是双层的，里面的一层是绿色的厚毛毡，而外面的一层为结实的橡木门。我来到外面那扇门前时，十分惊异地发现上面有一把钥匙。曾有那么一刻，我认为是我自己把钥匙忘在那里了，不过当我一摸口袋，却发现自己的钥匙在里面呢。我清楚记得，另外一把备用钥匙给了我仆人，我的仆人叫班尼斯特——他照看我的房间已经有十年了，我对他十分信任，从来没有怀疑过他。我发现那把钥匙确实是我给他的那把。他可能来到我屋里看看我是不是想喝茶，而他出来时，一时粗心大意把钥匙忘在门上了。他进到我屋里来，可能就是在我刚离开的那几分钟里。他忘记了把钥匙拔出来这个事，在任何其他时候都没有什么，不过这次却造成了十分严重的后果。

"我往桌子上一看，就知道了，有人翻过那些卷子。原因在于那三张纸，我原先是把它们放在一起的，而现在其中的一张躺在地上，一张出现在靠近窗户的那张桌子上，而第三张则没有动，还在原来的地方。"

福尔摩斯第一次有表情显露在脸上。"那一定第一张在地上，第二张在窗户边，第三张在原来的地方。"他说。

"完全正确，福尔摩斯先生。您真是让我佩服，您是如何知道的？"

"请继续您非常有趣的叙述。"

"曾有一刻，我考虑是不是班尼斯特自作主张看了我的卷子，不过他坚决向我保证他没有这么做过，我相信他的保证。另一种可能就是有人路过这里，发现了门上的钥匙，猜想我可能不在，于是进来看了那些卷子。现在有一大笔钱有风险了，因为那笔奖学金非常丰厚，有不知羞耻的人很可能为了战胜他的同学们而冒险偷看卷子。

"班尼斯特因为这件事变得十分郁闷，当我们发现试卷绝对被人翻弄过之后，他吓得差点晕了过去。我给他喝了点白兰地，然后任由他继续郁闷，而我则把屋子认真仔细地检查了一番。很快我就发现除了翻乱了卷子外，那个不明闯入者还做了其他事情。在窗边的桌子上，我发现了一些从铅笔上削下的碎屑，此外还发现一小截断了的铅芯。可以想象，这个无耻的闯入者急忙忙抄卷子时，将铅笔折断了，所以不得不重新把铅笔削尖。"

"简直是太幸运了！"福尔摩斯说道。当他的注意力更多地被案件所吸引时，他的好脾气就会出现。"好运气总是和你做朋友。"他又说道。

"还有其他没说的呢。我有一张崭新的写字台，台面上铺着精美的红色皮革。我敢向你保证，班尼斯特也敢保证，桌子上面十分光滑，没有一点污渍。不过现在我发现那上面有一个新割开的口子，大约三英寸长——它不仅是个划痕，而且是故意割破的。除了这个，我还在桌子上发现了一个黑色的小面团或者是小泥球，小球上面还带着一些好像是锯末的斑点。我敢确定，这些标记都是那个乱翻卷子的闯入者留下的。现场没有留下脚印，也没有留下其他可以证明他身份的东西。我前思后想，突然想到一个好主意，就是知道你在这个镇上，可以向您救助，让您来接手这件事。您一定要帮我，福尔摩斯先生。到现在您应该完全清楚了我的尴尬处境。如果找不到那个人，那么这次考试就必须推迟，一直到新试卷准备好，而且要这么做还必须解释清楚，否则随之而来的就是令人厌恶的丑闻，那不仅会让学院处境尴尬，也让学院很没面子。最重要的是，我十分希望妥善圆满地解决这件事。"

"我十分愿意去现场勘查一番，然后尽我的力量给你一个建议。"福尔摩斯说着，同时站起身来，穿上外套。"这案子也不是没有一点儿意思。卷子在送到你手上之后，有人去过你的房间吗？"

"有一个叫岛莱特·莱斯的年轻人来过，他是一名来自印度的学生，我们住在同一幢楼，他来我这里询问一些关于这次考试的详细情况。"

"他就是为这件事来的吗？"

"不错。"

"当时那些卷子就在你桌上？"

"我清楚记得当时卷子是卷起来的。"

"不过可能看出来是校样？"

"有这个可能吧。"

"你屋里再没有其他人？"

"没有。"

"这些校样在你那里有没有人知道？"

"除了那些印卷子的人，应该没有其他人知道。"

"班尼斯特认识那个印度学生吗？"

"不认识，当然不认识。没人认识。"

"现在班尼斯特在哪里？"

"他吓病了，可怜的家伙。我任由他在椅子上发傻，自己急忙赶到您这里来了。"

"你没锁上门？"

"锁了，我也把卷子锁起来了。"

"哦，那情况是不是这样的，索米斯先生，如果那个印度学生没有认出那卷子就是校样，翻弄过卷子的那个人也可能只是碰巧发现了它们，事先并不知道你那儿有卷子。"

"我感觉事情是这样的。"

福尔摩斯脸上显出有些神秘的微笑。"这样吧，"他说，"我们去实地看一看吧。华生，你的病例中，没有一例是精神病，都是身体上的病。所以，假如你愿意，我们一起走吧。现在，索米斯先生——我们愿意为您服务！"

我们这位委托人的房间有一个长长的、但却不高的花格窗户，通过它可以看到这所古老的学院以前留下来的现在长满青苔的庭院。一扇哥特式的拱形门与一段年久失修的石阶相连接。他的房间就在底楼，有三名学生在上面住着，一人一层。当我们赶到事发现场时，差不多黄昏了。福尔摩斯停下脚步，很有兴趣地看着那扇窗户，然后他走到窗子跟前，踮起脚，伸长脖子，向屋里面瞧。

"他一定是从门进去的。除了这一块花格玻璃，其他没有任何地方可以打开。"我们这位当事人对我们说。

"上帝啊！"福尔摩斯说，他神秘地微笑着，瞥了一眼我们的向导，"好了，假如这里没什么需要了解的，那我们还是进到屋里面去吧。"

我们的委托人打开外面的门，引导我们进入他的房间。我们站在门口，福尔摩斯认认真真地将地上检查了一遍。

"我想这里应该没有什么痕迹留下来。"他说，"在这么一个气候干燥的日子里，我想不会有任何痕迹留下的。您的仆人似乎已经没事了。您说，您把他丢在椅子上了，能告诉我是哪把椅子吗？"

"窗户旁边的那把。"

"哦，看到了。离这张小桌子很近。现在你们可以进屋了。我已经检查完地毯了。我们现在先来检查一下这张小桌子。当然，发生了什么事现在我们都已经十分清楚了。那个人进屋并拿了卷子，他是逐页从中间那张桌子上拿下试卷的。他之所以把卷子拿到窗户跟前的这张桌子上，是因为在这里他可以看到你是否从庭院那边走过来，这样他就可以想法逃走。"

"事实上，他的想法是不现实的。"索米斯先生说道，"因为我走边门。"

"哦，那真不错！好吧，不过无论如何，他内心存有这样的想法。让我看看那三张纸。没有指纹——没有！很好，他先拿的是这一张，并且将它抄录了下来。他需要花费多长时间抄录呢？假如把所有的简写手段都用上，那也得需要十五分钟，至少这些时间。之后他把这张扔回去，又抓起第二张。就在抄到中间的时候，你回来了，于是他急急忙忙离开了——他离开时十分慌张，慌张到都没有时间把那些卷子放回去，这些卷子会告诉你有人曾来过你的房间。你跨进外面那扇门的时候，是否听到楼梯上有急促的脚步声传来呢？"

"没有听到，我不能确定我听到了。"

"好的，他用很大的力气抄写，以至于把铅笔都写断了，正如您发现的那样，他不得不再用刀削铅笔。这点有些意思，华生。这支铅笔同普通的铅笔不一样，它比一般的铅笔要大，外面的颜色是深蓝色，里面铅芯是软制的，制造者名字的银色字母印在铅笔上，这支铅笔剩下的长度有一英寸半左右。你能找到一支这样的铅笔，索米斯先生，你就找到了你要找的人了。另外，我再加一条，这个人应该还有一把很大，不过却很钝的刀，这样你就又多了一条额外的线索。"

这一连串信息让索米斯先生有些发蒙。"其他的我都可以接受，"他说，"可是，关于长度……"

福尔摩斯将一小片木屑递了过来，上面除了有 NN 两个字母外，什么都没有。

"你弄清楚了吗？"

"没有，我恐怕即使现在……"

"华生，我以前已经对你的能力低估了，好吧，这 NN 可能是什么呢？它是一个字的结尾。你知道 Johann Faber 是最常见的制造者姓名。难道 Johann 这个名字后面铅笔还剩多少不是很容易弄清楚吗？"他将那张小桌子拉到电灯下。"之前我曾希望，假如他写字用的纸很薄，就会透过纸在这个光滑的桌面上留下痕迹。可是，事实上什么都没留下。我认为这里没什么需要研究的了。现在需要对中间那张桌子进行研究了。我感觉这个小圆球就是你前面提到的那个黑色的像面团一样的东西。我观察到它是锥形而且有凹陷的。正如你所说，它的上面好像有锯末一样的颗粒。呵，还真的有些趣味。那个划痕——那个十分清晰的划痕，起端是个细微的划痕，末端是个锯齿形的小孔。现在我真得十分感谢您将我的注意力吸引到这个案子上，索米斯先生。那扇门与哪里相通？"

"与我的卧室相通。"

"这件麻烦事发生之后，您进过您的卧室吗？"

"没进过，我直接到您那里去了。"

"我想我应该四处去瞧瞧。这间屋子给人很舒服的感觉，很古朴！可能您还需要再等一会儿，我先检查一下地板。哦，我没发现什么。这个窗帘是怎么回事？您的衣服挂在窗帘后面。假如有人想要在这间屋里找一个藏身之处，他一定会选择这里，因为床过于矮小，衣柜也太浅。我想，那里没人吧？"

福尔摩斯将窗帘拉开的过程中，我从他那稍显严肃和警觉的神态中，很清楚他早已做了充分的准备。结果是，窗帘拉开后，只看见一排挂钩上挂着三四件衣服，此外，别无一物。福尔摩斯转过身来，突然对着地板将身子弯下。

"哈！这是什么？"他问道。

那是一个小小的黑色锥体的东西，有些像油灰，跟书房桌子上的那一小团东西十分相像。福尔摩斯将它放在手心，然后拿到电灯下观察。

"您的这位来访者不仅仅在您的起居室留下痕迹，而且在您的卧室中也留下了痕迹，索米斯先生。"

"他在我的卧室里能干什么？"

"我认为这很好解释。您出人意外地回来了，直到您走到门跟前，他才觉察到。这个时候，他还能怎么做？他急急忙忙收拾好所有能让他暴露的东西，然后冲进您的卧室把自己隐藏了起来。"

"上帝呀，福尔摩斯先生，您的意思是在我和班尼斯特在这间屋子里谈论这件事的时候，我们实际上已经把那个人堵住了，只不过当时我们毫不知情？"

"我认为事情是这样的。"

"不过我认为事情还可能有另外一种情形，福尔摩斯先生，我不知道你是否检查过我卧室的窗户？"

"花格窗、铅板框架，还有三个互不相连的窗扇，其中有一扇有折页，那儿大得足够让一个人进来。"

"完全正确。从那儿看出去，视线与院子成一个夹角，所以无法看全整个院子。那个人可能是从这里进来，穿过卧室时留下了一些痕迹，逃走的时候发现门是开着的，于是就通过门逃走了。"

福尔摩斯有些烦躁地摇了摇头。"我们得从实际出发。"他说，"我是否可以将你的话理解成住在这楼里的三个学生都习惯走你的门？"

"是的，确实是这样的。"

"那他们住进来都是为了这次考试吗？"

"不错。"

"你是否对其中的一个更怀疑？"

索米斯有些犹豫。"这个问题很敏感。"他说，"不应该在没有证据的情况下就随便怀疑某人。"

"您把您的怀疑讲给我们听听，我来负责证据。"

"那我需要先把这三个住在这些屋子里的学生的特点交代一下。三人中高的那个学生叫吉尔克里斯特，学习优异，同时还擅长体育运动，在学院的橄榄球队和板球队打球，而且被选拔为校队的跨栏和跳远选手。他人缘不错，处事果断，很有男子汉风度，他父亲是大名鼎鼎的贾比斯·吉尔克里斯特爵士，可是赛马却把他给毁了。我这门课他学得很不理想，不过他非常用功勤奋。我相信他一定会赶上来的。

"住在二楼的叫岛莱特·莱斯，来自印度。他沉默寡言，不爱讲话，有些地方让人感觉不可思议。跟大多数印度人一样，他的功课很优异，虽然他也不擅长希腊语这门课，但他应付起来总是从容不迫。

"顶楼住的叫米勒斯·麦克拉仁。他算得上是学校最有才华的学生之一，他一旦开始做什么，总会将其做得最出色，不过他很刚愎自用，同时喜好酒色，而且做事缺乏原则。一年级的时候，因为一次卡片丑闻，学校差一点将他开除。这学期他一直无所事事，他一定对这次考试充满担忧。"

"这么说，你的怀疑对象是他？"

"我还不敢这么下定论，不过在这三个人中间，他的可能性不是最小。"

"有一定道理。现在，索米斯先生，我们去看望一下您的仆人班尼斯特吧。"

班尼斯特的个子不高，面色苍白，头发灰白，不过胡子处理得挺干净，年龄在五十岁左右吧。他现在还在为平静的生活常规被突然打乱而郁闷不已。他那张胖乎乎的脸因为紧张而颤抖不止，手指也不停地抖动。

"班尼斯特，我们正在谈论那桩麻烦事。"他的主人说。

"我清楚，先生。"

"我能不能这样认定，"福尔摩斯说，"是你把钥匙遗落在门上的？"

"是的，先生。"

"偏偏是卷子在屋里的这一天你遗落了钥匙，这难道不是有些过于巧合了吗？"

"这确实太倒霉了，先生。不过其他时候我也曾将钥匙忘在门上。"

"你什么时候过来的？"

"四点半左右吧，那是索米斯先生喝茶的时间。"

"你在屋子里逗留了多长时间？"

"我看索米斯先生不在，就马上出来了。"

"你看到桌子上的这些卷子了吗？"

"没有看到，先生——当然没有。"

"因为什么你把钥匙遗落在门上呢？"

"我手里托着茶盘。我想再回来一趟取钥匙，结果我给忘了。"

"外面那道门是弹簧锁吗？"

"不是的，先生。"

"那门一直都是开着的吗？"

"对的，先生。"

"屋里的人都能出去吗？"

"可以的，先生。"

"索米斯先生回来将此事告诉你，你非常不安，是这样吗？"

"是的，先生。我在这儿这么多年，还从来没有造成这么大的失误。我差点晕过去，先生。"

"我认为是这样。你感觉不好的时候，你在哪里？"

"我在哪里，先生，我没有明白？在这里，在门旁边。"

"那就有些让人不解了，为什么你当时不坐在那个角落附近的椅子上？而坐在这里的这些椅子上？"

"这个我没有概念，先生，对我来说，坐在哪儿都是一样的。"

"我个人感觉他不了解更多情况，福尔摩斯先生。他当时看起来状况十分糟糕——吓得不成样子。"

"你主人离开时，你一直待在这儿吗？"

"只待了片刻，然后我就锁上门，回我屋里了。"

"你怀疑谁干了这事？"

"哦，这我可不敢乱说，先生。我不认为这所大学里会有谁能够靠这种手段发财。不，先生，我确实不相信。"

"好了，谢谢你，到此为止吧。"福尔摩斯说，"哦，对了，还有个问题要问。"

"你还没有将这件事跟你服侍的那三位先生提起过吧？"

"没有，先生——我一个字都没提。"

"这之后你见到他们了吗？"

"没有，先生。"

"很好。现在，索米斯先生，我们到院子里转一转，假如您没有意见的话。"

暮色越来越重，在我们头上有三盏昏黄的灯开始发出光亮。

"您的三只小鸟都待在他们的窝里呢。"福尔摩斯抬起头来说道，"哟！那儿有什么变化吗？有一个看起来好像有心事呢。"

福尔摩斯指的是那个印度人，现在那个印度人的身影正映现在窗帘上，看样子有些心急地在屋子里走来走去。

"我想在暗处观察一下他们每个人。"福尔摩斯说。"能不能办到？"他问道。

"可以做到，一点儿问题没有。"索米斯先生答道，"这套房子是这座校园里历史最悠久的，有人来参观是十分正常的事。来吧，我亲自给你们做向导。"

"注意不要把我的名字告诉他们！"在我们敲响吉尔克里斯特的房门

时，福尔摩斯叮嘱道。打开房门的是一个有着很高个子、身材瘦削，还有着一头黄头发的年轻人。他弄清楚我们的来意后，便将我们让进屋。房间里摆设着几件非常精美的中世纪家具，其中一件将福尔摩斯的目光吸引过去了，他坚持要将这件家具"搬"到他的笔记本上，他弄断了铅笔，只好向主人借了一支，此外，还借了一把刀削他自己的铅笔。同样的事情，福尔摩斯在那个印度人的屋里也上演了一遍。那个印度人沉默寡言，身形瘦小，有一个鹰钩鼻子。他斜觑着眼睛盯着我们，可以看得出来他对福尔摩斯结束对他家具的研究很高兴。我不知道福尔摩斯在这两人当中谁的屋子里发现了他想要寻找的线索。在第三个人那里，我们的参观遭遇了阻碍。外面那扇门无论我们如何敲都没有打开，却从里面传出一句脏话："我才不管你们是谁，马上滚开！"一个恼怒的声音咆哮着。"明天就要考试，无论是谁都不要来打扰我。"

"粗鲁的家伙！"索米斯先生说道。我们从楼梯往下走时，他气得脸有些发红。"当然了，他不知道敲门的人是我，可无论怎么说，他的行为也缺乏教养，而且，在这种情况下，他的行为有些可疑。"

福尔摩斯的回答有些让人摸不着头脑。"您能告诉我他的确切身高吗？"他问道。

"说实话，福尔摩斯先生，我还真不清楚。不过我肯定那个印度人没有他高，但是他没有吉尔克里斯特高。我想可能有五英尺六英寸吧。"

"这是至关重要的。"福尔摩斯说，"好了，索米斯先生，祝您晚安。"

索米斯先生既震惊又沮丧，他大喊了起来："上帝呀，福尔摩斯先生，您不会真的就不管我了吧！您好像还没意识到现在的形势吧，明天考试就要开始了，而我今天晚上必须采取某种明确的行动。假如真的有一张卷子已经被人动过了，考试就不能进行。这种处境我必须要面对呀。"

"您千万不要轻易采取行动。我明天一早过来把这件事说清楚，或许我会出于某种考虑指出某种行动路线。现在，你什么都不要改变——丝毫都不要。"

"没问题，福尔摩斯先生。"

"您放宽心好了，我们一定能想出摆脱困境的办法。这点黑色黏土和那些铅笔屑我需要带回去，再见。"

我们从房间里来到漆黑一片的院子里，又一次抬起头看着那些窗户，发现那个印度人还在屋里走来走去，而其他两个人没有看到。

"华生，你是如何看待此事的？"当我们走到大街上时，福尔摩斯问道，"一个客厅小把戏——有点像三张牌的游戏，难道不像吗？肯定是这三个人中的一个人干的。你选吧，你选哪一个？"

"那个满嘴说脏话的家伙嫌疑最大，另外，他还有不良记录。不过，那个印度人也是个狡诈之徒，要不他为什么总是在屋里踱步呢？"

"事情的症结不在那里。很多人在记东西时都有这个习惯。"

"他看我们的样子让我有些不解。"

"假如换作是你正在准备第二天的考试，每一时刻对你而言都是非常宝贵的。这时一伙陌生人来拜访你，你的态度也会如此。不，我从那个行为中没有看出有什么不正常来。铅笔，还有刀子——都没什么问题。不过那个家伙确实让我感到迷惑。"

"哪个家伙？"

"你怎么了，那个仆人班尼斯特呀。他在这件事情当中做了些什么？"

"据我个人感觉，他绝对是一个十分诚实的人。"

"他给我的印象也是如此，可是这正是让人感到不解的地方，为什么一个绝对诚实的人——呵，这有一家大文具店，我们可以在这里进行我们的研究了。"

这个镇上有四家可能给予我们想要的某种结果的文具店。在每家店里，福尔摩斯都拿出那些铅笔屑，然后给出很高的价买同样的铅笔。他们无一例外同意预订，因为那样的铅笔不是平常尺寸的铅笔，没有存货。可是福尔摩斯好像并没有因为受挫而感到灰心，他只是半开玩笑地耸耸肩，便放弃了。

"亲爱的华生，这是我们最有用的，也是唯一的、最后的线索，可是现在却没有任何结果。不过，我也确认我们即使不用它也可以一步步把这个案子的来龙去脉弄得清清楚楚。上帝呀！我亲爱的朋友，马上快九点钟了，房东太太说七点半就会给我俩做豌豆汤的。华生，你不要没完没了地抽烟，还有不按时吃饭，我期望你能引起注意，戒掉它，否则房东会让你退房的，而我就和你一起倒霉了。不过，这件事需要我们解决了那位焦灼不安教师、粗心大意的仆人和那三位志向远大的学生所面临的难题之后再说。"

福尔摩斯那天再也没有和我谈论起这件事，虽然吃完那顿被推迟的晚饭之后，他就坐在那里冥思苦想。早上八点，他来到我的房间，那时我刚刚洗漱完毕。

"嗨，华生，"他说，"我们该去圣卢克大学了。你可以不吃早饭吗？"

"嗯，没有问题。"

"在我们告诉索米斯好消息之前，他一定会焦灼不安。"

"要告诉他什么好消息？"

"我认为情况是这样的。"

"你已经弄清楚了？"

"可以这么认为，我亲爱的华生，我想我已经找到答案了。"

"不过，你发现了什么新的证据吗？"

"是啊！我六点钟就已经起床了，真不是一无所获。我辛辛苦苦忙了两个小时，少说也走了五英里，为的就是找到可以说明这件事情的证据。你瞧！"

说着他将手伸出来。手心里是三个黑色的像面团似的锥形体。

"为什么会这样？福尔摩斯，你昨天仅仅有两个呀。"

"今天早晨我又找到了一个。昨天那两个和第三个都来自同一个地方，这个说法是正确无误的。嗯，华生，走吧，帮助索米斯这个朋友解除痛苦去。"

当我们在索米斯的房间里见到他时，这位可怜的教师正痛苦不堪地坐立不安。因为再过几个小时，考试的时间就要到了，而他还不知道是否应该将实情公之于众，还是允许有嫌疑的学生也来参加考试，竞争这份丰厚的奖学金。

他十分紧张不安，以至于难以平静地在一个地方待一会儿。看见我们，他张开两手向福尔摩斯跑过来。

"感谢上苍，您终于来了！我真怕你在绝望中不再插手此事。我该做什么？考试可以照常进行吗？"

"没有问题，可以照常进行，无论如何都要进行。"

"可那个可恶的闯入者呢？"

"他不能参加。"

"可是你知道他是谁吗？"

"我想我知道。假如此事不方便公开，那我们就必须自行授权，我们自己来组成一个小型的私人法庭。要是您没什么意见的话，索米斯，您站在那里！华生，来，你站在这儿！我要把扶手椅搬到中间。我认为我们具备强大的震慑力量，可以在罪犯的心中产生恐惧。烦请拉铃！"

班尼斯特进来后，显然是被我们这副威严的架势吓了一跳，本能地向后一缩。

"麻烦把门关上，"福尔摩斯说，"现在，班尼斯特，请将那天真实的情况讲给我们，好吧？"

班尼斯特的脸色瞬间变得苍白，连汗毛根似乎都变白了。"我已经把我知道的都告诉您了，先生。"

"没什么要补充的吗？"

"什么都没有，先生。"

"哦，既然这样，我有必要给你提个醒儿了。昨天你坐在那把椅子上的时候，主要目的是为了藏什么东西吧？那件东西可以证明谁先前在这间屋子里。"

班尼斯特一听，脸色剧变，说道："没有，先生，确实没有。"

"当然，这只是我个人的看法。"福尔摩斯轻柔地说，"我必须坦诚地告诉你我没办法证明它，不过这种说法应该是完全可能的，因为索米斯先生刚一转过身去，你就把藏在卧室里的那个人给放跑了。"

班尼斯特舔了舔干裂的嘴唇，说："没有这样的事，先生。"

"哦，那很是可惜，班尼斯特。到目前为止，你本来可以将实情说出来的，不过我知道你到现在还在敷衍。"

班尼斯特一脸阴沉，显然不愿意承认。

"真的没有人，先生。"

　　"好了，好了，班尼斯特！"

　　"确实如此，先生，没有人。"

　　"要是你依然持这种态度的话，显然你不会给我们提供更多的信息了，那请你待在屋里好了，就站在卧室门旁边。现在，索米斯，烦请您到楼上去将吉尔克里斯特叫到这里来。"

　　时间不长，那位教师就回来了，同时，吉尔克里斯特也跟了进来。那是个身材优雅的人，个头高挑，步伐轻快，动作敏捷，脸上带着欣然愉快的表情，给人一种很诚实的感觉。他满是狐疑的蓝眼睛打量着我们每个人，最后，把目光落在站在较远的那个角落里的班尼斯特身上，惊愕和惶恐没有掩饰地出现在脸上。

　　"请将门关好。"福尔摩斯说，"吉尔克里斯特先生，大家都是安分守己的人，我们之间的谈话没有必要让别人知道，一个字都不需要知道，所以我们可以完全彼此敞开心扉。吉尔克里斯特先生，我们想弄清楚，像您这样一位体面之人怎么可能会做出昨天那种糊涂的事情呢？"

　　听后，这个可怜的年轻人禁不住倒退了一步，向班尼斯特投去充满恐惧和责备的目光。

　　"不，不，吉尔克里斯特先生，我什么都没有说，一直都没说过一个字——一个字都没说！"班尼斯特哭喊着。

　　"确实如此，不过现在你已经说了。"福尔摩斯说道，"现在，吉尔克里斯特先生，你必须要明白这样一个事实，等班尼斯特说完，你就彻底没机会了，你唯一的机会就是自己将真相讲出来。"

　　等了一会儿，吉尔克里斯特先生将手举了起来，并试图控制住自己抽搐的表情，之后便跪倒在桌子旁边，用手捧着脸，抑制不住地抽泣起来。

　　"好了，好了，"福尔摩斯说道，态度温和，"人难免会犯下错误，至少还没有人指责你是个冷酷无情的罪犯。我认为可能由我来向索米斯先生讲述所发生的一切会更能让人明白事情的经过，你可以指出我把什么地方搞错了。我是不是可以讲述了？呵，呵，这个问题不用回答。你要认真听，不要让我把你冤枉了。

　　"索米斯先生，自从你说没有人，包括班尼斯特在内都不可能知道卷子在你屋里的那时候起，我就对这个案子大致有了一个较为清晰的认识。印卷子的人当然没有嫌疑，因为他完全可以在自己的办公室看这些卷子。同时，我也不认为那个印度人有嫌疑。假如校样是卷起来的，那他就不太可能知道那是什么。另一方面，这似乎是一个让人不可相信的巧合，一个有胆量的人走进这间屋子，而且就在那个时候卷子恰巧就在桌子上，这未免太巧合了，于是我便把这一点排除了。这也说明，进到屋子里的人知道卷子在屋里。那么他是如何知道的呢？

"在我靠近您的房间时，我对房间的窗户进行了检查。您认为我当时在猜测有没有可能这个人在光天化日之下，在对面所有这些房间的人众目睽睽之下，从窗子翻进来，这让我觉得有些荒唐。实际上，我是在估测这个人得多高，才能让他在走过窗前时发现中间桌子上的卷子。我身高六英尺，我要费点劲才能做到。所以没有我高的人是无法做到的。您现在明白我有理由认为，假如您的这三个学生中有谁特别高，那他就是三人中最有作案嫌疑的。

"我来到屋里，把关于旁边那张桌子的想法跟您讲了。至于中间那张桌子，我当时没有在它上面发现什么线索，直到您在描述吉尔克里斯特时提到他是个跳远运动员的时候，我一下子就猜到了整个事情的大致过程，我只需要一些确凿的证据，而证据我很快便得到了。

"事情的大致经过如下：这个年轻人一下午都在运动场上练习跳远。练习结束后他拿着他的运动鞋回来，您知道，那种鞋是带钉子的。在路过您的窗户前时他看到了那些卷子，因为他个子特别高，而那些校样就放在您桌上，他推断它们是卷子的校样。假如猜错了也没有多大的关系。等他走过您门前时，他发现您的仆人因为粗心将钥匙遗落在门上。他突然有种冲动，想进来看看那些纸是不是校样。那样做事实上风险很小，因为他可以假装说他只是想请教个问题。

"就是如此，当他看到桌上的确是校样时，他忍受不住诱惑。他把鞋放在桌子上。窗户边的椅子上，你放了什么？"

"手套。"吉尔克里斯特说道。

福尔摩斯有些得意地看了一眼班尼斯特。"他在椅子上将手套放好，然后一张一张地拿起校样，并且抄了起来。他认为，老师要是返回来，一定会经过大门，那样他就能看见。现在我们知道，您是通过旁门回来的。他突然听到老师已经来到房门口了，这个时候他不可能跑掉了。慌忙中他将他的手套忘记了，不过没有忘掉他的鞋，他拿着鞋冲进了卧室。您注意到那张桌子上的划痕没有，一边很轻，而朝卧室门那个方向却很深。这就充分说明鞋是朝那个方向拿走的，而作案人就藏在那里。桌子上留下了鞋钉周围的泥土，第二块泥土从鞋上落在了卧室。在这里我需要说明一点，今天早上我来到运动场，弄明白了那种黏性很强的黑土正是沙坑里的土，我还带走了一些作样本。另外，我还拿了一些很细的鞣料或锯末，这些东西是撒在沙坑里防止运动员脚底打滑的。我讲述的是不是真相，吉尔克里斯特先生？"

吉尔克里斯特已经站直了。"不错，先生，是真相。"他说。

"上帝呀！难道你就没有想要补充的吗？"索米斯叫道。

"啊，先生，我是一定要补充的，只是把这种丢人的事公布于众，让我一时之间不知所措了。索米斯先生，我这里有给您写的一封信，是我今天一大清早写给您的。昨晚一整夜我都感觉神情恍惚，半夜就开始写这封信了。当时我并不晓得我所犯的过失已经把我供出来了。这就是那封信，先生，您看了就知道了我的心里话，这次考试我已经决定不参加了。我已经在罗得西亚的警察局谋到了一份差事，我马上就要去那里了。"

"知道你没有准备利用自己不光彩的优势为自己赚不义之财，我感到很欣慰。"索米斯说，"不过什么原因使你改变了你的目的？"

吉尔克里斯特指着班尼斯特。"是他把我引领到这条路上的。"他说。

"到这边来，班尼斯特。"福尔摩斯说，"从我刚才的话里，你应该明白，只有你能让这个年轻人出去，因为当时就你一个人待在屋里，而且你走的时候肯定把门锁上了。关于说他从那扇窗户逃走，那是无法取信于人的。你可不可以为我们解开这个谜团中的最后一个疑点，就是给我们解释一下你那么做的原因？"

"其实，理由非常简单，先生，如果您知道内情，您当时就应该明白的，不过您要是不知道内情，即使用上您全部的聪慧，您也不可能明白。

先生，我曾经是贾比斯·吉尔克里斯特爵士，就是这位年轻绅士的父亲的管家。爵士家道衰败以后，我就来到这所大学作了仆人，可是我永远都无法将我的老主人忘掉，因为他已经不在这个世界上了。为了那些过去的日子，我精心照料着他的儿子。先生，我昨天来到这间屋子里时，第一眼看到的东西就是放在椅子上的吉尔克里斯特先生的鞣革手套。我当时吓了一跳。对这双手套我太熟悉了，我也明白它们在这里出现将意味着什么。假如索米斯先生看到它们，什么都完了。我一屁股坐在那把椅子上，一动不敢动，一直到索米斯先生到您那里去了。之后，我那位可怜的小主人也出来了，在以前，他经常坐在我的腿上，他向我讲述了他所做的一切。先生，难道我救他不是很自然的事吗？难道我不该跟他讲道理，告诉他不应该采取这种方式谋取利益吗？对吗？这就是他父亲会做的事。这能责怪我吗，先生？"

"不，的确不能。"福尔摩斯真诚地说，同时从椅子上站了起来。

"就这样吧，索米斯，我认为我们已经帮您把这个小问题解决了，我们要回家里吃早饭了。就这样吧，华生！至于你，先生，我认为会有一个光明的前途在罗得西亚等着你，虽然你错过一次。以后让我们默默关注你，看你在未来有着怎样的发展。"

十　死者手中的眼镜

我们1894年所做的事，用三大本厚厚的笔记本记录着。想要从这样丰富的材料中，选出一些最富于趣味、又最能说明福尔摩斯的特殊才能的案例，在我看来，是很不容易的。我翻阅了这些手稿，在里面记载着令人憎恶的红水蛭事件、银行家克罗斯倍的惨死，还有阿得尔顿惨案和英国古墓内的奇异的葬品，以及著名的史密斯－莫梯麦继承权案件。

在这期间，我的朋友因为追踪并且逮捕了布洛瓦街的杀人犯贺瑞特，得到了法国总统的亲笔感谢信和法国的勋章。尽管这些都堪称精彩的事件，但在我看来，都比不上约克斯雷旧居的事件，后者有许多激动人心的情节，不仅包括青年威洛比·史密斯的惨死，还有许多起伏跌宕的插曲。

那是 11 月底的一个狂风大作、暴雨如注的深夜，我和福尔摩斯静默无言坐在一起，他在用一个高倍的放大镜观察一张纸片上的残留字迹，而我正在专心致志地浏览一篇新的外科论文。外面狂风肆虐，呼啸着刮过贝克街，急促的雨点猛烈地敲打着窗户。真是不可思议，住在市中心、方圆十英里以内全是人类建筑物的地方，却仍然可以感觉到大自然对于人类的强大威慑，这使我进一步意识到在大自然的无穷力量面前，整个伦敦并不比田间野外的无数小土丘更为坚挺。我来到窗户前边，向着那寂静无人的街道望去，一缕灯光出现在远处，灯光照到泥泞的小路和发光的马路上。一辆单骑出租马车正从牛津街的尽头溅着泥水向这边飞奔过来。

福尔摩斯将手中的放大镜放下，卷起那张纸片，说："华生，真庆幸我们今晚没有出去。我刚才干了不少工作，都是些费眼睛的工作。据我判断，这不过是 15 世纪后半期的一所修道院的记事簿。哟！哟！是什么声音？"

在狂吼的大风中，夹杂着嗒嗒的马蹄声，此外，还有车轮碰到人行道边石沿的声音。我看到那辆出租马车在我们门前停了下来。

当我看见一个人从马车里走出来时，禁不住大声喊道："他要干什么？"

"啊，他不会要找我们吧？不过我们要准备大衣、围巾、套鞋等对付坏天气用的各样东西。哦，等一下！出租马车离开了！这下没事了！如果他要将我们从这儿请走，他一定会让马车留下等候的。亲爱的华生，除了咱俩其他人都睡下了，你快下楼去开门。"

来人一来到门厅的灯下，我立刻就将他认出来了——是年轻的斯坦莱·霍普金，一位很有发展潜力的侦探，他的工作一向很吸引福尔摩斯。

福尔摩斯有些着急地问我："他进来了吗？"

"亲爱的朋友，"福尔摩斯站在楼上对我们的客人开玩笑似的说，"请到楼上来。我想在这样的夜晚你应该不会对我们怀有什么不良企图吧！"

这位侦探沿着楼梯走到楼上，灯光照到他的雨衣上，泛起了光芒。我帮他将雨衣脱掉，福尔摩斯将壁炉的火捅得更旺。

福尔摩斯说："亲爱的霍普金，来，离火近一些，暖暖你的脚。再吸支雪茄。我们的大夫还要给你开个处方，这样狂风肆虐、暴雨倾盆的夜晚，热开水加柠檬是一剂上等好药。你选择在这个时候来我们这儿，我想是不是有十分要紧的事？"

"福尔摩斯先生，您说得完全正确，您知道我今天下午忙得焦头烂额，您看了晚报上约克斯雷那件事吗？"

"有关15世纪以后的事情，我今天一点儿都没看。"

"晚报上刊登的只是一小部分而已，而且与事实完全不符，所以读不读丝毫没有关系。我抽时间到现场去了一趟。约克斯雷位于肯特郡，距离凯瑟姆约七英里，距铁路线约三英里。三点十五分我接到电话，五点钟时我就来到约克斯雷旧居，并对现场进行了勘察，然后乘最后一列火车到了查令十字街，随即又雇了一辆出租马车赶到这儿来见您。"

"我猜你应该还没理清楚这个案件吧？"

"不错，我对这个案件的起因很模糊。我觉得事情现在还像我去调查前一样令我感到迷茫，可是开始调查的时候，案件似乎很简单。福尔摩斯先生，没有动机的行凶怎么可能呢？使我迷茫的就是我找不到行凶的动机。有一个人死了——当然这是事实，谁也不能否认——不过，我看不出来有人要杀害他的理由。"

福尔摩斯吸上一根雪茄，然后往椅背上一靠，说："把情况具体说说。"

斯坦莱·霍普金说："虽然我已经把事实完全弄清楚了，不过对这些事实的意义我还没有理解透彻。我的调查结果告诉我，事情是这样的：几年前，一位上了年纪的考瑞姆教授将这栋乡村宅邸，也就是约克斯雷旧居买下来了。教授由于有病，总是半天在床上待着，半天拄着手杖，在住宅附近一跛一跛地转悠，要不就是坐在轮椅上，让园丁推着他在园内转悠。邻居都十分乐意与他交往。他在那儿以学识渊博而闻名。一位年纪较大的管家马可太太负责管理他的家，还有一位女佣人苏珊·塔尔顿。自从他到这儿以来，就一直是这两个人照料他，这两个女人好像有着不赖的名声。这位教授正在写一本专著。大约一年前，他认为自己需要一位秘书。曾请过两位，但都不合适。第三位威洛比·史密斯先生刚走出大学校园，教授对他十分满意。在上午，秘书需要做的事情是记录教授的口述，晚上查阅资料以及准备与第二天工作有关的书籍。无论在年幼的时候，还是在剑桥攻读的时候，威洛比·史密斯的行为都很好，教授十分称心。我看了他的证明书，了解到他品行端正、性情温和、并且工作很努力。正是这样的一个年轻人，今天上午在教授的书房里被人杀害了。"

外面狂风依旧呼啸刮过，窗户吱吱作响。我和福尔摩斯禁不住向壁炉移近了一些，而这位年轻的侦探继续有条不紊地讲着这个故事。

"我感觉全英格兰也不会再有一位像教授这样与外界很少联系的人。一连几个星期，他家都没有一个人走出园子的大门。教授只专心于他自己的工作，对于别的事情一概不过问。史密斯也不认识任何一个邻居，过着和他主人一样深居简出的生活。事实上，好像也真的不需要那两位妇女走出这座庭园。推轮椅的园丁叫莫提迈尔，从军队领取抚恤金，他参加过克里木战争，为人善良。花园的一头是他的住所，那儿有三间农舍。在约克斯雷旧居内只有这些人。花园的大门距离从凯瑟姆到伦敦的大路仅仅有一百码远。花园的大门上有个门闩，任何人想进来就可以进来。

"现在我将苏珊·塔尔顿的证词讲给你们，只有她还能告诉我们一些当时的情况。那时是上午十一点到十二点之间，当时她正在楼上前面的卧室里挂窗帘。而考瑞姆教授还在床上没有起来。天气糟糕的时候，他通常在中午后起床。女管家在房后也忙着自己的事。威洛比·史密斯在他的卧室里，他的卧室也就是他的起居室。她忽然听到威洛比走过过道，下楼进入书房，书房就在她的脚下。虽然她没有看见他，不过她说根据威洛比的迅速、有力的脚步声她敢保证她的感觉一定不会错。她没有听到书房门被关上的声音。没过多长时间，下面的屋子里忽然传出了可怕的叫声。那叫声是嘶哑的、绝望的，同时也是很怪异、不自然的。正由于这个原因，很难听出那声音是发自男人还是女人。就在那一刻，又传来重重的脚步声，震得这所旧房屋似乎都在摇晃，然后忽然一切又安静了。苏珊被吓得呆站在那儿不会动，过一会儿她才鼓起勇气走下楼去。她发现书房的门是关着的，她将书房的门打开就发现威洛比躺在地板上。刚开始她没看见伤口，不过当她试图将他抬起来的时候，才看见血顺着他的脖子直往下流。她才发现他的脖子上有一个不大可是却很深的伤口，他的颈动脉被切断了。刺杀用的工具是一把放在写字台上封文件用的小刀。刀把是象牙做成的，刀背很硬。这个小刀是教授书桌上的用具。

　　"那一刻苏珊以为史密斯已经死了，她用冷水瓶往他的前额上倒水的时候，他忽然睁开了一会儿眼睛，并且低低地说：'教授，是她。'苏珊保证这句话是威洛比说的原话。威洛比还试图说话，也曾举起他的右手，可是随后他的手无力地垂下，他这回真的死了。

　　"这时女管家也来到了这里，不过她的到来有些晚，没有听到威洛比死前说的那句话。她让苏珊留下看着尸体，而自己跑到楼上教授的卧室。当时教授正坐在床上，表情十分惊惧，因为从听到的声音，他猜测一定是有什么不好的事情发生了。马可太太说得十分肯定，教授当时还穿着睡衣，一般情况下，莫提迈尔十二点钟才过来帮助教授穿衣服。教授说他除了听到了远处的叫声外，其他的事他什么也不清楚。他对威洛比临终的话'教授，是她'也不知如何解释。不过他认为这是神志不清的胡话。教授不知道威洛比有什么仇人，所以无法解释这件谋杀案的动机。他当时立即叫莫提迈尔去把当地警察叫来。没有多长时间，当地警长把我找去。我到那儿之前，所有的东西全没有移动，并且警长还严格地限制人们从小道上走近那所房子。福尔摩斯先生，这件案子可以让您充分利用您的智慧和理论，条件已经都具备了。"

　　福尔摩斯带着微笑幽默地说："条件真的都具备了吗？还缺少夏洛克·福尔摩斯先生呢！先把你的意见讲给我们听听，霍普金先生，据你推论，这件谋杀案是怎么一回事？"

　　"福尔摩斯先生，您先看看这张位置略图，从这张图上您可以大致地看出教授的书房的位置以及有关处所的位置。这样您对我的侦查就会有进一步的了解。"

　　他将那张略图展开，并将它放在福尔摩斯的膝盖上。我站起来，来到福尔摩斯身旁，从他的背后观看这张位略图。现在我把它誊写在下面：

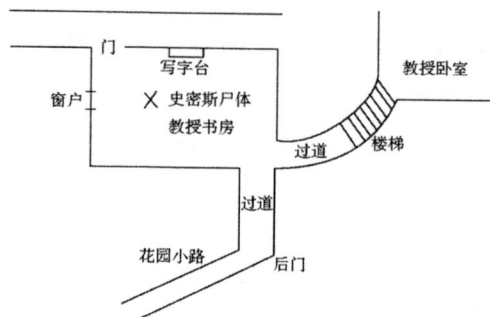

"当然这张图画得很简单，上面只画了我感觉重要的几处位置，其他地方在我讲述的时候您完全可以凭借想象知道它们的位置。我们首先假设凶犯走进了书房，他是如何来到书房的呢？显而易见，他一定是穿过花园的小道，通过后门进来的。因为那是一条捷径，可以直通书房，而从其他地方进来都要绕远。而且凶犯也一定是顺着原路离开的，因为书房的另外两个出口，一个早就在苏珊下楼的时候被锁上了，而另一个直接通到教授的卧室。所以，我在侦查的一开始就将目光盯在花园的小道上，由于雨下得挺多，小道很潮湿，一定能看得出足迹。

"在勘查中我发现凶手很谨慎，也很有经验，小道上没有留下足迹。不过很容易发现，有人沿着小道两旁的草地边走过，因为那里的草被踩倒了。这个人一定是凶杀犯，因为雨是在夜里才开始下的，无论是园丁，还是其他的人，当天早晨都没到那里去过。"

福尔摩斯说："暂停一会儿，这条小道通到什么地方？"

"通往大路。"

"小道大约有多长？"

"大约一百码。"

"在大门附近，一定可以找到痕迹吧？"

"可惜的是大门旁的路是砖路。"

"那么，大路上有痕迹吗？"

"大路被踩得乱七八糟，变成了烂泥。"

"那还真是很可惜！知道草上的足迹是进来的还是出去的吗？"

"这个不清楚。因为足迹的方向很不明显。"

福尔摩斯显出了少许不耐烦的样子。他说："是的，雨一直下得很大，风刮得也很猛，分辨脚印或许比我看那张纸片还要有难度，不过，那是没办法的事。霍普金，当你明白你处于困境的时候，你准备如何破局呢？"

"福尔摩斯先生，我想我的侦查还是有一些成效的。我敢断定有人从外面小心翼翼地走进了屋内。我还对过道进行了检查。过道上铺着椰子毛编的垫子，垫子上没有发现什么痕迹。我从过道走到书房。书房里摆设着很少的家具。主要的摆设有一个写字台，写字台下边有个固定着的柜子。柜子有两排抽屉，而中间有个小柜，抽屉全开着，而小柜锁着。可能抽屉经常开着，里面没有贵重的东西。小柜里有些重要文件，不过也没有被翻弄过的痕迹。教授对我说，没有什么东西丢失。看来确实也没有可拿的东西。

"我走到这个年轻人的尸体旁边。尸体横卧在柜子的左边，图上已经标明。刀子刺在脖子的右边，是从后向前扎过去的，由此可知不可能是自杀。"

福尔摩斯说："如果他摔倒在刀子上是有这种可能性的。"

"嗯，是有这个可能性，这个想法我也有过，可是刀子是在离尸体几英尺外的地方，所以这种可能是不现实的。另外，死者自己的话也可以作证。哦，还有一件最重要的证据，握在死者右手中。"

说着斯坦莱·霍普金从他的口袋里拿出一个小纸包。他将纸包打开，里面是一副金边夹鼻眼镜，眼镜一端垂着一条断成两截的黑丝带。他说："威洛比·史密斯的视力正常，所以这副眼镜肯定是他从凶手的脸上或是身上抢夺过来的。"

福尔摩斯将眼镜拿了过来，十分感兴趣地赏玩起来。他把眼镜自己戴上，然后试着看东西，又走近窗户向外面看，随后又来到灯光下，仔细地查看这副眼镜。最后，他哈哈大笑起来，在桌旁坐下取来一张纸，在上面写了几行字，然后扔给对面的斯坦莱·霍普金。

他说："我只能这样帮助你，或许对你有用。"

霍普金高声地读道：

"找寻一位穿着体面、打扮得像贵族的女性。她有宽宽的鼻子，眼睛距离鼻子很近，前额上有皱纹，面容呆滞刻板，可能还稍有些削肩。另外，最近几个月里她至少两次去过同一家眼镜店。她的眼镜度数很高。这座城市眼镜店不多，要找到她很容易。"

霍普金脸上显出十分惊异的神色，我想此时我的面部表情肯定与霍普金的神情差不多，而福尔摩斯只轻轻地笑了笑，然后接着说："实际上得出以上结论没什么难度。任何东西也不如眼镜能够这样充分地说明问题，更何况这又是一副与众不同的眼镜呢。根据眼镜的精致以及死者临终前的话，很容易判断出这副眼镜是属于一位妇女的。至于判断她穿着体面，那是因为我认为：一个戴金边眼镜的人在穿着方面应该是很讲究的。还有，你注意到了吗？这副眼镜的夹子很宽，这说明这位妇女的鼻子底部很宽，通常情况下，这样的鼻子一般都是短而粗的，当然也肯定会有特殊情况的，所以这一点我不敢过于武断。我的脸型是狭长的，可是我的眼睛还对不上镜片的中心，这样我就可以判断这位妇女的眼睛距离她的鼻子一定很近。华生，你能看得出镜片是凹陷的，度数很高。一个人平时如果总要眯着眼睛看东西，这必然会在生理上产生一定的影响，它使得前额、眼睑以及肩膀都具有某些相同的特点。"

我说："确实如此，我能理解你的推论。不过，我也必须承认，我无法理解你怎样得出她两次去过同一家眼镜店的推论。"

福尔摩斯将眼镜摘下拿在手中。

他说："你们看，眼镜的夹子衬着软木，目的是为了防止压痛鼻子。看，这里，一块软木变了颜色，而且有点磨损，可是另一块却是新的。可以推想这边有一块软木掉过，而且换了新的。而这块旧的软木，据我观察应该装上不过几个月。两块软木完全相同，由此我判断她应该去过同一家眼镜店两次。"

霍普金十分钦佩地说："上帝啊！棒极了，所有的证据全在我的手中，可是我却无法充分利用它们，不过我倒是想过要去伦敦各家眼镜店的。"

"当然，你是应该去的。你还有哪些情况没跟我说吗？"

"没有了，我所了解的并不比您多，甚至可能您知道的要更多些。只要在那条大路上，还有在火车站上出现的陌生人，我们全都盘查过。不过我们一无所获，没有得到有用的信息。令人伤脑筋的是这件谋杀案的动机，没有人知道是什么。"

"哦！这我可没办法提供帮助了。你的意思是要我们明天去看看吗？"

"福尔摩斯先生，要是您能亲临现场的话，那真是太好了。早晨六点钟有火车从查令十字街开到凯瑟姆，八九点钟就可以到约克斯雷旧居。"

"好吧，我们就坐这趟火车去吧。这个案件有些方面的确显示出与众不同来，很让人感兴趣，我愿意去一趟。快一点了，我们要抓紧睡几个小时。你在壁炉前面的沙发上睡，那儿很舒服的。明天坐车以前，我点上酒精灯给你煮一杯咖啡。"

第二天早晨醒来，发现风已经不再刮了。我们动身上路时，气温依然很低。严冬的太阳懒洋洋地照在泰晤士河和河两岸的沼泽地上。经过一段让人感到乏味的路程，我们在离凯瑟姆几英里远的车站下了火车。在等候马车到来的间隙，我们匆匆忙忙吃了早饭，所以一到约克斯雷旧居，我们便马上开始了调查工作。一位警察在花园的大门口等候我们。

"威尔逊，有新的进展吗？"

"没有的，先生。"

"有没有人报告发现了陌生人？"

"没有。昨天火车站那儿既没有陌生人来，也没有陌生人离开。"

"你调查过旅店和其他一些可以住宿的地方了吗？"

"调查过了，先生。还是找不到一个和谋杀有关的人。"

"从这儿走到凯瑟姆用不了多长时间。有人在凯瑟姆藏着或是去上火车是不会被注意的。福尔摩斯先生，这就是我跟您提到的那条小道。我保证昨天小道上没有任何足迹。"

"草地上的足迹是在小道的哪一边呢？"

"先生，是这一边。在小道和花坛之间的很窄的边缘上。现在无法看见了，可是昨天我看得还十分清楚。"

福尔摩斯低下身子观察草地，说："不错，是有人经过这儿。这位妇女走路一定很谨慎，如果不小心，定会在小道上留下印迹的。如果在小道的另一边走，就会在湿软的地上留下更清楚的痕迹。"

"是这样的，先生，她一定是一个头脑很冷静的人。"

福尔摩斯心无旁骛地沉思着。"你说她一定是从这条路走出去的？"他突然开口问道。

"没错，先生，除了这里没有别的路。"

"从这一段草地上吗？"

"一定如此，福尔摩斯先生。"

"哼，这件谋杀案干得有些水平——不错，小道已经到头儿了吗？我们再往前走。我猜花园的这扇小门平时经常是开着的吧，哦，那么这位客人一定是从这儿走进屋的。那个时候她没有杀人的想法，如果有杀人的想法，她会带着武器，而不必去拿写字台上的刀子。她走过过道，在椰子毛的垫子上没有留下痕迹，然后她走进了书房。她在书房逗留了多长时间？你们没有弄清楚吗？"

"先生，应该没有多久。我忘记告诉你了，女管家马可太太在出事不久以前，还在书房里打扫，时间是出事一刻钟以前。"

"这告诉我们一个时间段。这位客人来到书房，做了些什么呢？哦，她走到写字台旁边。她为什么要走近写字台？应该不是因为抽屉里的东西。那里没有值得她拿的东西，如果有的话一定也已经锁起来了。她是要拿小柜里的东西吗？咦！小柜上好像有什么东西划过，这痕迹是怎么回事？华生，快燃着火柴，霍普金，你怎么没有告诉我这有划痕呢？"

福尔摩斯对这道划痕进行了仔细检查，发现它是从钥匙孔右边的铜片上开始的，约有四英寸长，划痕上已经没有了柜表面上的漆。

"福尔摩斯先生，我看见了，可是钥匙孔周围有划痕是正常的事啊。"

"可是这个划痕是新的，很新。你来看，铜片上被划过的地方有多亮啊！旧的划痕颜色早就与铜片表面颜色一样了。你通过我的放大镜看一下这里的漆，你会发现这条痕迹两边的油漆如同犁沟两旁翻起的土一样。马可太太在吗？"

一位上了年纪、愁容满面的妇女走进屋里。

"这个柜子您昨天上午擦过吗？"

"擦过，先生。"

"您当时发现这条痕迹了吗？"

"先生，我没有发现。"

"一定没有，如果擦过了抹布会把油漆的粉屑擦掉的。这个柜子的钥匙在谁那儿？"

"钥匙挂在教授的表链上。"

"是一把普通的钥匙吗？"

"是一把车布牌的钥匙。"

"好，马可太太，没事了，您忙您的去吧。现在我们有一点进展了。这位客人走进屋子里，来到这个柜子前，或者已经将柜子打开了，要么就是要设法打开。恰好在这个时候，威洛比·史密斯来到屋里，于是她急忙抽出钥匙，却不小心在柜门上划了一道痕迹。威洛比将她捉住了，而她抄起一件够得着的武器，正好是那把刀子向威洛比扎去，迫使威洛比将她放开。这一扎使威洛比受了致命伤。威洛比倒下了，而她逃跑了，可能带着她要拿的东西，也可能空手而归。女仆苏珊在这儿吗？苏珊，你听见喊叫的声音以后，她有机会从那扇门走掉吗？"

"不可能的，先生，那是完全做不到的。如果有人在过道里，我即使在楼上也会看到的。这扇门没有开过，如果开过的话，我肯定会听到声音的。"

"这边的出口没有太大的问题了。那么这位客人一定是从她来的路离开的。据我所知，这面的过道直通到教授的卧室。那这里没有出口吧？"

"没有的，先生。"

"走，我们一起去探望一下教授。喂，霍普金，这点至关重要，一定很重要：通向教授卧室的过道也铺着椰子毛垫子。"

"可是这与这件案子能有什么关系呢？"

"难道你不清楚吗？我并不坚持肯定有关系，可是我觉得对我们会有帮助。我们一起去，你认真给我介绍一下。"

我们一起走过楼道，它的长度和通向花园的那个过道一样。过道的尽头是一段楼梯，楼梯的尽头是一扇门。霍普金敲了门，然后就把我们引进教授的卧室。

卧室面积很大，各处堆满了书籍，书架上、书柜下，都是书，屋子正中央摆放着一张单人床。这栋房子的主人此时正靠着枕头，倚靠在床上。我从来没有看见过外貌如此奇特的人。他面庞瘦削，面容憔悴，长着一个奇特的大鹰钩鼻子。他转过脸，用一对敏锐的深蓝色眼睛打量着我们，他的蓝眼睛深陷在眼眶中。他的眉毛成簇，低垂着。他的头发和胡须全白了，只有嘴巴周围的口髭还有些发黄。在蓬乱的白胡须中一支烟卷还发着光。屋子里充满了令人窒息的陈旧的烟草味。在他向福尔摩斯伸出手的时候，我发现他的手被尼古丁熏得黄黄的。

老人说话很谨慎小心，并且声调十分缓慢。"福尔摩斯先生，您是否抽烟？您抽一支吧。这位先生，您也来一支吧，我非常希望您尝尝我的烟，因为这是亚历山大港的埃俄弟尼斯为我特制的。他每次会给我寄来一千支，每两星期他就会按照我的要求寄来一次。我知道这很不好，可是又有什么办法呢？一个老人又没有什么可供消遣的。烟草和工作就是我的全部。"

福尔摩斯吸起一支烟卷，同时用眼睛满屋子瞥来瞥去地打量着。

老人十分感触地说："烟卷和工作是我的全部，不过现在只有烟卷了。唉！这不幸的事情来得如此突然，简直是祸从天降，实在是不幸，连我也无心工作了！那是一个多么难得的好后辈啊！我敢担保，再经过几个月训练，他一定会成为一个很好的助手的。福尔摩斯先生，您如何看这件事呢？"

"哦，我暂时没有想好。"

"假如您能帮助我们调查清楚这件毫无来由的案子，我会感激涕零的，像我这样的书呆子和残废人，遇到这种飞来横祸，简直是当头一棒，我甚至连思考的能力都失去了。幸亏您及时出现了，而且又那样精明强干，您将您的天赋和职业紧密地结合在一起，使得您在任何紧急情况下，都能够处之泰然，真感谢有您相助我们，真的是万分荣幸。"

福尔摩斯在屋子里踱来踱去，而老教授还在床上喋喋不休。我发现福尔摩斯烟吸得很快。看来，他也和床上的老教授一样，对这种亚历山大烟卷很是喜欢。

老人说："是的，先生，对我来说，这确实是一次严重得近乎毁灭性的打击。小桌子上的那一叠稿件是我的研究之作。我对天启教派的理论基础作了深入的分析，并且还对在叙利亚和埃及的科普特寺院中发现的文献进行了精研。所以说这部著作是很有学术价值的。可是，由于我的身体一天不如一天，这回又失去了助手，我真不知道是不是还能将研究继续进行下去。呀！福尔摩斯先生，你吸烟真快，比我还快！"

听后福尔摩斯笑了，随即又从烟盒中取出一支，这已经是第四支了，他用剩下还燃着的烟头点着，然后说道："我只是一个鉴赏家。我不想过久地问您，给您带来不必要的纷扰。考瑞姆教授，据我所知，出事的时候，您还在床上，所以什么情况也不知道。我只想问您一个问题，可怜的威洛比最后说，'教授，是她'，您认为他想表达什么？"

教授摇了摇头，然后说："苏珊来自农村，很愚钝，您知道这种人的愚蠢令人难以置信的。我想这个年轻人只是咕哝了一些不连贯的谵语，而苏珊却自以为是把它理解成了意思不明的话。"

"那么，您自己对于这件事有什么看法呢？"

"或许只是个偶然事件，也可能是自杀，不过我只跟自己人这么说说，年轻人都有些困扰隐藏在内心，如像爱情这类的事，这是我们无法洞悉清楚的。也许这比谋杀的可能性还要大一些。"

"可是那副眼镜又该如何解释呢？"

"我只是一个书呆子，一个喜欢空想的人。对生活中的实际事物我不善于解释。不过，我的朋友，我却了解爱情的晴雨表有非常奇特的表现形式的。请一定要再吸一支烟。您肯这样赏光我由衷地感到高兴。当一个人知道自己的生命就要结束的时候，可以把一把扇子、一双手套、一副眼镜等等任何东西都当作珍品拿在手中。这位先生提及草地上的脚印，这种推测往往是站不住脚的。至于那把刀子，极有可能是这个年轻人摔倒的时候甩出去的。当然我的看法可能是错误的，总之，在我看来，威洛比自杀身死的可能性很大。"

这种解释好像使福尔摩斯感到有些意外，不过他继续在屋内走来走去，专心思索，一支又一支地吸着烟。

一会儿之后，他说："考瑞姆教授，是否可以告诉我写字台的小柜里面有什么？"

"没有什么可以吸引小偷的东西。主要是家里人的证件，我不幸的妻子的来信，以及我在一些大学的学位证书，哦，这是钥匙。您可以自己去看一看。"

福尔摩斯把钥匙接了过来，观看了片刻，然后又把它还给教授。

他说："我认为钥匙对我来说用处不大。我倒更愿意悄悄地到你的花园里，把案情认认真真地思量一下。你提出的自杀的说法，还是有一定参考价值的。考瑞姆教授，对不住了，我们突然来打扰你。午饭以前我们不再来打搅你了。两点钟的时候，我们会再来叨扰，把有关情况跟你汇报。"

有些不可思议的是，福尔摩斯好像有些心不在焉。我们在花园的小道上，沉默无语地来回走了挺长时间。

我后来问："你有线索了吗？"

他说："这完全取决于我所吸的这些烟卷，也有可能我的推论是错误的，不过，烟卷会告诉我的。"

我有些惊讶："亲爱的朋友，你为什么……"

"你会清楚我说的。假如不是这样，也没有什么害处。当然，我们还可以再去调查眼镜店这个线索。可是要是眼镜店这个线索不对头，那我就找到了解决问题的捷径，哦！马可太太过来了！我们需要和她好好谈五分钟，这对于案件的侦破是有好处的。"

实际上，我早就应当说明的是，假如福尔摩斯愿意的话，他是很会讨好女人的，并且他还会在短时间内取得她们的信任。不到五分钟的时间，他便得到了这位女管家的信任，他们谈得很投机，那情形就像了是多年的老朋友在交流似的。

"不错，福尔摩斯先生，正像您刚才所说那样，一定是有什么糟糕的事情，才让他不断地抽烟，有的时候简直是一刻不停。有一天早晨我到他那儿去，烟雾充满了他整个屋子里，就像伦敦的雾那样浓。可怜的史密斯先生也吸烟，不过他没有像教授吸得那样厉害。至于教授的健康，哼，我不知道吸烟对其是好事还是坏事。"

福尔摩斯说："哦，可是吸烟对食欲有影响。"

"先生，这个我就不明白了。"

"我猜，教授吃东西肯定不多。"

"应该说，他的食量有的时候大，有的时候小。"

"我敢保证，他今天早晨一定没有用早餐。我看见他抽了这么多支烟，估计午饭也吃不下了。"

"哦，先生，这次你说的不对，事情和你想的完全相反，他今天早晨吃得挺多的。我从来没有看见过他吃这么多，而且午餐时他又要了一大盘肉排，这实在让我有些吃惊。可是我呢，自从昨天早晨发现史密斯先生倒在地板上那一刻起，我对食物连看的心思都没有了。是的，世界上有形形色色的人，教授可没因为这件事而食欲不振。"

一上午的时光，都被我们在花园里消磨过去了。斯坦莱·霍普金到村子里去调查一些传言，据说前天清早在凯瑟姆大路上，有几个孩子看见了一个奇怪的女人。福尔摩斯对于此事有什么意见呢？听到这个消息，他就一下子变得有气无力，我还一直没有看见过他这样心不在焉地对待案子。甚至连霍普金带回来的消息，也没能将他的兴致调动起来。霍普金说："有几个孩子说他们确实看见过一个外貌像福尔摩斯所说的那样的妇女，她戴着一副眼镜，可能是夹鼻眼镜。"

吃饭的时候，苏珊边服侍我们，边跟我们讲这件事的相关情况。她的话倒引起了福尔摩斯的极大兴趣。苏珊说："昨天清晨史密斯先生出去散步，回来仅仅半小时，这件令人恐怖的案件就发生了。"我真的无法明白，散步这件事对整个案情能有什么关系。可是我清楚地看出，福尔摩斯把这件事纳入他对整个案件的推论中去了。突然福尔摩斯站了起来，看了看表，说道："两点了，先生们，我们上楼的时间到了，我们要和这位教授把事情谈个明白。"

这位教授也才吃过午饭，桌上的空盘子说明他的食欲不错，女管家的话得到了证实。当他转过头来，将闪烁的目光投向我们时，我感到他身上确实有神秘的地方。他已经穿好衣服，坐在靠火边的一个扶手椅上。嘴上仍然抽着烟。

"福尔摩斯先生，你弄明白这个让人迷惑的案子了吗？"说话的时候他把桌子上靠近自己的一大铁盒烟卷，向福尔摩斯这边推去。福尔摩斯自然地伸出手去，没想到他们二人把烟盒打翻了，烟卷落了一地。我们只好蹲下来四处捡散落在地上的烟卷，足足用了一两分钟才将散落的烟卷捡拾起来。当我们重新站起来的时候，我发现福尔摩斯的眼神闪烁着光芒，两颊显得十分红润。在我的这位朋友脸上一闪即逝的这种临战的表情，我只在最危急的情况下，仅仅看到过一次。

他说："是的，我已经弄明白了。"

我和霍普金在那一刻目瞪口呆。老教授憔悴的面孔颤抖不停，而且同时露出讥讽的嘲笑。

"是吗！就在花园里？"

"不，在这里。"

"什么，这里！什么时候？"

"就是现在这个时候。"

"福尔摩斯先生，我想你是在跟我开玩笑吧。我不得不提醒你，这是件十分严肃的事情，万不可这样随便说的。"

"考瑞姆教授，您放心，我的结论的每个论点，都是经得住考验的，所以我敢肯定它是正确无误的。至于你的动机是什么，以及在这个神秘的案件中，你扮演了什么角色，我暂时还不清楚。过几分钟你也许会亲口跟我们说的。为了让你方便些，还是由我来把这两天发生的事讲一讲，这样你也可以清楚我会要求你讲什么。

"你的书房昨天来了一位妇女，她来的目的是要将你写字台柜子里的文件取走。她身上带有一把和你有的一样的钥匙。至于你的钥匙，我已经检查过了，它上面没有那个划痕能够造成的轻度褪色，我从有关证据得知，事先你并不知道她来拿文件，所以，你不算从犯。"

教授将嘴里的一口浓烟吐出，说道："这倒很有些意思，而且对我颇有启发。那么这位女士的情况，看来你已经调查清楚了很多，当然你也能说出她以后的行动了？"

"当然，先生，我是要继续讲下去的。起初你的秘书将她抓住了，为了脱身，她就抓起小刀向这位秘书刺去。在这件事上，我倾向于把这个案件看成是不幸发生的偶然事件，因为我认为这位女士事先并不想杀人。假如是预谋杀人，她一定会自己带着武器的。结果，她做的事让她感觉十分后怕，于是她不顾一切地急急忙忙要逃离，令她没有想到的是在和威洛比厮打的时候，她的眼镜弄丢了。她近视的程度比较高，不戴眼镜什么也看不清。她沿着一个过道跑，原想走的是来的时候走的过道，巧合的是两边过道全铺着椰子毛织的垫子。当她知道自己匆忙之间走错了的时候，已经迟了，退路已被切断。如何办呢？她无法退回去，又不能站在那儿不动，所以只好继续向前走。她上了楼梯，推开你的房门，出现在你的房中。"

老教授呆呆地坐在那儿，嘴张着，目不转睛地盯着福尔摩斯，脸上露出十分惊恐的表情。随后又故作镇静地耸耸肩，还发出一阵假笑。

他说："福尔摩斯先生，您的推论很精彩！可惜有一个小漏洞。你知道，我一直在我的屋里，一整天都没有离开过。"

"考瑞姆教授，我清楚这一点。"

"那就是说我躺在床上，没有发现有位妇女出现在我屋里？"

"我没有这样说。相反你发现有人进来了，而且你还和她讲了话，你们认识，并且你帮助她逃脱了。"

教授又高声笑了起来，然后猛地立起身，眼睛里透露着最后一线希望。他大声喊道："你发什么神经！你在乱说什么！我帮助她逃脱？那她现在在哪里？"

福尔摩斯指着放在屋子一角的一个高高的书柜，沉着地说："她在那里。"

那一瞬间，老教授惊呆了，他举起颤抖的双手，随即整个躯体却又颓然落倒在椅子上。就在这个时候，屋角上的书柜门忽然被推开了，一位妇女急匆匆地走出来。她站在屋子中间，用一种古怪的异国语调说："你说对了！说对了！我就在这里。"

她的脸上和身上沾满了尘土，衣服上还挂着从墙上沾来的蜘蛛网。她长得很一般，她的体型和脸型与当初福尔摩斯所推测的毫无二致，此外，她还有一副较长的下巴，这让她显得很顽强。她本来近视的程度就很高，再加上又是刚从暗处来到明处，因此她站在那儿一个劲儿地眨着两眼，努力要看出我们的位置和身份。虽然她缺乏美丽的容颜，但是举止端庄大气，神态淡定，有一种顽强和豪迈的精神，不免让在场的人不由自主地感到敬慕。

斯坦莱·霍普金上前将她的手臂抓住，要给她戴上手铐，而她神色郑重地将霍普金轻轻推开。老教授仰靠在扶手椅上的身子在轻轻地颤抖着，用阴郁的眼神看着眼前的妇女。

她说："先生，我承认我被捕了。我在柜子里听到你们说的一切，所以我知道你们已经将事实弄清楚了。我愿意将事实告诉你们，是我杀死了那个年轻人。你说那是意外事件，是十分正确的。我不知道我手中拿的是刀子，我只知道我从桌子上抓起一件东西，然后绝望地向那个年轻人刺去，目的就是让他放开我。这就是真实情况。"

福尔摩斯说："夫人，你说的是事实，这一点我完全相信。我看你的身体算不上很好。"

她的脸色的确很难看，再加上那些尘土，这让她显得有些可怕。她坐到床边上，继续说："我所剩的时间不多了，可是我仍然要把所有的真相讲给你们。我是这个人的妻子。他不是英国人，而是个俄国人，他的名字我不想说出来。"

老教授显得心情激动，他喊道："上帝保佑你，上帝保佑你！安娜！"

她非常轻视地向老教授投去目光，说："塞尔吉斯，这种痛苦的生活你为什么不想结束呢？你一生毁掉了许多人，甚至也没给自己带来什么好处。不过是否在上帝召唤你之前，便自主结束生命，这要由你自己决定。可是，我却一定要讲出来，否则，我便没有时间了。"

"先生们，刚才我说我是这个人的妻子。在我们结为夫妻的时候，他已经五十岁，而我只有二十岁。我在俄国的一个城市上大学，可我不想把这个地名说出来。"

老人又喃喃地说："上帝保佑你，安娜！"

"你可能也了解到，我们是革新家、无政府主义革命者。我们人数很多。后来遭遇困境，由于一个警长被害，我们有许多人因此而锒铛入狱。而他为了获得一大笔钱，同时为了保命，便提供证据，将他的妻子和伙伴送上法庭。由于他的交代，我们全都被捕了。有的被判处绞刑，有的被流放到西伯利亚。我被送流放到西伯利亚，但不是终生流放。他带着那笔不义之财来到英国，过上了宁静安定的生活。他内心十分清楚，假如我们的团体查到了他的落脚之地，可能他的生命在不到一周内就会结束。"

老教授颤颤巍巍伸出手又拿起一支烟卷，说："安娜，你想怎么处置我随你吧，你向来对我很好。"

她说："他的最大罪恶我还没有讲给你们。在我们的团体中，有位同志是我现在的好朋友，他是一个思想高尚、大公无私、热心帮人的大好人，这些好品质与我丈夫没有任何关系。他对使用暴力一贯反对，他说假如使用暴力是犯罪的话，那我们全都犯过罪，只有他没有。他经常给我们写信，力劝我们放弃使用暴力。这些信件是可以使他避免受到现有法律惩处的。我的日记也可以证明，因为我在日记中如实记录我对他的情感以及我们每个人对他的看法。可是这些信件和日记被我丈夫发现了，他就偷偷将它们藏了起来，一面还尽力证明这位年轻人应判死刑。尽管他没有实现目的，但是阿列克谢还是被当作罪犯流放西伯利亚，在一个盐矿做工。你这个恶人，你想想，你认真琢磨琢磨，那样高尚的一个人却受着奴隶般的待遇，而你……你的生命就在我手中，不过我对你还是网开一面。"

老人将嘴里的烟吐出，说："安娜，你是一个心地善良的女人。"

她慢慢站了起来，不过随即发出了一声痛苦的尖叫，重新坐了下去。

她说："我一定要将我想说的讲出来。在我服刑期满以后，我就马上开始千方百计寻找这些信件和日记，因为我清楚假如俄国政府得到这些东西，便会将我的那个朋友释放。我知道我的丈夫来到了英国。经过几个月的查访，我终于掌握了他的落脚之地。我知道那些日记在他的手里，因为当我还在西伯利亚时，我们有一次通信，他在信中责备我时引用的是我日记中的话。我内心十分清楚，由于他生性有极强的报复心，所以他一定不会自愿地把日记交还给我，我必须想办法将它们弄到手。这种情况下，我请了一位私人侦探，让他给我丈夫做秘书——也就是你的第二个秘书——塞尔吉斯。他来了之后没过多长时间就离开了，他发现文件全被锁在小柜中，并且也帮我取了钥匙样。可是他不愿意做更多的事，于是就把这栋房的平面图交给了我，而且又告诉我，秘书住在楼上，书房上午没有人，所以我后来才鼓起最大的勇气，亲自来取这些东西。现在拿到了东西，可是，为了这些我付出了多大的代价呀！

"就在我刚拿到日记和信件，正要锁上柜子时，一个青年将我扭住了。那天清早我们在路上曾经相遇过，我还向他咨询考瑞姆教授的住处，当时我不知道他是考瑞姆雇用的人。"

福尔摩斯说："事实应该如此！秘书回来将这件事跟考瑞姆讲了，说他遇见了一个什么模样的妇女。威洛比临终之前想要说明：就是他和教授说过的那个女人将他杀害了。"

这位妇女面部在不停颤抖，好像十分难受。她用命令的口吻说："你让我把话说完。这个年轻人倒下去的时候，我从书房跑出去，却跑错了门，来到我丈夫的房间。他说要将我告发。我跟他讲：假如他这样做的话，我是不会饶过他的。他要是让警察逮捕了我，我就把他的事告诉我们的团体。我这样说不是为了保全我的生命，而是想要达到我的目的。他很清楚我说话算话，而他自己的命运又和我的命运缠在一起。只是出于这个缘故，他才掩护了我。他把我塞进那个黑暗的角落——只有他自己才知道这个秘密。他吩咐佣人将饭送到他的卧室，以便分给我一些。我们俩约定好，在警察一离开这栋房子，我就要乘黑夜偷偷走掉，并且永远不再回来。可是我们的计划被你识破了。这是我死之前所要讲的话。"说完，她从胸前拿出一个小包，对福尔摩斯说："这个小包裹可以救我那个朋友——阿列克谢。先生，出于你的荣誉和正义，我放心地将这包裹委托给你，请你把它转交给俄国大使馆。我认为我已经尽我所能了，并且……"

福尔摩斯突然喊道："快！阻止她！"他一下子蹦到屋子的另一边，从她手中夺下一只小药瓶。

她往床上倒了下去，说："太迟了！太迟了！我出来……的时候，就把药吃了。我头晕。我就要离开了！先生，我恳求您……不要忘记……那个小……包裹。"

在我们坐车回城的路上，福尔摩斯说："其实这个案件很简单，不过却很令人警醒。从一开始问题便围绕着夹鼻眼镜。尽管那个青年在临死前幸运地抓住了眼镜，不过当时我还无法确定，我们是否可以将问题解决。

很显然，从眼镜的近视度数可以断定，戴眼镜的人近视程度很深，离开眼镜将会无法做任何事。霍普金先生，当你让我相信她确实走过一小块草地，而不是故意作假时，你还记不记得，那个时候我曾经断言，这种做法很不寻常，值得关注。可是实际上我心中认为这是不现实的，只有另外一种可能，那就是她还有一副眼镜。于是，我只能认真考虑另一个假设——她还留在这栋房子内。当我发现两个过道完全相似，立刻猜想她很可能走错了路，如果是这样的话，她就会走到教授的屋中。

"我密切地关注一切能够证实这个假设的事情，我仔细地检查这间屋子有没有能藏人的地方。地毯是整块的，并且与地板结合得很牢固，所以地板上有活门的可能性不大。书柜后面是个可以藏人的地方。你知道，在老式的书房里常见有这种结构。我发现地板上各处都堆满了书，可是书柜却是空的，由此我猜测书柜可能是一扇门，不过我找不到证据来证实我的猜测。我看到地毯是暗褐色，于是我抽了很多支那种好烟，把烟灰洒在我怀疑的书柜前。这个办法很简单，不过却可能很有实效。然后我便下楼去了。我已经弄清楚——华生，当时你也在场，可是你却没有洞悉我谈话的用意所在——考瑞姆教授的饭量增加了，这不免让人怀疑他还让另一个人吃饭。

"之后，我们又来到楼上，我故意将烟卷盒弄翻，为的是清楚地看看地毯。通过地毯上的烟灰我了解到，在我们离开那里以后，她从躲藏的地方出来过。霍普金，我们已经到了查令十字街，我祝贺你顺利地将此案了结。你一定是去警察局吧！我和华生要前往俄国使馆，回头见了，我的朋友。"

十一　临场失踪的中卫

在贝克街我们经常收到一些内容稀奇古怪的电报，这本来是不用提及的。可是，七八年前，在二月一个灰暗的早晨收到的那封，却留给了我极为深刻的印象，不仅如此，也使得夏洛克·福尔摩斯先生迷惑了足有一刻钟之久。电文内容如下：

请等我。万分不幸。右中卫失踪。明日需要。

欧沃顿

福尔摩斯对电报琢磨了一会儿，说："河滨的邮戳，十点三十六分发出的。很明显欧沃顿先生拍电报时的心情激动不已，要不然怎么说话语无伦次。我断定等我读完《泰晤士报》，他一定会出现在我们这里的，那时我们自然就了解清楚一切了。"在那段时间里我们工作很清闲，所以，就是最无关紧要的问题，也同样受到我们的欢迎。

经验告诉我，无所事事的生活是很摧残人的，因为福尔摩斯的思维过于活跃，假如没有可让他把他的思维耗费其上的事情，那就有很大的危险性。在我的一再坚持下，他停止服用兴奋剂已经有好几年了，因为这种药物曾经一度妨碍他从事他那富有意义的事业。现在，一般情况下我的朋友已经不需要再服用这种人造的兴奋剂了。同时，我也很清楚，他的病症并没有消除，而只是潜伏下来了，并且潜伏得很深，当没有什么事情可做的时候，还会复发。在那种情况下，我发现我的朋友两眼深陷，面容阴郁，给人一种莫测高深的感觉。所以，无论欧沃顿是什么人，他既然带来了不解之谜，我就要表示欢迎，因为风和日丽要比狂风暴雨更使我的朋友感到痛苦。

情况如福尔摩斯所猜想的那样，收到电报不久，发报人亲自登门了。他的名片上印着：剑桥，三一学院，西锐利·欧沃顿。来人是一位身材魁梧、体格健壮的年轻人，他的肩膀很宽，把屋门都堵住了。相貌虽然英俊，可是面容憔悴，眼神缺乏光彩，进屋后慢慢打量着我们。

"请问哪位是夏洛克·福尔摩斯先生？"

我的朋友点了点头。

"福尔摩斯先生，我从苏格兰场来，在那里我见到了侦探霍普金。他给我出主意，让我来找您。他说，在他看来，我这个案件由您出面处理解决更为妥当，而不必找官方侦探。"

"好的，请坐，把您的问题讲给我们吧！"

"福尔摩斯先生，事情很糟糕，准确说是糟糕极了！我的头发都快为此变白了。高夫利·斯道顿——这个名字您听说过吧？他是全队的灵魂。在中卫线上，我宁愿只要他，而不要另外任何两个。不论是传球、运球、还是抢球，他比任何人都要强。他是全队的核心，可以把我们全队带动起来。我该如何处理呢？福尔摩斯先生，您告诉我该如何办。当然有莫尔豪斯替补，他是踢前卫的，可是他总是忍不住挤进去争球，而忘记守卫在边线上。他定位球踢得相当不错，不过他对情况的判断很差，而且不善于拼抢，牛津的两员老将——莫尔顿或约翰逊，可能会将他缠得死死的。斯蒂文逊虽然跑得比别人快，但是他不会在二十五码远的地方踢落地球。而一个中卫既不会踢落地球，又不能踢空球，根本就没资格上场参加比赛。福尔摩斯先生，您要是不能帮助我们找到高夫利·斯道顿，那我们必输无疑了。"

福尔摩斯全神贯注、津津有味地听着。而我们这位来访者急切地诉说着。他强壮的手臂配合讲述间断地拍着自己的膝盖，似乎努力使每句话都得到别人的充分理解。来客的话音刚一落，我的朋友福尔摩斯就取出有"S"字母的那一卷资料。不过，从这一卷内容丰富的资料中，他显然没有查到他想要找的东西。

他说："有阿瑟·H·斯道顿，年轻人，一个发了财的伪造纸币者。还有亨利·斯道顿，我和警察通力合作把这个人绞死了。可是我真的从来没有听说过高夫利·斯道顿这个名字。"

我们的客人脸上一副惊讶的样子。他说："福尔摩斯先生，我还以为您无所不知呢。要是您没有听说过高夫利·斯道顿，那您也就一定没有听说过西锐利·欧沃顿了。"

福尔摩斯轻轻笑了笑，然后摇了摇头。

欧沃顿说："大侦探先生！在英格兰和威尔士的橄榄球比赛中，我的球队是英格兰的第一队，而我是大学生队的领队，不过，你不了解也没有多大关系！在我看来，在英国每个人都认识高夫利·斯道顿。他是最棒的中卫，他受到剑桥队、布莱克希斯队和国家队的邀请，其中国家队请了他五次。福尔摩斯先生，您之前一直在英国居住吗？"

福尔摩斯被欧沃顿天真的问话逗乐了，他说道："欧沃顿先生，我生活的范围与您的生活范围不太一样，您的生活圈子更愉快、更健康。我和社会上的各界人士几乎都有接触，但是独独和体育界人士没有来往，而业余体育运动是英国最有意义、最有益于健康的事业。您这次意外的登门造访告诉我，就是在最讲究规则的户外运动方面，我也能够有所为。那么，请你坐下来，慢慢地、安静地按照顺序告诉我们出了什么事，以及您让我如何帮助您。"

欧沃顿的脸上显露出很不耐烦的表情，这种样子时常出现在那些惯于使用体力而不用脑力的人身上。他开始给我们一点一点地讲述这个令人感到不解的故事。他的叙述中有许多重复和模糊之处，在叙述时我把它们删去了。

"福尔摩斯先生，事情是这样的。前面我已经告诉过您，我是剑桥大学橄榄球队的领队，而高夫利·斯道顿是这个队最优秀的队员。明天我们和牛津大学将进行一场较量。昨天我们抵达了这里，下榻在班特莱旅馆。晚上十点钟的时候，我巡查了全队，看见所有的队员都休息了，我一贯认为严格的训练和充足的睡眠是十分必要的，可以让一个队保持良好的竞技状态。我发现斯道顿脸色发白，似乎内心波澜起伏。我问他有什么事，他回答我没有什么，只不过有点头疼，于是我向他道了晚安就离开了。大约半小时后，旅馆服务员跟我说有一个长着很多胡须、衣着简陋的人拿着一封信要找斯道顿。斯道顿已经上床睡了，所以服务员只好把信送到他屋子里。没想到他读过信后，一下子就瘫倒在椅子上，那情形就如同被谁用斧子砍了似的。服务员十分惊讶，准备过来找我，而斯道顿却不让服务员找我，喝了一点水振作一下精神，然后他走下楼，和在大门那儿等候的人交流了一会儿，两个人便一起走出去了。服务员看到的最后情景是他们二人在大街上朝着河滩跑去。今天早上斯道顿的房间没有人，床铺没有睡过的痕迹，他的东西一点未动，情形如同我昨天晚上看到的那样。那个陌生人来找他，而他随即跟着那个人离开了，到现在也没有音信，我感觉他不会回来了。斯道顿是个真正的运动员，运动是他最喜欢做的事情，如果不是受到什么沉重的打击，他是绝对不会退出比赛的，决不会欺骗他的领队。我认为他可能永远不会回来了，我们不会再一次见到他了。"

福尔摩斯充满兴致地倾听着欧沃顿叙述这件怪事。随后，他问："你采取什么措施了吗？"

"我给剑桥大学拍了电报，询问其是否知道他的消息。得到的答复是没有人看见过他。"

"他有可能回到剑桥吗？"

"嗯，可以的，有一趟晚车——十一点一刻开。"

"不过，按照你的看法，他没有乘这趟火车？"

"是的，没有人看见过他。"

"后来呢？"

"我又给蒙特·詹姆斯爵士拍了电报。"

"为什么给他拍电报呢？"

"斯道顿是个孤儿，他最亲的人就是蒙特·詹姆斯——可能是他的叔父。"

"这对于解决问题可能有些帮助。蒙特·詹姆斯爵士是英国最富有的人。"

"我听斯道顿这样说过。"

"斯道顿是他的近亲？"

"嗯，斯道顿是他的继承人。老爵士马上就八十岁高龄了，患有严重的风湿病，人们说他可能很快就要离开这个世界了。他从来不给高夫利一个先令，他是个十足的守财奴，可是财产早晚都要归斯道顿。"

"蒙特·詹姆斯爵士那儿给你什么消息了吗？"

"没有。"

"假如斯道顿去蒙特·詹姆斯爵士那儿，目的可能是什么呢？"

"头一天晚上有事使斯道顿心情焦灼难安，假如与钱有关，那可能是爵士要把遗产给他。爵士有很多很多钱，不过据我所知，斯道顿得到这笔钱的可能性也不是很大。斯道顿不讨老人喜欢。要是他有理由不去老人那里，他就不会去的。"

"那好，现在我们是否可以做这样的假定：假如你的朋友斯道顿是到他的亲属蒙特·詹姆斯爵士那儿去了，你就可以解释那个衣着简陋的人为什么那么晚来，为什么他的到来使得斯道顿变得更为焦灼不堪？"

西锐利·欧沃顿困惑地说："我无法解释。"

福尔摩斯说："既然这样，今天天气还不错，我愿意亲自去调查一番。我给你的建议是无论这个青年情况怎样，你还是要准备参加比赛，就像刚才你所言，他之所以突然离开，相信肯定是有十分要紧的事，而且也正是这件要紧的事让他到现在还没有回来。我们一起走着去旅馆，看看服务员是否还可以提供新的线索。"

夏洛克·福尔摩斯的细心开导，使得欧沃顿的心情很快平复下来。没过多长时间，我们来到了旅馆，并来到斯道顿住过的单人房间。在这里福尔摩斯向服务员了解他所知道的一切。获知：头一天晚上来的客人既非一位绅士，也不是一个仆人，而是一个"穿着不怎么讲究的家伙"，年纪大约有五十岁，有稀疏的胡子，脸色苍白，穿着十分朴素。他内心好像十分激动，以至于拿着信的手在不停地抖动。服务员看到高夫利·斯道顿将那封信塞到自己的口袋里，在大厅里没有和这个人握手。他们交流了几句，服务员只听清"时间"两个字，然后他们就匆匆忙忙地走出去了，那时大厅的挂钟显示的时间正好是十点半。

福尔摩斯坐在斯道顿的床上，问道："我猜你值白班，是这样吧？"

"是的，先生，我十一点下班。"

"值夜班的服务员有没有什么发现？"

"没有，先生。只有那些常去看戏的人回来稍晚些，除了他们，再就没有别人了。"

"昨天一整天都是你在值班吗？"

"是这样的，先生。"

"斯道顿先生有没有收到邮件一类的东西呢？"

"有的，先生，收到过一封电报。"

"哦！那很重要。什么时候收到的？"

"六点钟左右的时候。"

"斯道顿在哪儿收到的电报？"

"就在这间房子里。"

"他将电报拆开的的时候，你在场吗？"

"是的，我在场。我等着看他是不是需要回电。"

"那么，他回电了吗？"

"不错，先生，他写了回电。"

"是让你去拍的回电吗？"

"不是，他自己去的。"

"哦，那他是当你的面写的回电吗？"

"是的，先生。当时我站在门边，他将身子转过去，在桌子上写的回电。他写完后对我说：好了，不麻烦你了。我亲自去拍。"

"知道他用什么笔写的回电吗？"

"用铅笔，先生。"

"是不是用了这张桌子上的电报纸？"

"不错，先生，就是原来最上面的那一张。"

福尔摩斯站了起来，并取过现在在上面的那张电报纸，然后来到窗户边，认真地对上面的痕迹进行检查。

他说："太可惜了，他根本没有用铅笔写。"然后将这张电报纸放下，十分遗憾地耸了一下肩，接着说："华生，你肯定也会猜测到，字迹会透到第二张纸上的——以前有人凭借这种痕迹破坏了许多美满的婚姻。不过，我却在这张纸上看不到什么。哦，对了！我看出他是用粗尖的鹅毛笔写的，这样我们就一定会在吸墨纸上发现一些痕迹。哈，你们瞧，推论完全正确！"

他将那条吸墨纸撕下来，并把上面的字迹展示给我们看。

欧沃顿十分激动地喊："用放大镜看！"

福尔摩斯说："不用，纸很薄，从反面即可看出写的是什么。"

说着他把吸墨纸翻过来，我们看到下面的字迹：

看在上帝的面上支持我们！

"这就是高夫利·斯道顿在失踪前几小时所拍的电报的最后一句。电报上少说也有六个字我们无法知道了，但就剩下的内容，也足以证明斯道顿看到严重的危险将要降临到自己身上，并且说明有另外一个人在保护他。

请注意'我们'！有第三者参与进来了。除了那个面色苍白、自己也显得很紧张的大胡子以外，还能是谁呢？那么，斯道顿和这个大胡子是什么关系呢？为了躲避即将要到来的危险，他们二人去寻求援助的第三者又是何许人呢？我们的调查应该围绕这些问题来进行。"

我提出建议："我们只要查清楚电报是拍给谁的，一些问题就好办了。"

"亲爱的华生，是要按照这个方向去做的，你的办法是能够解决问题的，我也曾有过这样的想法，不过你要明白，假如去邮局要求查看别人的电报底稿，邮局的工作人员或许不会给予我们配合。办这种事的手续很烦琐的，不过，我相信通过一些巧妙的手段可以将这件事完成。欧沃顿先生，现在有你在现场，我要看一看留在桌子上的那些文件。"

一些信件、账单和笔记本在桌子上摆放着，福尔摩斯快速而又认真地翻阅着。时间过去没多久，他说："这些东西没有问题。顺便说一下，你的朋友斯道顿身体健康、头脑清醒，他绝不会闹出什么大乱子来的。"

"他身体很健康。"

"他生过病吗？"

"从来没有病过，不过因为胫骨被踢伤而摔倒过，还有，由于滑倒了，膝盖受过伤，可这都不能算是病。"

"可能他没有你所说的那样健壮。我认为他或许有难以对别人说起的疾病。如果你不反对的话，我想拿走这桌子上的一两份材料，为的是将来调查时用。"

就在这时，传来焦急的喊声："等一下，等一下！"我们抬起头来，发现一个小老头，样子古怪，颤颤巍巍地站在门口。他穿着已经洗得发白的黑色衣服，戴着一个宽边礼帽，系着白色宽领带——看上去土里土气，好像是殡仪馆的工人。尽管他衣衫简朴，样子古怪，但他说话的声音却清脆得很，看样子他像是有急事。这不得不引起了我们的关注。

他问："先生，你是哪位？这些文件你有权力动吗？"

"我是个私人侦探，我正想办法查清他为什么会失踪。"

"你是侦探？那么谁请你来的？"

"这位先生，他是斯道顿的朋友。苏格兰场将他介绍给了我。"

"先生，你是谁呢？"

"我叫西锐利·欧沃顿。"

"哦，那是你给我拍了一封电报吗？我是蒙特·詹姆斯爵士，我是乘倍斯瓦特公共汽车匆忙赶过来的，你已经委托一位侦探调查处理此事了吗？"

"是的，先生。"

"你想出多少钱？"

"如果我们能够找到他的朋友斯道顿，他肯定是会付钱的。"

"可是要是找不到他呢？找不到呢？你回答！"

"如果是这样的话，他肯定会……"

这个小老头儿声音尖利地喊道："先生，这样的事不会发生的。不要向我要一个便士——就是一个便士也甭想从我这儿要走。侦探先生，你明白了吗？这个年轻人只有我这一个亲人。不过，我要给你讲，我不负任何责任。就因为我从来不乱花钱，他才有可能继承到我的财产，可是我还不想让他现在就继承。你要是动了这些文件，那我可要警告你，里面要是有什么值钱的东西，你可是要全部负责的。"

夏洛克·福尔摩斯说："先生，到此为止吧！同时我要问你，对这个年轻人的失踪，你是不是应该负一些责任？"

"不用，先生。他现在已经长大了，年纪不小了，完全可以自己照顾自己。他愚笨到自己看不住自己，那么我是完全不负寻找他的责任的。"

福尔摩斯眨了一下眼睛，然后用讥讽的口吻说："您的意图我已经了解得很清楚了，可是您可能并不了解我。在很多人看来，高夫利·斯道顿是个穷人。他被绑架不会因为他自己很富有。蒙特·詹姆斯爵士，你很有钱，你的名声被很多人所知，很可能是一伙强盗为了了解你的住宅、财宝等等情况，而将你的侄子绑架了。"

这位给人没有留下好印象的客人听后顿时面色发白了，正好和他的白色领带相互映衬。"上帝啊，多么可怕！真没想到会有人要做这种见不得人的事！世界上竟会有这种没人性的坏蛋！斯道顿是个好孩子——一个顽强的孩子，他一定不会把他的叔叔出卖的。今天晚上我就把我的财物交给银行保管。侦探先生，我恳求您不辞劳苦，一定要把他安全地找回来。关于费用吗，五镑、十镑的我肯定会支付给您的。"

这位极富有的吝啬鬼，即便他身上没有铜臭味，也不会对我们有任何用处，因为他对他侄子的生活毫不知情。我们将蒙特·詹姆斯爵士送走了。那份残存的电报是我们现在唯一的线索。于是，福尔摩斯拿起一份抄录的残文，去寻找有关的线索。而欧沃顿也去和他的队员商量如何来应对这个意外的不幸。

旅馆附近有个邮电局。我们走到邮电局门口时，福尔摩斯说："华生，我们可以尝试尝试。当然，假如有证明，我们可以索取存根查对，可是现在我们没有证明。我料想邮局很忙，不会把我们的相貌记住的。我们冒险尝试一下。"

进入邮局后，福尔摩斯对着格栅后面的一位年轻女性，淡定自若地说："给您添麻烦，昨天我拍的那个电报可能有点错误，因为我没有收到回电，我认为我可能忘记在后面写上名字了。请您帮助我查找一下可以吗？"

她问："什么时候拍的？"

"大概六点过一点。"

"拍给谁的？"

福尔摩斯将一个手指放到嘴边，并且看着我，示意我不要讲出实情。然后，他很自信地低声说："电报上最后的几个字是'看在上帝的面上支持我们'。我很急于收到回电。"

这位年轻女性抽出一张存根，说："就是这张吧，上面是没有名字。"说完，她把存根平铺在柜台上。

福尔摩斯说："我说我怎么没有收到回电呢。哎呀，我怎么这么笨呢！早安，女士，谢谢您使我把问题解决了。"等我们走到街上的时候，福尔摩斯一面拍着手一面咯咯地笑了。

我问："现在怎么样了"

"大有进展。华生，我想了七种可以看到那个电报存根的办法，不过令我意外的是居然这样省事，第一次就成功了。"

"你从中获得了什么信息呢？"

他说："我清楚了该从哪里着手调查。"

他叫了一辆马车，前往帝国十字街火车站。

"我们要去的地方很远吗？"

"不错，我们一定要去剑桥一趟。好像所有的迹象都与剑桥有关联。"

当马车驶过格雷饭店大路的时候，我又开口问道："对于斯道顿失踪的原因，你考虑得如何了？在我们侦办的案子里，肇事动机都非常不明确。你并不认为劫持斯道顿的目的，是为了获得他那有钱叔叔的赎金吧？"

"亲爱的华生，我实话实说，我并没有那样的想法，当时我突然想到这一点，因为这样才能引起那个令人厌恶的老头子的兴趣。"

"还真的只有那样说，不过，你内心的真实想法又是如何的呢？"

"我可以说几条，我们要看到，事情发生在这场重要比赛之前，而且与一个关系全队胜负的队员联系在一起。当然，这两个因素或许纯属巧合，不过真的很有趣。业余比赛是不许赌博的，不过还是有些人在场外打赌，就像赛马场的流氓在赛马上下赌注一样，这是一种解释。第二个动机是很明显的，这个年轻人虽然现在没有钱，可是将来确实要继承大笔钱财，将他劫持是为了得到赎金，这也是说得过去的事情。"

"可是这两种说法都无法解释电报的问题。"

"不错，华生，电报仍然是我们一定要解决的难题，而且我们也不应当把我们的注意力分散。我们去剑桥的目的也正是为了查清楚拍这封电报的目的。我们如何侦办现在还不清楚，不过一定要在天黑以前将它确定，或是有个眉目。"

当我们到达这所古老的大学城的时候，天色已晚，夜色昏暗，福尔摩斯在火车站叫了一辆马车，让把我们带到莱斯利·阿姆斯昌大夫家中。大约几分钟后，马车驶进一条繁华的街道，然后在一栋华丽的房子前面停了下来。一个仆人引领我们走进去，等了好长时间我们才被引到诊疗室，桌子后面坐着大夫。

对于莱斯利·阿姆斯昌的名字，我没有听说过。这说明我和医学界人士联系得并不多。现在我才了解到他不仅是剑桥大学医学院的一位负责人，而且还在不少学科上都取得了一定的成就，是个在全欧洲都很有名的学者。

一个人即使不了解他的光辉成就，看到他本人时也一定会留下十分深刻的印象，他有一个方正的大脸、两道浓眉，浓眉下面有一双阴郁的眼睛，倔强的下巴如同用大理石雕刻出来的。在我看来，阿姆斯昌大夫应该是个性格沉稳、头脑冷静、吃苦耐劳，有着极强控制力、极难对付的人。他手中拿着福尔摩斯的名片，抬起头来打量着我们，脸上没有一点喜悦的表情。

"夏洛克·福尔摩斯先生，我听说过你的大名，也清楚你的职业，可是我个人对这种职业是持绝对反对态度的。"

福尔摩斯平静地说："如果是这样的话，你便在无形中支持了全国的每一个罪犯。"

"你从事制止犯罪的事业，这无疑会得到社会上每一个通情达理的人的支持与帮助，不过，我却认为这种事情只要有官方机构就完全可以应付了。可是你所做的事，却常常受到非议，你将刺探到的私人秘密、家庭隐私等那些应该遮掩的事宣扬出去，而且你还时常麻烦比你忙得多的人，就比如现在我应当写论文，而不是与你说这番话。"

"大夫，你说的或许有你的道理，可是事实将会告诉你我们的谈话比你的论文更重要。另外，我顺便跟你讲一下，我所做的事和你所指责的恰恰相反，我们尽力避免将私人事情宣扬出去，可是如果事情落到警察手中，则公布于众的事情就会发生。我像是一支非正规的先遣队，走在正规军前面。我此来是希望你告诉我有关高夫利·斯道顿先生的情况。"

"他发生了什么事？"

"你们不认识吗？"

"我是他的密友。"

"他失踪的事你知道吗？"

"此事当真？"我看不出大夫方正的面孔上有任何表情的变化。

"昨天夜里他从旅馆离开，到现在为止没有消息。"

"他肯定会回来的。"

"大学生橄榄球比赛明天就要开始了。"

"我对这种孩子们的比赛不感冒，我只对斯道顿的情况很关心，因为我认识他，也喜欢他。橄榄球比赛举行还是不举行我才不去管它。"

"我现在正在对斯道顿先生的情况进行调查，所以请你帮助。你知道他在哪儿吗？"

"我不知道。"

"昨天以来你是否见过他？"

"没有见过。"

"斯道顿先生身体十分康健？"

"很健康。"

"他生过病吗？"

"一直没生过病。"

福尔摩斯突然取出一张单据，并将这张单据摆在大夫眼前，说道："那么，您是否能跟我说一下这张十三个基尼的单据的情况，这是斯道顿上月付给剑桥的阿姆斯昌大夫的。在他的桌子上的文件中，我发现了这张单据。"

大夫立刻生气了，脸庞通红，嚷道："福尔摩斯先生，我认为我没有给你解释的必要。"

福尔摩斯取过单据并重新将其夹在自己的笔记本里。他说："假如你愿意当众解释，那么你就等着好了，这一天总会来的。我已经跟你讲过，别的侦探必定传扬出去的事，我可以遮掩下来。假如你明智，那你就应该跟我讲述你所知道的。"

"我什么也不知道。"

"斯道顿在伦敦与你通过信吗？"

"没有。"

福尔摩斯表现出不耐烦的样子，叹了一口气说："唉，邮局的事又来了！昨天晚上六点十五分，斯道顿从伦敦给你拍来一份紧急电报，显而易见，这个电报和他的失踪有着非常紧密的联系，你却没有收到吗？邮局真是太大意了！我一定去趟邮局，责问他们。"

阿姆斯昌大夫猛然从桌子后面站起来，他更加生气了，黑脸变成了紫红色脸。

他说："先生，劳烦你从我这儿离开。你可以告诉你的当事人蒙特·詹姆斯爵士，我不想与他本人以及他的代理人有什么来往。先生，什么话都请不要讲了。"说着他愤怒地摇了摇铃。"约翰，送这两位先生出去。"一个肥胖的管家神情郑重地把我们领出大门。

到了街上，福尔摩斯忽然笑了起来。

他说："阿姆斯昌大夫性格倔强，在我看来，他最适合于解决著名的学者莫阿蒂大夫所遗留下来的问题。华生，我们现在在这个城镇里，举目无亲，可是如果不查清这个案件，我们也绝不会离去。我们需要在对着阿姆斯昌家的那个小旅馆订一间临街的房间，你去办理，然后买一些晚上需用的东西。这期间我去做些调查。"

可是，福尔摩斯调查所用去的时间，要比他预想的长得多，晚上九点钟的时候，他才回到旅馆。他面色发白，精神萎靡，身上沾满了尘土，一副又饿又累的样子。摆在桌子上的晚餐已经凉了。他吃过晚餐，燃着烟斗，正想给我讲讲他幽默的而又富有哲学意味的意见的时候——事情不顺利的时候，他一贯这样谈话——马车车轮的声音让他站了起来。我们同时向窗外望去，只见在昏暗的煤气灯的光亮下，一辆由两匹灰马拉着的四轮马车停在了阿姆斯昌大夫的门前。

福尔摩斯说："六点半的时候，马车出去的，三个小时后回来的，这个时间马车可以走十到十二英里，他每天出去一次，有时出去两次。"

"大夫出诊很正常。"

"不过阿姆斯昌可不是个一般的出诊大夫。他是个讲师和会诊医生，一般的病症是不会让他出诊的，因为看病会耽误他的研究工作。为什么这次他有耐心地去这么远的地方，他看的人又是谁呢？"

"我们可以找他的马车夫……"

"亲爱的华生，你可能想不到，我原先是要找这个马车夫了解情况的。也不知道是由于他的无耻下流，还是由于他主人的唆使，他竟然无礼地放出狗来吓唬我。不管是人还是狗都不喜欢我这副样子，不管怎么说吧，我的调查没完成。关系弄僵以后，也就无法进行调查了。我通过一个和蔼的本地人探听清楚一些情况，这个本地人就在这个旅馆工作。有关阿姆斯昌大夫的生活习惯和他天天出去的情况就是他讲给我的。就在我们说这件事的时候，马车就到了门前，正好验证了他的话是准确的。"

"你没有跟在马车后面去看看吗？"

"对极了，华生！我们想到一块儿去了。你一定注意到了，有一家自行车铺紧挨着我们下榻的旅馆。我急忙进了自行车铺，租下一辆自行车，幸亏马车驶出的距离不算远，我拼命用力骑，终于跟了上去，我一直和它保持着大约一百码的距离。就这样，我跟在马车的后面，一直跟出了城。在乡村的大路上又跟了很长一段距离，就在这时，让我难堪的事情发生了，行进中的马车突然停住了，阿姆斯昌大夫从车上下来了，他快速地回身走到我停住的地方，用嘲讽的口吻对我说，他怕道路过于狭窄，妨碍我的自行车通行。

"他的话说得含蓄巧妙。没有办法我只好超过马车，在大路上又向前骑了几英里，然后在一个适宜的地方停下来，回头去看是否还能看见马车。意料之中马车已经不见踪影了，很明显已经拐到我刚才看见的岔路上去了。我骑车往回返，不过还是没有发现马车。现在你看，马车是在我回来之后才到的。当然，本来我没有特别的理由把斯道顿的失踪和阿姆斯昌的外出联系起来，对阿姆斯昌外出的侦查，只是认为和他有关的事，都需要我们关注。现在我发现他十分谨慎提防着是否有人跟踪他，那么他的外出肯定有不可告人的秘密。侦查不明白这件事，我是不会安心的。"

"明天我们俩继续跟踪他。"

"我们两人去了，不见得会让事情变得容易些。对剑桥郡的地理情况你不熟悉吧？那里不便于人隐藏。我今天晚上路过的乡村全都很平坦，也很整洁，更为重要的是，我们所要跟踪的人，不是一个愚笨的人，他今天晚上的表现已经说明了这一点。我给欧沃顿拍了电报，要他往这里回电，告诉我们伦敦那边是否有什么情况发生。同时，我们专心监视阿姆斯昌，这个人是邮局的那位善良的女性使我从存根上知道的。我敢讲，斯道顿的落脚之处他肯定清楚。假如只有他知道，而我们不能设法去调查清楚，那就是我们自己失职。眼下必须承认，决定胜负关键的牌掌握在他的手中。华生，相信你是知道的，我办事不喜欢中途停止。"

第二天，我们还是无法解开这个谜团，事情毫无进展。早餐后有人送来一封信，福尔摩斯看过以后，轻轻笑了笑，然后将信递给了我。

先生：

我可以确切地告诉你们，你们跟踪我没有一点儿意义。你昨天晚上已经知道，我的四轮马车后面有个窗户，假如你愿意来回走二十英里，那悉听尊便吧。顺便跟你讲一下，你窥伺我，这只会对高夫利·斯道顿先生有害无利。假如你想帮助他，最应该做的是回到伦敦去，向你的委托人报告，你没有能力找到他。你在剑桥的时间是要白白浪费掉的。

莱斯利·阿姆斯昌

福尔摩斯说："作为对手，阿姆斯昌大夫很坦率，也很直言不讳。他这样做，反倒激起了我的好奇心，我非要调查清楚再离开。"

我说："他的门前停着他的马车，而他现在正要上车。我看见他又往上看了看我们的窗户。我骑车去试试看看能否侦查清楚，你认为如何？"

"放弃你的想法，亲爱的华生，不要去尝试。虽然你很聪明，也很机警，不过你可能还不是这个大夫的对手。我想我单独去试探试探，也许会有收获。你自己在城内到处转一转。假如在寂静的乡村同时出现两个鬼鬼祟祟的陌生人，我认为势必会引起对我们不利的谣言。这个著名的城市有一些旅游胜地，你可以前往逛一逛。我希望傍晚能够给你带回来好消息。"

可是福尔摩斯的行动又一次失败了。深夜时分，他又疲劳又失望地回到旅馆。

"华生，我今天的尝试又失败了。之前我已经了解到大夫去的大致方向了，我就在那一带村庄里等候他，可是我没有见到他。我和当地的旅店老板及卖报纸的人聊了好长时间。我跑了很多地方，我去了契斯特顿、希斯顿、瓦特比契和欧金顿，可是一无所获。在这样僻静的地方天天出现两匹马拉的四轮马车，肯定会引人注意的，可是偏偏没有人看见。这一次大夫又战胜了我们。有我的电报吗？"

"有，我拆开了。电报的内容是这样的：'向三一学院的吉瑞姆·狄克逊要庞倍。'我不明白这是什么意思。"

"电报写得很明白，是我们的朋友欧沃顿拍来的，他对我提出的一个问题进行了解答。我只有给狄克逊先生写封信，事情才能有进展。顺便问一下，有关于比赛的消息吗？"

"本地的晚报对今天的赛事进行了详细报道。有一场牛津赢了一分，有两场打平。报道的最后一段是："穿淡蓝色运动衣的球队失败的原因，完全是因为世界第一流的运动员、国际比赛的参加者斯道顿没有参加这场比赛，全队的实力因此受到太大的影响，前卫线上协作不默契，进攻和防守也缺乏力度。'"

福尔摩斯："欧沃斯的预言得到了验证。就我个人来说，我和阿姆斯昌的想法是相同的，橄榄球不是我感兴趣的事。华生，我们今天要早些上床休息，我敢说，明天一定有很多事需要我们去做。"

第二天清晨，我发现福尔摩斯在火炉旁坐着，手里拿着皮下注射的针管，我不禁大惊失色。一看到兴奋剂，我就想到他的体质很差，担心会有什么事情发生。他看到我惊慌失措的表情，忍不住笑了，然后把针管放到了桌子上。

"亲爱的华生，不要过于担心。在这种紧急时刻，使用兴奋剂根本不能算作吸毒，反而是解决这个谜的关键。我将希望完全寄托在这一针兴奋剂上。我刚才进行了一番侦查，一切都很顺利。华生，好好享用早餐，我们今天要对阿姆斯昌大夫进行跟踪。我一直跟着他，不追到他的老窝，我是不会停下来吃饭和休息的。"

我们一起下了楼，来到马厩前。我的朋友将马房门打开，放出一条猎狗。这条狗既矮小，又很肥胖，耳朵下垂，黄白相间，有些像小猎兔犬，又有点像猎狐犬。

他说："这是庞倍，你们互相认识一下。庞倍是当地最有名的追踪猎犬，奔跑的速度极快，而且追踪猎物很顽强。庞倍，你不要跑得太快。我担心我们俩人跟不上你，所以只好给你的脖子套上皮带。好，庞倍，去吧，今天是否成功全靠你了。"

福尔摩斯将庞倍领到对面大夫家门前。庞倍这儿嗅嗅，那儿嗅嗅，然后一声尖叫便向大街跑去，我们拉着皮带奋力跟着跑。大约半小时后，我们已经来到了城外乡村的大路上。

我问："福尔摩斯，你下一步准备怎么做？"

"这是个传统办法，不过有时候很管用。我今天一大早就到了大夫的庭院里，在他的马车后轮上洒了一针管的茴香子油。一头猎犬闻到茴香子气味会一直追寻下去的，哪怕到天边，他要想摆脱掉庞倍那几乎是做梦！这大夫十分狡猾！前天晚上他就是把车驾到乡村后面甩开了我。"

庞倍突然从大路拐向一条长满野草的小路上，我们跟着走了大约半英里，又来到另一条宽阔的大路上。从这儿向右转弯可以通往城里，向北转就会回到我们出发的地方。我们向南转去。

福尔摩斯说："这个迂回戏要了我们！难怪向村子里的人什么也没有打听到。大夫的这个骗局设得很好，可是我想要知道，他出于什么原因设计了这样一个精心骗局。我们的右面一定是川平顿村了。啊！马车就要拐过来了！华生，快，快，不然我们就暴露了！"

庞倍有些不听招呼，福尔摩斯急忙拉着它跳进一座篱笆门，我也紧随其后。我们刚刚将自己隐藏在篱笆后面，马车就咕隆咕隆地驶过去了。我发现阿姆斯昌大夫坐在车里面，他的两肩向前拱着，两手托着脑袋，一副愁容满面的样子。从福尔摩斯那严肃的神情上，我知道他也看见阿姆斯昌大夫的表情了。

他说："我担心有不好的事情在等着我们。我们很快便会弄清楚的，庞倍，来！到田野里的那间茅屋去！"

很明显，我们的探查之旅已经到了终点。在茅屋的门外，庞倍一会儿跑过来，一会儿跑过去，并且使劲地叫，这里有马车车轮的痕迹。有一条小道从远处通向这座孤零零的茅屋。福尔摩斯在篱笆上将庞倍拴好，然后我们来到屋门前。他敲了敲简陋的屋门，不过好半天都没有人回应。但是屋子里并不是没有人在，因为我们听到低沉的声音从里面传出，那声音似是一种痛苦的悲泣声，不免让人感到蹊跷。福尔摩斯犹豫了片刻，然后回头看看刚才穿过的大路，看到一辆由一对灰色马拉着的四轮马车正在大路上向这边行驶着，正是大夫的马车。

福尔摩斯喊道："大夫又回来了。这回有什么问题可以解决了，我们必须要在他来之前，弄清楚这到底发生了什么事。"

说着他把门推开了，我们走进门里。这回低沉的声音明显清楚了一些，随后就变成如泣如诉的呜咽。声音是从楼上传下来的。福尔摩斯急忙走上楼梯，我跟在他后面也往上走。他推开一扇半掩的门，我们被眼前出现的景象惊呆了。

一位年轻漂亮的少女躺在床上，已经死去了。她的面容宁静而苍白，一双蓝色眼睛已经失去了神采，透过乱蓬蓬的金色头发向上瞪着。床上半坐半跪着一个年轻人，他的脸埋在床单里，哭得十分伤心，以至于浑身颤抖。他完全沉浸在痛苦之中，福尔摩斯的手搭在他的肩膀上之后，他才将头抬起来。

"你是高夫利·斯道顿先生吗？"

"不错，是我，不过你来得太晚了。她已经离开了这个世界。"

这个年轻人十分痛苦，神情恍惚，没有明白我们根本不是来看病的大夫。福尔摩斯正要说几句安慰的话，并准备把我们的来历讲出来，这时，楼梯上传来了脚步声，阿姆斯昌大夫很快出现在门旁。他脸上表情复杂，有沉痛、有严峻，还有质问。

他说："先生们，你们终于如愿以偿了，并且在这样令人悲痛的时刻来打搅我们。在死者面前我不宜大声喧哗，不过我可以告诉你们，假如我年轻一点，我肯定不会轻易放过你们这种恶劣的行为。"

福尔摩斯神情郑重地说："阿姆斯昌大夫，非常抱歉，我想我们彼此有点误解，最好请您到楼下，我们可以互相就这件不幸的事情交流一下意见。"

随即，这位严厉的大夫随我们来到楼下的起居室。他说："有什么要说的，说吧！"

"首先，我想取得您的理解，我并没有受雇于蒙特·詹姆斯爵士，而且在这件事上我是与这位贵族背道而驰的。一个人失踪了，我的责任是将他的下落弄清。但是一开始调查此事，我就发现事情超出了我职业的范围，既然其中没有犯罪的问题，我们也就很愿意使流言平息下去而不是扩散。如果这件事没有任何违法的地方，请相信我一定会严守秘密的，一定不会让新闻界知道的。"

阿姆斯昌大夫向前疾走了几步，将福尔摩斯的手紧紧握住。

他说："你与人为善，是我误会了你。既然你已经知道了这些情况，那么事情就好解释了。斯道顿一年以前在伦敦住了一个时期，他深深爱上了房东的女儿，并且与她结为连理，他的妻子聪明、善良、美丽。谁都会由于能够拥有她而感到幸福。可是斯道顿是那个脾气乖戾的贵族的继承人，假如他结婚的消息被那个贵族知道了，斯道顿一定会失掉继承权的。我对这个年轻人十分了解，他有许多优点，我十分喜欢他。正因如此，我才尽我所能帮助他，不让他失去继承权。我们尽量避免让这件事被外人知道，因为只要有一个人知道，很快便会弄得人人皆知。由于这所农舍地处偏僻，而且斯道顿十分小心翼翼，所以到现在这件事还不为外人所知。他们的秘密只有我和一个忠实的仆人知道。这个仆人到川平顿办事去了。斯道顿的妻子很不幸患了重病，是那种很厉害的肺病。可怜的斯道顿十分犯愁，简直要疯了，可是他还必须要去伦敦参加比赛，因为如果不去参加需要一个充分的理由，这样便会暴露他的秘密。我发电报安慰他，他回电央求我尽全力给予帮助。这就是那封电报。我不知道你怎么会看到这封电报的，我没跟他说病情有多么危急，因为他在这儿也没有什么用，但是我把真实病情告诉了他妻子的父亲，而他妻子的父亲不会办事，去通知了斯道顿。结果是，他像发了疯似的不告而辞回到这里，回来一直跪在他妻子的床前，直到今天上午，他妻子悲惨地离开了人世。福尔摩斯先生，全部情况就是如此，我相信你和你的朋友会保守这个秘密的。"

福尔摩斯紧握了一下大夫的手。

我们从那所充满忧伤的房子离开，来到冬季温暖的阳光下。福尔摩斯缓慢地说："华生，我们走吧！"

十二　格兰其庄园疑案

1897 年冬天的一个下了霜的早晨，就在黎明时分，有人把我肩头猛地一摇，将我从睡梦中摇醒。摇醒我的人正是福尔摩斯。他手中拿着蜡烛，烛光映照下，我发现他表情急切。我知道，一定是出了什么事。

"快，华生，麻利一些，"他俯下身喊道，"这件事很棘手，现在什么也别问，赶紧穿上衣服走。"

大约十分钟后，我们乘坐一辆双轮马车赶往查瑞克劳斯车站。马车的隆隆声将街道的寂静无情划破。此时，天边露出了冬季第一缕微弱的晨曦，一些偶尔从我们身边经过的一大早就上班的人，在伦敦乳白色的雾霭中显得模糊、朦胧。

福尔摩斯一声不响地蜷缩在他厚实的外衣里，而我也效仿他的样子蜷缩进外衣里，因为天气的确有些寒冷，加之我们俩都还没有吃早饭。

在车站喝了一些热茶后，我们登上了去肯特郡的火车，直到这时我们才感觉身子稍微缓和了一些。于是，他开口说话，我只做听众。福尔摩斯从口袋里抽出一张便条，大声读道：

"肯特·玛莎母，格兰其庄园，凌晨三点半。

"亲爱的福尔摩斯先生：这里发生了一桩看起来匪夷所思的案件，要是能获得您及时的援助，我将万分感激。我相信这件案子会让您感兴趣的。现在除了把一位女士放走了之外，我保证一切与我发现时毫无两样，不过我恳求您马上过来，一刻也不要延误，因为把尤斯塔斯先生留在那里实在不合适。

您忠实的朋友斯坦莱·霍普金

"霍普金邀请我到过七次现场，事实证明每一次都的确需要我的帮助。"福尔摩斯说，"我了解，你已经收集了他的每一个案件。华生，我实话实说，你具备一些甄别能力，这弥补了我对你的叙述所感到的遗憾。不过你有一个很不好的习惯很严重，那就是你喜欢以故事的眼光，而不是以科学训练的眼光来看待事情，这样就使具有指导意义，甚至具有权威性的一系列示范作用失去了意义。为了达到吸引人的目的，你追求详细描写扣人心弦的情节，却忽视了对技巧和细节的描述，可是，虽然那些情节可以使读者激动兴奋，但却不能使他们从中学到东西。"

"那你为什么不自己动手写呢？"我有些抱怨地说道。

"我会的，亲爱的华生，我肯定会的。你清楚我现在没有时间去写，我很忙，我准备利用晚年的时间去写，写成一本教材，把侦破艺术都写进去。现在我们要查的似乎是一桩谋杀案。"

"那么，你的意思是尤斯塔斯先生已经不在世间了？"

"我感觉是这样的，从霍普金的信中，可以感觉到他很不安和焦虑，而他本不是一个容易激动的人。据我推测，应该是暴力杀人，尸体放在那里让我们检查。假如仅仅是自杀，他不会邀请我到现场的。至于放走那个女人，我猜测或许是惨剧发生时，她被锁在房子里。华生，这件案子发生在上流社会，你瞧这张纸，质地上乘，E、B交织组成家族徽章，这地址是一个风景优美的地方。我认为我们的老朋友霍普金肯定不会轻易给我们写信的，所以今天早上我们将会很忙。昨晚十二点以前发生的凶杀案。"

"这你是如何得知的？"

"我计算了火车来回及办事的时间得出的。霍普金一定叫上了当地警察协助，而他们一定要向伦敦警察厅报告，霍普金要赶去现场，然后给我写信发出邀请。所有这些就够他们忙一晚上的了。好了，我们到达丘赛尔赫斯特车站了。很快我们的猜想就会得到证明了。"

在乡间小路上我们走了约两英里路，来到了一座庄园的大门前。一位年老的看门人为我们打开门，通过他一脸的憔悴可以猜测到这里发生了一场不幸。林荫道两边耸立着古老榆树，我们沿着林荫道穿过富丽堂皇的庄园，最后来到一座又低又矮的房屋前。房屋饰以帕拉弟恩式的廊柱。房屋的中央部分显然有些历史了，上面布满了常春藤，不过宽敞的窗户又说明它曾接受过现代化的装修。房屋的一侧看上去完全是新建的。年轻的警官斯坦莱·霍普金在敞开的门口迎接我们的到来，他脸上是一副既警惕又焦虑不安的神情。

"福尔摩斯先生，看见您能亲临现场，我很高兴，同样欢迎你，华生医生。不过，实际上，假如当时还来得及，可能就不劳烦二位了，因为那个女人已经清醒过来了，她将事情的经过详细地叙述了出来，已经没有多少事需要我们做了。路易·山姆那帮盗贼，您还记得吗？"

"什么？就是所谓的兰道尔三人帮。"

"完全正确。一个父亲和两个儿子。很明显，一定是他们所为。两个星期以前在西德纳姆就干过一次，当时曾被人发现，并对他们的特征作了描述。这么短的时间里又犯下这次罪行，而且还是在附近，是有点儿太胆大了。但是，一定是他们所为。这次他们可是要丢掉性命的。"

"你的意思是说，尤斯塔斯先生死了？"

"嗯，不错，脑袋被拨火棍砸扁了。"

"车夫跟我讲他叫尤斯塔斯·布来肯斯道尔。"

"是的。他是肯特郡最有钱的人之一。布来肯斯道尔女士正在晨室里。不幸的夫人，那件事对她来说犹如一场可怕的梦魇。当我刚看见她的时候，她好像奄奄一息了。我建议，您应该现在就去看她一下，然后让她跟您讲一下那件事。之后我们再一块儿检查餐厅。"

布来肯斯道尔女士绝不是一般人可比。如此优雅、如此具有女性魅力的人，我还真是见的很少，她有漂亮的面容，白皙的肤色白皙，还有一头金发、一双蓝莹莹的眼睛。要不是这场变故使得她显得疲惫憔悴，她的气色也必定是无懈可击的。她的创伤既在心里，也在肉体。一个硕大的、梅红色的肿块出现在她一只眼睛的上方，她身材高大的女仆，正一脸严肃、殷勤地用醋和水为她擦拭。布来肯斯道尔女士身心疲惫地在沙发上躺着，可是当我们进来的那一刻，她灵活、犀利的目光与漂亮容貌所表现出的警惕的表情说明她的智慧和胆量并没有被这件无情的凶杀案所削弱。她身上披着一件宽松的蓝银两色的晨衣，身旁的沙发上放着一件装饰着闪光装饰片的小礼服。

"霍普金先生，"她厌倦地说，"我已经将我所知道的全都跟你讲了，能不能请你不要让我再重复了？好吧，假如真的需要的话，我还是会给这两位先生再讲述的。他们已经去过餐厅了吗？"

"我认为您还是先给他们讲述一遍。"

"假如你能帮着料理一下，我会十分感激的。一想到他还躺在那儿，我就忍不住伤心难过。"

说着她全身不停地颤抖，她用双手掩面。宽松的衣袖从胳膊上垂落了下去。福尔摩斯突然有些惊讶地问道："夫人，您还有别的伤。这是什么？"两个鲜红的斑点赫然出现在女士一只白皙、浑圆的胳膊上。布来肯斯道尔女士急忙将其掩盖住。

"不要管它。和夜里可怕的事情无关。假如您与您的朋友愿意坐下来，我就再把我所知道的讲给你们听。"

"尤斯塔斯·布来肯斯道尔爵士是我的丈夫。我们结婚大约有一年了。我认为没有必要遮遮掩掩，我们的婚姻并不幸福。即使我不想说此事，我想我的那些邻居也会告诉你们实情的。我想此事部分责任可能在我身上。我在澳大利亚南部一种相对自由、开放的环境中长大，很不习惯这种礼仪烦琐、拘泥古板的英国式的生活。但是，最主要的是因为，尤斯塔斯爵士是一个彻头彻尾的酒鬼，这件事几乎每个人都知道。与这样一个人生活在一起，即使是一小时，也会让人感到难受。你能否想象出，对于一个情操高尚、生活敏感的女人来说，不得不日日夜夜与他厮守在一起，这代表着什么？认为这种婚姻具有约束力是对神圣婚姻的亵渎，是犯罪，是堕落。我相信这种荒谬的法律一定会引来上帝的诅咒——上帝肯定不会允许这种不公道长久维持下去的。"说着她突然站了起来，两颊变得红红的，在眉头上可怕的肿块下方的那双眼中怒火在燃烧。这时，她身体高大、一直沉默寡言的女仆伸出双手，将主人的头放在靠垫上。她慢慢平息了狂怒，之后激动地抽泣起来。过了一会儿，她又讲道：

"现在我来给你们讲讲昨晚发生的一切。你可能知道，这幢房子的仆人都在新式的那一侧居住。中间这一单元是住宅房，后面是厨房，上面是卧室。我的女仆赛若撒在我房屋的上面居住。这里再没有其他人，住在那一侧的人也不会被这边的声音惊醒。强盗们一定很了解这一点，如果不是的话，他们就不会去那样做了。

"大约十点半的时候，爵士上床休息，那时仆人们已经回到他们自己的住处。只有我的女仆在上面，她一直在顶层自己的房间里待着，我有什么事需要她的时候可以叫她。我在这间屋里专心看书，一直到十一点半以后。上楼前我四处看看有没有什么事。我有一个习惯，就是休息时，四处查看一下。因为，前面我已经说过，尤斯塔斯爵士并不总是让我放心。我检查了厨房、配膳室、猎具室、台球室、客厅，餐厅是最后检查的地方。窗户上挂着厚厚的窗帘，我走近那边的时候，意外地觉得有风吹在我的脸上。我认为可能是窗户没有关，于是我使劲拉开窗帘，一个肩膀宽阔、上了年纪的男人突然出现在我面前，我们面对面地站着，显然，这个人刚刚跨进房间。这扇法式窗户就如同一堵通向草坪的门。当时我手上拿着卧室的蜡烛，在烛光的帮助下，我发现还有两个人在这个人的身后，正准备跨进来。我急忙向后退，但那个人马上向我扑来。我的手腕被他抓住了，然后他又想将我的喉咙卡住。我大声尖叫起来，于是他一拳击打在我的眼睛上，我被击倒了。

"有几分钟内我一定是昏厥了过去，因为我醒来后发现他们已经取下了铃绳，并把我牢牢地绑在餐桌旁的橡木椅上，我丝毫动弹不了，而且也发不出任何声音，因为我的嘴里被塞着手绢。正在这时，我那倒霉的丈夫走进了房间。显而易见，他肯定是听到了什么可疑的声音，因此他对于他所见到的情景心理上还是有所准备的。当时他穿着睡衣和睡裤，手上拿着他最喜欢的用黑刺李木做的手杖。他向闯入者猛冲过去，可是，有一个贼——就是上了年纪的那个——弯下身拾起门外的拨火棍，当我的丈夫从他身边冲过去时，他用力地用拨火棍向我丈夫打去。我的丈夫随着一声呻吟，倒了下去，而且再也没有动弹一下。我又一次吓晕了过去，不过像上次一样，我昏迷的时间没有多久。当我再次苏醒过来的时候，发现他们已经把餐柜里的银器搜了出来，此外还取出了一瓶酒，他们每个人手上端着一只酒杯。除了我前面已经提到的年龄较大、留着胡子的那个人，还有两个是年轻小伙子，不过有些秃顶。我猜测可能是父子三人。他们低声说着什么，然后走过来检查我是不是被绑得很牢靠。

"最后，他们终于离开，并将窗户关上了。足足十五分钟以后，我终于可以开口说话了。听见喊叫声，我的女仆率先跑了下来。然后其他仆人也来了，他们向当地警察报了案，当地警察很快与伦敦取得了联系。上面就是我所知道的一切，我把它们都告诉你们了。先生们，我认为不会再有必要让我把这么让人伤心的事重新讲述一遍吧！"

"还有需要问的吗，福尔摩斯先生？"霍普金问道。

"我不会给布来肯斯道尔女士的耐心和时间再增加负担了。"福尔摩斯说。"不过,在还没进餐厅前,我想让你给我说一说你看到的听到的事情。"他看着女仆说。

"我看见那三个人是在他们还没进屋子之前。"她说,"我在卧室的窗户旁边,借助月光的帮助我发现了那三个人在门房那边,不过那个时候我没有想别的。大约一个多小时后,传来女主人的喊声,我跑下来,看见我的女主人——她好可怜啊——就像她说的那样,而我的男主人倒伏在地上,血和脑浆流了出来。这足以把一个女人吓昏过去。我的女主人被绑在那里,衣服上沾着男主人的血和脑浆,不过我的女主人从来都不缺乏勇气,无论是阿得雷德的玛丽·福瑞斯,还是格兰其庄园的布来肯斯道尔女主人!先生们,她接受你们的询问已经太久了,现在请允许她和她的仆人回自己的房间休息,休息对她来说太重要了。"憔悴的仆人以母亲般的温柔搀扶着主人离开了这里。

"女仆和她的女主人一直在一起,"霍普金说,"当她还是孩童时,她就负责照看她。十八个月以前,她与女主人第一次离开澳大利亚,来到英国。她的名字是赛若撒·怀特,像这种仆人现在几乎绝迹了。福尔摩斯先生,请往这边走。"

福尔摩斯富于表情的脸上失去了那种强烈的兴趣。我很清楚,随着神秘感的消退,这个案件对于福尔摩斯已经失去了吸引力,剩下的就是实施抓捕。但是这些普普通通的流氓无赖又有什么资格劳烦福尔摩斯亲自出手?一个思想深邃、知识渊博的医生假如发现自己被请来竟然是为了一个麻疹病例,多多少少是会感到生气的,我从福尔摩斯的眼中看出了这一点。然而,格兰其庄园餐厅的布局却非常奇特,这将他的注意力吸引了过去,重新唤起他正在消退的兴趣。

这间餐厅十分宽敞,高高的屋顶,橡木雕刻而成的天花板四周镶嵌着栎木板,沿着墙面摆设着精美的鹿头和老式武器。微弱的冬季阳光透过右手边三个稍小一点儿的窗户射进屋子。左边是一个壁炉,又大又深,一个厚重的橡木壁炉架悬挂在它的上面。一把两边有扶手、底部有横条的栎木椅摆放在壁炉的旁边。一条深红色的带子通过栎木椅下面的空挡缠绕其上,不过固定带子的结还没有解开。这些细节当时没有引起我们的注意，在后来才引起我们注意的，当时我们的注意力完完全全被倒伏在炉前虎皮制成的地毯上那可怕的尸体给吸引过去了。

这具尸体高大、体型匀称，死者年纪在四十岁左右。他仰面躺着，张着嘴，又黑又短的胡须中露着洁白的牙齿；双拳紧握，而且举过头顶。原本英俊、棱角分明的脸现在被强烈的复仇的面孔所取代，显得愤怒、残忍。可以想象，当他妻子大声惊叫时，他已经休息了，这可以从他身着豪华刺绣睡衣推断出，一双赤脚露在裤子外面。他的头部被打得令人毛骨悚然，可见他所受的那一击是十分致命的。他的身旁是那根粗重的铁棍，因为用力过猛造成弯曲变形了。福尔摩斯对铁棍和尸体进行了仔细的检查。

"这位上了年纪的兰道尔，肯定有着很大的力气。"他说。

"不错。"霍普金说，"我有一些他的记录，记录显示那是一个粗鲁凶暴的家伙。"

"我们要想抓住他应该没什么问题吧？"

"应该没有问题。我们一直在注意他。曾有消息说他去了美国。现在我们既然知道了他们在这儿出现，那么他们肯定是无法逃脱的。我们已经在每个港口发布了消息，在晚上以前会宣布悬赏额度。不过我对有一点感到十分不解，那就是他们怎么会干出这么蠢的事？他们不会想不到女主人是会描述出他们样子的，我们也不难从描述中猜到是他们。"

"推理得十分有道理。任何人都会想他们也会杀了布来肯斯道尔女士灭口的。"

"也可能是他们没有想到她又醒了过来。"我说道。

"有些道理。假如她看起来好像不省人事，他们也可能会放过她的。霍普金，关于这个可怜的人有哪些信息？我好像听到过关于他的一些奇怪的传闻。"

"清醒的时候，他随和、善良，可一旦喝酒喝醉了——说得确切一点儿，当他半醉半醒的时候，因为他很少真的醉得什么都不知道——就成了一个地地道道的恶魔。在这个时候，那个恶魔似乎就隐藏在他的身体里，他可以干出任何事来。我听说，虽然有一定的身份地位，可是，他有时会做一些普通人可能会做的荒唐事。我曾听人说，他曾把一条狗——更糟糕的是，那是他夫人的狗——浸在煤油中，然后点火焚烧。这件事费了好大的劲儿才平息下来。还有一次他朝女仆赛若撒·怀特扔饮料瓶，这也激起了一场不大不小的风波。总的说来，这是我们私下里说，没有他，这个家可能会更好一些。您在看什么呢？"

福尔摩斯正蹲在地上对捆住布来肯斯道尔太太的红色绳子所打的结进行认真检查，然后又仔细看了绳子被强盗拽断的地方，那里已经被磨破了。

"向下拉绳的时候，厨房的铃声很响亮吗？"他问。

"没人能听见，因为厨房正好位于房子的后面。"

"可是强盗又如何晓得呢？他如何敢这么大胆地拉铃绳呢？"

"嗯，不错！福尔摩斯先生。这个问题我也曾经不止一次地问过我自己。显而易见，这个人对房子和布局都十分清楚。他晓得仆人们都已经休息了，尽管时间不算太晚，可是不会有人听见厨房的铃声。因此，他一定是与某个仆人狼狈为奸。这是很显然的一件事。不过这里有八个仆人，而且个个品行都说得过去。"

"假如不排除特殊情况，"福尔摩斯说，"无论是谁都会怀疑主人向她的脑袋扔水瓶的那个人。而这无疑表明这个女人背叛了她服务了一辈子的女主人。不过，这一点现在不是关键问题。抓住兰道尔之后，他的同谋很快就会被锁定。从我们所观察到的每个细节来看，女主人的陈述好像是信得过的，应该不需要再作进一步的考核。"他来到法式窗户边，并将窗户打开。"这里没有丝毫的痕迹。地面坚硬如铁，任何人都不会在这里找到什么痕迹。我发现壁炉架里的蜡烛都点燃过。"

"不错，正是借助这里以及女主人卧室里的烛光，强盗才离开的。"

"他们从这里拿走了哪些东西？"

"没有拿走太多的东西——只是餐具柜里的一些银质餐具。布来肯斯道尔太太认为，他们是被尤斯塔斯的死吓得失去了镇定，否则，房子早就被洗劫一空了。"

"哦，他们还喝酒了。"

"可能是为了稳一稳情绪吧。"

"嗯。我感觉餐具柜上的三只杯子应该没人碰过吧？"

"是的，酒瓶也是和他们离开时保持一致。"

"我们还是检查一下吧。哎，哎，看这是什么？"三只酒杯并排放在一起，内壁都有酒的痕迹，其中一只里有膜状酒垢。那边的酒瓶里还有约三分之二的酒，一个长长的、长期被酒浸泡的瓶塞在一旁放着。通过酒瓶的外观以及上面的尘土来看，强盗们喝的肯定不是一般的葡萄酒。

福尔摩斯脸上的表情发生了很大的改变，脸上不再是兴趣索然的模样。我在他专注、深陷的眼睛中重新发现随着兴趣而产生的敏锐光芒。他将瓶塞举起，仔细检查，不放过任何一点。

"他们如何拔出酒塞的？"

霍普金指了指一个半开的抽屉。一块亚麻台布和一个很大的瓶塞钻赫然在那里面。

"夫人说没说过酒瓶是用这个打开的？"

"没有。您还记得吧，打开酒瓶的那一刻，她还不省人事。"

"不错。事实上，酒瓶根本就不是用这个瓶塞钻打开的。酒瓶是用一个很小的、可能是折叠刀里面的螺丝起打开的，它的长度应该在一英寸半之内，你检查一下瓶塞就会发现，钻了三次才打开，而塞子一直没有被钻透。要是用这个长的瓶塞钻肯定会钻透塞子的，然后一下子拔起来。你将这个人逮捕以后，会发现他肯定有一种多用折叠刀。"

"真是棒极了！"霍普金说。

"不过，我还是得实话实说，这几只杯子确实让我感到不解。夫人确实看到有三个人在喝酒，是吗？"

"不错，这一点她记得十分清楚。"

"既然这样，那就可以结案了，还有什么可说的呢？不过，霍普金，你不得不承认，这三只杯子确实需要引起关注。什么？没什么特别的？那就这样吧。可能，像我这样一个具有专业知识和特殊才能的人，当简单的答案摆在眼前的时候，总是喜欢把问题想得很复杂。当然，也有可能很偶然。就这样吧，霍普金，再见。我看不出我留在这儿还能帮助你什么。似乎你对案子已经十分有把握了。将兰道尔逮捕之后请通知我一声，包括还有可能会出现的任何新情况。我相信很快就要因为你成功地得出结论而向你道喜。华生，咱们回去吧，我认为我们可以在家做一些更需要咱们去做的事情。"

在我们返回的路上，我通过福尔摩斯脸上的表情上猜测出他对刚才看到的什么东西深感迷惑，可是他不时地试图将留给别人的这种印象去除，因此说起话来总显示出事情已经十分明朗的样子。可惜的是，只过一会儿，他的那种疑虑又重新表现出来。那紧紧蹙起的双眉和专注的眼神告诉我他的思想又一次回到格兰其庄园那宽敞的餐厅里，正是在那里曾经上演了一出令人恐惧的凶杀案。正当我们乘坐的火车慢慢从一个郊区车站驶离的时候，由于什么突发的念头，福尔摩斯突然纵身跳到站台上，而且也将我拽了下来。

"十分抱歉，华生，我亲爱的朋友。"我们注视着火车最后几节车厢在弯道处消失，他说，"很对不住，让你受罪了，而这似乎只是由于我一时的灵光一现。不过，华生啊，我这一生恐怕都无法做到让案件停留在这种状态下，我的每一种直觉都在强烈告诉我：错了，全都错了。我敢保证，肯定是错了。不过，女主人的证词是完整的，女仆的证明也是很充分的，每个细节都好像无懈可击，我拿什么去提出异议呢？那三只酒杯是有问题的，我为什么要想当然？我为什么没能更为仔细地对每一件事进行审查？假如让我重新对这个案件进行侦查，我不会被预设的陈述所错误引导，这些我想应该能够做到，这样的话，我凭什么不能发现更加准确的事实根据而把调查继续进行下去？当然，我想我完全没问题。我们在长椅上坐一坐吧，华生，让我们等一列开往丘赛尔赫斯特的火车。现在我把我的想法讲给你听。首先我要求你完全摆脱女主人和女仆所说的一切都是真实可信的这一想法，我们绝不能让女主人的个人魅力影响我们对事情的判断。

"实事求是地讲，假如我们不受情感影响来看她的陈述，我们会发现她的讲述漏洞百出。两个星期前，这些强盗曾在西德纳姆猖獗犯罪，报纸上刊登了部分案情和他们的外貌特征，这样，无论是谁想捏造事实骗人就会很自然地想到，可以让想象中的强盗去扮演这样一个角色。可是事实上，通常情况下，刚刚大捞了一笔的强盗会利用抢来的钱财及时行乐，而不会马上再次冒险。更何况，在这么早的时间里作案对盗贼来说是不符合惯例的；试图用打伤人的方式避免女人大喊大叫，也是不符合强盗行事作风的；当盗贼在人数上足够战胜对方时却轻率将对方杀死，这也是不符合常理的；当更多的东西如探囊取物时他们却仅仅只拿了很少的一部分，也是不合常理的。最后我想说，这样一帮人把酒还剩了半瓶，也是令人费解的。华生，你如何看这些不合常理的事？"

"虽然每件事都是有可能的，但是将这些事放在一起看，就有些不正常了。在我看来，最不合常理的是女主人为什么会被绑在椅子上。"

"哦，华生，关于这一点我也还没有琢磨透，不过很明显，他们要么将她杀死，要么会像那样绑住她，避免他们逃离时她会马上报警。好了，不管怎么说，我已经将我的想法跟你讲了，女主人的话中，有些东西很让人费解。可是现在，最让我费解的是那些酒杯。"

"酒杯怎么了，有问题吗？"

"那些酒杯你还能记起来吗？"

"十分清楚。"

"说是曾有三个人用那三个酒杯来喝酒，你觉得这话可信吗？"

"为什么怀疑这个呢？每个杯子里都曾斟过酒。"

"是这样的，可是只有一只杯子里有酒垢。你肯定也发现了这个问题，关于这一点你怎么看？"

"酒垢最有可能存在于最后倒酒的那只杯子里。"

"不对。酒瓶里装满了酒，可是让人费解的是前两只杯子清澈透明，而第三只却存在酒垢。这只能有两个可能的解释，只有两个。第一个，第二杯酒斟好之后，酒瓶被人猛烈地晃动过，所以，倒酒时膜状酒垢就被倒进了第三只杯子。不过这种可能似乎不太现实。不，不。我敢肯定我的推断是正确的。"

"那么，你如何解释这件事？"

"我的解释是只有两只杯子是用过的，第三只杯子的残渣是这两只杯子里的残渣，这样，所有的酒垢都会在第三只杯子里，结果就给人造成了有三个人的印象，事情难道不是像我说的这样吗？肯定如此，我确信这就是真相。但是，如果这样一个普通现象的原因果真被我所猜中的话，那么，这个案件在这一刻就从平淡无奇变得复杂深奥，因为显而易见布来肯斯道尔女士和她的女仆隐瞒了事实，欺骗了我们，她们说的话没有一个字是靠谱的，她们出于某种原因欺骗我们而隐藏事实的真相，我们必须在没有她们帮助的情况下重新审查这个凶杀案。这就是现在摆在我们面前的使命。华生，我们该去西德纳姆了，火车来了。"

我们重新出现让格兰其庄园的人非常吃惊。福尔摩斯发现霍普金已经不在庄园了，而是返回警察总部报告去了。福尔摩斯控制了餐厅，并在里面将门锁上，对餐厅连续进行了两个多小时的细致而又辛苦的调查，这一番调查为他非凡的推理提供了无比坚实的基础。我如同一名学生正在兴致勃勃地观察着教授的演示，我对我的朋友的这项出色的调查的每一个步骤都认真观看着。他对窗户、窗帘、地毯、椅子、绳子逐一进行了细致的检查和充分的思考。那个惨遭不幸的可怜爵士的尸体已经被搬走了，除了这个之外其他的东西都还是我们早晨所看到的样子。最后，福尔摩斯出人意料地攀爬上那巨大的壁炉架，我忍不住大吃一惊。依然连在金属丝上的几英寸长的红色细绳高悬在他的头上。他抬起头仔细观察了许久。为了离那里更近一些，他把一只膝盖顶在墙上一个木制的托架上。这样，仅仅只需要几寸，他的手就可能够上绳子被拽断的地方。不过他的注意力是被托架吸引过去的，而不是绳子。终于，他满意地跳了下来。

"调查结束了，华生。"他说，"我们已经结案了——这是我们所收集到的最精彩的案例之一。不过，我得承认，亲爱的华生，我真是愚笨，险些铸成一生的大错。我认为只差几个不多的环节，事情的全部过程就清楚了。"

"你已经了解到凶手是什么人了吗？"

"可以这么说，华生，凶手只有一个，不过却是一个很不好对付的家伙。他像狮子一样凶猛——这就证明了为什么那一击竟能使铁棍弯曲——他可能有六英尺高，他又很灵活，像松鼠般灵活，他的手指很灵巧，另外，最让人吃惊的是，他有一个聪慧的头脑，整个这个构思巧妙的故事是他一手策划出来的。华生，现在我们面对的就是这样一个既凶狠又狡猾的家伙，他精心又巧妙地设计了这一切，不过，在铃的拉绳上他已经为我们留下了确凿的线索。"

"线索？什么线索？"

"华生，假如是你来拉铃绳，你推断一下绳会在什么地方断？一定会在绳与金属丝连接的地方，是吧？可是那根绳为什么却在距离顶端三英寸的地方断开？"

"原因在于那儿已经被磨损了。"

"回答正确。我们可以看出这一端已经被磨损了。他十分狡猾，故意用刀子磨损了那个地方，但另一端却没有被磨损，你从这一侧无法看到。不过，假如从壁炉架上就可以发现，那里没有任何磨损的痕迹，根本是用刀子割断的。你回想一下当时发生的事。那个罪犯需要用绳子，可是他没有直接拽下来，因为他担心铃声会引起人们的注意。那么他是如何处理的呢？他跳上了壁炉架，不过还是稍微差点，于是他便将一只膝盖支在托架上——你可以发现灰尘上的印痕——用刀子将铃绳磨破，我这么高还够不上，少说也要差三英寸，所以我断定，罪犯是一个少说也要比我高三英寸的人。你看橡木椅上的痕迹是什么？"

"是血迹。"

"不错，是血迹，这很显然。仅仅这一点就可以说明女主人的陈述很不靠谱。假如实施犯罪时她坐在那把椅子上，那么血迹如何出现在这里的呢？我敢断定她是在她丈夫死后被置于那把椅子上的。我敢保证，她的那件黑色外衣也必然留下了相应的印迹。华生，我们还没有遭遇失败，相反，我们赢得了胜利，确切一些说，我们以失败开始，以胜利告终。我想和女仆赛若撒再聊一聊。假如我们想要得到需要的信息，一会儿我们必须更加谨慎。"

这个不愿意说话的澳大利亚女仆沉默寡言、疑心很大、面目冷漠——是一个很有意思的人。福尔摩斯态度随和可亲，对她的话没有丝毫的质疑，这使得她的态度也变得很随和起来。她没有试图掩饰对已故主人的厌恶和憎恨。

"不错，先生，他向我扔过饮料瓶，原因是我听见他骂我的女主人。

我跟他讲，假如她兄弟在这儿，他肯定不敢如此说话，于是，他就向我扔了饮料瓶过来。假如女主人当时不在的话，他扔的饮料瓶可能就不会是一个了。他一直虐待她，而她有很强的自尊心，从不向人说起此事，她甚至不愿跟我讲他是如何对待她的。她从来没有告诉过我你今天早上看到的手臂上的伤痕，不过我很清楚那是用帽子上的饰针扎的。凶残的恶魔——上帝原谅我吧，他都死了我还这么说他。不过，假如真的有魔鬼行走于人世间，他就一定是那个恶魔。仅仅十八个月以前，我们初次和他见面。那时的他确实很优秀，不像现在的样子，现在我们俩都觉得那好像是十八年前的事。那时，她刚刚到伦敦，那是她第一次离开家的旅行，以前她一直都在家，从来没有离开过。她被他的爵位、金钱和虚伪的伦敦礼仪诱惑了。假如说这是她犯的一个错误，那她已经为这个错误付出了沉重的代价，那是一个女人所付出的最高代价。我们和他是什么时候相见的呢？哦，对，我们刚到伦敦不久就和他见面了。六月我们到的，七月我们就和他见了面，结婚是在去年的元月份。哦，她又到晨室里来了，肯定会来见你，请不要问她太多的问题。她刚刚遭受了一个血肉之躯所能承受的一切。"

女主人布来肯斯道尔太太还是靠在早上的那个沙发上，气色看起来要比先前好一些。女仆和我们一同走了进来，准备为女主人热敷受伤的眼睛。

"我祈祷，"女主人说道，"你们不要再盘问我。"

"不会的。"福尔摩斯语气非常温和地回答道。

"我不会再给你带来不必要的麻烦，布来肯斯道尔太太。我唯一想做到的就是帮助你把问题解决，因为我相信你是一个受尽折磨的女人。如果你能像朋友一样坦诚和我相处，你会发现你的信任是有意义的。"

"你想让我做什么？"

"将事情的真相告诉我。"

"福尔摩斯先生，你在说什么？"

"不，不，布来肯斯道尔太太，掩饰是没有用的。你可能听说过我小小的一点儿声誉。我愿意用我的全部声誉作担保，你告诉我的一切都是假的。"

布来肯斯道尔太太和赛若撒女仆都以吃惊的目光盯着福尔摩斯，脸色苍白。

"无耻的狂妄之徒！"赛若撒女仆高声叫道，"你在质疑我的主人对你撒谎？"

福尔摩斯从椅子上站了起来。

"我想问的是你再没有什么要跟我讲的吗？"

"所有的一切已经全跟你讲了。"

"好好沉思一下，布来肯斯道尔太太，难道坦率一些不是更好吗？"

布来肯斯道尔太太漂亮的脸在一瞬间显现出迟疑的表情。不过，随后某种更为强烈的念头使它凝固成一个面具一样。

"我所知道的一切都已经全部跟你讲过了。"

福尔摩斯将帽子拿起来，耸了耸肩，说道："那就对不住了。"然后一句话也没再说就离开了房间。我紧跟着也走了出去。院子里有一个水池，水面已结冰。不过冰面上为了一只天鹅打了一个眼。福尔摩斯仔细看了一会儿水池，然后向门房走去。在门房福尔摩斯给霍普金写了一张便条，并将便条交给看门人。

"不论调查是否成功，仅仅为了证明第二次到访没有白来，我们必须要为朋友霍普金出一些力。"他说，"我还不能告诉你我究竟采取什么样的措施。我认为我们下一个调查地点应该是阿德雷德至南安普敦航线的船舶业务代理行，假如记忆没有欺骗我，应该位于波尔商业区的顶头。另外，还要调查清楚一条把南澳大利亚与英国连接起来的轮船航线，我们还是先到那家较大的公司去吧！"

公司经理看到福尔摩斯的名片后十分重视，我的朋友很快获得了所需要的信息。1895年6月，他们仅有一艘轮船到过英国港，轮船为直布罗陀山号，那是他们最大、最好的轮船。通过旅客名单可以知道，来自阿德雷德的福瑞斯小姐和她的女仆一起旅行。那艘船现在航行于苏伊士运河南部一带，正驶往澳大利亚。与1895年时相比，高级船员仅仅发生了一个变化，那就是当时的大副杰克·洛克先生已经升任为船长，将要掌管另一艘新的船只——"巴斯山"号，两天后这艘船将从南安普敦启航。杰克·洛克先生在西德纳姆居住，这天早上他有可能会来接受指令，假如我们想和他见面的话，我们可以等他。不过福尔摩斯先生却根本不想和他见面，只是很想对他的过去和人品作进一步的了解。杰克·洛克先生有着光辉灿烂的过去，船队中没有一个船长做出堪比他的成就。在人品方面，他对工作十分负责，可一离开甲板，他立刻就会变得粗暴狂野、肆意妄为，而且喜欢感情用事，鲁莽冲动。不过，他忠厚老实，心地善良。

在获知这些重要的信息之后，我们离开了阿德雷德－南安普敦航运公司，坐车直接来到伦敦警察厅。可是到了之后，我的朋友并没有直接进去，而是坐在马车里，低着头，陷入沉思。过了一会儿，我们又坐车来到电报所，他发了一封电报，之后我们向贝克街走去。

"不，华生，我想我这样做是欠妥的。"我们进到屋子里的时候他说道，"逮捕令一旦发出，他的命运就改变不了了。在我的职业生涯中，有那么一两次，我认为我查出罪犯所造成的伤害比罪犯自己的罪行所造成的伤害更大，所以我已经学会了谨慎，有时我宁愿选择与英国的法律开个玩笑，也不想与自己的良心开玩笑。采取行动之前，我们还需要做进一步的了解。"

快到晚上的时候，斯坦莱·霍普金警长过来了，他的调查进展得很不顺利。

"福尔摩斯先生，您就像一位无所不能的魔术师。有时我怀疑你是不是真的拥有超人的能力。请您告诉我，您是如何知道被盗的银器藏在水池底部的呢？"

"我并不知道。"

"不过您让我去检查。"

"那么，你查出来了？"

"是的，查出来了。"

"能够帮到你，我很高兴。"

"您没有帮到我，反而把事情弄得更令人费解了。我不知道什么样的盗贼会偷走银器，然后又将它们扔在附近的水池里？"

"当然这是令人费解的。我只是在想，假如银器被并不需要它们的人拿走——或者拿走它们只是为了掩人耳目——那么，他很自然地会急于扔掉这些东西。"

"哦，这种可能性存在。当他们从那个法式窗户出来后，发现了一个水池就在他们眼皮底下，而且冰面上还有一个非常方便的小孔。难道还有比这更好的藏匿之所吗？"

"哦，一个藏匿之所——嗯，这样解释容易说通。"斯坦莱·霍普金说道，"是啊，我明白了。当时天还没有黑下来，路上人少，他们携带银器很不方便，于是便将它们扔到了水池中，准备危险过去之后再打捞上来。棒极了，福尔摩斯先生，这比你刚才说的掩人耳目更让人容易接受。"

"可能是这样的一个情况，你的看法很符合常理，我的想法可能有些不合常理。不过，总之你不得不承认，他们根本不能再找回这些银器了。"

"不错，这都是您的功劳。我的推理出现了严重失误。"

"失误？"

"是啊，福尔摩斯先生。今天早晨兰道尔这帮强盗在纽约被捕了。"

"啊，霍普金，这就与你认为他们昨天晚上在肯特作案的看法产生了矛盾。"

"这至关重要，福尔摩斯先生，非常重要。不过，除了兰道尔这帮人外，还有其他三人帮，或者还有某个尚未被警察掌握的新的帮派。"

"有这个可能性。啊，你要离开吗？"

"嗯，是的，在案子真相没查出之前，我是不会安宁的。您还有什么线索吗？"

"我已经给了你一个。"

"给了我一个？"

"是的，就是刚才我给你说的掩人耳目。"

"为什么这么说呢？福尔摩斯先生，为什么呢？"

"当然，我只是向你提个建议而已，可能你会发现这其中有一定的可能性。不留下吃完饭再走吗？好吧，再见，记得随时把进展情况告诉我们。"

吃完饭将餐桌收拾好后，福尔摩斯又提起了案子。他吸着烟斗，把穿着便鞋的双脚跷在跳跃的火焰上。突然，他看了一下手表。

"我猜想事情该有新进展了，华生。"

"什么时候？"

"现在——几分钟之内。你是不是认为刚才我对斯坦莱·霍普金很不友好吧？"

"我相信你有你的理由。"

"一个非常理智的回答，华生。这件事你应该去想：我所了解的是非官方的，而他所了解的是官方的。我对我所了解的有权力保留我个人的判断，但是他却没有，他必须把一切都公开，要不然就是对职责的背叛。在这样一个悬而难决的案子中，我不会让他很为难，可是，在我自己对此事还没有完全了解清楚之前，我不会把所有信息都跟他讲。"

"可是什么时候你能完全了解清楚呢？"

"现在就是时候了。你将会亲眼看到这精彩短剧的最后一幕。"

一阵响声从楼梯上传来，随即我们的门被推开了，一个男人跨进门来。他身材高大魁梧，皮肤黝黑，留着金色的胡须，拥有一双蓝色的眼睛，脚步轻快灵活，这表明，他那高大的体形既灵活又强壮。进来后他将门关上，站在那里，双拳紧握，看出来他在抑制着某种强烈的情感。

"克洛克船长，请坐，你收到我的电报了？"

我们的客人坐在扶椅上，用狐疑的眼光不停地打量着我们。

"是的，你的电报我收到了，也按照你说的时间赶来了。知道你到过办公室，看来我根本没有办法从你的手上逃脱了，还是让我听听最坏的结果吧！你准备如何对待我？逮捕我吗？你倒是快开口说话呀！你不能坐在那儿跟我玩儿猫捉老鼠的游戏。"

"华生，给他一根雪茄，"福尔摩斯说，"克洛克船长，抽一支吧，不要让你的勇气溜走了。假如我把你当作一个一般的罪犯来对待，我就不会坐在这里和你一起抽烟了。这你应该有所理解。对我坦率一些，我也许可以帮到你，但是假如要花招，你的下场可就悲惨了。"

"你想让我怎么做？"

"把昨天晚上发生在格兰其庄园的事向我一五一十地讲述一遍，记住必须一五一十，我提醒你，不要添枝加叶，也不要隐瞒环节。我已经了解差不多了，假如你稍微偏离事实，我就会从窗口吹响警笛，那么我就不再与这件事有任何关系了。"

客人思考了一会儿，用手重重地拍打了一下自己的大腿。他的手很大，晒得很黑。

"那我就碰碰运气吧。"他大声说道，"我赌你是一个讲究诚信的人，一个有涵养的人，所以我愿意跟你讲诉所有的一切，不过我想首先声明，对我而言，我不后悔，也不害怕，可能的话，我还愿意重新做一次，我为此感到很荣幸。那个可恶的家伙该死，假如他像猫一样有多条命，那每一条都是欠我的！不过，那位女士，玛丽·福瑞斯，我永远也不会用那个该死的名字来称呼她，我一想到此事让她受到了牵连，我就觉得自己的灵魂在犯罪，我，我愿意用自己的生命换取她甜美的微笑——哪怕仅仅是一次。现在我还能做些什么呢？先生，我会将我所做的事都告诉你，然后，请你们好好替我想想，我还能做些什么呢？

"我的事需要往前说一点。你好像什么都了解到了，所以我想你应该了解我在'直布罗陀山'号船上做大副的时候，她乘坐了这艘船，于是我们相互认识了。从我认识她的第一天起，我就将她当作了我心中唯一的女人。在那段时期中，我的爱与日俱增。从那以后，夜间值班的时候，我不止一次地跪在黑暗中亲吻甲板，因为我知道她那双可爱的脚曾经踩踏过那里。可是她从来就没有爱过我，对我的态度就像一般女人对男人一样。对此，我毫无怨言，我情愿所有的爱都在我这一方，而她那一方只是友好的情谊。我们分手之后，她还是一个自由的女人，毫无牵挂，而我就不同了，总是牵肠挂肚。

"我第二次航海结束后，听说她结婚了。唉，她有什么理由不应该找个她喜欢的人呢？爵位和金钱——没有人比她更应该拥有这些。她生来就应该享受一切美好的东西。我不是一个心胸狭窄的人，所以我并不因为她结婚而伤心难过，反而我为她交了好运而十分高兴，为她没有把自己下嫁给一文不名的水手而深感庆幸。因为我对玛丽·福瑞斯是真爱。

"我从未想过还能与她再相见，不过在上次的航行中我得到提拔，那艘新船还没有下海，因此我只好和我的水手在西德纳姆等两个月。一天，在城外的一条乡村大道上，我与赛若撒·怀特女仆相遇了。她把她主人的一切遭遇都告诉了我，包括他所有的一切。我可以跟你公开讲，先生，我听了以后几乎快要疯掉了。这个酒鬼，竟然还敢对她动手，他给她提鞋的资格都没有！后来我再一次遇见了赛若撒女仆，接着又见到了玛丽·福瑞斯，可是后来她不想再与我见面。有一天，我被告知，我将在一星期之内出海航行，我认为我一定要在出海之前与她再见上一面。赛若撒女仆和我一直是朋友，因为她和我一样深爱着玛丽，也和我一样对那个坏蛋深恶痛绝。从她那里我了解到房子的布局。玛丽以前经常在楼下她自己的小屋里看书，昨天晚上我爬到那里，轻轻地敲了敲窗户。刚开始她并不想给我打开窗户，不过我清楚，在她那时的心里对我是在乎的，不会在一个寒冷的夜晚丢下我不管。她小声告诉我绕到前面的大窗户，我绕了过去看见那扇窗户已经打开了，我从那里进了餐厅。我再一次听见那些让我怒火升腾的事情，而且这一次是她亲口跟我讲的，我又一次诅咒那个虐待我深爱的女人的混蛋。

"先生们，我们俩当时就站在窗户边，清白无辜，上帝可以为我们作证，这时，他如同一个疯子一样冲进屋里，用一个男人对一个女人可能用的最无耻的语言对她进行辱骂，并用手上的棍子向她的脸上抢去，我猛地抓起拨火棍，同他拼死搏斗起来，你们瞧瞧我的胳臂，这是他先打中的地方。后来轮到我了，我用拨火棍向他横扫过去，把他视作一个腐烂的南瓜。你认为我会很后悔吗？我才不会呢！那场争斗不是我要了他的命，就是他要了我的命，实际上还远不止这样，这是要他的命还是要她的命的问题，因为我无论如何也不会再让她受他的虐待。就这样，我杀了他。我不对吗？那么，假如你们处在我的位置上，两位先生又该如何行动呢？

"他打玛丽的时候，她高声尖叫。听见声音，赛若撒女仆从楼上自己的房间里赶紧出来。餐具柜上有一瓶酒，我把那瓶酒打开。由于玛丽吓晕了过去，所以我往她的双唇之间倒了一点，然后我自己喝了一口。赛若撒女仆十分沉着，我们两个一同想出了强盗杀人的故事。赛若撒不停地将我们编造的故事讲给她的主人，同时，我爬上去割断铃绳，把她捆在椅子上，再把绳子的末端磨破，这样看上去自然一点儿，否则的话，别人会怀疑强盗如何会爬上去把绳子割断呢？之后我找了一些银盘和银杯，制造一场抢劫的假象。我叮嘱她们在我离开后十五分钟报警，之后我就离开了。我把那些银器扔进水池后，向西德纳姆走去，那时我内心感觉十分畅快，认为自己终于干了一件真正有意义的夜间工作。这就是事情的实情，全部的实情，福尔摩斯先生，您还想要我以命偿命吗？"

福尔摩斯一言不发地吸了一会儿烟，好久之后，他向我们客人走去，只是握住他的手说："那就是我所想的。我清楚地知道你每一句话都是真实的，因为几乎没有一句是我不知道的事情。只有杂技演员和水手才能在那个支架上够上铃绳，也只有水手才能打那样的结。而这位女士仅仅只有一次与水手有过接触，就是在她的那次航行中，而且我还知道这个人在生活中与她相匹配，所以她尽量保护他，这表明她喜欢他。你看，一旦我的方向没有错，找到你并不是件很难的事啊！"

"在我看来，警察永远都不会识破我们的妙计。"

"我也这么认为，警察不会识破，而且永远不会。你看，克洛克船长，这是一件极其严重的事，尽管我愿意承认你是在受到极端挑衅的情况下才做的，而且无论是谁也都会这样做的，可是我不敢肯定你为了自卫所采取的行动是否符合法律的规定。我不去管它，因为那是英国陪审团要决定的事。同时，我对你的遭遇深表同情，假如你想在未来的二十四小时内消失掉，我敢跟你保证，没有人会阻止你。"

"之后所有的事实真相都会公布？"

"是的，一切都会大白于天下。"

我们的客人立刻气得满脸通红。

"这不是给一个男人出的好主意。我所了解的法律让我很清楚地知道玛丽将会作为同谋而被捕。你认为我会苟且偷生，亡命天涯，让她一个人单独承担后果吗？不，先生，我不会的，有什么后果都向我施加吧。福尔摩斯先生，看在上帝的分上，想些办法将玛丽从这件灾祸中解救出来吧。"

福尔摩斯第二次向我们的客人伸出手去。

"我刚才只是想再试试你，而你又一次通过了我的考验。我自己承担了这项重大责任，不过我已经给霍普金一个非常好的提醒了，假如他不能利用这一提醒，那我也就无能为力了。克洛克船长，这样吧，我们以适当的法律形式解决这件事吧。被告自然是你，英国陪审员是华生，我还从来没有见过一个能比他更好地扮演这一角色的人。我来当法官。现在，陪审员先生，证词你已经听到了，现在我问你，这位被告到底是有罪入狱还是无罪释放？"

"无罪释放，法官先生。"我说。

"民众之声就是法律之声。你被无罪释放了，克洛克船长。只要法律没有发现其他受害人，据我推断，你的安全是有保障的。一年后回到这位女士身边，但愿你们有美好的未来，能够证明今天晚上我们的判决是公正的。"

十三 第二块血迹

我最初的计划是准备发表《格兰其庄园疑案》之后，就不再记述我的朋友夏洛克·福尔摩斯先生的光辉功绩了。这并不是没有素材的缘故，还有几百个没有使用的案例供我使用；也不是因为读者对于这位超凡人物的优秀品格和独特的侦查方法失去了兴趣，真正的原因，是福尔摩斯先生不想再继续将他的经历公布出来。实际上，记述他的事迹有利于他的侦缉工作，可是他非要离开伦敦，前往苏塞克斯丘陵地带进行学术研究和养蜂工作，因此不想继续发表他的经历，而且他一再要求我尊重他的意愿。我对他说，我已经向读者表明，《第二块血迹》发表之后，就会结束这些故事，而且用这样一个重要的国际性案件作为全书的结尾，是非常合理和恰当的。所以，最后他同意了我的要求，而我慎重地给公众讲一讲这个事件。在讲述这个故事的时候，有些细节可能显得不太清楚，请公众谅解我不得已的苦衷。

某一年的秋天（为什么不说明具体哪一年，请读者原谅），那是一个星期二的上午，有两位在欧洲十分有名的客人来到我们贝克街的简陋住所。两位中，一位是著名的倍棱格勋爵，他曾两次担任英国首相。他有高高耸起的鼻梁、炯炯有神的目光，相貌给人一种十分威严的感觉。另一位有黝黑的皮肤、俊秀的面孔、文雅的举止，虽然未到中年，可是看样子有着很深的阅历，他的名字叫崔洛尼·侯普，是负责欧洲事务的大臣，英国最被看好的政治家。他们二人肩膀挨着在堆满文件的长沙发椅上坐着，通过他们忧虑而焦急的神色，我可以感觉到，他们到这里来，一定是有事情要求我们帮助。一把雨伞的象牙柄被紧紧握在首相那青筋凸起的双手中，他打量了一下我又看看福尔摩斯，憔悴、冷漠的脸上显露出一种无限的忧愁。那位欧洲事务大臣也心绪不宁地时而动动自己的胡子，时而又摸摸表链坠。

"福尔摩斯先生，今天上午八点钟我发现丢失了重要文件，我连忙将此事跟首相讲了。遵从首相的意见，我们马上过来找您。"

"您将此事通报给警察了吗？"

首相说起话来总是迅速而又果断，他的这个特点是众所周知的，这次他也是这样做的。"没有，我们不允许这样做。通知警察就表明把文件公之于众，而这恰恰正是我们所不想的。"

"先生，这是什么原因呢？"

"原因就是这个文件非常重要，如果一旦被公布出来，则很容易，或者说很可能会引起欧洲的形势进一步复杂，往严重了说，甚至可能完全左右战争与和平。因此追回文件一事，一定要在绝对保密的情况下进行，要不然也就毫无必要了，因为盗窃文件的目的，就是为了公布文件的内容。"

"哦，我清楚了。崔洛尼·侯普先生，请您详细准确地告诉我文件是在什么情况下遗失的。"

"没问题，福尔摩斯先生，实际上几句话就可以交代明白。六天以前，我们收到一封信，是一位外国君主给我们寄来的。这封信内容关键，所以我不敢将它锁进保险柜里，而是每天带到白厅住宅街我的家中，锁在我卧室的文件箱里。昨天晚上我还看它在那儿，这是确定无疑的。我换衣服享用晚餐的时候，我打开箱子，看见它还在里面。可是今天上午它就不见了。文件箱一整夜都放在我卧室梳妆台镜子旁边。我和我的妻子睡觉一向很警觉。我们二人都敢保证夜里没有人潜入我们的房间，可是文件确实消失了。"

"您吃晚饭的时间是几点？"

"七点半。"

"您睡觉前都做了哪些事？"

"我的妻子出去看戏了，而我则始终坐在外屋等她，一直到十一点半我们才进卧室睡觉。"

"那据此推断，有四个小时的时间文件箱没人看守。"

"除了我自己的仆人和我妻子的女仆早晨被允许进我们的卧室外，其他任何时间都严禁任何人进入卧室。这两个仆人是信得过的，她们在我们这里工作已经相当久了。还有，他们二人谁也不可能知道我的文件箱里有这么一封比一般公文更重要的文件。"

"那么谁知道有这封信呢？"

"家里没有一个人知道。"

"您的妻子肯定是知情的了？"

"不，先生。一直到今天上午我发现文件没了，她才知道此事。"

首相满意地点了一下头，说："我早就知道你有着超强的责任感，深信你会将这样一封重要信件的保密问题看得重于你家庭中的个人情感。"

这位欧洲事务大臣也点了点头："谢谢您的肯定。今天早晨以前，我没有向我的妻子提关于这封信的一个字。"

"她会猜出来吗？"

"不会的，她不会，没有任何人可以猜出来的。"

"您以前丢过文件吗？"

"没有，先生。"

"在英国，还有哪些人知道有这样一封信呢？"

"昨天通知了各位内阁大臣有这样一封信，但是每天的内阁会议都要求各位内阁大臣保密，在昨天的会上首相特别郑重地给大家强调要保密。上帝啊，没想到过了几个小时，我自己便丢失了这封信！"说完他用手将自己的头发揪住，神情看起来十分懊悔，就连他那英俊的面容也由此变得难看之极。我们一下子看出他是个为人诚恳、感情容易冲动，同时神经很敏感的人。懊丧之后他脸上原先那种高贵的神情又出现了，语气也随之温和起来了。

"除了内阁大臣之外，还有两三名官员知道这封信。福尔摩斯先生，除了这些人外，我敢说在英国再也没有其他人知道此事了。"

"国外有人知道呢？"

"我确信，除了写信人以外，国外不会有人知道这封信的存在。我深信写信人没有让他的大臣知道此事，这件事不是按照通常的官方渠道办的。"

福尔摩斯沉思了片刻。

"先生，我想我有必要知道这封信的核心内容是什么，为什么说丢失这封信将会造成巨大的麻烦？"

这两位政治家迅速地交换了一下眼色，然后首相将他的浓眉紧皱，说："信封的颜色是淡蓝色的，上面有一红色火漆，漆上盖有蹲伏的狮子的印记。收信人的姓名写得既大又很显眼……"

福尔摩斯打断了他："您说的这些情况自然很关键，值得重视，可是出于调查的需要，我总要知道信的核心内容是什么？"

"那属于国家的核心机密，不方便让你知道，况且我以为你也没有必要知道。假如你能施展你的能力，将我所说的信封和信找回，你将会受到国家的奖赏，我们将会在我们权限范围内给你最大酬劳。"

夏洛克·福尔摩斯脸上浮现出笑容，随后站了起来。他说："在英国，您二位是事务最繁忙的人，不过我这个小小的侦探也忙得很，会有很多人来访。在这件事情上，我很抱歉不能帮助你们，对我们而言，继续谈下去无疑是浪费时间的。"

首相马上站了起来，凶光从他那两只深陷的眼睛里猛然射出，那是一种使全体内阁大臣都十分惧怕的目光。他说："敢如此对我说话……"可是，他又忽然生生将自己的满腔怒火压下去，并重新坐了下来。有那么一两分钟，我们都没有说话，只在那儿静坐着。后来，这位年迈的政治家耸了耸肩，说道："福尔摩斯先生，对于你的这个条件我们可以接受。可能你是对的，我们只有完全信任你，你才能便于采取行动并有好的结果。"

那位年轻的政治家随之说："对您的意见我完全同意。"

"对你和你的同事华生大夫的声誉，我们表示完全信任，因此我将把全部的事情告诉你们。我也相信你们的爱国心是强烈的，因为这件事一旦公布于众，极有可能给我们国家带来无法想象的灾难。"

"我值得您的这种信任，您放心好了。"

"一位外国君主，有感于我国殖民地发展很快而愤慨地写了此信。信是匆匆忙忙写成的，而且可以看得出来完全出于他个人的意见。通过调查我们发现他的大臣们并不知道这件事。同时，这封信写得也很不合体统，有些词句明显带着挑衅的性质，如果将这封信公布出来，将会激怒英国人，这样就会引起轩然大波。我敢说这封信如果真的与公众见面，战争将会在一星期之后爆发。"福尔摩斯在一张纸条上写了一个名字，并将纸条交给了首相。

"不错，正是他。这封信如果真的丢失并与公众见面了，它可能引起几亿英镑的损耗和几十万人的牺牲。"

"您通知写这封信的那位君主了吗？"

"通知了，先生，刚才发了密码电报。"

"可能写信的人希望将这封信公布出来。"

"不是这样的，我们已经知道了写信的人开始为自己的不慎重和急躁行事感到后悔了。如果这封信真的公之于众，对他自己国家的打击恐怕要比对英国的打击还要严重得多。"

"既然是这样的话，那么这封信与公众见面会符合哪些人的利益呢？也就是说有哪些人要盗窃并且要公布这封信呢？"

"福尔摩斯先生，这个问题牵涉到紧张的国际政治形势了。假如你对目前欧洲政局有所了解的话，就不难想明白这个问题。目前整个欧洲大陆是个武装起来的营垒，有两个旗鼓相当的军事联盟在对垒，而大不列颠保持中立，这样才维持着它们之间的平衡。假如英国不得不与某个联盟交战，就必然会使另一联盟的各国占了便宜，而不管它们是否参战。你明白了吗？"

"您讲得已经很明白了。这也就是说，是这位君主的敌人想要弄到此信并将之公布出来，目的就是破坏发信人的国家和我们国家的关系。"

"完全正确。"

"假定这封信真的落到某个敌人的手中，他要把这封信交给谁呢？"

"只要交给欧洲任何一个国家的一位大臣。可能目前拿到这封信的人，正乘火车急速前往他要去的地方。"

这时崔洛尼·侯普先生低下头去，并且深深地呻吟了一下。首相将他的手放在对方肩上安慰他："亲爱的朋友，你遭遇了不幸，不会有人责怪你。你没有疏忽大意。福尔摩斯先生，所有的事情你都知道了，你认为该如何应对呢？"

福尔摩斯无可奈何地摇了摇头，说道："先生们，你们认为如果真的找不回这封信，便会发生战争吗？"

"我认为这种可能性是很大的。"

"那么，先生们，请准备应对战争吧。"

"福尔摩斯先生，可是，现在还不能说那封信一定找不回来了。"

"请好好想想这些情况，可以推断，夜里十一点半以前，那封信已经被人取走了，因为侯普先生和他的妻子从那时起直到发现信件遗失时，一直在屋内没有离开，由此可以推断在昨天晚上七点半到十一点半之间信件被人盗走了，而且很可能是七点半过一点儿的时候，因为盗取的人知道信在文件箱内，肯定想尽快将它拿到手。这些事情已经很清楚了，那么现在信在哪儿呢？任何人都没有理由扣压这封信，所以信很快便会传到需要这封信的人手中，那么我们还有什么机会能找回这封信，或是知道信在哪儿？由此我断定信是无法重新找回了。"

首相从长沙发椅上又站了起来。

"福尔摩斯先生，你的推断十分符合逻辑，我也感到我们确实有些无力回天了。"

"为了侦破这起案件，我们假设是女仆或是男仆将信拿走了……"

"他们都是经受过考验的老佣人。"

"我记得您跟我讲过，您的卧室是在二楼，并且没有门直接与楼外相通，有外人从楼外去卧室肯定会有人看见，由此可以判断一定是您家里的人拿走了此信。那么这个盗信的人会把信件交给谁呢？肯定是一个国际间谍，或者是国际特务。对于这些人我是很了解的。有三个人可以说是他们的首脑，我首先要一个一个地去排查，看看他们是否还在。假如其中有一个人失踪了，尤其是从昨天晚上就消失了，那么，我们便可以由此获得启示，就能了解文件到哪儿去了。"

欧洲事务大臣问："为什么他非要出走呢？他完全可以把信交给各国驻伦敦的大使馆。"

"我认为这种可能性很低，因为这些特务的工作具有独立性，他们和大使馆的关系往往是很紧张的。"

首相点了点头，表示同意："福尔摩斯先生，我认为你的推断是有道理的。他多半会把如此宝贵的东西亲手送交总部。你要采取的步骤是非常有道理的。侯普，我们不要因为这件不幸的事情而将我们该做的其他事情荒废了。今天假如有新的进展，我们将会通知你，同时也请你告诉我们你调查的结果。"

两位政治家在跟我们告辞后，神情庄重地离开了。

福尔摩斯默默地点上烟斗，坐了下来开始冥思苦想。而我则打开晨报，聚精会神读着一件昨天夜里发生的骇人听闻的凶杀案。就在这个时候，福尔摩斯长叹一声，站了起来，并在壁炉架上放好他的烟斗。

他说："看来事情只能如此解决了，此外没有更好的办法了。现在情况十分危急，不过还不是完全没有希望。现在需要我们弄清到底是谁将这封信拿走了，可能信还在他手中而没有交出去。对于这些人而言，钱的问题是最主要的，我们有英国财政部做靠山，所以钱不是问题。只要他肯出卖，无论花多少钱，我都要买。可以想象这个盗取信件的人把持着这封信，看看这一方能付多少钱，再看看另一方能付多少钱。只有三个人敢冒风险做这样的大买卖，奥勃尔斯坦、拉若泽和艾秋阿多·卢卡斯。我要分别去会一会他们。"

他向我手中的晨报看了一眼，问道："是高道尔芬街的艾秋阿多·卢卡斯吗？"

"不错。你恐怕无法见到他了。"

"为什么？"

"昨天夜里他在家里被人杀害了。"

说实话，在我们调查案件的过程中，他经常让我吃惊，而这一次我看到我让他吃了一惊，不免心中有些得意。他惊讶地盯着我手中的报纸，然后一下子夺了过去。下面就是他从椅子上站起来的时候，我正在读的一段：

威斯敏斯特教堂凶杀案

昨天夜里在高道尔芬街十六号发生了一起令人奇怪的凶杀案。这条街位于泰晤士河与威斯敏斯特教堂之间，议院楼顶的倒影差不多可以遮住它。街道平时很寂静，它的两边全是十八世纪的旧式住宅。十六号住宅是栋小巧精致的楼房，它的主人就是伦敦社交界有名的艾秋阿多·卢卡斯先生，他居住此地已经有很多年了。卢卡斯先生十分随和，另外曾有英国最佳业余男高音演员的美誉。现年三十四岁的卢卡斯先生至今未婚，家中有一名女管家波林格尔太太和一名男仆米尔顿。阁楼上住着女管家，她很早就上床休息了。男仆当晚不在家，他外出探望他的朋友去了，他的朋友住在汉莫尔斯密。晚上十点以后，家中只有卢卡斯先生一人没有睡，此时发生了什么事情还需要作进一步的核查。到了十一点四十五分，警察巴瑞特巡逻经过高道尔芬街，他发现十六号的大门半开着，于是他就上前敲了敲门，不过却无人应答。他看见前面的屋子里有灯光，于是就通过过道又继续敲门，可是仍然没有人应答，于是他推门走了进去，他看见屋里乱得不像样子，所有的家具差不多全都翻倒在屋子的一边，屋子正中央的地方倒着一把椅子，已经毙命的房主倒在椅子旁。他的一只手仍然抓着椅子腿，一把刀子插进了他的心脏。看来，他一定是被刀子扎进心脏后，当场就身亡了。杀人的刀子是一印度匕首，那把匕首原先被挂在墙上作为装饰品。从现场看，凶杀的动机不像是抢劫，因为凶手并没有动屋内的贵重物品。艾秋阿多·卢卡斯先生名声在外，同时也深受大家的喜爱，所以他的悲惨而令人奇怪的死亡，一定会引起他众多朋友们的深切关心和同情。

过了一会儿，福尔摩斯问："华生，你认为该如何解释这件事？"

"应该是个偶然的巧合。"

"巧合？！这个人就是我刚才提及的三个人中最可能登台表演的人物，就在这场戏要上演的时刻，他却离奇死亡了。从这看来巧合的可能性并不大，当然这么说不一定很准确。亲爱的华生，这两件事在我看来也许是互相关联的，不，肯定是互相关联的。我们正是要找出它们互相之间的关系。"

"现在警察也一定全知道了！"

"不，不，他们只会知道他们在高道尔芬街所看到的，至于在白厅住宅街发生的事，他们是不会知晓的，现在不知道，将来也不会知道。这两件事只有我们全知道，并且只有我们能够将这两件事的关系弄清。不管怎么说，有一点让我怀疑卢卡斯，这就是：从威斯敏斯特教堂区的高道尔芬街到白厅住宅街，走着也就需要几分钟。可是，我说的另外两个间谍都住在伦敦西区的尽头。也就是说，卢卡斯要比另外二人更容易和欧洲事务大臣的家人建立联系或是得到消息，尽管这件事说不上是多大的事，不过联想到作案时间只发生在几小时之内，那么这件小事可能就变得至关重要了。喂！看谁来了？"

赫德森太太拿着托盘走进来，一张女性的名片赫然放在托盘上。福尔摩斯看了看名片，似乎抓到了一线希望。他又随手把名片递给了我，然后对赫德森太太说："将希尔达·崔洛尼·侯普夫人请上楼来。"

在我们这间简陋的房间里，那天早晨，我们接待了两位名人之后，一位伦敦最可爱的女人又光临了。我不止一次听人谈及倍尔明斯特公爵的幼女非常美丽，可是无论是别人对她的赞美还是她本人的照片，都没有让我猜想到她竟然长得如此纤柔婀娜，容貌是那样惊人的美艳。然而，这样一位妇人，在那个秋天的上午留给我们的第一个印象，却不够那么美好。她的双颊尽管依然很诱人，不过由于情感的波浪起伏而显得苍白；她的双眼虽然依然明亮，不过却显得急躁不安；为了使自己不至于失态，她那薄薄的嘴唇也紧紧地闭拢着。当她秀挺地站在门边时，触及我们内心的不是她骄人的容貌而是她极度的恐惧。

"福尔摩斯先生，我丈夫曾来过这里吗？"

"是的，太太，他来过了。"

"福尔摩斯先生，我请求您不要将我来过的事让他知道。"

福尔摩斯很淡定地点了点头，并且指着椅子示意她坐下。

"夫人，您使我有些为难。您坐下，将您的要求告诉我，不过我恐怕不能无条件地答应您的所有要求。"

她向屋子的另一边走去，然后背对着窗户坐了下来。那风度可与皇后相媲美，身材苗条，姿态优雅，女性的魅力展露无遗。

她的两只手戴着白手套，有时它们握在一起，有时又松开，她说："福尔摩斯先生，我愿意对您讲述所有的事情，同时也希望您对我也能开诚布公。在几乎所有的事情上，我和我丈夫是完全互相信任的，只不过在某些政治问题上我们不能做到这一点。在这方面他对我总是守口如瓶，关于政治的丝毫信息也不和我讲。现在我才知道，昨天晚上我们家里发生了很不幸的事。我知道丢失了一个很重要的文件。不过由于是个政治问题，所以我丈夫就没有对我完全讲清楚。事情非常关键、非常重要，这件事情我应该彻底了解。除了几位政治家之外，这件事只有您最了解，福尔摩斯先生，我请求您跟我讲讲这件事可能带来哪些后果。福尔摩斯先生，请将详情告诉我。请您不要由于担心损害我丈夫的利益而不肯告诉我，因为只有充分相信我，他的利益才有可能得到有效的保障，这一点他早晚是会清楚的。请您告诉我，究竟丢失了什么文件？"

"夫人，您想要知道的我却不能告诉您。"

她长叹了一口气，然后用双手遮住了脸。

"夫人，您应该清楚，我别无选择，只能这样做。您的丈夫认为您不应该知晓此事，那么，由于职业的缘故，并且在发誓严守此秘密之后，了解了全部事实，难道我能随意地将这个秘密讲出来吗？您要想知道还是应该去问他本人。"

"我问过他。我是没了办法才到您这儿来问您的。福尔摩斯先生，您既然不方便明确地跟我讲，那么您能够给我一点儿启发吗？这样对我或许也是有利的。"

"夫人，您能告诉我这一点儿启发指的是什么吗？"

"我丈夫的仕途，是否会由于这个意外事件而受到严重的影响呢？"

"如果事情没有得到纠正，那么可以说后果是非常严重的。"

"啊！"她深深地吸了一口气，如同疑难都解决了似的。

"福尔摩斯先生，从我丈夫知道此事刚一发生时显出的震惊起，我就知道，丢失这个文件将会在全国引起可怕的后果。"

"如果他是这样认为的，我当然不会有什么反对意见。"

"丢失文件所造成的后果属于哪一类性质的呢？"

"夫人，您的这个问题，不是我应该回答的。"

"既然这样，我就不再耽误您的时间了，福尔摩斯先生，我没有权力责怪您讲话过于严谨，同时我也相信您也不会说我哪儿不对，因为我希望分担我丈夫的忧虑，尽管他不愿意我这样做。我再一次请求您，别让我丈夫知道我曾来过您这里。"

她走到门口的时候，又回头看了我们一下。这一次她那美丽而又焦虑的面容再次给我们留下深深的印象，还有她那惊恐的眼神以及紧闭着的嘴都让我们印象深刻。她走出了房门。

裙子摩擦地板的声音渐渐听不见了，随后前门砰然一响，声音完全听不见了。这时，福尔摩斯微笑着说："华生，你对女性应该有所研究吧。你说说这位美貌的夫人在耍什么把戏呢？她来此真正的目的是什么呢？"

"她的意图她讲得很明白，而且她的焦虑看起来也是发自内心的。"

"啊！华生，你要好好琢磨她的表情、她的态度、她那压抑着的焦虑不安以及她一再提出的问题。你要清楚她出身于一个不肯轻易表露感情的社会阶层。"

"她的样子确实十分激动。"

"你还要特别注意，她一再恳切地跟我们讲，只有她了解到一切，才可能有效地保障她丈夫的利益。她说这话意图是什么呢？而且你一定注意到了，她坐在那里为的是使阳光只照到她的背部，也就是说她不想让我们看清她的面部表情。"

"嗯，是这样的，她特别挑了那把背光的椅子坐下。"

"女性们的心理活动有时是很让人费解的。正是出于这个原因，我怀疑过玛尔给特的那位妇女，这你可能没有忘记，从她鼻子上没有擦粉我受到启发，最终还是把问题解决了。你如何能这样轻信她们呢？有时她们一个细微的举动就包含了很大的意义，一枚发针或一把卷发火剪就可以暴露出她们的反常。华生，早安。"

"你要出去吗？"

"不错，我要去高道尔芬街，上午我将和我们苏格兰场的朋友们一起度过。我们的问题直接关系到艾秋阿多·卢卡斯，不过，到底采取何种方法解决，我现在还是没有主意。事情还没有发生便得出结论，这样做是极大的武断。华生，我的好朋友，请你好好招待客人，我尽量赶回来和你一起共进午餐。"

从那天算起，三天的时间过去了，福尔摩斯始终都在处于沉默中，凡是他的朋友们都知道他这个样子是在冥思苦想，而外人却以为他灰心丧气。他出去回来，不间断地吸着烟，拿起小提琴拉两下又随即放下，不时陷入冥想中，吃饭也不按时，对我随时提出的问题也不回答。显然，他的调查进行得很不顺利。关于这个案件，他一句话也不与我讲，我只是从报纸上了解一些零星的事情，例如死者的仆人约翰·米尔顿被抓了，但是随后又释放了。验尸官提出申诉说，这是一件蓄意谋杀案，不过无法确定案情和当事人的情况，杀人动机更是不清楚。屋内有很多贵重物品，却无一被取走或破坏。死者的文件也没有被翻动的迹象。对死者的文稿书信等进行了详细的检查，发现死者热衷于研究国际政治问题。死者非常健谈，是个出色的语言学家，与外界往来信件很多。认识几个国家的主要领导人。但是从他抽屉里的文件中，没有发现任何值得怀疑的地方。他和女人关系很杂乱，有很多女性朋友，不过都交往不深，真正的女朋友很少，也没有一个为他所爱。他的生活习惯很正常，行为循规蹈矩。他的死亡笼罩着神秘，完全是个无法解开的谜。

逮捕仆人约翰·米尔顿只是无奈之举，是沮丧失望之余的一点儿措施，主要目的是为了避免人们议论当局无所事事。这个仆人那天夜里到汉莫尔斯密去看望朋友，事情发生时不在现场的证据是确凿的。从他动身回家的时间推算，他到达威斯敏斯特教堂的时候，这件凶杀案还没有被人发现。他对此的解释说当晚夜色迷人，所以他徒步了一段路程，十二点的时候，他回到了家，到家后就被这件突发的凶杀案吓得惊慌失措。他和他主人一直保持着良好的关系。在这个仆人的箱子里，存放着死者的一些物品，引人注意的是一盒刮脸刀，对此他的解释是主人送他的，而且这件事女管家给予了证实。米尔顿为卢卡斯服务已有三年，值得注意的是卢卡斯没有带米尔顿到过欧洲，有时卢卡斯在巴黎逗留三个月，而米尔顿只是被留在高道尔芬街看家。至于女管家，在出事的那天晚上，她什么也没听见，假如有客人拜访的话，她说也只能是主人自己去请进来的。

一连三个上午我在报纸上都没有看到此案得以侦破的报道。假如福尔摩斯知道更多的情况的话，他也没有跟我透漏。不过，他告诉我，侦探雷斯垂德把所掌握的情况都告诉了他，我也相信他能够迅速了解案件的侦破进展情况。直到第四天上午，报上登载了从巴黎拍来的一封很长的电报，全部问题好像一下子得到了解决。电文如下：

巴黎警方当局已经有所发现（据《每日电讯报》报道），这似乎可以揭示艾秋阿多·卢卡斯先生神秘死亡的谜团。读者也许不会忘记，卢卡斯先生是本周一夜间，在高道尔芬街自己的住室内被人用匕首刺中而死的。他的一个男性仆人曾为此接受讯问，后经查证因他不在犯罪现场而将其释放。昨日有几名仆人来巴黎警察当局报告，说他们的主人亨利·弗那依太太精神失常。她在奥地利街某处的一栋小房子里居住。经卫生部门的检查，弗那依太太长期以来患有危险的躁狂症的传言得到证实。据调查，弗那依太太本周二从伦敦回来后，有证据表明她的行踪与威斯敏斯特教堂凶杀案有关。经验证和多方进行照片核对之后，当局认为 M. 亨利·弗那依与艾秋阿多·卢卡斯，实际上为同一个人。出于某种原因，死者在巴黎和伦敦分别轮流居住。弗那依太太是克里奥尔人，秉性怪异，容易冲动，后因忌妒而转为癫狂。因此可以认为，病人可能由于癫狂发作而持匕首将卢卡斯先生刺死，致使该案轰动整个伦敦。目前，对于星期一晚间病人的全部活动还没有完全调查清楚。不过，星期二清晨，在查令十字街火车站上，曾出现一名容貌与她很相像的妇女，其由于外貌奇异、举止狂暴曾引起很多人的关注。因此，有关人士认为，极有可能是病人处于癫狂状态而杀了人，或者是由于杀了人，而致使病人癫狂症复发。目前，她还无法连贯地叙述她过去的行为，并且医生们认为使她恢复理智是很不现实的。有人证实，有一位妇女在本周星期一晚上在高道尔芬街，曾连续几个小时一直不停地盯着那栋房子，她可能就是弗那依太太。

在福尔摩斯就要吃完早餐的时候，我将这段报道读给了他听，并说："福尔摩斯，你对于这段报道有什么看法？"

他站了起来，在屋里不停地走动，他说："华生，你还真是能把话闷在心中不说。过去三天里我没给你讲什么，那是因为真的没有什么可讲的。现在从巴黎来的这个消息，对我们来讲依然没有多大的用处。"

"和卢卡斯之死的关系还是很大吧？"

"卢卡斯的死纯属意外，它和我们的真正目标——将文件找回并使欧洲避免一场灾难相比，实在是无足轻重的小事。过去三天里唯一重要的事情，就是没有发生与此相关的事。这两天我差不多每过一小时就收到政府方面的报告，可以说现在整个欧洲，无论在哪里，都没有躁动不安的迹象。假如这封信丢失了，不，丢失是不可能的，要是真的丢失了，信又在哪儿呢？谁扣压着这封信呢？为什么要扣压呢？这些疑问就好像一把锤子，时时刻刻敲着我的脑子。卢卡斯的死和这封信的丢失真是巧合吗？这封信在不在他的手里呢？如果真的在他手里，为什么他的文件里却没有呢？难道他那精神失常的妻子将信拿走了吗？如果真是这样的话，信是不是在她巴黎的家中呢？我如何才能搜到这封信却不引起巴黎警察的怀疑呢？华生，我亲爱的朋友，在这个案子上，我们不仅仅要和罪犯斗，还要和法律斗。人人都妨碍我们，可是事情又至关重要。假如我能顺利地将这个案子解决，那将是我这一辈子最大的光荣。啊，又传来最新的情况！"他急匆匆地看了一眼刚刚交到他手中的来信，说："似乎雷斯垂德已经查出重要的情况了，将帽子戴上，华生，我们一同去一趟威斯敏斯特教堂区。"

这是我第一次来到这里，这栋房子要比一般的房子高，外表显得有些陈旧，不过布局却很严谨，美观大方，很讲究结实耐用，带着十八世纪的风格。雷斯垂德正从前面窗户那儿向外看着。一个高个子警察将门打，并请我们进去，雷斯垂德迎了上来，并热情地向我们表示了欢迎。我们走进去一看，发现地毯上有一块难看的、形状不规则的血迹，此外什么痕迹都没有。屋子正中央摆放着一小块方形地毯，四周是由小方木块拼成的好看的旧式地板，地板擦得很洁净。武器挂满了壁炉上面的壁上，行凶的武器就是墙上挂着的一把匕首。一张贵重的写字台靠着窗户摆放着，屋里的所有摆设如油画、小地毯，还有墙上的装饰品，都精美而豪华。

雷斯垂德问道："巴黎的消息看了吗？"

福尔摩斯点了点头。

"这次我们的法国朋友似乎抓住了事情的症结，他们推论得有道理，当时是她敲门。这是意料之外的来客，因为卢卡斯极少与外界有来往，由于卢卡斯不能让她在街上待着，于是就将门打开让她进去。弗那依太太告诉卢卡斯她一直在寻找他，而且还对他进行了责怪。事情总是互相有关联的，匕首挂在墙上，因此取用起来十分方便。不过应该不是一下就刺死了，你瞧椅子全倒在一边，而且卢卡斯手里还拿着一把椅子，说明他想利用椅子将卢卡斯太太挡开。看来这件事情很明朗了，就像发生在眼前一样。"

福尔摩斯眼睛睁大了，他盯着雷斯垂德，问道："既然如此，那还为什么要找我呢？"

"哦，那是因为一件小事，不过虽然是一件小事，但是你会有兴趣的，因为它很蹊跷，正像你所说的它是不合常规的。它和主要事实没有什么关系，至少从表面看是这样的。"

"哦，这样，那到底是怎么一回事？"

"你清楚，像这类案件在发生以后，我们总是特别小心地保护现场，派人时刻看守，任何东西都不准动，也确实没有人动过什么东西。今天上午我们把这个人埋葬了，相关的调查也结束了，我们想到屋子也应该清理一下。这块地毯没有固定在地板上，只是摆在那里。我们碰巧将它掀开了，结果却发现……"

"发现了什么？你快说你发现了什么……"福尔摩斯的面部表情由于焦急而显得更加紧张。

"我敢保证就是给你一百年，你也不会猜出我们发现了什么。你看见地毯上的那块血迹了吗？大部分血迹已经浸透过地毯了吧？"

"应该如此。"

"可是白色的地板上却没有血迹，这一点你不感到十分奇怪吗？"

"是没有血迹！可是，一定……"

"我知道你要说一定应该有，不过，事实上却是没有。"

他抓住地毯的一角，一下子将地毯翻了过来，以便证实他刚才所讲的。

"不应该这样，地毯下面和上面的血迹应该是同样的，一定会有痕迹留下的。"

雷斯垂德见自己把这位著名的侦探弄得疑惑不解，不由得高兴得咯咯地笑了起来，随后说道："现在我来给你看谜底。确有第二块血迹，不过和第一块的位置不同。你可以看得很清楚。"

他在说着的同时将地毯的另一角掀开，马上，这一块洁白的地板上一片紫红色的血迹出现在我们眼前。"福尔摩斯先生，依您判断，这该如何解释呢？"他问道。

"很明显，这两块血迹本来是一致的，只不过有人转动了地毯。由于地毯是方形的，而且没有固定住，移动它很容易。"

"福尔摩斯先生，我们警察自然不用您告诉我们地毯被人移动过了。这是显而易见的，因为地毯上的血迹是应该正好盖住地板上的血迹的。我想要了解的是，移动地毯的人是谁，为什么要移动地毯？"

从福尔摩斯近乎呆滞的神情上，我看出他内心是十分震撼的。

过了一会儿，他问道："雷斯垂德，是门口的那个警察一直负责看守着这个现场吗？"

"不错。"

"那好，请按照我的话去做，你郑重地盘问他一下。可是不要当着我们的面进行，而要把他带到后面的屋里去，你独自一人与他沟通，他可能会承认。问问他为什么竟然敢放进人来，而且还把那个人单独留在屋里。注意不要问他是不是把人放进来了，而要让他明白你已经知道有人进来过，逼问他，告诉他只有将实情讲出来才有可能得到谅解。记住一定要按照我的话去做！"

见雷斯垂德离开了，福尔摩斯才十分激动地对我说："华生，你瞧好吧！"他内心的激动之情再也无法掩饰住。精神大振的他一反刚才淡定的神态，迅速地拉开地毯，立即匍匐在地板上，并且尝试抓起地板的每块方木板。他用指甲一刻不停地掀着木板，忽然，有一块木板活动了。它如同箱子的盖一样，从有活页的地方向上翻起。这块木板下面出现一个小黑洞，福尔摩斯急忙把手伸进去，不过，抽回手时，他哼了一声，显然又生气又失望。原来洞里什么都没有。

"快，华生，快，把地毯放好！"刚刚将那块木板扣上，并把地毯放好，就传来了雷斯垂德在过道里的说话声音。他进来时发现福尔摩斯很懒散地靠着壁炉架，一副没有事情的样子，显得很有耐心，同时用手遮住嘴，打着呵欠。

"福尔摩斯先生，真是抱歉，让你等了这么久，恐怕你有些不耐烦了吧？他已经说了实情。麦克弗逊，到这儿来，把你干的好事讲给这两位先生。"

那个高个子警察一脸的绯红，显出十分后悔的样子，他悄悄溜进屋来，开口讲道："先生，我真的没想干坏事。昨天晚上是一位年轻的女人来到这里，她将门牌号码弄错了。我们攀谈了起来。一个人整天在这儿守着，实在有些寂寞难耐。"

"那么，后来又如何了呢？"

"她想去看看发生凶杀的现场。她说她在报上看到了相关的报道。她穿着很体面，同时说话又很好听。我想让她看看也不会造成什么影响，于是就让她进去了。她一看见地毯上的血迹，马上就跌倒在地板上，躺在那儿如同死了一般。我跑到后面找了点水来，不过还是无法让她醒过来，于是我就到拐角的'常春藤商店'买了一点白兰地，不过等我将白兰地拿回来以后，发现这位妇女已经不在这儿了。我认为她可能是醒来后感到不好意思，不愿意再见我，于是就自行离开了。"

"那块地毯怎么会移动了呢？"

"我回来的时候，发现地毯弄得有些不平整了。您想啊，她倒在地毯上了，而地毯是紧贴着光滑的地板又没有固定，所以动了是很正常的，于是我就把地毯摆好。"

雷斯垂德郑重地说："麦克弗逊，这回算作教训，你做什么事瞒不了我，你一定认为你玩忽职守不会让我知道，可是我一看到地毯，立刻就知道有人曾经来过这屋里。没丢什么东西，算你运气好；如果丢了东西，你少不了要吃点苦头的。福尔摩斯先生，因为这样一件小事，劳驾你过来，真是对不起。不过，我以为两块血迹不在一起可能会使你感兴趣。"

"不错，我是比较感兴趣。警官，这个女士只来过一次吗？"

"不错，只来过一次。"

"你了解她吗？"

"她的名字我不知道。她看了广告要应聘去打字的，走错了门才来到这里的。那是一位很温柔、很随和的年轻女士。"

"个子高吗？是不是很漂亮？"

"嗯，是的，她长得很好看，也很有气质，可以说是十分漂亮的。她说：'警官，请让我看一眼！'她很会哄人。最初我想让她只从窗户探头看看，我认为那是什么都不会影响到的。"

"她什么打扮？"

"十分素雅，穿着一件拖到脚面的长袍。"

"具体来此的时间？"

"天刚黑下来的时候。我买白兰地回来的时候，人们才将灯点上。"

福尔摩斯说："好了，就这样吧。走吧，华生，我们还需要到其他地方去，有一件十分重要的事情需要我们去做。"

我们从这栋房子离开的时候，雷斯垂德还留在前面的屋子里，那位犯下错误已经悔过的警察替我们将门打开。已经走到台阶上的福尔摩斯转过身来，他的手里拿着一件东西。那个警察一动不动地凝视着，脸上显出大吃一惊的样子，喊道："上帝啊！"福尔摩斯把食指贴在嘴唇上，示意他不要说话，之后，福尔摩斯又伸手把这件东西放进胸前的口袋里，然后十分得意地走到街上，这时他笑出声来。他说："棒极了！我的朋友，你瞧好吧，最后一场的幕布即将要落下了。你放心，战争不会爆发，崔洛尼·侯普先生的光辉前程也不会受到任何影响，那位行为欠考虑的君主更不会因为这封信受到任何的惩罚，而首相也不必担心欧洲情况会复杂化。只要我们采用一点儿策略，那么无论是谁也不会因为这件不幸的大事而有丝毫的不幸。"

在我心中，我的朋友真的是一位神奇人物，这不仅让我感到十分羡慕。我不禁喊道："你将问题解决了？"

"华生，现在这样说还有些早，还有几点疑问仍像以前一样令人费解，不过我们现在掌握的情况，已经很多了，假如我们依旧弄不清其他的问题，那就是我们自己无能了。现在我们直接去白厅住宅街，把这件事情了结一下。"

当我们到达欧洲事务大臣官邸的时候，夏洛克·福尔摩斯要找的并不是希尔达·崔洛尼·侯普，而是他的夫人。我们走进了上午用的起居室。

这位夫人生气地红着脸说："福尔摩斯先生，您这样做实在欠考虑，您太不宽厚了！我已经跟您强调过了，我希望您对我去过您那儿的事要保密，以免我的丈夫说我干涉他的事情。可是您却跑到我这里来，借此表示我和这件事有关系，来损害我的名声。"

"夫人，可惜的是我毫无其他方法。我既然接受委托找回这件至关重要的信件，我只能请求您将信交到我手中。"

听到这话，这位夫人突然站了起来，她原本美丽的容颜骤然变了颜色。她的眼睛一眨不眨地看着前方，而身体却晃动起来。我以为她要晕过去了。她勉强振作精神，努力使自己保持镇定。她脸上极其复杂的表情，在这个时候完全被强烈的愤怒和惊讶所掩盖住了。

"福尔摩斯先生，您——您这是对我的侮辱！"

"夫人，请少安毋躁，您的这些手法对我来说不好用，您还是将信交出来。"

她走向呼唤仆人的手铃处，说道："我让管家请您出去。"

"希尔达夫人，不要那样做，假如您摇了铃，我为了避免流言所做的一切诚恳的努力都将付诸东流。您交出信来，一切情况都会好转。假如您选择与我配合，我可以把一切都安排好。要是您选择与我为敌，那么我就要揭发您。"

她表情无惧地站在那儿，显得非常威严。她的眼睛一眨不眨地看着福尔摩斯的眼睛，好像是要把福尔摩斯看透似的。她将手放在手铃上，不过克制着自己没有摇动它。

"您在威胁我，福尔摩斯先生。您到这里来对一个妇女进行恐吓，这不是大丈夫应该做的事。您说您了解了一些情况，您说您都知道了些什么呢？"

"夫人，您先坐下。假如您不慎摔倒，是会伤了自己的。您不坐下，我不会开口讲的。"

"福尔摩斯先生，我只给您五分钟。"

"希尔达夫人，只要一分钟就可以了。我已经了解到，您去过艾秋阿多·卢卡斯那儿，您给了他一封信；同时，我也了解到，昨天晚上您又巧妙地去过那间屋子；我还了解到，您是如何从地毯下面隐蔽的地方将这封信取出来的。"

她紧紧盯着福尔摩斯，脸色变得苍白，有两次她气喘吁吁，想说什么却没有说。过了一会儿，她大声说："您真是疯了！福尔摩斯先生，您疯了！"

福尔摩斯从口袋中拿出一小块硬纸片。这是从相片上剪下来的面孔部分。

福尔摩斯说："我一直随身带着它，因为我认为可能用得上。那个警察已经认出这张照片了。"

她长吁了一口气，然后回身将身体倚靠在椅子上。

"希尔达夫人，信在您的手中，此事现在还来得及挽回。我不想给您找麻烦。这封丢失的信我需要还给您丈夫，这样我的任务就完成了。希望我的要求您能接受，并且您要跟我讲实话。这是您最后的机会。"

她的勇气不得不让人佩服。事情到了这个地步，她还不想承认失败。她说："福尔摩斯先生，我再跟您重申一遍，您简直是疯了。"

福尔摩斯从椅子上站起来，说："希尔达夫人，您这样实在让我感到很可惜。我为您尽了最大的努力，看来，丝毫没有起到效果。"

福尔摩斯摇了一下铃。管家走了进来。

"崔洛尼·侯普先生在家吗？"

"先生，崔洛尼·侯普先生要在十二点三刻才回到家来。"

福尔摩斯看了一下自己的表，然后说："还有十五分钟。我在这里等候他。"

管家刚转身离开房间，希尔达夫人一下子跪倒在福尔摩斯脚下。她摊开两手，抬起头看着福尔摩斯，泪水充盈了她的眼眶。

她苦苦地哀求："原谅我吧，福尔摩斯先生，请原谅我吧！看在上帝的面上，不要让我的丈夫知道这件事！我多么爱他啊！我不愿意让他心里有一丁点闹心的事情，可是这件事会让他十分痛心的。"

福尔摩斯将这位夫人扶起来，说："好极了，夫人，您终于醒悟过来了。

现在时间已经很紧迫了。信在哪里呢？"

她快速地走到一个写字台旁，拿出钥匙将抽屉打开，从里面取出一封信，信封相当长，颜色是蓝的。

"福尔摩斯先生，信在这儿，我向您保证我没有将它拆开。"

福尔摩斯喃喃地说；"如何把信放回去呢？快，快，我们一定要解决这个问题！文件箱在哪儿？"

"还在我丈夫的卧室里。"

"多么幸运啊！夫人，快把文件箱拿过来！"

片刻工夫，她手里拿着一个红色的扁箱子走了进来。

"您以前如何将它打开的？您有一把复制的钥匙？是的，您一定有，快打开箱子！"

希尔达从怀里取出一把小钥匙，将文件箱打开了。箱子里面塞满文件。福尔摩斯把这封信塞到靠下面的一个文件里，夹在两页之间，然后将箱子关好。锁好之后，希尔达夫人又将文件箱送回卧室。

福尔摩斯说："现在什么都准备好了，只需要等候你的丈夫了。我们还有十分钟的自由时间。希尔达夫人，我付出了很多精力保护您，您应该用这十分钟坦率地跟我讲讲，您干这种不寻常的事的真正动机是什么？"

这位夫人大声地说："福尔摩斯先生，我愿意将一切都讲给您。我是如此深爱我的丈夫，以至于我宁愿把我的右手切断，也不愿意让他有一点儿忧伤！我敢说整个伦敦再不会有一个女人像我这样爱自己的丈夫了，可是假如他知道了我所做的这些事，虽然我是迫不得已的，他也决不会原谅我的，因为他对他的名望十分看重，所以他不会忘记或是原谅别人的过失的，福尔摩斯先生，恳求您一定要帮帮我！我的幸福，他的幸福，还有我们的生命全都受到了威胁！"

"夫人，快告诉我这一切，时间不多了！"

"先生，问题就出在我婚前的一封信上，那封信写得不够慎重，可以说很愚蠢，是在我感情一时冲动下写的。虽然我写那封信没有恶意，不过我丈夫会把那视为犯罪。假如让他看了这封信，他便再也不会信任我了。

我曾经想把这件事从我的记忆中删掉，可是后来卢卡斯这个混蛋写信告诉我，信在他的手中，并且他要挟我要把那封信寄给我的丈夫。我恳求他放我一马。他说只要我从文件箱里把他要的文件拿给他，他就可以让那封信完璧归赵。我丈夫的办公室里有间谍，告诉了卢卡斯有这样一封信。他向我一再保证我丈夫不会因这封信的遗失而受到影响。福尔摩斯先生，您设身处地地想一想，我要如何应对这件事呢？"

"将一切都告诉您丈夫。"

"不可以的，福尔摩斯先生，不可以的！那样不仅会将我们的幸福毁灭，而且会使事情变得更加可怕，因此我才去偷我丈夫的文件，可是在政治问题上我不知道将会有什么后果，而爱情和信任的重要性，我是深刻知道的。福尔摩斯先生，卢卡斯将一把复制的钥匙给了我，我将文件箱打开，取出里面的文件并且将它送到高道尔芬街。"

"说说那儿的情况。"

"我按照事先定好的方式敲门，他将门打开了，我随他走进屋中，可是我特意将大厅的门没有关严，因为和这个人单独在一起让我感到很害怕。我记得我进屋的时候，有一个妇女在外面。我们的事情很快就办妥了。他的桌子上摆着我的那封信。我把文件交给了他，而他也将我的那封信还给了我。就在这时候，房门那里传来声音，门道有脚步声传过来，卢卡斯急急忙忙掀起地毯，把文件塞到一个藏东西的地方，然后又将地毯盖好。

"这以后发生的事简直如同一个噩梦。我看到一个面孔黑黑的妇女，神色癫狂地冲进来。我听到她用法语讲话的声音，她说：'没有白让我等一回，终于让我发现了你和她在一起！'他们两人很凶狠地撕扯在一起。卢卡斯手里拿着一把椅子，而那个妇女手中拿着一把亮闪闪的刀子。当时的场面恐怖极了，我马上从屋子里面冲出去，离开了那栋房子。第二天早上我便在报纸上看到了卢卡斯被杀死的消息。那天晚上我感到十分畅快，因为我将我的那封信拿回来了，不过我没有想到这会带来什么后果。

"第二天早上我才清醒过来，明白我只不过摆脱了旧的苦恼，而又有了新的苦恼。我丈夫失去文件后的焦虑，让我心绪难安。我当时几乎就要跪倒在他脚下，跟他讲明文件是被我拿走的，可是这意味着我要把过去的事情讲出去。那天早上我去拜访您，是想弄清我犯的错误有多么严重。从我将文件拿走的那时候起，我就一直想如何再把文件放回去。假如不是卢卡斯当时藏起了那封信，我也就无从知晓信藏在什么地方。我该如何进入那个屋子呢？我接连两天去那个地方观察，可是门一直是关着的。昨天晚上我做了最后一次尝试。我想您已经知道我是如何将那封信拿到手的。我把文件带回来，想要将它毁掉，因为我没有办法将它还给我丈夫而又不必承认错误。上帝啊，我听到他在楼梯上的脚步声了！"

这位欧洲事务大臣快速地跑进屋内，问道："有什么消息，福尔摩斯先生，有什么消息？"

"有些希望了。"

他的脸上顿时显出欣喜的表情。"谢谢上帝！首相正过来要与我共进午餐。他可以来听听吧？他的神经非常紧张，可是我了解到自从出了这件事以后，他就几乎没有睡过觉。雅可布，你请首相到楼上来。亲爱的，我认为这件事与政治有关，几分钟后，我们就到餐厅和你一起共进午餐。"

首相的举止很沉稳，不过从他激动的目光和一直颤动着的大手上，我知道他也同他的年轻同事一样内心澎湃不已。

"福尔摩斯先生，我听说你说事情有希望了？"

福尔摩斯回答："到目前为止，这件事还没有一个最终的结果。可是失落文件的地方，我全都一一调查过了，结果一无所获，但是我敢肯定不会有什么危险了。"

"福尔摩斯先生，那样是不可以的。我们不能一直生活在火山顶上。我们一定要把事情查个明明白白才放心。"

"我之所以来到这里，就是因为我感到有找到文件的希望。我越发认为文件不会离开您的家。"

"福尔摩斯先生！"

"假如文件拿出去了，现在肯定已经与公众见面了。"

"难道有人拿走文件，只是为了要藏在他家里的吗？"

"我不认为有人拿走了信。"

"那么在文件箱里为什么找不到呢？"

"我也不认为文件箱里面没有那封信。"

"福尔摩斯先生，现在开这个玩笑是很不合适的，我保证信不会在箱子里。"

"星期二早晨到现在，您又检查过箱子吗？"

"没有，我认为没这个必要。"

"您有没有想到您可能疏忽了呢？"

"那几乎是不可能的。"

"我没有说事情一定是那样的，不过我知道有这样的事情发生。我想箱子里还有别的文件，可能同别的文件混在一起了。"

"这个文件放在上面。"

"也许有人晃动了箱子，把次序弄颠倒了。"

"不，不会的，我曾经把东西全拿了出来。"

首相说："侯普，这还不容易验证，我们把文件箱拿到这里来。"

欧洲事物大臣摇了摇铃，吩咐道："雅可布，将文件箱拿过来，真是太有意思了，这是浪费时间，不过你不听我的话，只好这样办了。谢谢你，雅可布，就放在这里吧。钥匙一直挂在我的表链上。你看这些文件，这是麦罗勋爵的来信，这是查理·哈代爵士的报告，那是贝尔格莱德的备忘录，那是关于俄—德粮食税问题的记录，这封信是马德里来的，这封信是弗洛尔爵士写的——上帝啊！这是什么！倍棱格勋爵，倍棱格勋爵！"

首相从大臣手中一把抢过那封蓝色的信，狂喊着："不错，正是这封。信没有被拆过！侯普，我祝贺你。"

"真是非常感谢您，谢谢您！我心里悬着的石头算是落了地。不过这好像是不可能的——不可想象的。福尔摩斯先生，你简直就是个巫师，是个魔术家！您如何猜到信还在这里的？"

"因为我知道信不在别处。"

"我无法相信我的眼睛了！"他快速地走到门旁。"我的妻子在干什么？我要告诉她糟糕的事情已经过去了，希尔达！希尔达！"楼梯上传来他呼喊的声音。

首相将好奇的眼神投向福尔摩斯，他说："先生，我认为这里面肯定藏着什么秘密。文件怎么会又回到箱子里了呢？"

福尔摩斯微笑着，避开了那一对好奇的眼睛。"这是我们的外交手段。"他一面说着，一面将帽子拿起，然后转身向屋门走去。